小峯和明＝監修　宮腰直人＝編

【シリーズ】
日本文学の展望を拓く ❹

文学史の時空

笠間書院

『日本文学の展望を拓く』第四巻「文学史の時空」

緒言——本シリーズの趣意——

鈴木　彰

近年、日本文学に接し、その研究に取り組む人々の環が世界各地へとますますの広がりをみせている。また、文学・歴史・美術・思想といった隣接する学術領域に携わる人々が交流・協働する機会も増え、その成果や認識を共有するとともに、互いの方法論や思考法の相違点を再認識し合うような状況も日常化しつつある。日本文学という、時を超えて積み重ねられてきたかけがえのない文化遺産を豊かに読み解き、多様な価値観が共存しうる未来へと受け継ぐために、その魅力や存在意義を、世界へ、次世代へ、諸学術領域へと発信し、今日的な状況を多方面へと繋ぐ道を切り拓いていく必要がある。

日本文学とその研究がこれまでに担ってきた領域、また、これから関与していく可能性をもつ領域とはいかなるものであろうか。その実態を俯瞰し、人文学としての文学が人間社会に果たしうる事柄に関して、より豊かな議論を成り立たせていきたい。日本文学という窓の向こうにはどのような視界が広がっているのか。本シリーズは、日本文学研究に直接・間接的に携わり、こうした問題関心をゆるやかに共有する計一一〇名の論者たちが、日本文学あるいは日本文学研究なるもののもつ可能性を、それぞれの観点から展望した論稿を集成したものである。

本シリーズは全五巻からなる。日本文学と向き合うための視座として、ここでは東アジア、絵画・イメージ、宗教、文学史、資料学という五つに重きをおき、それぞれを各巻の枠組みをなす主題として設定した。

各巻は基本的に四部構成とし（第五巻を除く）、論者それぞれの問題意識や論点などを勘案しつつ各論文・コラムを配列した。あわせて、各巻頭には「総論」を配置し、各論文・コラムの要点や意義を紹介するとともに、それらが連環し、交響することで浮かび上がる問題意識のありようや新たな視野などを示した。この「総論」は、いわば各編者の観点から記された、本シリーズを読み解くための道標ということになる。

以下、各巻の概要を示しておこう。

まず、第一巻「東アジアの文学圏」(金英順編)では、〈漢字・漢文文化圏〉の問題を念頭におきつつ、東アジアに広がる文学圏について、中国・朝鮮・日本・琉球・ベトナムなどを視野にいれた多面的な文学の諸相の提示と解明に取り組んでいる。

第二巻「絵画・イメージの回廊」(出口久徳編)では、文学と絵画・イメージといった視覚的想像力とが交わる動態について、絵巻や絵入り本、屏風絵などのほか、芸能や宗教テキスト、建築、デジタル情報といった多様なメディアを視野に入れつつ検討している。

第三巻「宗教文芸の言説と環境」(原克昭編)では、唱導・寺社縁起・中世神話・偽書・宗教儀礼など、近年とりわけ日本中世を中心に活性化した研究の観点から、宗教言説と文学・芸能とが交錯する文化的状況とその環境を見定めようとしている。

第四巻「文学史の時空」(宮腰直人編)では、従来の日本文学史理解を形づくってきた時代区分やジャンル枠を越境する視野のもとで柔軟にテキストの様相を探り、古典と近現代文学とに分断されがちな現況から、それらを貫く文学研究のあり方を模索している。

第五巻「資料学の現在」(目黒将史編)では、人文学の基幹をなす資料学に焦点をあて、新出資料の意義づけはもとより、諸資料の形成や変容、再生といった諸動態を検討することで、未開拓の研究領域を示し、今後の文学研究の可能性を探っている。

以上のような骨格をもつ本シリーズを特徴づけるのは、何といっても執筆者が国際性と学際性に富んでいることである。それは、日本文学と向き合う今日的なまなざしの多様性を映し出すことにつながっており、また従来の「日本文学」なる概念や日本文学史理解を問いなおす知的な刺激を生み出してもいる。

本シリーズが、多くの方々にとって、自らの「文学」をめぐる認識や問題系をとらえなおし、日本文学の魅力を体感し、また、日本文学とは何かについてそれぞれに思索し、展望する契機となるならば幸いである。

目次

第4部 文化学としての日本文学

総論
――往還と越境の文学史にむけて――

宮腰直人

1　はじめに

本巻は、文学史をテーマに、二十二本の論文と七つのコラムを採録する。本巻には、日本文学と文学研究について多面的認識を示し、次代の文学史を着想する上で多くの課題を投げかける論文をおさめた。編年式と作者・作品を列挙するタイプの、いわゆる編年式日本文学史の枠組みは採らず、現在進行形の日本文学研究、とりわけ中世文学の研究動向と研究領域に照らした構成になっている。▼注[1] 本巻のタイトルには「文学史の時空」を掲げているが、まずはこの点について一言ふれておきたい。

現在、一研究者の課題として、編年式の日本文学史に取り組むことが困難な時代をむかえている。一九九七年に刊行された「岩波講座日本文学史」全十七巻が二百三十五名にも及ぶ執筆者を擁して多種多様な日本文学の諸相を提示したことは、その実状を示しているとみてよいだろう。文学研究だけではなく、歴史学、美術史、宗教史、芸能史、民俗学など様々な立場から文学に関わる論考が収録された結果、長きにわたって無条件の前提とされてきた、自国史の一環としての「国文学史」の相対化が目指され、その見取り図が示されたことの意義は大きい。編年式の歴史叙述を基軸とする日本文学の歴史編纂は、一研究者の限界ではなく、研究者間の協働の可能性として拓かれている。

その他方で、近年、様々な観点から既存の文学史を相対化し、既存のテクストに新たな光をあてる、あるいは未知のテクストを発見し、文学の歴史のなかに位置付ける試みが相次いでなされている。「日本文学」を〈文〉と〈学〉とに解体し、まずは「文」、すなわちリテラシーという基底の問題から捉え返す視座▼注[2]あるいは時代区分やジャンルを越境し、現在の人文学研究の動向を敏感に受け止め、新たな視座を切り拓く視座▼注[3]など、意欲的な文学史構築への試みも始まっている。

こうした状況下で、本巻では、日本文学および文学史の枠組みをひろく問う手がかりとして、とくに文学および文学史における〈時空〉の役割に注目する。〈時空〉とは、時間と空間を意味し、とくに両者の接点を強調する。ひとつの時空を見定めることは、時と場に歴史性を付与することにほかならず、〈時空〉への着目は、新たな文学史を構想する上で有力な磁場たり得るように思われる。これまで文学史において、〈時間〉は、作者や担い手が関与し、文芸テクストが成立する事情を叙述する際に重要な参照事項とされてきた。だが、テクストにまつわる時間とは、成立事情に限定されない広がりをもち、テクストの内外と響き合う概念であることは、誰しも経験的に感じていることであろう。たとえば、読者が書物を手に取り、聴衆が芸能に参加する、いわばテクストの享受もまた文学をめぐる重要な時間の領域になる。

かつて、益田勝実は、一九六四年に発表した論文のなかで、古典文学研究が全体像への展望を欠き、方法意識を喪失していることに警鐘をならし、〈ことば〉と〈想像力〉による新たな文学史の構想を示した。▼注[4]すでに発表から五十年以上経った論文だが、日本文学史の課題の把握において、なお示唆的な提起に成り得ている。益田は、当時、飛躍を遂げた近代文学研究と古典文学研究の「隔絶」を、日本文学の全体像が見えにくくなった要因の一つとして指摘する。益田の指摘と、二〇一七年の私たちの状況を簡単に同一視することはできないにせよ、古典文学と近現代文学の関係性、あるいは古典文学の近現代社会における位相を問うという課題は、現在の人文学研究をめぐる状況を再検討し、新たな問題領域を見定めていく手がかりになることは間違いない。

古典文学を前近代の所産として限定せず、近現代の社会や文化との関わりで――、なるべくならば、現代にまで及ぶ視界のもとで、古典文学を捉えたいというのは、本巻はもとより本シリーズの基本的な姿勢である。断絶と連続性と、そのあいだに横たわる、文芸テクストの性格や性質に応じた歴史の諸相の「発見」が当面の課題になる。

また、空間についても、文芸テクストの成立に関わる文化圏をめぐる様相だけではなく、テクストのなかの様々な場所やそこを交通し、往還する人びとの営みにも光を当てることができる概念として重要視される。文芸テクストの場合、都や地域社会といった諸所だけではなく、異国や他界への回路も重要になるはずだ。そして、空間の場合にも、読者や聴衆といった享受の場の問題が顕在化するとみられる。時間と空間が交錯する文学・文芸の時空は、テクストの内外にひろがっている。本巻では、〈時空〉というテーマによって、時と場所とが文芸テクストにおいて、生成し、享受されていく動態を捉えることを目指して各論を配した。古典文学の範疇で、とりわけ問題になるのは、やはり、自国の文化史としての「国文学」▼注[5]を対象化し、なるべく多方面へ、諸国諸地域にむけた文学の拡がりを意識できるかであろう。それは、本シリーズの一巻で提示される東アジア諸国にひろく目配りをした漢字漢文文化圏の諸文芸テクストはもとより、本巻に採録した欧米圏の文学との比較対照による研究も含まれる。諸国の研究者によって、日本文学が様々な角度から読み解かれること、これもまた、文学と空間をめぐる実践的な研究営為にほかならない。

以下、日本文学と文学史にまつわる問題の一端に言及しながら各論文の紹介を試みたい。

2　文学史の領域（第1部）

第1部には、日本文学史の枠組みや日本文学全般を意識した論文を中心におさめた。文学や古典なるものが、自明ではなく、日本社会の様々な文化的力学のなかで形成されてきたことが明らかになってきた。▼注[6] この動向と連動して、文学研究を含め、従来の人文学の研究制度や研究主体へ批判的な検討がなされつつある。かつてのように、古典なるものを無条件に認め、研究に没頭することが難しい状況にあることは、現在、多くの研究者に共有されている認識だろう。既存の枠組みに対して、どのような態度をとり、研究としていかに実践していくかが問われている。▼注[7]

小峯和明論文は、従来の「日本古典文学」「日本近現代文学」といった研究領域を、人文学のなかで独立させるのではなく、ひろく生命科学も含めた諸学域との協働を目指した「環境文学」を提唱する。「環境文学」とは、自然環境と人間社会と文化の関わりを捉えた文学全般を示す。この新たな文学領域の提唱で興味深いのは、これまでの文学史では中近世の移行期間として、さほど重視されてこなかった十六世紀といういわば中近世移行期の重要性が喚起されている点である。これは日本社会の文化形成の動向を念頭においた認識で、編年式の文学史の歴史叙述を対象化するのに十分な提起であろう。「環境文学」の内実としては、四季の形象化と災害をめぐる諸学の言説、食文化と動植物の形象化と言説の展開などがあげられ、「環境文学」という、確固たるジャンル区分を目的とするのではなく、自然環境と社会の接点で多様に生じる言説の動態の解明こそが、この提起の眼目であることがわかる。また、文学テクストだけではなく、視覚文化や造形といった従来は隣接領域とされてきたジャンルが「環境文学」の基本課題として掲げられる。《文》を中心に展開してきた文学史にさらに奥行きを与える提言として注意しておきたい。なお、本論で注目すべきは、古典文学と近現代文学の架橋が、文学研究の実践的課題として把握されている点である。石牟礼道子や南方熊楠、武満徹、志村ふくみらの言葉との対話から、「環境文学」の諸相を照射する手法は、「日本古典文学」

や「日本近現代文学」を自明とし、そこにとどまるのではなく、研究者の現在から、柔軟に課題を捉え、多様な「環境文学」の本質を探る姿勢がうかがわれる。たとえば、志村ふくみの文章を参照して提起される染色の問題は、視覚文化は言うまでもなく、芸能文化における装束や山車、造り物などにも波及する可能性がある。染色という加工行為を含めた彩色論には、本論で繰り返し提唱される自然科学や生命科学と人文学を架橋する重要な視角になりうるように思われる。人文学を中心としながら、そこに居直るのではなくどう他の諸学と課題を共有し、議論できる場を創りあげていくかという問題認識は、実践としての文学研究のあり方を考える上で示唆に富む。

前田雅之論文は、十二世紀後半から十三世紀半ばにかけて『古今和歌集』や『伊勢物語』『源氏物語』に関する素養と詠作能力、リテラシーが院・天皇・公家・武家などの諸権門による社会を結び付ける役割を担っていることに注目し、そうした書物をめぐる社会環境を〈古典的公共圏〉とし、その意義を論じる。『源氏物語』と和歌の関わりの深さを語る際に、必ずと言ってよい程参照される『六百番歌合』の「源氏見ざる歌よみは遺恨の事なり」を端緒に『狭衣物語』の和歌との対照から、藤原俊成による『源氏物語』称揚を指摘し、その背景として古典意識の確立に言及する。以降、俊成の古典意識をふまえて『源氏物語』『古今和歌集』『伊勢物語』『和漢朗詠集』の諸注釈がそれぞれに展開する様相が述べられ、〈古典的公共圏〉の形成過程を明らかにする。

野中哲照論文は、中世の到来と『源氏物語』享受の相関を、とくにテクスト内の身分階層とその秩序に注目して論じる。光源氏の六条院創建と院政期における政権動向を対照させ、『源氏物語』のテクスト空間を中世社会における天皇をめぐる身分階層の流動化現象を先取った現象として読み解く。平安王朝社会の縮図として理解される『源氏物語』を、身分階層変動の物語として捉えることで、むしろ、中世社会にこそ適合する要素があると論じていく。歴史叙述としての文学史の構築に際して、文学と歴史の関係をどのように措定するかは避けて通れない課題だが、文学が持つフィクションのちからが、現実社会を誘引するという着想は、編年式の文学史叙述を相対化する問題提起になり得ている。

水谷隆之のコラムでは、平安文学や歌物語の代名詞ともいえる『伊勢物語』が中世や近世においていかに理解され、享受されたかを第二十四段「梓弓」にそくして論じる。近世のパロディ『仁勢物語』『好色伊勢物語』『真実伊勢物語』が、それぞれ第二十四段をふまえて、巧みに改変している様相を示す。悲恋譚を食や金銭、性愛といった、いかにも近世らしい俗事への改変を通して『伊勢物語』が新たな装いで読み継がれていく様子が点綴される。『伊勢物語』と『仁勢物語』の関係などは、近世における古典のパロディ化現象の代表的事例だが、本コラムでは、それを『伊勢物語』の古注釈の言説と対照し、その問題の所在を明らかにする。また、初期伊勢物語絵の佳作として注目されている小野家本『伊勢物語絵巻』の第二十四段についても、古注釈をふまえた読解を試みる。『伊勢物語』をはじめとする「古典」が注釈書によって〈古典的公共圏〉を形成するとは、前田論文の指摘だが、その言説の連続や持続と、断絶が何を意味するのか。近時、中世と近世の連続性や移行期の重要性がしばしば話題になるが、中世と近世の文学のあり方があらためて問われている。

ところで、中世から近世へという時代の推移のなかで、ひと際、注目される領域がある。それがキリシタン文学である。天草版『平家物語』をはじめ、宣教師たちを中心にして、文芸と思想とが表裏一体になった、この領域は、新たな日本文学史を着想するに際して、欠くことができない。中近世移行期の文芸であることはもとより、近世初期活字文化の実態や都市としての九州地域の意義など、多岐に亘る文化事象を内包する興味深いジャンルである。

杉山和也論文は、これまでの日本文学史におけるキリシタン文学の扱いを丹念に検討し、従来の国文学史において異国と日本のはざまで、その存在意義が揺らいできた様相を論じる。近代国家としての日本の形成と「日本文学史」の成立の問題は、近年、脚光を浴びている研究領域だが、そこにキリシタン文学という領域から光をあてていることになる。自国史としての「国文学史」の検討は、端緒についたばかりだが、新たな文学史の展望を得る上では必要な視点であり、持続的な取り組みが求められる。

古代・中世から近世へという時世の変転を一つのテーマで叙述し、各時代の文学の特色を明らかにすることは、歴史叙述としての文学史の基本的な目的の一つであろう。いくさや戦乱をテーマとする文学を文学史としてどう叙述していくか。近世の実録も含めれば、じつに多くの未知の文芸テクストが私たちを待ち受けている。

佐伯真一のコラムは、その意味で旧来の日本国内のいくさと戦乱、合戦を描く軍記物語を、新たに「異国」をめぐる合戦という視座から概観する。神功皇后説話や蒙古襲来、十六世紀末の豊臣秀吉の朝鮮侵略以降、薩摩の琉球侵略、島原の乱、シャクシャインの戦いなどが、それぞれに合戦譚として文学に結実する様相を点綴する。「異国」の措定は、対する本国＝「日本」の規定と不可分であり、「異国」とかかわる文学が、文学史の重要な領域であることを示唆する。

日本文学の領域の再検討という点で看過できないのが、近代社会における古典文学領域の享受や再生という課題である。とりわけ、思想や宗教に関わる領域は、前近代からの系譜的アプローチが重要になってくる。本シリーズ三巻で取り上げられる問題認識とも響き合う。

王成論文は、明治期のベストセラー『西国立志編』が説く立身出世観を支えた概念「修養」に着目する。『西国立志編』や『学問ノス、メ』以降に出版された『立志之礎』や『修養録』では、立身出世による成功という目標を説くだけではなく、その成功のための条件として「修養」が求められたという。教育の場でも、修身教育との関わりで「修養」が注目され、その理念を支えたとする。本来、儒教的な思想であった修身に対し、「修養」という精神鍛錬を担う概念は、来るべき近代社会において重要な役割を担うようになる。それでは「修養」なる概念や言葉は、どのように人びとに受けられるに至ったのだろうか。ここで注目されるのが古典再興の機運である。具体的には『論語』と『菜根譚』の明治期における享受ということになる。前者は孔子祭典の復活と軌を一にし、『ポケット論語』など新たな出版形態で読まれた。後者は、明の洪自誠の著作で儒教をベースに仏教と道教にも目配りをして処世術を説く。いずれも、対外戦争である日清・日露戦争を契機とする国粋主義の台頭の流れで起った東洋再発見と連動するとする。以降、雑誌『修養』も刊行され、「修養」は、近代日本の立身出世を望む風潮を後押しする言葉として人びとにむかえられたと論じる。

谷山俊英論文は、中世往生伝の系譜を引く近代になってからの往生伝のなかでも、明治十五年に鎌倉光明寺の僧・吉永玄信によって編纂された『明治往生伝』に注目する。明治の国家政策としての神道の国教化、ならびに神仏分離令を発端として各地で廃仏毀釈運動がなされ、仏教界に打撃を与えたことはよく知られている。そうした大きな変革を経て、編纂者の吉永玄信がどのような意図で新たな往生伝を生み出したのかが、往生伝に付された「序文」と「述意」「予言」と、明治期の浄土宗が置かれた時代状況との分析によって明らかにされる。興味深いのは、明治期に往生伝が編纂されるという契機が、じつは中世往生伝の場合と基盤を同じくするという指摘である。すなわち、国家弾圧を受けた法然浄土門が、自宗存亡の危機意識から往生伝編纂を目論んだのと同様に『明治往生伝』もまた危機的状況に対する対応として編纂され、明治期における護法意識を喚起することを目的とされたのではないかとする。なぜ近代国家になっても、宗教性がつよい往生伝が連綿と編纂されたのかという疑問に対する回答が示されるとともに、時代・時間を往還する文学史叙述の可能性が示されている。

3　和漢の才知と文学の交響（第2部）

第2部では、平安期の文学を中心に『源氏物語』『浜松中納言物語』『蜻蛉日記』を対象とする論を配し、あわせて、当代の文学の基盤となった詩歌の表現を問い、日本文化の枠組みとしての和歌の意義を再検討する論考をおさめた。文学・文芸研究ならびに文学史の構築において、作者とその文学が基本になることは言うまでもない。基礎資料が出揃った今、いかに丁寧に言葉とその表現を読み解き、テクストの言説に迫れるかが、鍵になる。本章では、具体的に紫式部と藤原道綱母、菅原孝標女の著作と、藤原忠通の詩歌が中心に論じられる。

李愛淑論文は、紫式部の『紫式部日記』のなかで印象的に用いられる「あやし」に注目して、平安の王朝社会で彼女や女性たちが置かれていた真名と仮名、和漢の才をめぐる葛藤を明らかにし、『源氏物語』へと至る紫式部の諷刺という方法を浮き彫りにする。「あやし」という言葉から、紫式部をとりまく王朝社会の言説状況が照らされる。

加藤睦論文は、『浜松中納言物語』の主人公・中納言がたびたび大将の大君をはじめとする恋慕を抱いた女性を〈回想すること〉、〈忘れないこと〉に注目し、人物形象の方法を明らかにしたうえで、それがこの物語の基本構造をなしていることを指摘する。加えて、同じ作者の手になるかとされる『更級日記』や同時代の私家集の言説も丁寧に吟味し、『浜松中納言物語』や『更級日記』が書かれた精神的土壌とそこに想定された読者を知る手がかりとして、言説分析の成果を位置づける。

陳燕論文は、藤原道綱母の『蜻蛉日記』における嫉妬の記述に着目して、和歌の上手でもあった道綱母がなぜ日記というジャンルを選んだのかを考察する。『古事記』や『うつほ物語』、『大和物語』等の古代から平安初期文学における嫉妬の叙述の検討から、道綱母が嫉妬という心情をこまやかにあらわすためには、和歌ではなく日記の文体を必要としたのではないかと指摘する。和歌と散文、それぞれの表現位相の相異に注目した論文になっている。

竹村信治のコラムでは、『百人一首』五十六番歌を現代語訳や英語訳と対照しつつ、現代語訳と英語訳を通して、その「心的体験」への共感に言及する。また、『白氏文集』巻五十五所載二六〇八番「春風」を題材に詠まれた、慈円と寂身、藤原定家の和歌を対照し、漢詩文をみごとに日本の詠歌に引き寄せた定家の手腕を評価する。ふたつの例から、和歌を詠むという営為をめぐって、「心的体験」の言語化がもたらす翻訳・翻案の面と、それが共感を求めて呼びかけや問いかけを志向する面とが照射される。文学史を「文学」史と措定するときの、その「文学」とは何か。「文学」誕生に至る、出来事としての言語を突き動かす心的体験への注視が喚起されている。短文ながら言述論の立場から、「文学」の本質を考える手がかりを与えてくれる。

柳川響論文は、平安後期の公卿・藤原忠通の文事を取り上げ、彼の和歌と漢詩の手法を明らかにし、とくに漢詩の分析から院政期の文学史の一端を叙述する。忠通の院政期の文壇における動向を、『殿暦』をはじめとする諸記録を捜索して確認し、忠通の和歌に「重ねことば」が多用され、漢詩においても、同じ語を繰り返すという表現が確認できることを指摘する。同一人物の手になる和歌と漢詩がその表現志向を同じくするという指摘は興味深く、さらに院政期の文壇との関わりが今後の課題として示唆される。関白をつとめた藤原忠通が学問を基盤にしつつ、歌壇や詩壇を形成し、文事を重ねていったという指摘は、前述の女性達の文学とは対照的で、平安期から院政期への文学史の立体化において、和漢の才知だけではなく、文化的な性差の力学への視点が欠かせないことがわかる。

小川豊生論文は、和歌というジャンルを自明の「文学」の範疇ではなく、一見文学とは無縁にも思える「風俗」という言葉と範疇から考えなおす刺激的な議論を展開する。『古今和歌集』真名序に見える「風俗」の検討を端緒にして、和歌＝風俗論が「国ぶり」という言い方に代表される地域を表す言葉から、我が国、すなわち国家と関わる言葉へと変容していく様子を明らかにする。『古今和歌集』真名序の「風俗」が、中国でも地域としての国でもなく、国家として、いわゆる国風文化を築くための基盤になっていくことが指摘される。また、歴史学の成果にも目配りがなされ、「文学」の範疇では見えにくい、もうひとつの文学・文芸領域としての風俗＝和歌と和歌史への展望が拓かれていく。

既述のごとく、紫式部や藤原道綱母、菅原孝標女の文学の基盤には、和歌という表現行為があり、藤原忠通の場合には、それは歌壇という社会的な関係を築く媒体でもあった。小川論文ではそうした和歌を政治理念の根幹から問い直すことで、日本文学という枠組みの支柱の一つたる「和歌」に揺さぶりをかける。和漢の才知と文化的性差の力学に加えて、理念・思想としての詩歌・和歌の問題がここに提起されていることになろう。

ハルオ・シラネのコラムは、十三世紀から十七世紀の文芸を対象に、文芸の創作者をめぐる問題に光をあてる。作者に対する概念が、近代と前近代で異なることに注目しつつ、とくに、カノン化された勅撰詩歌集や儒教古典、仏典の作者とは明確に区別される非カノン的ジャンルである説話や物語、平曲や能における作者のあり方を照射する。『伊勢物語』や『源氏物語』は、本来、物語であり非カノン的な存在だが、カノン化された和歌との接点でカノン的テクストへと転換するという指摘は、和歌の役割を考える上で示唆的である。また、非カノン的テクストへの着目から連歌・俳諧といった集団的作者とそのジャンルが近代的作者の出現によって変質する様子にも注意をうながす。作者概念の重層化やテクストのカノン化の問題は、現在の文学史研究において重要な課題として認識されているが、それが非カノン的テクストの諸相とどう結びつくかは、歴史叙述としての文学史において、さらなる検討課題になるだろう。

4　都市と地域の文化的時空（第3部）

第3部には、文芸テクストが都市や地域社会との関わりで生成し、享受される様相を明らかにした論文を中心におさめた。古典文学の場合、京都や畿内、江戸、大坂といった都市の文化との結びつきが連想されやすいが、近時は各地の諸藩や大名家の文化事象が様々な観点から明らかにされつつある。文芸テクストに出現した都市のイメージは、自ずと実像としての都市や社会と照らし合い、テクストの内外にメッセージを放つ。また、地域社会における文芸テクストとしては、説話や由来を記載した諸資料やそれと関わって生成した伝説や伝承といった口承文芸も対象になるだろう。書物の書写や刊行、芸能者によるパフォーマンスは、メディアとして様々なイメージや思想を各地に運び、それが種々に展開していく。文芸テクストとメディアの関わりの追究は、前近代の社会と近代社会といった区分を越えた文学史を構想する重要な指標になり得る。

深沢徹論文は、旧来の文学史という枠組みを対象化すべく構想された「都市表象史」が提起され、その見取り図を提示する。ロラン・バルトやジャック・ラカンといった思想家たちの著述との対話から、漢字と仮名、カタカナという言語の表記と機能に目配りをして『方丈記』と『愚管抄』を都市表象のテクストとして認知し、古代平安京をめぐる諸言説の分析を試みる。平安京の核となる内裏については、『池亭記』と『新猿楽記』『方丈記』を参照し、その特質を浮き彫りにする。平安京の邸宅論としては、『源氏物語』の六条院を取り上げ、『池亭記』と対照し、物語における役割や象徴性を明らかにする。また、平安京の市については、『新猿楽記』を中心にその空間を論じるなどの構想を語る。

李市埈論文は、天人女房羽衣伝説と菅原道真の説話が地域社会で結び付けられ、享受される様相を、十七世紀初頭の成立かと目される「川並村申伝書記」の分析を中心に論じる。菅原道真については文人としての営為はもとより、各地に伝来する『天神縁起』とともに多くの天神説話が知られる。本論文もそうした多様な天神縁起の享受とその地域社会での新たな説話化に光をあてたことになる。「川並村申伝書記」では、近江国の桐畑太夫なる人物と天人の間に、男女ふたりの子を授かり、男子は陰陽丸と言い、後に菅原是善の養子になり、最終的には天神になったという説話、女子は菊石姫という蛇身の娘であったという説話が展開する。このテクストで興味深いのは、道真が和歌や漢詩文をよくしたという点に注目がなされている点であろう。道真の詩歌として、『袋草紙』や『古本説話集』に採られる「鴬よなぜ―」や『菅家文草』に採録される「月輝如晴雲―」が参照され、近江地域の道真伝説の一端として機能していることが明らかにされる。和漢の才知は、地域社会と関わる文芸テクストにも様々な影響を与えるのである。

デイヴィッド・アサートンのコラムは、十七世紀の文学における中世と近世の連続性を、浅井了意の『むさしあぶみ』を例に問いかける。『むさしあぶみ』は、新興としての江戸における明暦三年の大火を扱った近世文学だが、その基盤には、中世文学以来の語り、とりわけ、お伽草子の懺悔ものとの接点を見出している。また、都市の大火による惨状を、これまた中世説話やお伽草子に登場する地獄めぐりのモチーフを用いて表現していると指摘する。重要なのは、語りの定型や表現として中世文学の伝統をふまえつつ、じつは江戸という都市が幕府の配下で迅速に再建されるという、中世社会の都市とは、異なる政治都市としての江戸の相貌を描き出しているという指摘がなされる点である。十七世紀には中世と近世とが重層しつつ、新たな近世社会の胎動が認められる。移行期としての十七世紀の意義を的確に指摘する。

宮腰直人論文は、東北の語り物文芸・奥浄瑠璃とその基盤をなす古浄瑠璃の享受を、南奥羽地域を中心に論じる。これまで奥浄瑠璃は、古浄瑠璃の継承者としての意義が強調され、その独自性は問われずにきた状況がある。そうした研究状況を対象化すべく、奥浄瑠璃の側から、あるいは東北の都市から奥浄瑠璃と古浄瑠璃の関係をあらためて問い直すことの必要性を提起する。奥浄瑠璃のなかでも、金平浄瑠璃と接点をもつ『三田八幡ノ本地』や『鬼甲山合戦』をとりあげ、奥浄瑠璃における逆臣像や、修験の地としての羽黒山をめぐる言説をふまえ、独自に展開していることを指摘した。また、『上山三家見聞日記』の記述から、元禄期に金平浄瑠璃の代表的太夫の一人、和泉太夫らが仙台を経由して南奥羽地域を訪れていたことを示し、古浄瑠璃享受の一端を論じ、南奥羽地域の芸能環境に光をあてることを目指した。奥浄瑠璃にせよ、古浄瑠璃にせよ、語り物文芸にはテクストの内外で都市と多様な地域社会の接点が見いだせる。この特徴は文学史を構築する上で新たな指標になりうるのではないかとの提起をした。

鈴木彰論文は、朝敵としての平将門のイメージが浸透する動態を、明治二十年代の成田山新勝寺の教線拡大の戦略を明らかにしつつ論じる。成田山信仰へと誘引する『成田山縁起』や『成田山大縁起』などの明治期の縁起において、将門は叛賊として強調され、それをも調伏する成田山の不動明王の霊威が語られていく。こうした縁起による信仰拡大の志向は、たんにテクスト内の問題にとどまらず、新勝寺の住職が東京・成田間の鉄道の開通という、きわめて近代的な出来事と鉄道布線事業に積極的に関与していたという事実とも重ねられて論じられる。江戸以来の開帳の伝統も、あわせて成田山信仰において創り出された叛賊・将門像が、近代社会に広く発信され、人びとに共有されるようになった様相が叙述される。さらに成田山信仰は、日清戦争をも取りこんで「身代わり札」などに代表される新たな霊験を生み出し、叛賊としての将門は、それらを支える既成事実へと変質する。

徐禎完論文では、日露戦争以降、帝国日本が植民地とした朝鮮における近代能楽史、植民地能楽史という新たな研究領域の可能性を提起する。近代日本の権威をあらわす「国家芸能」としての能楽の役割と、文化と権力の密接な関係が能楽史の課題として指摘される。また、従来の近代能楽史の叙述を参照しつつ、そのなかで、必ずしも可視化されてこなかった戦時期の能楽史にも光をあてる。いずれも編年式の文学史でいえば、「中世文学」の範疇で捉えられることが多い能楽と能楽研究の射程が、近世はもとより、近現代社会にも及ぶことがきわめて説得的に論じられる。地域社会における能楽享受の歴史研究と植民地能楽史の構想を対照させることによって、鋭く大きく近代学問としての芸能史の課題を論じる。

鈴木論文も徐論文も近代社会における文芸テクストの諸問題を論じる際に、日清・日露戦争への言及がなされている。日本文学史の成立が近代国家としての「日本」の創出に関わっていることはすでに一定の共通理解があるように思われるが、近代の戦争をめぐる文化事象もまた重要な文学史の領域であることを両論文は示している。これは、本シリーズ第一巻の「東アジアの文学圏」や、本巻の第1部「文学史の領域」の諸論文の提起とも繋がってくる。

5　文化学としての日本文学（第4部）

第4部には、日本文学という枠組みを対象化し、各国の文芸と比較対照する論文を中心におさめた。日本古典文学は、自国史の立場から「国文学」として「国語」の一端を担ってきた経緯がある。近年、グローバル化が叫ばれる状況にあっては、諸国の文芸や文学、文化との比較対照のなかで、日本文学をどう位置づけるかは研究の将来を決定づける重要な課題の一つといってよいだろう。単線的な影響関係の想定や印象批評にとどまらずに、文芸テクストを広く共有し、テクストをめぐる様々な思考や歴史を解明し、叙述するかが課題になる。

會田実論文は、ゲーム「ポケモンＧＯ」やアニメ「君の名は。」の享受がもたらす、「聖地巡礼」など物語テクストの追体験への着目を端緒にして、宗教学者ミルチャ・エリアーデや益田勝実の神話論を取り上げ、神話における物語体験、とくに反復と臨場というふたつの側面に目を向ける。反復は物語が繰り返し語られ、それが享受されること、臨場はそうした反復がもたらす物語の時空への参与を示す。物語享受の重要な局面としての追体験を反復と臨場というキーワードで論じる。こうした追体験としての物語の有り様は、語り物文芸である『平家物語』や『曾我物語』の語り手や担い手と、聴衆と読者の関係の理解においても有効な視座になり得ることを指摘する。物語を聞いたり、読んだりする経験が、何かしら他者の経験を追体験すること、ひいては他者になり得ることでもあるとすれば、物語体験とは社会においてどのような行為として見定められるのかという物語の本質を問う提起がなされる。

クレール＝碧子・ブリッセ論文は、近年の西欧の叙事詩研究と文化人類学の研究成果を参照しつつ、『平家物語』を文学作品としてではなく、琵琶法師による語り、パフォーマンスの側面を重視し、そこに東西を問わぬ語り物文芸の特質を認め、その文化的な意義を論じる。『平家物語』が盲目の琵琶法師によって語られたのに対し、ギリシア叙事詩『イリアス』や『オデュッセイア』もまたアオイドスという盲人の語部によって語られたという点に着目し、盲人語りが持つ儀礼的な、パフォーマティブな面を強調する。また、『平家物語』と同じく十二世紀後半の動乱を記述した『玉葉』や『吾妻鏡』の記事を取り上げ、叙事詩としての『平家物語』が担ったであろう鎮魂について言及する。琵琶法師の説話といえば、ラフカディオハーンの怪談『耳なし芳一』が著名だが、『オデュッセイア』にも語部アオイドスにまつわる説話があり、語り手の語りがもつパフォーマンスに焦点が当てられているという。叙事詩における語りから発想し、さらに盲人による語り物という共通点を基盤にした比較文学としての『平家物語』論の可能性を示した論考になっている。

ニコラエ・ラルカ論文は、ルーマニアにおける不老不死の昔話が紹介され、お伽草子の『浦島太郎』と対照する。ルーマニアの昔話で代表的な人物であるファト・フルモスがある王様のもとに生まれ、不老不死の場所を求めて、不思議な馬に助言を受けながら旅をするという筋立てが紹介される。いずれも異界が物語の舞台とされ、美しい女性と結婚するという点や異界で望郷の念を抱くなどの点が共通するという。ルーマニアの昔話と日本のお伽草子、説話ではむろん、相違点も少なくない。だが、ルーマニアでは、この「不老不死」の昔話は子供から大人まで幅広く知られており、その点では日本における『浦島太郎』と似通っている。「不老不死」というテーマの普遍性が再認識される。ルーマニアの昔話と日本の説話・昔話の比較対照は未知の領域だが、本論はその第一歩ということになろう。

周以量論文は、曹洞宗の僧・猷山の手になる近世の仏教説話集『諸仏感応見好書』における笑話の諸相を論じる。説教と笑話といえば、『醒酔笑』が想起されるが、本論文では、漢文を基調とした『諸仏感応見好書』における笑話採録の意義を指摘する。具体的には、利口ばなしと愚かばなしとに区分され、それが近世の噺本の世界にもつながるという見通しが論じられる。そもそも『大荘厳論経』や『仏説義足経』、『雑譬喩経』や『雑宝蔵経』といった仏典の言説に、すでに笑話の要素が認められることをふまえれば、『諸仏感応見好書』に笑話が採録されることに不思議はなく、むしろ、説教や唱導の本質にかかわる事象として笑話と説話集の関連を理解することができるだろう。近世仏教説話集は、地域社会における教化との結びつきもあり、本シリーズ三巻「宗教文芸の言説と環境」の諸論との呼応をはじめ、今後の宗教文化と文芸研究の接点としても重要な領域であることを強調しておきたい。

志村真幸論文は、イギリスでよく知られた孤児のディック・ホイッティントンの猫にまつわる立身出世譚を論じた、南方熊楠の代表的論文「「ホイッティントンの猫——東洋の類話」（学術誌『ノーツ・アンド・クエリーズ』に採録。以下、同誌を『N&Q』と略す）と「猫一疋の力に憑って大富となりし人の話として」（大衆向け総合雑誌『太陽』に採録）を取り上げ、日本とイギリスにおける熊楠論文の影響と、ふたつの論文の相違から、比較説話学の先駆者としての熊楠の営為を浮き彫りにする。本論文によれば、熊楠は、イギリスの説話研究に寄与した『N&Q』において、日本と中国における情報提供者の役割が期待され、同誌の誌上で行われた共同研究の一端を担っていたという。また、博文館の大衆向け総合雑誌『太陽』に寄稿した論文は、『N&Q』の論文とは対照的に娯楽的なくだけた文体の読み物として掲載されたとする。その背後には、柳田国男の意向があったことを書簡から明らかにしている。読み物としての「ホイッティントンの猫」は、立身出世を求める明治期の風潮にも合い、比較説話学とは異なるインパクトを近代日本社会に与えたとする。第1部の王論文と対照することによって、明治期の言説の多様性とそれぞれに込められた近代化への志向とを読み取っておきたい。

松井竜五論文は、ロンドン滞在時の南方熊楠が大英博物館などで作成した五十二巻にも及ぶ抜書、いわゆる「ロンドン抜書」に、欧米人による日本体験記が含まれていることに注目して、熊楠の念頭にあったに違いない、西欧人の他者理解としての日本観を論じる。たとえば南蛮時代の記録では、薩摩人アンジローが、宣教師ザヴィエルらにもたらした日本情報をおさめた書簡、十七世紀の記録では英国人アダムズ、後に徳川家康の外交顧問になった三浦按針の書簡、平戸商館の商館長であった英国人コックスの書簡などを書写する。こうした熊楠の関心は、鎖国期以降も続き、最終的には熊楠と同時代を生きていたチェンバレンの『日本事物誌』の「日本人 Japanese」にまでその抜書は及ぶのである。熊楠の膨大な抜書は、そのまま、彼の幅広い関心を示しており、明治二十八年にロンドンに至った熊楠が、日欧の文化交流を通史的に捉え、日本なる国を対象化し、文化相対主義に基づく大局的な人間文化へのまなざしを育んでいった様相が明らかにされる。

田村義也のコラムは、南方熊楠の著作・論集単行本の構想を関係者の書簡を広く捜索して論じる。熊楠の生前に刊行されたのは、大正十五年に集中して刊行された『南方閑話』『南方随筆』『続南方随筆』であるが、本コラムによると、すでに明治期に和歌山県内地方紙『牟婁新報』などに掲載された論考については単行本出版への動きがあったという。多面的かつ、旺盛な文化活動を行ってきた熊楠の様相が明らかにされ、近年、諸氏によって資料の発掘が相次ぐ熊楠研究の動向と成果とが端的に示されている。本巻の最後に南方熊楠に関する一連の論考を配したのは、話題の連続性はもとより、容易には把握が出来ない熊楠の文字通りの多様な取り組みの中に、文化学としての文学研究の可能性を見出しているからにほかならない。

ツベタナ・クリステワのコラムでは、本巻の締めくくりに相応しく、文学史研究における問題の所在が的確に論じる。〈日本文学史〉というときの、「日本」や「日本文学」の内実とはいったい何なのか。本コラムが指摘するように、文学史を書き直し、更新するという営為は、文化的なアイデンティティーの形成と不可分である。日本文学の多様性を、いかに豊かに深く叙述できるかという文学史の基本的課題は、新たな価値観の創成と軌を一にしていることを確認しておこう。そのための方略として、比較文化・比較文学的アプローチの有効性が指摘される。本章の各論は、まさにこの比較による「発見」の成果である。

文学史の時空を問うことは、研究者と研究の現在を照らしだす。社会や歴史に対する認識や価値観が浮き彫りにされる。ツベタナ・クリステワも言及するように、日本文学史が、歴史叙述を掲げる以上、研究者の現在と無縁に構想されることはありえない。研究が実践であることの意義をもう少じっくりと考えてみたい気がする。

その点で最後にふれておきたいのが、文学史と教育との関わりである。本稿の冒頭で述べたごとく、古典なるものの見直しや再定義が、日本文学研究諸分野における共通の課題になっている現在、個々の研究を越えて全体的な見取り図を展望する文学史の役割はますます重くなることが見定められる。文芸テクストの新知見や新出資料は、研究を活性化するが、果たしてそれが教育に波及し、教員と学生とがテクストを共有する場で力を幾らかでも発揮できるか。文学研究と教育の関係については未だ課題が多く残されている。

すでに指摘があるように、▼注[8]〈古典〉や〈文学〉の成立は、教育制度の確立とも不可分である。文学史は、そのなかでも、教育や制度と親和性があり、その影響力には十分留意する必要がある。だが、他方で文学史という歴史叙述に、研究と教育との架橋が可能性として拓かれていることも事実であろう。一つの文芸テクストの成立や享受を説明することが自ずと、他の文芸の理解へも繋がっていくことは多くの人が、多かれ少なかれ経験していることだろう。また、資料の発見や新知見が、既存の資料に対する捉え方を更新することもある。研究と教育にはそれぞれの領分や存在意義があり、必ずしも同じ方向を向く必要はないかもしれない。ただ、そうした文芸間の関係づけや位相の見直しが、端的にいえば、作品や作者の見方の深化や変化が、「古文」というテクストを照らし、そこに潜在しているはずの、人びとの歴史に目を向ける一助になり得る可能性を研究に携わる立場からは、つねに認識しておきたい。

文学史が個別の文芸テクストを往還し、諸ジャンルを越境して既存の認識を問い直す叙述として構想されるならば、日本文学の多様性とその魅力を伝える指標として新たな役割を担うことは間違いない。本巻で様々に論じられた文学史の時空は、人びとの関心を喚起する未知の学域が、なお豊かに存在することを示しているように思われる。

【注】

[1] 中世文学会編『中世文学研究は日本文化を解明できるか―「中世文学会創設50周年」記念シンポジウム「中世文学研究の過去・現在・未来」の記録』(笠間書院、二〇〇六年)。

[2] 河野貴美子他編『日本「文」学史　第一冊「文」の環境―「文学」以前』(勉誠出版、二〇一五年)。

[3] 小峯和明「新しい文学史のために」(『日本文学史』吉川弘文館、二〇一四年)。

［4］益田勝実「ある国文学の構想」（『文学』三十二巻六号、一九六四年六月）。

［5］「国文学」と「国文学史」の問題については、笹沼俊暁『「国文学」の思想—その繁栄と終焉』（学術出版会、二〇〇六年）を参照。

［6］鈴木貞美『日本の「文学」概念』（作品社、一九九八年）、ハルオ・シラネ、鈴木登美編『創造された古典　カノン形成・国民国家・日本文学』（新曜社、一九九九年）。

［7］井田太郎、藤巻和宏編『近代学問の起源と編成』（勉誠出版、二〇一四年）。

［8］注［6］前掲鈴木著及びハルオ・シラネ、鈴木登美編著参照。

第1部

文学史の領域

1　〈環境文学〉構想論

小峯和明

1　古典と近代の架橋

文学史に関しては、すでに編著『日本文学史―古代・中世篇』（ミネルヴァ書房、二〇一四年）及び『日本文学史』（吉川弘文館、二〇一五年）で概要や問題点は述べており、二〇一六年三月開催のコロンビア大学での文学史をめぐるシンポジウムでも報告したが、論点は三つある。第一に、研究の多角化と細分化によって一個人で書く文学史の時代はすでに終焉を迎え、複数の執筆者による総合的な文学史の時代に移行したが、従来の時代別、ジャンル別の通史的な文学史とともに、時代の輪切りやテーマ別の文学史など、より多彩な文学史を模索すべきこと。第二に古典と近代の断絶、溝を埋める方策を模索すべきこと。第三に一国内に収斂せず〈漢字漢文文化圏〉を視野に入れた東アジアの文学史の構築を模索すべきこと、である。第三に関しては、すでに本シリーズ第一巻でもふれた通り、中国では張哲俊『東亜比較文学導論』（北京大学出版社、二〇〇四年）がひとつの範型をなし、韓国でも趙東一著、豊福健二訳『東アジア文学史比較論』（白帝社、二〇一〇年、初版・ソウル大学出版部、一九九三年）が出ている。早急に東アジアとからめた日本文学史の構築がもとめられていよう。

ここでは、そのような観点を前提に、古典と近現代の架橋をめざす試みの一環として、〈環境文学〉をとりあげてみたい。〈環境文学〉に関しては、すでに先引の吉川版『日本文学史』で一章を割いて述べているが、これをより拡充させていきたいと考える。

2　今、なぜ、〈環境文学〉か？

〈環境文学〉とは、自然環境と人間社会及び文化との関わりをとらえた文学全般を指す概念である。現行の学術界が、自然科学・生命科学・人文社会科学に区分され、実学に偏重し、功利主義や実利主義、即効性が優先されている。さらには少子高齢化、高度情報化社会の進展、文学の教養主義からの脱落、大学の制度改革等々が相まって、人文学は危急存亡の時代を迎えているといわれる。二〇一六年には岩波書店の雑誌『文学』が休刊になり、文学退潮路線を象徴する出来事となった。ここまでくると、もはや人文学が孤塁を守るのではなく、自然科学や生命科学に積極的にすり寄り、相乗し合い、架橋する方位を戦略的かつ本格的に模索すべき時期に来ているであろう。

とりわけ地球規模で課題になっている環境問題は人類の生存そのものにかかわり、今後益々環境学との接合や乗り合いが必要になるだろう。地球温暖化や環境汚染、毎年のようにくり返される水害や震災などの災害等々、益々深刻化している環境問題に対して、人文学は何ができるかが問われている。

日本では、環境問題は公害問題から始まる。一九六〇年代の高度経済成長期における公害問題は、工場廃液を海に垂れ流し、地元民がその汚染された海の魚を食べて水銀中毒症を引き起こした水俣病に象徴され、イタイイタイ病や四日市ぜんそく等々があった。そして一九九五年の阪神淡路大震災、二〇一一年の東日本大震災、そして直近の熊本大地震とあいつぐ災害、それに伴う原発破壊の放射能汚染、中国で蔓延しているPM2・5問題等々、一国内にとどまらない深刻な事態に至っている。

すでに歴史学は災害問題を歴史的な変遷過程から精密に跡づけていく研究が積極的になされているが、それに比べて文学研究の本格的な対応は遅いと言わざるをえない。一九九四年に発足した「文学・環境学会」は活発に活動しているものの、自然と人間を二項対比的に扱うアメリカのネイチャー・ライティング研究の影響から波及したもので、欧米との比較文学や日本の近代文学が中心で、いまだ学界全般に浸透、定着しているとはいいがたい。古典文学の分野でも一部に試みは見られるものの、東アジアをも視野に入れて総合的に展開させる次元にまでは至っていない。

ことに、シラネ・ハルオの提唱するように、野生の自然よりも人工的に再生産された「二次的自然」が文学に深い影響を及ぼすと同時に、文学が「二次的自然」を生み出してきたともいえる。ひとまず、この「二次的自然」の大きな転換期と目される一六世紀前後（中世・近世の転換期）を中心に、日本と東アジアの〈環境文学〉を基礎的な資料学から再構築し、絵画造型などをも併せてその全体像を究明することを目的としたいと考えている。

私的には、まず食文化が環境問題と直結していることから、食の文芸のテーマを手がけ、その過程で一六世紀が大きな転換期であることを見出し、この分野の先駆者であるシラネ・ハルオ、渡辺憲司と共編で『文学に描かれた日本の「食」のすがた』（『国文学解釈と鑑賞』別冊、二〇〇八年）を編集し、座談会と論考をまとめた。さらに二〇一〇年に「文学・環境学会」の設立者である野田研一及び渡辺憲司を中心に、立教大学で「環境と文学」の国際シンポジウムを開催した。このシンポジウムをもとに、野田、渡辺、シラネ、小峯の共編で『環境という視座―日本文学とエコクリティシズム』（『アジア遊学』二〇一一年）を刊行した。ついでシラネ・ハルオ『Japan and the Culture of the Four Seasons;Nature,Literature,and the Arts』（コロンビア大学出版部、二〇一二年）が刊行され、野生の自然よりも人工的な自然の「二次的自然」を中心に、文学、美術との関連を新しい角度から追究している。文芸に絵画・造型の視覚文化がかかわり、名所論に発展、見立てやパロディ文化にもつらなり、対象も詩歌、物語から俳諧、演劇、料理や和菓子など多岐に及び、きわめて幅広く射程が深い力作である。邦訳が出ていないため、まだ日本の学界で充分認知されていないが、今後に波及する問題は大きいと思われる。

また、二〇一〇年からパリを起点に『酒飯論絵巻』の日仏共同研究が始まり、複数のシンポジウムをもとに、その成果もまとまった（『アジア遊学』二〇一四年、及び論集・臨川書店二〇一五年）。さらに二〇一二年の『文学』（岩波書店）の一六世紀特集号で提起した、一六世紀の「叢生の文学史」論とも相乗し、『酒飯論絵巻』が時代の食文化を象徴、絵画と文芸の交差する〈饗宴の文芸〉の絵巻として定位することができ、メディア研究からも重要な対象であることが明らかになった。

これらを受けて、『日本文学史』（吉川弘文館、二〇一四年）を編集し、従来の時代別やジャンル別の論を排してテーマ別の文学史を構想し、「環境と文学」に一章を当てて執筆、「四季のイデオロギー」「災害の文学史」「食文化と文学」「動植物の文学」の四節にわたって検討したが、一般向けの概説的な記述で代表的な作品を取り上げるに止まり、その周辺や裾野に多くの埋もれた作品資料があることを再認識しつつも俎上に載せることができなかった。

また、これと前後して、シラネ・ハルオとの対談「日本文学研究の百年」（『文学』二〇一三年一一・一二月号）、及びシラネ、染谷智幸、金文京との座談会「トランス・アジアの文学」（『文学』二〇一四年五・六月号、二〇一五年一一・一二月号）でも、日本と東アジアの「二次的自然」が話題になった。環境問題が日本国内だけで考えにくいように、〈環境文学〉もまた東アジアとの連関及び対比からとらえていく必要が痛感され、とりわけ「二次的自然」の東アジア間の位相差の究明が課題となってきた。一国内文学史ではなく、東アジア文学圏からの総合的な文学史の再構築をめざす一環として、〈環境文学〉は欠くことのできない主要なテーマであることが浮かび上がってきたのである。

3　〈環境文学〉の対象と方法

上記に対応して、〈環境文学〉論では文献資料のみならず、絵画や造型の諸資料も対象になる。とりわけ四季の形象や隠喩表現をはじめ、食文化の食材や料理、動植物の生態やキャラクター化等々、文芸以上に絵巻や画巻、本草図譜、屏風絵、掛幅絵等々、絵画表象が重要な対象となり、東アジアにも広範にわたるため、相互の比較検証が欠かせない。東アジアの〈漢字漢文文化圏〉をあわせて追究することで、日本の〈環境文学〉の位置や意義もあらためて明確になると考えられる。既成の文学作品に限定せず、資料は浩瀚に博捜し、対象を歴史的実体に還元するのでなく、想像力や幻想領域、隠喩など言語表現、イメージ表象をも重視する必要があろう。

一口に〈環境文学〉といっても内容は広範囲にわたるため、一六世紀前後を焦点に以下の四点を柱に総合的に検証する方策をとりたいと考え、当初は以下のごとき設定を行った（先述の『日本文学史』）。

（1）四季の形象と言説（景物と名所を中心に。詩歌以外に宗教書など散文系も重視）
（2）災害をめぐる実録、伝承、仮構、及び諸言説
（3）食文化の形象と言説（食材、料理を中心に。料理書からパロディ文芸まで）
（4）動植物の形象と言説（本草書から擬人化物語、前近代のキャラクター化まで）

しかし、第一の四季の問題はより拡充させて改訂する必要が出てきており、以下のようにさらに細分化してとらえようと考えている。

A．天体、気象、四季
B．名所、聖地
C．生活空間

D．災害・怪異
E．食文化
F．動植物・異類

このうち、Aの天体、気象、四季は、日、月、星、雲、風、雨、霧、霞、雪等々で、これに四季の景物もかかわるが、単なる美的形象ではない、時間や季節の循環が天子の支配によるといった「イデオロギーとしての四季」をはじめ、譬喩や隠喩の表現、たとえば密教の五臓曼荼羅なども関わってくる。

Bの名所、聖地は、特に景物と名所の結びつきをはじめ、聖地などの場所、空間、景観論をはじめ、造られる場と言語表現の型、場の言祝ぎ、言葉の力、意味作用等々が関連し、異界、境界論などにもつらなってくる。

Cの生活空間は地域と生活様式が対象となり、前者は都市、郊外、田舎、辺境など、後者は隠逸、隠遁、閑居をはじめ、漂泊、遊行、巡礼、修行、求道、観光、スポーツ、レジャー等々が挙げられるだろう。

Dの災害・怪異は、災害文学としての歴史叙述、記録や実録のみではなく、災害にまつわる様々な伝承、儀礼・祭礼をはじめ、仮構、フィクションも含む。『方丈記』の五大災厄をはじめ、その近世のパロディである『犬方丈記』も飢饉を主とし、政道批判や諷刺、言祝ぎなどもある（本シリーズ・第三巻・巻頭論参照）。怪異はいわゆる妖怪系のそれではなく、天変地異などの変異を指す、本来の意義である。占い、予言、予兆からみる自然と環境の課題で、環境との交信、私にいう〈予言文学〉などと深くかかわる。

Eの食文化は、食材、料理を中心に、料理書からパロディ文芸まで含むが、〈環境文学〉としての食文化を問い直す。食材とは結局、動物・植物で、言いかえれば、食文化は「二次的自然」にほかならない。調味料、醸造、加工などども加わり、創造する芸術としての料理や見る料理、言葉や眼で食べる料理の問題になる。また、箸や食器、食卓など食を囲む総体も連関し、家族や共同体、社会のあり方にまで連なる。食文化は民俗学、文化人類学、歴史学から研究がなされているが、文学研究からはあくまで言語表現、言葉の技芸（ワザ）や食の想像、空想、虚構面からの解明が目標となる。指標として先述の『酒飯論絵巻』がある。饗応、宴会文化、厨房、食の職芸、宗論に匹敵する争論もの、言語遊戯、レトリックの文芸等々の課題がある。さらには動物擬人化の物語とも重なり、『精進魚類物語』や『をこぜ』などの作例がある。

Ｆの動植物・異類はその形象と言説で、本草書から擬人化物語、前近代のキャラクター化まで含む。東アジアの本草学（動物・植物・鉱物）も対象となり、それらの言説と図譜による本草書があり、本草学は薬学、医学の基礎、仏教医学や漢方医学に連関し、博物学はもとより、物産学、名物学、言語学にもつらなる。動植物の観察、分類を基調に、附随する言説、絵画表象がかかわり、徹底した自然の対象化による知の壮大な体系化がなされる。植生、生育圏に見いだせるように、東アジアの地域性がかかわる共有圏と位相差がある。生命科学への接近の端緒となるであろう。

動物の位相も、野生、家畜、飼育、ペットをはじめ、動物園もあり、前近代にも権力者は動物園的なものを持っていたと思われる。植物の位相も同様で、野生、庭園、園芸、盆栽や植物園等々があり、表象の動物、イメージ、擬人化の問題もある。また、今回加えた異類との差違は、『百鬼夜行絵巻』のごとく道具の妖怪化はすなわち禽獣化にほかならず、動物との距離が問題になる。本草学では、動物項目に龍や河童が収載されるごとく、もともと異類との区別をしていないので、かような本来の区分けに戻す意味合いもある。

4　〈環境文学〉の範型

かつて水俣病の現状と悲惨さを広く世に知らしめたのは、石牟礼道子『苦界浄土　我が水俣病』（一九六九年）であった。刊行時、ルポルタージュともドキュメントとも聞書き風のエッセイともつかぬ不思議な世界に強く惹かれた経験がある。文学としての強靱な喚起力を持っており、たぶんにシャーマニックな面もあったように思う。今や〈環境文学〉の代表作として古典的な評価を得て今日に至っている。

その後、阪神大震災や東日本大震災の時に甦ってきたのが、『方丈記』や『三代実録』などの古典であった。後者は正史六国史の掉尾を飾る歴史書で、九世紀後半の平安前期、貞観年間に起きた津波の惨状を、漢文体による圧倒的な迫真の描写で表現し、やはり文学の喚起力をまざまざと感じさせるものであった。

陸奥国の地、大いに震動す。流光、昼の如く隠映す。しばらく人民叫呼して、伏して起きることあたはず。あるいは屋仆て圧死し、あるいは地裂けて埋殪す。（略）海口は哮吼し、その声、雷霆に似る。驚濤と涌潮と、泝洄し、漲長して、忽ちに城下に至る。海を去ること数十里、浩々としてその涯を弁ぜず。原野道路すべて滄溟となる。（略）

（『日本三代実録』貞観一一年（八六九）五月二十六日条、『類聚国史』にも。保立道久『歴史のなかの大地動乱』（岩波新書、二〇一二年）の訓読から引用）

迫真の描写で、現実の災害をもとに読みの位相が変わったと言いうる。貞観年間といえば、『伴大納言絵巻』に描かれた応天門の変の三年後に当り、遠い時代の絵巻の世界でしかイメージできていなかったものが、にわかに身近に意識されるようになったのである。まさに災害文学としての意義をもつ〈環境文学〉と読みかえることができるだろう。前者の『方丈記』の五大災厄（火災、地震、辻風、飢饉、遷都）の描写も有名で再注目されることにもなった。過去の記録がまざまざとリアリティを伴って迫ってくるわけで、アーカイブスとか、過去の遺産とされる史資料の持つ意味や存在意義があらためて浮き彫りになったといえる。

概して歴史学が先行し、文学研究は後追いの印象が強いが、人間学としての生命科学への架橋を目標とし、地球環境学や生態学、死生学等々にかかわっていければと思う。末木文美士『草木成仏の思想―安然と日本人の自然観』（サンガ、二〇一五年）のごとく仏教思想や宗教学における提言も深く連関するであろう。あるいは、民俗学における野本寛一『海岸環境民俗論』（白水社、一九九五年）のように、海岸、地形、地質、海象、気象、動植物などから、地理的環境、生物の知覚行動をはじめ、生理的構造による受容とメカニズムを論ずる研究なども見のがせない。人文系から科学としての階梯を経て、理系へ、再び人文系へ、という往還がもとめられるだろう。

5　「二次的自然」の位相差

シラネ論にいう「二次的自然」の問題は徐々に一般化しつつあるといえるが、自然と人間という二項対比ではなく、野生の自然よりも人工的に再生産された「二次的自然」がとりわけ文学に深い影響を及ぼしており、同時に文学が「二次的自然」そのものを生み出してきたことをあらためて重視しておきたい。しかしながら、人工的な自然の内実を探っていくと、かなりの対象がこれに該当することになり、全く人の手の加わっていない野生の自然「一次的自然」の方が少ないことに気づかされる。他方、同じ「二次的自然」といっても、里山や杉の植林と盆栽とではかなりその印象が異なる。差が大きすぎるであろう。「二次的自然」の位相差が問い直されなくてはならない。

「一次的自然」すなわち野生の自然は、たとえば原生林などかなり消えつつあるが、海、山、島など自然の一次的形態はまだ存続しており、といっても渚の消滅のごとく海岸線も埋め立てなどによってかなり破壊が進んでいるが、それでもまだ手がかりは残されている。一方、「二次的自然」は人間が介在し、造り変えた自然で、再生、表現された自然ともいえる。里山、棚田、人工林、庭園から植物園、盆栽に至るまで、あるいは絵画、服飾デザイン、造型、工芸、詩歌等々、あらゆる分野に多岐にわたり、文化現象の総体にかかわるといえる。文化的に再構築された自然ゆえに、思考や想像力に重要な役割をはたし、宇宙樹や生命樹、さらには系統樹（後述）に象徴されるように、世界を認識する方法に大きな影響を与えている、という以上に無意識からなる発想の根源にあるといえよう。この多岐にわたる「二次的自然」の位相差をひとまず自然に準じて再生させた〈準自然〉と、自然をもとにしつつあらたに再創造したものを〈模自然〉、別種の媒体に変換させたものを〈擬自然〉とにそれぞれ分けて、今後さらに検証していきたいと思う。先の例でいえば、里山や植林は〈準自然〉、盆栽は〈模自然〉、絵画・造型などは〈擬自然〉である。

6 〈環境文学〉点描——樹木をめぐる断章

〈環境文学〉の具体例として、ここでは樹木を対象に古典から近代までいくつか事例を挙げておこう。本叢書の第一巻でみた瀟湘八景は、東アジアに共有された美の鋳型であった。いわば、意図的に作られた風景、景観であり、「二次的自然」の典型ともいえるものだったが、一方でおのずと東アジアもしくは世界に共通する原風景ともいうべき対象があり、その一つに巨樹がある。樹木はその土地の風土に文字通り根付くから、地域ごとに多種多様の植生をもたらすが、樹齢をかさねた巨樹の威容はおのずと神威とつながり、憧憬や畏怖の対象にもなり、神格化にも及ぶだろう。人々にとって暮らしの指標や拠り所となっていた。その様相はどの地域でも共通する。巨樹の存在はまさにその地域における環境のありようを直截に映し出すから、巨樹をめぐる言説はおのずと〈環境文学〉に相当するといえる（漢訳仏典から東アジア世界に共通する樹神の問題は別途ふれたい）。

i 『風土記』から

巨樹の存在は、すでに古代社会から語り歌い継がれていた。『古事記』仁徳記の、難波の兎木河西の高樹が朝日の影が淡路島に、夕陽の影が高安山を越えたといい、その樹を伐って船を造り、さらに壊れた後に琴を作ったという有名な枯野の故事がある。また、『肥前国風土記』佐嘉郡条では、昔者、樟樹一株、この村に生ふ。幹と枝と秀高く、茎と葉と繁茂り、朝日の影、杵島の郡蒲川の山を蔽ひ、暮日の影、養父の郡草横の山を蔽へり。日本武尊、巡り幸しし時に、樟の茂栄えたるを御覧はし、勅曰りたまひしく、「この国は栄の国と謂ふべし」とのりたまひき。

照葉樹の象徴ともいえる楠（樟）がその土地の象徴となり、朝日と夕陽の影に覆われた地域の支配原理にもつながり、幹と枝葉の繁茂が地域の繁栄を象徴する。生命力あふれる樹木に人々の想いが託され、日本武尊というマレビトによって「栄の国」として言祝がれる。それが地名起源の由来にもなる。

似たような例は、『筑紫国風土記』逸文・三毛郡条にもみえる。

昔者、樗の木一株、郡家の南のかたに生ひたり。その高さ九百七十丈なり。朝日の影、肥前の国の藤津の郡なる多良の峰を蔽ひ、暮日の影、肥後の国の山鹿の郡なる荒爪の山を蔽へり。因りて御木の国と曰ふ。

ここでは、さらに大きく朝夕の影はそれぞれ隣国の肥前や肥後にまで覆うほどであったという。地名起源がその土地の言祝ぎであることがよく分かる。このような巨樹幻想は十二世紀の『今昔物語集』の最終話（巻三一第三七）にまで及んでいる。『今昔物語集』の樹の風景についてはかつて述べているので省略するが（小峯『院政期文学論』笠間書院、二〇〇六年）、やはり近江国の巨樹の影が美濃や伊賀まで覆ったという。しかも影による不作を民が訴え、巨樹を伐り倒すことで大地が豊饒になったという。巨樹の喪失（消失）によって民の富や幸が保証されるという天皇の治世を讃える話題になっており、樹が船や琴に転生する型とは根本から相違する。まさに野生と文明の対峙を象徴するような説話であり、今日の環境破壊の問題にそのままつらなってくる話題といえる。

ii　南方熊楠と「巨樹の翁」

巨樹と翁といえば、まず想起されるのは南方熊楠である。熊楠が書いた「巨樹の翁の話」（一九二二、二三年、『全集』第二巻）

は、巨樹伝承をめぐる内外の文献を渉猟し、みずからの見聞もとりあわせた極めつきの論考といえる。すでに飯倉照平「熊楠とふるさと熊野」（初出『熊楠研究』二号、『南方熊楠の説話学』勉誠出版、二〇一三年）に指摘されるように、「巨樹の翁」とは、白髪の老人として現れる樹神のイメージであるが、熊楠自身にも重ね合わせてみることができる。熊楠が熊野で土地の人から直接聞いた話題にはじまり、「樹木の霊がその樹を伐りおわるべき名案を洩れ聞かれて自滅を招いた譚」や「木を伐ってもその創（きず）が本のごとく合うという例」などを中心に縦横に論ずるもので、その範囲は仏典、漢籍はもとよりアジア、オセアニア、欧米など世界中に及ぶ。おのずと世界の巨樹伝説のおおよそが掌握できるほどだが、熊楠の念頭にあったのは、この論の刊行より十年前の明治末期に断行された各地の神社を統廃合する、いわゆる神社合祀問題であったろう。熊楠はこの政策に対して激しい反対運動を展開するわけで、まさにここで論じられるような巨樹の伐採現場に幾度となく遭遇していたのである。

巨樹を伐ることによる祟りをはじめ、さまざまな奇談や不思議な逸話を集めながら、熊楠の脳裡には神社合祀で無惨にも伐り倒され、失われた巨樹のイメージが浮かんでいたであろう。『今昔物語集』の最終話（巻三一）についても熊楠は周到に述べているが、巨樹伝承の多くが、伐るか伐られるか、伐られたらどうなるか（すぐに元に戻る例も含めて）、といった面に関心がそそがれる。そこには巨樹に対する畏敬と哀惜の想いがこだましている。熊楠は自宅の庭の楠にもふれ、日頃の生活での恩恵や効用を得々と語り、物語や軍記を読むと樹下に憩うて勢いを盛り返した例などが目につき、体験者には「再生の想い」や「一生に新活路を開き、無上の幸運に向うた例も少なくあるまい」という。熊楠は巨樹の意義を熟知していた。

熊楠の反対運動からちょうど百年がたち、熊野は世界遺産にも登録されたが、熊楠の文字通り身を挺した反対運動が実を結び、かろうじて数本だけ残されたのが「野中の一方杉」である。継桜王子の境内にあるこれらの杉の巨木は今日、熊野古道の象徴的存在となっている。この巨樹の下にたたずむと、樹下の祠に収まった「巨樹の翁」すなわち南方熊楠が、今も来し方行く末を眼光鋭く見守っているように思われてならない（小峯「イメージの回廊（九）巨樹の風景」『図書』二〇一二年九月）。

iii　武満徹の音と言葉と樹と

この樹に深い関心を寄せ、音楽やエッセイの創作につなげた代表が作曲家の武満徹である。その独特の音楽は世界的にも高く評価されているが、同時にそのエッセイも研ぎ澄まされた表現が内奥からつむぎだされ、深い示唆を与える筆致となっている。これも優れた〈環境文学〉として読み直すことができるだろう。武満の樹木に対する想いの深さは何より真樹という娘の命名に現われている。以下、樹木をめぐる断章を引用しておこう。

人間の周囲にある自然とか、世界のすべては無名に等しい状態にある。それらを人間が名付けたり呼びかけたりするときに、そのような無名のものが、人間のものとしてよみがえる。同時に人間と同化する。私たちが一本の樹を「樹」と名付けるときに、美はその最初の姿を現す。人間がその樹を伐ったり、削ったりする行いのなかで、美はますます明らかになってくる。木で家を建ててそこに住むときに、美は日常そのものの相貌をしてくる。（略）

洋楽の音は水平に歩行する。だが、尺八の音は垂直に樹のように起る。

尺八の名人が、その演奏のうえで望む至上の音は、嵐が古びた竹藪を吹きぬけていくときに鳴らす音であるということを、あなたは知っていますか？

（「十一月の階梯」『音、沈黙と測りあえるほどに』新潮社、一九七一年）

非西欧的な音楽においては、一本の天才と名指される樹を見つけることはできない。なぜなら音楽は地上を覆う草々のように全体はひとつの緑のように見え、陽を受けて雨を浴びてその緑はまたさまざまの緑をあらわす。他の土地へ搬ぶことはできないし、そうすると姿を変えてしまうのである。

（「樹の鏡、草原の鏡」『樹の鏡、草原の鏡』新潮社、一九七五年）

ひとが、樹に思い抱く感情は何なのだろうか。いま、この噎せ返るような濃い緑の中では、ついこの間まで、樹は、無限定なまでに多彩な緑であったことが不思議でならない。だがいまは、ひと色の濃い緑を目指して、一散に、炎天を遮り、樹は、地上に黯い翳りを落している。

先年の夏、住居の近くの一本の杉が、雷に打たれた。豪雨の中、天空の斧の一閃が、樹齢百年にも及ぶ老木を裂いた。それは壮絶な死に様であった。垂直に、二つに断ち割れた裂目が示す膚は、だが、異様に若々しく、そのことが、樹の生命の深さを思わせ、零れる樹液の白く光る痕が、植物に潜む獣的な欲望というものを感じさせた。（略）

私は樹が好きだ。それも、灌木の茂みよりは喬木の林を、寧ろそれよりは天空へ向って聳え立つ一本の巨樹に魅せられる。

バオバブは私の夢の樹だ。厳粛さと滑稽な気分が入り交じったような、それで、曠野にひとり立ながらも、変に深刻でないのは良い。生命の表情を最も豊かに現わしている樹であるように思う。

人間と樹の人間と樹を・・・・人間と樹の、この限りある一刻を。

（「夢の樹」『音楽の余白から』新潮社、一九八〇年）

人間が樹にたいして思い抱く感情には特別のものがある。古木の超越性に触れて、ひとは誰でも、畏れにも似た厳粛な気分になる。樹は、人間に反省を強いる力強い存在でもあるが、同時に、その大らかさにひとはどれほどやさしく慰撫されてきたか知れない。だがその樹も次第に地上から姿を消していく。

（「随想・樹」『音楽を呼びさますもの』新潮社、一九八五年）

無限の時間に連らなるような、音楽の庭をひとつだけ造りたい。自然には充分の敬意をはらって、しかも、謎と暗喩に充ちた、時間の庭園を築く。だがこれは、あるいは、不遜な野望かもしれない。それにまた、それが可能だという保証もない。一枚一枚の生命の木の葉を掻き集めて、火を点す。それは祈りのようなものだ。内面に燃焼する焔が、この宇宙の偉大な仕組みを、瞬時でも、映しだしてくれたらいい。だがそれには、私がこれまでしてきた努力では、未だ到底不足だろう。落葉の光景に安らぎを覚えながら、反面、抑えようもない苛立ちが私をとらえる。

（「時間の園丁」『遠い呼び声の彼方へ』新潮社、一九九二年）

武満のエッセイ集から年代ごとに代表例を抜き出してみたが、いかに樹に関するものが多いか、あらためて驚かされる。樹とともに、水とか空とか、数とか、いろいろなものが響き合ってくるが、とりわけ樹に関する想いが深く、その音の響きが地底から垂直に生えて延び広がっていく印象とも重なり合うように思える。

iv　志村ふくみの染色と言葉

次に注目したいのは、染織家の志村ふくみのエッセイである。恥ずかしながらこの人のことは全く知らなかったが、たまたま前引の武満徹が『叢書　文化の現在1・言葉の世界』に書いたエッセイを読んでいたら、同じ本に寄稿していて、しかも編者の大岡信が解説で絶賛していたのを知り、つられて読んでみて、思わずその文章に魅了されてしまい、ことあるごとに彼女のエッセイに目を通すようになった。

榛の木が長い間生きつづけ、さまざまのことを夢みてすごした歳月、烈しい嵐に出会い、爽やかな風のわたる五月、小鳥たちを宿してその歌声にききほれた日々、そして、あっという間に切り倒されるまで、しずかに、しずかに榛の木の生命が色になって、満ちていったのではないでしょうか。

色はただの色ではなく、木の精なのです。色の背後に、一すじの道がかよっていて、そこから何かが匂い立ってくるのです。

私は今まで、二十数年あまり、さまざまの植物の花、実、葉、幹、根を染めてきました。ある時、私は、それらの植物から染まる色は、単なる色ではなく、色の背後にある植物の生命が色をとおして映し出されているのではないかと思うようになりました。それは、植物自身が身を以て語っているものでした。こちら側にそれを受けとめて生かす素地がなければ、色は命を失うのです。（第一信）

枝を折ってみますと、折れ口も紅いのです。きよらかな紅がすこしの酸でうるんだような、熟成した梅の果肉の一部にもこんな色をみることがありますが、折れ口のその紅いろをみたとき、私はその色をこちら側に宿したい思いがしました。咲かずに切りとられた幾千の梅の蕾を私は抱きたいと思いました。（第二信）

その時はじめて知ったのです。桜が花を咲かすために樹全体に宿している命のことを。一年中、桜はその時期の来るのを待ちながらじっと貯めていたのです。

知らずしてその花の命を私はいただいていたのです。それならば私は桜の花を、私の着物の中に咲かせずにはいられないと、その時、桜から教えられたのです。

植物にはすべて周期があって、機を逸すれば色は出ないのです。たとえ色は出ても、精ではないのです。花と共に精気は飛び去ってしまい。あざやかな真紅や紫、黄金色の花も、花そのものでは染まりません。（略）花は紅、柳は緑といわれるほど色を代表する、植物の緑と花の色が染まらないということは、色即是空をそのまま物語っているように思われます。

（「色と糸と織と」『叢書　文化の現在1　言葉と世界』岩波書店、一九八一年）

この一文は水子さん宛に書かれた書簡の形をとっているが、大岡信も指摘するようにおそらくフィクションであろう。後に『一色一生』（講談社学芸文庫、一九九四年、初版・一九八二年）に収録される。ほかにも『色と糸と織と』（岩波書店、一九八六年）、『語りかける花』（ちくま文庫、二〇〇七年、初版・一九九二年）等々、たくさんの著書がある。なかでも右に引用したものは、とりわけ出色のもので、草木や花から色を染める様態が詩情あふれる絶妙の筆致で綴られる。これこそが〈環境文学〉の粋だといえよう。

植物の緑は直接染まらない。その疑問をかかえて植物の生命と色彩のかかわりに思いいたった。緑は生命の色である。瞬時もとどまることがない。この地上にとどまるためには、闇と光の結合が必要である。青と黄をかけ合せて緑を得る。

緑に対する疑問の端緒となったよもぎはまた強い生命力を持っている。艾は、もえる草、よもぎを乾燥して灸の材料にするところをみると、体に熱をよびさます、いいかえれば生命力をかきたてる薬草である。（略）雪の中の食糧の乏しい時代、よもぎの香立つ、納豆の滋味の加わった餅はどんなに杣人の心身を温めたことだろう。

（「草木抄・蓬生」『語りかける花』）

このようにみると、人間は自然界から何かを得て、取り出し、収奪して殺すと同時に、そこからまたあらたな何ものかを作り出し、生み出し、はぐくみ続ける存在であることが分かる。染色や食の醸造はその恰好の例であるし、服飾、建築など、衣食住その他あらゆるものにかかわっている。そしてそれらの物自体のありようや制作過程をたどりつつ、それらを使ったり、見たり聞いたり、かいだり触ったり味わったり、五感を通して得たものすべてを言語で表わしていく。物の言語化もしくは言説化こそ〈環境文学〉の本性だと言いうるであろう。

ここで取り上げた武満や志村の文章を読むと、音楽や染色という「わざ」（業、芸、技）に徹することで見えてくる世界が鮮烈に言葉となって立ち上がってくる。研ぎ澄まされた表現が水の輪のように静かに深くひろがっていき、あるいは樹木のように地底から屹立して枝葉を徐々にひろげて青々とした葉を茂らせていくように、心にしみ通ってくる感動を与える。これが〈環境文学〉の真髄であろうと思わずにいられない。

v　系統樹曼荼羅へ

人間がその思考をめぐらすとき、おのずと自然界のそれに見合った思考形態をとるようだ。樹木はその象徴的存在でもある。宇宙樹や生命樹がその典型で、これに加えて「系統樹」という枠組み、発想法がある。人の生み出す世界認識の根源に樹木がいかに深く根を下ろしているか、あらためて驚かされる。系統樹曼荼羅なる世界認識法を豊富な図例を駆使して縦横に論じているのが、三中信宏著・杉山久仁彦図『系統樹曼荼羅—チェイン・ツリー・ネットワーク』（ＮＴＴ出版、二〇一二年）である（他に『系統樹思考の世界』講談社現代新書、二〇〇六年）。

ここでは、「生物樹」「家系樹」「万物樹」という三点から文字通り「体系と知識を可視化」する系統樹が多面的、多角的に論じられ、興味は尽きない【図】。人間が長い時間をかけて追究し、生み出し続けてきた広義の図形言語（グラフ）とか図形表現、ダイアグラムの一環として系統樹はあり、その枢要としてある。樹は鎖や網などのツールにもつらなり、円から球への三次元の立体把握にも通ずる。人間の世界全体を可視化せずにはおかない欲望、渇望ともいうべき知的欲求は、鳥瞰や俯瞰のまなざしを必然化する。杉浦康平『生命の樹・花宇宙』（ＮＨＫ出版、二〇〇〇年）にみるごとく、須弥山もまたこの生命樹や宇宙樹のひとつの姿にほかならない。

比喩的にいえば、人間は外界の樹によりそいつつ、ついには己れの内に樹を植え付け、育て上げたのである。

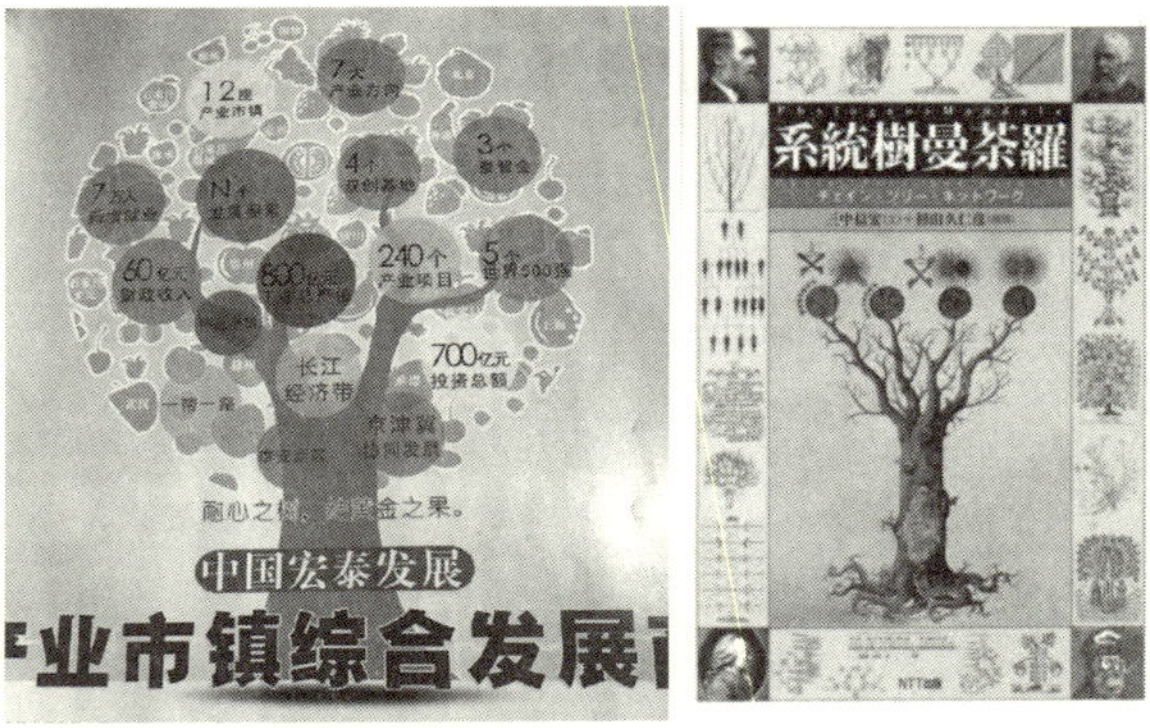

【図】　右・『系統樹曼荼羅』表紙、左・北京市街で見かけたポスター

7　遍在する〈環境文学〉——今後の展望

以上、論点は多岐に及んだが、最後に覚書き風に、今後の課題や方向性の提示として要点を箇条書きにまとめておこう。

（1）　創造する〈環境文学〉であること

〈環境文学〉は対象が曖昧でかつ広範にわたるため、何でも〈環境文学〉になってしまう可能性が高い。〈環境文学〉という軸から、文学・文化がどう見えるか、が課題になる。〈環境文学〉の観点から文学がいかに再編成されるかが問われる、文学史の読み直しの一環としてある。いわば、〈環境文学〉は既知・未知の対象を問わず、これから創造されるのである。

（2）　〈環境文学〉は特化されるジャンルではない

何でも〈環境文学〉になってしまうのは、それだけあらゆる分野に遍在している証拠であり、誤解を招かないようにいえば、〈環境文学〉というあらたなジャンルの囲い込みや特化をめざすのではない。〈環境文学〉という基軸からあらゆる分野、領域、ジャンルを横断し、それぞれをつなげる媒体としての意義をもつ。ひとつの便法である。

（3）　「二次的自然」論の深化（進化）と東アジア共有圏の位相差

先に述べたように、「二次的自然」の範疇の位相差を明確化し、〈準自然〉、〈模自然〉、〈擬自然〉の観点から検証する試みがもとめられる。おのずと東アジアへの展望をもとにした観点が必要で、共有圏の思想・文芸が培った叡智としての自然観、生命観、身体観が深くかかわり、相互の重層とズレ、位相差が問題になってくる。

（4）　生命科学への接近

最後にふれた系統樹論のごとく人間の発想、思考形態の深奥に樹木などの自然環境が深く根付いている。人文学と生命科学との接近がいかに可能か、今後の焦眉の課題となるであろう。

まずは、現在企画中の〈環境文学〉アンソロジーの具体化によって、〈環境文学〉の具体相を提示し、誰でも読めるものに一般化するのが我々の責務である。文学、歴史、宗教、民俗、美術等々、主要な人文学に横断的にかかわる重要な領域であるにもかかわらず、研究が寸断されている現況に対して、基礎的な資料学から多面的に取り組み、精神的土壌や文化背景など、その影響や浸透力への追究をもあわせた総合的な視野がもとめられていよう。

附・余滴

岩波書店の雑誌『文学』が二〇一六年一一、一二月号で事実上、終刊となった。文学凋落を実感させる出来事で、多少かかわりが深かった者として感慨を禁じ得ない。最終号の東京特集号にちなんで、柳田国男と南方熊楠が注目したフォークロアの「池袋の石打ち」「池袋の女」について短文を寄稿したが、以前から気になっていた、近世から近代に流行した都市伝説、いわゆるポルターガイストを検証し直して、これが江戸と東京のはざまを埋めるような説話で、やがて池袋村から巨大な副都心に変貌していく過程にも重なってきた。池袋駅周辺の怪異は、柳田が象徴化した池袋村の〈森〉に集約されるようで、おのずとこれも〈環境文学〉論になっていることにあらためて気づかされた。

【付記1】〈環境文学〉に関しては、二〇一六〜一八年度・日本学術振興会科学研究費・基盤B「16世紀前後の日本と東アジアの〈環境文学〉をめぐる総合的比較研究」(代表・小峯、分担者・鈴木彰・金文京・染谷智幸)の助成を得ている。

【付記2】本草学に関する新稿「本草学の世界―〈環境文学〉への道程」(野田研一他編『環境人文学Ⅰ　文化のなかの自然』勉誠出版、二〇一七年)を参照されたい。

2　古典的公共圏の成立時期

前田雅之

1　はじめに

古典はなぜ生まれ、前近代人の教養となり、古典および和歌（場合によっては連歌・俳諧・漢詩）を身についていないと一人前としてみなされなかったのか。こういったことはこれまでさして問われたことがなかった。曰く、当たり前だろう、もしくは、こうした疑問を発すると、そんなことよりもこの作品をもっと研究せよという答にならない答で問題が済まされていたからだと思われる。だが、よくよく考えてみれば、どうして古典を読み、注釈を付け、また、和歌を詠んでいたかは当時の人々が好きだったからと言うだけではおよそ説明になっていないのだ。皆がやっていたからも同様である。そうではなく、古典を読み、和歌を詠まねばならない社会環境や場がそこにあったと考えるしかないのではないか。その環境や場こそがここで言う古典的公共圏である。

古典的公共圏をあえて定義すれば、おそらく以下のようになるだろう。

古典的公共圏とは、古典的書物（『古今集』・『伊勢物語』・『源氏物語』が代表的なもの）[注1]の素養・リテラシーと和歌（主として題詠和歌）の知識・詠作能力とによって、社会の支配集団＝「公」秩序（院・天皇―公家・武家・寺家の諸権門）の構成員が文化的に連結され、全体として公共圏を作っている状態を言う。

この公共圏を近代経済学の比較制度分析で用いるソーシャル・ゲームで喩えてみると、[注2]古典知と和歌詠作能力がゲームへの参加条件となるということである。逆に言えば、古典知・和歌詠作能力がなければ、ゲームに参加できないのである。これは古典的公共圏という制度から排除されることと同義であり、結果的に、一人前の人間としてみなされないこととなるのである。よって、古典・和歌とは、嗜み以上の生きる上での必須の知・技術・ノウハウあるいは、知的インフラとして位置づけられていたということである。時代の変遷と共に、古典・和歌に加えて、連歌・和漢聯句・蹴鞠・有職故実（公家故実・武家故実）なども加わってくるとはいえ、ベースにあったのは、古典と和歌であった。

それでは、この古典的公共圏はいつごろ成立したのであろうか。これが本稿の課題である。最初に、見通しをよくするために私の解答を示しておくと、平安末期の藤原俊成の和歌改革運動、[注3]世尊寺伊行『源氏釈』、藤原教長・顕昭の『古今集』注あたりから始まり、定家の古典本文校訂と校本作成（『古今集』・『伊勢物語』・『源氏物語』青表紙本など）および注釈（『奥入』など）、源光行・親行父子による『源氏物語』本文校訂と校本（河内本『源氏物語』）および注釈（散佚『水原抄』）の時期を経て、後嵯峨院時代でほぼ確立したと思われる。[注4]ほぼ一一七〇年代から一二五〇年代ということになるだろうか。以下、具体的に検証していく。

2　俊成の古典意識

藤原俊成が判じた『六百番歌合』（建久三〈一一九二〉年立案・給題、建久五年頃、判詞執筆完了）には著名な「源氏見ざる歌よみは遺恨の事なり」という言葉があり、歌人ならば『源氏物語』を詠んでいて当たり前であり、古典と和歌の深い関係が既にあったなどと解釈されてきた。だが、この言葉は、実は俊成の策略とまでは言わないが、深い意図から表出されたものではなかったか。まずは、原文を引く。

十三番　枯野　左勝　女房
五〇五　見しあきをなににのこさむくさのはらひとへにかはる野辺の気色に
右　隆信
五〇六　しもがれの野べのあはれを見ぬ人や秋の色にはこころとめけむ
右方申云、くさのはらききよからず、左方申云、右歌ふるめかし
判云、左、なににのこさんくさのはらといへる、えんにこそ侍るめれ、右方人草の原難申之条、尤うたたある事にや、紫式部歌よみの程よりも物かく筆は殊勝なり、そのうへ花宴の巻はことにえんなる物なり、源氏見ざる歌よみは遺恨の事なり、右、心詞あしくは見えざるにや、但、常の体なるべし、左歌宜し、勝と申すべし
（新編国歌大観、以下も同じ）

俊成が「源氏見ざる」云々と記したのは、女房（＝藤原良経）詠「見しあきを」にある「くさのはら」について、右方（藤原家房・藤原経家・藤原隆信・藤原家隆・慈円・寂蓮）が「くさのはらききよからず」と言ったことに対する反論のためであった。「ききよからず」とはこれまであまり詠まれたことがないから耳触が悪いという意味だろう。実際に、「くさのはら」の初出は勅撰集では『新古今集』、私家集でも『林下集（実定）』からであり、▼注[5]右方の不審はそれなりの説得力を持つ。しかし、俊成は「右方人草の原難申之条、尤うたたある事にや」とまず、右方の難に対して大なる不満をもらし、次いで「紫式部歌よみの程よりも物かく筆は殊勝なり、そのうへ花宴の巻はことにえんなる物なり」と、話題を紫式部・

源氏物語に転換し、紫式部は歌よりも文章（散文）がいい、とくに『花宴』の巻は花やかだ、と述べ、そして、『源氏物語』を読んでいない歌人は残念なことだと告げて終わるのである。

ということは、良経詠には『源氏物語』が引かれてあるのに、なぜそれに気がつかないのか、『源氏物語』も読んでいないからだろうと俊成は鬼の首を取ったような感じで唐突にかつ厳しく指弾したのである。ならば、その『源氏物語』の歌はなにか。むろん『花宴』巻にある、

うき身世にやがて消えなば尋ねても草の原をば問はじとや思ふ　　女（朧月夜）

である。たしかに「草の原」が用いられている。用例的には『うつほ物語』の「むらさきののべのゆかりを君によりくさのはらをももとめつるかな」が一等古いものの、和歌史において二番目に古い用例が上記の朧月夜の君の歌であった。

詠まれたのはこういう場面である。紫宸殿の花の宴の後、藤壺を慕ってそのあたりを源氏はうろついていたが、むろん戸口は閉じられているので、やむなく弘徽殿の細殿に近づくと、三の口が開いている。そこに入っていると、若い女が近づいてくるから、袖を捉えて、細殿の中に入れて迫る。女は驚いたが、声でどうやら源氏だと分かったらしくやや落ち着く。しばらしくして名前を尋ねると、女は名乗らず、以上の歌を詠むのである。歌の内容は、私のような薄幸の身はこの世からこのまま消えてしまったら、その後私を訪ねて下さったしても、草の原までかきわけてまで訪ねはしないとあなたは思っていらっしゃいますか、というものである。

さて、この歌にはたしかに「草の原」が使われている。だが、本歌取りの達人でもある良経詠と共通するのは、「くさのはら」だけであり、『源氏物語』から良経詠に行くにはまだまだ距離があるのではないか。そこで、新大系本『六百番歌合』（久保田淳・山口明穂校註）が参考に上げる、『狭衣物語』巻二の歌を両者の間に挟んでみよう。

尋ぬべき草の原さへ霜枯れて誰に問はまし道芝の露（狭衣）

この歌は、旧東京教育大学蔵本の『狭衣物語』（新潮古典集成）では、巻二の冒頭にある。飛鳥井姫君が失踪後に狭衣の中納言は悲しみに暮れている。その気持ちがこの歌にはそのまま表れているだろう。訪ねるべき草の原までも霜枯れて、一体だれに尋ねたらよいのかしら、道芝の露を、というものであるから。この歌の本歌は言うまでもなく、『源氏物語』の朧月夜詠と源氏詠（「いづれぞと露のやどりをわかむまに小笹が原に風もこそ吹け」）だろう。▼注[6]「露」「草の原」「問は」「尋ね」が共通するから、『狭衣物語』の作者は、『源氏物語』の二つの和歌を合成して、「尋ぬべき」女性がいなくなってどうしようもなくなった狭衣中納言の悲嘆を示したのだと思われる。そして、この狭衣詠と良経詠を比較してみると、良経の本歌は実のところ『狭衣物語』詠ではないだろうか。歌だけでは「草の原」くらいしか共通しないが、狭衣詠の「霜枯れて」が良経の「枯野」題と響き合っているからである。

にも関わらず、俊成がここで「草の原」以外関係しなさそうな『源氏物語』を引っ張り出して、『源氏物語』も読んでいないのか、と指弾するという行為に敢えて出たのは無知によるものだろうか。おそらく否だろう。そうではなく、確信犯だったのではあるまいか。それでは、その理由は何か。それは『源氏物語』の顕彰であったに違いない。古典としての読むべき知っておくべき『源氏物語』という本の顕彰である。俊成が気づいていたかどうかは不確定だが、とにかく『狭衣物語』ではなく、『源氏物語』でなければならなかったはずである。▼注[7]そこから、一一四〇年代から一一九〇年代にかけて、俊成が『源氏物語』に対して特別の意識を確立していったことが諒解されるだろう。これを俊成における古典意識の確立と考えてもよいのではないか。大事なことは俊成に至るまで古典意識なるものは存在しなかったということである。なお、著名な自讃歌「深草の里」詠で『伊勢物語』を古典として捉えた最初の人物も俊成であった。

3 古典注釈の始動

次なる課題は古典注釈の成立時期である。第一に、『源氏物語』の注釈である。それは、周知の如く世尊寺伊行の『源氏釈』に始まる。世尊寺伊行は、生年不詳で没年は安元元（一一七五）年である。享年は三八歳と四十歳説があるが、▼注[8]どちらの説によっても、亡くなる前の著述だと考えられるから、ほぼ一一七〇年代前後の成立と見てよいだろう。存外遅いのである。たとえば、後冷泉朝（一〇四五〜一〇六八年）の歌壇状況を示すとされる『四条宮下野集』には、『源氏物語』の影響は皆無である。▼注[9]それ以上に、『源氏釈』成立前の仁安二（一一六七）年に平清盛が太政大臣に任官しているので、実質的なはじめての武家政権下において『源氏物語』注釈が生まれたことをここでは重視しておきたい。▼注[10]

第二に、古今注はどうだったか。仮名序には「古注」とされる割注様に記された注釈が平安期には出来ていたが（公任作という説もある）、歌注を含めた全注釈となると、教長『古今集註』（治承元〈一一七七〉年）、顕昭『古今集註』（寿永二〈一一八三〉〜建久二〈一一九一〉年）をもって嚆矢とするだろう。なお、序注では、藤原親重（勝命）の『古今序註（＝真名序注）』（仁安二〈一一六七〉年か）と仁安三年以前とされる江家本を親重が書写した『古今序註（＝仮名序注）』が一等古い。▼注[11]だが、歌注を含めたものとなると、教長・顕昭注となり、いずれも平家政権期の成立であり、源氏注とはほぼ同時代なのである。

ここで、教長注と顕昭注について少し述べると、どちらも守覚法親王（一一五〇〜一二〇二年）に対する講義の集成である。守覚の要請に基づき、まず教長が講義し、その内容に疑問をもった顕昭が改めて講義をしたというものである。ということは、公的な機関でも、歌道家でもなく、後白河院皇子（＝法親王）であり、当時の仏教界において最高の寺格と権威をもった仁和寺の御室であった守覚法親王の個人的な要請に基づいて生まれたということである。守覚は、顕密僧歌人では慈円と並ぶ存在であり、仁和寺歌壇で生まれた顕昭注はその後定家のコメントを加えた『顕注密勘』（承久三〈一二二一〉年）となり、定家の『僻案抄』（嘉禄二〈一二二六〉年）と共に、中世における古今注の聖典あるいは規範的な書物となった。たとえば、寂恵（正和三〈一三一四〉年以後没）の『古今集勘物・書入』はほぼ『顕注密勘』を引いており、東常縁・宗祇の『両度聞書』（文明三〜四〈一四七一〜二〉年）において、「御抄」というのは『僻案抄』を指していた。とまれ、ここでは、古今注も平安末期において始動されたことを改めて確認しておきたい。

　第三に、ここで伊勢注へと進みたいところだが、そうはいかない。なぜか？　伊勢注の成立がかなり遅れるからに他ならない。はっきりした年代は未だ未確定ながらも、大津有一のなした、古注（鎌倉時代以前）・旧注（室町時代、『愚見抄』から）・新注（江戸時代）の三区分が今日においても伊勢注の時代と内容区分の指標となっているが、▼注[12]「古注」とされる『十巻本伊勢物語注　冷泉家流』、『増纂伊勢物語抄　冷泉家流』、『伊勢物語奥秘書』、『和歌知顕集』、『伊勢物語難儀注』、『伊勢物語髄脳』、為顕流『玉伝深秘巻』などの正確な成立は「鎌倉中末期」とはされるものの、▼注[13]正確なところは分からないと言うしかない状態なのである。とりわけ「伊勢」二字についてそれを「女男」と捉える説は伊藤聡氏によれば、文保年中（一三一七〜一八）年ないしはそれを遡るとされるが、▼注[14]ともかく、「古注」伊勢注は、どれをとっても、旧注の創始者一条兼良から「来歴と引のせたる和漢の書典一として實ある事なし」（『伊勢物語愚見抄』、自筆本、武井和人・木下美佳編、笠間書院、二〇一一年）と厳しく批判されたように、今日で言うところの「荒唐無稽」な説を大量に含み込んでいる。加えて、伊藤氏も強調するように、密教説・神道説といった宗教言説との交渉も深いものがある。ともかく、伊勢注は、同時に展開した類似の異端的な古今注（『弘安十年本古今集歌注』、『三流抄』、『毘沙門堂本古今集註』、『和歌古今灌頂巻』など）と同様に、鎌倉中末期にならないと生まれてこなかったのではないか。その理由は、今のところ不明と言うしかないが、俊成によって古典認定され、和歌の本説にはなったし、本文は定家によって定家本が作られたけれども、注釈をさして必要とされていなかったと考えるしかないように思われる。よって、『古今集』歌を多く共有する『伊勢物語』では、異端的な古今注と同様の注釈がほぼ同時期に勃興してきたのではあるまいか。なかでも、『玉伝深秘巻』が『古今集』と『伊勢物語』の二書に関する秘注である事実は両注の近さと相互浸透を的確に物語ってはいまいか。

そして第四に、『和漢朗詠集』はどうなのだろうか。まず、『和漢朗詠集』は、他の古典的書物『古今集』・『伊勢物語』・『源氏物語』と比べると、立ち位置が異なり、幼学書であった。つまり、貴族・武家等の子弟が最初に学ぶ書物の一つなのだということである。この性格が、『和漢朗詠集』の中世的展開や注釈において大きく他の三書とは注釈状況において様相を異にした根本原因だと思われる。

そこで注釈を見ておくと、夙に「朗詠江注」と呼ばれる大江匡房（一〇四一～一一一一年）の注釈があるけれども、堀部正二・黒田彰氏・三木雅博氏が解明してきたように、書物としてあったものではなく、「いくつかの『和漢朗詠集』写本に勘物のかたちで注記」されたものであった。▼注[15] しかも、大曽根章介・山崎誠氏の指摘にもあるように、勘物の中には「江家以外の注説が含まれている可能性がある」という。▼注[16] よって、一冊の書物の形となった朗詠注となると、信救（大夫房覚明）の『和漢朗詠集私注』（応保元〈一一六一〉年）が最初のものとなるのである。古今注・源氏注よりはやや早いけれども、せいぜい十数年の早さに過ぎない。平治の乱がその二年前であり、まだ平家政権下ではないけれども、少し射程を長くとると、古今注・源氏注・朗詠注は、平治の乱から治承寿永の乱の間に成立していることでは共通の時代状況にあったと言うことは可能だろう。

その後、朗詠注は、古今注・伊勢注・源氏注とは担い手も伝播・伝授も異なる道を歩むことになる。『和漢朗詠集古注釈集成』（大学堂書店、三巻、四冊、一九八九～九四年）や永青文庫本『和漢朗詠抄注』（永済注、幽斎の奥書〈慶長二〈一五九七〉年〉によれば、薩摩で入手したらしい。汲古書院、一九八四年）等を見れば、それは如実に判明するが、江戸初期北村季吟がこれまでの注釈（信阿注＝信救注、天文十七〈一五四八〉年の永済注等）を集成・整理した『和漢朗詠集註』（寛文一一〈一六七一〉年）を刊行することによって、『和漢朗詠集』は漸く四大古典の一画を占めるに至ったのではなかろうか。

以上、古今注・源氏注・朗詠注が平安末期の平家政権前後に本格的に始まったという事実は、俊成の古典意識と連動するものだろう。そこには、ともに新しい時代が勃興し、過去をある形でまとめ、仰ごうとする意識、即ち、古典意識があったということである。俊成の撰した『千載集』は和歌を伝統の中で捉えた最初の勅撰集である。古と今が繋がる和歌史という捉え方も俊成に始まる。▼注[17]これまた古典意識なくしては生まれないものであった。

4　後嵯峨院時代前後——古典的公共圏の成立

そうして問題は、俊成の古典意識が確立し、古典注釈が始動していくと、それがどのような形で決着するかということになってくるだろう。つまり、古典的公共圏がいつ頃確立し、定着するかといった問題である。それは先に示したように後嵯峨院時代となると思われる。

最初に、後嵯峨院の文事を記しておく。歴代中、二つの勅撰集（『続後撰集』・『続古今集』）を撰集した院は、白河院が嚆矢であり、それに次ぐのが後嵯峨院である。その後、二つの勅撰集を撰集した院に後宇多院（『新後撰集』・『続千載集』）と後光厳院（『新千載集』・『新拾遺集』）がいるけれども、後宇多院の場合は途中伏見院・京極為兼の『玉葉集』があり、その後、皇統が再び大覚寺統に戻り、二度目の本院となり、かつまた、持明院統および『玉葉集』に対する反発（とりわけ編者の二条為世）として『続千載集』が編まれた事情がある。他方、後光厳院の場合は、既に武家執奏時代の勅撰集であるから、足利尊氏の『新千載集』、義詮の『新拾遺集』が執奏されたときの院がたまたま後光厳院であったに過ぎない。自己の意志で二度のしかも共に二十巻の勅撰集を撰集し、二度目に至っては『古今集』を集名に入れたのは独り後嵯峨院のみである。そこから、祖父後鳥羽院の『新古今集』を受け、遠く醍醐天皇の『古今集』を仰ぎ、勅撰集の伝統が自分に確かに流れ込んでいることを確認し、併せて権力の正統性をも宣言していることが読み取れよう。これに限らず、幕府との関係も良好な後嵯峨院時代は鎌倉期に現出した最高の権力・権威を有した院政であった。少なくともその前後（承久の乱、モンゴル襲来）に比べると比較にならないくらい安定していたいい時代だったのである。

ここで後嵯峨院時代以前と時代の渦中において、古典形成について重要な動きが二つあったことを記しておきたい。第一に、藤原定家（一一六二〜一二四一年）による青表紙本『源氏物語』と注釈『奥入』、および、定家と同じ時代を生きた鎌倉在住（途中京に戻ったこともあるが）の源光行（一一六三〜一二四四年）、その子親行（一一九〇年頃〜一二七〇年頃）父子による河内本『源氏物語』および注釈（『水原抄』・『原中最秘抄』など）の制作である。

まずは定家である。藤原清輔の「証本」化に対して定家の「作品」化とも言われるが、▼注[18] 定家は、貞応二（一二二三）〜嘉禄二（一二二六）年に定家本『古今集』を手始めに、天福元（一二三三）年に青表紙本『源氏物語』、天福二（一二三四）年に定家本『伊勢物語』を完成させている。近年、佐々木孝浩氏は、三巻本『枕草子』も定家本であることを論証した。▼注[19] その完成は安貞二（一二二八）年である。こうしてみると、承久の乱が終わり、定家撰述の『新勅撰集』が一応完成する天福二年あたりまでが定家にとって、古典本文作成と勅撰集編纂の時期であり、とりわけ前者は、その後、古典本文の規範となったものであり、古典的公共圏の基礎条件を定家が作り上げていったと言ってよいだろう。さらに、『源氏釈』を受けた定家の注釈『奥入』は出家した天福元（一二三二）年以降の成立とされる。▼注[20] 定家の没年は、後嵯峨院即位の前年（一二四一）であるが、定家による古典本文の校訂、および『奥入』に示される古典定着運動というべき営為が後嵯峨院時代の直前まで続いていたことは極めて意味深い。それは、その後の展開を用意周到に準備したと言いうるからである。

次に、河内源氏家の源氏学はどうであったか。▼注[21] 河内源氏学を創始した源光行（一一六三〜一二四四年）・親行（一一八八頃〜一二七七年頃）父子の最大の特徴はなによりも父子の居住地にして学が生まれ継承された場が鎌倉という武家の都だったことである。むろん、新興都市である鎌倉には『源氏物語』の写本類や源氏物語読みの達人達は乏しいので、父子および子孫―聖覚（一一五〇頃～一三一四年以降）・行阿（一二九〇頃～一三六四年以降）・素寂〈生没年未詳、親行の弟孝行か〉―は京と鎌倉を何度も往復することになったのだが、そうは言っても、光行の跡を継いだ親行の手によって鎌倉の地で新たな源氏物語本文「河内本」（建長七〈一二五五〉年まで完成か）が生まれ、『水原抄』（散佚、但し、寺本直彦が言うところの『葵巻古注』はその零本とされる）が作り出され、聖覚・行阿らが増補した『原中最秘抄』、素寂の『紫明抄』といった中世源氏学を代表する注釈書が編み出されていった意味はどうしようもなく大きい。そして、親行が活躍していた時代こそ後嵯峨院時代だったのである。

第二に、後嵯峨院時代の渦中に生まれた『十訓抄』（撰者未詳、建長四〈一二五四〉年、宗尊東下直後の成立）と『古今著聞集』（撰者、橘成季、建長六〈一二五六〉年）という説話集の言説である。最初に指摘しておきたいのは、既に荒木浩氏の先行研究が示すように▼注[22]、両書とも『古今集』序文の影響がかなり見られることである。『十訓抄』序文はこのような文章で始まる。

それ、世の中にある人、ことわざしげき振舞につけて、高き賤しき品をわかず、賢なるは得多く、愚なるは失多し。しかるに、いまなにとなく、聞き見るところの、昔今の物語を種として、よろづの言の葉の中より、いささかその二つのあとをとりて、良きかたをば、これをすすめ、悪しきすぢをばこれを誡めつつ、いまだこの道を学び知らざらむ少年のたぐひをして、心をつくる便となさしめむがために、こころみ十段の篇を別ちて、十訓抄と名づく。（新編日本古典文学全集に拠る）

全体の趣旨は『古今集』仮名序・真名序とは無関係だが、□内が仮名序・波線部が真名序（賢愚之性）をそのまま引用しており、傍線を付した「聞き見る」も仮名序「見るもの、聞くもの」との類縁性は高いことが分かるだろう。さらに、『十訓抄』編纂目的である勧善懲悪に関して最初の認識ともいえる波線部「賢なるは得多く、愚なるは失多し」にある賢愚論も真名序の認識を踏まえた態度表明だと見てよいだろう。明らかに『十訓抄』序の影響下にあるのだ。ちなみに、『古今集』仮名序を最初に引用した勅撰集序文は『新古今集』仮名序である。▼注[23] それまでの『後拾遺集』仮名序・『千載集』仮名序は『古今集』仮名序を踏まえていない。これも古典意識の形成過程と絡んでくるだろう。

次いで、荒木浩氏（一九八六）は、『十訓抄』と『古今集』序の関係について、

『十訓抄』の場合はそうではない。既に見たように、「古今集序」が個別の出来事である歌徳説話の証しとして遠慮がちに引用されるのではなく、むしろ逆に、「古今集序」の解釈が前提にあり、それが集編成の基軸として貫かれていて、説話自体に働きかけて、解釈を施しつつ引例し、付会していく方法をとっていた。

と述べているが、これも首肯すべき見解である。だが、惜しいことに、その背景にまではまだ論の射程が及んでいない。背景とは、言うまでもなく、『十訓抄』を生んだ後嵯峨院時代に『古今集』が規範的・権威的古典としての地位を固めていた、即ち、古典的公共圏が確立していたということである。つまり、説話の類いでも『古今集』序を使えるようになったということだ。それはそのまま二年後に成立した『古今著聞集』にも該当する。

『古今著聞集』序についても、やはり荒木氏（一九八四）が『古今集』真名序・『新古今集』真名序との類似関係を指摘しているが、それを踏まえて言えば、（一）二十巻という構成、（二）成立後「竟宴」をしていること、（三）『古今著聞集』という名称自体『古今和歌集』の捩りになっていることから、場合によっては、『古今著聞集』は『十訓抄』以上に『古今集』を意識した作品ではないだろうか。『十訓抄』と『古今著聞集』が『古今集』を踏まえて作られたという事実から古典的公共圏成立の傍証とすることができるのではないだろうか。折しも両書の狭間にある建長五（一二五五）年には鎌倉で源氏談義が行われていたのだ。▼注[24]

この辺りから『古今集』・『源氏物語』の本文が校訂され、注釈がなされ、加えて談義や規範としていくぶんパロディーじみた引用としても、知識人間の共通知として定着したのが後嵯峨院の建長年間であると見てまず間違いはないと思

われる。即ち、古典的公共圏の成立である。

5　おわりに

古典は成立したときから古典だったのではない。古典となるように人々が邁進かつ努力してこそ初めて古典となる。まずは古典意識が生まれ、古典が規範・権威化する。次に、古典注釈が始まり、古典本文が確定されてくる。そして、古典が自在に用いられるようになる。こうした古典的公共圏の成立過程は、「公」秩序（院・天皇―公家・武家・寺家の諸権門）形成とほぼ重なっていた。古典的公共圏への参加条件は古典と古典（和歌・物語）を踏まえた題詠和歌である。院・天皇・公家・武家・寺家は共通の価値観を持ち、古典は古典として滅びるどころかますます栄え、さらに言えば、モンゴル襲来、南北朝動乱、応仁の乱、戦国時代という動乱の時代を経ても共通の価値観を具体的に示すものとして君臨したのである。それが江戸期を通しても維持され続けたのは敢えて言うまでもない。

【注】

［1］この三書に加えて後述するように、『和漢朗詠集』も入るかと思うが、『和漢朗詠集』は性格を異にするので、今は外しておいた。

［2］青木昌彦『比較制度分析序説　経済システムの進化と多元性』（講談社学術文庫、二〇〇八年）、同『青木昌彦の経済学入門　制度論の地平を拡げる』（ちくま新書、二〇一四年）などを参照。

［3］佐藤恒雄「中世歌論における古典主義」（同『藤原為家研究』、笠間書院、二〇〇八年）参照。

［4］佐藤恒雄「後嵯峨院の時代とその歌壇」「後嵯峨院時代前後和歌史素描」（前掲書）。

［5］それよりも遡るものとしては、『為忠集』があるが、この集自体に『私家集大成』解題（森本元子）が言うように、成立事情に問題があるので、ここでは上げなかった。

［6］後藤康文「『狭衣物語』作中歌の背景・巻二」（同『狭衣物語論考【本文・和歌・物語史】』、笠間書院、二〇一一年）は、「うき身世にを本歌とし、狭衣詠の「たれに問はまし」の本歌として橘正通「秋風に露を涙となく虫の思ふ心をたれに問はまし」を上げている。

［7］後藤前掲書が指摘するように、定家が校本作りを断念したという指摘は首肯すべきものだろう。

［8］伊井春樹編『源氏物語注釈書・享受史事典』（東京堂出版、二〇〇一年）。

［9］横溝博「『四条宮下野集』研究の展望―物語受容の観点から―」（『鳳翔学叢』八、二〇一二年三月）および『四条宮下野集』については、『和歌文学大辞典』ネット版（久保木哲夫執筆）参照。

［10］髙橋昌明『平家と六波羅幕府』（東京大学出版会、二〇一三年）参照。

［11］「古今和歌集注釈書目録」（『古今和歌集』新日本古典文学大系、付録、一九八九年）。

［12］大津有一『増補版　伊勢物語古註釈の研究』（八木書店、一九八六年、原著一九五四年）。

［13］片桐洋一『伊勢物語の研究［研究編］』（明治書院、一九六八年）。

［14］伊藤聡「伊勢二字をめぐって―古今注・伊勢注と密教説・神道説の交渉」（同『中世天照大神信仰の研究』、法蔵館、二〇一一年、初出一九九六年）。

［15］三木雅博「院政期における和漢朗詠集注釈の展開」（同『和漢朗詠集とその享受』勉誠社、一九九五年）本書を越える朗詠注の研究はまだ出ていない。

［16］前掲論文。

［17］藤平春男『新古今荷風の形成』（『藤平春男著作集　第一巻』、笠間書院、一九九七年、原著一九六九年）、渡部泰明「千載集と本歌取り」（同『中世和歌の形成』、若草書房、一九九九年、初出一九九六年）、山本一『藤原俊成　思索する歌びと』（三弥井書店、二〇一四年）参照。山本氏は「俊成の和歌の歴史についての見方は、古い時代の歌を古い姿の歌とするだけの単調なものとは違い、時代につれて重なり合って働いていく、いくつかの次元の価値意識を視野に入れていた」（前掲書「和歌史から何を学ぶのか―俊成的批評主体の条件―」）と言っている。

［18］川平ひとし「古典学のはじまり」（同『中世和歌論』笠間書院、二〇〇三年所収）。

［19］佐々木孝浩「定家本としての枕草子」（同『日本古典書誌学論』笠間書院、二〇一六年、初出二〇一二年）参照。

［20］伊井春樹編『源氏物語注釈書・享受史事典』（東京堂、二〇〇一年）。

［21］河内源氏学については、堀部正二『中古日本文学の研究』（教育図書、一九四三年）、山脇毅『源氏物語の文献学的研究』（創元社、一九四四年）、池田利夫『新訂　河内本源氏物語成立年譜攷』（古典文学会、一九八〇年）、寺本直彦『源氏物語論考　古注釈・受容』（風間書房、一九八九年）、岩坪健『源氏物語古注釈の研究』（和泉書院、一九九九年）、田坂憲二『源氏物語享受史論考』（風間書房、二〇〇九年）、岡嶌偉久子『源氏物語写本の書誌学的研究』（おうふう、二〇一〇年）、岩坪『源氏物語の享受　注釈・梗概・絵画・華道』（和泉書院、二〇一三年）、大内英範「河内本研究の現在／今後」（土方洋一他編『新時代への源氏学　第７巻　複数化する源氏物語』竹林舎、二〇一五年）、松本大「『原中最秘抄』の性格―行阿説への再検討を基点として―」（福島金治編『生活と文化の歴史学９　学芸と文芸』竹林舎、二〇一六年）他参照のこと。

［22］荒木浩「説話の形態と出展注記の問題―『古今著聞集』序文の解釈から―」（『国語国文』、一九八四年十二月）、同「十訓抄と古今抄」（『国語国文』、一九八六年七月）。最近では、内田澪子「『十訓抄』序文再読」（『日本文学』二〇一二年七月号）がこの問題に言及している。

［23］勅撰集の序文については、岡﨑真紀子「勅撰和歌集序という論理―『千載集』から『新続古今集』へ―」（『日本文学』前掲号）が有効な視座を与えてくれている。

［24］稲賀敬二『源氏物語の研究　成立と伝流』（笠間書院、一九六七年。補訂版、一九八三年）参照。

【付記】本稿は、「古典的公共圏の成立時期をめぐって―権力（院政・武家）・勅撰集の編纂・古典注釈を中心に―」（中古文学会秋季大会　平成二十四年十一月四日、於大阪大谷大学）を骨子とするが、刊行予定の『戦乱で躍動する日本中世の古典学』（仮題）と一部重複する。ご寛恕を乞う。

3　中世の胎動と『源氏物語』

野中哲照

1　はじめに――准太上天皇の創出を起点として――

『源氏物語』で、冷泉帝が光源氏を「太上天皇になずらふ御位」（准太上天皇）に据えた（藤裏葉巻）のは、「史実にも例がない」「歴史上実在しない」（小学館本頭注、巻末補注）地位を新たに創出したものとされている。そして『源氏』の成立からおそらく十数年のちのことであろう寛仁元年（一〇一七）八月二十五日のこと、敦明親王が藤原道長からの圧力を受けて廃太子に追い込まれた際、その引き替えに准太上天皇に任じられた（『小右記』同日条。「小一条院」の院号、院庁の設置、年爵の賦与が上皇に准じた待遇として認められたもの）。だとすれば、物語が歴史の実体に影響を与えたことになる（山中裕（一九九七）に異見あり）。それだけ『源氏』の影響が強烈であったということなのか。従来、文学史の問題として『源氏』が後代文学に与えた影響は指摘されてきたが、『源氏』は歴史の実体にも影響を与え、次代（中世）そ

のものの到来を突き動かしたのではないか。そういう観点から、『源氏』を見つめ直してみる必要がある。▼注[1]

2　『源氏物語』内部の過去相・現在相・未来相――身分階層の流動化を捉える――

中世をどのように定義するかについてはさまざまな見解があろうが、身分階層の流動化は外せない重要な要素だろう。ただし〝流動化〟という用語自体に、ある種の甘さがある。福利厚生がなく自助努力を要した厳しい社会にあっては、皇族と言えども身を落としやすい状況（没落方向）がもともとあったのにたいして、下位の者が成り上がってゆくこと（上昇方向）はそう簡単なことではなかった。つまり、上→下ではなく下→上、すなわち中流官人が実力をつけたり取り立てられたりして成りあがってゆく方向をこそ中世的特徴というべきだろう。▼注[2] まさに〝下克上〟という言葉（初見は建武元年（一三三四）の『二条河原落書』）がそれを表している。

本稿では、『源氏』内部の身分階層について、過去相・現在相・未来相の観点を用いて分析してゆく（時代相も物語も動態的なものと捉えるべきとの考えによる。野中（二〇一六b））。過去相とは、前時代的で規範的な時代相を表現してあるところで、流動化が始まる前の、社会秩序が保たれていた時代の様相。現在相とは、中流が経済的にも文化的にも実力を付け上流との階層的落差が圧縮されてきたり、時には中流が上流を操る局面もあったりする同時代的な様相。未来相とは、『源氏』成立時点の歴史的実体として実現していたとは到底考えにくいこと――准太上天皇のように――を物語世界で表現したところ。これは、当時の作者・読者の期待や願望を物語世界に投影したものといってよい。『源氏』に限ったことではなく、多くの物語や小説に保守派（守旧派）もいれば開明派（革新派）も登場していて、さらには同時代でまだ実現していない先のことを内部世界で表現するなどということは、よくある。『源氏』の未来相が中世の到来を突き動かした可能性について、本稿では指摘する。

さて、『源氏』の描いた過去相や現在相が、実体としていつの時代なのかという問題がある。一般的には物語成立より一世紀ほど前の醍醐・朱雀・村上朝あたりに〈現在〉が設定されているとみられている（田中隆昭（一九九三）など）。ただし、物語成立の同時代感覚（一〇〇〇年ごろ）と一世紀前の時代相とがないまぜになって現在相として表現されている可能性は十分あるし、過去相は表現世界で理想化・抽象化されたものであって実体に還元できないという考えもあろう。しかし巨視に立ち戻って、院近臣の登場、武士による政権の簒奪、さらに下って農民出身の豊臣秀吉の栄達まで概観してみる時、まださほど流動化していなかった時代が平安中期あたりに存在したことは疑いない。実体との綿密なすり合わせは今後の課題とすべきところで、ざっくりした〈措定実体〉として、過去相とはおおむね九世紀後葉までを、現在相とはそれ以降一〇世紀までをイメージしておく。▼注[3]

3　厳然とした身分秩序――過去相――

『源氏』世界において身分秩序が厳しく守られていた側面が描かれていることを、まずは指摘する。その典型が、物語冒頭である。

いづれの御時にか、女御、更衣あまたさぶらひたまひける中に、いとやむごとなき際にはあらぬが、すぐれて時めきたまふありけり。

〔帝はどなたの御代であったか、女御や更衣が大勢お仕えしておられた中に、最高の身分とはいえぬお方で、格別に帝のご寵愛をこうむっていらっしゃるお方があった。〕（桐壺・一―一七）

公卿の娘が女御、殿上人のそれが更衣にそれぞれなり、女御の中から皇后や中宮が選ばれるという規範からすれば、更衣の身分である桐壺が帝からもっとも寵愛されるなどということは、あってはならないことであった。その前提ゆえにこそ、『源氏』冒頭部は、帝による桐壺更衣の偏愛を後宮の秩序を乱した行為として焦点化しえたのであった。

さりげない表現だが、貴顕が従者などに禄を授ける場合にも、身分や序列に従って順々に下賜する場面が「物ども品々にかづけて」（数々の禄の衣装を身分身分に応じて被けると）（松風・二―四二一）などと出てくる（身分秩序が守られている場面は、葵・二―二四、初音・三―一五八、若菜上・四―五〇、五八、九八、若菜下・四―一七五にもある）。これも、〈序列乱し〉が忌避された側面を描き出している。禄を下賜する場面だけではない。貴人男性が侍女や受領クラスの女性と男女関係になる場面がたびたび描かれているのだが、それは最初から正式な結婚にならないことが前提となっているゆえに浮気沙汰としてはほとんど問題にされていない（末摘花・一―二七四、葵・二―五九、胡蝶・三―一八〇、藤裏葉・三―四四五、若菜上・四―六七、幻・四―五二二、五二六、五三八。葵上の母として大宮が召人《めしうど》に文句を言う程度のことはある）。光源氏との身分差ゆえに苦しみ、身の程をわきまえようとする女性として空蟬（帚木・一―一〇一、一〇九、一一一）や明石君（明石・二―二四九、二五三、三〇八）が登場するのも、そこに厳然とした越えがたい壁が表現されている点では共通している。ゆえに、明石君の両親は娘が光源氏と男女関係になりながらも〝人並に扱われない〟ことを危惧するのである（明石・二―二五四）。

4　身分階層流動化の萌芽――現在相――

1　中流の経済力

前節の指摘に反して、中流が上流を脅かすほど経済的に実力をつけてきたことを語っているところも少なくない。玉鬘が長谷寺に参詣した際、大和守の北の方の羽振りの良さを見て、侍女三条が玉鬘を〝大宰大弐か受領の妻にしてやりたい〟と語るほどの威勢があるとの認識が示されている（玉鬘・三―一一一）。五条の夕顔の宿は揚名介（国司の介の職名を買った者）の所有であるが（夕顔・一―一四〇）、このような職が登場すること自体が経済力による身分階層流動化の到来を示している。▼注［4］

左右に分かれての詩作の場で珍しい「賭け物」（賞品）が出されて競い合う場面もあるのだが（賢木・二―一四〇）、工夫を凝らした工芸品などは中流の者たちの献上品であった（行幸・三―三一三、梅枝・三―四〇五、若菜上・四―五五、九四など類例が多い）。そして、中流の献上物がそのまま上流の評価につながることもあったゆえに、中流たちも献上品に贅《ぜい》や工夫を凝らしたのであった（若菜下・四―一七五、鈴虫・四―三七九）。このことは、上流同士が競い合う競争社会にあっては、上流の日常が中流に依存しなければ成り立ちえない状況になっていたことを意味する。

それに関連して、中流が自律的に判断し主体的に動いていることも注目される。夕顔を失って呆然とする光源氏に代わって、乳母子惟光が主体的に動いて夕顔の葬送を仕切ったり（夕顔・一―一七六）、大輔命婦が自分の判断で光源氏と末摘花を結びつけたり（末摘花・一―二七九）、大和守が夕霧の意を汲んで主体的に落葉宮やその侍女を説得し、一条宮を整備したりしている（夕霧・四―四八一）。彼らの場合、自分の生活がかかっていたり、もともと主君と一心同体の感覚を持っていたりするからである。『源氏』世界では下克上のような階層の流動化は始まっていないものの、まずは上流と中流の間で身分階層の接近（圧縮）が始まっているとみてよさそうである。

2　中流の個人資質

雨世の品定（帚木巻）で、頭中将が中流女性について次のように評している。

家の内に足らぬことなど、はた、なかめるままに、省かずまばゆきまでもてかしづけるむすめなどの、おとしめがたく生ひ出づるもあまたあるべし。

（非参議の四位＝中流は）家の中にはまた、不足なことといって何一つないでしょうから、十分に費用をかけて、まぶしいほどたい

せつに育てあげた娘などの、けちのつけようもないくらい立派に成人するという例も少なくはないでしょう。」（帚木・一―五九）

ここから、〝上流より中流が良い〟などという解釈を導き出すのは曲解である。傍点部のように、中流の持つ経済力が教養や気品にうまく結びついた場合に限って、上流にも劣らぬ女性が掘り出し物的に出現すると言っているのである。五節の舞姫で、惟光の娘（藤典侍）が光源氏の舞姫として披露されたように〝家臣の娘たちも含めて一家を代表する女性〟が選ばれたのだが、その選抜の際、ほとんど差がつかず、「ただもてなし用意によりてぞ選びに入りける」〔わずかに身だしなみや心づかいによって選にはいったのであった〕とある（少女・三―六〇）。ファッション、アクセサリー、化粧など経済力をつぎ込めばどうにかなるところでは勝負がつかず、個人資質（家柄でも年功でもない）に着目した人材登用が始まりつつあったことを示唆している。世評の審判を受けやすい時代相ゆえに公卿たちは舞姫の人選から装束、舞の稽古に至るまで心血を注いで競い合ったし、公卿を支える中流たちもしのぎを削ったのである。

このように、雨世の品定の頭中将の言葉（先述）は〝資質によっては中流の女性でも上流に劣らない良さがある〟と言っているのだ。花散里（姉が女御ゆえ家柄は悪くないが後見人を失っている）は家政（染色・裁縫・育児など）の能力に加えて温厚な人柄から、紫上にも劣らぬ手当てが与えられていた（薄雲・二―四三八）。そのような家政的な能力は日ごろの修練の賜物だろう〔ただし、たんに美貌・身長ゆえに抜擢される男や女（少女・三―六〇、若菜下・四―一六九）、乳が良く出るゆえに登用される乳母（薄雲・二―四三六）も一方では出始めている〕。王朝国家の内実がどのようなものであったかについては別稿で詳述するが、荘園制を背景にした経済的自由競争が加速し、インフレーション状態が継続し、文化的にも家の存続や個人の名誉を掛けて互いがしのぎを削り続ける競争社会であったと考えられる。上流は自家繁栄のために〝良質の中流〟を抜擢し始めたのであり、中流もそれに応えるべくセンスを研ぎ澄ましたり教養を身に付けたり職能を磨いたりし始めたのである。そこに、身分階層の流動化の兆しがみられるといってよい。

5　さらなる流動化願望――未来相――

『源氏』において、准太上天皇の創出に劣らずドラスティックな発想が、春宮への明石姫君（明石中宮）の入内だろう。明石中宮は父こそ光源氏だが母は明石君すなわち受領の娘であり、とうてい春宮への入内など叶うはずのない身分であった。明石君自身、〝身の程〟の低さに呻吟する女性として繰り返し形象されている（薄雲・二―四三三など多数）し、「劣り腹」などと直接表現しているところもある（常夏・三―二三七）。そのマイナス面をカバーするために、明石中宮は袴着（三歳）の時に光源氏と紫上の間の子として披露されたのである（宮家の娘たる紫上の養女になったということ）。これも准太上天皇と同様に、『源氏』成立以前の歴史上にありえなかったことである。〝こんな夢みたいなことが現実にあったらいいな〟という願望を込めた未来相である。▼注[5]

ここで注意を要するのは、実体作者（紫式部）は、〈身分が低くても逆転できる物語〉を作ったのではない。〈身分が低くても内実さえ伴えば逆転できる物語〉を作ったのである。その証拠に、近江君などは嘲笑と侮蔑の対象でしかない。それにたいして明石君は、光源氏から六条御息所に似通う教養や気品があると言われるほどであったし（明石・二―二五七）、その優美さや気品は高貴な女性と比べて遜色ないと言われるほどの内実を具えていたのであり（明石・二―二五〇、松風・二―四一六、薄雲・二―四四〇）、彼女が琵琶を弾いても申し分ないと光源氏が感嘆し（薄雲・二―四四一、少女・三―三四）、香を調合してもそのセンスが螢宮によって称賛されている（梅枝・三―四〇九）。容姿ゆえに抜擢されたのではなく、筆跡・和歌・琵琶・香など万般にわたって貴顕女性に劣らぬ内実を具えていたということである。そしてそれは、都から家庭教師を招くなどの努力をした結果なのであり（若紫・一―二〇四）、それに足る財力が地方受領の側にはあったということなのだ。律令制的な位階・官職は際限なく昇格・昇進させてやることができないが、禄（金銭的給与）は制度外の魔物で、上限がない。中流はその経済力をもとに子女を教育して個人資質を伸ばしたゆえ、経済力と個人資質が連動する。すなわち、受領の財力→その子女の教養→上流への接近（→階層逆転への期待）の構図が成立する。

光源氏は夕霧を大学に入れて六位から叩き上げる教育方針を示したが、その理由は、時勢に左右されない「大和魂」（理解力・判断力・応用力などを駆使した総合的実践能力）を身に付けるべきとの見識によるものであった（少女・三―二二）。『源氏』が設定時代としているであろう一〇世紀初頭に、たとえば摂関クラスの子弟が大学（六位相当）に入れられることがありえたとは考えられない。『源氏』内で〝学問の盛んな時勢〟と設定している（少女・三―三〇）のは過去相的にみえるが、その突き放し方からみて作者の願望を投影した未来相とみるべきだろう。それだけ身分や家柄でなく個人資質を重視する時代への方向性が示されたものと考えられる。尚侍《ないしのかみ》の選任基準についても冷泉帝が、家柄や年功ではなく「おほかたのおぼえ」（世間の人望）（行幸・三―三〇一）を打ち出しているが、これも古い秩序や判断基準ではない、別のものの見方が芽生えていることを示唆するものである。

6　〈先例崩し〉の先例としての『源氏物語』

一〇七〇〜八〇年代に『源氏』が再評価される時代が訪れていた。もちろんそれ以前にも『栄花物語』や『更級日記』が『源氏』の影響を受けて成立しているのだが、そのような直接的・文学的影響関係ではなく歴史の実体そのものが『源氏』の影響を受け始めたようだ。その顕著な事例が、六条院という名称の御所（六条殿ではなく）が使用された事実である（承保三年（一〇七六）七月二十三日起工〜八月三十日上棟〜十二月二十一日供用開始）。『源氏』世界の六条院は、いうまでもなく光源氏の晩年に創建された四町《よまち》から成る広大な邸宅であり、彼の王権性を具現すべく構想された場所である。歴史の実体として、承保三年（一〇七六）〜応徳元年（一〇八四）に六条院（六条坊門南・高倉西）が里内裏として集中的に使用されている。この時期は石清水の異常な格上げの時期（一〇七五～八三）とも重なり、河内源氏を持ち上げるために政治的戦略として『源氏』を再評価したようだ。ゲンジつながりである。

六条院の創建と連動する動きとして、院政期の院庁を位置づけることが可能だろう。院司に選任される者はおおむね受領としての実績が買われたもので、実務能力（ここでいう個人資質、「大和魂」）のある中流であったのだ。そもそも院政などという政治形態――天皇を形式的に立てたまま自由な立場で院が実権を握りうる――さえ、『源氏』の六条院（准太上天皇としての光源氏）の存在が発想上の引き金になっているのではないか。『源氏』の六条院が院庁のような存在となり、そこの家司が院司となり、准太上天皇光源氏に準えるべく本天皇とは別の求心力を誰かが持ちうるとしたら、それはまさに院政の姿と重なってくる。

摂関家の影響力の排除（＝天皇家による親政への期待）は後冷泉朝あたりから顕著になっていたのだが、そこから院が実権を握るには、もう一段階発想が進む必要がある。そこに、天皇以外にも天皇に劣らず求心力のある皇族という『源氏』の姿が影響を与えた可能性があろう。後三条院や白河院が『源氏』に着想を得て院政を開始したという意味ではなく、一方に摂関政治の構造（形式的に天皇を仰いでおいて実権は摂関が握る）がありつつ、もう一方に天皇を相対化する皇族・六条院（光源氏）のような刺激もあったのではないかということである。荘園公領制を基盤としているという点では摂関政治も院政も本質的に構造的差異があるわけではなく、政権の簒奪、すなわち社会構造はそのままで〝首のすげ替え〟がなされたとみるべきだろう。

『源氏』における明石中宮の養女化（明石君→紫上）も、歴史の実体に影響を与え、現実化してくる。白河帝（当時春宮）の后妃の一人である藤原賢子は、父こそ右大臣顕房であったものの母は権中納言源隆俊の娘であった。そのため、賢子を太政大臣藤原師実の養子（猶子）にするというバイパスを使って入内させたのである。延久三年（一〇七一）三月九日のことである（『今鏡』第二「所々の御寺」）。賢子は、その後、堀河帝を産むことになる。師実の面子を保ちつつ、賢子の格上げも図ったのだろう。管見に及ぶかぎり、これが女性の身分格上げを目的とした猶子関係の初見である。▼注［6］一般的に、養子というものは継嗣たる男子の不在を補うために行われることが多かったから、女子の養子は珍しかったらしい。『源氏』の内大臣（もと頭中将）に「女子の人の子になることはをさをさなしかし」（女の子が人の養子になることはめったにないことだがどういうことであろう）（螢・三―二一〇）と語らせているのは、当時の実情を反映したものだろう。ということは、〝身分の低い女性をバイパス的に貴顕の養女として皇室に入れる〟という発想は、『源氏』が突き動かしたのだということになる。また、保延五年（一一三九）ごろに後白河帝に入内して二条帝を産んだ懿子《よしこ》は、父大納言藤原経実の身分に不足があったため、左大臣源有仁の養女として後白河（当時は雅仁親王）の后妃となっている。このような養女化バイパスの頻出に、『源氏』の明石姫君の存在が無関係とは言えまい。

崩れ始めると、止まらない。賢子に続いて、鳥羽院の寵妃である美福門院（得子）が登場する。彼女は母こそ左大臣源俊房の女（方子）であるが、父は権中納言藤原長実である。藤原頼長が彼女を「士大夫女」と蔑んでいる（『台記』康治三年正月元日条）ところを見ると、父の身分によって彼女を評価していたのだろう。すると、同時代人の認識としては、右の賢子（母が権中納言の娘）よりさらに下層の女性が取り立てられたと感じていたことになる。しかも、彼女が鳥羽帝の寵を得るようになったのは長承三年（一一三四）のころからで、当時はまだ侍女の身分であった。その美福門院が近衛帝の生母となり、国母となり、女院号を受けるまでになる。

『女院小伝』を通覧すると、女院号を与えられた貴婦人たちの両親は帝か摂関くらいの身分が一般的であった（最初の東三条院を除く）が、突如として待賢門院（璋子）の父が権大納言藤原公実と格段に低くなり、美福門院（得子）の父は権中納言藤原長実（正三位）とさらに低くなっている。建春門院（平滋子）の父平時信は、さらに低い（正五位下）。転機は明らかに院政の開始とともに訪れており、それ以降は身分の垣根が格段に低くなり、帝や院は私的感情を露骨に出して好きな女性を公然と寵愛できるようになったようだ。これによって女御の権威も空洞化し、白河院の晩年に寵愛された祇園女御（中流の出身とみられるが待賢門院を養女としたためか「女御」と通称された）の例や、平清盛と厳島内侍の間に生まれた娘が後白河院に輿入れして「女御のやうにてぞましましける」などと表現された例（『平家物語』巻一「吾身栄花」）が出てくる。「女御、更衣あまたさぶらひたまひける中に」と区分された身分秩序は、もはや大きく崩壊している。私的感情（偏愛）が政治的構造の歪みを生じさせ、保元合戦の遠因となってゆく（野中〔二〇一六a〕）。私的感情によってもたらされる流動化は、偏愛による抜擢ばかりではない。元木泰雄（一九九六）が指摘するように、院政期に入って、忠実・頼長ら摂関によって家司にたいする私的制裁が増加している。「主命」に「違背」しただけで「厩に拘禁」されるほどの私刑が横行していたのである。引き立て（上昇）にも断罪・抑圧（下降）にも、私権の行使が横行し、法の支配や慣習の拘束力が希薄になりつつあったということになる。

そもそも、白河・鳥羽期は、〈先例崩し〉の顕著な時代であった。二条院（章子）は非国母として初めて女院号宣下を受け（延久六年〔一〇七四〕）、郁芳門院（媞子）は初めて准母として皇后となり（寛治元年〔一〇八七〕。さらに五年二か月後に女院号まで宣下され）、高陽院（藤原泰子、初名勲子）は異例ながら上皇の妃として女御宣下、続いて皇后宮となり（長承三年〔一一三四〕）、美福門院（得子）も近衛帝即位の同年、国母であることを根拠に、異例だが鳥羽院の妃ながら国母（近衛の母）として皇后に立てられ（永治元年〔一一四一〕。その八年後に女院号宣下され）、皇嘉門院（聖子）が崇徳帝に入内した時は在任中の摂関の娘としては八〇年ぶりだとされた（大治五年〔一一三〇〕。その後、近衛帝の准母として皇太后、さらには女院号宣下と進んだ）。こうして院政期は〈先例崩し〉が常態化し、大義名分さえ整えば〝何でもあり〟の時代となってゆく。しかも、すべて身分階層の流動化に関わることである。

美福門院が鳥羽院の寵妃になりえたのは、明らかに院政という私的政治システムの成立と関係がある。なぜならば、鳥羽院は帝としての在位中に彼女を入内させたのではなく、譲位後に迎えたからである。院という私的（少なくとも非公式）な立場ならば、権中納言の娘が入内しても大きな問題にはならないという理屈は成り立ちうる。ところが、美福門院の生んだ子が近衛帝となってゆくのであるから、ワタクシからオオヤケが生まれたようなものである。このようなバイパスを通して、社会はさらに流動化してゆく（猶子というバイパスを使って娘を貴人に結婚させるよりも、こちらのほうが大がかりな流動）。

このような時代相からさらに一世紀ほど下って一三世紀初頭になると、後鳥羽院の寵妃として白拍子亀菊が登場してくる（流布本『承久記』。慈光寺本は「舞女亀菊」）。白拍子が公然と院から荘園を拝領するような存在となりえたのだ。もちろんその中間に、保元合戦・平治合戦前後の院近臣の台頭、平氏政権の成立などがある。こうして『源氏』世界の桐壺更衣（過去相）→明石中宮（未来相）の位相差を起点としてその後の実体史たる藤原賢子→美福門院→白拍子亀菊の流れに着目して時代を通覧してみると、身分秩序というものが大きく崩れていることがわかる。これこそ、中世という時代の重要な一局面だろう。平安中期から後期（院政期）にさしかかるころ、身分階層に流動化が起こっていたことは疑いようがなく、その転機が白河院政期にあることも間違いなく、▼注［7］そこに『源氏』が〈先例崩し〉の先例として直接・間接に影響を与えている可能性が高い。

ここであらためて、身分階層の流動化がどれだけ物語内で表現されているかという観点から文学史を概観してみる。『宇津保物語』は異国伝来の秘琴の技を俊蔭→仲忠→犬宮と伝授する筋を中心に展開するのだが、途中で不遇をかこつものの最終的には秘琴が嵯峨院・朱雀院の前で披露され称賛される。『落窪物語』は継子いじめにあった落窪姫君が貴公子との出会いを契機として継母に復讐を果たす。秘琴の技の披露を地位の上昇に結びつける発想をもっていない『宇津保』と、姫君を最終的に入内させるなどの発想がない『落窪』とは、身分階層の流動化を前提としていない点で共通している。『源氏』第一部も含めてこれら三書はV字型構想に支えられているのだが、『宇津保』『落窪』は不遇や継子いじめというマイナスを本来的な位置（ゼロ地点）に回復するまでのV字型であるのにたいして、『源氏』の明石一族は本来性（近衛中将）を回復するばかりか、さらなる身分階層の上昇という観点からのV字型がみられる。

臣下に下ったはずの光源氏の子が帝となったり（冷泉帝）、その光源氏自身が皇族に返り咲いたり（准太上天皇）、生母明石君の身分が低ければ宮家の姫紫上の養女としたり（明石中宮）――これら『源氏』第一部の骨格はすべて〝身分の流動化や逆転を指向したもの〟と括ることができ、当時の願望（未来相）を投影したものということができる。『源氏』の同時代（一一世紀初頭）にありえたことではないものの、物語世界で願望として表現したことが、現実世界で実現する方向に向かったのである。

7　おわりに――次代の到来を誘引した『源氏物語』――

本稿で指摘した個々の事実は、先行研究で触れられていることと断片的には重なる。ただ、既知の史資料を新たな観点から関連づけて再構築し、これまでになかった〝物の見方〟を提案したのである。具体的には、次の二点である。

1　これまで曖昧だった身分階層流動化の様相を焦点化し明瞭にする。

2　時代の動態の上に物語を乗せて見つめ直し、物語を次代への契機として位置づける。

1については、中世胎動期の身分階層流動化は下↓上の方向に着目すべきであること、しかも中流と上流との接近からそれが始まっていること、それが王朝国家の社会構造（上流が中流に依存しなければならない）に起因するものであることを指摘した。2については、身分階層の流動化が現実化・本格化する白河院政の登場に『源氏』が直接・間接の影響を与えている可能性について述べた。

『源氏』成立の同時代は流動化の萌芽が見られる程度であったのだが、次代に託された期待や願望（〝たとえ中流であったとしても研鑽を積めば抜擢される世の中であってほしい〟というメッセージ）がそこに込められていたということである。身分階層の流動化が『源氏』内部にすでに胚胎していたということだ。中世の到来を、武士論でも荘園論でもなく（それらと密接な関係があるものの）、階層の圧縮や流動化という観点から捉え直す必要もあるのではないか。

また本稿には、文学史を〝文学の歴史〟として孤立させず、歴史の実体と文学とを包括的に論ずべきだというメッセージも込めたつもりである。従来の考え方だと、歴史の実体がつねに先行しており、それに虚構を交えて文学が成立する〈歴史→文学〉の方向性ばかりが指摘されてきた（それも意味のあるものだが）。本稿は逆に、〈文学→歴史〉の可能性について述べたものである。この問題意識は、野中（二〇一七）で『陸奥話記』が世論誘導に使われた可能性について指摘したことと関連がある。物語がそもそも世論誘導に利用されるということは、それだけ物語の社会的影響力の先例があったということだろう。▼注[8] そうして『陸奥話記』以前を探ってみると、『源氏』の内部に次代の到来を誘引する未来相の要素を摘出するに至ったのである。直接的ではないにしても、『源氏物語』に込められた世界観が次世代の〝無意識の意識〟に働きかけた可能性があるということである。

【注】

［1］『源氏』の引用は新編日本古典文学全集（小学館）により、その所在を（巻名・小学館本巻次―頁数）で示した。

［2］下流の者が中流に接近する様相は、『源氏』の段階ではまだみられない。ごくわずかに、楽器の得意な随身が登場する程度である（若紫・一―二二三）。上流は公卿、中流は諸大夫・受領、下流は地下人《じげびと》と考えるので、上流のみが貴族。「中流貴族」という用語はじつは不適切（五位の諸大夫・受領を貴族とは言いにくいゆえ）。

［3］中流が上流と接近し始めたのは、天皇のカリスマ化が始まり、それによってカリスマを支える側近を必要とする構造が発生した九世紀中葉のことと考えられる（詳細は別稿）。「かしことても、一人二人世の中をまつりこちしるべきならねば、上は下に輔けられ、下は上に靡きて、事ひろきに三姻ばゆつろふらむ。」（いくらすぐれた人だからとて、一人や二人で世の中を治めてゆけるというものではありませんから、上の者は下の者に助けられ、下の者は上の者に服して、公事の範囲は広いのですから、つねに肩代りを委ねるということになりましょう。）（帚木・一―六二）が象徴的。なお、「いづれの御時にか」とあるので時代設定は

抽象化されているのではないかとの考えもあろうが、実体作者が設定した特定の既知的な時代相が露呈しているとみるべきだろう。論者は、実体を切り離さない立場である〔野中（二〇一七）〕。また、虚構の物語であっても登場人物、関係、展開を虚構するのであって、その時代背景まで虚構することは難しい〔野中（二〇一四）〕。

［4］受領とは言うまでもなく地方官であるから、この問題は京の社会階層における上流・中流の問題（垂直方向）に留まらず、京と地方の問題（水平方向）も絡んでくる。たとえば、京での栄達（近衛中将どまり）を諦めた明石入道が播磨守となってたいへんな財力を付けていたり（若紫・一—二〇二）、京から家庭教師に類する者たちを播磨に呼び集めて明石君を教育したり（若紫・一—二〇四）と表現されている。常陸宮邸（末摘花邸）の木立を買い取ろうとしていたのも受領であり（蓬生・二—三三七）、律令制的な身分秩序を経済力とが逆転現象を起こしていることも九世紀後葉にありえたことだと考えられる。そして、その地方受領たちが京にあっては中流と置き換えられ、夕霧と落葉宮とを結び付けた大和守とその妹小少将《こしょうしょう》のように上流に仕えるばかりか上流を操る中流まで現れていたのである。

［5］歴史上、貴顕の母方の祖父まで遡及すると諸大夫・受領層に辿り着く事例は少なくない〔神原勇介（二〇一七）〕。ただしそれらは〝結果として〟そうなったのである。男子が欲しいと思っても恵まれなかったり、逆に女子に恵まれなかったりすることが当時は多く、衛生状態の不良によりせっかく生まれた子が夭折することも少なくなかった。『源氏』の明石姫君の春宮への入内は、そのようなコマ不足ゆえの結果的な抜擢でなく、霊夢に従った明石入道とそれに同調した光源氏がいわば〝狙った〟ことなのである。しかも、その軌道に乗せるために、明石姫君を紫上の養女にまでしている。そこに階層流動化願望の投影を窺うことは可能だろう。

［6］長元十年（一〇三七）正月七日、嫄子女王が関白藤原頼通の猶子（養女）として後朱雀帝に入内している（『栄花物語』巻三四「暮まつほし」、『今鏡』第一「初春」）。もともと頼通には継嗣がいなかったし、頼通の正妻隆姫の妹の子が嫄子（つまり伯父と姪の関係）という合理的な理由もあっての養子縁組であった。嫄子の場合、父が敦康親王（一条帝の子）、母具平親王次女なので、身分の低い娘を格上げするための養子縁組とは異なる。帝や春宮の后妃を摂関家から差し出すという旧来の形を踏襲しようとしたための措置だろう。

［7］白河院政期の院近臣として、前期の大江匡房、後期の藤原顕隆が知られている。顕隆は『中右記』大治四年（一一二九）正月十五日条で「天下の政、この人の一言に在るなり。威、一天に振ひ、富、四海に満つ。世間の貴賤、首を傾けざるなし」とまで

評され、『今鏡』「釣りせぬ浦々」でも「夜の関白」という異名が紹介されている。匡房も顕隆も、摂関家や一の人と呼ばれるような立場ではない。院政という政治システムが、身分階層流動化にいかに激変をもたらしたかということである。

［8］　佐伯真一はふだんから学生に、「物語は社会に影響を与える力がある。鉄腕アトムが先行し、それを現実のロボット開発が追いかけたように」と話しているという。虚構の物語たる『鉄腕アトム』〔漫画版一九五〇年、TVアニメ版一九六三年〕が人間の期待や願望を投影したものとして先行し、現実のロボット開発はそれに追随した〔世界初の二足歩行ロボット完成は一九七三年、ホンダASIMOの原型（自律歩行型二足歩行）完成は一九九六年〕。これは、『陸奥話記』が同時代社会に影響を与えた可能性について論者が語った際の佐伯の返答。平成二十五年（二〇一三）三月二十九日（金）、早稲田奉仕園（小峯和明の立教大学退職記念講演会場）から椿山荘（退職記念パーティー会場）に移動するバスの中での会話。小峯は研究会を主導して多くの同輩・後輩を育てたが、それによって相互の横向きの繋がりも生まれ、意見交換が活発化した。小峯のつくった縁の広がりを示す逸話として、この機会に紹介しておきたい。

【参考文献】

神原勇介（二〇一七）「『源氏物語』明石の入道の父大臣――「ものの違ひ目」と、女系繁栄譚としての明石一族物語――」所載「中下級貴族出身の天皇外祖母」「中古文学会　平成二十九年度春季大会発表資料」於東京女子大学
山中裕（一九九七）『源氏物語の史的研究』思文閣出版
田中隆昭（一九九三）『源氏物語　歴史と虚構』勉誠社
野中哲照（二〇一三）「河内源氏の台頭と石清水八幡宮――『陸奥話記』『後三年記』成立前後の時代背景――」『鹿児島国際大学国際文化学部論集』一四巻三号
野中哲照（二〇一四）「『後三年記』は史料として使えるか――メタ歴史学の構築をめざして――」『後三年記の成立』汲古書院
野中哲照（二〇一六ａ）「『保元物語』冒頭部における〈鳥羽院聖代〉の演出――美福門院の機能をめぐって――」『保元物語の成立』汲古書院
野中哲照（二〇一六ｂ）「『保元物語』は史料として使えるか――〈動態的重層構〉提示の意義――」『保元物語の成立』汲古書院
野中哲照（二〇一七）「『陸奥話記』は史料として使えるか――指向主義の始動――」『陸奥話記の成立』汲古書院
元木泰雄（一九九六）「摂関家における私的制裁」『院政期政治史研究』思文閣出版

【コラム】

中世・近世の『伊勢物語』

――「梓弓」を例に――

水谷隆之

『伊勢物語』は後の文芸に多大な影響を与えたが、その文章は簡潔で様々な解釈の余地がある。本稿では、高等学校の教科書にもたびたび採用され、男女の悲恋の物語として現代にも広く知られる第二十四段「梓弓」を例に、中世から近世初期にかけて本話がどのように理解され、享受されていたのか、代表的な受容作を採り上げながらその諸相を追ってみたい。

1 中世の伊勢物語絵と近世のパロディ本

『伊勢物語』第二十四段の男は宮仕えのため女のもとを離れ上京する。女は男の帰りを待ちわびていたが、三年が過ぎ、その間熱心に求婚し続けてきた別の男に「今宵あはむ」と約束し、そこにもとの男が戻る。二人は歌を詠み交わし、男は「あづさ弓ま弓つき弓年を経てわがせしがごとうるはしみせよ」、すなわち長年自分があなたにしたように、これからは新しい夫を大切にしてほしいとの歌を残して去る。女は男を追うが、結局追いつけずに清水のあるところに倒れ臥し、「むなしく」なってしまった。

【挿図「小野家本伊勢物語絵巻」】

「小野家本伊勢物語絵巻」は室町時代後期の制作で、近世初期にかけて同系統の絵が多く描かれたことが知られている。挿図はその第二十四段で三場面から成り、画面中央の第二場面は帰った男と女が歌を詠み合い、男が去ろうとするところ、画面左の第三場面は去り行く男を女が追い、倒れ臥すところである。さて、画面右の第一場面は、女が新しい男と交わした「今宵あはむ」という、いまだ実現していない新枕を「敢えてそのまま絵画化」したものとも解されるが、▼注[1] 山本登朗は、これら三つの場面の男が「すべてまったく同じ色彩と文様の衣服（狩衣）を着て描かれている」ことに着目し、「第一場面の男は、実は主人公であるもとの夫その人として描かれている」と指摘したうえで、「第一場面は、主人公が「宮仕へ」を求めて都に行く前の、女と仲むつまじく暮らしていた時期の様子を描いたもので、「主人公と女の二人の関係の、さまざまな展開の様子が、三つの場面によって描かれている」と解しており、稿者もこれに従いたい。[注2] すなわち当時の多くの絵巻では、本文にはない男女の恋のはじまりが重要な場面として新たに設定され、視覚化されて享受されていたのである。

さて、近世に至ると、『伊勢物語』を卑俗化し笑いに転じた仮名草子や浮世草子が多く出現する。まずは『伊勢物語』本文を忠実にもじった『仁勢物語』（寛永年間〔一六二四～一六四四〕刊）をみてみよう。片田舎の男が都へ行き、三ヶ月留守にする。糸仕事をする人に女が「餅くはせん」と約束したところに男が戻り戸を叩くが、女は餅つきの手を止められないとの歌を詠み、そののち以下のやりとりがなされる。

あづきもちこもちあはもちどしつくとわがぜにな
くはうるもゑつかじ

といひて、いなむとしければ、女、

あづきもちつけどつかねどそとよりもくろゝはあ
とへあきにしものを

と云けれど、おとこはらたてけり。[注3]

『伊勢』の男は「わがせしがごとうるわしみせよ」との歌を女に詠みかけたのであったが、『仁勢』の男は「わが銭なくば粳《うる》もゑつかじ」、すなわち「自分の稼ぎがなければ、その粳餅すら搗けないだろうに」との皮肉な歌を返し、「はらたて」るのである。

次は『好色伊勢物語』（貞享三〈一六八六〉年刊）。ある男が遊女を身請けし、片田舎に隠し住まわせていた。男は安芸の宮島に出かけ三ヶ月後に戻るが、女は「あら玉のとしのみつきをまかなひかねてたゞかいがゝりにひまくらすれ」と詠み、男からの送金が滞ったので買い掛かりを横に寝る、すなわち掛け買いの支払いをできないでいると恨みを述べる。これに対し男は、

あづさ弓つよきふかまのとしを経てわがうけ出せ
しうれしともせよ

といひて、ふくれていなんとしければ[注4]

と、長年なじみ深く過ごしたうえ大金を費やして身請けまでしてやったのを感謝せよとの歌を返し、女が不足を訴えたことに腹をたてて「ふくれて」帰り、縁を切る。

『真実伊勢物語』（元禄三〈一六九〇〉年刊）。三年ぶりに男が帰ると、女は「ことはりなしに」新しい男に持ち替えていて、男は二人の情事の現場を垣間見る。陰茎の小さい男に縁付い

た不満を間男に漏らす女の言葉を盗み聞いてもとの男は憤慨し、間男と大きさを比べるが見事に破れる。本話では、帰郷した男が「我やどと思ひて戸をおしあけて内に入」り寝所に行く点が『伊勢物語』とは異なるが、これは同じく『伊勢物語』本話を下敷きに創作された西鶴作『懐硯』（貞享四〈一六八七〉年序）巻一の四の「久六旅姿して立帰り、案内しつた㒵に立入、久しくあはざる女ゆかしく寝所に行ば」という展開を踏襲したのであろう。なお本書は序文に「西くはく」との署名を載せるが、西鶴の盛名を借りた偽書である。

　これら近世初期のパロディ本では、『伊勢物語』の王朝の悲恋を食や金銭、性愛といった俗事に切り替えて笑いを誘うばかりか、帰った男が女の対応に立腹する展開も共通し、『伊勢物語』の男の「新しい夫と仲睦まじく暮らせよ」と告げて去る、優しく潔い対応とは対照的である。ここに『伊勢物語』の男を度量の乏しい男に転じて笑ったとみることもできようが、どうもそれだけではない。

2　『伊勢物語』古注釈の理解

　近世初期までの『伊勢物語』注釈書における本話の解釈については、先ほど触れた西鶴作『懐硯』巻一の四に関して、『伊勢』第二十四段の男が女に最後に詠んだ歌「あづさ弓ま弓つき弓年を経てわがせしがごとうるはしみせよ」に着目し、既に論じたことがある。▼注[5] 当時までの古注・旧注においては、現在とは異なり、傍線部「がごと」を「かごと（神言）」すなわち「誓い・契約」などの意に解するのが通例であった。鈴木健一は当歌の解釈の変遷を詳細に追い、「「我がせしがごと」の解釈史としては、顕昭『袖中抄』で今日の定説に近いニュアンスの「がごと」説が見られるものの、勢語注釈になると古注・旧注では「かごと」説が圧倒的に多く、かろうじて室町時代の少数の注釈や松永貞徳の説に両論併記、また「がごと」説が存していることが確認できる」▼注[6] と整理している。本稿では上述の先行研究との重複を避けつつ、当時この歌に読まれていた男の心情に着目し、いまいちど確認してみたい。

　古注の『十巻本伊勢物語注』は「梓弓マ弓ツキ弓トハ、三張ノ弓也。三張ノ弓ハ、三春ナリト、三春ハ、三年也（中略）ワガセシカゴトウルハシミセヨトハ、互ニ異心アラジト誓言シタリシヲ、ウルハシミセヨト云也」▼注[7] とし、三張の弓は三つの張る／春、すなわち三年を指すとするが、この「三年」が男と女の関係におけるどの期間を指すのかは判然としない。

　たとえば『伊勢物語知顕集』（島原松平文庫本系統）は、「三張のゆみをよめる事は、この女にちぎりてのち、みとせになりたれば、三はるすぎぬるなり。（中略）しかるに、三とせまでちぎりしなかを、かくあらたむべき事か、そのちぎり、もとのごとくせよとなり」と、夫婦関係にあった期間とし、当歌を三年もの間仲睦まじく過ごしたのだからその契りを重んじて欲しいとの意にとる。一方、『和歌知顕集』（書陵部本系統）は、「風、この女のもとをはなれしとき、かへりこんまではちとせをふともこと心あらじとちぎりて、正月にわかれにけり。三年と申四月にかへりきたりければ、そのあいだ三のはるこそすぎたれといわんとて、ゆみはるといふたよりに、三ちやうのゆみをばひきいだしたるなり」とし、男が帰るまでは千歳経るとも心変わりをしないと契りを交わしたのち、三年足らずで戻ってきたのだからその誓いをしっかり守ってほしい、との意に解している。「三年」が、夫婦の契りを結んでからなのか、それとも不在の間も翻意しないと互いに誓ってから男が帰るまでの期間なのか解釈が揺れるが、いずれにせよ三張の弓を「三年」ととる場合、男が女に「三年」という時の長さ／短さをもって、「かごと」（夫婦の契り）の重み／「かごと」（不変の誓い）の有効性を強調して訴えることにより、その遵守を求めているのに変わりはない。

しかしながら、こうした古注の説を一条兼良『愚見抄』は根底から否定する。

或説、弓を三かさねていふは、三張の弓なり、みはるは三春、すなはち三年を三春といふ、といへり。これらの説あまりなる事也。更に信用にたらず。たゞ弓はひく物なれば、君に心のひくといはんとて、弓とはいへる也。君に心の引て年をふるといふ心に、あづさ弓ま弓つき弓とし をへて、とよめり。

当歌に弓を三つ重ねたのは、「弓→引く」により「君に心のひきて年をふる」こと、すなわち女に心を寄せて年月を重ねた男の一途な気持ちを伝えるためだと言うのである。『愚見抄』は以上を前提にさらに解釈を続け、「哥の心は、君にこゝろのひきて、とし月をかさねしかごとをばうるはしく思はで、又こと人にみえんとするとよめるなり」という。男の強い気持ちと「かごと」の重要性を強調するために、結果として女の心変わりが非難されているが、解釈の重点はあくまで女に「心引き」て過ごした男の一途な恋情に定められているのだと言ってよい。

宗祇・三条西家流の諸注釈書も同様で、たとえば宗祇の講釈を記す『肖聞抄』にも「哥の心は、君に心ひきて年をへぬるを、その間のちかひを君うるはしくせよと云儀也」とあり、「こと人にみえんとする」（『愚見抄』）といった女への直接の非言は用いないまでも、基本的に「心引く」説をとっている。さらにその『肖聞抄』には、直前の女の歌「あらたまのとしの三年を待ちわびてただ今宵こそ新枕すれ」について、「三とせも過れば、他人に新枕すると云也。但、誠に新枕せんには、かやうにも言ひがたし。只中将を恨みて言へるにや。前の詞はわざとかやうに書く事、此の物語に多し」とある。山本登朗は、「新枕」は男を恨む女がつくった「架空の再婚話」だとするこの記述に着目し、同様の記述は宗祇の説を伝える他の注釈書にも多く見え、「どこまでも主人公だけを思い続け、だからこそかえって、三年ぶりに帰宅した夫を「恨みて」、ありもしない架空の再婚話を詠み込んだ歌を贈って門をあけようとせず、それによって結果的に夫を失ってしまう、貞節だがあまりにも愚かな女性として描かれている」と指摘する。▼注[8]

翻意を告げられたと解した男が女に返した歌は、旧注では、女に心「引きて」過ごしてきたことを示す弓を三つまでも重ね、宮仕えの間も一途に守り続けていたその「かごと」をどうか「うるはしみ」してほしいと訴える、倫理的で切実な願いの吐露として読まれていた。互いに一途な気持ちを向けあいながらもすれ違い、届かぬがゆえ限りのない、恋の真情が本話には見出されていたのである。

3　伊勢物語の解釈と創作

以上をふまえれば、先述のパロディ本の創意も明らかになる。当該歌を「がごと」（新しい夫との今後の女の幸せを願う歌）ではなく、「かごと」（かつてかわした男女の誓いを守ってほしいと訴える歌）として読む場合、その「かごと」を違える女の罪と、それへの男の不満がどうしても想起される。しかし旧注、ことに「幽玄」なる業平像を前提とする宗祇・三条西家流注釈においては、一途な思いによる恨みで女が男に虚偽の新枕を伝えたとの説すらあるのに同じく、男が恨みを抱くのなら、それも女への深く一途な思いの一態でなければならない。だからこそ三張の弓は、女に心「引きて」過ごした男の強い気持ちを示すものとして解されていた。あるいはその流れをくむ『闕疑抄』が「我そなたをまたせ申たる所は勿論なれども、むかしの契約をうるはしくめされよと也」と、女を待たせた男の自省の念を加えたのも、当歌に倫理的で憐れみ深い業平像を見出したものと言ってよい。しかしながらパロディ本ではそうした業平像を結ぶ必要はない。むしろ「かごと」を破った女の翻意と、それに対する男の憤懣に焦点をさだめ、これを金銭や性愛をめぐる俗情にずらして笑いの種としたのである。

本稿冒頭に掲げた伊勢物語絵ではどうか。挿図「小野家本伊勢物語絵巻」第二図を、当時の注釈書のとおり男が女に「かごと」の遵守を求めている場面であると解するなら、問題とされてきた第一図は、「心引き」て「かごと」を交わしあった男女のかつての情景ということになろう。仮に『闕疑抄』の記述を各場面に対応させるなら、第一図「君に心ひきて年をへぬる」、第二図「むかしの契約をうるはしくめされよ」、第三図「爰にて真実死たるにては非ず。おもひのかなはで切なる心なるべし。契りなどの徒に成たる也」となる。中世から近世初期の絵巻に多く描かれたこの構図は、当時の勢語注釈書の解釈がそうであったように、夫婦の契りが結ばれ破れるまで、すなわち「かごと」をテーマに描かれたのではなかったか。

時を超えて「かごと」を貫いた男と、かつてかわした「かごと」だけを頼りに待ち続けた女。現在の訳文にはない、かつての解釈をもって『伊勢物語』をそう読むとき、「三年」という時間における男女それぞれの「かごと」の意味が読者に重くのしかかる。雅文芸はそのあわいに恋の真情を追い、俗文芸はそれを踏み越え、笑いのなかに人の劣情を露わにしたのであった。

以上、現在とは異なる古注釈書の内容を確認し、伊勢物語絵や近世のパロディ本の解釈を試みた。『伊勢物語』は姿を様々に変えつつ、脈々と受け継がれてきた。そしてその享受の様相をつぶさにみるとき、日本古典の理解と形象の系譜がまざまざと浮かび上がってくるのである。

【注】

［1］千野香織『絵巻　伊勢物語絵』（『日本の美術』三〇一号、至文堂、一九九一年）。なお同じ構図をもつ「大英図書館本伊勢物語図会」第一図について青木賜鶴子（『伊勢物語絵巻絵本大成　研究篇』解説、角川学芸出版、二〇〇七年）も「「今宵逢はむ」と約束した「新枕」の夜である」と解説している。

［2］山本登朗『伊勢物語の生成と展開』（笠間書院、二〇一七年。初出『『伊勢物語』の享受と絵画―第二十四段の場合」『平安文学と隣接諸学10　王朝文学と物語絵』竹林舎、二〇一一年）。

［3］引用は『仮名草子集成』五五巻（東京堂出版、二〇一六年）による。

［4］引用は『好色伊勢物語』（古典文庫、一九八二年）による。

［5］水谷隆之『西鶴と団水の研究』（和泉書院、二〇一三年。初出「こゝろしづかに女をさしころし―『懐硯』巻一の四「案内してむかしの寝所」―」『西鶴　挑発するテキスト』至文堂、二〇〇五年）。

［6］鈴木健一『江戸古典学の論』（汲古書院、二〇一一年。初出『江戸の「知」―近世注釈の世界』森話社、二〇一〇年）。

［7］以下、勢語注釈書の引用は『伊勢物語古注釈大成』（笠間書院）による。

［8］前掲注［2］に同じ。

＊引用に際しては私に濁点を補った。

4 キリシタン文学と日本文学史

杉山和也

1 はじめに

日本文学研究は果たしてキリシタン文学▼注[1]を研究対象として射程に収め切れているだろうか。近年の日本文学研究の側からのキリシタン文学に関する研究動向としては、米井力也▼注[2]・小峯和明らを筆頭に再評価を促す動きが見受けられはするものの、後述するように「日本文学史」を標榜する諸書を瞥見してみると、必ずしも積極的には取り上げられておらず、充分に研究が為されているとは言い難い状況にあるというのが実状である。

そこで本稿では、この研究領域の振興を期して、日本文学史に於けるキリシタン文学の位置付けの在り方を問い直すとともに、日本文学史という研究手法そのものに内在している問題性を顕現化しておきたい。

2　日本文学史に於けるキリシタン文学の位置付け

「日本文学史」を標榜する既刊の諸書に於いて、キリシタン文学はどのように扱われているであろうか。今回、稿者が一〇五点の文学史（この内、敗戦前刊行のものは六二点。敗戦後刊行のものは四三冊）を調査してみたところ、▼注[3] キリシタン文学を取り上げていたのは、表に示した二五点（敗戦前のものは九点。敗戦後のものは一六点）であった。▼注[4] 今回の調査であたることのできていない書もまだ多く残されてはいるが、この結果からもおおよその傾向を測ることはできるであろう。すなわち、キリシタン文学を日本文学史の中で取り上げていない例が、現代に至ってもなお散見されるということである。また、表からも見て取れるようにキリシタン文学を取り上げているものについても簡単に触れるに留まっている例が多い。こうした状況は、キリシタン文学が日本文学研究の領域では積極的には取り上げられて来ておらず、現在もその状況が続いているということの反映であると考えることができよう。そしてこれはキリシタンの文献が、日本語学や思想史の領域で積極的に取り上げられてきたのとは対照的な状況にあると言うこともできる。

日本文学研究の領域に於ける、キリシタン文学をめぐるこのような状況についての要因は様々に考えられよう。一つには、山口明穂も指摘しているように、現存するキリシタン文献に文学的価値が認められて来なかったということが挙げられるであろう。▼注[5] 山口はさらに、その要因として「宗教的な内容のものであるということ」や、現存しているのが日本の古典作品を利用した作品、ないし西洋の作品の翻訳作品が多くを占めていることから「創造の営みが欠けているという点」などを主に挙げている。しかし、これら山口の指摘するこれら二つの事柄については、昨今の学界動向と照らし合せるならば、今後は必ずしも大きな限定要因とは成り得ないところでもあろう。すなわち、前者については、唱導や儀礼など、宗教をめぐる言説やメディアに対する関心が高まっているところでもあり、後者についても、代表的な古典文学作品とされている『今昔物語集』が「翻訳文学」としても捉え直されるなど、「翻訳文学」に

表：キリシタン文学を取り上げた文学史

キリシタン文学を取り上げた文学史	取り上げた頁数	総頁数	備考
敗戦前			
津田左右吉『文学に現はれたる国民思想の研究――武士文学の時代――』第二巻、洛陽堂、一九一七年	6	648	「第三篇　武士文学の後期・明応頃から寛永頃までの約百五十年間」、「第六章　儒学仏教神道及び基督教の思想」に於いて取り上げられる。
『岩波講座日本文學：日本文學と外來思潮との交渉（二）』第十巻、岩波書店、一九三一年	46	—	新村出執筆の「南蠻文學」という冊子が設けられている。
高木武『國文學史』冨山房、一九三三年	3	180	「第四章　室町時代」、「七　漢文学と吉利支丹文学」という節で取り上げられている。
高野辰之『江戸文学史（日本文学全史・巻七）』上巻、東京堂、一九三五年	2	357	「第五章　散文界」、「七　飜訳物」という節で、キリシタンたちの活動を簡単に紹介しつつ伊曾保物語に言及している。なお、中巻は一九三八年刊で総頁数六八〇頁。下巻は一九三八年刊で総頁数六六九頁。
吉澤義則『室町文學史（日本文學全史・巻六）』東京堂、一九三六年	5	500	「第二編　後期　明徳以後」、「第一章　物語小説」、「第十一節　その他」、「百合若大臣」の箇所と、「第五章　漢文学」、「第六節　五山の抄物と學校及び刊本」、「西洋活版」の箇所でキリシタンたちの動向とその文学について言及がある。
次田潤『國文學史新講』明治書院、一九三六年	3	1254	下巻、「第六篇　江戸時代前期」、「第六章　假名草子」、「一　假名草子と其の種類」、「（四）飜譯飜案物」にキリシタン文学の影響について言及がある。
冨山房編輯部・編『国文学史補説・新制版』一九三八年	7	334	「第四章　室町時代」、「七　漢文学と吉利支丹文学」という節で取り上げられている。
藤田徳太郎『国文学の歴史と鑑賞』人文書院、一九四〇年	2	259	「I歴史篇」、「室町文学」、「外国文学の流入」という箇所で取り上げられている。
藤田徳太郎『古典の歴史』モダン日本社、一九四一年	1	412	「序章　古典の歴史」、「室町時代文学」、「舞の本、その他」という箇所で取り上げられている。
敗戦後			
永積安明、松本新八郎・共編『国民の文学』第一・古典篇、御茶の水書房、一九五三年	3	276	「切支丹文学」という節が設けられる。執筆は林基。なお、久松潜一は当書を文学史としてキリシタン文学を取り上げた「ほぼ初めとすべきであらう」（『日本文学史』下、弘文館、一九五四年、八頁）とする。
久松潜一『日本文学史』下、弘文館、一九五四年	6	346	「第六章　近世文学史　一」、「一一　切利支丹文学の文学性」という節が設けられている。上巻は一九五二年刊行で、総頁数は316頁。なお、新村出は当書にキリシタン文学を取り上げた一節が設けられたことについて「初めてこの孤児が日本文学史の一節として取り扱はれるに至った」（「吉利支丹文学概説」『国語と国文学』昭和二九（一九五四）年四月号）として感慨を述べている。

津田左右吉『文学に現はれたる国民思想の研究――武士文学の時代――（改訂版）』第二巻、岩波書店、一九五三年	9	600	「第三篇　武士文学の後期・明応ころから寛永ころまでの約百五十年間」、「第六章　儒学、仏教、神道、及びキリシタンの思想」に於いて取り上げられる。なお、総頁数は「補記」を除く。
岩波書店・編『岩波講座　日本文学史』第五巻・中世、岩波書店、一九五八年	28	334	森田武執筆の「キリシタン文学」という項目が設けられている。
藤平春男・井上宗雄・山田昭全・編『年表資料・中世文学史』笠間書院、一九七三年	4	198	キリシタン文学という章段で、「イソポのハブラス」と「天草本平家物語」の本文を一部紹介している。
秋山虔・神保五弥・佐竹昭広『日本古典文学史の基礎知識――文学的伝統の理解のために――』有斐閣、一九七五年	4	523	「153『節用集』と『日葡辞書』」、「154キリシタンと文学」の二項目が立項される。執筆者はいずれも安田章。
久保田淳・北川忠彦・編『中世の文学〈日本文学史3〉』有斐閣選書、一九七六年	1	366	「関連記事」として「キリシタン文学」という欄を設けて取り上げている。
市古貞治・責任編集、久保田淳・編『日本文学全史』學燈社、一九七八年	6	622	「第十三章　御伽草子とその周辺」に「4　キリシタン文学」という節が設けられている。執筆は山口明穂。
加藤周一『日本文学史序説』下、筑摩書房、一九八〇年	11	494	一九七五年刊行の「上」巻の総頁数は、三〇四頁。上・下を合わせて七九八頁。「第六章　第三の転換期」の「西洋への接触」という見出しの箇所で取り上げられている。
松村雄二・林達也・古橋信孝・編『日本文芸史――表現の流れ』第三巻・中世、河出書房新社、一九八七年	3	377	「第四部　基層世界の奔流」、「第五章　近世への流れ」に「Ⅲキリシタン渡来」という節が設けられている。執筆は林達也。また、宮腰賢執筆の「日本語の流れ」、「⑭地域言語の姿」というコラムでキリシタン宣教師による日本語の分析についての紹介が為される。
ドナルド・キーン・著、土屋政雄・訳『日本文学の歴史　古代・中世篇6』中央公論社、一九九五年	6	356	「二九　十六世紀後半」の「西洋の影響」という節で取り上げられている。
『岩波講座　日本文学史　変革期の文学Ⅱ』第七巻、岩波書店、一九九六年	24	336	米井力也執筆の論文「キリシタン文化」が収録される。
久保田淳・編『日本文学史』おうふう、一九九七年	1	423	「中世」、「第5章　日記・紀行・随筆・法語」に「第7節　キリシタン文学」という節が設けられる。
『編年体古典文学1300年史〈國文學・解釈と教材の研究・第四十二巻十号〉』學燈社、一九九七年八月	1	228	「十六世紀」、「1951天正19年～1600慶長5年」の「家忠日記・キリシタン版など」という見出しの箇所で紹介されている。執筆は鶴崎裕雄。
小峯和明・編著『日本文学史　古代・中世編』ミネルヴァ書房、二〇一三年	4	389	「第十四章　能狂言と語り物」の末尾に小峯和明執筆の「コラム14　キリシタン文学」という記事が載る。
小峯和明・編『日本文学史』吉川弘文館、二〇一四年	9	379	「Ⅳ　宗教と文学」、「6　キリシタン文学の世界」という節が設けられている。執筆は小峯和明。

ついても既に文学研究の俎上に載せられている状況にあるためである。

他方でここで、次の海老沢有道の指摘には注意をしておきたい。[注6]

こうしてようやく昭和初期になってキリシタン研究は、日本宗教史上、ないし日本史上に市民権を得てきたものの、キリシタン南蛮文学が、それにふさわしい意義と価値とを認められ、あるいは与えられたとは言いがたい。それには種々の理由を挙げることができようが、ようやく下準備が整えられてきたころから間もなく、世には国粋主義の風潮が強まってきたことが大きく影響していると言えよう。

すなわち海老沢は、キリシタン文学に対する充分とは言い難い評価の在り方について、「国粋主義の風潮」の影響が関係していると見ているのである。このような問題を現代に於いても引き摺っている面がありはしないだろうか。このあたりの問題について以下、検討を試みたい。

3　キリシタン文献研究史に於けるキリシタン文学の位置付け

まずは、キリシタン文学が従来、キリシタン文献の研究史の中では、どのような評価が与えられてきたのかということを簡単に確認しておこう。現代の「キリシタン文学」や「キリシタン南蛮文学」という概念に大きな影響を与えているものとして、新村出による「南蛮文学」という概念があるが、新村はこの語について、[注7]

凡そ一世紀にわたって南蛮人が此国に齎した西洋文学とその翻訳、並びに其等の新渡文学に動かされて我国文学の上に萌芽を示した新要素とを取扱ひ併せて異国趣味《エグソティスム》の文学に触れてみたい。従って其範囲は南蛮文学の根源とも云ふべき吉利支丹宗教文学即ち耶蘇教の教義、信仰、修養に関するものや聖徒殉教者伝を記した文学を主として、その副産物とも云ふべき、吉利支丹の手に成った教外文学を含み、又彼等が編纂した内外文典辞書類からその資料を引用することもあり、更に反吉利支丹文学とも云ふべき排耶書類に係はることもあらう。と位置付けている。そしてその上で、次のようにも述べている。

結語として一言すれば、南蛮文学少くとも吉利支丹文学、それに伊曾保物語をも当然加へることにして、この特殊の文学は、そのころの日本文学史上に、よしや純粋の国文学との交渉やそれへの影響が有るか無きかに過ぎぬ淡々しいものであったにしても、それを全然閑却すべきものではなく、いな寧ろ異色ある新文学として特筆すべきものであることを力説したさに、贅語を尽くしたのである。

すなわち、新村は「南蛮文学」の「日本文学史上」に於ける価値を主張しつつも、「純粋の国文学」とまでは位置付けかねているのである。これは主張としてはやや弱いと言える。他方で姉崎正治は『切支丹宗教文学』（同文館、一九三二年刊）で、新村の用いる「南蛮文学」という用語に対して批判を加えて次のように述べている。

「南蛮文学」といふ名称又は概念について（中略）「南蛮」という概念がどうであるにしても、産物たる文学が南蛮渡来の結果日本で出来た文学で（その中には勿論飜訳をも含めて）、決して南蛮の文学ではないのである。且つ又、その材料や内容は、所謂る南蛮が齎したものにしても、之を日本文にしたのは、第一には日本人の力で、又当時の日本文学であったのである。「南蛮渡来の産物たる日本文学」といふ意味ならば宜しいが、「南蛮文学」といふ名称は、曖昧で又誤解に陥り易い。

議論の俎上に上げられている呼称の問題もあるが、稿者がここで注目したいのはむしろ姉崎が、キリシタンの文学を「第一に日本人の力」によって達成された「日本文学」であると主張している点である。

キリシタンをめぐる文学についてはしかし、西洋人の宣教師たちの存在とその力が、どうあっても無視し得ないところであろう。「日本人の力」を強調した姉崎自身も同書に於いて、「その編述者」についてロレンソ、不干斉ハビアン、パウロ養甫、ビセンテ法印など「日本人筆者」をまずは紹介した上で、アルメイダ、フロイス、ペドロ・ライモンド、パウロペドロ・ナバルロ、コンハルネイロなどの西洋人についても紹介しており、「西洋人の力」もやはり無視し得ては居ない。「第一に日本人の力」という姉崎の主張には多少無理があり、少なくとも説得力は不足していると言える。いずれにせよ、キリシタン文学は、キリシタン文献研究の文脈に於いても、「純粋の国文学」とまでは位置付けかねるものであった。また、キリシタン文学を「日本人の力」によって達成された「日本文学」として位置付けようとする試みもありはしたものの、必ずしも成功しているとは言い難いものであったと言える。そして、このような昭和初期に於けるキリシタン文学の位置付けをめぐる問題は、例えば次の杉本つとむの見解にも見て取れるように、敗戦後に至っても解消され得てはいなかった。[注8]

〝キリシタン語学〟という時、キリシタンによる日本語研究であるが。〝キリシタン文学〟という時はキリシタンによる日本文学の創作ではない。（中略）キリシタンがキリスト教の教えを中心とした宗教文学を日本（日本人）に紹介し、上述のように数十種の日本語による翻訳作品をつくりあげて刊行はしたものの、当時、其後の日本文学にどれだけの影響を与えたかは不明というほかない。

つまり以上から「日本人」ばかりではなく、「西洋人」の力による文学的営為であったことが、キリシタン文学が「日本文学」としては認められ難い要因となっていると指摘できそうである。このことは自ずと前節に見た諸種の「日本文学史」に於いて、キリシタン文学が無視される例が、今もなお散見されることとも多分に関わるところであろう。

4　日本文学史と、その要件としての日本人

ところで、近代以来の国文学・国語教育の在り方に、大きな影響を及ぼした芳賀矢一は、『国文学史十講』（冨山房、一八九九年刊）の「第一講　緒論」に於いて次のような見解を示している。[注9]

文学の歴史に面白い事は、其文学の中には、おのづと其国民の気風、思想、感情、と云ふものが現はれて居ることであります。国民の思想、道徳、感情と云ふものが其国文学の上に反映されて居ることが大切なのであります。それを取って吾々が歴史的に研究するのであります。我国民の思想、感情を現し出して居るものを取って、それを調べて見ることは、即ち我が国民の思想、感情の変遷を見る所以であります。国民の心性生活を知る所以であります。

すなわち、芳賀は文学の歴史について「其国民の気風、思想、感情、と云ふものが現はれて居る」ものとして捉えているのである。つまり、芳賀の国文学史は、日本の「国民」を対象としたものであった。そして、芳賀が目指すところは「国民の特性」の抽出をすることにあったのである。▼注[10] 文学史について「国民」を対象とした研究手法と捉えることについては、芳賀に限ったことではない。坪内逍遥も、

所謂国史は一国民の客観的歴史にして文学史は其の主観的歴史、即ち該国民の思想、情感、想像、理想等の変遷を叙説するものなり▼注[11]

と述べているところであったし、最初期の日本文学史の試みの一つであった三上参次・高津鍬三郎の『日本文学史』（金港堂、一八九〇年刊）の「第四章　国文学」にも次のように見える。

仏国の碩学テインは、文学史を編して、其国の心理学を研究すといへり。これは。（ママ）心理学にて心内の現像、智情意の三者を、知り得るがごとく、ⓐ文学史は、以て其国民の心を、窺ひ得べしと云ふ意義なり。さて、我国の如きは、中古以来、支那の制度を摸《（ママ）》し、支那の文学を学びたれども、原来、国柄も同じからず、民心も亦異なれば、其文学の上にあらはるゝ所も、おのづから一様ならず。ⓑ斉しく漢語を用ひ、漢語の法則に従ひて、作りたる詩文だにも、我国人の作りたるは、其精神、甚だ彼国人の作りしものとは異なれり。

ここでもやはり、文学史に於いて取り上げられるのは、「国民」なのであった（傍線ⓐ）。また、併せて興味深いの

は傍線ⓑの見解である。「漢語」についても、「我国人」の作った詩文は、国民の精神性の違いから、中国の人が作ったものとは異なったものになるのだという。これを根拠として同書では日本の漢文についても研究対象としているが、この点、笹沼俊暁[注12]も既に指摘している通り、次に挙げた芳賀の立場とも共通した面がある。

> 日本漢文学史とは日本人の作った支那文学の歴史である。之を私は日本文学史の一部として見たいと思ふ。[注13]

すなわち、芳賀も「日本人の作った」漢文学については、日本文学史の一部として捉えているのである。現代の日本文学史に於いても、この方針は踏襲されていると言って良いであろう。ところで、日本で編まれた文学史に漢文が取り上げられていることについては、鈴木貞美が次のような見解を示している。[注14]

> 「日本文学」がヨーロッパ人文学と相違する第二の点は、言語ナショナリズムを採用しなかったことである。ヨーロッパ各国の「文学史」は言語ナショナリズムの所産であり、各国語で記された文献だけを対象にして編まれている。それに対して、日本の広義の「文学」、すなわち「人文学」は、その基準を逸脱している。（中略）「和語」（ヤマトコトバ）による和文を尊重する態度として、すでに「漢文」を極力排する「国学」の流れがあった。にもかかわらず、彼らは様ざまな理由から、国学者流を退けた。最も大きな理由は、日本の知的な書物の多くが「漢文」で書かれており、それを無視しては古代からの、すなわち西欧諸国よりも長い伝統を誇る日本の「（人）文学史」が書けない、書けたとしても、はるかに内容が貧弱なものになるからだろう。

これは的確な指摘であろう。つまり、日本で編まれた文学史は基本的に「和文」と「漢文」とを対象にしたバイリンガルなものなのである。それは同時に厳密な意味での言語ナショナリズムを採用しなかったことにもなる。ただし、日本文学史に於いて採用する漢文については、以上に見たように「我国人」・「日本人」の手になる作品であることが条件として設定されていた訳である。

つまり以上から、「国民」・「日本人」の手になる文学であるということが、日本文学史に於いて取り上げるべきか否かの重要な要件となっていることになる。したがって、「国民」でも「日本人」でもない西欧人のキリシタンによる文学は、国民性を追究するに好適な作品群とは成り得ず、自ずと「国文学史」ないし「日本文学史」の対象から外れてしまうところなのであろう。つまり、日本文学史、引いては日本文学研究というものは、キリシタン宣教師たちのような国民ではない人々の、日本語による文学作品を研究対象とはし難い構造を採っていることになる。だからこそ、先述のように姉崎は、「キリシタン宗教文学」を「日本人の力」によって達成された「日本文学」であると強調する必要があったのだろう。そして、この姉崎の主張もまた、海老沢の述べていたような「国粋主義」の前には充分な力を持ち得ず、国文学史の対象からは外されるところとなってしまうのであろう。すなわち、先に表でも見て取れたように、昭和前期頃からキリシタン文学を取り上げた日本文学史が見受けられるようになって来るが、例えば、久松潜一による、

日本文学史は日本文学の史的叙述であるが、これを扱ふには種々の心構がある。文学は感動及び思考の表現であるが、日本文学は国民的感動及び思考の表現である所に日本的性格を有して居る。

という文学史観のもとに、

大東亜戦争勃発以来、東亜に於ける日本の使命は一層重大化するに当り、日本文化を通じて是が宣揚達成を図り又以て共栄圏各国に徹底せしめんとすることは今や喫緊の問題となった。日本文学史編纂は、この文化運動の一環をなすものである。

として編まれた日本文学報国会・編『標準 日本文学史』（大東亜出版、一九四四年刊）では、やはりキリシタン文学は採択されていない。▼注[15]日本文化宣揚の国策の一環として日本文学史の編纂が企画されるような時勢にあっては、純粋に日本人の力のみによって創出された訳ではないキリシタン文学の研究に対して、海老沢の指摘するような影響も有り得たことであろう。

文学史の研究方法をめぐっては、その後、様々に議論が為されて来てはいる。[注16]しかし、少なくとも古典文学の領域に於いては、「国文学史」「日本文学史」、ないし「国文学研究」「日本文学研究」が、「国民」「日本人」を対象とするものという大前提については、さほど問い直されて来ていないようである。[注17]つまり、現代に至ってもなお、日本文学史でキリシタン文学を取り上げるための理論的な裏付けが充分に為されていないと言えそうである。

5　キリシタン文学から「日本文学史」を問い直す

それでは、「国民」でも「日本人」でもないキリシタン宣教師たちの文学的な営為をも包含し得る理想の日本文学史とは、どのような理論の下に可能なのだろうか。

ここで問題となるのが日本文学研究の研究対象を規定する「日本」という言葉であろう。こうした問題については、実は既に近現代文学研究の領域や、現代文学の作家たちの間では俎上に上がっているので参考にする必要があるであろう。[注18]すなわち、それは近代に於ける「大日本帝国」海外拡張に伴い、統治下の台湾、樺太、朝鮮半島や、傀儡政権下の満州国に於ける言語政策の結果、民族を超えて生み出された日本語の作品を如何に扱うかという問題である。この問題を通して一部の研究者には「日本語文学」という概念が用いられるにも至っている。つまり、それは民族や国籍に関わらず「日本語」による「文学」ということである。

しかし、稿者としては研究の上で「日本語文学」という概念を用いることについては否定的な立場を採らざるを得ない。[注19]どこからどこまでを日本語の方言とし、また日本語ではない異国語とするかという規定の仕方そのものが既に国家ないし民族観の問題となってしまう筈だからである。また併せて、何がどこまで日本語なのかという問題としては、漢文・漢語が一体どこまで日本語たり得るのかという問題もある。芳賀による「日本漢文学」という概念の定義にも見て取れたように、例えば『性霊集』などの空海の諸作品は、作者である空海が国民ないし日本人であるという条件を充たしていると了解されて来たが故に、その彼の漢文だからこそ「日本文学史」の研究対象と成り得て来た訳である。しかし本来的には、漢語を話すことができたであろう空海の諸作品は、日本語ではなく、漢語で書かれた「漢語文学」ないし「中国語文学」と言ってしまう方が、むしろ適切な筈であろう。また、芳賀や三上・高津の理論に従って日本文学史に於いて漢文・漢語を採用（＝言語ナショナリズム不採用）して、漢文・漢語も日本語としてしまう場合についても、夏目漱石を例に取って考えるならば、和文の小説と漢詩については日本文学史に採用されるが、彼の英語による詩については採用されないことになる。漢語以外の諸言語を以て創作する作家も出現する近現代の文学を取り扱う際には、特に漢語だけを特別な扱いをすることにどこまで妥当性が有り得るものだろうか。甚だ疑問である。

それでは、言語ではなく地域という区分を採用するのはどうか。しかし、その場合、日本は一体どこまで日本なのか。地域を現在の日本国の領土で区切るとするならば被侵略地たる琉球、蝦夷地の文学も含まれるが、先に述べた大日本帝国の統治下にあった地域での、近代の日本語での文学的営為は研究対象から外れてしまう。かといって朝鮮半島、台湾、樺太などの地域も「日本」に含めるとなると、それらの地域での文学的営為も併行して通史的に研究する必要がある。その場合もはや「日本」という呼称は必ずしも適切ではないだろう。

以上の思索を踏まえて、稿者は差し当り「日本文学」を、「日本語使用者による文学」と位置付け直してみてはどうかと考えている。その場合、改めて先に述べたような「日本語」の概念規定が問題にはなるが、▼注[20]仮にこれを最も狭義の「和語《やまとことば》」と設定したとしても、従来の「日本文学」より幅広い領域を研究対象とし得るであろう。民族、国籍に関わらず、表現の主体となる「日本語使用者」の文学的営為を他言語のものも含めて「日本文学」の研究対象とするためである。また、各作品に対する捉え方について、「日本文学」であると同時に「中国文学」、「韓国文学」、「朝鮮文学」とすることについても、これを妨げない。このように他の研究領域との重なり合う部分を幅広く設けることによってこそ、学際的で地球的《グローバル》な研究の可能性も広がるのではないだろうか。ともあれ、このような拙案の妥当性も含め、近現代文学を初めとする諸分野の研究者と研究領域の垣根を越えて意見を交わしつつ、共に「日本文学」、「日本文学史」の在り方について考えて行く必要はあるであろう。

6 おわりに

さて、最後に話をキリシタン文学の問題に戻しておこう。キリシタン文学を日本文学史の中に位置付けることで、同時に研究対象として浮上させることができるのが、キリシタン排外を志向した内容を持つ、反キリシタン文学である。[注21]この意味に於いても、キリシタン文学を日本文学史の中に位置付ける意義は大きい。反キリシタン文学は従来、充分に研究されていないが、キリシタン文学との相関関係を見据えつつ、相互に検討する必要があるであろう。また、こうしたキリシタンによるキリスト教布教と、キリシタン排除の動きは、時間差こそあるものの、中国を始め朝鮮半島など、日本以外のアジア諸地域でも生じた社会現象である。[注22]それぞれの領域での、布教と排外に伴う文学的営為や言説の諸相は、対照して研究するに格好のものと成り得るであろう。[注23]

また、キリシタン文学の表現について従来から指摘されているのは、幸若舞曲の文体や表現との関係の深さである。[注24]ロドリゲス『日本大文典』では「舞の文体は、日本で通用している甚だ丁寧で上品な談話と同じである」とされており、日本語学習の基礎教材として位置付けられていたのである。幸若舞曲をめぐっては、近年、武士たちが自らの戦場体験を著述した「覚書」など当時の諸種の文筆に於いて、幸若舞曲を中心とした語り物文芸が、表現の基盤として大きな役割を果たしていたということが鈴木彰の研究により明らかにされつつあるが、[注25]キリシタン文学もそうした当時の日本語の文筆、ないし語り物芸能の一端として位置付けることが可能であり、研究対象として改めて見直して行く必要があるだろう。

また、ロドリゲス『日本大文典』には、『モルテ物語』『教化物語』『左近物語』『黒船物語』『豊後物語』『加津佐物語』『縁辺物語』『客人（物語）』『客物語』『医者物語』『惚け物語』『会下（僧）物語』など、「物語」を標榜した作品が、例文として引用されている。ここから日本の古典作品を利用した作品という訳でも、西洋の作品の翻訳作品という訳でもない、キリシタンたちにより創出された文学作品が相応数存在したものと窺われる。ただし残念ながら、いずれも散佚しており、断片的に逸文が残されるに留まるという状況にある。この状況がまた従来、キリシタン文学について「創造の営み」が認められず、文学作品として評価され難かった要因であった訳である。しかし、一五九一年の年紀のある「バレト写本」第一部に収録される"Historia breve da cruz que milagrosamente apareceo em Japaõ."（日本にて奇跡的に出現したるクルスの物語略）▼注[26]については、短い作品ながら、首尾を備えたキリシタン文学の創作作品として認めて良いものであろう。現存するキリシタン文献にも文学的な「創造の営み」を認め得るものは一応、存在する訳である。また、パトリック・シュウェマーによれば、この物語はフロイスの『日本史』に載る他、一五九〇年一二月の日本年報にもラテン語で載り、さらに諸言語に翻訳されたものが印刷されて、欧州で流布していたのだという。その流布の一端としては例えば、カトリック教会の司祭・アルフォンソ・マリア・デ・リゴリ（Alfonso Maria de' Liguori, 1696-1787）の手になる『殉教者達の勝利（*Vittorie dei Martiri ovvero le vite de' piu celebri martiri della Chiesa*）』（一七七七年刊）にも、さらに脚色された形でこの物語が載っていることが指摘されている。同書の第二部には「日本の殉教者たち」という題のもとに日本の殉教者をめぐる説話が全部で三二話収録されているが、これらについても日本では散佚したキリシタン文学作品群との関係性を検討する余地はあるだろう。いずれにせよ、日本語を始め、複数の言語を操ったキリシタン宣教師たちの文学的営為として、こうしたものも併せて見て行く必要はあるであろう。

ともあれ、このような必ずしも「日本人」や「国民」ではない、キリシタンたちの文学的営為を捉え直すことは、「日本文学」並びに「日本文学史」を地球的《グローバル》な観点から捉え直す端緒と成り得るものと、稿者は考える次第である。

【注】

［1］「キリシタン文学」という語は、村岡典嗣『吉利支丹文学抄』改造社、一九二六年以来、広く用いられているが、研究者によりその定義に異同が認められる。本稿では、ひとまず「一般にキリシタン文学という時は、十六世紀中葉の天文末年から十七世紀初頭の寛永年間までの約百年間に、カトリック教会の外国人宣教師、特に耶蘇会士と、これに協力した日本人信徒の手になった文学をさす」という、森田武「キリシタン文学」（『岩波講座　日本文学史』第五巻・中世、岩波書店、一九五八年）の言う一般的な理解に則っておく。なお、キリシタン文学、キリシタン宗教文学、南蛮文学、キリシタン南蛮文学などの概念について詳しくは、海老沢有道『キリシタン南蛮文学入門』（教文館、一九九一年）参照。

［2］米井力也『キリシタンの文学・殉教をうながす声』（平凡社、一九九八年）。同『キリシタンと翻訳—異文化接触の十字路』（平凡社、二〇〇九年）。

［3］今回の調査で確認を行った書の内、表に掲出されていないものは以下の通り。

【敗戦前】榊原芳野「文藝概略」『日本教育史略』（文部省、一八七七年）。田口卯吉『開化小史』巻之四（東京書林、一八七八年）。芳賀矢一・立花銑三郎・著、上田萬年・閲『國文學讀本』（冨山房、一八九〇年）。三上参次・高津鍬三郎・著、落合直文・補助『日本文學史』上・下巻（金港堂、一八九〇年）。鈴木弘恭『新撰日本文學史略』（青山堂、一八九二年）。大和田建樹『和文學史』（博文館、一八九二年）。関根正直『日本文学史』（哲学館、一八九四年）。池谷一孝『日本文學史』（東京専門学校、一八九七年）。佐々政一『日本文學史要』（内外出版協会、一八九八年）。W・G・アストン『日本文学史』（ロンドン、一八九九年）。芳賀矢一『國文學史十講』（冨山房、一八九九年）。永井一孝『日本文學史』（東京専門学校、一九〇〇年）。鈴木忠孝『日本文學史』（興文社、一九〇〇年）。坂本健一・編『日本文學史綱』（大日本図書、一九〇一年）。笹川臨風『中等教科・日本文學史』（文學社、一九〇一年）。大林弘一郎『中等國文學史』（國光社、一九〇一年）。弘文館『中学國文學史』（弘文館、一九〇一年）。岡井愼吾・著、藤井乙男・閲『新體日本文學史』（金港堂、一九〇二年）。鹽井正男・高橋龍雄『新體日本文學史』（普及舍、一九〇二年）。池辺義象『日本文學史』（金港堂、一九〇二年）。高野辰之・編『國文學史教科書』（上原書店、一九〇二年）。落合直文・内海弘蔵『國文學史教科書』（明治書院、一九〇三年）。永井一孝『國文學史』（早稲田大学出版部、一九〇四年）。鈴木暢幸『日本文學史論』（冨山房、一九〇四年）。林森太郎『日本文學史』（博文館、一九〇五年）。K・フローレンツ『日本文学史』（ライプツィヒ、一九〇六年）。小島芦穂『國文學史表解』（六盟館、一九〇六年）。芳賀矢一『國文學歴代選』（文会堂書店、一九〇七年）。武島又次郎『日本文學史』（早稲田大学出版部、一九〇七年）。藤岡作太郎『國文學史講話』（東京開成館、一九〇八年）。鈴木暢幸『大日本文學史』（日吉丸書房、一九〇九年）。佐藤正範『日本文學史要』（光風館、一九一〇年）。五十嵐力『新國文學史』（早稲田大学出版部、一九一二年）。鈴木暢幸『日本文學史』（嵩山堂、一九一三年）。芳賀矢一『國文學史概論』（文会堂書店、一九一三年）。尾上八郎『日本文學新史』（東亞堂、一九一四年）。萩野由之『日本文學史』（修学堂、一九一五年）。鈴木暢幸『國民文學史』（隆文館、一九二〇年）。阪倉篤太郎・島田退蔵『國文學史概説』（文献書院、一九二四年）。鈴木暢幸『新修國文學史』（隆文館、一九二六年）。岩城準太郎『新講日本文學史』（目黒書店、一九二六年）。坂井衡平『新撰　國文學通史』中巻（三星社、一九二六年）。三浦圭三『國文學史提綱』（文教書院、一九二六年）。植松安『國文學史概説』（廣文堂書店、一九二八年）。斎藤清衛『日本文学史概説3 鎌倉・室町時代（岩波講座日本文学）』（岩波書店、一九三一年）。藤村作『日本文學史概説』（中興社、一九三二年）。山岸徳平『中世日本文學史』（雄山閣、一九三三年）。藤村作『近世日本文學史』（雄山閣、一九三五年）。藤岡作太郎『鎌倉室町文學史』（國本出版、一九三五年）。板垣市蔵『國文學史綱』（明治書院、一九三六年）。井本農一『日本文學史攷』（修文館、一九四一年）。藤田徳太郎『皇国文學史論』（講談社、一九四二年）。日本文学報国会・編『標準日本文学史：日本語版』（大東亞出版、一九四四年）。

【敗戦後】武田祐吉『日本文學史要説』（冨士出版、一九四九年）。市古貞治『日本文学史概説』（秀英出版、一九五九年）。岡見正雄・林屋辰三郎・編『日本文学の歴史・下剋上の文学』第六巻（角川書店、一九六七年）。麻生磯次『日本文学史概論』（明治書院、一九六七年）。山岸徳平・編『作品中心・日本文学史』（新典社、一九六八年）。全国大学国語国文学会・監修『講座　日本文学5／6　中世編Ⅰ／Ⅱ』（三省堂、一九六九年）。久松潜一・編『新版日本文学史3・中世』（至文堂、一九七一年）。日本文学史研究会・編『日本文学史』（酒井書店、一九七四年）。瀬沼茂樹・矢部三千法・杉崎俊夫・監修『日本文学史』（桜楓社、一九七六年）。山岸徳平・三谷栄一・谷山茂・大久保忠国・編『大学セミナー・日本文学史概説・古典編』（有精堂、一九七六年）。有吉保・編『中世日本文学史』（有斐閣、一九七八年）。久松潜一『日本文学史通説』（有斐閣、一九七九年）。久保田淳・上野理・編『概説日本文学史』（有斐閣、一九七九年）。小田切秀雄『日本文学史』（北樹出版、一九八〇年）。久松潜一・編『増補新版日本文学史　中世』（至文堂、一九八一年）。小山弘志・編『日本文学新史・中世・国文学解釈と鑑賞・別冊』（至文堂、一九八五年十二月）。小西甚一『日本文藝史・Ⅲ』（講談社、一九八六年）。岩佐美代子・松尾葦江・今関敏子・池田敬子・編『新選　中世の文学』

（和泉書院、一九八七年）。有精堂編集部・編『時代別日本文学史事典　中世編』（有精堂、一九八九年）。小山弘志・編『日本文学新史〈中世〉』（至文堂、一九九〇年）。浅見和彦・天野文雄・小島孝之・田村柳壹・編『編年中世の文学・中世文学小事典』（新典社、一九九〇年）。島津忠夫『日本文学史を読む―万葉から現代小説まで―』（世界思想社、一九九二年）。市古貞次・編『新・古典文学研究必携』（學燈社、一九九二年九月）。久保田淳『古典文学史必携（別冊国文学）』（學燈社、一九九三年二月）。廣澤知晴・清水正男・岡宣子・千葉眞郎・編著『新版　日本文学史』（おうふう、一九九六年）。榎本隆司・編著『はじめて学ぶ日本文学史』（ミネルヴァ書房、二〇一〇年）。ハルオ・シラネ・鈴木登美・ディヴィッドルーリー・編『ケンブリッジ日本文学史』（ケンブリッジ大学、二〇一六年）。

［4］なお、調査した中に仮名草子として『伊曾保物語』を取り上げたものが幾つか見受けられたが、特にキリシタンたちの動向について詳しい言及が無く、ごく簡略に紹介されるに留まるものについては、「キリシタン文学を取り上げた書」としては取り扱わず、表に取り上げないこととした。

［5］久保田淳編『日本文学全史』「第十三章　御伽草子とその周辺」、「4　キリシタン文学」（學燈社、一九七八年）。なお、海老沢有道も「文学性は極めて微弱なものに過ぎないだろう」とする（注［1］前掲書、一二頁）。

［6］注［1］前掲書、一〇頁。

［7］新村出「南蛮文学」（『岩波講座　日本歴史』、一九三五年二月）。なお、海老沢有道は「私がここにいう「キリシタン南蛮文学」は、この新村説に含まれるキリシタン文学と、「直接間接に縁故ある文学」までを含む点は同様であるが、後者を「附属的」とは見ない。「捨て去るのは惜しい」というより、積極的にそれらをも対象とすべきであると考えるからである」（注［1］前掲書、一三頁）と述べており、「キリシタン南蛮文学」なる概念の枠組みに新村の「南蛮文学」の概念が大きく影響を与えていることが窺える。なお以下、本稿では引用文について旧字体の漢字を現在通行の字体に改めた。

［8］杉本つとむ「キリシタン文学私見」（『国文学研究』二三号、一九六一年三月）。

［9］なお、芳賀は文学史を次のように位置付ける。「文学を歴史的に研究するのが文学史で、文献学の研究中にて、最も重要なるものである」（芳賀矢一「日本文献学」第八章　文学史の研究。『芳賀矢一選集』第一巻、一九八二年、所収）。

［10］文献学の目的について、芳賀は「国民の特性を知るといふのが、国学者の大目的文献学者の大目的になるのであります」（芳賀矢一「国学とは何ぞや（承前）」『國學院雑誌』一〇巻二号、一九〇四年二月）などと述べている。

［11］坪内逍遥「英文学史綱領」（『早稲田文学』第三九号、一八九三年五月）。

［12］笹沼俊暁『「国文学」の思想—その繁栄と終焉—』（学術出版会、二〇〇六年）四六～四九頁。

［13］芳賀矢一『芳賀矢一遺著／国語と国民性・日本漢文学史』（冨山房、一九二八年）。同書は、一九〇八年から翌年にかけて為された文科大学での講義を元に成る。

［14］鈴木貞美『「日本文学」の成立』（作品社、二〇〇九年）八〇～八二頁。

［15］なお、同書の「第三章　中世文学」の執筆者は風巻景次郎、「第四章　近世文学」の執筆者は暉峻康隆であった。

［16］森修『文学史の方法』（塙書房、一九九〇年）など参照。

［17］日本文学史、日本文学研究の対象として「国民」「日本人」を志向した言説は、昨今に至るまで様々に認められる。例えば、秋山虔・神保五弥・佐竹昭広『日本古典文学史の基礎知識—文学的伝統の理解のために—』（有斐閣、一九七五年）、編者「はしがき」の「古典と現代と一筋につながる日本人の魂の歴史を見なおすことができれば幸いだと思うのです」などは顕著な例である。また、最近でも「ある民族の言語芸術にかかわる研究が、その民族にとって重要であることは、いうまでもないし」（今野真二「歴史を語るために」『リポート笠間』（特集「理想の『日本文学史』」）六一号、二〇一六年一一月）といった見解は認められる。この他、現在も日本文学協会のＨＰ（http://nihonbungaku.server-shared.com/）上に掲げられる「日本文学協会綱領」（一九五〇年五月二七日採択）でも「われわれは日本民族が生みだした文化遺産について、埋れているものはこれを発掘し」とされている（二〇一七年一月現在）。

［18］青山学院大学文学部日本文学科・編『異郷の日本語』（社会評論社、二〇〇九年）など参照。

［19］鈴木貞美も注［14］前掲書に於いて、「逆に言語ナショナリズムに陥り、日本列島で行われてきた「漢文」、アイヌ語、沖縄語の作品を排除しかねない」（八四頁）と批判を加える。

［20］もちろん「文学」という概念についても問題にはなるが、本稿ではひとまず措いておくこととする。

［21］小峯和明「キリシタン文学と反キリシタン文学再読—闘う文体」（『文学』一三巻五号、岩波書店、二〇一二年九月）など参照。

［22］宮崎賢太郎「アジア諸国のキリスト教受容」（『アジアの中の日本史Ⅴ　自意識と相互理解』東京大学出版会、一九九三年）など参照。

［23］張龍妹「『聖母行実』における「天啓」の表現構造」（小峯和明編『東アジアの今昔物語集　翻訳・変成・予言』勉誠出版、二〇一二年）

などは、こうした見通しを確信させるに足る研究と言えるであろう。

［24］柊源一「キリシタンと舞」（『国語国文』三五巻六号、一九六六年六月、同『吉利支丹文学論集』教文館、二〇〇九年、再録）など参照。

［25］鈴木彰「文芸としての「覚書」―合戦の体験とその物語化」（『文学』一六巻二号、岩波書店、二〇一五年三月）など参照。

［26］Patrick Schwemmer《パトリック・シュウエマー》「有馬晴信のキリシタン語り物『日本に奇跡的に現れた十字架の事』：イエズス会日本文学運動の研究序説」（『第三十八回・国際日本文学研究集会会議録（国文学研究資料館）』、二〇一四年三月）参照。

【コラム】〈異国合戦〉の文学史

佐伯真一

1　はじめに

「軍記物語は日本国内の合戦を描くことを特色とする」という言い方はしばしばなされる。「軍記物語」を、『平家物語』や『太平記』を中心とした作品群の呼称とし、『ロランの歌』などの西洋叙事詩と対比する場合などは、それは相対的に正しい把握である。しかしながら、それを敷衍して日本人の「異国」観念や戦争観を語ろうとするならば、たちまち誤りに陥ることが危惧される。「軍記物語」の周縁ないし外側には、「異国」ないし自国の外側の存在との戦いを語る物語や言説が少なからず存在するからである。

異国との合戦の問題をいち早く提起したのは、小峯和明であった。▼注[1] 小峯は、琉球侵略・朝鮮侵略・蒙古襲来などの諸事件が、神功皇后説話などと重ねて叙述されることに注目、反キリシタン文学などをも含めて、「侵略文学」の概念を提唱した。それは、侵略と被侵略を含めて「ひろく侵略にまつわる言説や文化表象全般をさし」、「侵略を契機として異文化接触によって惹起された言説や表象を包摂する」ものとされ、「文化交流と武力侵略とを等価にみていく」、「異文化交流文学史」につながるものとして構想されたものである。▼注[2] また、金時徳は、朝鮮軍記の諸作品を中心としながら、それらと「琉球征伐の言説」や「神功皇后・百済救援戦争の言説」「義経入夷説」の関連をも視野に入れつつ、「異国征伐」の論理を追究した。▼注[3] これらの研究に触発されて、筆者も既に若干の発言をしてきたが、▼注[4] ここで筆者なりの展望を改めて整理してみたい。

2　神話世界の征夷と神功皇后説話

日本列島内の戦争を「国内」ととらえるのは、もちろん近代の発想に過ぎない。著名な『宋書』夷蛮伝倭国条（いわゆる「宋書・倭国伝」）に見える、順帝昇明二年（四七八）、倭王武の上表は、日本人の発言として記録に残る最古のものだが、それは、「昔祖禰躬擐二甲冑一、跋二渉山川一、不レ遑二寧処一。東征二毛人一五十五国、西服二衆夷一六十六国、渡平二海北一九十五国」と、誇らしげに語るものであった。日本国家成立当初の合戦は、その国家に隣接する外部を征服する征夷の戦争として表現されたのである。そうした戦いが、文明（知恵ある者）による野蛮（知恵なき者）の克服として形象されたことは、記紀の描く神武天皇やヤマトタケルの戦い、あるいはたとえば『常陸国風土記』茨城郡の国巣退治の話などに見ることができるだろう。

　そして、蝦夷征服の物語は、たとえば『聖徳太子伝暦』以降の『聖徳太子伝』においてさまざまに語られ、▼注[5]また、おそらくアテルイをモデルとした悪路王を退治する田村麻呂の物語は、『田村の草子』や能「田村」に受け継がれた。それらは多分に幻想的な物語として、異界の幻想的な物語の世界に近接してゆくのだが、一方で、東北征服戦争を引き継いだ十二年合戦（前九年の役）を扱う『陸奥話記』は、戎夷を征する将軍としての枠組において源頼義を描く。「征夷」の観念ないし用語は現実の問題として長く継承され、日本人の合戦イメージに一つの原型を提供したのである。

　また、海外の異国を征服した合戦として、上代から語り続けられたのが、神功皇后説話である。記紀に始まり、平安末期以降、八幡関係書や神祇関係書・歴史物語・軍記物語・室町物語等々、非常に多くの書に引かれ、近世にもさらに多様に展開する、著名な説話である。▼注[6]記紀では、神功皇后は「有レ宝国」（『日本書紀』）たる新羅を征服したと描かれるが、蒙古襲来の後、『八幡愚童訓』甲本以降の文献では、来襲した敵国への復讐としての征討が語られるようになる。▼注[7]明確な異国の征討と異国からの攻撃の双方を語る伝承として、対外合戦の重要な原型をなす物語といえよう。

3　蒙古襲来と〈異国襲来〉伝承

　蝦夷や新羅を征服したとする伝承に対して、異国の侵略を撃退したと語るのが、蒙古襲来に関わる伝承である。蒙古襲来は、軍記物語を産みはしなかったが、『蒙古襲来絵詞』や『八幡愚童訓』甲本などを産み出した他、さまざまな言説に影響を与えている。小峯和明（前掲注［2］に同）は、八幡以外にも丹生明神などが日本を守ったと主張していること、日蓮遺文などに未来記的言説が見られること、幸若舞曲「百合若大臣」に蒙古軍との戦いが描かれることなどに注目している。また、鈴木彰は、『八幡愚童訓』甲本や『八幡宇佐御託宣集』『宗像大菩薩御縁起』等々から、蒙古襲来によって「異国合戦史」が作られたと見られること、『平家物語』などにも影響を与えていることなどを指摘する。▼注[8]

　日本人は、「異国襲来」の像を概ね蒙古襲来の経験に基づいて形成したといえるだろうが、「異国襲来」の像は全て蒙古襲来に由来するのだろうか。筆者は、塙保己一『螢蝿抄《ケイヨウショウ》』を手がかりに、『一代要記』『類聚大補任』『八幡愚童訓』甲本等々、中世の諸書に見られる、かつて異国が繰り返し襲来したという記事、とりわけ、そのうち一度は異国の軍勢が明石まで攻め寄せたとする記事の源流を、蒙古襲来以前に遡り得るものと考えた。[注9] それは本来、佐々木紀一が指摘するように、[注10] 金沢文庫本『宗像記』に「新羅合戦紀」の名で見える書物ではなかったか。新羅が実際に襲来したわけではないが、松本真輔が指摘するように、[注11] 新羅の脅威は平安末期頃から、大江匡房『筥崎宮記』や石清水八幡宮所蔵・口不足本『諸縁起』などに語られている。金光哲はその由来を、新羅を恐れる「百済系帰化人」が日本の政権に大きな位置を占めたことに求める。[注12] おそらく、「異国襲来」伝承の発生源は単一ではなく、外敵を撃退したという社寺の主張や、西国の武士の経験なども含めた多元的なものと想定すべきであり、それらが古来の〈異国〉との戦いの形象を重ね合わせて語られるという複雑な過程を考えるべきではないだろうか。

ともあれ、蒙古襲来と新羅などの襲来が重ね合わせて語られたことは注意すべきだろう。小峯和明（前掲注［2］に同）が指摘するように、幸若舞曲「百合若大臣」では、蒙古と朝鮮が重なり合い、さらに神功皇后説話と二重写しにされている。また、「百合若大臣」の蒙古軍の形象には、蝦夷との混淆を見ることもできる。[注13] こうしたさまざまの「異国」が重ね合わされるという現象は、異国合戦の問題を考える上で重要である。

4　一六〜一七世紀の〈異国合戦〉と文学

さて、実際に最も多くの〈異国合戦〉が生じたのは、一六世紀末から一七世紀である。豊臣秀吉の朝鮮侵略（一五九二〜一五九八）、薩摩の琉球侵略（一六〇九）は、明らかな異国との合戦であり、そして本稿のような視点からは、島原の乱（一六三七〜三八）や、シャクシャインの戦い（一六六九）を加えることができよう。

とりわけ多くの文献を残したのが、秀吉の朝鮮侵略（文禄・慶長の役、壬辰戦争）である。この事件は日韓双方に厖大な文献を生み出しており、金時徳前掲注［3］書に詳しい。その全体像を紹介することは、この短文では果たせないが、金は「朝鮮軍記物」を全五期に分け、参戦者などの記録がまとめられる段階から、中国・韓国の文献が将来され、その影響を受けて変化してゆく段階、読み物、娯楽作品として展開してゆく段階まで、非常に多くの文献を整理した。さらに「琉球征伐」等々との関連にも目を向けていることは、最初に紹介したとおりである。日本で作られた朝鮮軍記物については以前から研究があったが、[注14]金のこの書によって、全く新しい展望が得られたといえよう。この戦争については、侵略した側の日本と侵略を受けた側の韓国及び中国の双方に豊富な資料があり、比較が可能である。小峯和明のように「異文化交流文学史」を考える視点からは、この点は特に重要な問題であると思われる。

薩摩藩の琉球侵略については、小峯和明前掲注［1］諸論の後、「薩琉軍記」について、目黒将史の精力的な研究が続いている。[注15]「薩琉軍記」は、薩摩の琉球侵攻を描く軍記テキスト群の総称であり、多様なテキストを含むが、架空の人名や地名などをも交えつつ、薩摩側の視点で合戦を描く点は同様とされる。諸本によって濃淡はあるが、概ね琉球を異国としてとらえており、神功皇后や秀吉の朝鮮侵略に重ね合わせ、また、蝦夷や蒙古に共通する毒矢の描写なども指摘されている。琉球侵略については、『歴代宝案』のような琉球側の史料も含めて、「薩琉軍記」とは異なる諸書も存在する。目黒将史は、「薩琉軍記」よりも広く「琉球侵攻を描くすべてのテキスト」の総称として〈琉球侵略物〉の概念も提起している。[注16]今後の比較検討の深化が期待されよう。

島原の乱については、「島原軍記」「天草軍記」などと総称される諸書があるが、[注17]小峯和明前掲注［1］「キリシタン文学と反キリシタン文学再読」「〈侵略文学〉の文学史・試論」が「侵略文学」ととらえたのは、むしろ、キリシタン文学・反キリシタン文学（排耶書）などを、「宗教戦争はまずは言葉の戦争でもあった」ととらえたところに重点がある。反キリシタン文学の中には、日本征服を図るキリシタンとの幻想的な戦いも含まれる。外敵キリシタンのイメージについては、崔官が指摘しているように、[注18]天竺徳兵衛が、秀吉軍に討たれた朝鮮の将の血を引くキリシタンの妖術使いとして形象されることなども想起されよう。

シャクシャインの戦いは、従来、文学としてはほとんど注目されず、小峯和明前掲注［1］「〈侵略文学〉の文学史・試論」に言及がある程度か。関連史料が『北方史史料集成』[注19]に収められる中に、合戦物語の様相を呈する書物がある。そのうち『松前狄軍記』の解題で、海保嶺夫が、「シャクシャインの戦いが、なぜこれほどまでに荒唐無稽の物語となったのか」が「重要なテーマ」たり得るとするのは共感できる。『松前蝦夷軍記』『松前狄軍記』は、「日本は神功皇后以来、夷狄を恐れない」と語り始める。『夷蜂起物語』は、蝦夷を「むくりこくりが末葉」とする。『織出蝦夷錦』は、冒頭で「荒蝦夷」が「大和の都をさしておしよせ」、聖徳太子に撃退されたという特異な歴史を語る。先に見てきたような、さまざまな〈異国〉との合戦が重ね合わされた記述として、今後検討を要するだろう。

5　敗将渡航伝承

以上に見てきたような問題に関わるのが、日本国内の合戦に敗れた武将の海外への逃亡や渡航を語る伝承である。源為朝は琉球へ、源義経は蝦夷へ、朝夷奈（朝比奈）義秀は高麗へ渡航したと語られる。この三者の渡航伝承を一括して視野に入れたものとして、徳竹由明の論があり、従来の数多い研究も一覧されている。▼注[20] これらのうち、為朝については、『保元物語』の段階から鬼ヶ島に渡ったと語られていたが、琉球に渡って王朝の始祖となったとする説は、一六世紀前半には語られていたことが、月舟寿桂「鶴翁字銘并序」（『幻雲文集』）からわかる。▼注[21] また、義経が少年時代に千島に渡り、兵法の巻物を奪ってきたと語るのが御伽草子『御曹子島渡』だが、一七世紀後半以降、生存説と結びついた蝦夷渡航説（入夷説）が語られるようになり、やがて大陸渡航説へも発展、ついには義経ジンギスカン説をも生んでゆくことは周知の通りである。金時徳前掲注［3］書は、そこに朝鮮侵略・琉球侵略と同じ「征伐の論理」を見る。朝夷奈義秀も中世には剛勇で知られたが、一七世紀前半の林羅山『本朝神社考』以降、高麗への渡航が語られる。徳竹由明は、義経蝦夷渡航伝承は、先行した為朝・朝夷奈の伝承の影響を受けたものと見る。

これらは、いずれも「鬼が島渡り」「地獄破り」などといった空想的な物語と隣接していながら、現実的な政治状況と密接に関わって展開した。特に為朝渡琉譚はヤマト側の琉球征服の根拠とされただけではなく、琉球側からも利用されており、現実との複雑な関わりが注目される。▼注[22]〈異国〉観念や異文化交流を考える上で重要な題材といえよう。

6　おわりに

以上、〈異国合戦〉の全体像について、筆者なりの視点から、ごく駆け足で述べてきた。個々の問題について詳述することはできず、注記した諸論考を参照されたい。論の方向としては、〈異国〉観念の問題、とりわけ複数の〈異国〉が重なり合うという問題に、やや偏した感があるが、内包される問題は多様である。今後の発展に期待したい。

【注】

［1］小峯和明「琉球文学と琉球をめぐる文学―東アジアの漢文説話・侵略文学―」（『日本文学』五三巻四号、二〇〇四年四月）、「〈侵略文学〉の位相―蒙古襲来と託宣・未来記を中心に、異文化交流の文学史をもとめて―」（『国語と国文学』八一巻八号、二〇〇四年八月）、「薩琉軍記解題―東アジアと侵略文学―」（『古琉球をめぐる文学言説と資料学　東アジアからの

まなざし』三弥井書店、二〇一〇年一月)、「キリシタン文学と反キリシタン文学再読—闘う文体—」(『文学』一三巻五号、二〇一二年九月)、「〈侵略文学〉の文学史・試論」(『福岡大学研究部論集』一二巻六号、二〇一三年三月)。

[2] 前項の諸論文のうち、「〈侵略文学〉の位相」による。

[3] 金時徳『異国征伐戦記の世界—韓半島・琉球列島・蝦夷地—』(笠間書院、二〇一〇年)。なお、その後、井上泰至・金時徳『秀吉の対外戦争—変容する語りとイメージ—』(笠間書院、二〇一一年)、「太閤記・朝鮮軍記物の近代—活字化・近代太閤記・再興記—」(青山学院大学文学部日本文学科編『日本と〈異国〉の合戦と文学』笠間書院、二〇一二年)がある。

[4] 佐伯真一「日本人にとって〈異国〉とは、合戦とは何か」(注[3]『日本と〈異国〉の合戦と文学』)、佐伯真一・井上泰至「《対談》「いくさ」と文学」(『文学』一六巻二号、二〇一五年三月)。

[5] 松本真輔『聖徳太子伝と合戦譚』(勉誠出版、二〇〇七年)。

[6] 神功皇后説話の研究は多い。中世の文献については、多田圭子「中世における神功皇后像の展開—縁起から『太平記』へ—」(『国文目白』三一号、一九九一年一一月)など、近世の文献については金時徳前掲注[3]書など参照。なお、金は「百済救援戦争」との関連をも指摘している。

[7] 村井章介「中世日本の国際意識について」(『歴史学研究・大会別冊特集　民衆の生活・文化と変革主体』青木書店、一九八二年、『アジアのなかの中世日本』校倉書房、一九八八年再録)。前掲注[6]多田論文などにも指摘あり。

[8] 鈴木彰「蒙古襲来と軍記物語の生成—『八幡愚童訓』甲本を窓として—」(日下力監修『いくさと物語の中世』汲古書院、二〇一五年)。但し、『平家物語』に関する指摘のうち、壇浦合戦における白幡出現の奇瑞については、蒙古襲来との関連よりも、『吾妻鏡』元暦二年四月二十一日条所引の梶原景時書状に「次周防国合戦之時、白旗一流出二現于中虚一」云々と見えることをより重視すべきだろう。

[9] 佐伯真一「〈異国襲来〉の原像—塙保己一『螢蠅抄』から—」(『近世日本の歴史叙述と対外意識』勉誠出版、二〇一六年)。なお、この稿は、小峯和明前掲注[1]「〈侵略文学〉の文学史・試論」が指摘する、『棚橋蓮花寺縁起』の問題を見落としていた。

[10] 佐々木紀一「系図と家記—伊予河野氏の例から—(上・下)」(『国語国文』七九巻一〇号・一一号、二〇一〇年一〇月・一一月)。

[11] 松本真輔「古代・中世における仮想敵国としての新羅」(前掲注[3]『日本と〈異国〉の合戦と文学』)。

[12] 金光哲『中近世における朝鮮観の創出』三部三章「新羅「日本攻撃説」考(校倉書房、一九九九年)。

[13] 岡田希雄「幸若舞の研究」(『日本文学講座・四』改造社、一九三四年)、及び佐伯真一前掲注[4]「日本人にとって〈異国〉とは、合戦とは何か」参照。

[14] 桑田忠親・中村幸彦・崔官などの研究がある。前掲注[3]金時徳『異国征伐戦記の世界』序論参照。

［15］目黒将史「〈薩琉軍記〉の物語展開と方法―人物描写を中心に―」（『立教大学日本文学』九八号、二〇〇七年七月）、「〈薩琉軍記〉の合戦描写をめぐる―〈琉球侵略物〉として―」（『立教大学日本文学』一〇二号、二〇〇九年七月）、「〈薩琉軍記〉物語生成の一考察―近世期における三国志享受をめぐって―」（『説話文学研究』四六号、二〇一一年七月）、「異国戦争を描く歴史叙述形成の一齣―〈薩琉軍記〉の成立と享受をめぐって」（『もう一つの古典知―前近代日本の知の可能性―』アジア遊学、二〇一二年七月）、「琉球侵略の歴史叙述―日本の対外意識と〈薩琉軍記〉―」（前掲注［3］『日本と〈異国〉の合戦と文学』）、「〈薩琉軍記〉の歴史叙述―異国言説の学問的伝承―」（『文学』、二〇一五年三月）など。

［16］目黒将史前項「〈薩琉軍記〉の合戦描写をめぐる―〈琉球侵略物〉として―」。

［17］古典遺産の会『戦国軍記事典・天下統一篇』（和泉書院、二〇一一年）参照。

［18］崔官『文禄・慶長の役―文学に刻まれた戦争―』（講談社、一九九四年）。

［19］『北方史史料集成』四巻（北海道出版企画センター、一九九八年）。

［20］徳竹由明「敗将の異国・異域渡航伝承を巡って―朝夷奈三郎義秀・源義経を中心に―」（前掲注［3］『日本と〈異国〉の合戦と文学』）。

［21］村井章介『東アジア往還―漢詩と外交―』（朝日新聞社、一九九五年）は五山禅林で生まれた説と見る。

［22］渡辺匡一「為朝渡琉譚のゆくえ―齟齬する歴史認識と国家、地域、そして人―」（『日本文学』、二〇〇一年一月）、目黒将史「武人言説の再生と沖縄―為朝渡琉譚を起点に―」（『軍記と語り物』五二号、二〇一六年三月）等参照。

5 近代日本における「修養」の登場

王 成

1 はじめに

中国古典の中では「修」と「養」は別々に使われるのが一般的だった。例えば、『禮記・大学』では「修身、斉家、治国、平天下」[注1]という儒教の根本理念が語られている。柴田清継氏が「修養と養性」を論じた文章では、「『礼記』に見られる修養論の特色は礼と楽による修養を主張するところにある」[注2]と指摘したように、『孟子』は東洋的な修養思想を構築した経典である。その中には「養心莫善於寡慾。其為人也寡慾、雖有不存焉者寡矣、其為人也多慾、雖存焉者寡矣。」[注3]という文言が見られる。それも後世の修養思想に大きな影響を与えた学説である。しかし、儒学の経典では「修養」という言葉はまだ使われていなかったのである。

「修養」が熟語として出てきたのは、唐の詩人呂岩（七九六〜？）の詞『憶江南』の中に「学道客、修養莫遅遅、光景斯須如夢裏。」（『全唐詩』巻九〇〇―二）という道教の養生的な「修養」が見られる。『日本国語大辞典』（小学館一九八五年二月）の第一版に「修養」の古典用例として取り上げられたのは、中国の元の時代の政治家である張養浩（一二六九〜一三二九）の「維人之心、匪悪伊善、由弗修養、道乃違叛」（「寿子詩」）▼注[4]という詩に現れた「修養」である。『日本国語大辞典』では、なぜ張養浩の用語を取り上げたか。これは「修養」という用語を使った「寿子詩」が中国の古典詩韻書『佩文韻府』（康熙五十年〈一七〇四〉刊）に取り上げられたためであろう。第二版では儒学者伊藤仁斎の『童子問』（一七〇七年）の「夫修養之引年、資質之変化、皆可勉而至」▼注[5]という用例が加えられている。伊藤仁斎は江戸儒学の創始者であるから、その著作から語例を引き出すのは仕方ないが、「修養之引年」という言葉は明らかに朱子の『近思録、為学』または『二程遺書』（朱熹編）からの引用である。朱子学は江戸時代、日本の正統思想として尊ばれたので、『近思録』がよく読まれたと考えられる。しかし、『日本国語大辞典』では、『近思録』の語例を挙げなくて、その二番手の『童子問』の語例を挙げている。

孟子は「修身」と「養心」を同時に説いていたので、後世は「修養」という概念の起源が孟子からだと思われることもある。しかし、「修養」という用語は儒学において、やはり、朱子からだと考えるべきである。諸橋轍次の『大漢和辞典』（大修館書店　昭和三十四年十二月初版　昭和六十一年七月修訂版第二刷）では、朱熹（一一三〇〜一二〇〇）の『近思録、為学』（一一七五年編纂）の「修養之所以引年、国祚之所以祈天永命、常人之至於聖賢、皆工夫至這裏、則有此応」▼注[6]という例を「もと道家の養生法。転じて、道を修め徳を養うこと」▼注[7]と解釈した。また、市川安司の注釈では「修養　道家の語で、精神を鍛錬し、元気を養うこと」▼注[8]と解釈した。つまり、古典の「修養」は元々、道教の用語だったが、儒教を集大成した朱子の用語として後世に伝わったので、儒学を修める知識人の求める境地とされたのである。

儒学が長い歴史の中、中国や日本の支配的思想となって、「修身、斉家、治国、平天下」という教えの影響が強かったためだろうか、「修身」が儒教の基本理念とされてきたのに対して、「修養」はあまり流通しなかった。「修養」という概念の流行は近代以後を待たなければならなかった。

2　近代における「修養」概念

明治初期、青年向けの最大の啓蒙書は福沢諭吉の『学問ノス、メ』（慶應義塾出版局、明治四年刊）と中村正直の『西国立志編　原名自助論』（明治庚午初冬新刻、明治三年、駿河国静岡藩、木平謙一郎蔵版）だと言えよう。中村正直はイギリスのスマイルズ（Samuel Smiles 1812―1904）の『自助論』（«Self-Help»）を翻訳し、『西国立志編』と名付けた。彼は原書のcultivateやcultivationの訳語として、最初に「修養」という漢語をあてたのである。ところが、明治十年（一八七七）代に入っても、「修養」は翻訳語としてまだ一般的に定着していなかった。明治十七（一八八五）年七月、井上哲次郎が増補した『英華字典』（英国人ロブスチード W.Lobscheid）では、cultivate, cultivation, cultivating, cultureに関する訳語として「修養」が使われていなかった。Cultivateについて「耕、栽培、修徳、修道、修身、修心、養知」等の漢語が使われ、cultivatingに「修、養、教化」は当てられ、Cultivationには「耕種者、修徳者、教化野人者、修文、修己才、教化者、学習者」などが当てられている。そして、cultureに「耕種之事、修徳者、修文」が当てられている。

「修身教科書としても広く使用され、明治の三名著の一つとして明治の読書人のほとんどに読まれたもので、『明治の聖書』『西洋論語』とも称された」▼注［9］ように、明治青年の立身出世のための修養案内書として、『西国立志編』は明治時代を通じて百万部以上売れた。『西国立志編』は日本の国民的教科書としての役割を果たして、小学校の修身教科書としても使われた。この本が説いた、志を持って自分の理想に向かって努力し、成功した事例は、文明開化の新しい時代を切り開こうとする日本の青年にとっては、大きな励みとなったと思われる。

しかし、文明開化に煽られて、立身出世を求めた青年にとって、躓くことも多かったのである。その中、立身出世の道を歩む「礎」が問われるようになった。この「礎」を固めるものとして、「修養」が要請されたのである。例えば、明治二十年代に、立身出世を説いた松村介石の『立志之礎』（明治二十二年三月）は明治二十九年十月まで十版発行して、多くの読者を得たのである。この本は『西国立志編』や『学問のすすめ』の延長線上のもので、「欧米諸大家がその国の青年の為に著したる十有余種に鑑み、内我国現今青年の状態に質し、危を告げ、険を警しめ、失敗の路を示し、成功の訣を説き、青年をして誠実有為の人物たらしめんことを期するものなり」[▼注10]と自注したように、欧米の基準に基づいて、社会での立身を説いたのである。立身出世の傾向は明治三十年代に入ってから、変わりつつあった。社会の競争が加速して、出世の路は益々厳しくなった。それに備える精神の部分を強調する傾向が強くなった。松村は『立志之礎』に続いて、明治三十二年に『修養録』を出版した。それには「立志」や「成功」そのこと自体を説くより、「立志」や「成功」のために「修養」の必要性を説くという、方向転換がはっきりと見られるのである。

明治四十二年出版された『修養論』は加藤咄堂の修養論の集大成である。この本の中で、「修養」という概念について、次のように定義している。

> 修養の語義多端、之を用ふる人々一ならず、暫く其の普通の意を解せんか、英語之をカルチュア（Culture）といひ耕作の義なりと、心田を耕耘して其の収穫を得るの義か、獨語之をビルヅング（Bildung）といひ作為構造の義なりと、人物を作為し品性を模造するの義と解すべきか。諸葛孔明に「静以て身を修め倹以て徳を養ふ」の語ありてこの二字を明かすに適す、修養の語本来の意は暫く此の如しとするも、新時代の新修養はまた新意味を以て解せざるを得ず。吾人は僅かに静、以て身を修め、倹、以て徳を養ふのみを以て足れりとせず、進んで動、以て世に処し、勤、以て道を行はしめんとす。此の故に吾人の謂ふ所の修養には静の他に動あり、倹の他に勤あり、殊にその修養する所、人格全般に亙が故に、唯其の目的とする所心田耕耘の一面に存せずして別に身体訓練の一面あり。[▼注11]

この定義は、古今東西の修養理念を融合して、独自の「修養」概念を得たと言える。特に新時代の新修養を意識して、「修身養徳」という伝統的な定義に「処世行道」を加えて、「人格全般」にわたるために、「精神の修練」と「身体訓練」を必要とするのである。

3　修身教育と「修養」

明治十四年、明治政府は「小学校教則綱領」を制定した。それによって、「修身」が最も重要の科目として定められた。明治十六年、文部省は『小学修身書　初等科之部』、『小学作法書』、十七年には、『小学修身書　中等科之部』を刊行している。「注目すべきことは、西洋翻訳書からの格言・名句は除外され、その内容は全て和漢の古典からの採録となった」▼注[12]と中村紀久二氏が指摘している。

修身教育はこの時代から第二次世界大戦の日本敗戦まで、半世紀に渡って、実施されていた。青年時代の夏目漱石も修身教育の擁護者であった。明治二十一年に書かれたと思われる英語の作文（「Should the Study of Ethics be Abolished? ―修身を廃止さるべきか―」）▼注[13]は論旨がはっきりしており、まず「修身無用説」に反駁して、「有徳の人が決して学識のある人でもありません。人間の精神は不毛な土地で、耕作されぬままに捨て置かれれば、作物はとれない」▼注[14]と主張した。それから、「中国の倫理は、教条的文章の寄せ集めに過ぎず、十九世紀の哲学的知性になじむ余地はない」▼注[15]という議論に対して、「およそ千五百年まえに日本に深く根付いた中国倫理は知的発達と道徳的向上をもたらす原動力でありました」、「過去二十一年間、日本の科学は進歩し、芸術は磨きがかかり、その他ありとあらゆる分野の学問が一大発展を遂げました。しかしながら、同時期を通じて、日本の倫理が大きく後退したことはなんと遺憾なことでありましょうか」▼注[16]と反論した。

二年後の「教育ニ関スル勅語」の制定を念頭におけば、青年漱石は道徳倫理を中心とした修身を守る側にいた。明治二十二年、明治政府は帝国憲法を発布、明治二十三年、第一回帝国議会を開き、近代国民国家の体制を整えた。同年十月「教育ニ関スル勅語」(教育勅語)が発布され、国家主義による国民全体の思想統制が一段強化された。この時期、漱石は中国から起源した東洋倫理を、西洋に対抗するものとして信じていたようである。

「教育勅語」発布後、修身教育に対して、擁護と反発の動きも見られる。明治二十八年、沢柳政太郎は『教育者の精神』を発表して、教育者の「精神の修養」▼注[17]を打ち出した。教育理論への造詣が深く、教育官僚として勤めながら、教育現場の経験も持った沢柳政太郎は、修身教育を推進すると同時に、「修養」を提唱し続けていた。「修養の機会」はわりと早い時期における「修養」を論じる文章である。彼の論旨は修養論がどんなに素晴らしいものでも実行性がなければだめだ、「修養」の方法は日常性を重視しなければならない、学校内においても、修身科の教員だけでは不十分である、教室の内外に学生の忍耐力や持続力を訓練するのは学校の教員と学生にとって、「修養」のよい「機会」▼注[18]だと提言したのである。彼の「修養」理念は学校内の修身教育に対する補助的な道徳教育として、主導性を発揮する形を重視することである。

このような議論は修身教育を擁護する立場で、その延長線上に、展開しようとしたものだと考えられる。それに対して、修身に反発するために、「修養」を提唱する動きもあった。丁酉倫理会の学術講演会において横井時雄は「我国の教育と倫理修養」という長い講演をした。彼は「忠君愛国とは何かと云ふ問題が起る、それに対して答ふることが出来なければ忠君愛国と云ふものは唯形式に恰も代数の『ホミラ』のやうなものになって仕舞う」と指摘して、形式主義的な「忠君愛国」の修身を批判した。「教育と修養のある程品行が高尚になっていくのであります」と、教育における「カルチュア」的な「修養」の必要性を強調して、「人間の心を養ふ」倫理的修養を提唱した。

今少し教育の上に文学とか哲学と云ふものを入れなければならぬと思ひます。今日文学とか哲学とかは多少ありますけれども、それも矢張り機械的に教へるのであるから、文学の真個の趣味と云ふものはおそらく分からぬと思ひます。今日の文学は一種の『グランマ』を教へるのであります。例へば漢文の如きは今少し支那の詩などをやった方が宜かろうと思ひます、人の性情を養ひ、人を高尚にすると云ふ方はやらずして文法のやうなことを教へて居る、それ故に其書物を読で自分の心を研磨するとか、性情を養ふと云ふには余程先天的にさう云ふことに適当した人にあらずれば出来ぬのであります。▼注[19]

特に「日本の『カルチュア』に於て最も缺けて居るものは『ミュジック』音楽であります」と指摘して、封建時代の紋切り方の音楽は「修養」にならないから、新しい時代の文化に相応しい音楽教育の重要性を強調した。基督教の賛美歌の精神面における役割を念頭においた発言だと推測出来るが、一方儒教における「楽以治心」(『禮記・楽記』)という思想とも似ている。

近代前期やその以前は、「修身」の根本理念は儒教的な思想だった。「修養」は修身に対して新しい時代に対応する精神鍛錬の概念として使われるようになったと考えられる。修身は行いの基準を強調するが、倫理学は学理を極める学問だと言われたように、西洋の倫理学の影響を受けて、近代的修養の理念を受けいれようとしたと考えられる。横井と一緒に「丁酉倫理会」を発起した姉崎正治はその「開会の詞」で「其の倫理的修養といふことを極めて簡単に申しますれば、人間の内面の性格、即ち精神上の資格、精神上の基礎を築くと云ふことが最も大切であらう」と説明した。それはいままでの極端な「国家至上主義」の修身に反発する立場に基づいて、新しい倫理的修養を興そうとしたのである。次の言葉はその反対の態度を明確に表した。

今までの宗教上の教権の如く、或いは随分日本の教育界に勢力ありと言ひまするより、寧ろ声を持て居つた所の極端なる国家至上主義の倫理、即愛国一点張の教育は、私共の考から見ますれば、唯だ声ばかりの教権主義で、人間の至情に訴へ、又その倫理的性格を開発するには寧ろ害のある者と思ひますから、其の如き教権主義には飽

くまでも反対する考であります。[注20]

このような議論は西洋の学問をしてきた学者やキリスト教側の知識人の間でよく交わされた。教育に宗教を禁止する明治政府は他方では「教育勅語」を絶対視したのである。同じ権力側にいる知識人でも、「忠君愛国」ばかり強調する修身教育のやりかたを変えようとするものもあった。

4　煩悶の救済と「修養」

明治三十六年五月二十二日に起きた藤村操の自殺はその煩悶の時代の象徴だと言われている。青年たちは人生や宇宙に対して「不可解」や不安を感じて、精神的な解決の糸口を見いだせないので悩んでいたのである。『虞美人草』の甲野はまさにこの時代の煩悶青年のモデルである。『虞美人草』の十六章には宗近君と糸子の兄妹二人の結婚に関する会話の場面が描かれている。その中に甲野の出家の話が出てきたので、糸子は驚きを示した。出家の原因を尋ねた妹に対して、宗近は「何とも云へない。近頃のように煩悶が流行した日にや」[注21]という答えをしたのである。「近頃」というのは作品の時間に即して考えれば、明治四十年より何年か前の時期を指すと考えられる。

そうした風潮の中で、宗教家や教育家、学者、政治家など、各分野の有識者たちは、その原因を究明し、救済の方策を提言するようになった。そこで、〈修養〉は煩悶型の青年を救済する方策として、大々的に提唱されるようになった。当時の新聞や雑誌をみると、〈煩悶〉をめぐる文章が非常に多いことは分かる。そして、それらの大半は、青年たちの〈煩悶〉の原因を究明し、解決の道を探っていく論であった。

このように、煩悶の原因究明を試みた論者たちの多くは、その原因が青年の内的なものばかりでなく、明治の国家体制と社会構造にもあることに気づいていた。しかし、社会的な原因に対する解決策は求めず、もっぱら青年の精神改造を説いたものであった。そうした〈煩悶〉の解決策を〈修養〉の提唱という形で表すようになった。たとえば、明治四十年六月に創刊した『修養界』の「発刊の辞」では、「煩悶を去る」ために、〈修養〉の必要性を次のように訴えている。

今世軽佻なる青年、自己の煩悶に堪へずして、身を渓瀑に投ずる者あり。其死や哀れむべしとするも、其事や愚の極なり。蓋し煩悶は思想進歩の一階段にして、亦已むを得ざるものあるか、要は唯た之を善導して、一大光明に接触せしむべきのみ。吾人の修養は、煩悶を去て光明に入り、修養し得たる所に依て、社会に活動せんとするにあり。▼注[22]

こうした文章から、時代の要請として青年たちの〈煩悶〉を救済するために〈修養〉が登場したという流れが確認できよう。

5　古典の再興と「修養」

明治三十年代、急激な西洋化に晒された日本は東洋の再認識の機運も高まった。修身教育による儒教道徳が拝金主義や利己主義に対抗できるという考え方が浮上した。二回の対外戦争の「勝利」によって国粋主義が日本人の間に広まった。そういう背景のもとに「修養」の材料として、東洋の伝統的な道徳を求める古典再興の議論や動きが目立つようになった。

一つは儒教の再興機運に伴う『論語』の流行である。例えば、日露戦争中の『読売新聞』には「青年に与へて修養を論ずる書」(明治三十七年十一月二十三日)という文章が掲載されていた。「論語は孔子の言行並びに及門諸氏切磋琢磨の経路を記載したる、最も確実に且つ最も趣味ある書籍にして、その中には人類の学び倣ふべき表様《ママ》甚だ多く、何人も必ず精読すべき世界的良書の一たるべく」という呼びかけをしていた。この文章の論旨は「品性の修養」には『論語』の読書が必要であり、西洋人の精神修養には『聖書』が大きな役割を果たしているのに対して、日本では『論語』の読書を提唱すべきだというのである。

日露戦後、国粋主義が横行している中、「孔子祭典」の復活が一つの焦点となった。旧幕時代、湯島聖堂で行われた「孔子祭典」は明治維新後の西洋化の波に流されて廃れた。その復興を東洋精神の再建の象徴として、井上哲次郎や嘉納治五郎などの修養論者を含めて、多くの有識者が奔走したのである。明治四十年四月二十八日、「孔子祭典」が回復された。でも、滑稽なのは「孔子祭典の式を古礼の釈奠に取らずして神道の祭礼式に取りたる」▼注[23]のである。

また、「近頃ポケット論語の類、甚だ多く出版され何れも相当の売行きある由、次ではポケット老子となりポケット孝経となり易の経典余師さへ易詳解の新名を冠せられポケット形として本屋の店先きに並べらるに至りたり」▼注[24]という文章を見れば、所謂普及版の『論語』が多く世間に出回るようになったことがわかる。この時代に渋沢栄一のように「論語を常に離さず」▼注[25]という有名人もいれば、「芸者の『論語』」という通俗の読者も多くいたのである。

江戸時代から読まれてきた『菜根譚』も、明治期には煩悶に苦しむ人々を慰め、精神的な落ち着きを与える修養書として、翻刻ばかりではなく、注釈書も多数出版され、ベストセラー的なものだった。『菜根譚』（洪自誠著）の主旨は儒、道、釈三教同修にある。日本では修養書として、江戸時代から広く読まれた。とくに、禅僧による講話物が多くて、禅籍として受け止める人が多かったようである。たとえば、『門』に宗助の同僚が「禅の本だ」と思って『菜根譚』に夢中になるエピソードが描かれ、『草枕』にも「竹影払階塵不動」という文句が引用されている。『漱石山房蔵書目録』には京都勝川徳次郎による重刻の『菜根譚』二冊が見られる。漱石も『菜根譚』の愛読者だったようである。

東洋の古典には儒、道、仏の思想が色濃く浸透しているので、「修養」の指針となるものが多く含まれている。修養論者はこの精神の宝庫からその時代に見合う「修養」の材料を見つけ出して、自分の議論を展開するのである。漢学や儒学に対する見直しも禅の流行と連動して、「修養」の時代の一翼を担っていた。『菜根譚』の流行を通してこの傾向を見ることが出来る。

また、漢学の復興にはさまざまな動きがあったが、国粋主義による東洋道徳の重視もあるし、従来の硬い学問的漢学のイメージを取り払って、漢学を新しい「修養」思想としてとらえようとした動きもあった。日本の近代教育において、明治政府は様々な思惑によって、宗教と教育の分離を強調した。明治の青年の間にも古い宗教を遠ざける傾向が強かった。宗教色の薄い漢学は精神修養の材料として都合がよいのである。

6 雑誌『修養』の登場

社会の「修養」への期待の機運が高まっている中、メディアによる「修養」の伝播が修養ブームに拍車をかけた。明治三十六年以降、藤村操の自殺事件をきっかけに雑誌の「修養」言説が一気に増えたのである。「修養」に関する文章が一時期雑誌に欠かせないものとなった。従来の雑誌も相次いで「修養欄」を設けて、読者の趣向に対応する。たとえば、『女鑑』（明治二十四年八月～明治四十二年一月）では「明治三十年代後半には、時代の趨勢を汲んで間口を広げ、男女交際、女子の自立、職業、生活改良等を模索する論をのせ、執筆者層も多様となる」、「十九年間、三五六号に至る間の執筆者、寄稿者は、論説だけでも約二五〇名、各欄合わせると二千名にのぼる。明治中、後期の教育家、文学者、知識人の大多数を網羅したと言えよう。本誌の女性に対する教育誌、啓蒙誌とした役割は大である▼注[26]」と指摘したように「女大学主義の雑誌」として、上、中流階級の婦女子に広く影響を与えたのである。明治三十六年八月の論説には「女子の独立的修養」（上原六四郎）が掲載され、以降「修養」を冠する文章が増えてきた。『中学世界』（明治三十一年九月創刊）では、明治三十三年第三巻第一号に「倫理修身欄」が設けられ、明治三十六年第六巻第一号に「修養欄」に変わった。

それから、『女学世界』（明治三十四年一月創刊）では、第五号から「修身」欄が設けられ「女徳」や「女傑」などの道徳論、偉人伝、教訓的な文章を掲載したが、明治三十六年七月号に「精神の修養」（棚橋刀自）を掲載し、明治三十七年二月には「修身」欄に替わって「修養欄」が設けられた。また、『新小説』や『早稲田文学』、『中央公論』といった文芸雑誌や総合雑誌でも「修養」に関する文章を掲載した。

こうして、大きな「修養」のうねりに乗って、雑誌『修養』が登場したのである。明治四十年四月「少林会」によって創刊された『修養』は禅学的な「修養」雑誌である。執筆者は当時禅学界の錚々たる人物である。たとえば、大内青巒は曹洞宗の基本聖典『修証義』の編者であり、仏教界の最初の新聞『明教新誌』や最初の雑誌『報四叢談』の創刊者でもある。仏教の近代化を推進するのに、さまざまな試みをした近代の先駆者である。忽滑谷快天や山田孝道は曹洞宗の大学林や慶應義塾をそれぞれ卒業して、近代学問の方法で禅学を体系化しようとした禅学者である。加藤咄堂も仏教学と西洋の近代学問を同時に学んで、当時、活躍している言論人であった。

また、禅の流行も『修養』の創刊のきっかけを創ったという。『修養』「発刊の辞」では次のように書かれていた。

尤も日清役の頃より多少この兆候（禅学、参禅のブーム　筆者注）はあつたのではあるが、その後に修養といふことが頻りに世上に叫ばれて、これも諸方に種々の会が出来て、盛に精神の修養を鼓吹せられてあったが、日露戦争中より頓に勢力を増して来て、今日では軍人、法官、医師、政客、商工業家に至るまで競ふて修養に注意する結果、参禅を試みる者が追々多くなつて来つつある▼注[27]

禅学はさらなる流行となり、「禅は精神鍛練の妙法」だと宣伝されて、「修養」イコール参禅という現象が見られた。その創刊の動機について、日露戦争による「武士道」の再興が原因の一つであり、さらに、もう一つは「明治維新以来泰西の文明が輸入せられ科学哲学が非常に盛んに行はれ、又一方黄金崇拝熱が非常に高ま▼注[28]」ったが、しかし、だんだん、科学も哲学も安心立命に効かなくなり、金が総て解決出来ないと分かり、「厭世観」が流行して、金の力で「物質的欲望を恣にした結果が、家庭の紊乱となり、種々の苦痛を惹き起こし」、「世上に倫理、修養の声が高まって来た」。それに対応して、「真実の修養を望む人々の要求に応じようとして」、「吾人は極めて高尚なる理法を極めて卑近に語る。極めて難解な主旨を極めて平易に解釈」[注29]して、『修養』を創刊したという。

『修養』に掲載された文章はすべて禅の「修養」を説くものである。『修養』が明治四十三年十月から『精神修養』に雑誌名を変えられ、雑誌社も精神修養社に変わった。それから、大正二年二月、『精神修養』が『新修養』に変えられ、精神修養社も新修養社に変わった。それを機に「『新修養』「宣言」」は掲載されていた。その中に「我徒は東西先哲の思索に基づき、現代の思潮をかんがへ、人格修養の根本義を研究することを怠らず」[注30]という文句がある。禅的修養から東西の先哲の思想や現代思想に基づく「修養」へと方針を拡大していったのである。『精神修養』や『新修養』は、加藤咄堂が主筆となり、明治、大正、昭和に渡って、「修養」の時代のシンボル雑誌として、大きな影響力を発揮した。

また、「修養」を雑誌名にした『修養界』（参天閣）もほぼ同じ時期の明治四十年六月に創刊された。『修養界』は倫理学、哲学、文学の学者を中心として、陽明学を根幹として修養論を展開させようとしたのである。主筆の高瀬武次郎（陽明学者）が書いたと思われる「発刊の辞」では、「孔子祭典」を再開して、「思想界の大勢」が「新旧調和的穏健状態に達」したのを機にして、『修養界』を創刊して、王陽明を模範として、古今東西の倫理思想を吸収し、読者に「修養」の材料を提供するという。[注31]創刊号には「煩悶論」と「修養論」と二篇の論文が掲載されたほかに、東洋倫理をめぐって、幅広い分野の文章が掲載されていた。雑誌の全体を見渡せば、東洋古典的で、倫理学的で知的な雰囲気が漂っている。また、第二号から「応問欄」を設けて、陽明学と「修養」に関する質問を読者から募集して、主筆の高瀬が返答するようになったが、質問は陽明学に関する問題が多かった。その中に「修養」について、つぎのような質問が見られる。

我等が修養上或目標即ち理想的人物を定めて、之に向て進むべきや、又は単に古来よりの聖賢の格言を守り行くべきものなりや。若し理想の人、即ち目標を定むるには、其選択方如何。[注32]

その答えを見れば、「古聖先賢の格言を暗誦して、時処位に応じて、之を参考することも」「修養の一法」で、「偉人の肖像写真を掲げ、遺書遺物を愛賞するも、亦修養の一助たるべし」▼注[33]と云うのは、全く儒教的な「型」に嵌った考え方である。「先覚聖賢」を模範にして行動すれば「修養」が達せられるという見解は、近代の「修養」の限界を端的に示している。

7　おわりに

以上、見てきたように、明治十年代から日本社会に繰り広げられた文化現象は、「修養」の登場の背景となっていた。立身出世の街道を歩むために、社会での「成功」のために、精神の「修養」や人格の形成が大きくクローズ・アップされた。そして、「煩悶」の救済や「修身」の是正にも「修養」が要請されたのである。また、日清、日露戦争を通して、日本人の国粋主義が高揚になり、西洋に対抗できる東洋再発見の中で、漢学を見直す動きが現れた。こうした時代の要請に応える幅広い観念として「修養」が再認識されるようになったのである。伝統的な儒教や心学や武士道が再評価され、「修養」の大衆化という状況が出現したのである。

【注】

［1］『大学』の原文は次の通りである。「古之明徳於天下者、先治其国。欲治其国者、先斉其家。欲斉其家者、先脩其身。欲脩其身者、先正其心。欲正其心者、先誠其意。欲誠其意者、先致其知。」（全釈漢文大系三巻『大学・中庸』集英社、一九七七年）六〇頁。

［2］柴田清継「修養と養生——中国古代思想におけるその一体性」（『中国古代養生思想の総合的研究』平河出版社、一九八八年）一八三頁。

〔3〕全釈漢文大系第二巻『孟子』（集英社、一九七三年）五二二頁。
〔4〕張浩養「寿子詩」（『日本国語大辞典』第一版一〇巻、小学館、一九八五年）三〇九頁。
〔5〕『日本国語大辞典』第二版六巻（小学館、二〇〇一年）一三一三頁。
〔6〕諸橋轍次『大漢和辞典』一巻（大修館書店、一九五五年十二月初版、一九八六年七月修訂版第二刷）八一一頁。
〔7〕同右、八一一頁。
〔8〕朱熹著　市川安治注釈『近思録』新釈漢文大系三七巻（明治書院、一九七五年十月初版）一〇六頁。
〔9〕中村紀久二『復刻　国定修身教科書解説』（大空社、一九九〇年）一二八頁。
〔10〕松村介石『立志之礎』（警醒社、一八八九年）四頁。
〔11〕加藤熊一郎『修養論』（東亞堂書房、一九一〇年。但し引用は、一九一一年増補十三版）三頁。
〔12〕中村紀久二『復刻　国定修身教科書　解説』（大空社、一九九〇年）一六頁。
〔13〕『漱石全集』第二十六巻「後記」（岩波書店、一九九六年）五六七頁に「年月日の記載がなく、配列は"The murderer's secret"の項で述べた方針に準じているが、文中に明治維新と思われる変革を『二十一年前』と述べており、前編と同じ一八八八年に執筆されたものであることがわかる」と編者が記している。
〔14〕同右、四六〇頁。
〔15〕同右、四五九頁。
〔16〕同右、四五八頁。
〔17〕沢柳政太郎『教育者の精神』（富山房。但し引用は『明治大正「教師論」文献集成』七巻、ゆまに書房、一九九〇年）二六二頁。
〔18〕沢柳政太郎「修養の機会」（『中学世界』三巻七号、博文館、一九〇〇年六月）但し、引用は『沢柳政太郎全集』二巻（国土社、一九七七年）一八七〜一九〇頁。
〔19〕横井時雄「我国の教育と倫理修養」（『丁酉倫理会講演集』一、大日本図書株式会社、一九〇〇年）一六〜一七頁。
〔20〕姉崎正治「開会の詞」（『丁酉倫理会講演集』一、大日本図書株式会社、一九〇〇年）二頁。
〔21〕夏目漱石『虞美人草』（『漱石全集』四巻、岩波書店、一九九四年）三六四頁。
〔22〕高瀬武次郎「発刊の辞」（『修養界』一九〇七年六月）四頁。

［23］『修養界』（一巻一号、一九〇七年六月）。

［24］秋旻生「水曜漫録」（『読売新聞』一九一〇年六月八日）。

［25］「渋沢男の古希祝賀」（『読売新聞』一九一一年二月十四日）。

［26］入江壽賀子『近代婦人雑誌目次総覧』II期、六〜七巻（近代女性文化史研究会編、大空社、一九八五年）一頁。

［27］「発刊の辞」（『修養』少林会、一九〇七年四月）一頁。

［28］同右、二頁。

［29］同右。

［30］同右。

［31］高瀬武次郎「発刊の辞」（『修養界』参天閣、一九〇七年六月）二〜三頁。

［32］応問欄『修養界』（参天閣　一九〇七年六月）五八頁。

［33］同右、五八頁。

6

『明治往生伝』の伝法意識と護法意識

――「序」「述意」を中心に――

谷山俊英

1　往生伝研究の新たな課題と明治期往生伝

中世往生伝の存在が明らかになった現在、本朝の往生伝研究には、新たに究明すべき複数の課題が浮かび上がってきた。過去の仏教思想史研究では、中世鎌倉期は往生伝編纂の空白期と認識されており、▼注[1] 田嶋一夫の中世往生伝研究▼注[2]が提示されるまで、その認識に疑問を呈する研究者は皆無であった。しかし、田嶋による、鎌倉時代に緇流の徒によって宗派性の強い往生伝が編纂されていたという事実の解明、また、それらの往生伝が唱導説法の材料として利用されていたという事実の解明は、従来の定説を打ち破るとともに、往生伝研究に新たな視座を与える契機ともなった。中世往生伝の発見と研究の進展は、往生伝の系譜における空白期の存在＝鎌倉期往生伝非有説を覆したのみならず、本朝の往生伝を通史的に研究することをも可能にしたのである。

仏教思想史研究の分野で近代的視点から評価されてきた鎌倉新仏教中心史観（鎌倉新仏教至上主義）が崩壊して久しいが、この先は、中世往生伝という切り口から鎌倉新仏教の新たな側面を探ることも課題となるだろう。また、中世往生伝と明治期往生伝との大きな架橋となる近世往生伝（江戸期往生伝）の思想的な価値の再検討も求められる。更には、震旦の往生伝類の編纂意識や記述形態が本朝の往生伝諸書にどのように影響しているのかといった問題も再検討する必要があり、本朝往生伝の始源となった震旦、ひいては天竺の往生伝類をも包摂した往生伝文化の創出と変遷とを念頭に置いた総括的な研究が望まれる。そして、当然のことながら、往生伝諸作品の根底には人間の死生観という普遍的な問題が横たわっているのであるから（これは往生伝に限ったことではないが）、終局的には、現代を生きる我々の生と死のありようを問うことが最大の課題として残されよう。

往生伝研究における様々な課題が山積する中で、稿者（谷山）は、近年『明治往生伝』他の明治期に編纂された往生伝研究の必要性を強く感じはじめた。▼注[3] それは、明治維新後に編纂された往生伝の資料的な価値が研究史上で等閑視されてきたという事実もさることながら、何よりも、明治期に成立した往生伝を調査研究することによって、平安期以来、連綿と編纂され続けてきた本朝の往生伝の全容を正確に俯瞰することが可能となり、思想史上における往生伝の存在意義を明確にできると考えたからである。その意味でも、明治期往生伝の内容把握と近代思想史への位置づけとは、早急に着手しなければならない課題だと言えるだろう。

2　廃仏毀釈・大教院体制と明治期往生伝

先学の研究によれば、現在、存在が確認されている明治期の往生伝には、以下の八書がある。▼注[4]

【明治期往生伝一覧表】

	書名	編輯者	刊行年	出版所（者）
1	拾遺専念往生伝	加藤公阿	明治十二年（一八七九）	慶雲堂
2	日本往生全伝	赤松皆恩	明治十四年～十五年（一八八一～一八八二）	永田文昌堂
3	明治往生伝	垂水良運	明治十五年～十七年（一八八二～一八八四）	大村屋総兵衛、他
4	三国往生伝	西村七兵衛	明治十六年（一八八三）	法藏館
5	三河往生験記	徳演	明治十九年（一八八六）	佐藤説門
6	三国往生伝　附・於夏蘇甦物語	苅谷保敏	明治二十二年（一八八九）	藤井文政堂
7	新明治往生伝	梶宝順？	明治三十年（一八九七）	経世書院
8	第二新明治往生伝	梶宝順	明治四十四年（一九一一）	東光社

※右表には、各書が刊行された年を記した。ちなみに、『三河往生験記』が刻成されたのは刊行前年の明治十八年（一八八五）であり、研究者間では、その年を同書の成立年としている。

本稿は、右の八書の中でも比較的に研究が進展しており、複数の研究者から編纂意図への言及もある『明治往生伝』を取り上げ、文明開化が叫ばれた明治期に至って新たに「往生人を集述」（『明治往生伝』「述意」）し、往生伝を編纂したことの意図を探究するものである。

谷川穣は、明治初期の仏教に対する過去の研究では、「明治仏教史ストーリー」が展開されているとして、「近世期から仏教に対する民心の不満が蓄積され、明治に入るとその極点として廃仏毀釈の嵐が吹き荒れ、仏教界は大きなダメージをこうむった。そこからの回復と従来の「惰眠」への反省を徐々に果たしていくなかで、明治国家への従属や対外戦争への協力という「負」の歩みとともに、思想・社会活動上でも注目すべき仏教者が現れていくのである――。要するに、明治初期は廃仏毀釈の打撃と仏法衰退の時期、という基本構造がうけいれられてきたようだ」と述べ、今後は、多角的な視点から研究のあり方を見直す必要があるとしている。▼注[5]

明治維新後の国家政策として、王政復古や神道の国教化を進める新政府が慶応四年（一八六八）三月に発した太政官布告（神仏判然令・神仏分離令の施行）を契機として、全国各地で民衆による激甚な廃仏運動が引き起こされ、仏教界は未曽有の大打撃を被った。明治新政府の本来の意図を逸脱して巻き起こったこの廃仏毀釈運動は、仏教諸宗派に存亡の危機感を抱かせ、その危機意識が護法意識・護法運動に結びついたとする既存の歴史認識は、大方で誤りではないように感じる。しかし、近世仏教堕落論が否定されつつある現在、[注6]やはり、「明治仏教ストーリー」も再考すべき時期にきていることは間違いない。例えば、稿者が明治期往生伝の編纂意識を考えようとする上でも、「廃仏毀釈の行動はほぼ明治五年（一八七二）ごろまでで鎮まる」という柏原祐泉の指摘[注7]は重要であるし、また、これまでの往生伝研究で言及されることのなかった大教院体制・教導職制度下での護法意識と往生伝編纂の相関関係も見逃してはならない。神道イデオロギーの鼓吹を目的として明治五年に設置された大教院は、教化の拠点を東京に置いた民間団体であったが、国家制度と見紛うばかりの体制を敷いていた。大教院は、全国の寺社に中小教院を配し、神官や各宗派の僧侶を教導職として民衆教化を推進する役割を担わせたが、後に、神仏教導職の対立や学校教育制度との軋轢といった問題を抱えて明治八年（一八七五）に解散した。しかし、仏教各宗派は、教団の組織再生に向けて新たに宗派内の大中教院制度を確立させるとともに自宗派の僧侶を教導職とする制度へと移行し、教導職は、自宗派の布教・喧伝を行うことが主な役割となっていった。この制度は、明治十七年（一八八四）八月の太政官布告第十九号による教導職制の廃止によって終わりを迎えるのであるが、明治期往生伝、なかでも『明治往生伝』の編纂意識を考える場合に、この大教院体制や教導職制度の「年代」は重要な意味をもつと思われる。

谷川は、本項冒頭にあげた文章に続けて、高楠順次郎が提示した構図[注8]――排仏の時期を明治五年までの「形式破壊」と明治六年以降の「内容破壊」とに分け、廃仏毀釈を仏教迫害の根底的・絶対的なものと考えず、明治六年からの大教院体制に注目する構図――と、林淳《まこと》が提示した区分[注9]にも倣って、（ひとまず）明治元年（一八六八）～五年（一八七二）を第一期、明治五年〜明治十七年（一八八四）を第二期（明治五年は「内容破壊」を準備した移行期と想定）とする二分法で論を展開している。

明治期往生伝の成立を考える上で、右の谷川の方法論は極めて有効かつ示唆的である。それは、【明治期往生伝一覧表】に掲載した明治期往生伝諸書が、廃仏毀釈運動が沈静化したとされる明治五年ごろから約七年を経た明治十二年（一八七九）以降に刊行されたという理由や、更には、本稿で扱う『明治往生伝』に「述意」を寄せた吉水玄信が、自宗の中教院教導職という立場で、往生伝の編纂に深く関わっていた理由を考えるための年代的な区分を提示したと思うからである。

3　『明治往生伝』の特質——先行研究から

第2項に記した問題点を念頭に置きながら、本項では、先行研究によって『明治往生伝』の大まかな特質を確認しておきたい。

相模国足柄下郡真鶴村西念寺の住僧であった垂水良運（生没年未詳）が編述した『明治往生伝』全四篇は、明治十五年（一八八二）三月から同十七年（一八八四）十月にかけて版行された往生伝で、明治八年（一八七五）発刊の仏教啓蒙新聞『明教新誌』に掲載された往生人の伝も再録されている。全四十六人（本篇四五人、他一人）の往生人の中には、称名念仏に加えて五重相伝を受けたり、別時念仏会に出席したり、日課念仏を誓受したりしている者もいる。

『明治往生伝』研究の先駆者である大橋俊雄は、同書の成立要因について、「本書の成立した明治十年代は、仏教界がかかえていた問題は、政府ぐるみの廃仏毀釈運動に、仏教がどのように対決するかということ」であり、「（良運が本書各篇の末尾に付した「結勧」で）三心具足の念仏すべきことを要請し、厳しく念仏を要求していることは、全国に吹きすさんでいた廃仏毀釈の政策を払いのけていく理論書としたいという意図があったようである。一方では僧侶に、一方では信仰者にきびしい信仰生活上の規範を要求しながら、浄土宗の宗義がもっとも勝れていることを強調しているのが『明治往生伝』であって、「（良運は）明治初期の浄土宗教団がかかえていた問題にとりかかる一助として、本往生伝を作成したようである」（傍線付・稿者、以下同）としている。▼注[10]

『明治往生伝』の編纂意図については、「浄土宗の宗義が最も優れていることを強調し、全国に吹きすさんでいた廃仏毀釈政策という危機を払いのけていく理論書」とする右の大橋の見解を進展させた研究はなく、これが定説化しているとの印象を受ける。

明治新政府の神祇政策は、「文明開化」という雄叫びをあげながら一千余年にわたる神仏習合の信仰形態を解体させた。そして、神仏分離に端を発する廃仏毀釈運動は、仏教界に空前の危機意識をもたらす結果を招き、各宗派は宗勢昂揚・自宗存続のための方策を模索した。このような歴史的構図に立脚すると、大橋の見解は、一見、正鵠を得ている感がある。しかし、その一方で、廃仏毀釈の行動は明治五年ごろまでには鎮まっていたとする先の柏原の指摘や、廃仏毀釈は明治維新に限ったことではなく、近世仏教が幕藩体制に捉えられて御用宗教となり形骸化して以来今日まで続いている問題であって、近世以降の仏教覚醒の路線は、廃仏思想ないし廃仏運動に応えるかたちでひかれていったとする吉田久一▼注[11]の言に耳を傾けた時、『明治往生伝』は、明治維新後の廃仏毀釈運動を外的な要因としながらも、その実、往時の宗派の信仰の実態に起因する内的要因に基づいて編纂されたのではなかったかと想像されるのである。

4　『明治往生伝』の構成と「序」「述意」

『明治往生伝』編者の垂水良運は、生没年も人となりについても詳らかではないが、明治五年（一八七二）六月に小田原三乗寺から真鶴村の西念寺に転住、以来、同二十一年（一八八八）頃まで小田原・鎌倉・三浦等の各地に巡錫して教化に従事した人物であったようである。時の鎌倉光明寺住職吉水玄信とは懇意であったらしく、玄信は、『明治往生伝』の刊行にあたって「述意」を寄せるとともに多額の刊行費を寄付している。▼注[12]また、良運が玄信から往生人の資料を得ていたことは、「序」の記載内容によって明白である。

『明治往生伝』全四篇の構成は、

明治往生伝　序　　中講義垂水良運誌
述意　　中教正吉水玄信述
予言
明治往生伝初篇目次（以上十名）
本文　　中講義垂水良運　録
結勧
明治往生伝初篇助梓名署　　明治十四年十二月　吉水大智謹誌
奥付　明治十五年二月御届　同年三月出版

明治往生伝二篇目次（以上本伝十二名）
本文　　権大講義垂水良運　録
結勧初篇の続
明治往生伝二篇助梓名署　　明治十六年三月　吉水大智謹誌
奥付　明治十六年三月御届　同年四月出版

明治往生伝三篇目次（以上十二名）
本文　　権大講義垂水良運　録
結勧
明治往生伝三篇助梓名署　明治十六年十二月　吉水大智謹誌
奥付　明治十六年十一月十二日出版御届　同年十二月刻成

明治往生伝四篇目次（以上十一名）
本文　　沙門垂水良運　録
結勧
明治往生伝四篇助梓名署　明治十七年九月　吉水大智謹誌
奥付　明治十七年九月三十日出版御届　同年十月刻成

となっており、特徴的なのは、各篇の末尾に良運の往生論とでも言うべき長文の「結勧」が配置されていることである。近世以降に編纂された往生伝の中には、「結勧」や「述意余説」という形式を用いて編者や宗派の往生論を提示した書もあるので、「結勧」の存在を本書のみの特質と言うことはできない。しかし、大橋が、本書を「廃仏毀釈政策を払いのけていく理論書としたいという意図があった」と評した理由は、この「結勧」の存在を重視したからと考えてよいだろう。「予言」「結勧」は、近代の往生伝編者の往生観を窺うための貴重な資料であるが、その精読は今後の課題とし、ここでは、「序」と「述意」から、吉水玄信が「往生人を集述」したことの意図を探ってみたい。

明治往生伝序

導師の釈に曰、若人開説浄土法門聞、即信行者急為説之、若得一人捨苦出生死者、是名真報仏恩と、げにも教職の僧としては、この祖訓に従事、勉力せざらましやは、ここに鎌倉光明寺の教正吉水玄信師は道情もともふかくして、弘教の百端に心を砕き、施化に一事に身をゆだねて、法のために寝食をも忘れ、化におもむくには千里をもとおしとせす、いとやん事なき尊者なりけり。此の頃おのれ物する事ありて、かの山へまうのぼりて何くれの物語し侍りける、ついでに教正かたり給はく、今や末法濁増の時にしあれば、人かたましく哭をとりて、教法はたゞ世の馴はしの如くなりもてゆくものから、聖道のおしへはもとより、堅〔賢〕き人のうへにありて、吾儕のうつわの拙きには、げに〳〵しく修行しうる事はおもひもよらめ、まして一文不知のおろかなるたぐひは、其おしへを聞得たる事伝にてやみぬべし、我浄土の一法のみぞ果てしなきも、おろかなるも教のままに修行せられて、一世にしるしを得らるるは、ほと〳〵利物偏増のいはれなるべき、さるからに我如き不徳の勧導にも、ききてすなはち信行し、往生の素懐を遂ぬるがあるは、そもそも他力の源旨にて、能説の徳義によらざるも、亦たのもしからずや、近き頃ここかしこにて、まのあたり見もし聞もしたる往生人ここにあり、われこをとりひろいてしるしおきたるを、さながらにひめおきて、うづめはてむも心なきわざなれば、世にひろめておほやけにせまくほりす、さてはまた浄教発信の因由ともなり、進修励行の縁致ともなりて、其利益はた少しとすべからず、いまし此をとりよろひて、見やすきやうにしるしてよと、かのそうしをとり出て、見せ給はりぬ、おのれうけ給はりて、随喜の思心に余りぬれと、いかにせむ、筆みじかくさへとぼしくて、蜒のまてかきかきあへず、中々に事の心やかくろひぬらむ、されど為法の命をいなびがたく、利物の詞のもだしかねて、やをらはつ草のみじかき筆をおもひおこし、浅沢のあさき水茎かきながし、数々これかれとりつづりてひと巻とし、題号をこひしに、明治往生伝と名づけられぬ、仰ぎこふらくはおのれが筆のつたなきを咎めず、教正の志のあつきをよみして、猶見聞の往生人もしあらば記し贈りたまはらむ事を、この巻の数かさならむは、我教のいや盛りなる験にもこそとおもへば、つら〳〵いくらの巻をもあらはさまほしと、教正の思ひまうけられしなればなり、かくいふ時は明治十四年といふ年の十二月神奈川県下相模国西隅の貧衲。

中講義垂水良運誌

述意

仰我浄土頓教口称の一行は、ただ身を他力に任せ、心を往生に委ねて寤寐忽閑に忘れず、一向に称る外は別の子細なきなり、然るを学智あるは我見解に依執して、或は唯心所現の浄土、唯智所得の往生と悟解に渉りて、深義に取なすより、あたら易行の法門に傷つけ、また庸愚なるは我怠惰に荷担して、或は本願大悲に誇りて、三念五念に足れりと浅略にいひよせて、放埒になるより往生の大事をうしなふ、されば古来意義まち〳〵に別れて、教化一かたならず、宗祖大師の曰、口伝なくして浄土の法門を見れば、往生の得分をうしなふと、口伝とは他にあらず、一向驀直に口に称ふる外には往生の道なしといふなり、其旨祖訓の一雫に義足れりとす、故に古来集述する往生伝に学智あるも愚魯なるも、其行実は唯一向に唱ふる斗の勤にて、希有の往生を感得す、善人悪漢賢者愚徒東西不弁の児童に至るまで、往生の形容一列なるをもて、尋常の行意は一向称名の外余念なきを知るべきなり、予か茲に往生人を集述するも亦、これ万機普益の本願は一向称名する外なきを知らしめむとするなり、敢て奇を闘はし効をあらそひて、名称を世に貪らしめんとにはあらず、故に一読の人は賢を見て斉しからむと思ひ、安心の正否、起行の仮実に心を苦しめず、智愚老幼ただ一つらに、仏願を仰信して他事なく、称名相続せられん事を乞らくのみ。

中教正吉水玄信述

右の「序」には、「鎌倉光明寺の教正吉水玄信」が、「近き頃ここかしこにて、まのあたり見もし聞もしたる」「浄土の一法」（専修念仏）による往生人の伝を集述し、その内容に感銘を受けた「教職」の僧である垂水良運が『明治往生伝』を編纂した経緯が述されている。本文中の線で囲った箇所は、玄信の言葉を良運が筆録（聞書き）した部分であるから、その記述内容を「教正（玄信）の思ひ」（「序」）と捉えて差し支えないだろう。この部分から、玄信が往生人の伝を集述して広く世に伝えようとした理由は、「末法濁増」の時代の「浄教発信の因由ともなり、進修励行の縁致とも」するためであったことが窺える。

続いて「述意」の内容を見てみたい。「述意」には、「序」に筆録された玄信の往生人集述の理由が、本人の筆によって明確に記されている。そこには、宗祖法然の「口称の一行」による往生の教えが「古来意義まち〱に別れて、教化一かたならず」、「往生の大事」「往生の得分」が失われていることに強い危機感を抱いた玄信の宗祖無謬説が展開される。「（往生のための）尋常の行為は一向称名の外余念なきを知るべきなり」とする玄信は、「予か茲に往生人を集述するも亦、これ万機普益の本願は一向称名する外なきを知らしめむとするなり、敢て奇を闘はし効をあらそひて、名称を世に貪らしめんとにはあらず」と述し、浄土の法門においては一向称名以外に往生の道はなく、その証左となる衆生の往生は、「古来集述する往生伝」に記されていると確言する。浄土宗の僧侶が編纂した往生伝の「述意」として何ら不自然な点はないように思われるが、ここには自宗の布教喧伝といった記述は一切見られない。そこに記されるのは、法然流念仏の法燈が正しく継承されていないことの危機意識に起因して往生人の集述を行ったという事実だけなのである。

同書の「序」と「述意」とに記された玄信の言辞には、浄土宗の真諦が一向称名にあることを明証するために往生人を集述したという目的が明確に示されている。法然浄土教の流れを汲んで形成された往生伝の中でも、これほど明確に編述の目的を記した書は珍しい。ここで稿者が注目したいのは、『明治往生伝』編纂時に浄土宗の教導職にあった「中教正吉水玄信」が、明治維新から十数年を経て、「今や末法濁増の時にしあれは」という時代認識の下、鎌倉期の法然門の碩学と同じ危機意識をもって往生人の集述を行ったことである（詳細後述）。玄信が「述意」を記した時期を、第一項で示した谷川の二分法に当てはめれば、仏教迫害の第一期である廃仏毀釈による「形式破壊」行動が沈静化し、第二期の大教院体制に基づく「内容破壊」が行われた時期と重なることになる。

『浄土宗全書』第十八巻所収の『略傳集』「玄信　増上寺玄信大僧正行《あん》實」によれば、吉水玄信は、文政十二年（一八二九）に信濃の国更級郡で生を受け、八歳で善導寺にて出家得度。その後、江戸の伝通院や東叡山浄明院・増上寺などで修行を重ね、明治八年（一八七五）二月に鎌倉光明寺の住職となった。同年三月に教導職取締となり神奈川県の宗務を任され、十一年十二月には中教院の中教正となった。十七年二月の浄土宗東部宗務長、二十年三月の浄土宗事務取扱を経て、二十年五月には、過去に大教院の本部が設置されていた増上寺の七十二世住職となったが、同年七月に逝去している。享年五十九歳であった。玄信逝去の折、明治期の護法運動を牽引したことで名高い華頂山の行誡大和尚（福田行誡）は、玄信を哀悼して「長篇国詩」を作成し、「上人資性質實。謙讓好學。鑽仰不倦。維新以來。專傾心於教化。頻澍法雨。普霑群萠。道名鳴江湖矣」と明治維新以降に玄信が衆生教化に専心したことを鑽仰している。附言となるが、玄信は、宗務（事務）取扱いの職にあった明治二十年（一八八七）四月に、増上寺の法主・大教正の職を辞して深川本誓寺の寒林舎に退隠していた行誡を尋ね、「宗門分立し、葛藤解けず」「一宗殆ど統治することなき」宗派の窮境を打破せんとして知恩院の門主になることを要請している。▼注[13] これらの事実を考えると、玄信と行誡は、ともに宗派存亡の危機的状況の中で教化教導や護法に努めていたことが知られるのである。

これまでの考察と、『略傳集』の記述とを考え併せた時、玄信が自宗の門徒を教導する目的をもって往生人の集述を行い、往生伝を編纂しようとしたことは想像に難くない。即ち、『明治往生伝』は、中教正吉水玄信が浄土宗の正統な宗義相承を訴える意図のもとに版行を計画した書物だったということになる。

稿者は、今後の研究で、「述意」の直後に位置する「予言」や、「中講義垂水良運」（『明治往生伝』二篇・三篇版行時には「権大講義」、四篇版行時には「沙門」と記名）が各篇末に配した「結勧」を本文と併せて読解していくが、「予言」の中に私見を明確に裏付ける記述が見られるので、今、その箇所を指摘しておきたい。「予言」は、現在で言うところの「凡例」であって、箇条書きの形態をとっている。その中の二点を提示する。

一、此ノ往生伝ハ、方今ノ時世尚古今一轍ノ往生人アルヲ載テ、本願他力ノ一行ハ、澆末ニ現証アルヲ示サムトス。故ニ即今ノ年代ヲ題表シテ明治往生伝トス。

一、近代ノ往生伝、各々伝聞ノ名標親見ノ便由ヲ記載スルアリ。其信ヲ取ラシムルノ術路ハ然モ有ルベシ。今思ヘラク、夫レ往生伝ノ進述ハ、智愚等シク単信ノ一行ヲ以テ、巧ニ生死ヲ出離セシ実修実行ノ蹤跡ヲ記シテ、本願口称ノ巨益ナルヲ証スルニアリ。尓ルヲ妄聞ノ説ヲ記シ、无証ノ語ヲ載ルハ暗ニ本願ノ妙用ヲ偽飾シ、単直ノ信者ヲ欺誑スル也。誰カ之ヲ為サンヤ。夫尚疑フハ是信ノ淳カラザルナリ。故ニ今伝ハ伝者ノ由縁ヲ載セズ。

右に提示した「予言」の記述は、「述意」と相補の関係になっていると考えられ、『明治往生伝』が玄信の意図を体現した書であることを明示するのみならず、「近代ノ往生伝」がいかなる目的をもって「進述」されたかを知る手掛りをも与えている。

浄土宗（教団）の宗派内での教義解釈の相違や「妄聞ノ説」（「予言」）の蔓延といった問題は、法然在世中から続いており、近代（明治時代）になってもその問題を解決する方策はなかった。宗門全体を教導する立場にあった玄信は、その問題解決の糸口を往生伝の編纂に見出そうとしたのではなかったか。

右のことを多角的な視点から検証するために、次項では、中世浄土門の碩学の伝法意識と、明治維新後の護法思想について考察を加えることにする。

5　中世浄土門徒の伝法意識・明治維新後の護法意識

まずは、中世浄土門葉の伝法意識の一端を探ってみたい。

中世鎌倉期における専修念仏をめぐる異義や邪義の噴出、一念・多念論諍に起因する門葉の対立・分派は、宗祖法然が最も頭を悩ませたことであって、それは、法然が示寂の前に勢観房源智に授けたとされる「一枚起請文」の末尾に、

浄土宗ノ安心起行、此紙一枚ニ至極せり。源空が所存、此外ニ全ク別義を存ぜズ。滅後ノ邪義ヲふせがんが為メニ、所存を記し畢（『日本思想大系』10『法然　一遍』・岩波書店より引用）。

と書き記したことからも容易に推察される。ところが、実際には、法然滅後の門葉内外での一念・多念論諍や宗義解釈の対立は激化の一途をたどり、あたかも覇権を争うがごとき談論が風発して多くの異流を生じさせる結果となった。また、法然示寂から数十年のうちには、門葉の分流のみならず、宗祖法然に仮託した偽書も数多く流布しており、正統な宗義相承を自負する宗徒には拱手傍観に絶えざる状況であった。このような状況の下、鎮西義の三条派に属した了慧道光は、全ての極楽浄土願生者の明燈とすべく法然の詞を蒐集して文永十一年（一二七四）に『漢語燈録』を、翌年には『和語燈録』を編した。了慧は、『和語燈録』の序文において、

（前文略）こゝにかのながれ（※専修念仏義）をくむ人をほき中に。をの〳〵義をとることまち〳〵なり。いはゆる余行は本願か本願にあらざるか。往生するやせずや。三心のありさま二修のすがた。一念多念のあらそひなり。まことに金鍮しりがたく。邪正いかでかわきまふべきなれば、きくものをほく源をわすれて流にしたがひ新を貴て旧をしらず。云々（『浄土宗全書』第九巻・浄土宗宗典刊行会より引用）。

と記している。専修念仏をめぐる異義・異説が紛々とし、その「邪正」さえも分別できない宗徒の輩出を嘆じた了慧が、宗祖の滅後約六十年を経てその詞を集成したという事実は、この時期に、既に法然門流の多くの宗徒が専修念仏

の法燈を正統に継承し得なかったという浄土宗存続の危機的な現実があったことを暗示させる。

ここで見逃せない歴史的事実として、本稿冒頭に記した中世往生伝の存在がある。法然浄土門が、顕密諸宗ひいては国家から矯激な弾圧を受けていた事実は詳述するまでもないが、その国家規模の弾圧を契機として、門葉の碩学たちは、より堅固な信仰と宗派（教団）意識とを抱くことになった。しかし、皮肉なことに、その堅固な宗派意識は、一念・多念論諍や宗義解釈の対立といった事態を巻き起こし、法然滅後にはその対立が激化して、法然門は分派・分流の道を辿ることになる。そこで重要なことは、法然浄土門葉の緇流の徒が、この自宗存亡の危機的状況の中で宗祖の選択本願念仏義を体現させた往生伝を編纂していたという事実である。了慧道光がそうであったように、法然門の往生伝編者たちも、少なからず自宗存亡の危機意識を抱いていたと想像されるのである。▼注[14]

中世鎌倉期における浄土門の信仰の実態と往生伝編纂との関係を鑑みた時、『明治往生伝』編纂時の時代状況と、同書の「述意」や「予言」に記された宗派の信仰の実態とが、中世往生伝編纂時と酷似していることに気付く。無論、浄土宗の正統な宗義相承がなされていないことを嘆じた「中教正吉水玄信」が、往昔の書物を繙いて同じ内容の文章を記した可能性もあろう。しかし、そうであったとしても、今なお続く宗義相承の危機的状況を「述意」に書き留めた伝法意識と、一向称名による現今の往生の証を往生伝という伝統的な形態の中に求めたことは注目に値する。

*　*　*　*

次に、明治維新後の護法思想の一側面を見てみたい。

先述のように、明治維新後の廃仏毀釈運動は政府による国家政策ではなかったが、既成仏教諸宗派にとって、神仏分離令の施行や激甚な廃仏毀釈運動は、国家規模での一連の宗教弾圧と認識されていたと想像される。そのような危機的状況の中で仏教諸宗派の護法意識が喚起され、護法運動が起こるのは当然のことであったと言えよう。

徳重淺吉は、「護法」は、本来、令法久住のための願と行とを指した語（『法華経』「見搭品（ママ）」）であるが、「後世の所謂護法」は、「積極的な順調な願行或は異議調伏の破邪顕正業をささないで、排仏論や破仏の行為等、とにかく仏教に対して拒否的・攻撃的な事が出て来た際に、之に対抗して大法を護持せんとした努力を意味する」と定義している。[注15]吉田久一は、本来、「護法」は仏教の退廃に対する内省としての戒律復興運動や、世俗化の中での信仰を守りぬくと等であろうが、（幕藩体制下での仏教では）信仰より教団仏教を守るという意味の「護法」となり、宗教の本来性から見れば力の弱いものであったと述べている。[注16]また、吉田は、別の著述で、「（明治時代の）護法の大部分は伝統的な「鎮護国家」「興禅護国」「王法為本」「立正安国」等の教説を基本におきながら、維新政府との結びつきを強め、「護国即護法」の論理によって廃仏の危機を乗切らんとしたもの」であったとし、廃仏毀釈からの覚醒、真の護法の路線の一つに、「深い宗教的反省のもとに捉えられた護法」をあげている。[注17]その代表的人物の一人が、吉水玄信を哀悼して「長篇国詩」を作成した浄土宗の福田行誡であった。

6　結語――『明治往生伝』の伝法意識と護法意識

先学諸氏の研究に導かれながら、明治維新後の護法意識の一端を覗き見たが、吉水玄信に行誡のような内省的な護法意識があったかといえば、『明治往生伝』の「序」と「述意」を見る限り、答えは否である。しかし、吉田が言うところの「伝統的な教説を基本におきながら、維新政府との結びつきを強め、「護国即護法」の論理によって廃仏の危機を乗切らんとした」という指摘も、「序」「述意」の記述内容や、廃仏毀釈運動沈静化の年代を考えると当てはまらないだろう。このように考えると、玄信にとっての護法意識は、回帰法然の思想に基づいて正統な宗義相承を願う伝法意識と同義の「伝法即護法」であったとすることが至当であるように思う。これまでの往生伝研究では、『明治往生伝』（明治期往生伝）は、「全国に吹きすさんでいた廃仏毀釈政策を払いのけていく理論書」（本稿第３項参照）であるという固定的な概念があった。しかし、中教正吉水玄信は、国家政策に端を発する仏教界最大の法難を迎えてなお宗義相承の混乱が収まらない浄土宗の窮境を愁嘆し、その危機的状況を打破する一つの方策として、『明治往生伝』の編纂を計画したと推察されるのである。

また、本朝の往生伝編纂史における明治期往生伝の存在を考えた時、そこに、中世鎌倉期と同様に、国家規模に等しい仏教への弾圧、宗派存亡の危機意識に基づく護法意識の喚起、宗義相承の思想的な混乱といった共通項が見出された。そこで、向後は、文明開化の波が押し寄せた明治期に宗派性の強い往生伝が編纂・版行されたことの必然性を解明する糸口として、「教化」「教導」はもとより、「弾圧」「護法」「伝法」といったワードを道標として研究を展開することも有効な方策ではないかと思うのである。

【注】

［1］井上光貞『往生伝　法華験記』（岩波書店、一九七四年）の文献解題、笠原一男『日本史における民衆と宗教』（山川出版社、一九七六年）他。中世往生伝の研究史については、拙著『中世往生伝の形成と法然浄土教団』（勉誠出版、二〇一二年）および、田嶋一夫『中世往生伝と説話の視界』（笠間書院、二〇一六年）参照。

［2］「中世往生伝研究―往生伝の諸相と作品構造―」（『国文学研究資料館紀要』一一、一九八五年）、後に、同氏注［1］書に再収。

［3］谷山俊英「『明治往生伝』考（一）―廃仏毀釈と明治期往生伝―」（『立正大学　國語國文』五一、二〇一三年）参照。なお、本稿には、注［3］稿と一部重複する記述がある。また、同稿では、稿者の調査不足により明治期往生伝の数に誤りがあった。訂正しお詫び申し上げる。

［4］【明治期往生伝一覧表】の作成にあたっては、大橋俊雄「明治期における往生伝について」（『佛教論叢』二二、浄土宗教学院、一九七八年）、同氏「『明治往生伝』について」（笠原一男編『近世往生伝集成　二』所収、山川出版社、一九七九年）、同氏「長州における『明治往生伝』の成立」（『佛教論叢』二六、浄土宗教学院、一九八二年）、永田真隆「明治期における往生伝とその影響」（『日本仏教教育学研究』一八、日本仏教教育学会、二〇一〇年）、同氏「明治期における往生伝とその影響(二)」（『日本仏教教育学研究』

二〇、日本仏教教育学会、二〇一一年）、菊藤明道「往生伝と妙好人伝について」（『真宗研究』五二、真宗連合学会、二〇〇八年）、後に、同氏著『増補版　妙好人伝の研究』（法蔵館、二〇一一年）に再収などの諸論考と、国立国会図書館所蔵の明治期往生伝各書とを参照した。『第二新明治往生伝』のみ稿者未見。

［5］谷川穣「明治維新と仏教」（末木文美士編、新アジア仏教史14日本Ⅳ『近代国家と仏教』佼成出版社、二〇一一年、第1章）。以下、大教院体制に関する記述も同稿に拠るところが大きい。

［6］末木文美士『日本仏教入門』（角川選書、二〇一四年）四七頁。

［7］柏原祐泉『日本仏教史　近代』（吉川弘文館、一九九〇年）二〇頁。

［8］高楠順次郎「明治仏教の体制」（松岡譲編『現代仏教十周年記念特輯号　明治仏教の研究・回顧』現代仏教社、一九三三年）。

［9］林淳「近代仏教の時代区分」（『季刊日本思想史』七五、ぺりかん社、二〇〇九年）。

［10］注［4］大橋「『明治往生伝』について」。永田真隆も、『明治往生伝』『新明治往生伝』の二書を研究するなかで大橋の見解を継承し、「（廃仏毀釈の嵐が吹き荒れる中で成立した二往生伝は、）廃仏毀釈をはねのけていかんがための理論的布教書としての位置づけを持つといえよう」（『日本仏教教育学研究』一八）としている。また、大橋は、「（『明治往生伝』や『三河往生験記』は）明治十年代までは刊行されているが、それは廃仏毀釈とどのように対決していくかという、浄土宗のバイブルの役目をもっていたようである」（『法然と浄土宗教団』教育社、一九七八年、二一八頁）とも記している。なお、大橋は「廃仏毀釈の政策」という語を用いているが、「廃仏毀釈」は明治新政府の「政策」ではなく、神祇政策実施に伴って行われた仏教排斥の「運動」であった。

［11］吉田久一『日本の近代社会と仏教　日本人の行動と思想６』（評論社、一九七〇年、三七～三八頁）。また、同氏は、「仏教判然・廃仏毀釈は、物的には大きな事件であったが、かならずしも宗教の本質にかかわるものではなかった」とし、仏教判然・廃仏毀釈が「護法」運動の契機になったと述べている（『近現代仏教の歴史』筑摩書房、一九九八年、六六～六七頁）。

［12］注［4］大橋「『明治往生伝』について」。以下、『明治往生伝』の本文引用は、注［4］『近世往生伝集成　二』（圭室文雄・大橋俊雄校訂）所収の同伝による。なお、判読の便を図って、恣意に句読点や濁点を付したり、表記を改めたりした箇所がある。

［13］梶寶順編・望月信道改修『行誡上人全集』所収「行誡上人」（「東京日々新聞」明治逸士伝摘録、大東出版社、一九四二年）。

［14］注［1］の拙著および、谷山俊英「『法然上人行状絵図』と中世往生伝―「十方衆生記莂往生伝」としての「勅修御伝」―」（『文学・語学』二一七、全国大学国語国文学会、二〇一三年）参照。

〔15〕徳重淺吉「護法篇総説—護法運動概論—」（『明治佛教全集』第八巻「護法篇」、春陽堂、一九三五年）。
〔16〕注〔11〕吉田『近現代仏教の歴史』四一〜四二頁。
〔17〕注〔11〕吉田『日本の近代社会と仏教』四三〜四四頁。

第2部

和漢の才知と文学の交響

1 紫式部の内なる文学史
――「女の才」を問う――

李　愛淑

1　はじめに

日本の王朝女性文学を代表する『源氏物語』には多様な女君が登場してくる。女君たちはそれぞれの才や色（美）をもって、光源氏物語の女主人公としての役割を担っていく。物語の論理として、才色の女君が登場する中で、才色不備の女君、末摘花の登場はいかにも皮肉であった。雪の明りに照らされた赤い鼻は、センスのない和歌や贈り物に見える不備な才をも吸引し、嘲弄され、戯画化される。滑稽な末摘花物語は読者の笑いを誘発してやまない。

そこで、「文学の持つ、いまひとつの主要な機能が娯楽である▼注[1]」ことを考えると、末摘花物語の滑稽さは、『源氏物語』の物語としての側面を証明しているとも言えよう。さらに、「テクストというものは、それに意味を与える読者があって初めて存在する▼注[2]」からには、女の才と色を戯画化し、笑いを誘発する末摘花物語には、読者中心の文学テクストとしての『源氏物語』の方法意識をも見とれる。

しかも、末摘花の才色不備の戯画化は笑いを誘発するのみならず、雨夜の品定め以後、表面化する理想的な女君、そこでの「女の才」の矛盾をついている。いわば「女の才」を規定する王朝社会の論理を暴露し、その不条理を批判する諷刺の方法でもあった。

なぜなら、諷刺とは、「多くの場合、変化を誘発あるいは阻止する意図をもって、主題（人物、組織、国家など）の愚かしさを暴きだし嘲弄する、文章・絵画・劇・映像等さまざまな文化的領域で使われる表現技法（Wikipedia）」であり、「人間の愚かさや誤りを痛烈に指摘して正す一手段で、主として言葉を用いるが、絵画、音楽、舞踏やジェスチャーなどによる場合もある。単なる非難、批判と違って、直接的ではなく間接的に、皮肉やユーモアの衣をかぶせて目的をより効果的に達することが多い（『世界大百科事典』第2版）」からである。

そこで、本稿は「女の才」をめぐる諷刺の方法に注目し、それが『紫式部日記』から『源氏物語』へと深化していく、紫式部の内なる文学史の軌跡を追跡していく。

2 「あやし」――二つの世界

『紫式部日記』は、「現存の日記の形態が、作品としての完成体をなしていないということについて、従来もしばしば指摘されてきた。[▼注3]」と言われるように、その構成も、文体も一律ではない。

とくに、「『紫式部日記』が他の女流日記文学と著しく異なる特徴は、何といってもその徹底した記録性にあることは疑いなく、そこにかけられた表現意欲はすさまじいものがある[▼注4]」と言われるように、冒頭からの土御門殿の栄華の記録文と、「このついでに、人のかたちを語りきこえさせば、ものいひさがなくやはべるべき。ただいまをや。さしあたりたる人のことは、わづらはし、いかにぞやなど、すこしもかたほなるは、いひはべらじ。（一八九頁、『紫式部日記』、『新編日本古典文学全集26』小学館から引用。以下同じ）」以後の仮名消息文の混在、その文体の差異などが指摘されている。

しかし、記録文と仮名消息文という差異にも関わらず、公私の叙述を混在させながら本質的に矛盾する二つの世界に対する疑問を投じていく上では、一貫している。華麗な世界と「憂き世」という二つの世界の矛盾に対する紫式部の冷徹な洞察力が確認できる。

『紫式部日記』の「あやし」

主人家の栄華を記録し始める冒頭からして、栄華の華麗な世界とは矛盾する「憂き世」への認識が語られていく。

秋のけはひ入りたつままに、土御門殿の有様、いはむかたなくをかし。（中略）御前にも、近うさぶらふ人々、はかなき物語するを聞こしめしつつ、なやましうおはしますべかめるを、さりげなくもてかくさせたまへる御有様などの、いとさらなることなれど、憂き世のなぐさめには、かかる御前をこそたづねまゐるべかりけれと、うつし心をばひきたがへ、たとしへなくよろづ忘るるも、かつはあやし。（一二三頁）

まず、「秋のけはひ入りたつままに、土御門殿の有様」と、華麗なる主人家の情景から書き始めては、情景から人物描写へと移っていく。描写の対象人物とは、土御門殿の栄華を象徴する中宮彰子であるが、より正確に言えば皇子誕生が期待される中宮彰子の様子である。「なやましうおはしますべかめるを」、出産を迎え、苦しいだろうが、「さりげなくもてかくさせたまへる御有様など」と、他人を配慮する中宮の様子を誉め称える。主人家を礼讃する、日記を書く目的に忠実した叙述に間違いないが、その礼讃の表現と論理に注目したい。

紫式部は「憂き世のなぐさめには」、いやなこの世の慰安として、「かかる御前をこそたづねまゐるべかりけれ」と、華麗な宮仕えのことを合理化する。そして、宮仕えは「うつし心をばひきたがへ、たとしへなくよろづ忘るるも」と、夫との死別など、この世のすべての憂鬱をも忘れさせるものだとする。最終的に、この世を「憂き世」と認識する自分と、華麗な宮仕えを理想とする自分の矛盾を「かつあやし」と、また不思議だとし、礼讃の文脈を締めくくる。「かつあやし」について、新編全集は、「中宮のご様子のご立派さに、日頃のもの憂い気分もすべて忘れ去っているという、自分の矛盾した心に気づいたいぶかり（注一二、一二三頁）」だとし、頭注では「すばらしいものにひかれて行くわが心をじっと見つめているもう一人の自分。現象にそのまま従う心情と本質を見とおす理性との共存は、式部の精神構造の一つの特性である。（同頁）」とする。紫式部の心情と理性の矛盾を読み取り、それを日記全体に通底する紫式部の特徴だとする。

しかし、紫式部の特徴としての心情と理性の矛盾は、「憂き世」と華麗な宮仕えの世界という、異質な二つの世界への認識を媒介に導き出される。本質的に矛盾する二つの世界を、「かつあやし」と、不思議に感じ、疑問を呈しているのである。

「あやし」は、語源からして、「不思議と感じられる異常なものに対して、あやと声を発したい気持が原義といわれ」[注5]ている。だから、「かつあやし」は「憂き世」と宮仕えの世界という二つの世界の矛盾を不思議に感じ、不可解に思う、紫式部の疑問を意味する。いわば、「かつあやし」は、紫式部の心情と理性の矛盾を越えて、二つの世界の矛盾、不可解さ、説明不可能性に投げかける本質的な疑問にほかならない。

『竹取物語』の「あやし」

本質的に矛盾する二つの世界への疑問を意味する「あやし」の用例は、『竹取物語』でも確かめられる。『竹取物語』で全5例中、2例がかぐや姫と関連している。

冒頭のかぐや姫発見の場を見てみよう。

いまはむかし、竹取の翁といふものありけり。野山にまじりて竹をとりつつ、よろづのことにつかひけり。名をば、さぬきのみやつことなむいひける。その竹の中に、もと光る竹なむ一すぢありける。あやしがりて、寄りて見るに、筒の中光りたり。それを見れば、三寸ばかりなる人、いとうつくしうてゐたり。

（一七頁、『竹取物語』『新編日本古典文学全集12』小学館から引用。以下同じ）

翁は「あやしがりて」、「寄り」、そして「見る」ことでかぐや姫を発見する。かぐや姫発見の契機は、翁が「あやしがりて」と、不思議に思う疑問である。その対象は「その竹の中に、もと光る竹なむ一すぢ」、「筒の中光」ってある、「三寸ばかりなる人、いとうつくしうてゐ」るかぐや姫になる。翁の「あやしがりて」は、かぐや姫という存在が象徴する、地上の世界と天上の世界の二つの世界の矛盾を暗喩している。

そして、「あやし」をもって、また二つの世界の矛盾への疑問が投げかけられていく。

翁答へて申す、「かぐや姫をやしなひたてまつること二十余年になりぬ。『かた時』とのたまふに、あやしくなりはべりぬ。また異所にかぐや姫と申す人ぞおはしますらむ」といふ。

（七二頁）

翁は、かぐや姫の昇天を拒み、天人の論理に抗弁する。翁の抗弁の論理、「あやしくなりはべりぬ」とは、地上での「二十余年」の時間と、天上での「かた時」の矛盾をつく疑問である。疑問を以て、「また異所にかぐや姫と申す人ぞおはしますらむ」と、天人の論理をずらしていく。

このように、『源氏物語』の語る物語の始祖、『竹取物語』での「あやし」は、かぐや姫が表象する矛盾する二つの世界に対する不可解さや疑問を意味する。天上と地上の世界と人間世界という差異はあるものの、二つの世界の矛盾に疑問を投げる「あやし」の用法において、『竹取物語』と『紫式部日記』は共鳴している。

そして『紫式部日記』の全9例中、4例が紫式部と関連していることに目を向け、「あやし」の対象である二つの世界を具体的に探ってみる。

世評―仮名世界の文才

次は、紫式部に対する世評と周囲の評である。

「かうは推しはからざりき。いと艶に恥づかしく、人に見えにくげに、そばそばしきさまして、物語このみ、よしめき、歌がちに、人を人とも思はず、ねたげに見おとさむものとなむ、みな人々いひ思ひつつにくみしを、見るには、あやしきまでおいらかに、こと人かとなむおぼゆる」とぞ、みないひはべるに、恥づかしく、人にかうおいらけものと見おとされにけるとは思ひはべれど、ただこれぞわが心とならひもてなしはべる有様（後略）

（二〇六頁）

紫式部に対して、周りの女房たちは「かうは推しはからざりき」と、世評からのイメージとは違うという。世評が原因で、紫式部は「みな人々いひ思ひつつにくみし」、いやな人に思われ忌避されたが、「見るには」、実際会ってみると、実像は「あやしきまでおいらかに」、不思議なほど穏やかで、「こと人かとなむおぼゆる」、別人のようだと言う。女房たちにとって、実像の「おいらか」と矛盾する紫式部の世評は虚像になる。虚像と実像の矛盾を「あやし」と評したのである。「あやし」はまたも、世評からの虚像と実像の矛盾を突いている。

しかし、世評を虚像とする女房たちに、「かうおいらけものと見おとされにけるとは思ひはべれど」と、反発しながら、女房の言う実像が「ただこれぞわが心とならひもてなしはべる有様」と、自分の意図したものだとすることに注意される。つまり、紫式部にとって、女房のいう実像は意図した虚像になり、世評は実像になる。世評とは、「物語このみ」「歌がちに」が証明する紫式部の仮名世界での文才、「人を人とも思」わない、「ねたげに見おとさむ」と思われるほど高名な文才に違いない。続いて、紫式部の女性としての仮名世界の文才が『源氏物語』を媒介に、真名世界の「女の才」へと置換されていくところに目を向けてみる。

3　「才ある人」――二つの文字

紫式部は、周囲の女房たちの評を述べては、とうとう『源氏物語』作者としての世評に言及する。論述の都合上、以下に全文を引用する。

（イ）左衛門の内侍といふ人はべり。あやしうすずろによからず思ひけるも、え知りはべらぬ、心憂きしりうごとの、おほう聞こえはべりし。

内裏のうへの、源氏の物語人に読ませたまひつつ聞こしめしけるに、「この人は日本紀をこそ読みたるべけれ。まことに才あるべし」と、のたまはせけるを、ふと推しはかりに、「いみじうなむ才がある」と、殿上人などにいひ散らして、日本紀の御局とぞつけたりける、いとをかしくぞはべる。このふる里の女の前にてだに、つつみはべるものを、さるところにて才さかし出ではべらむよ。

（ロ）この式部の丞といふ人の、童にて書読みはべりし時、聞きならひつつ、かの人はおそう読みとり、忘るるところをも、あやしきまでぞさとくはべりしかば、書に心入れたる親は、「口惜しう。男子にて持たらぬこそ幸ひなかりけれ」とぞ、つねに嘆かれはべりし。

（ハ）それを、「をのこだに、才がりぬる人は、いかにぞや、はなやかならずのみはべるめるよ」と、やうやう人のいふも聞きとめて後、一といふ文字をだに書きわたしはべらず、いとてづつに、あさましくはべり。読みし書などいひけむもの、目にもとどめずなりてはべりしに、いよいよ、かかること聞きはべりしかば、いかに人も伝へ聞きてにくむらむと、恥づかしさに、御屏風の上に書きたることをだに読まぬ顔をしはべりしを、宮の、御前にて、文集のところどころ読ませたまひなどして、さるさまのこと知ろしめさせまほしげにおぼいたりしかば、いとしのびて、人のさぶらはぬもののひまひまに、をとしの夏ころより、樂府といふ書二巻をぞ、しどけなながら教へたてきこえさせてはべる、隱しはべり。宮もしのびさせたまひしかど、殿もうちもけしきを知らせたまひて、御書どもをめでたう書かせたまひてぞ、殿はたてまつらせたまふ。まことにかう読ませたまひなどすること、はた、かのものいひの内侍は、え聞かざるべし。知りたらば、いかにそしりはべらむものと、すべて世の中ことわざしげく憂きものにはべりけり。

（二〇八〜二一〇）

直前まで、仮名世界での文才を自負した紫式部は、真名世界の「女の才」について語っていく。そこには王朝社会の文字使用における統制から逸脱する論理が見えてくるので、（イ）から（ロ）へ、さらに（ハ）へと進む論理と方法を追ってみる。

「日本紀の御局」

まず、（イ）では左衛門の内侍という女房が、「あやしうすずろによからず思ひけるも、え知りはべらぬ」と、自分をよからず思っていたことも知らないで、「心憂きしりうごとの、おほう聞こえはべりし」と、陰口をしていることは人々からだいぶ聞いていたという。ここで、「あやしう」は「すずろによからず」のみならず、「心憂きしりうごと」とも呼応して、その原因と、陰口の具体的な内容への期待が高まる。

その期待に応えるように、詳しい内容が語られるが、それは「日本紀の御局」という紫式部のあだ名に関連するものである。あだ名の由来を順次よく説明していく。ことの始まりは、「内裏のうへの」と、主上の言葉であった。「源氏の物語人に読ませたまひつつ聞こしめしけるに」と、『源氏物語』が契機で、「この人は日本紀をこそ読みたるべけれ。まことに才あるべし」と、主上から文才を認められたからである。そして、主上の言葉、「才ある」に触発され、「いみじくなむ才ある」と、左衛門の内侍が、「殿上人などにいひ散らし」て、「日本紀の御局」というあだ名がついたという。要するに、「日本紀の御局」は、『源氏物語』が隠喩する仮名世界でなく、真名世界での文才を意味し、真名の「女の才」という矛盾を露呈させる。

だから、紫式部は「日本紀の御局」というあだ名を「いとをかしくぞはべる」と、滑稽だとし、自分をも戯画化する。したがって、新編全集（注八、二〇八頁）は「笑止千万なことです。あだ名をつけられたことに対する強い反発心から出た言葉」ととるが、文字使用の王朝社会の論理に対する意図的な同調の言葉とするべきであろう。仮名でない、真名の「女の才」は文字使用の社会統制から逸脱するものだからこそ、自己を戯画化し、意図的に同調を見せていくのである。自己戯画化により、主上の言葉とつながる「日本紀の御局」というあだ名を「いとをかしくぞ」と、滑稽とする侵犯性からも自由になれる。

続いて「このふる里の女の前にてだに、つつみはべるものを、さるところにて才さかし出ではべらむよ」と、実家の侍女の前でさえ、真名の「女の才」の人であることを慎んだと遠慮する。私的な場所でさえ、真名世界での「女の才」を隠していたのに、「さるところ」、「内裏」「殿上人」が想起させる空間、公的な場所では、真名の女の「才さかし出」すことがあるでしょうかと抗弁することになる。その根拠たる「このふる里の女の前にてだに」が文字統制の社会論理をさらに浮上させてしまう。

紫式部はある夏ごろの孤独な生活をつぎのように回想する。

大きなる厨子の一よろひに、ひまもなくみてはべるもの、ひとつにはふる歌、物語のえもいはう虫の巣になりにたる、むつかしくはひ散れば、あけて見る人もはべらず、片つかたに、書ども、わざと置き重ねし人もはべらずなりにし後、手ふるる人もことになし。それらを、つれづれせめてあまりぬるとき、ひとつふたつひきいでて見はべるを、女房あつまりて、「おまへはかくおはすれど、御幸ひはすくなきなり。なでふをんなが真名書は読む。むかしは経読むをだに人は制しき」と、しりうごちいふを聞きはべるにも、物忌みける人の、行末いのち長かる

めるよしども、見えぬためしなりと、いはまほしくはべれど、思ひくまなきやうなり、ことはたさもあり。（二〇六頁）

わが孤独を証明するように、身の回りの厨子の一つには、「ふる歌」と「物語」があるが、「あけて見る人も」いない。もう一つの厨子には「書」、漢籍があるが、夫が死んだ後、「手ふる人もことになし」と、手をつける人もいない。孤独な生活のなかで、紫式部は「それら」の漢籍を、「つれづれせめてあまりぬるとき」、孤独を慰めるために、「ひとつふたつひきいでて見はべるを」、一冊二冊引き出して見るのである。その紫式部に対して、侍女たちは「おまへはかくおはすれど、御幸ひはすくなきなり。なでふをんなが真名書は読む。むかしは経読むをだに人は制しき」と、非難する。

「このふる里の女」、侍女たちの「しりうごち」、陰口の論理はいうまでもなく、女性は仮名、男性は真名という二つの文字、文字使用の王朝社会の論理である。しかも、「むかしは経読むをだに人は制しき」という侍女たちの言葉は、文字使用における社会統制の厳しさを物語る。侍女たちが代弁する文字使用の社会論理に対して、紫式部は最終的に「ことはたさもあり」と、同調を見せる。

しかし、その同調は、侍女たちの論理への同調でなく、配慮からのものであった。紫式部は、侍女たちの言葉、「おまへはかくおはすれば、御幸ひはすくなきなり」に呼応する「物忌みける人の、行末いのち長かめるよしども」をもって、「見えぬためしなり」と、そのような例を見たことがないと、侍女たちの論理を反転させては、その論理の矛盾をつく。社会論理の矛盾を「いはまほしくはべれど」と、言いたいが、「思ひくまなきやうなり」と、相手を配慮し、「ことはたさもあり」と同調を見せていく。しかも、言葉の論理により、「ことはたさもあり」とは、「ことはたさもない」ことにもなり、侍女たちの論理への意図した同調は、疑問にもなる。陰口をいう侍女たちと左衛門の内侍を戯画化し、その「しりうごち」と「心憂きしりうごと」が象徴する王朝社会の論理に疑問を投じていく。

だから、ライバルの清少納言に対して辛辣な批評を打ち出すときも、文字使用の社会論理でなく、真名能力を基準としていたのである。

清少納言こそ、したり顔にいみじうはべりける人。さばかりさかしだち、真名書きちらしてはべるほども、よく見れば、まだいとたらぬこと多かり。かく、人にことならむと思ひこのめる人は、かならず見劣りし、行末うたてのみはべれば、艶になりぬる人は、いとすごうすずろなるをりも、もののあはれにすすみ、をかしきことも見すぐさぬほどに、おのづからさるまじくあだなるさまにもなるにはべるべし。そのあだになりぬる人のはて、いかでかはよくはべらむ。

（二〇二頁）

清少納言を、「したり顔にいみじうはべりける人」と酷評するわけだが、批評の基準は、清少納言の「さばかりさかしだち、真名書きちらしてはべるほど」の、賢女ぶりと真名能力にあった。女性は仮名、男性は真名とする文字使用の社会論理でなく、「まだいとたらぬこと多」い、清少納言の真名能力の不足を非難しているのである。それは、清少納言と真名世界の矛盾を度外視するもので、文字使用の王朝社会の論理の矛盾を突くものにほかならない。

意図的な同調

だから、(ロ)では、紫式部の漢詩文素養を媒介に文字使用の社会論理に疑問を投げかけ、真名の「女の才」の矛盾を問うていく。まず、紫式部の男兄弟が、「書読みはべりし時」と、漢籍を読み、習い始めた時のことを例にする。正式に真名を学習する男兄弟とは違って、女の子、紫式部は「聞きならひつつ」と、真名世界に参入できなかった。しかし皮肉なことに、真名世界の男兄弟は「おそう読みとり、忘るるところ」が多く、排除された紫式部は「あやしきまでぞさとく」、不思議なほどはやく真名を理解し、習得する。男と女、「おそう」と「さとく」の対比の上で、紫式部の真名世界への参入を、「あやしきまでぞさとく」と、またも「あやし」と評する。「あやし」を媒介に、矛盾する二つの文字世界、そこでの王朝社会の統制論理への疑問が浮上する。「あやし」は、男兄弟と紫式部、真名と仮名、本質的に矛盾する二つの世界に対する不可解さを表面化させてしまう。

しかも、「書に心入れたる」、漢学世界に位置する父親は、「口惜しう。男子にて持たらぬこそ幸ひなかりけれ」と、紫式部が男の子でないことを、「つねに嘆かれはべりし」、いつも嘆いたという。父親の嘆きは、私的関係を超えて、女性は仮名、男性は真名という、二つの文字世界の矛盾、王朝社会の論理の不条理さを劇的に物語る。そこに紫式部の冷静な社会認識が見えてくる。

だから、（ハ）では、論理を反転させ、紫式部は文字使用の社会統制への自己検閲を意図的な同調を以て語っていく。まず、「をのこだに、才がりぬる人は」と、女である自分はなおさらだとし、「やうやう人のいふも聞きとめて後」と、「人」が象徴する社会論理に順応していったという。そして社会論理への同調を、「一といふ文字をだに書きわたしはべらず、いとてづつに、あさましくはべり。読みし書などいひけむもの、目にもとどめずなりてはべりしに」と、具体的に例証していく。最終的には「いよいよ、かかること聞きはべりしかば、いかに人も伝へ聞きてにくむらむと、恥づかしさに」と、「日本紀の御局」をめぐって、またも陰口をいう左衛門の内侍を戯画化し、同調の意図性を浮き彫りにさせていく。

その上で、「宮の、御前にて、文集のところどころ読ませたまひなどして」と、宮仕えの場での『白氏文集』を媒介に、紫式部の真名の「女の才」、社会論理からの逸脱を語っていく。紫式部が、「いとしのびて、人のさぶらはぬもののひまひまに」、「隠しはべり」と、真名の「女の才」を隠蔽しようとすればするほど、社会論理の矛盾は表面化されてしまう。『白氏文集』は、紫式部の意図的な同調、王朝社会の論理への疑問を象徴するものにほかならない。

最後に、「はた、かのものいひの内侍は、え聞かざるべし。知りたらば、いかにそしりはべらむもの」と、左衛門の内侍の「心憂きしりうごと」の代弁する社会論理を媒介に、「すべて世の中ことわざしげく憂きものにはべりけり」と、厭世的な認識を表明することに注意したい。

かつて清水好子は「人間の有限を自覚し、仏道を志し、死後の、見えざる生について思い悩むのが、知識人のスタイルとされていた時代である。だから紫式部などは逆に、いたずらに仏門に入りたいなどと口にするのは気障だという自覚があったぐらいだ。一人一人の人間として、「物思い」も持たないような者を出入りさせているようでは、主人の教養のほうが疑われよう。▼注[6]」と、礼讃の方法に見える、当時の知識人一般の教養を説いているが、紫式部の「憂き世」の認識は文字使用の王朝社会論理の矛盾に起因する。紫式部の出家意思には当時の仏教からの逸脱が見えていた。▼注[7]

このように、意図的な同調をもって、紫式部は二つの文字世界の矛盾、その背景としての王朝社会の統制論理の矛盾に疑問を投げかけていく。自分や周辺の女房たちを戯画化し、意図的な同調を導き出していく、真名の「才ある」人としての紫式部の疑問は、虚構の物語『源氏物語』でどのように深化されていくのであろう。雨夜の品定めにおける「女の才」をめぐる諷刺を軸に、紫式部の内なる文学史の軌跡を追跡していこう。

4 「女の才」を問う

『源氏物語』帚木巻での雨夜の品定めで、貴公子たちはそれぞれの経験談を語りながら、理想的な女性論を披露していく。そのなかで式部丞が博士の娘の「女の才」について語っていることに注目する。

「まだ文章生にはべりし時、かしこき女の例をなむ見たまへし。かの馬頭の申したまへるやうに、公事をも言ひあはせ、私ざまの世に住まふべき心おきてを思ひめぐらさむ方もいたり深く、才の際、なまなまの博士恥づかしく、すべて口あかすべくなむはべらざりし。

それは、ある博士のもとに、学問などしはべるとてまかり通ひしほどに、あるじのむすめども多かりと聞きたまへて、はかなきついでに言ひよりてはべりしを、親聞きつけて、酒杯もて出でて、『わが両つの途歌ふを聴け』となむ聞こえごちはべりしかど、をさをさうちとけてもまからず、かの親の心を憚りて、さすがにかかづらひはべりしほどに、いとあはれに思ひ後見、寝覚めの語らひにも、身の才つき、朝廷に仕うまつるべき道々しきことを教へて、いときよげに消息文にも仮名といふもの書きまぜず、むべむべしく言ひまはしはべるに、おのづからえまかり絶えで、その者を師としてなむわづかなる腰折文作ることなど習ひはべりしかば、今にその恩は忘れはべらねど、なつかしき妻子とうち頼まむには、無才の人、なまわろならむふるまひなど見えむに、恥づかしくなむ見えはべりし。まいて、君達の御ため、はかばかしくしたたかなる御後見は、何にかせさせたまはむ。はかなし、口惜しとかつ見つつも、ただ、わが心につき、宿世の引く方はべるめれば、男しもなむ仔細なきものはははべるめる」と、申せば、残りを言はせむとて、「さてさてをかしかりける女かな」とすかいたまふを、心は得ながら、鼻のわたりをこつきて語りなす。（帚木、八五〜八六頁、『源氏物語』『新編日本古典文学全集20』、小学館から引用。以下同じ）

式部丞はまず、「かしこき女の例をなむ見たまへし」と、賢女との出会いを語り始める。直前の場の左馬頭のいう賢女の基準を媒介に、「公事をも言ひあはせ、私ざまの世に住まふべき心おきてを思ひめぐらさむ方もいたり深く」と、公私ともに、また「才の際、なまなまの博士恥づかしく」と、「才」をも備えていたという。賢女の「才」は「博士」と呼応し、仮名でない、真名の「女の才」としては、「すべて口あかすべくなむはべらざりし」と、理想的な女性であったという。

そして理想的な女性、博士の娘の真名の「女の才」を具体的に列挙していく。博士の娘は、「寝覚めの語らひにも」と、日常の男女の関係においても、「身の才つき」、身についている学問で、「朝廷に仕うまつるべき道々しきことを教へて」くれる。また「いときよげに消息文にも仮名といふもの書きまぜず、むべむべしく言ひまはしはべる」と、徹底的に真名世界に従事する真名の「女の才」により、「おのづからえまかり絶えで」維持された二人の関係は、博士の娘を「師」

とし、式部丞が「習」う師弟関係に準える。しかも師弟の関係の上で、式部丞は「今にその恩は忘れ」ないと、博士の娘の真名の「女の才」を理想的に語る。

しかし、「忘れはべらねど」の逆接を以て、真名の「女の才」は「なつかしき妻子とうち頼まむには」と、男女の関係においては、男を「無才の人」にさせてしまうものだと一見否定しながら、矛盾を露呈させる。またも「はかなし、口惜しとかつ見つつも、ただ、わが心につき、宿世の引く方はべるめれば、男しもなむ仔細なきものはべるめる」と、男としての自分を嘲弄し、博士の娘との関係を合理化させながら、真名の「女の才」の矛盾を浮彫りにさせる。

その延長線で、貴公子たちは「「さてさてをかしかりける女かな」と、博士の娘に関心をたかめていくのであるが、「はかばかしくしたたかなる御後見」のような、真名の「女の才」は戯画化を免れない。さらに再会の場での、「月ごろ風病重きにたへかねて、極熱の草薬を服して、いと臭きによりなむえ対面賜はらぬ。目のあたりならずとも、さるべからむ雑事らはうけたまはらむ（八七頁）」という堅苦しい漢語表現とも連動しては、真名の「女の才」の話は、最終的に「君たち、あさましと思ひて、「そらごと」とて笑ひたまふ（八八頁）」と、嘲弄され、戯画化されてしまう。

そして、左馬頭は式部丞の話を受け、戯画化した「女の才」を媒介に理想的な女性論を導いていく。

「すべて男も女も、わろ者は、わづかに知れる方のことを残りなく見せ尽くさむと思へるこそ、いとほしけれ。三史五経、道々しき方を明らかに悟り明かさむこそ愛敬なからめ、などかは女といはむからに、世にあることの公私につけて、むげに知らずいたらずしもあらむ。わざと習ひまねばねど、すこしもかどあらむ人の耳にも目にもとまること、自然に多かるべし。さるままには真名を走り書きて、さるまじきどちの女文に、なかば過ぎて書きすすめたる、あなうたて、この人のたをやかならましかばと見えたり。心地にはさしも思はざらめど、おのづからこはごはしき声に読みなされなどしつつ、ことさらびたり。上臈の中にも多かることぞかし。（八九頁）

左馬頭は、「すべて男も女も、わろ者は、わづかに知れる方のことを残りなく見せ尽くさむと思へるこそ、いとほしけれ。」と、男女でなく、人の賢さを基準に「三史五経、道々しき方を明らかに悟り明かさむこそ愛敬なからめ」と、一般論を語る。そして、「などかは女といはむからに、世にあることの公私につけて、むげに知らずいたらずしもあらむ」と、またも賢女の要件を語る。その上で、「すこしもかどあらむ人」、多少の才気のある女の例をあげて、「さるままには真名を走り書き、さるまじきどちの女文に、なかば過ぎて書きすすめたる、あなうたて」と、女性同士の手紙にまで真名を書くことを、いやだと評する。極端な例として、「この人のたをやかならましかば」と、博士の娘の真名の「女の才」をあげては、「おだやかさ」を要求する。

つまり、止揚すべき「女の才」を媒介に、最終的に「すべて、心に知れらむことをも知らず顔にもてなし、言はまほしからむことをも、一つ二つのふしは過ぐすべくなむあべかりける（九〇頁）」と、理想的な「女の才」を導いていく。その左馬頭の話をきいた光源氏は「君は人ひとりの御ありさまを心の中に思ひつづけたまふ（九〇頁）」と、理想的な女性として藤壺を想起する。その最後の場面で、語り手は、「いづ方に寄りはつともなく、はてはてはあやしきことどもになりて明したまひつ（九一頁）」と、決着のつかない、わけの分からない貴公子達の恋愛談を、「あやしきことども」と評する。「あやし」とは、真名の「女の才」を戯画化し、理想的な「女の才」を導いていく貴公子たちの論理に対する疑問にほかならない。いうまでもなく、王朝社会の論理に拘束され、理想的な女性を求める光源氏のありようを照らし出してしまう。

そのため王朝社会の論理に拘束され、理想的な女君を求めては、末摘花の醜を発見する光源氏の苦笑は痛烈でしかない。理想を具現すべき才色の女君を求める光源氏が暴く末摘花の醜が滑稽であればあるほど、「女の才」をめぐる王朝社会の論理は不条理さを暴露されてしまう。

5　むすびに

末摘花の醜を暴く雪の場の訪問は、「かの紫のゆかり尋ねとりたまひては（二八九頁）」云々と、藤壺が象徴する理想的な女を求めてのものであった。女の才色を求め、「あやしう心得ぬこともあるにや（二八九頁）」、「いよいよあやしう、ひなびたる限りにて、見ならはぬ心地ぞする（二九一頁）」と、反復する「あやし」の上で、皮肉にも末摘花の才色不備を発見してしまう。

その後帰宅の際、光源氏は寒さにふるえながら、「あやしきものに火をただほのかに入れて」出てくる門番に同情し、歌を吟ずる。

「ふりにける頭の雪を見る人もおとらずぬらす朝の袖かな幼き者は形蔽れず」とうち誦じたまひても、鼻の色に出でて、いと寒しと見えつる御面影ふと思ひ出でられて、ほほ笑まれたまふ。（末摘花、二九六〜二九七頁）

光源氏は優雅に、「幼き者は形蔽れず」と、『白氏文集』の漢詩を引用し、そこでの窮民への同情を媒介に、「あやしきもの」を抱えている門番に同情を寄せる。その同情は、末摘花の様子を赤裸々に暴き出してきた自分を合理化するものでもあろう。その一方で、引用した漢詩の字句から、「鼻の色に出でて、いと寒しと見えつる御面影」の末摘花を連想しては、「ほほ笑まれたまふ」、苦笑せずにはいられない。その苦笑は、才色兼備の女性を求めては才色不備の末摘花を発見した光源氏を嘲弄する物語の諷刺の方法に他ならない。さらに、皮肉にも漢詩を引用する光源氏の真名の論理は、「あやしきもの」を抱えている門番や末摘花の「鼻の色」により相対化されてしまう。漢詩、『白氏文集』は紫式部の真名の「女の才」を象徴し、社会論理の矛盾を突くものであった。それにこそ、「女の才」をめぐる王朝社会の矛盾や不条理を問うていく紫式部の姿勢が読み取れる。

女性と男性、仮名と真名の、矛盾する二つの世界に作動する王朝社会の統制論理をめぐり、女房たちを戯画化し、意図的な同調をみせていく『紫式部日記』から、「女の才」を戯画化し、社会論理に拘束されている光源氏を諷刺する『源氏物語』へと、紫式部の内なる文学史の軌跡が確かめられる。自己表現の日記から虚構の物語へと深化していく物語の諷刺の方法、その有効性はさらに追求されていくべきであろう。

【注】


［1］シラネ・ハルオ「序言」（『越境する日本文学研究』勉誠出版、二〇〇九年）五頁。

［2］ロジェ・シャルチェ著、長谷川輝夫訳『書物の秩序』（文化科学高等研究院出版局、一九九三年、のちに、ちくま学芸文庫、一九九六年）二〇頁。

［3］中野幸一「紫式部日記 成立」（『別冊国文学王朝女流日記必携』学燈社、一九八六年）八六頁。

［4］室伏信助「主体の形成」（『別冊国文学王朝女流日記必携』学燈社、一九八六年）九五頁。

［5］鈴木日出男「源氏物語要語辞典」（『別冊国文学』三六、学燈社、一九八九年）一三三頁。

［6］清水好子『紫式部』（岩波新書、一九八六年）一四六頁。

［7］李愛淑「手紙を書く女たち―儒教と仏教を媒介に―」（『アジア遊学』勉誠出版、二〇一七年）。

2 『浜松中納言物語』を読む

――思い出すこと、忘れないことをめぐって――

加藤　睦

1

『浜松中納言物語』を現存巻一から読み進む読者は、主人公の中納言が、次に例示するように、他者のことを繰り返し思い出す様子を目にすることになる。▼注[1]

○［大将の大君と眺めた］石山の折の近江の海思ひ出でられて、あはれに恋しきことかぎりなし。
別れにしわがふるさとの鳰の海にかげをならべし人ぞ恋しき　（巻一・三一頁）

○「今は」と別れしあかつき、［大将の大君が］忍びあへずおぼしたりしけしきもらうたげなりしなど思ひ出づるに、　（巻一・五三頁）

○［故国の］人々の御けしきども思ひ出づるに、あはれに恋しきなぐさめに、　（巻一・五四頁）

○式部卿の宮に参りたりしかば、いみじう別れを惜しみ給ひて、「西に傾く」とのたまひしその面影、かたがた思ひ出づるに、涙もとどまらず。（巻一・六六頁）

あさみどり霞にまがふ月見れば見し夜の空ぞいとど恋しき

○大将殿の姫君の御こと、ふと思ひ出でられて恋しかりけり。（巻一・七一頁）

ここに引用したのは、巻一の前半において、唐に渡った中納言が故国の人々（大将の大君、宮中の人々、式部卿の宮）を恋しく思い出す叙述であり、そこに見られる彼の心情は、格別変わったものではない。けれども、これ以後もずっと中納言は他者を繰り返し繰り返し思い出し、その反復のさまは、彼が「思い出す人」として造型されていることをはっきり示している。

しかも、この物語では、中納言ほど徹底した形ではないけれども、他の作中人物も「思い出す人」という属性を付与されている。このことに着目して、『浜松中納言物語』の特質の一端を明らかにするとともに、『更級日記』や同時代の私家集との関係性についても言及してみたい。

2

巻一の前半で、中納言が故国の人々を思い出す中で、別れた際の大将の大君の「忍びあへずおぼしたりしけしき」や、式部卿の宮が「いみじう別れを惜しみ給ひて」詠んだ歌、

いかばかり涙にくれて思ひ出でんにしにかたぶく月を見つつも（散逸箇所・風葉集・五三一）

を特に印象深く思い起こしていることは、中納言が他者を恋しく思い出す際の一つのパターンを示すものである。

この後、中納言は唐土で山陰の女（＝唐后）、一の大臣の五の君と出会い、さらに帰国直後に大弐の娘を知ることに

なるが、そうした女性たちとの別れの場面や、その際に彼女たちが詠んだ和歌もまた、中納言の心に深く刻みこまれ、後に思い出されることになるのである。今それぞれの人物ごとに、別れに際して詠まれた歌が、どのように記憶され回想されているかを列挙してみよう。

【山陰の女＝唐后】

「憂しと思ふあはれと思ふ知らざりし雲居のほかの人の契りを」（巻一・七一頁）

○「雲居のほかの人の契りは」と、［山陰の女が］うち泣きて答へしけはひありさまは、すべて世々を経とも忘るべうもあらず。（巻一・八三頁）

○女王の君ゐざり出でて、ものなど言ふけしきはしるう聞こゆれど、［山陰の女が］「雲居のほかの」と言ひしけはひにはあらず、（巻一・一〇三頁）

○［尼君が］まだいと若やかに、なつかしうにほひあるほど、「雲居のほかの人の契りは」とのたまひし人［＝唐后］の御けはひに通へる心地するに、いとど涙もとどまらず。（巻三・二〇九頁）

○「雲居のほかの人の契りは」と［唐后が］のたまひしほどのかぎりなきにつけて、（巻四・三一九頁）

○「雲居のほかの」と［唐后が］のたまひし御けはひ、いまも聞くやうにおぼえて、（巻四・三六〇頁）

【大臣の五の君】

「かたみぞと暮るる夜ごとにながめてもなぐさまめやは半ばなる月」（巻一・一二一頁）

○「今は」とて立ち寄りたりし一の大臣の家の、紅葉のかげの月の夜、五の君の「なぐさまめやは」と、弾きたりし琵琶の音も耳につきて、……

立ち寄りてなどか月をも見ざりけむ思ひ出づれば恋しかりけり（巻二・一四一頁）

○明けぬべきを、心あわたたしうて［大弐の邸を］立ち出づるほど、一の大臣の五の君の「半ばなる月」と弾きし

琵琶の音、聞きとどめて出でしあかつきに、いたく劣らぬ心地して、

（巻二・一五九頁）

【大弐の娘】

「かげ見ずはかくぞよそにてあるべきになどむすぶ手のしづくばかりぞ」

（巻二・一六〇頁）

○大弐のむすめの、「などむすぶ手の」など答へたりしけはひなど、子めかしうらうたげなりしは、さばかりのなみにはたぐひあらじ、とおぼし出でらるれば、

（巻二・一七九頁）

中納言が他者を思い出す際に、いつもいつも別れの場面を想起するわけではない。けれども、別れの場面とその際の詠歌を、このように定型的に繰り返し思い出すこと、中でも、唐后の詠歌のうち「雲居のほかの（人の契りは）」の句を何度も思い出すことは、きわめて特徴的なことといえる。おそらく、それは、別れと回想、そして「雲居のほかの（人の契りは）」という句が示す距離・懸隔が、『浜松中納言物語』の根幹に関わる重要な構成要素となっていることに由来するものと推察される。

一の大臣の第五のむすめ、内裏にまゐらせて后に立てむとするほどに、

この世にもあらぬ人こそ恋ひしけれ玉の簪何にかはせむ

（巻五・四五一頁）

作品の終結部にあたる位置に、右のように巻四以降話題にも上らなくなっていた大臣の五の君の消息が語られることには、唐突かつ不自然な印象があるが、「この世にも…」詠が、「雲居のほかの（人の契りは）」と同様に、別れと懸隔と回想という物語の構成要素に照応していることに着目すれば、作者がこの歌に作品を締めくくる役割を負わせた意図は了解できるであろう。

3

中納言が同じパターンを繰り返して他者を思い出す様子は、単調さや、ある種の執拗さの印象を感じさせることはあっても、それぞれの場面で彼が唐后や大将の大君などの他者を恋しく思い出すこと自体に違和感はない。しかしながら、彼の回想の仕方には、自然に了解しにくいものも散見する。

○［山蔭の女が］うち泣きたるさまのあはれげなるに、さらに立ち別るべき心地もせぬにつけても、大将殿の姫君の御こと、ふと思ひ出でられて恋しかりけり。げに心も知らず出でざらむも、いと便なければ、「とくとおぼしたりつる人によりて。暮れにもかならずと思ふを、いかでかたづね聞こゆべき」と問ひ給へば、（巻一・七一頁）

○大将の御方の、あかず口惜しきなぐさめにも、心やすきわたくしものなりやと、うれしうおぼえて、［吉野の姫君を］つくづくと、ほかへも見やられずまぼらるるに、唐国の后は、なほものよりことにけ高う、あたりさへ光りて見えし、なほこよなう思ひ出でらるるに、言忌みもせられず、やがて涙のこぼれ出でぬるを、（巻四・三四九頁）

右に引用した二つの場面のうち、前者は、山陰の女すなわち唐后が、「憂しと思ふあはれと思ふ知らざりし雲居のほかの人の契りを」の歌を詠んだ印象深い別れの場面であり、中納言は、山陰の女と「さらに立ち別るべき心地もせぬ」心境にあるのだが、そのさ中に、なぜか大将の大君を思い出して恋しく思っている。後者の場面では、吉野の姫君のことが「つくづくと、ほかへも見やられずまぼらるる」中で、唐后を「こよなう」思い出している。この二つの場面における、唐突とも不自然とも思われる中納言の心理の流れをどう理解すればよいだろうか。

野口元大は、中納言の女性への対し方について、「一人の異性を目の前にした時、彼は必ず別の女性を想起し、そちらの方により大きな傾きを示す」傾向があることを指摘し、そのことをより一般化した形で次のように論じている。▼注［2］

中納言の情熱の昂ぶりには、あるパターンがあるようである。現実の日常性の中で与えられるものには心が動かず、むしろそうしたものは、反射的に、反対の非現実に思いを向けさせるきっかけになる傾向が顕著である。そしてまた、非現実の想念に徹底して閉じ籠ることも、彼にはできない。やはり現実との間に何等かのきずなが無意識のうちに求められているようである。現実と非現実とのあわいに漂うのが中納言の基本的な在り方だといってよいのかもしれない。

このような見方を二つの場面に当てはめると、山陰の女と吉野の姫君は「現実」、大将の大君と唐后は「非現実」に腑分けされ、前者を見ながら後者を思い出すことの理由が説明できそうに見える。しかしながら、前の場面においては、大君を恋しく思い出した後、物語の叙述はまた唐突に山陰の女との再会を願ってのやりとりに転じ、大君のことは顧みられない。このように前後の叙述から孤立した大君への思いを、現実・非現実という構図によって了解したり、中納言の心の傾きという観点から説明することは難しいように思われる。

後の場面も、唐后を思い出したところで完結してはおらず、中納言の心は、「唐后の形見として吉野の姫君と親しもうか」→「やはり唐后を一筋に思おう」→「吉野の姫君と逢瀬を遂げたら夜離れもできまい」→「そうなると尼姫君のもとを離れなくてはならない」と転々とした後に、尼姫君のことを、

なべて、世にためしありがたうもおはしける人の御かたちかなと、まづよろづのことにも思ひ出で聞こえぬ折なきにつけても、（巻四・三五〇頁）

と思い出し、そこでも叙述は終わらずに、

せめて思ひあまりぬる折は、［吉野の姫君と］もろともにうち臥し起きもし、見なつくをことにて、うち解けやらぬは、われながら、あやし、あさましとおぼし知らる。

というように吉野の姫君の話題で締めくくられている。このように、人物から人物へと次々に移動する心理の展開は、やはり現実・非現実という構図には収まり切らないであろう。

めづらしういみじかりつる人（＝吉野の姫君）よりもけ高う、あざやかに清げに、にほひ満ち給へる［尼姫君の］御かたちありさま、この世にこれよりまさる人あらじとおぼゆるにつけても、かつ見つつ、あかず口惜しき御思ひ、もろこしの御こと（＝唐后）にも劣り給はず。あはれ、世のつねの仲らひならましかば、ただおほかたのむつましきゆかり浅からずとも、すずろに山深くあくがれ過ごさましやと、御心づから、ありしことのやうにのみ、とりかへさまほしう思ひ聞こえ給ひても、奥山の谷の底に、また、いかでありがたう、すぐれたる人生ひ出でけむと、［吉野の姫君を］まづおもかげに思ひ出でながら、（巻四・三二三頁）

右の引用箇所においても、中納言の心は、吉野の姫君→尼姫君→唐后→吉野の姫君というように移って行き、「まづおもかげに思ひ出で」られる吉野の姫君にも収斂することはない。

このように、複数の女性を次々と想起する中納言の心の動きを理解するためには、中納言が「忘れない人」であることを示す、次のような叙述を参照する必要があるだろう。

○心のうちは、［山陰の女のことを］片時も忘れまぎるる折なく、心にしみて思ひ出でらるるに、苦しきまで思ひわびぬ。（巻一・七三頁）

○［山陰の女が］「雲居のほかの人の契りは」と、うち泣きて答へしけはひありさまは、すべて世々を経とも忘るべうもあらず。（巻一・八三頁）

○もろこしにても、［唐后への］心深ういみじかりし御思ひにまぎれず、この世（＝日本）の恋しき御なげきには、げにはたぐひなかりし人（＝大将の大君）の御ことなれば、（巻二・一三八頁）

○唐国の御ことは忘るる折なければ、（巻三・二七五頁）

○隔てなき御名残（＝若君）、朝夕に見馴るるにつけても、さりとて［唐后への］恋しさのなぐさむやうはなく、（巻四・三六〇頁）

右のように、中納言が「忘れない人」として造型されていることは、一見すると、唐后なら唐后、大将の大君なら大将の大君だけを思うことにつながりそうであるが、『浜松中納言物語』の場合、そうはならず、三番目の引用箇所のように、唐后への思いがどれほど深くても、それに紛れることなく大将の大君のことが類なく恋しいというように、二人への思いが中納言の心の中に併存し、そのことが中納言の美質を示すことになるのである。このような作品の論理を踏まえれば、山陰の女との悲しい別れの場面で、唐突に大将の大君を思い出した展開も、彼がそのような場面においても、大将の大君を忘れることがなかった誠実な人物であることを示したものとして了解することが可能となるのである。

○［唐后を］心にかけたてまつりて、ふるさとの思ひ忘るる間なけれど、おのづからまぎるる心地するに、（巻一・五二頁）

○しばしは上や姫君、女君などの、あはれにめづらしう見たてまつり給ふに、［唐后への思いが］おのづからまぎれ、もの騒がしう、心あわたたしきやうなるに、忘らるることはなきながら、まぎれ過ごし給へるを、（巻二・一八六頁）

○いづかた（＝尼姫君、唐后）も、思ひのおろかに忘るるひまこそありがたけれど、ただ［吉野の姫君の］見る目ありさまの、劣らずをかしうめでたきに、いささか心をなぐさめ過ごすぞかし、（巻四・三六九頁）

右の引用箇所に見える、「思ひ忘るる間なけれど、おのづからまぎるる心地する」「忘らるることはなきながら、まぎれ過ごし給へる」「忘るるひまこそありがたけれど、……いささか心をなぐさめ過ごす」というような言い方は、一見、中納言の「忘れない人」としての美質を損なうもののように見えるが、叙述の重点は、「まぎれる」「なぐさめられる」ことではなく「忘れない」ことのほうに置かれている。彼が忘れない対象は、まず唐后であり、ついで尼姫君であるが、大臣の五の君、大弐の娘、吉野の姫君も、その対象に含まれており、そのことが、彼が複数の女性を心の中に併存させ、次々に想起することを可能にしているのである。

4

日本の山より出でむ月見てもまづぞ今宵は恋しかるべき　（巻一・一二一頁）
ゆめゆめよ下這ふ葛の下葉よにつゆ忘れじと思ふばかりぞ　（巻二・一四六頁）
荒るる波雲のきはめを隔てつついつともあらじ君恋ふること　（巻二・一五七頁）
消えかへり思ひやるとは知るらめや吉野の山の雪の深さを　（巻四・三二七頁）
言に出でていかにいかにと言はねども蜘蛛手に思ひやらぬ世はなし　（巻五・三八九頁）
思ひ出でよそこら契りし言の葉をいかに忘れてそむきぬる世ぞ　（巻二・一六七頁）
くり返しなほ返しても思ひ出でよかくかはれとは契らざりしを　（巻三・二三六頁）
思ひ出づや見し山かげの夕暮れに心細さはおとりこそせね　（巻四・三七六頁）
契りをば誰がとが思ひ寄せて見る忘れやしぬるむば玉の夢　（巻五・四〇〇頁）

右に示したように、中納言は、他者に対する心ざしを、「恋し」「忘れじ」「恋ふ」「思ひやる」という言葉によって和歌に詠出するとともに、それと対をなすように、人から思い出されることへの希求、忘れられることの嘆きを繰り返し詠出している。ここでも、それぞれの和歌の発想・表現は、決して特異なものではないが、その反復のさまは、彼が「思い出す人」「忘れない人」として造型されていることを強く印象づけるものである。

さらに、次に引く叙述には、人から思い出されることへの、やや過剰な受け止め方が見られる。

月いみじう霞みおもしろきに、花はひとつににほひ合ひたる夜のけしき、たぐひなきにも、住み馴れし世の空もかうぞあらむかし、と、今宵の月を見つつ［自分のことを］思ひ出で給ふ人もあらむ。内裏の御遊びありし折々、去年の春、かやうに月の明かかりし夜、式部卿の宮に参りたりしかば、いみじう別れを惜しみ給ひて、「西に傾く」

とのたまひしその面影、かたがた思ひ出づるに、涙もとどまらず。

あさみどり霞にまがふ月見れば見し夜の空ぞいとど恋しき
（巻一・六六頁）

右の引用箇所で中納言は、式部卿の宮との別れの場面などを恋しく思い出すよりも前に、自分が故国の人々から思い出されているだろうと推量している。このように、他者を思い出すに先立って、他者が自分を思い出していることを期待するのは、自然な心の動きとはいえないだろう。

次に示す吉野の姫君にまつわる中納言の心理は、いっそう特異なものである。

○［吉野の姫君と］世のつねの筋になりなば、わが心なぐさみなむことも、あかず口惜しくおぼえ［唐后への］ひとすぢの思ひにしみてあらばや。そこにあはれとおぼし出づる心のつき給はむ、と思ふ心せちに深くなりまさりつつ、
（巻四・三五〇頁）

○いかなる人のもとにても、しばしは心よりほかに思ひわびぬあうあらじかし。［吉野の姫君は］われをや思ひ出づらむと、心ときめきせらるるに、
（巻五・三八五頁）

○人に従へば、さぞもてなしてあらむかしなど、ことごとなくおぼしやられつつかなしきに、ひとりわれながらむとも［吉野の姫君は］思ひ出でずやおはすらむと、心やましきことかぎりなし。

思ひ出づる人しもあらじふるさとに心をやりてすめる月かな
（巻五・三九七頁）

右の引用は、すべて吉野の姫君から思い出されることを話題にしている。一つ目の引用では、唐后への一筋の思いに染まっていれば、姫君が自分を「あはれとおぼし出づる」ようになるだろうと期待し、後の二つの引用では、失踪後の吉野の姫君の消息が全くわからない中で、姫君が自分を思い出すか思い出さないかということに心を尽くしている。中納言にとって、吉野の姫君の愛情の有無は、彼女が中納言を思い出すか否かによってはかられるべきものなのである。

5

ここで、他の作中人物を視野に収め、思い出すこと、忘れないことが、中納言という主人公の造型を越えて、この作品の中にどのように散在・遍在しているのかを確認してみよう。

○いかばかり涙にくれて思ひ出でんにしにかたぶく月を見つつも　（散逸箇所・風葉集・五三一）

○鳥辺野のけぶりとならむ雲居にも君（＝中納言）を心にいつか忘れむ　（巻五・三九五頁）

○「今は」とて出で離れしに、［幼かった唐后を］母宮の抱きて、「今日こそかぎりの別れなれば、世に亡くなりなむほどをも知り給はじ。今日をかぎりとおぼせ」と、いみじう泣き給ひにし面影を［唐后は］心にかけて、　（巻一・四六頁）

○今は見ず知らずなりなむずるぞかしと思ひしほど、いとをかしげにて、「いざよ、母もろともに」と、首を抱きてさそひしを、船に乗るべき時過ぎぬと急ぎて別れし悲しさの、……こは、音にもいつか聞かむ、と思ひし心まどひの、……、忘るる間なきさまに似給へるも、　（巻三・二二二頁）

○夜昼心にかかりてのみ思ひ出でらるる［中納言の］御けはひ、まぎるべうもあらずしるく見ゆるに、［大弐の娘の気持ちは］あさましながらさすがなり。　（巻三・二三八頁）

○［吉野の尼君は中納言の］あはれにめでたかりし御ありさまを、心にかけて思ひ出で聞こえ給ひて、（巻三・二七六頁）

○一の大臣の第五のむすめ、内裏にまゐらせて后に立てむとするほどに、

この世にもあらぬ人こそ恋ひしけれ玉の簪何にかはせむ　（巻五・四五一頁）

右の例のうち、初めの二首の歌は、式部卿の宮が中納言との別れを惜しんだ歌と、吉野の姫君が中納言を思って詠

んだ手習歌である。そこに見られる「思ひ出づ」「忘る」の用い方や、残りの用例に見られる回想の叙述、すなわち、唐后が母宮（＝吉野の尼）を、吉野の尼が唐后を、大弐の娘、吉野の尼、大臣の五の君がそれぞれ中納言を恋しく思い出す叙述から、中納言以外の作中人物にも、「思い出す人」「忘れない人」という属性が広く付与されていることが窺える。

○この人［＝中納言］、めづらしう聞きも見もおどろくことなくてやみぬるが、日本に帰りて思ひ出でむが、はづかしかるべきかな、と起き臥し［唐帝は］おぼしめして、……后とはかけても知らせで、ただ雍州のうちにある下臈などのやうに見せ聞かせて、わが世の思ひ出でに思はせむ、とおぼし定めぬ。（巻一・九三頁）

○［中納言が筑紫に］かくておはしますほど［わが娘を］見せたてまつりなむ。わざとおぼしとどめずとも、年に一夜なりとも、おぼしだに出でば、見るかひある彦星の光なりかし、と思ひ寄るに、……（巻二・一四〇頁）

右のうち一つ目の引用は、唐帝が、中納言が唐での見聞を帰国後にどのように思い出すかを気にして、后の琴の演奏を聞かせようと考える場面。二つ目の引用は、大弐が愛する娘を中納言に逢わせ、年に一度でも娘が中納言から思い出されることを期待する心理。ともに他者から思い出されることに対する、過剰な意味づけが看取される叙述となっていて、中納言と同様の心性が他の人物にも付与されていることが知られる。

このように、中納言だけでなく、「忘れない人」、「思い出す人」という属性が多くの人物に共有されていることから、思い出すことをめぐるやや錯綜した叙述が生まれることになる。

夜更けぬれば、中宮の御方へ参り給へり。……宮もいと忍びて、立ち出でつつ御覧ずるにや、と心ときめきせらるるにも、河陽県の御簾の前、ふと思ひ出でられて、……［唐后が］なつかしうものなどのたまひし御けはひのめでたさは、身にしみてあはれにかなしと思ひ出でらるるに、……御簾のうちにも［女房たちが］はかなきことども聞こゆる中に、

西へ行く月のひかりを見てもまづ思ひやりきと知らずやありけむ

と言ふ人あり。

たれなればかたぶくさ夜の月見てもありやなしやと思ひ出でけむ

うちたどり思ひ出でけむほどのけしき、中に身にしむばかり思ふ人多かるにも、

（巻一・一七六頁）

これは、帰国後の中納言が中宮に参った際、中宮付きの女房（少将の内侍）と和歌を贈答した場面であり、一連の叙述の中で、地の文と和歌に、「思ひ出づ」「思ひやる」という語が、連続的、集中的に用いられている。

いかが思へると、けしきゆかしくて、いと忍びて、

くり返しなほ返しても思ひ出でよかくかはれとは契らざりしを

とあるを、むすめ忍びて見るに、いみじうをかしき書きざまなど見るにつけても、今は、とて上り給ひたりしあかつきに、おぼし乱るるけしきも、心深うのたまひし御かたち、けはひも、世のつねの人を見るにつけても、心にしみて思ひ出でらるるに、かくおぼし出でたるにもあるべきものを、と心づくしまさりければ、御返りごとも、

契りしを心ひとつに忘れねどいかがはすべきしづのをだまき

かくぞあはれを添へて聞こえける。

（巻三・二三六頁）

右の引用箇所は、大弐の娘が衛門督の妻になったのを聞いた中納言が、大弐の娘に歌を詠み贈った場面である。ここで中納言は娘に、かつての約束を思い出せと文によって要求する。それを読んだ娘は、筑紫での別れの場面における中納言の姿を思い出し、中納言が自分のことを忘れずに思い出してくれることに心動かされ、中納言との契りを忘れてはいないと返歌する。この叙述においても、「思ひ出づ」「思し出づ」「思ひやる」「忘れず」といったことばが、やはり連続的・集中的に用いられている。

この二つの場面には、思い出されることと思い出すことが一対をなし、近接して示されているが、これは、複数の

人物が「思い出す人」「忘れない人」として造型されていることに由来する。『浜松中納言物語』にあっては、別れて離れ離れになっている二人の作中人物が、互いに思い出し、思い出されることで、心のつながりを保っていることが、物語の基本構造をなしていて、思い出されることと思い出すことは、たとえ近接していなくても、作品全体に一対をなして遍在するのである。

6

以上、多くの場面を引用しながら概観してきたように、『浜松中納言物語』では、思い出すことと忘れないことに重い意味が付与されていて、それとの関わりにおいて物語が構成され、叙述が展開している。そうした特質は、表現としては、「思ひ出づ」「思ひやる」「恋し」「忘れず」「忘れじ」などのことばの多用となって表れている。

ところで、『浜松中納言物語』の作者については、『更級日記』の作者菅原孝標女を比定するのが定説となりつつある。その『更級日記』にもまた、思い出すことと忘れないことにまつわる多くの叙述が見出せる。▼注［3］

○そこに遊女ども出で来て、夜ひとよ、歌うたふにも、足柄なりし思ひ出でられて、あはれに恋しきことかぎりなし。

○「継母が」外にわたるとて、五つばかりなる児どもなどして、「あはれなりつる心のほどなむ忘れむ世あるまじき」など言ひて、

○おのれは、侍従の大納言殿の御むすめの、かくなりたるなり。さるべき縁のいささかありて、この中の君のすずろにあはれと思ひ出でたまへば、ただしばしここにあるを、

○かき流すあとはつららにとぢてけりなにを忘れぬ形見とか見む

○冬になりて、月なく、雪も降らずながら、星の光に、空さすがにくまなく冴えわたりたる夜のかぎり、殿の御方

にさぶらふ人々と物語し明かしつつ、明くればたち別れたち別れしつつまかでしを［殿の女房が］思ひ出でければ、

月もなく花も見ざりし冬の夜の心にしみて恋しきやなぞ

○うらうらとのどかなる宮にて、同じ心なる人三人ばかり物語などして、まかでてまたの日、つれづれなるままに、恋しう思ひ出でらるれば、二人の中に、

袖ぬるる荒磯浪と知りながらともにかづきをせしぞ恋しき

右に例を引くように、『更級日記』において孝標女は、自身を過去を恋しく思い出す人として繰り返し描くとともに、継母の「忘れむ世あるまじき」という言葉、思い出されることに応えて転生した猫の言葉、作者のことを恋う頼通家女房の和歌などを、印象深く作中に書きとどめている。

孝標女にとって特別な思い出の人であったはずの源資通もまた、次に引くように「忘れない人」「思い出す人」として描かれ、作者は、彼に思い出された喜びを和歌に詠じている。

読経の人（＝資通）は、この遣戸口に立ち止まりて、ものなど言ふに答へたれば、ふと思ひ出でて、「時雨の夜こそ、片時忘れず恋しくはべれ」と言ふに、ことながう答ふべきほどならねば、

何さまで思ひ出でけむなほざりの木の葉にかけし時雨ばかりを

このように『更級日記』において、思い出すこと、忘れないことにまつわる記述が遍在することの意味については、別の機会に論じたので▼注［4］ここでは繰り返さないが、『浜松中納言物語』と『更級日記』の間には、思い出すこと、忘れないことが作品の性格と深く関わっている点において、精神的なつながりが明らかに看取される。

ただし、この二つの作品は、共通の作者を介して閉じた関係にあるのではない。『更級日記』において、思い出すこと、忘れないことは、決して作者孝標女だけに関係するものではなく、他の人物にも共有されていることに注意すべきである。

次に例を引くように、同時代の私家集を見渡すと、そこには、『浜松中納言物語』『更級日記』よりも希薄ではあるが、思い出すこと、忘れないことへの思い入れが、広く看取される。▼注[5]

『四条宮下野集』

○　みののきみ、ひごろさぶらひたまひしがおもひいでられて、ゆきのふる日

したごほりとくるまつまのこひしきにけふまで雪のふるそらぞなき　（六七）

返し

おもひ出でてふるゆきだにもあるものをこほりとくらむほどやひさしき　（六八）

『祐子内親王家紀伊集』

○　とうほく院のちごがもとに人人ことひくきき、我もびはひきなどしてかへりてのちに、ちごがもとより

そらすみてたなびくくももなきよははなかばの月を思ひこそやれ　（三七）

返し

おもひいづるなかばの月をみてしよりほのかにききしことは恋しき　（三八）

『為仲集』

○　つねひらがちくぜにくだりて、ふたとせばかりありて、ふみおこせたるにかきつけたる

みやこには君をのみこそ思ひいづれ紅葉のをりも花の盛も　（七一）

返し

君もさは忘れざりけり我も思ふ心や空にゆきかよひけん　（七二）

○　大宮の少将の内侍もとより

思ひいでん思ひわするな朝夕に山のはいづる月つもるとも　（一二四）

返し

いはざらむさきにも人を忘れめや月日にそひて思ひこそ出でめ　（一二五）

○　右大臣殿より御さうぞくつかはしたる中に、御ふみに

たまさかに思ひもいづる時あらばこれぞきなれし物とみよとて　（一二七）

おどろきながらいそぎまゐりて、まゐらせし

みなれたる心ならひにたまさかも思ひ忘るるひまやあるべき　（一二八）

『能因集』

○　むまのかみ保昌朝臣に、つきよに物語などして後いひやる

今更に思ひぞいづる故郷に月夜に君とものがたりして　（七七）

返し

みてしよりわれはやどをぞかれぬべき山のはの月思ひやられて　（七八）

『出羽弁集』

○　このゆきのはれまなきに、むかしいまのこともおもひいでられて、ものあはれなるほどにしも、ちくごの弁の御もとにたよりのありしにつけてきこえし

ゆきもよにふりにしことのこひしきをあはれきみもやおもひいづらん　（一〇）

○あまりあればわれだに思ひすつるみをいかなる人のわすれざるらん　（二四）

『弁乳母集』

○　おもひいづおもひいづとのみあれば、それに

おもひいづることはうつつかおぼつかな見はてでさめしあけぐれの夢　（九〇）

こうした用例を参照すると、思い出すこと、忘れないことについて、それを心ある人の備えるべき美質ととらえる感じ方が、同時代の歌人たちに共有されていることがわかる。ここに見出せる共通の心性は、『更級日記』と『浜松中納言物語』が書かれた精神的背景、また両作品が想定している読者のありようを考える手がかりを示すものと考えてよいであろう。

【注】

［1］『浜松中納言物語』からの引用は、「新編日本古典文学全集」（池田利夫校注・訳、小学館、二〇〇一年）による。

［2］野口元大「浜松中納言論―女性遍歴と憧憬の間―」（『上智大学国文学科紀要』六、一九八九年一月）。

［3］『更級日記』からの引用は、「新潮日本古典集成」（秋山虔校注、新潮社、一九八〇年）による。

［4］加藤睦「『更級日記』試論―存在と回想」（『立教大学日本文学』一一六、二〇一六年七月）、「『更級日記』小論―源資通の人物造型をめぐって」（『立教大学大学院日本文学論叢』一六、二〇一六年九月）。

［5］私家集からの引用は、「新編国歌大観」による。

3 『蜻蛉日記』の誕生について

――「嫉妬」の叙述を糸口として――

陳　燕

1　はじめに

女性の文学的な教養が重んじられる平安時代、受領階級出身の貴族女性が輝かしい作品を世に残している。その中で、日記文学が重要な位置を占めており、その誕生には、女性の和歌を詠む等の文学的な才能が欠かせないものと見なされているが、和歌から日記文学までの道のりは未だ明らかになっていない箇所があると言えよう。

『蜻蛉日記』は日記文学の嚆矢とされている。その内容は天暦八年（九五四）夏のことから始まる。美貌と才学に優れた道綱母が、権門藤原家の三男兼家に求婚され、新たな人生を歩み出した。その年の秋、結婚が成立し、翌年八月に子の道綱が生まれた。しかし、それとほぼ同じ時期に、兼家の浮気が発覚し、道綱母は女の弱い立場を思い知らされた。ままならぬ夫婦仲ゆえに、抑えても抑えきれずに迸り出る道綱母の激しい感情に、読者は目を見張るばかりである。恨み、妬み、妄執、不安などが渦巻き、凄まじい感情の炎がめらめらと燃え立っているような作品は、異様な迫力で道綱母の心の奥を垣間見せてくれる。

『尊卑分脈』では「本朝第一美人三人之内也」と高く評価され、『大鏡』の中にも「きわめたる和歌の上手」と記されている道綱母は、なぜ人生を振り返る時、当時の女性にとって馴染みのある和歌や私家集の形を選ばず、珍しい叙述の手段即ち日記で己の内面を書き綴ることにしたのか、という疑問が湧いてくる。

「日記文学という文学ジャンルは、そもそも記録・歌物語・家集などのどれかの側面を受け継ぐところから出発していたのであり」、「『蜻蛉日記』三巻の成立を、歌物語に倣った家集を編むところから進展し（中略）期せずして自伝となってしまったのである」▼注[1]と指摘されている。また、「道綱母は、日記文学の形によって、みずからの生を書き留めることに執着し、上巻の序を表した。それは、私家集として、すなわち兼家の権勢拡充の具としてまとめることを拒み、自己の生をみずからの側に取り戻す営為」であり、「道綱母の思いとしては、男性の公的世界の権力構造に回収されることを拒否し、主体的に日記文学への道を選択した」▼注[2]という見解も見られる。

一方、『蜻蛉日記』の序文において、道綱母は自ら書いたものが物語文学とも異なっていることを明言した。

かくありし時過ぎて、世の中にいとものはかなく、とにもかくにもつかで、世に経る人ありけり。かたちとても人にも似ず、心魂もあるにもあらで、かうものの要にもあらであるも、ことわりと思ひつつ、ただ臥し起き明かし暮らすままに、世の中に多かる古物語のはしなどを見れば、世に多かるそらごとだにあり、人にもあらぬ身の上まで書き日記して、めづらしきさまにもありなむ、天下の人の品高きやと問はむためしにもせよかし、とおぼゆるも、過ぎにし年月ごろのこともおぼつかなかりければ、さてもありぬべきことなむ多かりける。▼注[3]（『蜻蛉日記』）

よって、『蜻蛉日記』が和歌と深い関係にありながら、平安貴族女性が馴染んだ和歌や物語と性質が違うことは多言を要しない。

「天暦九年（九五五）九月から二年余り続いた兼家と町の小路の女の関係がなければ、上巻をはかない身の上の日記として規定することはとうていできなかったに違いない。町の小路の女にかかわる『日記』の記述を正しく読み取り、そこに描かれた作者の心情をより深く把握することは、『日記』成立の問題を考える上で必須の課題」▼注[4]だと指摘されている。町の小路の女のひとくだりは道綱母が結婚後、最初に立ち向かった危機であり、その経緯をめぐって、道綱母は自分の嫉妬を丸出しにしながら読者を驚かせるような言葉を書き残している。

本稿は、日本古代神話、物語作品及び中国古代文献に見られる女性の嫉妬に関する叙述と照らし合わせながら、町の小路の女に関する叙述を糸口として、和歌と散文の叙述機能を比較し、『蜻蛉日記』の誕生について考察を試みる。

2 『古事記』及び平安初期物語作品に語られる女性の嫉妬

日本古代神話及び平安初期物語作品には、女性の激しい嫉妬を描く言葉が屡々見られる。例えば、『古事記』上巻の須勢理毘売の嫉妬譚、仁徳紀に登場した皇后の石之日売命に関する記述、『うつほ物語』に語られている宣耀殿の話などが取り上げられる。

『古事記』の上巻には、須佐之男命の娘、大国主神の妻である須勢理毘売が「其の神の適后須勢理毘売命、甚だ嫉妬為き」と明記されている。そして、中巻の仁徳紀において、石之日売命の嫉妬ぶりが次のように書かれている。

其の大后石之日売命は、嫉妬すること甚多し。故、天皇の使へる妾は、宮の中を臨むこと得ず。言立つれば、足もあがかに嫉妬しき。▼注[5]（『古事記』）

記紀の嫉妬譚は、おそらく律令受容以前に成立していたものであり、「嫉妬」の内実は肯定的な側面をも含み、「律令的な否定的観念は薄弱」であったと指摘されている。▼注[6]また、天皇讃美の主題をもつ仁徳紀という視点において石之日比売の嫉妬の物語を捉えることもあり、『古事記』の中で、「嫉妬する妻」は良き協力者・助力者として描かれているという見解もある。▼注[7] 嫉妬の激しさは、女神ないし女性の力を現すとともに、それを鎮める夫の力の証だと見なされ、結局嫉妬の物語は、古代において王者の「徳」を現す物語であると思われ、石之日売命の嫉妬が仁徳天皇の「徳」のアピールになってしまうと考えられる。▼注[8]

平安初期の物語作品『うつほ物語』には、宣輝殿が仁寿殿を罵る場面が見られる。

(后の宮)「この仁寿殿の盗人によりのたまふぞかし。不興したてまつりて籠りをりて、こひ悲しび待ち居て、青蝿のあらむやうに立ち去りもせでおはすれば、いかに恐ろしく思さるらむ。さる人のゆかりをこそ思すらめ」▼注[9]（『うつほ物語』）

上述のような宣輝殿の粗野な言葉遣いは恐らく嫉妬が原因で引き起こしたと言えよう。「青蝿」など理性を失った措辞によって、我が強く嫉妬深い女性像が浮き彫りにされている。

そして、『大和物語』百四十九段「沖つ白浪」には次のような話が記されている。

この女、うち泣きてふして、かなまりに水を入れて、胸になむすゑたりける。あやし、いかにするにかあらむとて、なほ見る。さればこの水、熱湯にたぎりぬれば、湯ふてつ。また水を入る。見るにいと悲しくて、走りいで て、「いかなる心地したまへば、かくはしたまふぞ」といひて、かき抱きてなむ寝にける。▼注[10]（『大和物語』）

夫に新しい通いどころができた女は心が高まり、金碗の水を胸に当てると、直ちに熱湯になることから、心の奥に秘められた抑えきれない嫉妬の激しさが窺える。作者は女主人公の動作や水の状態の変化を描くことによって、女性の嫉妬を表現している。

『うつほ物語』及び『大和物語』の二例から見れば、作者は女性の言葉または行動を通し、その嫉妬深さを読者に印象づけることが分かる。そして、『古事記』にある石之日売命の例からも同じような傾向が窺える。

従来、古代神話や平安初期の物語作品は男性の手によって書かれた可能性が高いと見なされている。言葉や行動に重点を置くことは、男性作者が女性の嫉妬を描く時の大きな特徴であると言えよう。一方、男性が記した中国古代の文学作品にも同じような特徴が見つかる。

3　中国古代文学作品に描かれる女性の嫉妬

中国の古代において、男性中心の価値観に基づき、女性の嫉妬を厳しく批判し、それを抑えようとする文献が多く残されている。南朝の宋明帝（四三九～四七二）は娘たちの嫉妬をいさめるために、虞通之に『妬記』編纂の命令を下した。『妬記』には、「曹夫人」、「武暦陽女」、「京邑士人婦」等の短編がコミカルな筆致で嫉妬に狂う女性、「諸葛元直妻」等の短編が嫉妬深くて夫を監視したりする女性を描いた。

『妬記』とほぼ同じ時代に編纂された『世説新語』には、

賈閭公後妻郭氏酷妬。有男児名黎民、生載周。充自外還、乳母抱児在中庭、児見充喜踊、充就乳母手中嗚之。郭遥望見、謂充愛乳母、即殺之。子悲思啼泣、不飲他乳、遂死。郭後終無子。▼注[11]（『世説新語・惑溺』）

郭遥という女性が嫉妬の心が強く、子供の乳母を殺してしまった末、子供を亡くしたという話が見られる。嫉妬の代償として、子供の命を奪われたという筋の設定から、女性の嫉妬を厳しく批判する作者の立場が窺える。

また、唐の張鷟が編した筆記小説集『朝野僉載』にも女性の嫉妬に関する話が記されている。例えば、『朝野僉載』巻二には、

貞観中、濮陽范略妻任氏、略先幸一婢、任以刀截其耳鼻、略不能制。有頃、任有娠、誕一女無耳鼻。女年漸大、其婢就仍在。女問、具説所由。女悲泣、以恨其母。▼注[12]（『朝野僉載』巻二）

侍女に激しく嫉妬する任氏は、侍女の耳と鼻を無惨に切ったが、その後、耳と鼻のない娘を生んだという話が載っている。荒唐無稽な一面もありながら、因果応報に仕組まれたストーリーには、女性の嫉妬への容赦なき批判も響いている。

既に述べたように、日本の古代神話、平安初期の物語及び中国の文学作品は殆ど男性によって書かれたものである。男性によって語られた女性の嫉妬譚は、「常に男性の目というフィルターを通して描かれてきた」[注13]と指摘されている。女性の嫉妬を描く『妬記』には、「男性の目というフィルター」を次のように語っている。

謝太傅劉夫人、不令公有別房寵。公既深好声楽、不能令節、後遂頗欲立妓妾。兄子及外生等微達此旨、共問訊劉夫人、因方便称「関鳩」「螽斯」有不忌之徳。夫人知以諷己、乃問、「誰撰此詩」、云周公。夫人曰、「周公是男子、乃相為爾。若使周姥撰詩、当無此語也」[注14]（『妬記』）

つまり、「周公」が男性の立場から「不忌之徳」を讃えるが、もし女性の「周姥」が編纂するならば、恐らく「不忌之徳」等の表現が見えなくなるだろうと述べられている。頷くべきであろう。

そもそも、文学の担い手が男性の場合、女性の内面の苦しみをリアルに表現することは非常に難しいと思われる。その上、男性中心の価値観などにより、女性の嫉妬が残酷な行動や恐ろしい言葉で歪められたりすることが多く、嫉妬に伴う女性の内面の苦しみや葛藤がつい抹殺されてしまう。

それに対して、『蜻蛉日記』は女性の嫉妬を語り尽くした作品として知られている。一人の女として、道綱母は夫の不実ゆえに嘗めさせられた怒りや苦渋を日記に書き残し、女性の嫉妬を内面から暴き晒した。

4　『蜻蛉日記』に語られる道綱母の嫉妬

『蜻蛉日記』には、兼家と関係を結んだ女性として、時姫、町の小路の女、近江、源兼忠女という四人の女に関わる記述が見られる。日記の下巻によると、道綱母は源兼忠女の娘を養女に迎えたことがある。それが原因か、源兼忠女に対して、道綱母は特にライバル意識を持っていないようだ。その他の三人の女性に対しては、道綱母は多かれ少なかれ敵意を抱えているように思われる。日記の中では、時姫が「本つ人」、「年ごろのところ」、「子どもあまたありと聞く所」、「かよひ所」、「人にくしと思ふ人」、「かのところ」、町の小路の女が「この時の所」、「かのめでたき所」、「めざましと思ひし所」、近江が「にくしと思ふ所」、「憎所」、「例のところ」、「かの忌みの所」と呼ばれている。三人の中で、町の小路の女と近江は道綱母の後に兼家と関係を結んだので、一層憎まれるような存在である。

前述したように、町の小路の女が現れた後、日記には嫉妬に関する記述が現れる。天徳元年（九五七）、町の小路の女が兼家の子供を出産する前、兼家が公然と同車して、良い方角を選び出産の家を定めるために奔走した。その騒ぎを聞くにたえず、道綱母は胸が裂けたような苦しみを噛み締めた。

この時のところに子産むべきほどになりて、よきかたえらびて、ひとつ車にはひ乗りて、一京響きつづけて、いと聞きにくきまでののしりて、この門の前よりしも渡るものか。われはわれにもあらず、ものだに言はねば、見る人、使ふよりはじめて、「いと胸いたきわざかな。世に道しもこそはあれ」など、言ひののしるを聞くに、ただ死ぬるものにもがなと思へど、心にしかなはねば、いまよりのち、たけくはあらずとも、たえて見えずだにあらむ、いみじう心憂しと思ひてあるに（略）。（『蜻蛉日記』）

しかし、その後、町の小路の女が生んだ男の子が夭折した。それを知った道綱母は自分の心情を次のように語っている。

かうやうなるほどに、かのめでたきところには、子産みてしより、すさましげになりにたべかめれば、人憎かりし心思ひしやうは、命はあらせて、わが思ふやうに、おしかへしものを思はせばやと思ひしを、さやうになりにしはてはては、産みののしり子さへ死ぬるものか。孫王の、ひがみたりし皇子の落胤なり。いふかひなくわろきことかぎりなし。ただこのごろの知らぬ人のもて騒ぎつるにかかりてありつるを、にはかにかくなりぬれば、いかなるここちかはしけむ。わが思ふにはいますこしうちまさりて嘆くらむと思ふに、いまぞ胸はあきたる。（『蜻蛉日記』）

道綱母も母親になった女性であるが、子供を失った町の小路の女に対して、同情の念は微塵もなかった。それどころか、不幸に嘆く相手を想像しながら、「いまぞ胸はあきたる」と自分の気持ちが清々したと語る。

応和二年（九六二）、町の小路の女が兼家の寵愛を失った時、道綱母は、「めざましと思ひしところは、いまは天下のわざをし騒ぐと聞けば、心やすし」と相変わらず冷ややかな目を向けている。

町の小路の女の一件は、道綱母が自らの内面と向き合う契機であると指摘されている。[注15]そして、「一夫多妻制の慣しの下で、一夫を囲んで繰り広げられる情愛の葛藤や確執のリアルな描写は読者の共感を呼び起こす恰好の素材であり、手段であったに違いない。それが読者に新鮮な衝撃を与えるべく作者の日記の起筆動機と相俟って、鞭打って差し支えのない町の小路の女や近江をさらに鞭打つ筆勢にはしらせたのではあるまいか。要するに両者は『蜻蛉日記』に新鮮な生命力を与えるべく択ばれた生贄でもあった訳である」[注16]という見解も見られる。確かに、町の小路の女に対する嫉妬の描写は読者に目を見張らせるものである。女性の嫉妬は強い情念の表出である。道綱母の熾烈な嫉妬という内面的な動機は、彼女が日記という文学手段を選んだことに更なる繫がりがないだろうか。

5　嫉妬の叙述――和歌から日記へ

前述したように、道綱母は『大鏡』において「きはめたる和歌の上手」と評価され、実に和歌の教養が高い貴族女性である。河添房江は「なぜ彼女が手本も沢山あり、選びやすい選択肢であったはずの私家集を自撰しなかったか、という裏側の視点から問われる必要」があることを主張し、「歌人としての道綱母がどうであり、そしてどのような奇跡を経て、歌人としての自分に別れを告げたのか、を明らかにしなくてはならない」[注17]と指摘している。

『蜻蛉日記』にも数多くの和歌が残されている。道綱母と兼家の間に交わされた贈答歌は、兼家が求婚した時や二人の新婚時代に集中している。平安時代、恋の初期段階において、男女が別居することが多く、空間的な距離を克服し、お互いの気持ちを確認しあうために、和歌の贈答が求められている。その後、次第に恋が深められ、やがて同居することになると、日常化された男女の仲において、和歌の役割がついに薄れてしまう。つまり、和歌の贈答は日常化された関係が成立する前に機能していると見なされている。[注18]平安時代、男女が同居した後、お互いの和歌の贈答が次第に少なくなる。『和泉式部日記』には大量の和歌が収められており、その殆どが帥の宮と和泉式部によって交わされたものである。ただし、贈答は和泉式部が南院に入居する前に集中し、二人が同居した後に和歌が見えなくなってしまう。それと同じように、道綱母と兼家の結婚生活が落ち着いた後、和歌の贈答も次第に消え、道綱母が長けた和歌もその舞台を失ってしまったと思われる。

そのうえ、町の小路の女のことが発覚した後、道綱母の和歌には変化が見えてきた。嫉妬に苛まれた道綱母の歌は次第に贈答の常軌から逸し、独詠など自己に執着するような歌が現れる。

河添はその現象を「歌を投げかけても、投げかけても癒されることのない彼女の魂の渇きの軌跡」であると分析し、「誰にも呼びかけるのでもなく、みずからの為に歌を詠みはじめる」から道綱母の「歌の能動性の喪失」[注19]を提示している。歌の機能の低下ということは『大和物語』百四十九段にも顕著に表れている。「主人公の女が歌を侍女に詠みかけているいること自体が、歌が男にむかっていないことを示している。侍女は女にとって分身でもあるから、これは女が自分に対して詠んだのと同じである」[注20]と指摘されている。

一方、古代和歌において嫉妬の歌が少ない。[注21]歌が嫉妬を主題とすることが少ないということは、平安和歌においても言い得るところである。[注22]「和歌と散文（物語）とを区別する決定的な相違としては、和歌は事実を正確に表現するには不充分であるということであり、その叙事力の弱さを克服するものとして散文が必要であったということであろう」[注23]という指摘を踏まえれば、叙述力の弱い和歌より、嫉妬など個人の感覚を細かく再現するには、散文の日記は最も相応しい形だと言えよう。

そして、渡辺実も「蜻蛉日記の当事者的な文章では、語りたい心があり余り、言葉がそれを制禦する力となり得ず、だから己をむき出しにした書き方となった、と述べたけれども、和歌では言語は、心をむき出しの形で出さぬための、立派な制禦力として機能していると言わねばならない。道綱母にとって和歌は、日頃の言語的修養が、そこに集中してはたらく場所であったもののようなのである。逆に言うと蜻蛉日記、和歌ならぬ文章の部分では、道綱母の心の振幅に対峙して、これを制禦する力として作用するべきものが欠けていた、ということである」[注24]と『蜻蛉日記』の文章には、道綱母が理性で制御できない、走りすぎた感情が滲み出ているという示唆に富む指摘を残している。

古くから贈答の道具として見なされ、「和歌」という対話においては、お互いの関与が必要な前提になっている。それに対して、過去の人生を振り返るのは一人芝居のようなことである。叙述力に欠けた和歌によって、過ぎ去った昔の日々を細かく再現することは難しい。よって、日記の冒頭に宣言した「天下の人の品高きやと問はむためし」という自らの人生や内面を「ためし」として詳しく語ろうとする道綱母の創作目的には、和歌という表現方法は懸け離れていると言えよう。

6　おわりに

本稿は、『蜻蛉日記』上巻に書き綴られている町の小路の女の一節を糸口として、日本古代の神話、平安初期の物語作品並びに中国古代の文学作品にある女性の嫉妬に関する叙述を参考にしながら、道綱母が日記の形態を取った理由について考察を進めてきた。夫の不実で深刻な嫉妬を抱える道綱母は夫に情愛を訴える道具とする和歌の機能の低下、和歌を通して嫉妬等の感情を表現することが不可能だという原因により、一人の女性作者として、嫉妬など自らの心の内面に向き合いながら、それを語ることに相応しい文学手段の日記という道を選んだと考えてもよかろう。

【注】


［1］三角洋一「王朝女流日記への招待」（久保朝孝編『王朝女流日記を学ぶ人のために』世界思想社、一九九六年所収）八〜一二頁。

［2］河添房江「『蜻蛉日記』女歌の世界―王朝女性作家誕生の起源」（『論集平安文学巻3』勉誠社、一九九五年所収）一五八〜一五九頁。

［3］本稿における『蜻蛉日記』の本文の引用は、全て木村正中・伊牟田経久校注・訳『蜻蛉日記』（新編日本古典文学全集、小学館、一九九五年）に拠る。

［4］森田兼吉『日記文学の成立と展開』（笠間書院、一九九七年）一二五頁。

［5］山口佳紀・神野志隆光校注・訳『古事記』（新編日本古典文学全集、小学館、一九九七年）に拠る。

［6］成清弘和「記紀の嫉妬譚と律令の『七出』について―「皇后」イワノヒメ像の再構築」（横田健一編『日本書紀研究』塙書房、二〇〇一年所収）一二九頁。

［7］大脇由紀子「仁徳記石之日比売命物語の構想」（『菅野雅雄博士古稀記念　古事記・日本書紀論究』おうふう、二〇〇二年所収）二二四頁。

［8］多田一臣「磐姫皇后像の形成」（高岡万葉歴史館叢書一六『万葉の女帝』同館、二〇〇四年所収）九〜一〇頁。

［9］中野幸一校注・訳『うつほ物語』③（新編日本古典文学全集、小学館、二〇〇二年）に拠る。

［10］高橋正治校注・訳『大和物語』（日本古典文学全集、小学館、一九七三年）に拠る。

［11］（南朝・宋）劉義慶編『世説新語』（上海古籍出版社、一九八二年）に拠る。

［12］（唐）張鷟撰『朝野僉載』（中華書局、一九七九年）に拠る。

[13] 安田真穂「『妬記』にみる中国小説の中の嫉妬」（『国文学解釈と教材の研究』五四―一〇、二〇〇九年七月）七六頁。
[14]（南朝・宋）虞通之撰『妬記』（魯迅輯『古小説鈎沈』人民文学出版社、一九七三年所収）に拠る。
[15] 大倉比呂志『平安時代日記文学の特質と表現』（新典社、二〇〇三年）九四頁。
[16] 羅濵洙「『蜻蛉日記』―道綱母の対『こなみ・うはなり』意識」（『湘南文学』二四号、東海大学日本文学会、二〇〇四年三月）三五頁。
[17] 河添房江「『蜻蛉日記』女歌の世界―王朝女性作家誕生の起源」（『論集平安文学巻3』勉誠社、一九九五年所収）一四〇頁。
[18] 神尾暢子「贈答歌の表現性」（『国文学解釈と鑑賞』三五―一二、一九九〇年十月）。
[19] 河添房江「『蜻蛉日記』女歌の世界―王朝女性作家誕生の起源」（『論集平安文学巻3』勉誠社、一九九五年所収）一四七頁。
[20] 佐藤和喜「嫉妬の歌―多声の歌体から単声の歌体へ」（『国語と国文学』七三―六、一九九七年六月）二七頁。
[21] 古橋信孝『万葉歌の成立』（講談社、一九九三年）。
[22] 佐藤和喜「嫉妬の歌―多声の歌体から単声の歌体へ」（『国語と国文学』七三―六、一九九七年六月）一八頁。
[23] 佐藤忠諄「女流文学形成の社会的背景」（女性史総合研究会編『日本女性生活史　第一巻』東京大学出版会、一九九〇年所収）二四八頁。
[24] 渡辺実『平安朝文章史』（東京大学出版会、一九八一年）一〇五～一〇六頁。

【コラム】

〝文学〟史の構想

――正接関数としての――

竹村信治

〝文学〟を『古今和歌集』の序に倣い、「事、業、繁き」「世中に在る人」つまりは「社会的存在[注1]」たる人が生活世界で経験する心的体験（仮名序「心に思ふ事」、真名序「感」）、すなわち「思慮」（真名序）もしくは「哀楽」（真名序）を言葉に翻訳・翻案し（真名序「詠は言に形はる」＝仮名序「万の言の葉とぞ成れりける」、真名序「其の華を詞林に発くものなり」）、共感をもとめて呼びかけ問いかける行為、そしてその言語体のことと考えるとして、その出来事の歴史はどのようにして記述しうるのだろうか。

＊

お願い
もう一度だけ抱きしめて
でないと　ちゃんと終わらない
泣かない
あなたの胸で最後の笑顔　見せるから
それが私の「さよなら」だから[注2]

「「さよなら」のかわりに」と題されたこの詩は、恋の綴じ目の女歌の趣だが、実は『百人一首』五六番歌、

あらざらむ此世の外のおもひ出に今ひとたびのあふこともがな

の翻案詩（『二十一世紀語訳詩』「ワタシ語訳」とも[注3]）である。『和泉式部集』七五三番に「ここちあしきころ、人に」の詞書をもって収載される本詠は、『後拾遺和歌集』恋三では七六四番「都にも」歌とともに「重病の床に臥して恋人に送った歌として小群を形成する[注4]」。翻案詩はそれと知ってか知らずか、本歌の「いまひとたびの逢ふこともがな」から恋の終わりの心的体験を想起、もしくは仮想してこれに共鳴し、切ない「笑顔」を描き込んでナルシスティックな抒情への共感を私たちにもとめる。しかし、それは、祈りへと翻案する、

あたし
もう
だめみたい
だから
せめてもう一度
この世の思い出に
もう一度だけ

あの人に
逢わせてください▼注[5]

ほどではないにしても、本歌の「病床で死を予感しつつ、最後の逢瀬を願う哀切きわまる一首」▼注[6]としての切実さにはほど遠い心的体験の呼びかけだろう。

式部詠の抒情を支えているのは「もがな」だが、それは恋人や神仏への願いではなく、いわば内向する願望、叶わぬことへの慨嘆とともにある願いであって、「哀切きわまる」との評もこれにかかわるはずだ。そうした▼注[7]一首抒情への理解は、「いまひとたびの逢ふこと」が歌語化されるなかで詠じられた、藤原定家「建久二年六月詠四十七首和歌」四六番（「恋七首」第六首。「定家卿百番自歌合」七二番左、『拾遺愚草員外』二四六番）の、

せめて思ふいま一たびのあふことはわたらむ川や契なるべき

や定家たちの世代から敬慕されたという殷富門院大輔の次の一首にも認められる（「寝覚めずもがな」に死が含意されるとして）。

いかにせむいま一度の逢ふ事を夢にだにみて寝覚めずもがな

ただし、大輔詠はこれを収載する『新勅撰和歌集』では恋五、しかも九七〇~九八〇番の〝夢〟歌群の内にあり（九七六番）、それによれば、一首は、恋の終わりを認めつつ（「いかにせむ」）強く「いまひとたびの逢ふこと」を願う心的体験を詠じた歌となる。そこでは「もがな」の願望は夢中の逢瀬の永続（「寝覚めず」）に移行し、本歌の「死を予感しつつ、最後の逢瀬を願う哀切」は後退する。ここに表明され共感が求められる心的体験は上に見た「二十一世紀語訳詩」の先蹤のごとくでもある。

ところで、「もがな」が担う〝内向する、叶わぬことへの慨嘆とともにある願い〟、その深い心的体験の抒情が醸す「哀切」さは、むしろ現代のMcMillan Peterの英詩訳によりよく翻案されているように見える。

As I will soon be gone,
Let me take one more memory
of this world with me.
I hope against hope
to see you one more time,
to see you now.▼注[8]

「もがな」の英訳として〝I want to〟〝I wish〟ならぬ〝I hope against hope〟を選び▼注[9]、「此世の外のおもひ出に」では〝one more memory /of this world with me〟と後世なき我が生（with you ではなく with me）の一回的な「此世」を強調し▼注[10]、「今ひとたびのあふこと」では〝to see you one more time〟に〝to see you now〟を畳みかけるなど、その訳出に周到な読み込みと主体化の営みが確かめられる。和泉式部詠と共振しつつ新たに開拓される実存的な生の抒情。私たちはそこに心的体験の深さを認め、共感の呼びかけを〝文学〟として受け止めることができる。

＊

こうして、〝文学〟は時間軸・空間軸とは無縁な個の出来事としてある。したがって、その不連続な歴史は正の一次関数（$y=ax$）、二次関数（$y=ax^2$）としても、また、正弦関数（$y=\sin x$）はもちろん余弦関数（$y=\cos x$）としても記述できない。同時代にさまざまな深度をもって点在する心的体験とその表象。これを歴史として描くとすれば正接関数（$y=\tan x$）グラフのごときものであろうか（y＝心的体験の深度、x＝時間）。

＊

慈円　春をへて花さくはるの春風にさく桜あればちる梅の花

定家　さきぬ也よのまの風にさそはれて梅よりにほふ春の花園

寂身　さま〴〵の花のしるべと吹風にいかでか梅のさきはじむらん

慈円撰題「文集百首」（建保六（一二一八）年）春十五首、第二題の慈円詠、定家詠、寂身詠である。▼注[11]題は次の『白氏文集』巻五五所載二六〇八番「春風」の起句承句だった（承句「梨」は「文集百首」句題では「李」。寂身詠は起句のみ記載▼注[12]）。

春風先発苑中梅（春風先づ発す苑中の梅、）
桜杏桃梨次第開（桜杏桃梨次第に開く。）
薺花楡莢深村裏（薺花楡莢深村の裏、）
亦道春風為我来（亦た道〈い〉はん　春風我が為に来たれりと。）

『白居易集箋校』は「作大和五年（八三一）、六十歳、河南尹。」と箋す▼注[13]。洛陽での詠である。『白楽天全詩集』は「詩意」に「春風は先づ苑中の梅を開かしめ、やがて桜杏桃梨と次次に花を開かしめる。のみならず薺花（なづなの花）楡莢（楡の実）の奥山里まで一視同仁に吹きわたり、春風が我が為に来てくれたと謂って人をして喜ばしめる。▼注[14]」と解く。「苑」は、唐代の編年体編集の姿を伝えるという那波道円刊行の古活字版『白氏文集』▼注[15]において、「春風」の直前に収載される七言律詩「春を認め戯れに馮少尹・李郎中・陳主簿に呈す」（二六〇七番、大和五年）の首聯、

認得春風先到処（認め得たり　春風先づ到る処、）
西園南面水東頭（西園南面水の東頭。）

に見える「西園」、洛陽の西にあった紫苑のことであろう。「楡莢」は春の末に結ぶ楡の実。「村裏」は住まいのあった洛陽東南角の履道里か。すなわち、本詠は、まず西園に訪れて春の到来を告げ、やがて樹々に花を咲かせて村里にも及び、晩

春の楡筴の間を吹き抜けていく春風をもって、東都洛陽春季の景の爛漫を言祝いだ詠と言われよう。

さて、そうした白詩の起承句を題に慈円は「春をへて」詠をなす。『文集百首全釈』は同歌句の博捜をもって「春をへて」を「単に「春を経過して」の意ではなく、「幾春を経て」や「毎春」の意」と説く。ならば、本詠は白詩から離れ、「さく桜あればちる梅の花」に「次第開」から「次第散」に想到する頓知を利かせ、▼注[16]「春をへて匂ひをそふる山桜花は老いこそさかりなりけれ」（『千載和歌集』春上・七一番・源仲正・「毎春花芳」）など、「毎春」の意の「春をへて」に「老い」「ふりゆく身」が同調する作例などを踏まえて、▼注[17]原詩に楽天老境の感懐をうがったものとなろう。時に慈円六十四歳。自らの心的体験を重ねたもののごとくだが、「春風」詩の気分からは遠く、また、「春十五番」第二番歌としては賀意を欠く。「春をへて」＝「春を経過して」「春を通して」意の再考の余地が思われるが、いずれにしても「次第開」に「次第散」を加算する知的あしらいの興趣が勝ち、そこに白詩「春風」が歌い上げた陽春可楽の情への共感、これとの共振を認めることはできない。

慈円詠は〝春風〟よりも〝次第開〟に反応した歌だが、寂身詠も同様であって、〝先発苑中梅〟〝次第開〟から「いかでか梅のさきはじむらん」との問いかけを着想し、そこに新たな共感を求めたものである。白詩「春風」に表明される心的体験との距離はさらに遠い。これらに対して定家「さきぬ也」詠は、楽天の心的体験に共感、共振し、さらに春到来の朝に焦点化して驚きと喜びの瞬間を尖鋭化してみせる。しかもそれは、以下のごとき日本の詠歌伝統のうちに措き直して新たな共感を呼びかける翻案でもあった。

咲きぬなりかをるにしるし梅の花いろこそ見えね春の山風
（『千五百番歌合』春二・百二番右・二〇四番・忠良卿）

春のくる夜の間の風のいかなれば今朝吹くにしも氷とくらん
（『金葉和歌集』春・五番・前斎宮内侍）

春の夜の闇にしあればにほひくる梅よりほかの花なかりけり
（『後拾遺和歌集』春上・五二番・前大納言公任・「春の夜の闇はあやなし、といふことを詠み侍りける」）

その焦点化の着想には、上に引いた「春風」直前の律詩「認春戯呈馮少尹・李郎中・陳主簿」首聯への一瞥があったかもしれない。また、詠作例が藤原良経、慈円、定家に偏在するという「春の花園」▼注[18]は、

かはらずな志賀の都のしかすがに今も昔も春の花園
（『院句題五十首』・三二番・「故郷花」、『秋篠月清集』九五五番）

とあるように天智帝の旧都大津宮の花園をいい、「旧都への

尚古の心と、花への耽美の心とを、同時に表現できる魅惑的な歌枕」[注19]とされるが、その歌語選択は唐土の西部新都長安／東部旧都洛陽を平安京／大津京に比定する意図を窺わせる。楽天の心的体験の主体化、そしてその尖鋭化と和国化。定家「さきぬ也」詠には、『京極中納言相語』に「筆のめでたきが心はいかさまにもすむにや」として「文集の文、此定にて、文集にて多く歌をよむなり」[注20]とした定家の面目躍如たるものがあろう。

＊

正接関数、x＝鎌倉初期（建保六〈一二一八〉年）として分布する定家詠、慈円詠、寂身詠。心を澄ます定家には『毎月抄』に周知の次の一節もあった。[注21]

> さても、この十躰の中に、いづれも有心躰に過ぎて歌の本意と存ずる姿は侍らず。きはめて思ひ得難う候。とざまかうざまにてはつやつや続けらるべからず。よくよく心を澄まして、その一境に入りふしてこそ稀によまるる事は侍れ。されば、宜しき歌と申し候は、歌毎に心の深きのみぞ申したためる。

人は生活世界、また先行する言語体との対峙のなかで経験する心的体験を言葉に翻訳・翻案し、共感をもとめて呼びかけ問いかけ、〝文学〟をなす。柿木伸之は、W・ベンヤミンの「翻訳」論を概括して次のように述べる。[注22]

> 「翻訳」とは、受動性と能動性が一体となるなかで一つの言語が新たに語り出されてくる運動であり、かつ他の言語に呼応するもう一つの言語が誕生する出来事なのである。

そうした〝言語の誕生に係る「運動」「出来事」〟（＝言述）をめぐる評価指標としての〝心の深さ〟。〝心の深さ〟は〝歌〟ばかりでなく〝文学〟一般の指標でもあろう。それぞれの〝文学〟は何を問い、いかに「入りふし」、どう呼びかけているのか。あらざらむ此世の外のおもひ出に、正接関数のy軸に「心の深き」をとって〝輪切り〟[注23]をつなぐ〝文学〟史の記述を、見ることもがな。

【注】

［1］小島憲之・新井栄蔵校注『古今和歌集』（新日本古典文学大系、岩波書店、一九八九年）四頁、注二。なお、仮名序、真名序の引用はこれによる。

［2］滝澤えつこ『一千年のI miss you 恋すてふ』（ディスカバリー21、二〇〇一年）六〇～六一頁。後に引く和泉式部詠の表記もこれによる。

［3］注［2］、同上書「はじめに」「編集後記」。

［4］久保田淳・平田喜信校注『後拾遺和歌集』（新日本古典文学大系、岩波書店、一九九四年）七六三番歌、脚注。

［5］岸並千珠子『千年のI miss you 忍ぶれど』（ディスカバリー21、二〇〇一年）九〇～九一頁。

［6］川村晃生校注『後拾遺和歌集』（和泉古典叢書、和泉書院、一九九一年）七六三番歌、頭注評。なお、「宗祇抄」には「命をもともにと思人をきて、我身の消べき心ちあらん、其思の切なる心をおもひやりて侍べき也」とある（島津忠夫・上條彰次『百人一首古注抄』和泉書院、一九八二年）。

［7］注［6］、同。

［8］マックミラン・ピーター『英詩訳・百人一首―香り立つやまとごころ One Hundred Poets,One Poem Each』（集英社新書、二〇〇九年）、一一五頁。

［9］注［8］、同上書では、『百人一首』五〇番の藤原義孝「君がため」歌の「長くもがなと思ひけるかな」を "I wish that I may go on living forever"、六三番の藤原道雅「いまはただ」歌の「いふよしもがな」を "I want to tell you myself"、と訳出する。"I hope against hope" は「（見込みはないが）〈～という〉気持ちを持ち続ける」の意（CORE LEX ENGLISH-JAPANESE DICTIONARY 第二版、旺文社、二〇一一年）で、「そんなことは hope に過ぎないと分かっているのだけれども、世の理・真理に逆らってでも hope する」「駄目だと分かっていてもやはりそうあってほしい」のニュアンスを表象する表現である（広島大学附属中学校教諭・山岡大基氏、同高等学校教諭山田佳代子氏の示教による）。

　なお、マックミラン・ピーターの新訳『英語で読む百人一首』（文春文庫、二〇一七年）では、

As I will soon be gone,
let me take one last memory
of this world with me ——
May I see you once more,
may I see you now ?

と改訳されている。一一九頁。

［10］「此世の外のおもひ出に」は「後の世の思出」（法印経厚「百人一首抄」）「後生にてのおもひ出しぐさ」（石原正明「百人一首新抄」）と解されているが、英詩訳には「後の世」「後生」と対応する表現がなく、"this world with me" とあるばかりである（古注新注の引用は注［6］、同上書による）。

［11］引用は文集百首研究会『文集百首全釈』（歌合・定数歌全釈叢書八、風間書房、二〇〇七年）による。一九頁。

［12］引用は岡村繁『白氏文集（九）』（新釈漢文大系一〇五、明治書院、二〇〇五年）による。五五四頁。

［13］『白居易集箋校（三）』（中国古典文学叢書、上海古籍出版社、一九八八年）、一九二八頁。

［14］佐久節訳注『白楽天全詩集第四巻』（日本図書センター、一九七八年）、一三八頁。

［15］太田次男『諷諭詩人・白楽天』（中国の詩人・その詩と生涯、集英社、一九八三年）「（付）『白氏文集』の本文とその編成について」、二五一～二五六頁。

［16］注［11］、同上書【語釈】は、藤原定家「奥入」に引かれる「桜

咲くさくらの山の桜花さく桜あれば散る桜あり」の影響を指摘している。

［17］注［11］、同上書【語釈】による。ほかに定家「春をへてみゆきになる花のかげふりゆく身をもあはれとや思ふ」（『新古今和歌集』雑上・一四五五番）、「文集百首」春十五番第七題の慈円詠「春をへてまどなる花の色ぞこきわが元結ひの霜は消えねど」が引かれている。新日本古典文学全集『万葉集③』巻一〇・一八八四番「冬過ぎて春し来れば年月は新たなれども人は古り行く」（題「歎旧（旧りゆくことを歎く）」）の頭注に「初唐の詩人、劉希夷の「代白頭吟」の「年々歳々花ハ相似タリ、歳々年々人ハ同ジクアラズ」の詩趣に通じるものがある。」とある。その影響歌には「百千鳥さへづる春はものごとにあらたまれども我ぞふりゆく」（『古今和歌集』春上・二八番・読み人知らず・題知らず）もある。本詠もその伝流に倣うものであろう。

［18］注［11］、同上書【語釈】、参照。

［19］久保田淳・馬場あき子編『歌ことば歌枕辞典』（角川書店、一九九九年）、大岡賢典執筆「志賀の花園」項。

［20］佐佐木信綱編『日本歌学大系　第参巻』（風間書房、一九五六年）、三八二頁。

［21］橋本不美男・有吉保・藤平春男校注『歌論集』（新編日本古典文学全集、小学館、二〇〇二年）、四九五頁。なお、寺島恒世「後鳥羽院と定家と順徳院―「有心」の定位をめぐって―」（『和歌文学研究』一一四、和歌文学会、二〇一七年）、参照。

［22］柿木伸之『ベンヤミンの言語哲学―翻訳としての言語、想起からの歴史』（平凡社、二〇一四年）、三九頁。なお、竹村「遭遇と対話」（『日本文学の中の〈中国〉』アジア遊学一九七、勉誠出版、二〇一六年）、二八八〜二九六頁、参照。

［23］〝輪切り〟の文学史は本シリーズ監修者小峯和明の年来の提唱である。

4　藤原忠通の文壇と表現

柳川　響

1　はじめに

本稿の目的は、平安時代後期に活躍した藤原忠通（一〇九七〜一一六四）の文学的活動について整理し、忠通の主導した文壇やそこで詠まれた詩歌を考察することである。忠通は和歌と漢詩に優れ、家集『田多民治集』と漢詩集『法性寺関白御集』が残っている。また、忠通は歌合や詩会を多く主催しており、院政期の歌壇や詩壇を考えるうえで重要な人物である。そこで、忠通の和歌や漢詩に関する文学的活動を概観し、詩歌に見られる特徴的表現について考えたい。

2　藤原忠通の人物と才学について

最初に、忠通という人物について簡単に確認し、忠通の文学的活動を取り上げる意義を明確にしたい。忠通は摂政と関白を務めた忠実の嫡男として生まれ、十九歳で大臣、二十五歳で関白となった後、三十七年間摂政・関白として政界の中枢で活躍した。そして、政治的な影響力はさることながら、諸芸に秀でた文化人としての側面でも注目すべき人物と言える。

忠通の和歌や漢詩について概観すると、まず、和歌では『金葉和歌集』以下の勅撰集に六十九首入っており、歌人としての高い評価が窺える。また、忠通は歌合を多く行っており、『類聚歌合』などに歌合の和歌が二十四首残っている。忠通には家集の『田多民治集』があり、四季一一五首、恋三六首、雑八一首の二三二首から構成されている。このうち三首は他人の作であるが、多くは題詠歌である。『田多民治集』は他撰とするのが通説であるが、巻末の記事により自撰とする説もある。▼注[1]

他方で、漢詩については平安時代後期の漢詩集『本朝無題詩』に九十四首の詩が入るほか、『和漢兼作集』や『擲金抄』にも詩句が載せられている。また、自撰漢詩集の『法性寺関白御集』がある。▼注[2]『法性寺関白御集』は久安元年（一一四五）の歳暮に忠通が過去に自分が詠んだ漢詩から一〇三首（うち一首は他人の作）を選び出してまとめたものである。前半は句題詩を中心とした五十四首で、春、夏、秋、冬、雑の順に、後半は無題詩四十九首で人倫、動物、画障、贈答、講経、読書、四季（春のみ）、別業、山寺、山洞の順に並べられている。『法性寺関白御集』は、贈答詩を始め、それぞれの詩が詠まれた背景を考えることで、忠通の文学的活動の一面を知る重要な資料にもなる。

こうした忠通の文学的活動の評価については、忠通の死後間もなく成立したとされる『今鏡』が参考となる。『今鏡』御笠の松では、忠通が漢詩、和歌、管絃、能書に優れていたことを記す。漢詩と和歌については「才学も高くおはしましける上に、詩など作らせ給ふことは、古への宮、帥殿などにも劣らせ給はずやおはしましけむ。歌詠ませ給ふ事も、心たかく昔の跡を願ひ給ひたるさまなりけり」とあり、漢詩は「古への宮」すなわち前中書王（兼明親王）と後中書王（具平親王）、「帥殿」すなわち藤原伊周に比肩すると評価した。和歌については志が高く古人の家風を慕うとしている。

御笠の松では、続いて忠通の書に関する逸話に触れた後、詩歌について述べる。まず、「まだ幼なくおはしましし時より、歌合など朝夕の大御遊にて、基俊、俊頼などいふ時の歌詠みどもに、人の名隠して判ぜさせなどせさせ給ふ事絶えざりけり」とあり、忠通が幼少期から歌合などを催し、藤原基俊と源俊頼などの当時の歌人に作者の名前を隠して優劣の判定をさせたことが語られている。具体的な活動については付表で整理したが、確認できる限りでは、長治二年（一一〇五）に九歳で庚申待和歌を行い、永久三年（一一一五）に十九歳で歌合を行ったのが忠通の活動の早い例である。萩谷朴『平安朝歌合大成』六（同朋舎、一九七九年）によると、忠通が催した歌合は十二回に上り、頻繁に歌合を行っていた可能性が考えられる。また、少なくとも藤原基俊が二回、源俊頼が四回判者を務めており、『今鏡』の記述を裏付ける。

さらに、『今鏡』では忠通の和歌を引き、藤原公任が撰集した『金玉集』の名歌と並ぶことを述べた後、白河院のために忠通が『続本朝秀歌』を撰集したこと、藤原基俊に和漢の言葉を選んで番わせたことを挙げる。特に、白河院や基俊に関わる逸話は、忠通の文才が当時いかに評価されていたかを物語る興味深いものである。そして、『今鏡』では最後に『法性寺関白御集』が白居易の『白氏文集』のように賞玩されたことに触れ、忠通の学才を称揚している。

このように、忠通は摂関家の嫡流に生まれ、政治的に重要な地位にあったばかりではなく、和歌や漢詩にも優れた人物として評価され、文学的活動においても影響力の大きな人物であったことが分かる。次は、具体的に忠通の活動がどのようなものであったか概観し、忠通の文壇について考えたい。

3　藤原忠通の文学的活動の背景

(一) 忠通が中心となった文学的活動について

付表は、忠通が中心となった和歌と漢詩に関わる活動を時系列に並べ、題や参加者について整理したものである。忠通の日記『法性寺殿御記』が断片的にしか残存しておらず、また、同時期の日記・記録類の記事も少ないため、忠通の後半生の活動は詳らかでないが、この表によってある程度概観することができる。

いくつか例を示すと、❶は忠通の和歌に関する活動の初例である。忠通の父忠実の日記『殿暦』によると、長治二年（一一〇五）二月二十一日、忠通は九歳にして殿上人と諸大夫十人余りを集め、庚申歌合を開いたという。また、❷の郭公十首歌会は、内田徹の指摘によると、天永元年（一一一〇）～永久三年（一一一五）の間に行われたと考えられ、その時の忠通の和歌はすべて『田多民治集』に入っている。▼注[3]

一方、漢詩に関しては、①❸『殿暦』天永元年十月二十五日に庚申での詩と和歌の会があるのが早い例である。②❹翌天永二年九月二十四日条に忠通が毎夜詩を講じたとあるが、⑥同年十月五日の作文始までの期間、『殿暦』や藤原為隆の日記『永昌記』に、何度か忠通の作文会について見える。これら一連の活動は恐らく作文始に向けた修練の意図があったと考えられる。その成果があったのか、天永二年十月五日、東三条邸で忠通の作文始があり、『中右記』の記主藤原宗忠は忠通の詩が優美で衆人が感動したこと、特に手跡が神妙であったとし、「我が朝の文道の中興か」と称している。

その後、忠通は歌合や和歌会、作文会を多く主催したようである。これらの記事は多くが失われ、現在確認できるのはごく一部でしかないが、確認できた限りの文学的活動のうち、特に忠通が中心となるものについて付表に示した。題や参加者などが明らかでないものも多くあるが、例えば、⑪❻永久三年六月二十七日の作文会と和歌会は、『殿暦』

に記事が残るほか、『和歌真字序集（扶桑古文集）』に永久三年六月二十七日と傍書のある藤原実光の和歌序があり、題は「池上鶴」であったことが分かる。しかし、忠通の日記が殆ど失われていることもあり、その活動を具体的に知ることは極めて難しい。

こうした忠通の活動の中で特に注目すべきことは歌合についてである。萩谷朴『平安朝歌合大成』によると、❼永久三年十月二十六日の歌合から⓴大治元年（一一二六）八月の歌合まで、付表に示したように十一例を見出すことができる。そして、『類聚歌合』や『内大臣家歌合』などの資料によって、歌題や参加者、判者が分かる。例えば、❼では忠通家で両度の歌合があり、初度は「水鳥」「氷」「寄神楽恋」「歳暮」「鷹狩」「雪」が、後度は「衣河」「宮木野」「塩竈浦」「白河関」「季松山」「忍里」が歌題となっている。判者は明らかではないが、付表に整理したように参加者については知ることができる。

このように、忠通は少なくとも⓴の大治元年八月まで歌合を行っていたことが分かる。また、和歌に関しては、❽永久五年三月十八日に和歌会を催しているほか、⓰と⓱では作文や管絃とともに行っている。㉗の作文会に関しては、『法性寺関白御集』に詩が残り、詩題と韻から『和漢兼作集』の藤原顕業と藤原永範の摘句もその時のものと推察される。さらに、作文については、ある程度継続的に行っているようで、㉘康治元年（一一四二）九月十三日条の『台記』では「今秋の間、御作文十度に及ぶ、世以て美談と為す」とし、四十歳半ばに於いてもなお旺盛に活動していた様子が見て取れる。

(二) 忠通の歌壇と詩壇について

こうした忠通主催の文壇について、歌壇と詩壇とに分け、その参加者を比較することで、それぞれの位相について考えてみたい。

まず、忠通の歌壇についてであるが、付表からも明らかなように、歌合以外で参加者が分かる例が極めて少ない。漢詩や管絃と共に催された会を除くと、❷郭公十首歌会しか例がないが、藤原忠兼以外はすべて忠通家歌合の参加者である。それゆえ、歌合の参加者を中心に忠通の歌壇について考えざるをえないのが現状である。忠通家歌合の研究は既に先行研究があるのでそれらを参考にまとめたい。

忠通家の歌合の出詠者は、萩谷朴が『平安朝歌合大成』で既に指摘しているように四十一人であり、萩谷は「忠通の主催する歌合というものが、人的構成の面において、特殊なグループを形成する閉鎖的なものであった」と評価した。また、歌合の出席者について、

今、忠通歌合の出場者を系譜化してみると忠通の母方の村上源氏を主として、摂関流藤原氏がむしろ従となり、その周辺に、家司・乳母子などの属類が、互いに姻戚の縁をもって散在するのみで、従来の晴儀歌合の如く、各氏各家を挙っての代表的人物の参加という形が見られないばかりでなく、参加者にも、当時歌壇各流の重鎮や歌合常連歌人の参加が極めて稀であることが知られるのである。

と指摘している。▼注[4]

また、橋本不美男はこれら参加者のうち主な二十数人を類別し、三グループに分けた。すなわち、忠通家の家司・諸大夫の第一グループ、母方の親族である村上源氏の第二グループ、そして、主に判者として迎えられた専門家人の第三グループであり、橋本も忠通の歌壇を極めて私的なものであったと位置づけている。▼注[5] 萩谷も指摘するように、実際に忠通の歌壇の参加者には、忠通家歌合で歌合史上初めて登場する人物が半数を超え、専門的な歌人は少なく、身内を中心としたものとなっている。▼注[6]

さきに『今鏡』で名前を隠して判定を請うたとあるように、判者に俊頼と基俊を迎え入れた点において、所謂遊宴的な歌合とは異なり、文芸性を志向したものであったとも評価できるが、参加者という点では閉鎖的かつ私的なもの

であったと言える。

一方で、忠通の詩壇には、『本朝無題詩』の詩人に代表される中原広俊や藤原式家の敦光や茂明、周光などの儒者を始め、藤原北家日野流の実光や宗光、藤原南家の儒者で文章博士を務めた永範、同じく文章博士を務めた菅原在良、さらには藤原宗忠や源師時などの公卿も参加している。付表からも分かるように、忠通の催した作文会には当代の文人を代表する公卿や儒者が偏りなく参加しており、その水準も非常に高いものであった。歌壇と比べてみても非常に開かれたものであったと言える。

それゆえ、参加者という観点で考えると、歌壇と詩壇の性格は大きく異なるものであったと見做すことができる。

4　忠通の和歌と漢詩の表現方法

（一）和歌に見られる特徴的表現

最後に、忠通の文学的活動を踏まえつつ、実際に和歌と漢詩について検討したいが、今回は忠通の和歌と漢詩に見られる特徴的表現について考えたい。

まず、忠通の和歌にはある特徴的な表現が見られる。それは、重ねことばである。例をいくつか挙げる。

Ⓐ「またれまたれて」

夜とともにまたれまたれて鶯のなく一声に春は来にけり

（『田多民治集』春・鶯・九）

▽参考

これや此またれまたれてほととぎす心ゆかしのさよの一こゑ

（『林葉和歌集』夏歌・詞書「右大臣家百首の時鳥五首」・二一三・俊恵）

やま桜ほどなくみゆるにほひかなさかりを人にまたれまたれて
（『山家集』雑・花十首・一四五八）

宝治百首歌の中に、見花
後鳥羽院下野

山ざくらまたれまたれてさきしよりはなにむかはぬときの間もなし
（『風雅和歌集』春歌中・一五一）

Ⓐは『田多民治集』の鶯を詠んだ和歌である。ここに見える「またれまたれて」という表現は、忠通より遡る例が少なく、同時代では源俊頼の子である俊恵や西行の和歌に見える程度である。用例が少ないということも興味深いところである。

次にⒷも同じく『田多民治集』の和歌である。

Ⓑ「人なみなみに」

なに事を人なみなみにおもはまし花みる春のなき世なりせば
（『田多民治集』春・さくらを・一六）

▽参考

なにすと　たがひはをらむ　いなもをも　とものなみなみ　われもよりなむ
（『万葉集』巻十六・有由縁并雑歌・娘子等和歌九首・三七九八／三八二〇）

しもつふさの守藤原のすゑたか、くだるに、中納言の家に餞たまふによめるうた

君ははや人なみなみにいで立ちていづみにしづむ我にあふなよ
（『源順集』二七一）

七夕の心をよめる
能因法師

たなばたのこけのころもをいとはずは人なみなみにかしもしてまし
（『金葉和歌集』秋部・一五九／一六九）

ここでも「人なみなみに」という重ねことばが見える。「なみなみ」という表現は『万葉集』の例が古いが、必ずしも表現として多いものではない。『万葉集』以後は源順の和歌に見えるほか、勅撰集では『金葉和歌集』の能因法師の和歌が早い例である。

Ⓒは『田多民治集』に二例見える「くるくる」という表現についてである。

Ⓒ「くるくる」

年のうちにくるくるかよふ見来人「本ニ不審」いくたびわたるせたのながはし　（『田多民治集』雑・橋・一五四）

嘱累品、如是三摩諸菩薩摩訶薩頂

いただきをくるくるなでてちぎりてしそのことの葉をたのむ比かな

是は、菩薩のかうべをなでて、この経にて世の末の人みちびき給ふと、仏の給ひしかば、すくはんとうけとりぐそくし給ひしなり　（『田多民治集』雑・一八九）

▽参考

おなじ人、またよそなりしをり

こころからひまもなきまであをつづらくるくるものをおもふころかな　（『祐子内親王家紀伊集』三五）

これも「またれまたれて」と同様に忠通より確実に遡ると言える用例が見えない。同時代のものとして、紀伊と藤原教長の例が見えるだけである。教長の例は『後葉和歌集』に載る長歌で、「いまはただ　くろきすぢなき　たきのいとの　くるくるきみに　つかふとて　おもひはなれぬ　憂世なりけり」（雑三・五三五）と見える。

このように三つ例を挙げたが、忠通の和歌には用例の少ない重ねことばが用いられていることが分かる。これらの言葉はある種、口語的な、俗語的な印象もあるが、こうした言葉を繰り返す手法は忠通の漢詩にも多く見られるのである。

(二) 漢詩における特徴的表現

まず、Ⓐは「水有り山有り」や「北より南より」、あるいは「一吟一詠」のように一語を繰り返して四字で言葉を重ねる場合である。いくつか例を挙げる。

Ⓐ四字で重ねる場合

〔『法性寺関白御集』、山水花皆満〈紅〉［二］（首聯）〕

有水有山西也東、春花皆発満望中。

〔『法性寺関白御集』、泉石始知秋〈題中〉［一三］（首聯）〕

有石有泉叶勝遊、箇中尋到始知秋。

〔『法性寺関白御集』、当水草初生〈題中〉［三］（尾聯）〕

一道青煙微尚嬾、何蘆何荻詔思量。

〔『法性寺関白御集』、花菊薫冠帯〈芳〉［四四］（首聯）〕

菊花争綻遇重陽、薫帯薫冠無限粧。

〔『法性寺関白御集』、雪飛南北間〈分一字〉［四九］（首聯）〕

三冬飛雪望猶新、自北自南飄玉塵。

〔『本朝無題詩』巻六、帰路［四四二］（尾聯）〕

及頽危暮五旬後、云子云孫始惑吾。

〔『本朝無題詩』巻二、見屏風春所独吟［一〇三］（末二句）〕

一吟一詠数盃酒、驚眠破夢不才身。

〔『本朝無題詩』巻四、春夜即事［二一九］（尾聯）〕

一詠一吟吹笛処、憐之争不動心神。

例えば、「云〜云…」という表現は漢詩以外では多く見られるものであるが、日本漢詩に限って言えば平安時代中期まで下る。藤原公任の「晴後山川清〈探得遊字〉」（『本朝麗藻』巻下［五七］）に「云仁云智足相楽、宜矣登臨促勝遊（仁と云ひ智と云ひ相楽しむに足れり、宜なるかな登臨して勝遊を促すは）。」とあるのが早いが、用例としては少ない。一方、『本朝無題詩』に数例見えることは注意される。▼注[7] 忠通と同時代の詩人に用例が多いことは、漢詩の表現をめぐって相互に影響関係があった可能性も考えられる。

こうした四字で言葉を重ねる表現手法は特に珍しい例とまでは言えないものの、忠通の詩に繰り返し表現が多く用いられていることは看過できない。また、「一吟一詠」または「一詠一吟」という表現が忠通の詩に計七例あり、他の日本漢詩に見えないことは、忠通の表現方法を考える上で注目すべきである。▼注[8]

次に、Ⓑは「神たりまた神たり」や「裁ちまた裁つ」のように、「また」という語を挟んで言葉を繰り返す例である。

Ⓑ三字で重ねる場合

〔『法性寺関白御集』、浮水落花多〈春〉［七］（首聯）〕

林花多落積沙浜、浮水軽葩神也神。

〔『本朝無題詩』巻四、夏日即事［二五九］（首聯）〕

夏天熱至使汗催、軽扇単衣裁又裁。

これらも新奇な表現とまでは言えないが、忠通の用いた繰り返し表現として注意しておきたい。

さらに、Ⓒは畳字すなわち重ね字を用いた例である。

Ⓒ畳字を用いる場合

〔『法性寺関白御集』、当水草初生〈題中〉［三］（首聯）〕

野塘眇眇水蒼蒼、遠草初生望自当。

〔『法性寺関白御集』、春日遊覧［九二］（『本朝無題詩』巻四［二一四］、首聯）〕

春花漠漠鳥関関、細馬香衫聞也攀。
〔『法性寺関白御集』、初冬於宇治別業即事［九五］（『本朝無題詩』巻六［四一二］、尾聯）〕
触耳当望何物最、浪茫茫与月澄澄。
〔『本朝無題詩』巻三、九月十三夜翫月［一五七］（首聯）〕
星河皎皎月蒼蒼、従属窮秋最断腸。
〔『本朝無題詩』巻四、春三首（一）［二〇六］〕
歩歩行行最易臻、伽藍便是洛陽隣。（首聯）

いずれも一句中に畳字を二つ用いており、特徴的な表現と言える。
最後に、Ⓓはそれ以外の特徴的な例を挙げたものである。

Ⓓそれ以外の場合

〔『法性寺関白御集』、答見重贈之佳什［七九］（尾聯）〕
無智無材無芸士、不図今作相門尊。
〔『本朝無題詩』巻四、夏二首（一）［二四九］（首聯）〕
東河東域洛東頭、茅屋三間得自由。
〔『本朝無題詩』巻五、冬夜言志〈勤〉［三三三］（首聯）〕
自元冬景憐旁至、明月明明入夜看。
〔『和漢兼作集』巻七、楼台夜月澄［六九三］（摘句）〕
望海海晴応遠望、凌雲雲巻欲何凌。

前三例は同一句に同じ言葉を三度用いたものである。また、最後に挙げた『和漢兼作集』に載る摘句では、「海を望めば海晴れて応に遠く望むべし、雲を凌げば雲巻きて何をか凌がんとす」とあり、それぞれの句で二種類の字が繰り返し用いられている。

このように忠通の漢詩には語を繰り返す表現がしばしば見られ、摘句を除けば忠通の全漢詩の八分の一ほどに上り、比較的多く用いていることが分かる。また、いずれも首聯や尾聯のような詩の最初か最後に用いていることも注目される。こうした言葉の繰り返しを用いる表現方法は和歌と軌を一にするものではないだろうか。

5　おわりに

以上のように、忠通の文学的活動とその詩歌の特徴について見てきたが、忠通の歌壇と詩壇はその性質が少なからず異なるにもかかわらず、和歌と漢詩の表現には共通性を見出すことができると言える。例えば、白居易の新楽府「牡丹芳」が忠通の『詞花和歌集』の和歌に影響していることは既に先行研究によって指摘されていることではあるが、▼注[9]和歌と漢詩に双方向の影響があった可能性は大いに考えられる。今後はもう少し漢詩の読解を進め、白居易など唐代の詩人の影響も踏まえたうえで検討する必要があるが、和歌の「またれまたれて」や「くるくる」が平安後期以降に見られる用例であったこと、忠通の詩の表現が『本朝無題詩』の詩人とある程度類似していたことは留意すべきである。あるいは、同じ言葉を繰り返す表現方法は当時の流行であったかもしれない。とりわけ、漢詩との関わりで考えると、大江匡房の次の詩は注目すべきかもしれない。

〔『本朝無題詩』巻五、述懐〈勒〉［三五九］、大江匡房〕

天莫悵望人莫尤、世間倚伏固悠悠。蒼生非一何開口、黔首且千豈尽頭。詎聖詎賢兼詎智、何公何子亦何侯。或通或塞氷争定、偶去偶来雲自浮。運命難窮応極否、寿夭叵識得知不。非無非有非無有、不覓不将不不求。

また一方で、先に挙げた『田多民治集』の「人なみなみに」という表現を評して木越隆は「俗語的なことばを使う」と指摘したが、▼注[10]こうした繰り返し表現は連句との関連性もあった可能性がある。一例を挙げると、忠通の弟の頼長の日記『台記』には連句の記事がある。

〔『台記』、康治二年（一一四三）二月二十日〕
終日連句興。俊通上句云、田豆又田豆。令明下句云、野篁復野篁。此句尤有興。

頼長によると終日連句を行い、その中でも源俊通の「田豆又田豆」という句に対して藤原令明が「野篁復た野篁」と付したのが非常に面白かったと記している。「田豆又田豆」という句の意図は詳らかでないが、令明の句は恐らく「田豆又田豆」という言葉の繰り返しを受けたもので、小野篁のことを言ったものであると思われる。憶測の域を出ないが、「田豆又田豆」という言葉は「た」と「ま」と「め」の繰り返しでもある。当時の連句がいかなるものであったかは資料が少なく、判然としないことも多いが、こうした言葉遊びのような俗語的な言い回しが当時よく行われたのかもしれない。

『殿暦』天永二年（一一一一）十一月二十三日条に見える忠通主催の作文会（付表⑧）では連句も行われており、また、『本朝無題詩』巻二［九〇］には「連句を賦す」という忠通の漢詩も見える。和歌や漢詩における忠通の表現の根底には同時代的漢詩人の表現に加え、或いは連句の影響もあったかもしれない。

【注】

［1］山口博「田多民治集」（『和歌大辞典』明治書院、一九八六年）、高木豊「『田多民治集』小考—法華経和歌史研究断章—」（『現代思想への道程—江川義忠先生古稀記念論文集』北樹出版、一九九〇年）を参照。

［2］『法性寺関白御集』については、佐藤道生「『法性寺殿御集』考」（『平安後期日本漢文学の研究』笠間書院、二〇〇三年）を参照。

［3］内田徹「院政期の十首歌」（『文芸と批評』7－1、一九九〇年四月）参照。

［4］忠通家歌合の構成内容については、「二七五　永久三年十月廿六日　内大臣忠通前度歌合」（萩谷朴『平安朝歌合大成』六、同朋舎、一九七九年）に詳しい。

［5］橋本不美男「忠通と顕季」（『国文学 解釈と教材の研究』一二―一〇、一九六七年八月）を参照。

［6］注［4］萩谷前掲書。

［7］大江隆兼の「温泉道場言志」（巻十［七六九］）の第一、二句には「云名云利両忘身、日日行行□往臻」とあり、上句に「云～云…」、下句には畳字が二つ用いられている。また、中原広俊の「賦山水」（巻二［三九］）の首聯は「云山云水望不休、相共登臨幾勝遊」とあり、公任の「晴後山川清」詩を踏まえる。中原広俊にはもう一例あり、「秋月詩〈勒〉」（巻三［一七六］）の末二句にも「非唯皎色頻催興、云酒云詩事事兼」と見える。

［8］類似する表現は『本朝無題詩』の中に見える。藤原有信の「翫月」（巻三［一六一］）と藤原周光「秋日言志〈勒〉」（巻五［二八四］）には「一觴一詠」、大江隆兼の「暮春池頭即事」（巻六［三七四］）には「一詠一觴」の用例がある。

［9］忠通の和歌「さきしよりちりはつるまでみしほどにはなのもとにてはつかへにけり」（『詞花和歌集』春・四八）が白居易「牡丹芳」（『白氏文集』巻四［〇一五二］）の「花開花落二十日、一城之人皆若狂」を踏まえていることは、井上宗雄・片野達郎『詞花和歌集』（笠間書院、一九八八年）などの先行研究が指摘することである。

［10］木越隆「藤原忠通の和歌」（『言語と文芸（国文学言語と文芸の会編）』八五、一九七七年）を参照。

［付記］二〇一五年三月七日、平安朝文学研究会二〇一四年度第二回研究発表会（於早稲田大学）で「藤原忠通の文壇と漢詩」と題して口頭発表したものを加筆修正した。また、本稿は科学研究費補助金（特別研究員奨励費）「平安時代末期の摂関家における文学と学問の研究―藤原忠通と藤原頼長を中心に―」（課題番号：16J06605）の成果の一部である。

［付表］①～㉙は漢詩、❶～⓴は和歌に関わる記事を示す。主として忠通が中心となった活動を挙げ、天皇や上皇などが主催したものや個人的な贈答は除く。表の作成に関して、萩谷朴『平安朝歌合大成』（同朋舎、一九七九年）、仁木夏実「摂関家と式家儒者―院政期儒者論（二）―」（『語文』七九、二〇〇二年十二月）を参照にした。

付表　藤原忠通の文学的活動

	年	月日	年齢	活動内容／題	序者や題者など	参加者	典拠
❶	長治2年（1105）	2月21日	9歳	庚申待和歌会	源雅兼（序者）	殿上人一両陰早、同諸大夫十余人許	『殿暦』
	天仁2年（1109）	12月21日	13歳	読書始（『史記』五帝本紀）	藤原敦宗（師）		『殿暦』
❷	天永元年（1110）〜永久3年（1115）		14〜19歳	忠通家郭公十首歌会／「郭公」		源俊頼、源雅光、藤原重基、藤原忠兼、藤原時昌	『田多民治集』33〜42、『散木奇歌集』223〜230、『金葉集』157〜158、『詞花集』56、『万代集』595
①❸	天永元年（1110）	10月25日	14歳	庚申詩和歌会			『殿暦』
②❹	天永2年（1111）	9月24日	15歳	作文・和歌、忠通毎夜詩を講ず		陰十公達一両、六位諸大夫等	『殿暦』
③	天永2年（1111）	9月26日	15歳	作文			『殿暦』
④	天永2年（1111）	9月29日	15歳	両三度作文			『殿暦』
⑤	天永2年（1111）	10月3日	15歳	作文／「落葉声如雨」			『永昌記』
⑥	天永2年（1111）	10月5日	15歳	作文始／「松献遐年寿」	大江匡房（題者）、菅原在良（序者）、藤原行盛（講師）、藤原為房（読師）	藤原宗忠、源基綱、藤原実行、藤原長忠、源雅兼、藤原宗成、藤原有業、藤原実兼、藤原基俊、藤原公章、藤原敦光、平実親、大江匡時、藤原宗国、藤原重隆、大江広房、藤原尹通、藤原令明、菅原時登、藤原顕業、藤原為隆	『殿暦』、『中右記』、『永昌記』
⑦	天永2年（1111）	10月8日	15歳	作文			『殿暦』
⑧	天永2年（1111）	11月23日	15歳	作文・連句	菅原在良（序者）、藤原宗光（講師）	文者両三人、博士七八人、公達一両人	『殿暦』
⑨	天永2年（1111）	11月25日	15歳	作文／「対雪唯斟酒」	菅原在良（題者）、藤原宗光（講師）、藤原為隆（読師）	藤原宗輔、藤原敦光、藤原実光、藤原宗成、藤原永実、藤原行盛、藤原良兼、藤原公章、藤原宗国、中原広俊、藤原重隆、藤原宗重、藤原令明、菅原清能、藤原仲隆	『中右記部類記紙背漢詩集』巻七
⑩	天永2年（1111）	11月28日	15歳	作文／「迎暁聞寒鴈」	藤原実光（序者）、藤原敦光（講師）、菅原在良（読師）		『永昌記』
	天永4年（1113）	3月	17歳	「閏三月即事」			『本朝無題詩』241

⑪❻	永久3年（1115）	6月27日	19歳	作文・和歌／歌題「池上鶴」	藤原実光（歌序者）	上達・殿上有其数	『殿暦』、『和歌真字序集』
⑫	永久3年（1115）	9月13日	19歳	作文		公達・博士等両三人	『殿暦』
❼	永久3年（1115）	10月26日	19歳	歌合／初度「水鳥」「氷」「寄神楽恋」「歳暮」「鷹狩」「雪」、後度「衣河」「宮木野」「塩竈浦」「白河関」「季松山」「忍里」	源顕国（読師）、藤原宗国（講師）	藤原忠通、源顕国、源顕俊、藤原永実、藤原忠隆、藤原宗国、源雅光、藤原重基、源盛家、源仲房、源忠房、源兼昌	『二十巻本類聚歌合』
⑬	永久4年（1116）	9月29日	20歳	作文			『殿暦』
❽	永久5年（1117）	3月18日	21歳	和歌、近来和歌読多集会云々			『殿暦』
❾	永久5年（1117）	5月9日	21歳	歌合／「郭公」			『二十巻本類聚歌合』目録
❿	永久5年（1117）	5月11日	21歳	歌合／「桜」「郭公」「月」「雪」「恋」「祝」		藤原顕仲、藤原道経	『二十巻本類聚歌合』
⑭	永久5年（1117）	8月19日	21歳	作文			『殿暦』
⓫	元永元年（1118）	10月2日	22歳	歌合／「残菊」「時雨」「恋」	源俊頼、藤原基俊（判者）	摂津、源定信、藤原忠通、源盛家、少将、上総、信濃、藤原顕仲、源忠房、源俊隆、源師俊、藤原重基、源俊頼、源顕国、源雅兼、藤原道経、藤原基俊、源雅光、藤原宗国、藤原忠隆、源信忠、源兼昌、藤原時昌、藤原為真	『二十巻本類聚歌合』
⓬	元永元年（1118）	10月11日	22歳	歌合／「雨後寒草」	源俊頼（判者）	藤原忠通、源季房、源師俊、源盛家、藤原尹時、藤原重基、藤原忠隆、藤原朝隆、藤原清隆、源盛定	『二十巻本類聚歌合』
⓭	元永元年（1118）	10月13日	22歳	歌合／「千鳥」「初雪」「鷹狩」	源俊頼（判者）	源兼昌、藤原忠隆、源雅兼、藤原忠通、藤原宗国、藤原顕仲、源師俊、藤原道経、源顕国、源盛家、源定信、源雅光	『二十巻本類聚歌合』
⓮	元永元年（1118）	10月18日	22歳	歌合／「寄所水鳥」「旅恋」			『二十巻本類聚歌合』目録

⓯	元永元年（1118）〜元永2年（1119）秋		22〜23歳	歌合／「水上霧」「恋」			『二十巻本類聚歌合』目録
⑮⓰	元永2年（1119）	3月9日	23歳	管絃・作文・和歌／詩題「佳遊契万年」、歌題「庭前竹」	菅原在良（題者）、藤原行盛（詩序者）、藤原令明（詩講師）、藤原宗忠（詩読師）、藤原実光（歌講師）、源重資（歌読師）	藤原実行、藤原宗輔、源師時、藤原伊通、藤原季通、藤原忠基等、殿上人後六人、儒士十人許	『中右記』、『法性寺殿御記』
⑯⓱	元永2年（1119）	3月15日	23歳	作文・和歌／詩題「松竹契遐年」、歌題「水辺鶴」			『法性寺殿御記』
⑰	元永2年（1119）	3月19日	23歳	作文／「春裏花尤貴」	藤原敦光（題者）		『法性寺殿御記』、『法性寺関白御集』9
⓲	元永2年（1119）	7月13日	23歳	歌合／「草花」「晩月」「尋失恋」	藤原顕季（判者）	藤原季通、摂津、藤原忠通、源盛家、藤原尹時、藤原基俊、藤原時昌、源兼昌、藤原道経、源忠季、源師俊、源仲房、源雅兼、源定信、藤原忠隆、上総、藤原行盛、藤原為真、源雅光、藤原顕仲、藤原宗国、源顕国	『二十巻本類聚歌合』
⑱	元永2年（1119）	10月3日	23歳	作文／「譬如浄満月」	永縁法印（題者）、藤原敦光（序者）、藤原行盛（講師）、藤原宗忠（読師）	藤原伊通、源雅兼、藤原宗光等、殿上人・儒者合十余人	『中右記』
⓳	保安2年（1121）	9月12日	25歳	歌合／「山月」「野風」「庭露」「恋」	藤原基俊（判者）	藤原忠通、源俊頼、藤原宗国、藤原重基、源雅光、藤原親隆、女房（上総、少将）、源明賢、藤原基俊、源師俊、源定信、藤原道経、藤原為真、藤原時昌	『二十巻本類聚歌合』
⑲	天治元年（1124）	4月9日	28歳		藤原宗光（序者）、藤原顕業（講師）	源師時、藤原為隆、殿上人行宗朝臣以下儒士・成業・非成業相并廿餘輩	『永昌記』

	天治2年（1125）	5月7日	29歳	忠通が詩の選定を行わせた			『中右記目録』
⑳	天治2年（1125）	8月15日	29歳	明月浮湖上		（藤原宗忠）	『中右記目録』
⓴	大治元年（1126）	8月	30歳	歌合／「旅宿雁」「恋」	源俊頼（判者）	源俊頼、源師俊、源定信、藤原道経、源雅光、藤原国能、藤原時昌、堀河、三河	『二十巻本類聚歌合』
㉑	大治元年（1126）	9月13日	30歳	「月明酒域中」	藤原永範（講師）、藤原敦光（読師）	藤原実光、藤原基俊、橘広房、菅原清能、藤原重基、大江時賢、藤原成光	『中右記部類記紙背漢詩集』巻十、『法性寺関白御集』32
㉒	大治元年（1126）	9月23日	30歳	作文		（藤原宗忠）	『中右記目録』
㉓	大治5年（1130）	9月13日	34歳	作文／賦月之詩	源師時（講師）		『長秋記』大治5年9月8日条
㉔	大治5年（1130）	9月20日	34歳	作文／「江湖唯聞鴈」	藤原敦光（題者）、藤原永範（講師）	藤原伊通、源師俊、藤原宗成、藤原実光以下十人許	『中右記』
㉕	長承3年（1134）	7月29日	38歳	作文／長楽寺詩			『長秋記』
㉖	長承4年（1135）	3月23日	39歳	作文／「養生不若花」	藤原実光（題者）、藤原永範（序者）、大江時賢（講師）	藤原宗忠、藤原実能、藤原宗成、源師頼、源師俊、殿上人両三人、儒者七八人（傍書「合十六人」）	『中右記』、『法性寺関白御集』12、『和漢兼作集』255、256
㉗	保延5年（1139）	6月4日	43歳	作文／「看月自忘暑」	藤原遠明（講師）、藤原敦光（読師）	藤原頼長、源俊通、藤原孝能、藤原頼佐、藤原敦任、藤原成佐、菅原清忠	『台記』、『法性寺関白御集』19、15
				作文／「花木逢恩賞」（延引による）	藤原有光（講師）、藤原敦光（読師）	藤原宗兼、藤原成佐	
㉘	康治元年（1142）	9月13日	46歳	作文、今秋催された作文会は既に十度に及ぶ			『台記』
㉙	久安6年（1150）	2月3日	54歳	詩歌管絃（上皇と皇太后が忠通邸に御幸す）	藤原有光（詩講師）、藤原隆季（歌講師）	藤原頼長	『台記』

5 和歌風俗論
——和歌史を再考する——

小川豊生

1　はじめに

和歌というみやびなジャンルについて述べる文章に、なぜ「風俗」などというあやしげな言葉を持ち込むのかと顰《ひん》蹙《しゅく》をかってしまいかねないほど、「風俗」という語はいまやまったく本来の面目を失ってしまったようです。

ではその本来の面目はと問われれば、もともと「風俗」は儒教の経典の、主として政治論の文脈において出てくる言葉であったと、まずは答えておきましょう。中国歴代の王朝で「風俗」が有する統治上の意義を説かないケースはないほどだからです。むろん、日本でも前近代を通じて用いられていましたが、とくに近世の荻生徂徠などは、風俗を根幹にした大著（『政談』）を著わしてさえいます。

ところで、唐突ですが、現在わたしたちが「文学」という範疇で理解している和歌というジャンルを、平安中期以降から、近世にいたるまでの晴れの場（勅撰集や歌会等）で最も共有された伝統的な概念で表わすとすれば、どのような言葉が当てはまるでしょうか。

後に詳しく見るように、じつはそれこそ「風俗」という言葉にほかなりません。しかし、この言葉は、いまも述べたように、古代や中世の人びとの語感からは限りなく隔たり、やせ細ってしまっています。和歌を風俗という言葉でとらえることを無意識のうちに嫌ってきたのも、この語感のせいかもしれません。貫之の歌はブンガクだ、定家の歌も、為兼の歌もブンガクだ。フウゾク⁉

このささやかな文章は、ときに面倒な漢文とつき合うことになりますが（読みやすくするためにほとんどは原文を読み下しに変えています）、あえて「文学」ではない「風俗」という言葉を鍵語にして、これまでにないめずらしい視点から和歌に挑んでみようとする試みです。その試みを通して、もしかしたらわたしたちは、和歌に対する見方を少しだけ変えることができるかもしれません。

2　和歌史と風俗

そこでまず最初に、「風俗」という用語の意味を確認しておきましょう。諸橋轍次『大漢和辞典』を引くと、「風俗」は、「①ならはし。其の土地土地のならはし。しきたり。習慣。風は上の教化、俗は下の之に習ふならはし。②其の土地に行はれる詩歌。国ぶり。国風」などと出てきます。②についてはあとで触れることにし、①の方は、たとえば奈良時代の『養老令』（職員令）に、「明王の化は風を移し、之を雅にせしめ、俗を易《か》へて、之を正しくすべし。是を以て上の化するところを亦《また》風を為すと謂《い》ふ。人習ひて行ふを亦俗を為すと謂ふ」とあるように、天子の教化を上から下へと及ぼしていく政治上の手順にかかわっています。中国の『孝経』や『詩経』の考え方によるもので、あたかも風がさまざまなものを動かすように、君主や諸侯が下民（俗）を教化し、雅正にしていく、これが風と俗の関係だというわけです。

ではその教化を何によってなすかといえば、『詩経』の注釈書である『毛詩正義』によれば、「得失を正し、天地を動かし、鬼神を感ぜしむるは、詩より近きは莫《な》し」、つまり詩こそそれで、王者は詩の様々な効用によって夫婦の道や君臣の道を教えてきたのだと言います。儒教において、「俗」あるいは「風俗」は、あくまで治世上の上位者の徳によって感化矯正されるべき下位の対象としてあったことになります。

こうした風俗に対する見方は、儒教を介して日本にも伝わります。それが治世上の方法として採用されたことは、たとえば『続日本紀』に、「勅に曰く、上を安んじ民を治むるに礼より善きは莫し。風を移し俗を易ふるに楽より善きは莫し」（天平宝字元年〈七五七〉）や、『日本後紀』に、「風を淳風に移し、俗を雅俗に易へ、清濁を激揚し、幽明を黜陟《ちゅっちょく》す」（大同元年〈八〇六〉六月壬寅条）などといった文言がしばしば見出せることでも分かります。また、「移風易俗」という考え方は、平安前期には、いわゆる文章経国思想などを通して文化のうえにも公式の理念として受容されました。

ところが、この文章経国思想の体制が衰退しはじめる九世紀末期の宇多朝を転機として、大陸から移入された風俗観に変容が見られるようになります。その変容の動きが、最初の勅撰集の序文のなかに現われている把捉できることは重要な意味をもつでしょう。

「移風易俗」の思想は、和歌の歴史においては、『古今集』序文（真名序）のなかの次のような一節にまで、その影響を見出すことができます。

> 大津皇子《おおつのみこ》の、初めて詩賦を作りしより、詞人才子《しじんさいし》、**風を慕ひ**塵《ぢん》を継ぐ。彼の**漢家《かんか》の字を移し、我が日域《じちいき》の俗を化ふ**。民業《みんぎょう》一たび改りて、和歌漸《ようや》く衰ふ。

〈大津皇子が日本で初めて漢詩をつくって以来、詩人たちはその風を慕って後に続いた。〔このように〕中国の漢字表現を移入して、我が日本の習わしを変えてしまったために、民業は一変し、次第に和歌は衰退してしまった。〉

ここで真名序がいう、「漢家の字を移し」て「日域の俗を化」えるという表現には、たしかに「風を移し俗を易ふる」という儒教の政治理念が意識されています。ただし注意しなければならないのは、ここでは王権による一国内の教化ではなく、国を隔てた「漢」と「日域」との関係に視点がおかれており、さらに、その教化そのものが肯定的に受けとめられているわけではなく、逆に和歌を衰退させた原因と見做されているという事実です。つまり、右の一節には、先進中国の漢字〈漢詩文〉を移し入れることによって、辺境の「我が日域の俗」が改められ教化されるという、大陸文明による感化の論理に対する真名序筆者の強い違和感が刻まれているといってよいでしょう。真名序が政教主義的な儒教の理念を基調として成り立っているだけに、その中に、こうした違和が声高な形ではないものの、たしかに潜在していることの重要性を見落とすわけにはいきません。真名序の筆者は、一方で大陸詩論を自らの拠り所として受け入れつつ、他方でこの思想の核心部を拒絶するという、いわば二重拘束《ダブルバインド》の状態に置かれていたはずです。

では、この状態から脱け出すために、序文〈両序〉の筆者は、はたしてどのようにすればよいと考えたでしょうか。おそらく、「移風易俗」とは別の本質論を、「和歌」において新たに生みだすほかなかったに違いありません。〈詩によって俗を雅へと改変教化する〉という大陸の考え方とは異なり、「明王の化」によって「移風易俗」されることなく、そもそも日域において人々は自然《じねん》に歌を詠んできた。日域においては和歌はそのまま風俗であり、「民業」なのだ――そういう認識が真名序筆者だけでなく、仮名序の筆者である紀貫之にもあったことは、よく知られた『土左日記』の次の一条によって知ることができます。▼注[1]

同書の一月二十日の記事には、中国の人との送別の場で詠んだ阿倍仲麻呂の歌〈『古今集』にも採られている有名な「天の原ふりさけ見れば春日なる三笠の山に出でし月かも」の一首〉を彼らが賞賛したことについて言及した件《くだり》があります。送る側がつくった漢詩の返礼に、仲麻呂は、「わが国にかかる歌をなむ、神代より神もよん給《た》び、今は上《かみ》、中《なか》、下《しも》の人もかうやうに別れ惜しみ、喜びもあり、悲しびもある時には詠む」といって、例の一首を披露したというのです。仲麻呂がこの歌を漢訳して彼らに示したところ、唐の人びとが賞賛したとあります。このエピソードについて触れる貫之は、「もろこしとこの国とは、言異なるものなれど、月の影は同じことなるべければ、人の心も同じことにやあらむ」と感想を記しています。唐と日本は言葉が異なるものの、月の光が同じであるように人の心は同じなのだ。詩情を盛る器としての漢詩と歌との間に、もともと表現行為としての違いはなく、優劣もないのだという、きわめて普遍的な捉え方だと言えましょう。

こうした捉え方は詠み手の問題にも及んでいます。周知のように、『土左日記』では、船子や童が歌をうたい、老若男女が歌を詠む。もののあはれを知らぬ楫取りの言葉さえ歌と聞きなし、上位者・下位者という身分に関係なく、上中下の人がみな歌をつくる。歌はまさしく自生的な生活の地であり、民業である、そういう見方がよく示されています。

このように、『古今集』編者の貫之のなかにも、「移風易俗」とはたいへん異質な風俗観がたしかに認められるのです。日域において「風俗」は、本質的にはけっして上位の王権によって強制的に教化改変されるべきものではなく、歌をうみだす豊かな土壌として、むしろ肯定すべきものであったのだ、貫之はそう考えたといえます。仮名序における、「やまと歌は人の心をたねとして、よろづの言の葉とぞなれりけり」という本質論も、「生きとし生けるもの、いずれか歌を詠まざりける」という普遍的な歌論も、このような和歌-風俗観のうえに創出されたものでした。▼注［2］

3 「国風《くにぶり》」から「国風《こくふう》」へ

さて、十世紀初頭の和歌史のうちに孕まれた風俗と和歌とのこうした関係に、その後、さらに大きな変化が現れることになります。そのことについて次に述べてみましょう。

『古今集』編者の一人であった壬生忠岑《みぶのただみね》に仮託して、十世紀末か十一世紀初頭ころに書かれたとされる歌学書に『和歌体十種』というものがあります。その冒頭は次のようにはじまります。

それ和歌は我朝の風俗なり。神代に興りて人世に盛んなり。物を詠じて人を諷するの趣き、彼の漢家の詩章に同じ。

これに続く箇所には貫之の仮名序を意識した記述が見え、だとすれば、「それ和歌は我朝の風俗なり」という大上段に振りかぶったフレーズは、忠岑に仮託した著者が（いまのところ残念ながら誰かは不明です）、仮名序の立場を代弁したものだったと見ることができます。

ここには、粛清教化すべき風俗という、先にみた大陸の考え方とはまるで異なった和歌–風俗観が、明瞭なかたちで肯定的に語り出されています。しかもこの「風俗」には、本来有していたはずの地方の国々の風俗ではない、王権の統治領域の全域を想定した「我朝の風俗」へと、質的な転換、いわば格上げが図られてもいます。真名序の筆者や貫之が潜在的に抱えていた考え方が、ここでは前面に押しだされ、ひとつの高揚した宣言にまでたかめられていると言えるでしょう。

十世紀末から十一世紀へと推移するなかで生まれたこの変化は、おそらく偶発的なことではなかったものと推察されます。その点を端的に物語る事例を挙げてみましょう。

『和歌体十種』とほぼおなじ頃の長保四年（一〇〇二）四月、かの藤原道長は自らの姉であり円融院の后であった東三条院詮子の追善のために、藤原公任らを集めて法華経の諸品を題にして和歌を詠ませています。いわゆる「法華経二十八品和歌」と呼ばれるもので、経典の句を題にして詠む本格的な法文歌のはじめとされるものです。このとき序文を書いたのは、道長に家司《けいし》として仕えた藤原有国でした（「讃法華経二十八品和歌序」）。有国は文章道の大家でもあり、勧学会《かんがくえ》を再興した人物としても知られていますが、この序に次のようにあります。

和歌者、志之所レ之ク也。用二ヒ之ヲ郷人一ニ焉、用二フ之ヲ邦国一ニ矣。（中略）上自二リ神代一下訖《いた》二ル人俗一ニ。**国風之始也。故ニ以レテ和ヲ為レス首《はじめ》ト。**吟詠之至也。故ニ以レテ歌ヲ為レス名ト。和歌之美也、其ノ来ルコト遠シ矣。

（和歌は志の之《ゆ》く所なり、これを郷人に用ひ、これを邦国に用ふ。〈中略〉上、神代より、下、人俗にいたる。国風の始めなり。故に和を以て首となす。吟詠の至りなり。故に歌を以て名と為す。和歌の美なるや、其の来ること遠し。）

有国は、和歌は神代から人の代に伝来したものであって、これは「国風の始め」であるから「和」を頭に置くのであり、「吟詠の至り」であるから「歌」の名を下につけるのだといいます。この記述は、詩の本質論を展開した『毛詩』大序の、「關雎《かんしょ》は后妃の徳なり。風の始めなり。天下を風して夫婦を正す所以《ゆえん》なり。故に之れを郷人に用ひ、之れを邦国に用ふ」（周の文王が「關雎」の詩を作り、郷の長官や天下の諸侯に命じて郷人〈村の人びと〉や臣下を教化させたのは、それによって夫婦のあり方を正しくさせようとしたためである）が典拠となっています。

ただし、注意しなければならないのは、大序で「国風」という場合の「国」とは、諸侯による風化（教化）の及ぶ境域のことで、地方の国々のことです。日本でも地方に伝承された民俗歌謡を「国風《くにぶり》」と呼んでいます。本来「国風」には「和（倭）風」という意味は含まれていませんし、それ以外の用例を見出すことはできません。ところが、有国が道長の記念すべき歌会で、「（和歌は）国風の始めだから和の字を冠しているのだ」といったとき、この「国風」は、あきらかに「和国」（日本国）と同置されています。すなわち、有国は、大序のいう「国風《くにぶり》」を「我国（日本）の風俗」の意味に改変して用いていることになります。おそらく意図的な改変だと思われますが、このことの意味は決して小さくはないでしょう。

平安時代中期を画期とする日本文化の動向を説明する際に、「国風文化」というタームが広く用いられてきました。にもかかわらず、この意味での「国風」について、これまで肝心の平安期の用例が、歴史研究においても文学研究においても、確認されることはありませんでした。こうした事情を考えれば、有国のこの記述は、「くにぶり」とは異なる日本そのものを表象する「国風《こくふう》」の語の初例として、たいへん注目すべきものといえるでしょう。

さらに留意したいのは、この用例と踵を接して、和歌を風俗と一体のものととらえる表現が、次々にあらわれているという事実です。

たとえば、寛弘五年（一〇〇八）、一条天皇の第二皇子誕生百箇日を祈念して和歌会が催されたとき序文を書いた藤原伊周《これちか》は、その末尾を、「請ふ**風俗を課《をほ》せて、将に寿詞を献ぜんとす**」という表現で締め括っています（『本朝文粋』巻十一「一条院御時中宮御産百日和歌序」）。（「課す」には「わりあてる」の意味があるので、「風俗を課す」とは「風俗である和歌を課題としてわりあてる」ことだと理解できます。）同じく一条朝の文人・歌人として著名な大江匡衡《まさひら》も、寛弘年間に記した和歌序の末尾に、「**風物を記して**以て一二にし難《がた》し。慭《なまじい》に**和歌を詠じて**、聊《いささ》か老思を慰む」と記し（「暮秋泛大井河各言所懐和歌序」）、同時代の源道済《みちなり》もまた、「遂に盃酌の筭無きに及んで、**風俗を記して詠歌す**」と書いています（「初冬浮大井河詠紅葉芦花和歌序」）。いずれにおいても、和歌は風俗に等置されています。

さらには、先に触れた有国の子である藤原資業《すけなり》は、頼通が主催した画期的な晴儀の歌合において、次のように書いています。

和歌は我国の風俗なり。治世なれば此れ興起す。時質なれば此の思ひ切なり。故に神明を感動し人倫を交和する、斯《こ》れに近きは莫し。

これは頼通主催の「賀陽院水閣歌合」終了後に催された歌会にのぞんで、住吉社神前において草した序文冒頭の一節です（「左大臣頼通歌合、於住吉社述懐和歌一首幷序」、長元八年〈一〇三五〉五月）。

資業のこの和歌をめぐるテーゼは、おそらくすでに見た『和歌体十種』の先蹤をふんで、同時期の歌人たちが共有しはじめた理念を典型化したものであったに違いありません。資業と同じ歳で、彼と深い交友関係にあった有名な歌僧能因《のういん》がまた、その私撰集『玄々集』序文（十一世紀半ば）で、「**和歌は本朝の風俗なり**。源流は神代に起こり、雅詠は人世に盛んなり」と書いていることは、そのような背景を感じさせます。

さらに、右の資業のものに拠ったのでしょう、藤原通俊は、寛治元年（一〇八七）の「後拾遺抄目録序」のなかで、白河院の言として、「**倭歌は我国の習俗なり**、世治れば則ち興る。平城天王は万葉集を修し、花山法皇は拾遺抄を撰ぶ。編次の道、永々として存す」という文言を伝えています。

これ以降の用例は省略しますが、和歌・風俗・日本を連繋させたこの定型は、勅撰集や和歌会といった晴れの場で、和歌というジャンルを指し示すオフィシャルなフレーズとして、近世にいたるまで連綿と持続されることになるのです。まさしく、和歌はブンガクになるまえには、ずっと「風俗」に他ならなかったのです。

4　新「国風文化論」のために

これまで、十世紀初めから十一世紀にいたる和歌史の一端を、「風俗」という言葉と関連させつつ述べてきました。とくに、十世紀末から十一世紀のはじめにかけて、「和歌は我国の風俗である」という一つの理念が生まれていることは注目すべき現象です。何でもない言葉に聞こえるかもしれませんが、想像してみてください。唐や宋の詩人が、詩は自国を代表する「風俗」であると揚言することなどありえるでしょうか。なにしろ中国において風俗は、詩によって感化矯正すべき下位の対象なのですから。

ではなぜ、この時期の列島社会でこうした言説がまとまって現れることになったのでしょうか。そのことを明らかにするためには、もうお気づきのように、『古今集』が生まれる前後から、『和歌体十種』が成立するまでの間をどのように考えるかという問題が立ちふさがります。正直にいえば、わたしの和歌風俗論はいまだこの間を有効な資料によって繋ぐことができないままの未完成のしろものです。ただ、このさい日本史学の動向をいくつか参看しつつ、大まかに次のような見通しをもつことは可能です。▼注[3]

それによれば、もともと平安京は、国々辺境の「俗」を易え、聖化する中心として構想されていましたが、九世紀において「俗」の論理に転換があったのだといいます。ちょうど唐帝国が解体に向かう時期で、東アジアのエトノス〈民族〉のあり方じたいが、この頃を境にして大きく変化したと説く人もいます。▼注[4] 十世紀に入って列島の辺境で勃発した、承平天慶の乱という都の貴族たちを震撼させる事態も、その変化が引き起したものに他なりません。平将門の行動は唐滅亡を契機とする中華世界の変化を強く意識したものでした。▼注[5]

この変化によって、律令国家がその成立時から保持してきた「諸蕃」「夷狄」を従え粛清するという中華の論理――『古今集』真名序が、「彼の漢家の字を移し、我が日域の俗を化ふ」と記したあの移風易俗の論理――も、同時にその実体的な根拠を失うことになります。そこで、むしろ多様な「俗」を多様なまま認め、かつ、それらを高次の「俗」＝「和俗」へと編制していくという新たなベクトルへの転換がおこったというのです。

多様な「俗」を多様なままに認めることは、まとまりを形づくろうとしていたはずの「日域」を分裂させる危険性を孕んでいます。様々な「俗」を承認するためには、この分裂を回避しうる一体性がなければならず、それが高次の「和俗」という枠組みの創出によって可能となったのだ、というわけです。

こうした見取り図のうえに立てば、『古今集』編纂の企図は、多様な風俗を多様なまま認め、包摂し得る様式、抽象性と普遍性とを備えた、まさに高次の「和俗」を「歌」によって創出しようとしたものだったといえるのではないでしょうか。その創出のプロセスをこそ、あらためて〈国風〉文化の生成〉と呼んでみたいと思います。この潮流が最も高まりをみせた十一世紀初頭、あの有国によって「和歌は国風の始めである」という定言がうち出され、さらに、この生成の運動を総括するように、「和歌は我国の風俗なり」というテーゼが次々に語り出されました。

5　受領層歌人論の視座から

ここで、さらに別の角度から、最近の日本史学の知見を和歌風俗論とすり合わせてみたいと思います。

前の節で、和歌を風俗とつよく結びつけた表現が十世紀末から十一世紀にかけて続々と現れることについて述べました。そこで取り上げたのは、藤原有国であり、資業であり、大江匡衡、源道済といった人たちでしたが、興味ぶかいのは、彼らがいずれもその任国に下って政務を執った国司たち、いわゆる受領階層の人たちであるという事実です。有国にいたっては、その受領たちの交替引き継ぎを取り仕切る勘解由使《かげゆし》の長官を務めた経歴の持ち主でした。また歌僧である能因は、やはり受領に伴ってしばしば地方へと下向しています。ここでは省いた他の用例においても、そのことは共通しています。してみると、和歌が風俗として語り出された一連の動機には、彼ら在地経験者たちの生々しいとさえ言うべき「風俗」体験が伏在しているのではないでしょうか。「和歌は我国の風俗である」というテーゼは、和歌は日域の人びとのだれもが日常的に詠み慣わしてきたいわば風俗のようなものだ、といったごく一般的な事柄をのみ言おうとしているのではなく、もっとリアルな、もっとアクチュアルなものの発見、そういうものが横たわっているのではないかと推測したいのです。

そこで注目したいのは、右の人びとが活動した道長政権の時代が、最近の中世史研究において、古代から中世への転換期としてあらたに位置づけなおされているという点です。具体的には上島享『日本中世社会の形成と王権』がそれですが、同氏はその後の日本の歴史を大きく規定することになる枠組が十世紀中葉から十二世紀末にかけて徐々に形成されるのだとして、なかんずく道長期に中世の端緒を求めます。院政期の政治や文化の特質も、この時期に形づくれられたというわけです。その際、同論がとくに重視するのは、受領のはたした役割についてです。それは、経済面のみでなく、宗教や文化的側面にも及び、例えば「歌枕」の多くが、受領たちが任国からもたらした情報を下地に生み出されたように、中央から地方へという一方向的なものではなく、都鄙間の双方向的な交流を孕んだものだったと指摘しています。▼注[6]

この日本史学の動向は、第三節でみた諸々の言説が、なぜ道長期に現れはじめるのかという疑問に答えてくれるように思われます。受領層歌人たちが宣揚する「風俗」には、日本社会の大きな転換の動きがなんらかに刻印されているに違いありません。

注意すべきことですが、「歌枕」といわれたとき、すでに在地におけるリアルな感覚は内面化され、親和的なものへと変容させられてしまっています。そのことに、ほとんどの歌枕論は気づかせてくれません。「国々所々の名」(地名)が、すでに和歌的なものの内部へ馴致された地点からはじめられているにすぎません。けれども、歌枕という一つの大掛かりな和歌のシステムが、十世紀から十一世紀にかけて編制の時期をむかえるには、宮廷から遠く離れた辺境におもむき、名も知らぬ正体不明の神々と遭遇しながら、それら在地の信仰や風俗を歌の言葉へと移し変えていった多くの歌人たちの営為が不可欠でした。(そもそも、在地で「蟻通し」を詠んだ貫之もそのうちの一人にほかなりません。)

この営みはもともと、古代の歌人たちが、国々の「風俗《ふぞく》歌」を大嘗会悠紀主基《ゆきすき》和歌へと収集編制し、それを王権の国土領有のシンボリックな儀礼の一環に位置づけていったことに根をもっています。さらにそれは、歌合や宮廷屏風歌や、障子和歌の伝統にも連なっていくものでした。▼注[7]

もともと和歌史は、「風俗」の問題を深々と抱え込んでいたというべきでしょう。その国に伝わる風俗《ふぞく》(その土地の歌舞)と産物とを貢納させ、天皇がそれらを受納することを通してその国魂《くにたま》と触れあい、それによって朝廷が地方の国々を掌握するという日本における古代王権のあり方には、くり返せば、移風易俗という大陸の王権の有りようと大きく異なるものがあったのです。

右のような古代における王権と風俗との儀礼的聯関は、おそらく、藤原伊周が和歌会の序文で、「風俗を課題として寿詞を献じる」とし、大江匡衡が「風物を記して和歌を詠じる」としたような定型表現のうちにも生き続けていたのではないでしょうか。

6　風俗あるいは非ブンガクの地平

「和歌」を、前近代において共有された伝統的な言葉で言い換えるとすればどのような言葉が当てはまるだろうかという、冒頭で投げかけた問いに、もはや迷いなく答えることができるでしょう。和歌は「風俗」にほかならなかったのです。和歌を民俗的エートスの根源に降り立って考えようとした折口信夫の言い方を借りれば、それは、「生活の地」だともいえるでしょう。

かつてすぐれた古典批評を展開した山本健吉は、折口の発言を引用しつつ、次のように述べています。▼注[8]

短歌は「日本の即興詩」だと、迢空は言う。「短歌といふ詩は、**ある点では『詩』と言はれない程、われわれの生活の地になってゐるもの**」とも言う。詩とは、欧米的理解においては、「ポイエシス」、すなわち詩人によって作られるものであり、多かれ少なかれ、作者の生活の場を離れた虚構である。だが日本においては、短歌は（俳句も同様だが）、作者たちの**生活の地と一体になっている**。……「短歌は日本民族にとっての運命詩だ」と言えるだろう。

「生活の地」とは和歌の伝統的な用語を用いれば、まさに「風俗」のことでしょう。前近代を通して、和歌はずっと「風俗」として位置づけられてきたにもかかわらず、わたしたちはこの言葉を見捨て、ひたすら「文学」という近代の概念でのみ和歌について考えてきました。

「生活の地」との一体化がきわだつ女歌の流れを批評する文脈で、山本は次のようにも言っています。

こういう恋の贈答歌は、多くは「かけあひの歌」で、…迢空はそれを**「文学以前」または「非文学」**と言い、昔風の生活を維持する傾向の強い古代の女の歌には、実用性の上に技巧力が発揮されたので、**「文学に這入《はい》つてゐる筈の所を、歯を喰ひしばつて、文学に這入るまいとしてゐる**ところが見える」という。

山本を刺戟した折口のこの独特の言い回しは、たんに彼一流の屈折した物言いだといってすませるわけにはいかないものを含んでいるように感じられます。「文学に這入つてゐる筈の所を、歯を喰ひしばつて、文学に這入るまいとしてゐる」、「文学以前」ないしは「非文学」のことなど、はたして彼以後の「国文学」者で見据えた人などあったのでしょうか。

「生活の地と一体になっている」芸術・文化という発想は、美学者として知られた大西克礼が用いた「パントノミー」という概念に当てはめることもできます。大西は『東洋的芸術精神』で、芸術・文化の在り方を、その構造から次のような三つに分類しています。▼注［9］

(1)「パントノミー」的構造（芸術が生活全体と密着しているような在り方）。

(2)「ヘテロノミー」的構造（宗教などが芸術を支配しているような在り方）。

(3)「アウトノミー」的構造（芸術が生活や宗教などの支配から脱して、その自律性を獲得するようになる在り方、芸術のための芸術）。

以上の三つです。そのうえで大西は、西洋では芸術・文化が、「パントノミー」→「ヘテロノミー」→「アウトノミー」と展開してきたが、日本では「パントノミー」がずっと持続してきたのだと論じています。それを最も洗練させた典型的なものが茶の湯なのだとも言っています。

生活と芸術・文化の深い結合。和歌を風俗として捉えることの重要性を古代の世界まで遡って追究してきたわたしたちは、茶の湯よりむしろ、和歌というジャンルこそ前近代を一貫する「パントノミー」の典型だと見ることができるはずです。「和歌は我が国の風俗なり」というテーゼは、このパントノミー的構造をもっとも象徴的に指し示すものだったのだといえるでしょう。

しかし、直ちに付け加えておきますが、パントノミーという概念も、つきつめてみれば和歌には安易に適応できないのではないでしょうか。所詮それは、西洋の芸術論の範疇にすぎません。そもそも和歌は、翻訳概念として生まれた「芸術」や「文学」とも芯から異質なものであることを思わないわけにはいきません。和歌はその詩的核心に、パントノミーという概念にも、あるいはドイツロマン派の詩やフランス象徴詩の伝統にも含まれていない、なにかとても異質なものを抱えもっているように感じられてなりません。

前述した折口は、短歌にだけ見られて、「異国の詩」には欠けているもの、それは何かと問いつめ、そのことを最終的には「無内容」というとても逆説的な言葉で言い表しました（「俳句と近代詩」）。「無内容」こそ日本の詩がその核心において持続しつづけてきた、「歌の思想」なのだと。さらに次のようにも言います。

日本人は、歌の内容を考へるといふよりも、うたつてをれば、そこに自から内容が纏綿して現れてくるといふ風に信じてゐたらしいのです。…日本では、歌は神様が授けてくれるもの―神が人間の耳へ、口をあてゝ囁くやうに告げてくれる。その歌をば、われわれが感じてゐるといふことだつたので、どこからか歌が起こつてきて、われわれの心に触れるものと思つて居たのです。

この文には、その言葉こそ見られませんが、前近代の歌人たちが用いた「風俗」とおなじ発想が伏在しているに違いありません。およそ作為や制作など不可能であり、どこからか自ずから起こってくるとしか言いようのないもの、それこそまさに「風俗」の本性に他ならないからです。ちなみに、冒頭で名前を挙げた荻生徂徠は、日本の制度の本性を批判的に論じる文脈で、「何レモ皆世ノ風俗ニテ、自然ト出来タルコトニテ、……誠ノ制度ト云物ニテハ曽《かつ》テ無《レキ》之也」（『政談』巻二）と述べています。

どうやら和歌風俗論は、近代のブンカクによって隠蔽されてしまった本当の和歌の力を、風俗という、（誤解を恐れずにいえば）ブンガクよりむしろ根源的な地平から見直すきっかけを与えてくれそうに思われます。この文章は、まだまだそのミッションの入口にすぎません。

ともあれ、前近代の歌人たちが用いた言葉そのままに、和歌のことを考えてみる、そういうところにしか見えてこないものがきっとあるはずです。

【注】

［1］「民業」については、田中喜美春「貫之の和歌民業論」（『国語と国文学』七三―一、一九九八年一月）参照。

［2］上にあっては人君は下民を風化し、下にあっては君主を諷喩（諷刺）するという大陸的治世のあり方は、「聖王上に在りて、人倫を統理するには、必ずその本（風）を移して、その末（俗）を易ふ。…然る後に王教成るなり」（『漢書』地理志）という言葉にも典型化されている。中国の古代から宋代に亙る「風俗」観の要点は、中村春作「「風俗」論への視角」（『思想』七六六、一九八八年四月）の次のような記述によく示されている。「中国古代の儒学及び宋代の儒学においては、「俗」あるいは「風俗」は、治世上否定し得ない大事な要件ではありつつも、基本的には「私（欲）」の側、上位者の「徳」（それが「悪」であれ）によって一方通行的に「感化」されるべき対象としてあった、と言えるだろう。いうならば、「俗」・「風俗」という言葉は、受身的な下位の概念であって、そこから倫理学の基盤や世界の本質的な性格を説き出すことは、困難であったろう」。

［3］西村さとみ「唐風文化と国風文化」（『日本の時代史5　平安京』吉川弘文館、二〇〇二年所収）参照。

［4］吉田孝『日本の誕生』（岩波書店、一九九七年）「8　ヤマトの古典的国制の成立」参照。

［5］たとえば川崎庸之は、『平安の文化と歴史（川崎庸之歴史著作選集第3巻）』において次のように示唆している。「貫之が意識的

に仮名文字を用いて日記を書き、また空也がはじめて民衆の間にあらわれて念仏を勧めたのが、いずれも将門・純友が動きだしたのと同じ時期にあたっていたということ、ここに一つ考えなくてはならない問題があると思う」。

［6］上島享『日本中世社会の形成と王権』（名古屋大学出版、二〇一〇年）第一部第二章参照。

［7］錦仁「古今集と平安和歌」（小峯和明編著『日本文学史　古代・中世編』ミネルヴァ書房、二〇一三年）は、初期歌合が洲浜を用いて行われた点に重要な意味を読み取り、「歌合の進行とともに名所と菊花と和歌に荘厳された洲浜があらわれるが、これは王権の都を中心として東国へ広がる国土を象徴しているのであろう」とする。畿内・辺境の地名や風景・風物を、和歌を通して文化表象に転換する洲浜というツールをめぐる問題は、和歌風俗論と直結する側面を有しているように思われる。

［8］山本健吉『いのちとかたち　日本美の源を探る』（新潮社、一九八一年）第十六章参照。

［9］大西克礼『東洋的芸術精神（大西克礼美学コレクション3）』（書肆心水、二〇一三年）第一篇参照。

【コラム】

個人と集団

――文芸の創作者を考え直す――

ハルオ・シラネ

文学の生産をめぐる個人と集団について、とくに一三世紀から一七世紀までの中世日本の文芸文化という観点から、いくつか指摘したい。日本の事例をより広い比較の観点のなかに置き、書くこと、口頭性《オラリティー》、ジャンル、メディア、さらにカノン性に関連づけて考えてみたい。

大まかに言えば、文芸の生産者には二種類ある。一つは近代的な作者概念によるもので、これは(詩人のような)個人で、その作品(テクスト)の源泉かつ創造者であると考えられ、その作品の所有権をもつ。こうした作者概念はヨーロッパの場合それが表面化したのはとりわけ一八世紀において、文学作品に関してであった。このような美文としての文学観が支配的になるのは比較的歴史が下ってからのことだった。

もう一つの種類の作者とは、「原=作者」とでも呼びうるものであり、より大きな共同体の一部をなし、多様な役割をもつ。近代の作者が単独の個人と考えられるのに対して、原=作者はふつう複数あるいは複数の顔をもつ人物であった。ペトルス・ロンバルドゥスによる『命題集』(一一五〇~一一五二の作)へのラテン語の注釈のなかで、一三世紀イタリアの著名な神学者・哲学者であった聖ボナヴェントゥラ(本名ジョヴァンニ・ディ・フィダンツァ、一二二一~一二七四)は、4種類の「本の創作者」を区別している。すなわち、書写する人、編纂する人、注釈する人、自分の考えを書く人、である。この四つの役割――書写者、編纂者、注釈者、自分自身の考えの表現者――のうち、今日では最後のものだけが作者と考えられているが、中世のヨーロッパおよび日本では残りの三つの役割も同等あるいはそれ以上に、重要であったのである。

ヨーロッパと東アジアの双方において、中世の書写者は自分たちが書き写す写本を書き換えたり大幅に編集したりするのが通例であり、テクストを一種の共有財として扱った。書き換え、訂正や追加、他のテクストからの借用は、いずれも受容と伝達のプロセスの一部だったのである。フーコーやシャルティエらが示しているように、テクストの源泉で所有者であるという近代の作者概念は、印刷文化の興隆と密接に関連している。しかし、印刷文化の時代になっても、日本では、既存のテクストの借用、書き換え、翻案が、印刷術の到来のずっとのちまで近世散文小説の中心でありつづけた。印刷文化の興隆は版権や検閲の問題につながるが、書き換え、編集、借用を、書くことの重要な過程として捉えることは、近代になってそれが剽窃とされるようになるまで、ごく当たり前のことだったのである。

重要な例外の一つがカノン化されたテクストである。その例となるのが日本の勅撰詩歌集における和歌と漢詩、『論語』のような儒教古典、『法華経』のような仏典だが、これらではテクストが崇敬の念をもって扱われている。孔子や聖徳太子のような作者ないし宗教的人物は崇拝の対象となり、その結果偽書が生まれる。したがって、作者が名指されているカノン的テクストと、編者や作者の名が記されない非カノン的テクストとを、区別しなくてはならない。藤原定家（一三世紀）のような日本における文献学者[テクスト研究者]たちは、日本最初の勅撰和歌集である『古今集』（一〇世紀）のようなカノン的作品の権威ある本文と自らが考えるものを再構築しようとした。このように、そのテクストが厳重に守られたカノン的ジャンルの名前のある作者たちと、書き換えが当然とされテクストが公共財の領域に存在した非カノン的ジャンルの膨大な数の名前の知られぬ作者たちとのあいだには、明確に線が引かれているのである。

東アジアでは叙事的な語りや演劇のような口頭のパフォーマンスというジャンルは地位の低いものと見なされる傾向があり、劇作家がようやく作者と認められるようになったのは、日本では中世末期（一四〜一六世紀）のことであった。こうした作者たち（例えば一四、一五世紀において能の基礎を作った劇作家である観阿弥や世阿弥）でさえ、テクストを創造するという近代的な意味での作者とは見なされず、既存の素材を再加工し書き換えた傑出した演者と考えられていたのである。

膨大な数の匿名のテクストと非カノン的ジャンルは大きく二種類に分けられる。テクスト（写本ないし刊本）にもとづくものと、口頭性ないし身体にもとづくものである。口頭性にもとづくジャンルはさらに、音楽にもとづくもの（平曲、幸若舞、能、浄瑠璃など）と非音楽的なものにもとづくもの（太平記読みや講談など）に分けられ、書くことやパフォーマンスに対する関係はそれぞれ異なっている。

近代以前の日本においては、俗語による散文フィクション（説話や物語など）は、東アジアの大部分でそうであったように非カノン的であり、（説話や物語などの）作者は作品に自分の名前を残さなかった。一つの大きい例外は『源氏物語』と『伊勢物語』である。この二つのテクストはカノン化された和歌との深い関係があったから例外になったと思われる。『源氏物語』は俗語による散文フィクションのなかで（歌人のための手引書として）初めてカノン化された作品の一つであり、その後の読者や注釈者は作者（紫式部）の「生涯」に多大な関心を向けた。『伊勢物語』もまた、非カノン的ジャンル（物語）からカノン的テクストへと転換することで、読者が作者ないし主人公（在原業平）に深い関心をもつようになった。

平曲や能のような口頭性にもとづくジャンルでは、そもそも伝達が声や音楽、身体によってなされ、集団的な作者性が、とくに近世になってから、流派ないし家族のなかで師匠から弟子へと受け継がれる傾向が強かった。こうしたパフォーマンス的ジャンルの多く――狂言、落語、講談――には近代的意味での作者は存在しないものの、それはもっぱら特定の流派ないし系譜に属したり、あるいはそれによって「所有」されたりしている。有名な演者の名前や彼らが所属ないし創設した流派や系譜が知られており、演者の名前を見れば流派がわかる。こうした口頭性ないし音楽にもとづくジャンルでは、パフォーマンスはどれも先行するパフォーマンスの繰返しでありながら、新しく異なったものでもある。演者は（系譜のなかでの）反復者であるとともに創作者でもある。ある時点において、書かれたテクストの必要な素人を師匠が教え始めた場合や、自分たちの系譜を守る必要性に迫られている場合には、伝承が書き留められ、印刷され、テクストが固定化することになる。ここで明白なのは、テクストを所有するのは一般的に系譜ないし流派であり、素人がこうしたテクストやパフォーマンスの伝統にアクセスするには金を支払う必要があるということだ。

近代以前、さらには近代初期においてさえ、書くことは、書かれたテクストが口頭で提示され、口頭で伝達され、さらに口頭で注釈されるという点において、口頭性と不可分だった。同様に口頭による伝達も、書き留められ、受け継がれ、そして口頭で演じられるという点で、書くことと絡み合っていた。口頭性にもとづく数多くの伝承は、音楽的構造、定型的なまとまり、反復といった特徴をもち、そのおかげで長いテクストが記憶によって伝承されうるようになり、柔軟性を得たのである。

カノン的な、作者をもつテクストと、非カノン的テクストは、一〇世紀に登場した歌物語のジャンルに見られるように交差しうる。日本の古典和歌の作者性は、和歌の多くが機会詩であったことによって生まれた。和歌は特定の社交的な状況のための詩なのである。和歌の多くは、問答というコミュニケーションのかたちをとり（とくに恋歌）、宴会のために作られ（ごく特定された社会的・政治的機能を果たし）、あるいは判定の対象となる決められた題について詠まれた。これらすべての事例において、歌人は自律的で独立した人物として存在しておらず、テクストもその直接の社会的文脈の外部においては存在できないのである。

その一つの結果が、和歌が詠まれた状況（時間、場所、機会、主題）を示す詞書の使用である。古典和歌は多くの場合きわめてフィクション性が強い（歌人の実際の歴史的状況と関係がない）のだが、和歌とその詞書を歌人の生涯の時間的指標として用いるという伝統から伝記的物語が生まれた。その好例が一〇世紀の歌人在原業平の生涯として提示されている『伊勢物語』である。一三世紀に歌人たちは『伊勢物語』を歌ことばと比喩表現にとっての重要な典拠と見なしてカノン化した。皮肉なことに『伊勢物語』は、その中心に業平による和歌を置くものの、さまざまなかたちで書き換えられ語り直された無数のテクストの産物なのである。このようにして作者のないテクストがカノン化した。

要約すれば、作者性は印刷文化の興隆やテクストの所有権、商品化、ブランド化と緊密に関連するだけでなく、ジャンルやカノン性、媒介手段とも密接に結びついている。

最後だが重要なこととして、集団的作者性について触れておきたい。近代以前の日本では、つねに書き換えられ、あるいは口頭で伝達された膨大な匿名のテクストに加えて、集団的作者性のかたちをとった文学ジャンルが多数存在していた。そのなかに含まれるものとしては（詩歌や散文の）アンソロジー、年代記、説話集、複数の作者による劇（合作）、連歌や俳諧などがある。これらのジャンルはみなテクストの所有者ないし源泉としての個人的作者という概念とは相容れないものである。

おそらく集団的作者に対する態度がもっともはっきりとあらわれているのが、詠み手が集団で参加する連歌・俳諧である。最初の詠み手が一七音節の句を作り、それに対して二人目が先行する句を敷衍して一四音節の句を詠む。三人目の詠み手は一七音節の句を詠み加えるが、それは直前の一四音節の句と一緒になって新たな詩を作り出す。その結果として、勅撰和歌集の場合と同じような詩的連続性が生まれるのである。連歌・俳諧は中世後期と近世をつうじてもっとも人気のある詩形式であった。このジャンルが消滅したのは近代になって、とりわけ近代俳句・短歌の創設者である正岡子規（一九〇二年没）が発句（俳句と子規が呼び、一人の俳人に帰属するもの）だけを詩とし、残りは社交的遊びで「非＝詩」にすぎないとして以後のことである。この時点（二〇世紀初頭）において集団的作者性と集団的所有権は排除され、テクスト全体を所有する個人の作者という近代的作者がそれに代わったのである。

第3部

都市と地域の文化的時空

1 演戯することば、受肉することば

——古代都市平安京の「都市表象史」を構想する——

深沢　徹

「都市」の観点を持ちこむとき、既存のジャンル区分とは違った経世論的なテキストが自ずと視野に入ってくる。加えていわゆる「文学」以外の他領域への目配りが、どうしたって必要になってくる。いきおい論はあちこち飛び火し、とりとめがなくなる。「方法論」の確立ということが、なかなかに難しいのだ。苦肉の策として、〈芸能＝猿楽〉の視点から一本筋を通すことを試みた。言葉によるものまね・さるまね（＝再現表象）という意味で、文学テキストもまた〈芸能＝猿楽〉の営みのひとつと考えれば、人びとの生活空間としての「都市」のありようを模倣し、再現表象するテキストを、かろうじて既存の「文学史」のなかに組み込めるかもしれない。そうした思惑のもと、「都市へのまなざし」と題したいくつかの文章を、かつて三十代のころ、断続的に書いたことがある。

その試みはしかし、たちどころに頓挫した。〈住まう〉ことをめぐる哲学的な時間論や空間論（たとえばハイデッガーや磯崎新）を押さえることはもとより、歴史学や社会学（たとえばブルデューや網野善彦）、政治学や経済学（たとえばウェーバーや大塚久雄）、政治思想史や社会思想史（たとえばシュミットや丸山真男）などの、通常の文学研究であればめったにあつかうことのない関連諸学を幅広くフォローし、なおかつ、それらを要領よくまとめ上げる力量がどうしたって求められる。だが、その作業に耐えうる、充分に明晰な頭脳の持ち合わせが自分にないことを、はやばやと悟ったからだ。レヴィ＝ストロースのいうブリコラージュ（ありあわせの器用仕事）よろしく、使えそうなものは何でも取りこもうとして論はひたすら拡散し、いつしかとりとめのない駄文を連ねて、与えられた紙面をその場その場で糊塗するだけの自分がいた。

目標を見失い、スランプに陥っていたころ、『愚管抄』のテキストと出会った。これには「文学史」の王道に位置する『方丈記』への対抗（オルタナティブ）という思惑もあったかに思う。著者慈円については和歌研究が中心で、歴史評論書『愚管抄』については『平家物語』の成立とかかわって補足的に触れられるくらいで、既存の「文学史」のなかにその居場所がなく、ほとんど無視されてきた。それもあってか、『愚管抄』関連の論考を、先行研究にわずらわされることなく、集中していくつか書くことができた。後にこれを一書にまとめ、学位請求論文とした。▼注［1］内容はといえば、ご多分にもれず、必ずしもまとまりのよいものではない。文学研究以外の関連諸学に目配せしつつの考察は、それこそ多岐にわたり、その結果、多方面からのアプローチを示してみせただけの、総花的な論述に終始した。

だが時代はいつしか一巡し、狭義の「文学史」の枠組み（それはドイツ文献学に依拠して日本文学史を構想した芳賀矢一あたりに淵源する明治近代国家の創設と骨がらみのものであったのだが）をそのままに、既存のジャンル区分を当然視して無邪気に論を立てることなど、もはや許されなくなった。制度的裏付けとしての大学の「文学部」すら消滅の危機にあり、間口をより広く取って「表象文化」について論ずることへと研究の重点は大きくシフトした。学部名称もそれに応じて「文学」から「文化学」へと改変される傾向にある。

とはいえ外せない一点として、ことばの問題は残る。たとえば文芸評論家の松浦寿輝は、その浩瀚な著書『明治の表象空間』（新潮社）において「教育勅語」の言説批判を展開するなかで、「表象（representation）という語の二重の意味」

に着目する。▼注[2] ことばによる表象の営みは、つまるところ言説行為《パフォーマティヴィティ》へと帰着する。言説行為《パフォーマティヴィティ》には、「今ここにないものをその代理として提示する」ところの「透明」な「他動詞的」効果と（本稿のタイトルでいえば、模倣反復するところの「演戯することば」がこれに相当する）、「自分自身の自己同一性を確認し強化する」ところの「不透明」な「反射的」効果（同じく本稿のタイトルでいえば「受肉することば」がこれに当たり、自己自身に再帰的なまなざしを返すことで自らを正当化し権威付ける）の二つのはたらきを見てとれる。「不在者や死者を想像界に召喚し、それを代理＝代行する力」と、「そのメカニズムを主体自身へと「反射」させ、みずからを権威ある合法的主体として構成し直す力と――「表象」のこの二重化された力が、権力発生の原基たることは言うまでもない」（四二九頁）と松浦は述べる。

ならば、事はどうやら既存の「文学史」の枠に収まらない。どころか、「権力発生の原基」たる既存の「文学史」の批判的見直しが必要となろう。一旦は挫折して打ち捨てられ、忘却のうちにほこりをかぶって埋《うず》もれた過去の文章をもう一度掘り起し、〈住まい〉としての「都市」、大きな「家」としての「都市」の観点から、古代都市平安京の「都市表象史」を新たに構想してみるのも、あながち意味のないことでもあるまい。ハイデッガーもいうように、ことばもまた、私たちが〈住まう〉、「存在の家」としてあるのだからして。▼注[3]

＊　＊　＊

かくして最終的なもくろみは、この世界に〈住まう〉ことの意味を問うた『方丈記』の住居論や、『愚管抄』の言語論へと収斂していく手筈なのだが、なぜ『方丈記』かと言えば、当初それが、「漢文」でも「ひらがな」でもなく、「カタカナ」で表記されたことによる。『愚管抄』のテキストもまた「カタカナ」でもって書かれた。これについては柄谷行人が、ジャック・ラカンの言葉を引きながら面白いことを言っている。▼注[4]

ラカンは、日本の文字の用法に大変興味をもっていたらしく、少なくとも、三度それについて書いています。たとえば、『エクリ』の邦訳が出版されたとき、「日本の読者に寄せて」で、ラカンは日本語のような文字の使い方をする者は、「精神分析されることを必要としない」と言っています。さらに、日本の読者に「この序文を読んだら、私の本を閉じる気を起こさせるようにしたい！」とまで言っている。ラカンが注目したのは、日本で漢字を訓で読むという事実です。

ラカンが注目したのは、漢字と仮名（ひらがなとカタカナ）とが相互に他を〈翻訳〉し、互いに〈注釈〉を加える日本語の文字特性についてであった。「音読み（l'on-yomi）は訓読み（le kun-yomi）を注釈するのに十分です」とのラカンの言葉を受け、柄谷は、外来文化としての「漢字を受け入れながら、受け入れない方法」としての面従腹背的な「訓読み」の、その巧まざる効果により、精神分析学でいうところの「去勢」が回避され、結果、確固とした〈主体〉の形成が阻まれて、精神症（統合失調症）的な問題が引き起こされてくるありさまを、「日本精神」の「分析」として、あるいは「日本」の「精神分析」として跡づける。そのような文字遣いを強いられる日本語の文章は、先験的に〈狂気〉をかかえこまずにはいられないのだ。

詳細については当該書に譲るとして、ここで問題にしたいのは、「漢字を訓で読むという事実」が果たす「文学史」上の効果である。一方に公式な正規の文章形式《エクリチュール》として「漢字漢文」があり、その一方で私情を盛る器としての「ひらがな文」があるといった、まさしく精神症（統合失調症）的な二言語併用が、古代律令制下のかつての日本では常態化していた。そうしたなか、やがて両者を根底で支える「カタカナ」の用法（正確にいえば「漢字カタカナ交り文」の用法）が浮上してくる。その過程を跡づけることで、「文学史」ならぬ「都市表象史」を改めて構想してみたく思うのだ▼注［5］。

書家の石川九楊がその一連の論考▼注［6］で述べているように、「ひらがな」とは出自を異にして、「カタカナ」は漢文訓読の際の補助記号にその起源をもつ。ならば「カタカナ」には、「漢字漢文」に準ずる公的な地位が与えられていい。『方丈記』の表記形態《エクリチュール》が問題視されるのもそのゆえだ。ラカンの用語を借りて言えば、いまだ言語化されざる土俗的な「現実界《ル・レエル》」の無意識《パトス》の領域を、先進文明として移入された古代律令制を基底で支える「象徴界《ル・サンボリック》（＝文化）」としての〈法〉

の言語《ロゴス》や、私情を盛る器としての「ひらがな文」へと橋渡しする媒介項として「想像界《リマジネール》」の領域があり、日本語の文字表記で言えば、音声記号としての「カタカナ」がそこに位置づく。「表象」について述べた先の松浦の発言のなかにも、「不在者や死者を想像界に召喚し、それを代理＝代行する力」（傍点引用者）との言いまわしが見えていた。最終的には透谷や一葉、露伴の文字テキストへと行きつくこととなる「明治の表象空間」を論ずるに当たって、松浦が〈法〉の番人たる「内務省」の成立から論を立ち上げ、近代的な刑法典や民法典の成立（それらはすべて漢字カタカナ交じり文で書かれている）を丹念に跡付けて「軍人勅諭」や「教育勅語」の言説分析へと説きおよぶのも、明治近代国家を下支えする〈法〉の言語《ロゴス》としての「象徴界（＝文化）」の確立をまずは押さえた上で、それへの対抗（オルタナティブ）としてあらわれた日本近代文学の、「想像界」としての立ち位置を見定めようとの意図からであったろう。

＊　＊　＊

以上の図式を、古代都市平安京の「都市表象史」にあてはめたならどうか。鳥羽僧正筆と伝えられる『鳥獣戯画』の描き出す、人のしぐさをまねた動物たちの擬人化された立ち居振る舞いに、まずは言葉によるものまね・さるまね（＝再現表象）としての「文学」の機能を担わせ、それを導きの糸に、**【兎のとびはね】**、**【蛙のとまどい】**、**【猿のうそぶき】**、**【狐のあやかし】**の四つの部立てを設けたく思う。▼注[7] 西洋の人間中心主義（フマニスム）と違い、日本の文字テキストにあっては、人間と猿（およびその他の動物や植物も加え）とが、いまだ相即的関係にあって、互いに親和的なのだ。

さて最初の**【兎のとびはね】**では、いうまでもなく大局的な見地からする総論的な文章が位置づく。画面のあちこちを自在に跳びかうことで、『鳥獣戯画』の画面構成をその基底で支える兎たちの表象に、「図」に対する「地」のはたらきを期待してのことである。古代律令制下における「漢字漢文」の先行という、言語的抑圧がまずはあった。つまりは「象徴界（＝文化）」としての〈法〉の言語《ロゴス》による網掛けがまずなされ、古代都市平安京のプランニングに際しては、それが「差図《さしず》（設計図）」という形であらわれた。したがって第一章は、「古代都市の生成」と題し、この「差図（設計

図）」の発想の批判的な分析に費やされる。▼注[8]

「差図（設計図）」と似て非なるものに「地図」がある。私たちが通常イメージする「地図」は、正確な「距離」と「方位」と「高さ（等高線）」を必須のものとする。こうした「地図」は、敵陣へ砲弾を（あるいはミサイルを！）的確にたたき込むべく、軍事目的でつくられた。空間のひろがりを画一的な数値へと還元し、平準化する近代の発想が、それを基底で支えている。一方近代以前には、人々の多様で恣意的な空間把握の求めに応じ、「距離」も「方位」も「高さ」もでたらめだが、様々な目的に奉仕するユニークな地図がいくつもつくられた。そうしたなか、古代都市平安京の方形プランは、どうしたわけか「距離」と「方位」に正確を期した近代の「地図」と相似形なのである。

その方形プランはしかし、近代で言う「地図」とは違っている。近代の「地図」は、「現実界」としての地物をあくまで前提し、それらを模倣し、再現表象する記号表現として、ラカンのいう「想像界」に属している。それに対し平安京の方形プランは、地物への顧慮を一切欠いており、〈法〉の言語《ロゴス》としての「象徴界（＝文化）」さながら、理念的な空間構成を一方的に押し付ける「差図（設計図）」なのである。先験的なシニフィアンの網の目でもって、未分化で流動的な「現実界」を覆い尽くし、強引にからめとり、抑圧する。それが古代都市平安京を成り立たせている構成原理なのであった。「大文字の他者」ともいうべき「現実界」からのメッセージを掬い取る、身体感覚に根ざしたヴァナキュラーな「ひらがな文」は、この段階ではまだ充分な成熟を見ていない。

第二章では、皇居の森に「空虚な中心」を見たロラン・バルトの所説に導かれつつ、▼注[9]「禁域の効能」と題して「内裏（宮処）」の消長を跡づける。▼注[10]そこへの自由な出入りを禁じ、もしくは制限することで、当初「内裏《みやこ》」は、古代都市平安京の〈中心〉に位置して、人々の欲望喚起装置として機能した。そうあることで、当初のプランを逸脱し、とめどなくスプロール化する都市のひろがりに、かろうじて凝集力を与えていた。その「内裏《みやこ》」がやがて空洞化し、凝集力を失うとき、「内裏《みやこ》」の機能を代替表象する新たな〈中心〉が求められてくる。たとえば『池亭記』は、自らの空疎な「内面（＝私秘空間）」のうちにその代替機能を求める。一方で『新猿楽記』は、交易の場としての「市《バザール》」にひしめく様々な言説を真似、もどき、茶化してみせる猿楽の芸態に、あらたに空疎な〈中心〉を求めていく。源平の争乱を経て後に書かれた『方丈記』では、それら双方の系譜を引き継ぎ、統合する動きが見てとれる。

〈身〉と〈心〉にまで収縮した「私秘空間」のうちに取り込められたミニチュア化された都市はしかし、その内実を欠いており、うつろでからっぽなその場所を、ジル・ドゥルーズいうところの「襞《ひだ》」よろしく、模倣反復を繰り返すことでとどめなく差異化し微分化していく人々の集合的無意識《パトス》が埋めていく。▼注[11] 抑圧的な〈法〉の言語《ロゴス》としての「象徴界（＝文化）」に対する、「現実界」からの逆襲として、これをとらえかえすこともできよう。

＊　＊　＊

以下に各論として、**【蛙のとまどい】**の見出しのもと『池亭記』を、**【猿のうそぶき】**の見出しのもと『新猿楽記』を、**【狐のあやかし】**の見出しのもと『方丈記』と『愚管抄』を対比的にとらえ、論じていく。

【蛙のとまどい】第三章「池亭記異論」では、作者保胤の個人的思惑に焦点化することで、孤独で近代的な作者像の先駆けをそこに見てきた従来の読みを批判して、これに都市の観点を持ちこみ、新たな読みの可能性を追求する。▼注[12] 漢学者としての保胤が身をおいた言語環境は儒教と仏教との二つに大別される。『池亭記』はそのうちの儒教へと特化した経世論的テキストであって、そこに見られるのは古代都市平安京の方形プランと同型の「差図（設計図）」の発想なのである。都市論的観点からすれば、宮処（みやこ）としての「内裏」の代替物を志向したものとしてとらえられる。

作者保胤は五十歳にしてはじめて自邸を構える。これを「池亭」と名付け、そこでの悠々自適の生活を動物表象に仮託して、「蛙《かわず》は曲井《きょくせい》に在りて、滄海の寛《ひろ》きことを知らず」と形容する。しかし「池亭」を構想してわずか数年後、保胤は突如として出家遁世してしまう。権力中枢としての「内裏」とは対極に位置する「市《バザール》」の論理へと、その振り子は一気に振れ、大きな「家」としての都市のなかに住まう〈私〉から、〈私〉という「家」のなかに住まう幻想のミニチュア化された都市へと、その空間構成を反転させるのだ。

第四章は「うつろの楼閣、六条院」と題して、『源氏物語』に及ぼした『池亭記』の影響を跡づける。▼注[13]『源氏物語』の主人公光源氏は、過去にかかわりを持った女性たちを一堂に会すべく、四つの町を占めた広大な邸宅を六条京極の地に造営する。そこには『池亭記』における「差図（設計図）」と同等の発想が見てとれる。「池亭」のモデルとして後中書王具平親王（村上天皇皇子）の別邸六条千種殿を想定してよさそうだ。光源氏による六条院造営もまた、当時不遇をかこつ漢学者たちが一堂に会することで、その文化的な交流拠点ともなっていたこの六条千種殿（漢学者の父為時を介して『源氏物語』の作者紫式部もその人的ネットワークの末端に位置していた）をモデルに構想されたものではなかったか。両者の関係は、単なるモデル論にとどまらない。保胤は最終的にその「池亭」を放棄し、出家遁世を遂げる。光源氏の六条院もまた、最終的に空洞化し、疎遠な外部環境として物語の主題的地位からすべり落ち、遺棄される。

【猿のうそぶき】『新猿楽記』は、都市を構成する一方の極である「市《バザール》」の空間に焦点化する。膨大な言葉の洪水となって奔出するこのやっかいなテキストを、第五章では「新猿楽記謬見」と題してあつかう。▼注[14]「漢字漢文」の文章形式《エクリチュール》を踏襲するかぎり、「象徴界（＝文化）」としての〈法〉の言葉《ロゴス》の呪縛をまぬかれない。書簡文の体裁を採りつつも、しかし猿楽見物の様子を報告する『新猿楽記』の口吻は、饒舌を通り越して、ほとんどかまびすしいまでのノイズであふれかえっている。それら膨大な語彙群は、妻三人、娘十三人、その婿たち十数人と、息子九人で構成される「右衛門尉一家」の巨大家族をインデックスに、かろうじて振り分けられ、整序される。『池亭記』とも共通する「家」の論理をそこに見てとれよう。しかもそこにひしめく言葉のあれこれは、どれも人びとの生活実践と必ずしも対応しておらず、「現実界」からは遊離した、ブッキッシュな言葉のあれこれでしかない。

テキストの最後はしかし、突然の雨にあわてふためく人びとの様子を、「或は袴《はかま》を褰《かか》げて猿踵《さるきびす》なり、或は衵《あこめ》を被《かず》きて鶴脛《つるはぎ》なり」と動物表象を通じて活写する。猿楽見物の舞台はたちまちパニック状態に陥り、「右衛門尉一家」の巨大家族をインデックスに整序され、区分け《カテゴライズ》され、住み分けされた言葉《ロゴス》のあれこれはごたまぜにされて、ここに雲散霧消する。作者藤原明衡は様々なスキャンダルに取り巻かれた人物であった。「象徴界（＝文化）」としての〈法〉の言語《ロゴス》に依拠しつつも、『新猿楽記』もまた匿名性の戯文として、そのスキャンダルの一端を担うテキストであった。

第六章「一〇〇〇年紀の社会学者」は、『源氏物語』への対抗（オルタナティブ）として『新猿楽記』を位置付ける。▼注[15]

二〇〇八年は「源氏物語一〇〇〇年紀」ということで、源氏物語関連の様々なイベントが組まれ、関連書籍の刊行が相次いだ。そうした世の趨勢をはすに見て、それへの対抗（オルタネティブ）として、『新猿楽記』の戯文のノリを、社会学の観点から読み解く。権力中枢としての「内裏」と、多様な価値のひしめく「市《バザール》」の空間との対立を、「五の君の夫」となった漢学者「菅原匡文《まさふん》」の律令官制に基づくリゴリスティックな営為と、「商人の首領」となった「八郎真人《まひと》」の破天荒で領域横断的なあきないの営みに対比させ、それら双方を猿楽の演戯空間においてもどき、茶化し、まぜっかえすことで脱構築してみせるテキストとして『新猿楽記』を位置づける。いくぶんか整序されているとはいえ、『源氏物語』は位相を異にすることば遣いをごたまぜにしたテキストとしてある。それに一層輪をかけて先行テキストとして『宇津保物語』があった。『新猿楽記』はその『宇津保物語』に、より親和的である。▼注[16]『宇津保物語』の作者は特定されていない。しかし藤原明衡と同様、漢学出身の人物であろうことが想定される。

【狐のあやかし】古代都市平安京を、その時間軸に焦点化し、歴史的にとらえた『愚管抄』と、同じく古代都市平安京を、その空間軸に特化して等身大の目線からとらえた『方丈記』とを、最後の章では対比的に跡づける。▼注[17]『方丈記』は既存の「文学史」の中で重視され、高く評価される。『愚管抄』はそうではない。だが両者はともに「カタカナ」に依拠しつつ、〈住まい〉としての都市の消長を、自らの眼で見、自らの身体で感得した立場から見定めようと試みたテキストとしてある。そのことが存外重要だ。両者の表象史的な意義を真に理解するためにも、今まで論じてきた一連のテキストの流れを視野に入れ、その最終的な「露頭」として、これをとらえかえす必要がある。

平安末期に起こった「安元の大火」によって、古代都市平安京はその中心部が空洞化し、事実上解体消滅する。それはまた「差図（設計図）」の発想の終焉を物語るエポックメイキングな出来事でもあった。都市伝説さながら、狐のあやかしがまことしやかにささやかれる終末期の都市の混沌を、「象徴界」としての〈法〉の言語のうちに再度から め取り、抑圧しようとするテキストとして大江匡房の『狐媚記』があった。▼注[18] それと入れ代わるようにして、等身大の目線から、人々の生活実践の場としての都市をまなざし、再現表象してみせる『方丈記』と『愚管抄』が、はじめて「地図」を描く試みとしてあらわれた。著者の〈肉声〉を直に耳にするような、叙事的とも散文的ともいうべきある種のリアリティを、この二つのテキストが具現しているのは、そのゆえだ。語り物としての『平家物語』からは、節付けされた語りの声は聞かれても、こうした〈肉声〉は、どうしたって聞かれない。

「カタカナ」を通して見いだされたそのまなざしの主体は、しかし、内実を欠いて空疎であり、空疎であるがゆえに出来合いのイデオロギー（たとえばラカンのいう「大文字の他者」）に占有されて、たちまち変容してしまうあやうさを持つ。「想像界」としての表象記号を成り立たせる、シニフィアンとシニフィエとの幸せ（＝仕合わせ）な結婚。つかの間の一過性の出来事として、それは位置づけられうる。

以上のような構想のもと、筆者にとって五冊目となる著書を、近々準備したく思う。

【注】

［1］深沢徹『『愚管抄』の〈ウソ〉と〈マコト〉―歴史語りの自己言及性を超え出て』（森話社、二〇〇六年）。

［2］松浦寿輝『明治の表象空間』（新潮社、二〇一四年）。

［3］マルティン・ハイデッガー『言葉についての対話』（高田珠樹訳、平凡社ライブラリー、二〇〇〇年）。

［4］柄谷行人『日本精神分析』（文芸春秋社、二〇〇二年）。

［5］深沢徹「いちしるき主体構築──『愚管抄』にみる、「カタカナ表記」のパフォーマティブ」（『古代学研究所紀要』明治大学古代学研究所、二〇号、二〇一四年）。

［6］石川九楊著作集Ⅲ『日本語はどういう言語か』、同Ⅳ『二重言語国家・日本』（ミネルヴァ書房、二〇一六年）など。

［7］『鳥獣戯画』に描かれた動物たちのしぐさや立ち居振る舞いには、自然界における喰う喰われるの生物学的な食物連鎖とは違った、人間に特有の間主体的な社会性が見てとれる。東浩紀が『動物化するポストモダン』（講談社新書、二〇〇一年）において批判的分析を行った、間主体的な社会性を喪失して、即物的な消費の「欲求」にひたすら身を任せる人びとの「動物化」の傾向とは逆の姿が、そこには示されている。即物的な「現実界」を〈法〉の言語（ロゴス）としての「象徴界（＝文化）」へと橋渡しし、媒介する「想像界」の可能性を、人のしぐさを模倣再現する動物たちのその擬人化された立ち居振る舞いのうちに見てとろうとの意図で、これらの項目立てを行う。

［8］深沢徹「都市へのまなざし（一）──古代都市の生成」（『日本の文学』第5集、有精堂、一九八九年）。

［9］ロラン・バルト『表徴の帝国』（宗左近訳、筑摩書房、一九九六年）。

［10］深沢徹「禁域の効能──欲望喚起装置としての「内裏」と、古代都市平安京の消長」（『破壊のあとの都市空間──ポスト・カタストロフィーの記憶』神奈川大学人文学研究所叢書、青弓社、二〇一七年）。

［11］ジル・ドゥルーズ『襞──ライプニッツとバロック』（宇野邦一訳、河出書房新社、二〇一二年）。

［12］深沢徹「都市へのまなざし（二）──『池亭記』異論」（『日本文学』日本文学協会、三八──一、一九八九年）。

［13］深沢徹「都市空間はどれほど物語を作るのか──「少女」巻の六条院造営に、慶滋保胤著『池亭記』の影を見てとる」（新時代の源氏学4『制作空間の〈紫式部〉』竹林舎、二〇一七年）。

［14］深沢徹「『新猿楽記』謬見──都市へのまなざし（三）」（『日本文学』日本文学協会、三八──一二、一九八九年）。

［15］深沢徹「一〇〇〇年紀の社会学者──藤原明衡著『新猿楽記』における猿楽芸能の位置」（『日本文学』日本文学協会、五六──七、二〇〇七年）。

［16］『宇津保物語』については、石母田正「『宇津保物語』についての覚書──貴族社会の叙事詩としての」（『石母田正著作集』一一、一九四三年）へと、再度立ち返る必要がある。この論考がいまだ色あせないのは、55年体制が確立する以前の、戦後間もなくの混沌として無秩序な、それでいて多様な可能性へと拓かれていた当時のエネルギッシュな言説状況を反映しているからで、

それはまた丸山眞男『戦中と戦後の間』（みすず書房、一九七六年）における問題意識とも共通する。

［17］深沢徹「『方丈記』と『愚管抄』の隠れた争点―安元の大火における「意味づけ」の拒否、もしくはその多様化へ向けて」（前田雅之他篇『〈新しい作品論〉へ、〈新しい教材論〉へ　古典編3』右文書院、二〇〇三年）。および前掲注［5］論文。

［18］深沢徹『中世神話の煉丹術』（人文書院、一九九四年）所収「『狐媚記』を読む―中世神話の煉丹術」を参照のこと。

2　近江地方の羽衣伝説考

李　市埈

1　序論

近江地方の余呉湖の周辺には、二種類の羽衣伝説が伝わっている。一つは、全国的によく知られている『近江国風土記』「伊香小江」の伝説であり、もう一つは、桐畑太夫と天女の子が菅原道真であるという伝説（十七世紀以後）である。伊香氏は、現在の旧伊香郡を拠点に活躍した古代豪族であって、前者が伊香氏の氏族神話だとすれば、後者は桐畑氏の家の伝説である。

本稿では、十七世紀以後成立した桐畑太夫の羽衣伝説について考察する。考察に当たって、もっとも中心的に取り扱う資料は慶長十七年（一六一二）「川並村申伝書記」▼注[1]である。天人の子孫が道真であると具体的に語る最初の資料でもあり、菊石姫伝説など様々な伝承を盛り込んでいるからである。

2 桐畑太夫と天女

まず、「川並村申伝書記」の内容を概観すると、桐畑氏と天人と関連する羽衣伝説の段落、菅原道真伝説の段落、菊石姫伝説の段落など三つの構成となっている。

本節では、男と天女の関係を語る羽衣伝説について考察する。長文なので、該当の個所は原文をそのまま引用し、その他の内容は要約する。

【資料一】 慶長十七年（一六一二）「川並村申伝書記」

①往古、当村の郷に桐畑太夫と云ふ人あり。海中（余呉湖：筆者注）に遊び、小島の柳に異衣懸かるを、寄りて見れば不思議の衣なり。太夫宿に持ち帰る。美女来たりて問ふ。「君我が衣を持ち来たるか。彼の衣は我が羽衣なり。年の七月朔に、この木に軆を沐す。しかるに、羽衣失ひて後、帰ることを得ず。返し給へ」と云ふに、「我は存ぜず、余所を尋ね見給へ」と云ふ。ぜひなく去る。また二、三日過ぎて、泣く泣く来たりて、「我帰るところ無し。この家で養ふべし」と云ふ。太夫謹んで家に留め居ること緩緩、年の九月男子を産み、太夫愛敬して陰陽丸と名づく。日を経て夫婦となり、心静かに住む。

②明年女子産まれ、名を菊石と云ふ。三年過ぎて語りて曰く、「羽衣久しく出さず、損失か」と云ひて箱を開き、奴婢の小鍋童子に見せしむを、取りて遊ぶ。太夫驚き忿れば懐にして脇へ退く。婦、常に心に思ひ居り、目を忍びて取りて着る。ただちに虚空へ飛び登る。

太夫驚き見て涙を流す。童、はなはだしく泣く。空中に居りて語りて云はく、「我が身下界に遊ぶこと前世の因縁なり。はかりがたし。君も天に登りたく思はば、これより東方に霊石ありて、その辺りに瓢を植ゑて何くれ作るべし。その根に我が笄を埋めるべし。瓢成長せば、その瓢に乗りて法華経文を誦ふべし。我下りて誘引すべし」と語りて永に昇る。太夫急ぎて勝地を尋ね、瓢を作る。天へ登る跡に瓢大明神を祭る。子孫は瓢を作らず。爾来一族瓢を作らず。もし作れば不吉来たると云ふ。

③（要約）残った、陰陽丸は菅山寺真寂坊尊元に拾われる。以後、是善の養子となり、菅相丞と改め寛平元年菅山寺御建立する。筑紫に左遷された後、衣掛柳に現れ、そこを天神様として祭る。

④（要約）一方、娘の菊石は十三の時に余呉湖に入って主となり、三年後には大きな龍となる。世話になった小鍋にお礼として両眼を抜いて海から投げ与える。その時の跡がついた石が残っている。

以上の内容のうち、一般的な「羽衣伝説」に属する内容は、桐畑太夫が天女の羽衣を盗み夫婦となること（①）、天女が陰陽丸と菊石を出産し、天に登ること、夫は瓢のつるをつかまって天女の後を追って天に登ること（②）などである。『近江国風土記』「伊香小江」の伝説と比較して、もっとも注目される点は、伊香刀美（伊香連の祖先）が桐畑太夫に切り替わったということである。

では、桐畑太夫とは誰であるか。『姓氏家系大辞典』第二巻には、桐畑氏に関して「伊勢、阿波、豊後等に此の地名存すれど、此の氏は豊後国桐畑邑（佐伯町の西）より起る。佐伯氏の一族なりと云ふ。豊後豊前両国にあり。」▼注[2]とあるだけて、歴史資料に徴しがたい。「桐畑太夫」に関しては、慶長十七年より凡そ百年経った宝永五年（一七〇八）の古文書、所謂「川並村桐畑太夫由来之事」には、

【資料二】宝永五年（一七〇八）「川並村桐畑太夫由来之事」▼注[3]

一古、桐畑太夫と申す者、当村の百姓にて、田地壱ヶ所八町所持仕り作り居り申候事、屋敷地は只今の村より五、六町南の本川並と申す処に御座候。この仁は、古は宮様の流れにて、川並村に住居なされ候様に申し伝へ候。その節よりこれの氏神上の堂と申すに、三十番神、子安の地蔵、新羅森に六社権現、観音様にて御座候。

と見える。一六一二年の資料と比べて、記述が詳しくなって、彼は田んぼを一カ所に八町歩（約八百アール）をもっており、

今の川並村から約五、六百m離れた本川並に住んで、その先祖は、なんでも宮様の血筋である、という。桐畑長雄氏によると、川並村の人口は、元禄八年（一六五九）から、四百人の人口が現在に続いており、その中で七十六%が「桐畑」氏であるという。インターネット版の名字由来netによると、「現大分県中南部である豊後国桐畑村が起源（ルーツ）である、佐伯氏がある。近年、滋賀県伊香郡余呉町に多数みられ」、全国人数がおよそ一八〇〇人、日本の氏の中の全国順位は五六四九位である。思うに、全日本で川並村に住む桐畑氏が最も多いだろう。

では、桐畑太夫は、なぜ「天人」と婚約したのであろうか。天人という高貴な存在との婚約を通じて「桐畑氏」の家柄を宣揚する意図があったというのは容易に推測されようが、ここでもう一つ「天人」の役割に注目したいと思う。たびたび天人は地上へ降りる際、白鳥になっているが、そもそも白鳥は「穀霊」と関係があって農耕と密接に関わっている。羽衣を隠す場所として、倉庫・長櫃・稲のわら・かまどなど穀物の保存と関連がある所や畑や花の中・草むらの中などの植物が植えられている場合などが多いことは、天女の穀霊神としての性格の一面を雄弁に物語っている。

天女と農業の関連は、前掲の【資料二】の以下の内容からも推測できる。

（天女は羽衣を見つけ天上へ上がってしまう。天へ帰る際、太夫に：筆者注）貴様は百姓の事なれば、もし大日照りなど候て天へ御上りなさるべく候。その時、望み次第に取り降して申し候なり。御上りさなるべく候て、牛の皮千枚、虎の皮千枚、獅子の皮千枚、三千枚敷き、その上に土を置き、灼のつるを御植ゑ成り候て、一夜の内に天に届くべく申し候。その枝に取り付き御上りなさるべきと申し置き、そのまま天へ帰り申され候と申すなり。（中略）太夫天人に向かひて申し候ては、「何分にも大日照りにて迷惑仕り候に付き、その方申され置き候通りに致し、天へ上り候事にて御座候へども、急に雨を降らして給へと申す。然る所に天人手を濡らし、その雫を落とし候所に、太夫申し候はるは、何とぞ我が大分の田地へ左様の事にてこの日照りに」と申されて、その所桶の水を打ちあけ申され候て、その浩水にてその下海となり、そのいはれにて欲の海と云ひ、余呉と申すなり。これは海の名なりと申し伝へ候。

最後は「余呉の海」の名の由来譚的な性格になっているが、この内容によって、確実に「雨を降らす」天女像が確認できる。もう一つ、桐畑大夫の伝説を伝える『近江伊香郡志』上巻収録話の冒頭は「この湖の主は、大いなる緋鯉なりと称せられる。この大魚は時に黒雲を起こし竜となりて天上し、或はまた嬋娟阿娜たるたる美人となりて湖辺を逍遥することあり、而してこの湖水の深きこと殆んどその底を知らず。」とあって、天女（美人＝緋鯉）は、時には「黒雲を起こし竜」となるのである。天女の属性が湖の竜の持つ雨を降らす属性と重なっているのに注意したい。そして、次のような伝承も天女と雨の関係を考える上で参考となる。

雷神余呉湖▼注[4]

昔、近江伊香郡余呉に、一人の樵夫があった。一日、山に入って、雷神に会ひ、雨壺を託されて天に昇り、彼の壺から少しづつ雨を降らせてゐたが、はからずも、自分の村が水に不足してゐることを思ひ出し、その上で壺を傾けて雷神と分れ、村に帰ってみたら湖となってしまった。

上記の伝承も「余呉の海」の由来譚であって、全体の語りの構造が【資料二】と酷似しているが、ただ、天女が「雷神」――この雷神は後述するように菅原道真の天神信仰の影響であろう――にすり替えられている。同じ地域の伝承であって、この伝承は【資料二】の影響を受けて変容したものであろうが、雨を司る雷神のイメージと同じ役割を期待された天女であってこそ、このような登場人物のすり替えが可能であったと判断される。

次節では、桐畑氏と天女の間で生れた菅原道真に関して考察してみたいと思う。

3　菅原道真と菅山寺

菅原道真に関連する伝承を年代順に引用すると、以下の通りである（但し、天女が道真を産む記述は省略し、道真が地上に残された以後の事を引用したことを断っておく）。

【資料三】慶長十七年（一六一二）「川並村申伝書記」

(1)《菅山寺尊元に拾われる》後、童諸方に父母を訪ね行き、道の霊石に乗る。鳴く人の、かか様かか様と聞こゆ。菅山寺真寂坊尊元通り合はせ、見れば子の鳴く音、法華経と耳に入る。和尚懐にして故郷を尋ね、家に入りて小鍋に問ふ。小鍋曰く、父母天へ登りて孤なり。我この二人を養ひ立つと云ふ。和尚哀しみて滞る。而して山へ懐にして帰り、寺に居りたり。

(2)《鴬よなぜ～》ある時の歌に云ふ。「鴬よなぜさは鳴きそ乳や恋し お鍋や恋し母や恋しき」と

(3)《内裏にての発言》後九才にて内裏へ出て、我は父母無しと云ふ。

(4)《余呉の海～》是善卿海に遊ぶ歌に云ふ。余呉の海来つつなけれん乙女が天の羽衣干しつらむやは

(5)《是善の養子となる》是善卿の養子となり、菅相丞と改め、尊元和尚山門の人なりと、菅に住み、彼の童十二、三才ばかりの時、御死去。常々童に語りて曰く、君世に出なば山に精舎を建立すべく頼みおく。

(6)《菅山寺建立》その由、内に存じ玉うて右大将に進み、寛平元年菅山寺御建立ありと云ふ。

(7)《衣掛柳の下に現れる、天満社建立》後、筑紫に行き玉う後、衣掛柳の下様に立ち、白衣を着て立つ。歌に云ふ。「賎ケ獄下ろす嵐に吹く波の行きては帰る余呉の海づら」と云ふ。老曰く、「何人ぞ」。「我は右の菅相なり」と云ふ。形は見えず。その所を誕生の天神と祭る。

【資料四】宝永五年（一七〇八）「川並村桐畑太夫由来之事」

(1)《氏神、天満社》さて又、只今中之郷村の氏神に西天神と申すあり。この下に田の中に天神の鳴き岩といふあり。この岩の印に、その所に天神を建立仕り候なり。

(2)《菅山寺尊元に拾われる》この岩の上に、右の陰陽と申す若君御鳴き居り給ひしに、菅山寺法印様御通りにて御覧なされ候へば、鳴き声法花経の文に聞え、不思議に思はれて、そのままに連れられ御帰りなされ、即ち菅山寺興善院の寺の屋敷にて、拾五才の頃まで手習ひなされ候と申す事にて御座候。興善院の寺もその節は真寂坊と申す御事にて御座候。

【資料五】『近江国輿地志略』▼注[5]に引く「天満天神社縁起」一七三四年

(1)《菅山寺尊元に拾われる》爰において太夫年来の念僧菅山寺の真寂坊阿闍梨尊元和尚来て、太夫の家に入て檀度を受。時に幼息出て此和尚に見て、甚睦しきこと旧識のごとし。三日過て尊元帰る。童児随ひ来て同じく寺に入て遊ぶ。

(2)《鶯よなぜ～》性智敏聡にして八耳にひとし。林間の鶯を聞て、歌に曰、「鶯よなせさは鳴そ乳やこひし、小鍋や愛し母や恋しき」

(3)《余呉の海～》其後菅原是善公余湖の湖水に遊ぶ歌に曰、「余湖海きつつなれけん乙女子か、天の羽衣ほしつらんやは」

桐畑の家に宿留して、次に菅嶺に登て池水を見、崇敬彌篤し。爰に於て彼小童を見て、其威猛を知て則取て養子となす。

(4)《月輝如晴雲～》年十一歳の時初て五言の詩を作て曰、「月輝如晴雲、梅花似照星、可憐金鏡転、庭上玉芳馨」菅山寺は前は竜頭山大箕寺と云。菅の少将幼稚の時此寺にありて、其懇睦のこと浅からず。故に奏聞を経て四十九坊を建立して、則氏の字を賜り、改て大箕寺菅山寺と号する者也。自翰の額、同じく法華経、自等身の像軀を作て、永く此山に鎮座して、寺門の繁栄を守るなりと云々。

【資料六】『桐畠太夫縁記（起）』一八四九年▼注[6]

(1)《承和十一年、道真生れる》（天女と結婚して、筆者）承和十一年になりにけり。その八月朔日に一人男子を生めり。

(2)《菅山寺尊元に拾われる》（天女が天へ帰り、夫はその後を追って天に上り、筆者）その時、三歳なる稚児を岩の上に捨て置かれたり。さすが有徳の人の仰せかな、その子の泣く声経文の響きありと、菅山寺真寂坊阿闍梨尊元和尚聞き分け給ふ。不思議あるなりと、人をもちて尋ねられしに、果たしてその子泣き居たり。哀れなるかなと、たちまち抱き上げ寺に帰りけり。右の岩を名づけて泣岩といふ。湖水より六、七町北西の方にあり。

(3)《鴬よなぜ～》さて、尊元和尚、童子の清形を見て、これ唯人にあらずと喜び、寵愛に撫育し給へり。五歳の春、鴬の声を聞き、歌ひて云ふ。「鴬よなぜさは鳴きそ父やこひし、小鍋や愛し母や恋し」

(4)《余呉の海～》その後、菅原是善卿、菅嶺に登らんと欲し、まず余湖の湖水を望み見て、則ち歌ひて曰く、「余湖の湖来つつなれけん乙女子が天の羽衣干しつらんやは」

(5)《是善の養子となる》それより菅山寺に登り、宿に留まりありて、太夫の童子を見給ふに、その美麗なる事人に秀れたれば、是善卿、尊元にこれを乞ひうけ、養子となして、都へ伴ひ帰り給ふ。

(6)《月輝如晴雲～》次第に成長するに従ひ、明徳を増し、十一歳の春、始めて五言の詩を作りて云ふ。「月の耀きは晴雲の如く、梅花は照る星に似たり、憐れむべしと金鏡転じて、庭上に玉房の馨あり。」

(7)《道真、天神となる》それより段々官位の級進み、終りに天満大自在天神と四海に名を耀かし給ふは、この君なり云々。

上記の資料に目を通すと、各々の伝承において局部的な内容の相違点があったり、事件の順序が前後したりするが、残された男児（陰陽丸）が尊元に拾われて菅山寺で住み、後、是善の養子となるが、この人こそ菅原道真である、という基本的内容は変らない。伝承によっては、天神社を建てた由来や道真が天神となったことなどを付加したりするが、【資料三】「川並村中伝書記」において、羽衣伝説と天神信仰の結びつきが完成していたと言えよう。▼注[7] 特に、【資料五】『近江国輿地志略』と【資料六】『桐畠太夫縁記（起）』の両者は内容と書き方が酷似しており、後者が前者を直接参考にした可能性が高い。

伝承の語りの形式として注目されるのは、和歌や漢文を中心としたエピソード（いわば和歌説話）を繋げる方法となっていることである。まず、《鴬よなぜ〜》は『古本説話集』第十六話「継子、小鍋の歌の事」に見える。継子に憎まれた少女が鴬の泣くのを見て、自分の惨めな身の上を鴬に託して歌っている。母無き少女の境遇と両親に分かれた幼い道真の境遇が重なっている。小鍋の歌をもとに、少し内容を変えた同文的同話が『袋草紙』（一一五七〜一一五八年頃）、『宝物集』（一一七九〜一一八〇年頃）、『西公談抄』（一二二五〜一二二九年頃）などに載っている。興味深いのは、「小鍋」のことである。『古本説話集』における「小鍋」とは、讃岐国（香川県）で出産した小型の鍋のことをいっているが、【資料三】(1)などでは、幼い道真と菊姫を養う乳母の事となっており、物の名前が人の名前に変ったのである。

それから、菅原是善の歌ったという《余呉の海〜》は、文治年間（一一八五〜一一九〇年）に成立した顕昭の『袖中抄』（第十六）に見える。注目すべきは顕昭は、この歌を紹介して、それから続けて羽衣伝説を語っていることである。歌そのものが羽衣伝説を前提にしているので当然であれば当然であるが、【資料三】以下の菅原道真の登場する羽衣伝説では、父の菅原是善の歌として仕立てられている。物語の上で、余呉の湖に来て歌ったこの歌が、是善と道真の出会いを成立させる決定的な役割を担っているのである。

最後に、《月輝如晴雲〜》の漢詩は、菅原道真が醍醐天皇に依頼されて編纂した、自作の漢詩文集である『菅家文草』（九〇〇年）に収録されているものである。その詞書によると、菅原是善が文章生島田忠臣を道真の詩作の指導者に命じ、その指導を受けて道真が十一歳の時初めて作った詩であるという。以後、『天神縁起絵巻』（十三世紀、十一歳の事）、『神道集』（一三五二〜一三六〇年、十一歳の事）、『天神本地』（御伽草子、成立年代未詳、七歳の事）、『太平記』（十四世紀後半、七歳の事）、『天神御出生記』（古浄瑠璃、一六八四〜一六八八年頃、十三歳の事）などにも、道真の年齢の差や歌詠みの経緯に少し異なる点があるものの、同じ漢詩が引用されている。▼注[8]

このように、十七世紀の余呉の羽衣伝説における菅原伝説は、どの作品の影響であるかを指摘することはできないが、遠くは、平安時代の和歌説話から、近くは近世の天神信仰に基づいた伝承や諸ジャンルの文芸の各要素を適宜、うまく受け入れていることが確認できる。

つづいて、菅原道真の誕生に巡る問題について考えることにしたい。結論を簡単にいうと、菅原道真の異常誕生譚（是善の養子となる）は、十七世紀の余呉の羽衣伝説以前に成立しており、この伝承を、天神を祭っていた桐畑氏が当地の羽衣伝説に結び付けたということになる。

『北野天神縁起』（鎌倉初期成立）には、道真の出現について以下のように記している。

菅原院と申すは、菅相公是善の家なり、相公、平生の当初、かの家の南庭に五六歳ばかりなるおさなき小児のあそびありき給けるを、相公見給ふに、容顔体皃たゞ人にあらずとおもひつゝ、「君はいづれの家の子男ぞ。何によりてか来り遊び給ふ」と。小ちご答へ給ふ様、「させるさだめたる居所もなく、また父もなく母もなし。相公を父とせんと思ひ侍る」と仰らるれば、相公大に悦て、いだきかいなでゝ、漸研精せめ給ければ、天才日にあらた也。

これといった居場所もなく、父もなく母もない、とする傍線の箇所は所謂神の子の異常誕生である。福田晃氏によると、この主張はすでに『菅家文草』所収の「天人化現記」に見え、延久二年（一〇七〇）以前に成立し、『神道集』所収の「北野天神事」などから分かるように、天神化現譚は安居院流の唱導家によって世に伝えられていったという。▼注[9] また、後代の『菅家聖廟暦伝』には、五六歳の童子が是善の南庭の梅樹の下に天下り、是善が養って子としたという記述が見られる。[注10] 神の子らしく天から下って来たという要素が付け加えられているのである。【資料三】(3)における「九才にて内裏へ出て、我は父母無しと云ふ」という内容は、このような前代の『北野天神縁起』の宣伝の中で広まった天神化現譚の影響であったのであろう。但し、前代のものは、人間の身から生れなかった神の子の意味合いであったが、【資料三】では、文脈上では、桐畑と天女に去られて孤児になったというように、その意味が変化している。十七世紀の余呉の伝承は、前代の菅原道真の是善の養子説を上手く取入れて、彼を桐畑と天女の子として仕立てることができたのである。

伝承の単位からいうと、桐畑と天女の羽衣伝説に菅原道真関連伝説が結び付いたわけであるが、この伝承の結合、あるいは、天女信仰と天神信仰の集合を企てたのはどんな人々だったのであろうか。我々は、数多い伝承の資料から容易に「桐畑氏」「天神を祭る集団」、そして「菅山寺」の人々の働き掛けを想定することができる。そのような意味で、その道真を祀り、菅原寺を経営した人々が問われるが、おそらく彼らは桐畑太夫を擁する者たちであったろう。その桐畑太夫は、「太夫」の称からも推されるごとく、元来、巫覡の職を専らとする唱門師の流れだったと言われる。彼らが北野天神の司祭として、当地に定着するなかで、この天人女房型・道真誕生譚は生育されたのであろう。

【資料三】(7)「その所を誕生の天神と祭る」と【資料四】(1)「只今中之郷村の氏神に西天神と申すあり。この下に田の中に天神の鳴き岩といふあり。この岩の印に、その所に天神を建立仕り候なり」などから、天神を氏神として祀っていることが確認できる。以下、菅山寺と天神社や菅山寺と菅原道真との関連について補足しておく。

まず、菅山寺と天神社の関係についてであるが、元亀二年（一五七一）の縁起書によると、[注11] 開基は天平宝字八年（七六四）昭檀上人であり、寛平元年（八八九）菅原道真が勅使として、「伽藍甍をならべ、層塔鐘楼雲に聳へ、塔には五智如来を安置」し、三院四九坊を建てたという。また、菅相寄宿の坊舎は「信寂坊」であったという。とにかく、【資料三】

(1)などの菅山寺の真寂坊との関係や【資料三】(6)《菅山寺建立》と縁起の内容とが一致していることが確認できる。

縁起には、また、菅山寺と天神信仰の繋がりを示す重要な事柄を伝えている。天暦九年(九五五)、白山権現や天満天神を勧請したという記述である。道真が九〇三年に死んでから、京には異変が相次いだ。政敵藤原時平が病死し(九〇九年)、時平の親類も立て続けに死に、清涼殿が落雷を受ける(九三〇年)。人々はこれらを道真の祟りだと恐れ、道真の罪を赦すと共に贈位を行った。延喜二三年(九二三)、従二位大宰員外師から右大臣に復し、正二位を贈っていた。縁起によると、天満天神を勧請したのが、九五五年であるというが、北野天満宮の創建が天暦元年(九四七)であることを考慮に入れると、近江と都が距離的に近いとは言え、もっとも早い天神信仰の受け入れぶりである。このように、一五七一年の菅山寺の縁起は、道真の生前と死後に跨って、菅山寺との強い因縁を語っているのである。

上述の縁起の記録、すなわち、道真による菅山寺の中興及び天満天神社の建立の件は、『興福寺官務牒疏』(嘉吉元年〈一四四一〉)や道真と菅山寺の関係を記す、現存する最も古い資料である『菅山寺梵鐘銘文』によって確認できる。菅山寺建治三年(一二七七)に成立した梵鐘の銘文には、すでに道真が菅山寺の精舎を建て明王を安置したという。菅山寺における天神信仰は、既に十三世紀に成り立っていたことが分かる。『近江国輿地志略』▼注[12]に引く「天満天神社縁起」の末尾に「菅山寺は前は竜頭山大箕寺と云。菅の少将幼稚の時此寺にありて、其懇睦のこと浅からず。故に奏聞を経て四十九坊を建立して、則氏の字を賜り、改て大箕寺菅山寺と号する者也。自翰の額、同じく法華経、自等身の像軀を作て、永く此山に鎮座して、寺門の繁栄を守るなりと云々」と見えるように、道真の天神信仰はもっとも早い段階で菅山寺に取り込まれ、寺内に祠堂が建立され、「寺門の繁栄を守る」役割を担わされていたのである。

菅山寺と天神信仰の習合は早い段階で行われ、菅山寺の宗教圏の影響下にあった「川並村」の桐畑氏は、天神を氏神として祭った集団であって、当地の羽衣伝説を踏まえて、十七世紀以後の天人女房型・道真誕生譚を作り上げたのである。

4　菊石姫と雨乞い

十七世紀の桐畑氏の羽衣伝説では天人の子として道真の他にもう一人の存在、即ち菊石姫を取り上げている。道真の場合と同様、それを語る最初の資料は、「川並村申伝書記」である。

慶長十七年（一六一二）「川並村申伝書記」

(1)（桐畑太夫と天人の間に男子〈道真〉が生まれ）明年女子産まれ、名を菊石と云ふ。

(2)菊石は十三才にして海に入りて主となり、三年過ぎ大龍の形にて浮かぶ。片見に両眼を抜き小鍋に一生下され、石に跡あり。

宝永五年（一七〇八）「川並村桐畑太夫由来之事」

(1)さて、又、桐畑太夫女子壹人生みて、名を菊石と申し候処に、この娘蛇性にて生まれ立つより、両の脇つぼに蛇のうろこ三枚づつあり、恐ろしく生まれ付きにて、姿は美人にて御座候へども、親勘当仕り、字名うが原と申す所に少しの小屋を掛け出し置き申され候と申し候。その母はその後、病死仕り様申し伝へ、即ちこの母の石塔とて八戸村の領内に只今御座候。内うち下女のみ壹人菊石を不敏に思ひ、我が食を分て半分づつ持ち運び、介抱仕り候と申し伝ふなり。

(2)（要約）桐畑太夫の娘の菊石は、親不幸の身に生まれついたものであるので、「岡原」に隠れていたが、とうとう大蛇の姿になって、平素お世話になった下女に一つの目玉を差し上げて余呉湖へ入ってしまった。その菊石のことが世間に知れわたり、幕府からは「蛇の目玉二つ全部差し出すこと」と厳しい命令が下された。仕方なく、菊石はもう一つの目玉をつかんで下女に投げ与えたといわれる。「只今、新羅森の下の海端に岩あり。それに目玉をうちつけあたり候と申す岩あるなり。この岩に茶碗ほどの穴これあるなり」

(3)その時、菊石申しけるは、あさましき苦しみ深く、その上両眼これ無く、朝暮の時にも知り申さず候間、我がためにこの海の廻りに七森の森を建立致し、手をつかせ勤行供養を頼み申し、そのまま海へ帰り候由、申し伝ふなり。その後七森の朝暮鐘をつき候と申す。只今、七森現字名確かにこれあり候なり。

(4)右の蛇躰、海の主と成る。両眼これ無き故、目くら海とも申すなり。

(5)さて、また、新羅の森の下に蛇の枕と申す石御座候。この石は下女奥よい来たり寝る時の枕石と申し伝ふなり。

一六一二年の資料は、伝説の冒頭で「明年女子産まれ、名を菊石と云ふ」と記して、桐畑太夫と天女の子であることを確認して置き、最後に、「菊石は十三才にして海に入りて主となり、三年過ぎ大龍の形にて浮かぶ。片見に両眼を抜き小鍋に一生下され、石に跡あり。」と短い記述のみを付け加えている。ところが、一七〇八年の資料になると、大分関連記述が増えてくる。菊石は蛇性にて産まれ親に勘当され、「うが原」という所に住むという。また、その母に関しては、病死して、今でもこの母の石塔といわれるものが八戸村の領内にあるという。この母は天女であろうか、それとも別の人物であろうか。前の資料では、明確に桐畑太夫と天女の子であるとするが、後代の資料では、その記述が曖昧となっている。また、兄弟であるはずの陰陽丸の誕生の件を見ると、「夫婦となり御暮らし成され候時、若壹人誕生あり。この子名を陰陽と申し候由申し伝ふなり」とあって、菊石の名は見えない。一七〇八年の資料は、桐畑太夫と天女の子は「陰陽丸（のち菅原道真）」とし、菊石の場合は別の母に仕立てているのでないだろうか。菊石の話を冒頭に配置して、陰陽丸の誕生を新しく後で語り始めるのは、「桐畑太夫と天女の子」の事実を無化するための構想であったと判断される。となると、八戸村の領内にある、今にも残っている石塔の主人は天女ではなく、別の女人となるわけである。菊石は一七〇八年の資料(2)によると、親不幸の身で「岡原」に隠れていたが、大蛇の姿になって、余呉湖へ入ってしまったという。一六一二年の資料には「大龍の形」であったところが、ここでは「大蛇」となっているのである。そして、一七〇八年の資料には、(3)七つの森と七つの鐘の由来、(4)「目くら海」という名の由来、(5)「蛇の枕」という名の由来など関連伝説が付け加えられている。これらの資料よりぐっと時代が下って、一八四九年の『桐畠太夫縁記（起）』にも菊石姫の伝説が見えるが、一七〇八年の資料の内容を敷衍する形でほぼ同じ内容となっており、ここでも菊石姫は天女の子ではない。参考までに『日本伝説大系』第八巻「菊石姫」項に収録されている伝承の場合、羽衣伝説と結び付いている話は見当たらない。

菊石姫伝説は、一六一二年の資料以前の時期に成立して、余呉地域に語りつがれていたのであろう。そして、ある時期に羽衣伝説・道真誕生譚と結び付き（その結果が一六一二年の資料）、これが時代が経つにつれて羽衣伝説から離れて一つの独自的な伝承として語り継がれ、変容していったのである。

では、ここで一つ考えなければならないのは、なぜ、菊石姫伝説が羽衣伝説・道真誕生譚と結び付いたのであろうかという点である。筆者は、羽衣伝説の天人は穀霊神としての性格を有しており、確実に「雨を降らす」天女像が確認できると前述した。また、菅原道真の場合、仁和三年（八八七）讃岐で大干ばつとなり、彼が城山で雨乞いを行ったという逸話もあるが、何より道真と雨が強く結び付いているのは、先に取り上げた「樵と雷神」の伝承から確認したように、道真が雨と深い関係にある「雷神」として信仰されたからである。菊石姫の場合、彼女の正体が「大龍の形」や「大蛇」であって、雨と関係があることに注意したい。後代の伝承であるが、余呉の伊香郡には、以下のような伝承が伝わっている。

古来の伝説によれば、桐畑大夫の一女菊石姫、或年大旱にて農民困苦するを見て、一身を捧げて雨を祈り余呉湖に投身し大雨ありて世を救う、村民一祠を建てゝ姫の霊を祀ると。此祠前の湖中に蛇の枕石と謂う石あり、姫入水の時将来若し大旱あらば此石に祈れと遺言して投身し、此石を枕として終わる、依て後世雨乞いの神として大

旱には此石に祈ると云う。▼注[13]

上記の伝説は菊石姫を祀る新羅崎神社の縁起譚的な性格を有しており、菊石姫信仰の経緯が語られている。ここでいう「古来の伝説」が何を指しているのかは定かではない。おそらく、雨乞いの神としての菊石姫信仰は、一六一二年の資料以前に既に成立していたのであろう。古来から竜蛇は水神として信仰されていたことを念頭に置くと、余呉湖に入って主となり、三年後には大きな龍となった菊石姫を当時の人々は農耕神・雨乞いの神として信仰したに違いない。だからこそ、天神を氏神として祭る桐畑氏が、彼らの始祖なる桐畑太夫の子として菊石姫を仕立てようとしたのであろう。菊石姫伝承が羽衣伝説と結び付いた理由は、道真の場合と同様、菊石姫は雨乞いの神として信仰されており、その菊石姫を桐畑太夫の子息に仕立てることによって、「桐畑氏」の家門を宣揚する意図があったと考えられる。

菊石姫を祀る新羅崎神社は、新羅崎の森にあったが、一九〇九年の神社合併のため現在の北野神社の境内に移された。神主、氏子関係は北野神社と同じである。今もこの地域の人々は菊石姫に頼んで雨乞いを行っている。人々は余呉湖の中にある蛇の枕石を裸になってかつぎあげて、木のところから天神の森に向けて立てて、神主が早く雨が降るように祈願の祝詞をあげる。▼注[14]

5　結論

奈良時代の余呉湖の羽衣伝説は、十七世紀に入って、この地域の豪族たる桐畑氏の家柄を宣揚するために、桐畑氏の家の伝説に変ってしまった。天人という超越的な存在との婚約は、当然ながらその配偶者の位相をも高くする。これに加えて、天女に求められたのは、農耕の為の「雨」を司る能力であったのである。一方、菅原道真に関しては、まず、伝承の語りの形式として和歌や漢文を中心としたいわば和歌説話を繋げる方法を取っており、平安時代の和歌説話から、近世の天神信仰に基づいた伝承や諸ジャンルの文芸の各要素をうまく適宜受け入れていることが確認できた。菅山寺と天神信仰の習合は早い段階で行われ、菅山寺の宗教圏の影響下にあった「川並村」の桐畑氏は、天神を氏神として祭った集団であって、当地の羽衣伝説を踏まえて、十七世紀以後の天人女房型・道真誕生譚を作り上げたのである。最後に、菊石姫伝承が羽衣伝説と結び付いた理由については、道真の場合と同様、菊石姫は雨乞いの神として信仰されており、その菊石姫を桐畑太夫の子息に仕立てることによって、「桐畑氏」の家門を宣揚する意図があったと考えられる。菊石姫信仰は一六一二年の資料以前に成立していたが、ある時期に羽衣伝説・道真誕生譚と結び付き（その結果が一六一二年の資料）、これがまた、時代が経つにつれて、羽衣伝説から離れて一つの独自的な伝承単位として伝わっているのである。

【注】


［1］桐畑長雄『江州余呉湖の羽衣伝説』（余呉町、二〇〇三年）。

［2］太田亮『姓氏家系大辞典』第二巻（角川書店、一九六三年）。

［3］桐畑長雄、前掲書。

［4］引用は、梅原達治「余呉の天神」（『リベラル・アーツ』七号、札幌大学教養部、一九九三年一月）に引く『郷土趣味』所収話。

［5］『近江国輿地志略』巻九十（大日本地誌大系刊行会、一九一五年）。

［6］元来は漢文体であって、原文は福田晃編『日本伝説大系』第八巻（みずうみ書房、一九八八年）において確認できる。但し、本稿の引用は桐畑長雄、前掲書に拠る。

［7］『日本伝説大系』第八巻には「菅原道真公」という題で計十八話の伝説が載せてあるが、前代の文献と大差のない内容となっている。

［8］挑偉麗「近世演劇に描かれた菅原道真—浄瑠璃作品を中心に—」（『言語と文化』一九号、文教大学大学院言語文化研究科付属言語文化研究所、二〇〇六年）。

［9］福田晃編「解説—伝承文学と民間伝承の間」（『日本伝説大系』第八巻、みずうみ書房、一九八八年）。

〔10〕『近江国輿地志略』巻九十、前掲書。
〔11〕『近江国輿地志略』巻九十、前掲書。
〔12〕『近江国輿地志略』巻九十、前掲書。
〔13〕富田八右衛門編纂『近江伊香郡志』上巻（江北図書館、一九五二年）。
〔14〕東洋大学民俗研究会編『余呉の民俗』（東洋大学民俗研究会、一九七〇年）。

【コラム】

創造的破壊

――中世と近世の架け橋としての『むさしあぶみ』――

デイヴィッド・アサートン

日本文学史の時代的区分概念において、一七世紀初頭は明確な境界線のひとつとされるのが一般的である。それはあたかも関ヶ原の戦いにおいて西軍と共に「中世文学」が敗北者として闇に葬られ、新たなジャンルと印刷技術、そして幅広い読者層を携えた「近世文学」が、勝者として躍進を遂げたかのようである。確かに一七世紀初期には、多くの重要な歴史的進展がみられる。徳川幕府の成立、印刷技術の再導入、歌舞伎の誕生などは、全て短期間に起きた出来事である。しかし実際には、「中世文学」と「近世文学」の境目は、そうした時代区分で表すことができるほどはっきりとしたものではない。例えば、室町時代のジャンルとしての「御伽草子」という概念を定義するうえでカノンとして扱われたテクストは、一八世紀に渋川清右衛門により刊行された『御伽文庫』であった。また、一六世紀から一七世紀前半における「語り物」の発展は、継続と革新の両方に特徴づけられるといえる。さらに、万治二年（一六五九）版の『宇治拾遺物語』に代表されるように、中世に書かれた多くの作品は一七世紀以降になって刊行され、それまでよりもはるかに多くの読者の手に渡るようになったのであり、出版文化の開花によって新たな命を与えられたともいえる。

また、一七世紀に新しく書かれた作品も、歴史の双方向につながる支点として捉え、分析していくべきである。なぜならそうした作品は、一六世紀までのテクストや、そこにみられるモチーフや慣例に影響を受けると同時に、そうした要素を新たな目的のために利用し、それらに新しい読者層や社会的・政治的文脈に対応する新たな意味を与えたからである。そう考えれば、一六〇〇年は明確な分岐点ではないといえるだろう。近世文学を特徴づける原動力、様式、慣例は、中世文学の豊かな土壌から生まれた新芽のようなものであり、中世文学から吸収した様々な要素を、新たな目的に向けて発展させていったものとして捉えることができる。

ここでは、浅井了意の『むさしあぶみ』を例にとり、そうしたつながりをみていくことにする。『むさしあぶみ』は「仮名草子」のひとつとされる（一七世紀に書かれた様々な作品をひとまとめにした「仮名草子」というジャンルは、近年再考の動きが見られる）。万治四年（一六六一）に出版されたこの作品は、明暦三年（一六五七）に江戸を襲った明暦の大火をフィクションというかたちを通して描いたものであり、一見典型的な「近世」文学作品にみえるかもしれない。まず、江戸で起こった大災害に関する情報を主に上方の読者層を対象に出版物を通して伝え、また広い読者層に受け入れられるように客観的情報を主観的な語りと交えるという手法は、それまでとは異なったかたちの情報、報道と出版の経済の出現を示唆しているといえるだろう。またこの作品は、中世においては小さな城下町程度でしかなかったにもかかわらず、徳川幕府の中心として栄えることとなった江戸の破壊を描写したものである。今日『むさしあぶみ』は、その話の筋よりも、災害時の江戸の街の描写でよく知られている。なかでも、炎に飲み込まれそうになるなか、浅草門から掘に飛び込んで逃げようとする人々の劇的な描写は有名である。この作品に収められた挿絵は、同時代のイベントや都市の地理、そして大衆の生活を描いており、浮世絵的なイラストの初期の例とされている。しかしながら、そうした革新的な面のみに注目すると、『むさしあぶみ』が実は中世文学にみられるモチーフや慣例を用いて新しい社会・経済を描き出していることを見逃すことになる。

『むさしあぶみ』は、新たな出版と情報の経済の可能性を体現した作品であると同時に、「語り」（オーラル・パフォーマンス）という、古い時代の情報伝達のかたちを通して表現されている。物語は、剃髪して僧になったばかりの楽斎房が、江戸から京都の北野天満宮にやってくるところから始まる。そこで楽斎房は、古くからの知り合いである小間物売りに遭遇する。楽斎房の装いを見て驚愕する小間物売りに、楽斎房は明暦三年の大火の際に「おもひの外なるめんぼくをうしなひて」、僧となる決心をしたと語る。▼注[1] 小間物売りは、「恥」の気持ちを言葉にして表すことができるように、大火とその経験について、何もかもすべて懺悔してみてはどうかと勧める。

このように、楽斎房の語る内容は、「語り物」の様式をとっている。（坂巻甲太が指摘しているように、楽斎房の語りが、あらゆる階層や経歴の人々が諸芸能を楽しむために集うことで有名な北野天満宮で行われる点は、重要である）。▼注[2] 出版文化が開花し、大衆の識字能力が向上する前の時代において、「語り」は儀式的・娯楽的機能を持つとともに、重要な情報伝達方法としての役目を持っていた。また楽斎房の懺悔は、明らかに中世的な表現方法を用いている。「懺悔物」は御伽草子の一種であり、主に僧や尼などといった登場人物が、過去の罪や、出家を決意するきっかけとなった出来事について語るものである。剃髪、「恥」への言及、そして「ものうき事かなしき事。わが身ひとつにせまりておぼえたり」という主張は、苦悩と仏教による救いを説く中世の語り手という役割に楽斎房をしっかりとはめ込んでいる。了意はこうした手法を用いることで、『むさしあぶみ』における明暦の大火の描写が、非常に主観的で、感情や宗教的意味に溢れたものとなることを読者に伝えているのである。しかし、その語りを聞くのは、宗教的救済よりも、商売を左右する金銭的利益、物の流通、実用的な情報の伝達を求める行商人なのである。

このように『むさしあぶみ』は、冒頭から、「語り」と印刷されたテクスト、主観性と客観性、宗教的懺悔と現世的な情報などといった様々な要素の緊張関係を提示しているのである。この緊張関係は、二つの異なった種類の「声」の間を行き来する、作品全体のナレーターとしての楽斎房の語りに体現されている。ひとつは、個人としての楽斎房の声であり、それは大火の際の感情や後悔を語る、個人の経験に基づく主観的な声である。しかし、大火の描写が始まると、この個人としての声は姿を消し、もう一つの全知的・客観的な声による、個人の体験の次元を超えた大火の解説へと移行する。一個人としての楽斎房の声は、テクストの要となる箇所で何度か再登場するが、物語の大部分を占めるのは、客観的な解説者としての声である。

楽斎房の主観的な視点からは、大火の起こった最初の日に黒焦げの死体を自分の母のものと間違えたが、実は母は無事であったことがわかり、家族で喜び合ったこと、またその後、酔って朦朧としながら再発した火事で燃え続ける江戸の街を歩き回り、自分は死んで地獄に落ちたのだと勘違いしている間に、家族全員を火の海になくしたことなどが語られる。そうした楽斎房の回想は、中世文学の様々な要素を真似て合成したものであるともいえる。宗教に傾倒した楽斎房の告白は、中世における地獄めぐりのモチーフをパロディー化したところがある。また、この作品の背後に、火事を含む、都を襲った大災害について語った中世の代表作、鴨長明の『方丈記』があることは明らかである。長明による大災害の描写が読者の心に響くのは、災害が、人の世の無常と偶然性、そして人間の行為の虚しさを劇的に象徴するものとして描かれているからである。全てをなくし、大火に破壊される江戸の街を地獄と見間違え、そうした経験から仏道に専念する決意をしたという楽斎房の語りは、長明の大災害の解釈と共鳴するものである。

だからこそ、そうした中世的な視点を、もう一つの客観的な声が繰り返し批判・否定していることに注目するべきである。大火を地獄めぐりと勘違いして歩き回る楽斎房を、そこに居合わせた人々はあざ笑う（例えば、楽斎房は、大火を地獄の火と間違え、泥棒を獄卒と思い、混乱で逃げ出した馬が走り回る光景を畜生道と勘違いする）。楽斎房は、酔って「地獄めぐり」をしている間に家族を全員なくしたことへの後悔から出家を思い立ったわけであるが、そうした告白を聞いた小間物売りは、楽斎房の入道という選択を肯定するのではなく、現実的な視点から、楽斎房の恥じる気持ちを否定する。小間物売りは、明暦の大火のような前代未聞の状況下で愚かな行動をとるのは理解出来ることであり、「さのミに恥とおぼすべからず」と結論づける。そして小間物売りは、会話を個人的な体験談から客観的な情報の提供へと移行させ、明暦の大火がそれ以前の災害と比べてどの程度の被害をもたらしたのかを聞き出そうとする。そうした声は楽斎房の視点を相対化し、『むさしあぶみ』が『方丈記』の単なる焼き直しになるのを防ぐのである。つまり『むさしあぶみ』に描き出される大火は、人の世の比喩として提示されるのではなく、『方丈記』とは全く異なる新たな世界観を映し出したものであるといえる。

そうした新たな世界観は、ナレーターの声に体現されている。その全知的・客観的な声は、はじめは楽斎房の声の中から出現したにも関わらず、徐々に楽斎房の主観的な声を圧倒していく。楽斎房の声が、シネマのクローズアップのように、一人の登場人物と間近の情景に焦点をあてたものであるとすれば、もう一つの声はロングショットのように、燃え盛る街を上空から映し、広範囲の人々や都市の様子を描き出している。時折カメラがズームインするかのように、逃げ惑う人々の様子が描写されるが、数頁にわたって大名屋敷などの建築物が崩壊する様子を数的データとして提示するなど、全てを知り尽くしているかのようなナレーターの声は、大火の破壊力を客観的に解説していく。そうした客観的情報からは、了意が大火の詳細を調べたうえで『むさしあぶみ』を執筆したことがわかる。そうした下調べが行われたこと自体、一七世紀における出版文化の台頭という文脈から生まれた、大衆向けの物語と世俗的情報の間の新しい関係を反映しているといえる。印刷された書籍には、娯楽や道徳的啓蒙だけでなく、楽斎房と対話する小間物売りが欲するような同時代の世の中に関する実用的な情報も提供されることが期待された。そうした情報は、チャンスや落とし穴のある「太平の世」の政治的、文化的、経済的地勢をうまく進んでいくのに役立つものであったからである。

『むさしあぶみ』の重要性は、「情報提供者の声」の存在だけにあるわけではない。さらに興味深いのは、この作品が「災害」の意味を中世のニュアンスとは違うものに変えていったことである。『方丈記』は災害と破壊を人の世の危うさを表すものとして滔滔と描き上げたが、中世の軍記物にみられるように、災害は政治的意味合いも持つものであり、悪政や世の中の混乱の前兆とも考えられていた。例えば『太平記』においては、政治的対立や世の混乱の前兆として、火事や地震が描かれている。そうした観点からすると、幕府の中心である江戸の広範囲が大火で破壊されたことは、不安定な政治的状況を示すものであると解釈されることも可能なわけである。

しかし、『むさしあぶみ』に登場する情報提供者の声は、そうした概念とは全く異なった世界観を提示している。大火に続くのは、さらなる破壊や混乱ではなく、回復と社会の再統合である。大名や幕府は火事で家をなくした人々に粥を配り、身元不明の死者の遺骨も、幕府の援助を受けて集団追悼の場所となった回向院に埋葬される。江戸の街は、幕府の注意深い計画に基づいた設計基準に沿って迅速に再建されていく。大火は、政情不安の前兆となるどころか、逆に江戸幕府の安定性を示し、政治的指導者が、死者と生存者を守り、災害の経験を糧にして更に堅固な街を創り出していくビジョンと資力を持っていることを明らかにするのである。大火の被害を受けた数々の大名屋敷の緻密な記録も、実は将軍の命を受けて江戸という新しい街に集約された膨大な人的・政治的資本の存在を明示するものであるといえる。大火の中で逃げ惑う様々な社会階級の民衆の描写や、悲惨な死亡者数の総計さえも、まだ新しい江戸という都市の繁栄と膨大な規模を示すものである。了意の描き出す都市の被害が最終的に示唆するのは、優れた政治的中心としての江戸と、安定し、有能な幕府のもとに形成された都市社会の統合性と団結力であり、将来への希望と展望である。

唯一否定的なのは、陰気で宗教に傾倒した楽斎房の、恥と世俗との断絶を告白する声であり、物語は楽斎房が小間物売りを後にして天満宮の鳥居をくぐり、南へと消えていく場面で終わる。この最後の場面は、一つの種類の声がもう一つの種類の声に取り替えられるのを象徴しているのである。この場面の直前に、様々な種類の歌に関する議論が繰り広げられていることも、この点を暗示しているといえるだろう。

『むさしあぶみ』の数年後には、了意の『浮世物語』が出版される。有名な『浮世物語』の序文は、古い「憂き世」の時代から新しい「浮き世」の時代への転換を明示する歌の解説から始まる。「憂き世」は中世的な世界観と、そして「浮き世」は近世の本質を定義するものにつながるとされている。このような言葉遊びを通して、「浮き世」は「憂き世」をもとにしながら、世の中を再解釈し、それに新しい意味を与えていく。つまり「浮き世」は、「憂き世」から生まれたものなのである。同様に、『むさしあぶみ』は、既存の枠組みから新しいかたちの文学が生まれる過程、そしてそうした文学が簡潔に示す新たな「声」と世界観を提示する例のひとつとしてみることができる。出家者、不吉な大災害、地獄めぐりなどといった中世文学によくみられるテーマは登場するが、それらには中世とは全く異なった意味が与えられている。中世の「憂き世」から近世の「浮き世」への文学的変遷というものが、一七世紀において何十年もかけて徐々に進んでいった過程であることを、『むさしあぶみ』のテクストそのものが描き出しているといえる。そうした過程の両端を考察してこそ、複雑な変化の過程を理解することができるのである。

（訳・常田道子）

【注】

［1］坂巻甲太・黒木喬編『「むさしあぶみ」校注と研究』（桜楓社、一九八八年）。

［2］坂巻甲太「近世初期における作者・書肆・読者の位相」（『日本文学』四三―一〇、一九九四年）。

3　南奥羽地域における古浄瑠璃享受

――文学史と語り物文芸研究の接点を求めて――

宮腰直人

1　はじめに

貞享から元禄期にかけて、江戸を中心に活躍していた古浄瑠璃の太夫達が仙台藩や盛岡藩をたびたび訪れ、その芸能を披露していたことが、近年の研究の成果として明らかになっている。▼注[1] 藩政史料や藩士の日記からは、たしかに東北にも和泉太夫をはじめとする名だたる浄瑠璃太夫や、史料ではしばしば「瞽者」と表記される座頭によって古浄瑠璃の物語が伝えられ、愛好者を得ていたことがわかる。

これら近世東北の芸能環境からあらためて注目されるのが古浄瑠璃と奥浄瑠璃の関係であろう。奥浄瑠璃とは座頭を主な担い手とする芸能とその演目に関わる写本群をいう。東北においては、とくに仙台藩と盛岡藩の各藩域を中心に享受されていた。奥浄瑠璃諸本については、すでに阪口弘之らによって数多くの資料が紹介されており、その大半が江戸や上方の古浄瑠璃正本との何らかの対応が認められることが明らかになっている。なかでも、江戸版の古浄瑠璃正本、いわゆる六段本をそのまま書写した奥浄瑠璃写本の一群からは、両者の密接な関係が看取される。▼注[2]

こうした研究の現状からは、東北地域を訪れた古浄瑠璃の諸太夫の動向と奥浄瑠璃諸本の関係をどう有機的に理解するかが古浄瑠璃研究と奥浄瑠璃研究の共通課題の一つであることが見定められる。

本稿では、この課題に見通しを与えるべく、多岐にわたる古浄瑠璃のなかでも、江戸で人気を博した金平浄瑠璃と奥浄瑠璃の関係に着目し、従来の研究では、ほとんど研究対象とされてこなかった南奥羽地域の史資料を中心にして、東北における古浄瑠璃とその享受の一端を明らかにし、奥浄瑠璃の生成基盤と地域的な展開の様相を論じることを目的とする。

金平浄瑠璃は明暦・寛文期から元禄期にかけて流行した古浄瑠璃の一種で、坂田金平（公平）と渡辺武綱（竹綱）という二人の主人公を基軸に多くの物語が生み出され、書肆を通して正本も読み継がれた。丹波少掾・和泉太夫や上総少掾・虎屋喜太夫の名を冠した正本が伝存する。室木弥太郎による正本の整備以降、▼注[3]初期金平浄瑠璃正本を中心に本文批判が進められ、太夫間の正本共有や書肆関与の問題が論じられている。▼注[4]一方で金平浄瑠璃の主たる担い手であった和泉太夫についても、元禄期に活躍した二代目の作風やその新機軸が検討されるに至っている。▼注[5]

奥浄瑠璃における金平物は資料こそ紹介されてはいたものの、古浄瑠璃・金平浄瑠璃研究の視座から積極的に取り上げられることは少なく、その研究は未開拓の領域といってよい。そうした研究状況において、居駒永幸による奥浄瑠璃『鬼甲責』『鬼甲山合戦記』に関する一連の研究▼注[6]は、唯一の本格的な研究として注目される。これまで奥浄瑠璃の享受圏として知られていた仙台藩や盛岡藩にとどまらず、山形藩域を中心とする南奥羽地域（現在の山形県村山地域）にまでその享受が及んでいたことを明らかにし、しかもその内容が金平と武綱の活躍を基軸とする金平浄瑠璃であったことを指摘した点で、旧来の奥浄瑠璃享受に対する認識を一挙に広げた画期的研究成果であった。居駒論の成果を受け、さらに諸太夫の動向や金平物の奥浄瑠璃の表現志向を明らかにすることが本稿での課題になってくる。

本来、古浄瑠璃も奥浄瑠璃も日本文学・文芸史においては質量を兼ね備えた語り物文芸の一領域だが、残念ながら、両者ともに研究は活況を呈しているとは言い難い。金平浄瑠璃は、その正本の伝存から近世期に多くの人びとの心をつかんでいたことがわかる。また、奥浄瑠璃も二〇〇点を越える写本が確認でき、▼注[7] 近世後期から明治・大正期に至るまで東北の人びとに根強く支持されていたことがうかがわれる。

それにもかかわらず、金平浄瑠璃は、その文学史上の位置づけは古浄瑠璃の一段階、あるいは近松以前の、古浄瑠璃の一動向として叙述されるに過ぎない。奥浄瑠璃は、古浄瑠璃の変形、あるいは民俗学の立場からの東北の在地伝承、口承文芸の代表的事例の一つとして文学史にとどめられており、このジャンル自体に光があてられることは少ない。逆説的な言い方になるが、ここに新たな文学史・文芸史構築の可能性が秘められているようにも思われる。本稿ではこうした問題認識に基づき、金平浄瑠璃や奥浄瑠璃の表現志向を検討し、地域に根差した史資料の活用から奥浄瑠璃の文化的基盤を探ってみたい。

2　金平浄瑠璃のなかの逆臣達

奥浄瑠璃において金平浄瑠璃と関わる伝本が少なからず伝存している。先学の成果によりながら、▼注[8] あらためて対応を整理しておこう。上段は奥浄瑠璃で（奥）、下段は金平浄瑠璃で（金）と表記する。

①（奥）『三田八幡ノ本地』――（金）『三田八幡之由来』
②（奥）『丸山合戦』――（金）『にしきど合戦』
③（奥）『源頼義長久合戦公平生捕問答并に四天王国めぐり』

——（金）『源頼義長久合戦公平生捕問答并に四天王国めぐり』

④（奥）『むらさき野合戦』——（金）『四天王紫野合戦』

⑤（奥）『頼光跡目論』——（金）『頼光跡目論』

⑥（奥）『金平甲論』——（金）『金平甲論』

⑦（奥）『為致忠臣記』——（金）『公平法門諍并石山落』

⑧（奥）『末武兵団事』——（金）『末武印問答』

⑨（奥）『兵庫戦合』——（金）『武綱さいご』『源氏つくしがつせん』

⑩（奥）『鬼甲責』『鬼甲山合戦記』——（金）未詳

じつに十点もの作が金平浄瑠璃正本と関わっている。いずれも源頼義のもと、坂田金平と渡辺武綱ら子四天王が活躍する。武勇譚を基軸とするが、⑤⑥⑦など金平浄瑠璃の特色の一つでもある問答・論争物の側面をもつ正本も奥浄瑠璃へと基本的に受け継がれているのがわかる。もっとも、その本文の関係は、江戸の六段本の写しを基調とする場合もあれば、奥浄瑠璃で独自に発展を遂げた場合もあり、一様ではない。両者の対応関係から注目されるのは、先述の通り、居駒論によって研究が進展した⑩である。現在対応する古浄瑠璃・金平浄瑠璃正本は確認できないものの、金平物のオーソドックスな内容をふまえている点からみて、関連するテクストがあった可能性は高い。

金平浄瑠璃から奥浄瑠璃への物語の継承と変容は、基本的には太夫や座頭などの芸能者による媒介を中心に理解する場合と、江戸の六段本をはじめとする書物を媒介した享受と伝播として理解する場合と、いずれも文化環境に注目して論じられる傾向にある。これが奥浄瑠璃と古浄瑠璃を関係づける現在の研究の基調となっている。だが、それだけでは限界があるのも事実であろう。芸能者の動向や書物の移動だけでおびただしく書写された奥浄瑠璃写本群の出現を説明するのは難しい。東北の人びとを魅了し、書写に駆り立てたものとは何かを問う必要がある。

ここではまず奥浄瑠璃と金平浄瑠璃、双方の物語叙述に注目しておきたい。既述のごとく金平浄瑠璃は、金平と武綱および子四天王が基本的な登場人物だが、それらと敵対し、対抗する逆臣達も物語の重要な構成要素として認められる。逆臣達を図鑑形式でまとめた『四天王揃』（寛文頃刊か）が刊行されたことは、金平浄瑠璃における逆臣の役割の大きさを示すといってよいだろう。

じつはこの逆臣達に関する叙述のなかで、奥州や出羽といった東北地域に関する言説が散見するのである。たとえば①『三田八幡ノ本地』は、右に示したように正本が伝わるものの、後半に欠損があり、奥浄瑠璃がそれを補うことが見込まれる。この物語では、渡辺家の氏神の三田八幡に事寄せて武綱と子四天王・末宗の活躍、逆臣との抗争が語られる。武綱と対峙する逆臣に奥州の住人・東ノ弁治丹快とその郎等が登場する。武綱は、東ノ弁治丹快を追って、郎等・平田ノ小藤治とともに身をやつして奥州に入り（道行を含む）、途中、松島明神に祈願し、夢にあらわれた父親・綱から夢告を受ける。綱は、東ノ弁治丹快が明日松島明神に参詣することを予言し、助力を伝えて消え去る。

夢告の後、本作では、武綱が「乞丐人」に変じて、東ノ弁治丹快を討つ。これは舞曲『景清』や浄瑠璃『出世景清』における景清に想を得たものであろうか。しかも、続いて郎等・平田ノ小藤治が「演技」によって手助けするのである。

其中ニ平田ノ小藤治、けいごの体に打まぎれ、渡部をはつたと白眼、如何ニ其成乞丐人、己しらずや、忝も当国ノ御主丹快公の御社参ぞ、そこ立ちのけよと怒りける。竹綱聞て、かふべを地ニつけ、仰ニハ候え共、歩行叶わぬ者成ば、御免し有れとぞ申しける。小藤治聞、己ハ口のかしこき乞食め、のけよと言ニ聞へぬがと、杖振上て打たんとす、（奥浄瑠璃集）

義経を打擲する弁慶さながらに、郎等・小藤治が武綱を打とうとすると、警護の武士達が同情を寄せて押し留め、武綱は討伐の機会を得るのである。『三田八幡之由来』は後半を欠いているので、対応するくだりがあったかは未詳とせざるを得ない。だが、奥州の逆臣を追って、武綱や郎等が景清や弁慶のごとく智略をつくす場面は、奥浄瑠璃享受の場においても評価されたに相違ない。これを語り手の手法として解すれば、奥浄瑠璃は巧みに既存の物語の型を重ね、語りの要所を作りだしたことになろう。

こうした逆臣をめぐるドラマの創出は、⑧『鬼甲責』『鬼甲山合戦記』にも認められる。金平と武綱が主君・頼義に仕え都を守っているところに、出羽国の守護「落浜の入道」が謀叛をくわだてる。そこに金平らが攻め入り、活躍するという筋立てである。本作の場合、逆心が居住する出羽国の「鬼甲城」が物語の中心になっている点が特徴的である。居駒が詳細に報告するように、▼注[9]鬼甲城の物語は、後に村山地域の人びとにとっては「史実」として扱われ、新たな伝説を生みだしさえしているのである。

この点と呼応して興味深い叙述が『鬼甲山合戦記』に確認できる。明治四十三年（一九一〇）に村山地域で書写された『鬼甲山合戦記』をひいておこう。▼注[10]

扨ても此度、逆臣の大将落浜入道大林及び豊原の安広は、頼義公発行と聞くよりも一処に集まり、むねとうの家の子を召し集め、内に評定とり〳〵なり。然る所へ白髪のをえたる老女がはうせんと現はれ、両眼朝日の如く輝き、あやうい哉〳〵。国土草木筋ちかへ、王地に有りけるぞ。我は是山を守る人、日の白女なり。我、此処へ地をしめて以来八百歳、汝が王威に逆むくおそろすや、当山を開くなり。大林見て、をのれは戦場の先きをからすくせものと、ぬき討ちに打てば、ひらりと消え、雲の中へと打ち飛びて、辰巳の方にぞ飛びにける。不思議なる事どもなり。

逆臣・落浜入道大林らが鬼甲山に籠り、金平と武綱一同を撃退しようと待ち受ける場面で、この地の神とおぼしい老女「日の白女」があらわれて、落浜入道大林の敗北を予言する。これは近世後期の『鬼甲責』にはなく、後年になって地域の伝説化に伴って、新たに生み出された言説であったらしい。本来逆臣・落浜入道大林の居城地に過ぎない鬼甲山に、かの地を守護する地主神が到来したのである。物語の筋立てからは無用にも思われる叙述だが、村山地域で享受した者にとっては興味を惹かれる場面であったと思われる。これらの例からは、具体的な地域における享受と関わって奥浄瑠璃の本文が生成し、豊かな叙述を育んできた様相がうかがわれる。

3　金平浄瑠璃から奥浄瑠璃へ――〈羽黒山〉言説の展開

④『金平甲論』は、寛文三年（一六六三）刊の上方板と江戸の六段本が確認できる金平浄瑠璃の代表作の一つである。これに対応する奥浄瑠璃諸本も現存する。源頼義と、彼に仕える坂田金平と渡辺武綱の活躍を、対抗勢力たる「れつさん」と「じやうばん」との戦いをえがく一篇である。外題の甲論は、武綱による金平への助言に基づく。本作については播磨掾の関与が見込まれているが▼注[11]、他の太夫も語った可能性が高い。本作は、上方板と江戸板の間に相違が認められ、しかも奥浄瑠璃諸本では、その点が独自に展開しており、奥浄瑠璃の表現志向を知る上で重要なテクストである。

我々が祖父、大場の庄司道国は、是成竹綱の祖父、渡部のぜんじもり綱と、両輪にて、御先祖、六孫王の御後見として、押しも押されざる武勇にて候ひしに、次第に大場の家は衰へ、剰へ新参の輩、四天王一人武者などと号し、大場の家ははや有か無きがごとくに罷成候。是君にも傍輩達にも恨なし。只我々が武勇の足らざる所と存。武者修行に心がけ、東国に罷下り、此五か年が間、道奥あぐろ山に閉じ籠り、人倫の離れ、夜共分かず昼共なく、只兵法に身を砕き、秘術と振ふと申ながら、未だ晴れざる所候ゆへ、今修行仕らんと、伯耆の大山を心ざし、罷り通り候が、（新日本古典文学大系）

渡辺家に代々仕えた大場の兄弟が武綱（竹綱）の危機に応じて駆けつけたという場面で、密かに修行を重ねていた彼らが籠もっていたのは「道奥あぐろ山」であった。これは阪口弘之の注で示されるごとく▼注[12]、江戸板では「羽黒山」

に改められている。それが奥浄瑠璃では、次のように展開する。

懸る所に八幡ノ九郎、御前畏り、大場兄弟と申て、筋骨たぐましき者弐人参り候と申上、竹綱聞キ、大キに悦ヒ、立出たいめん有り。つれて御前に畏り、武将御覧して、珍しや兄弟、此年月ハ何の国に有るやと仰ける。兄弟謹て、武者執行ヲ心懸、出羽の国羽黒山に五七年とぢ籠、夫より今壱ト執行仕らんと。ほうぎの大せんヲ心欠、罷り通り候所に、中国に逆臣有と承り、せづヲ兼罷通るハ、武士たる者の道ならずと存、扨社すいさん仕ると一々に言上ス。（奥浄瑠璃集）

江戸板をふまえて、さらに大場兄弟の修行が「五七年」とされ、強調されているのである。この叙述は、別場面でも繰り返され、大場兄弟をあらわす定型的フレーズとして機能していたとみられる。

扨ハ聞及たる御坊達にて座スか、角申某ハ大場の庄司が弐人の孫、権太郎清道、同平太兵衛春清也、年来兵法の奥義ヲ深ク望ミ、出羽の国羽黒山に五七ヶ年とぢ籠り、夫よりほうぎの大ぜんヲ心懸、罷通りしに、中国に逆心有と承り候、せづヲ兼罷通るハ、武士たる者の道ならずと存、昔の縁にふれ、古主頼吉にかし付、角はつ向せつ（ママ）む也、

こうした表現の重複は、江戸板にも認められ、奥浄瑠璃もそれをふまえているとみてよいだろう。ここでは羽黒山を兵法修行の地として重視している点に注目しておきたい。これは次の場面の叙述にも確認できる。

につこと笑て平太ハ、己今は此世の暇取らせてくれんと、大長刀車の如に討て懸る。森田ノ十郎、受すながしす戦ける。平太見て、己何程馬上の達者成り共、駒のふと腹つくならバ、よもや馬上とハ言せじと、走り懸てつきけれバ、あぶみけ揚てばつしと請、駒の平首つぐならバ、馬上の上手と言せじと、馬の平首つきければ、くさり手綱てざつくと請、平田、是にてハ叶まじ。羽州にて習置たる兵法の極意今也と、三間斗飛ヒ去れバ、森田数にのり、駒壱陣に進ませて討て懸る所ヲ、平太飛達イ、横に払へバ車切り、腰のつがいヲ切放され、上ハ陸地にど

うと落チ、下ハ馬にぞ乗たりける。

大場兄弟がいくさで力尽きる場面の叙述に再び習得した兵法への言及が認められるのである。羽黒山との明示はないが、文脈からいって羽黒山のことであろう。羽黒山で修得した兵法をもってしても大場兄弟は討たれたのである。羽黒山といえば、『義経記』巻七「判官北国落事」や『太平記』巻二七「雲景未来記事」に見るように、山伏や天狗のイメージが強調され、修験道の霊地として認識を得ていた。▼注[13] 修験と兵法というと鞍馬が連想されるが、古浄瑠璃においても、羽黒山も類似のイメージで捉えられていたことが、『子四天王北国大合戦』（寛文二年〈一六六二〉刊）や『坂上田村丸誕生記』（貞享四年〈一六八七〉刊）の叙述からわかる。

爰に又、でわの国、羽黒山に、本間の大ぜん、てつしゆんとて、おごり大一の悪僧有。かれが先祖をたづぬるに、さんぬるしやうりやくの比、謀叛のおこせし、本間の入道ただむねが次男たり。父、本間の入道うたれし比は、わづか十一歳にて有しが、羽黒の別当を頼みいたりしが、学問に心を入ず、あわれ、天下をくつがへし、父、本間の恥をも清め、此残念のはらさんと、つねづねあいとものふ物までも、学問を□（打カ）捨て、弓箭に心をうつす。悪僧より外はたじなし。（金平浄瑠璃正本集）

大どうれんは、おしかつが子にかつたか丸と云し、こわつはめが、羽黒山に籠て、魔法をならい、生ながら、天狗と成と、聞て有、天狗は、通力自在と云ながら未だ畜生界を出ざれば、人間の知恵には及ぶまじ。（古浄瑠璃正本集）

前者は逆臣の一人、「本間のだいぜん、てつしゆん」なる悪僧に関する叙述である。「てつしゆん」は、羽黒山で学問もせず、弓箭に励んでいたという。後者は田村将軍と争う逆臣「大どうれん」に関する叙述で、羽黒山で魔法を修得し、天狗となったという。ほかに羽黒山が鞍馬山と同様のイメージで重視された正本に、『阿部鬼若丸』（万治三年〈一六六〇〉刊）がある。この物語では、幼少期の弁慶そのままに奥州を物語の舞台にして、鬼若丸が羽黒山で修行に励む場面が確認できる。

奥浄瑠璃『金平甲論』の大場兄弟の兵法修得にまつわる叙述は、右の古浄瑠璃・金平浄瑠璃正本の言説と照応するように思われる。こうした叙述は、上方板や江戸板の『金平甲論』には確認できない。どうやら奥浄瑠璃『金平甲論』が独自に大場兄弟の討ち死にの場面にあわせて加えたらしいのである。

このあと、武綱（竹綱）が主君・頼義（頼吉）に大場兄弟の戦死を報告する。それを受けた頼義は次のような同情を兄弟に寄せるのである。

武将聞召、むざんやな大場兄弟、又来る春にも花ヲも開キ得ず、打死するのふびんやと暫し御らぐるいヲ被成ける。

前節では逆臣に関わる叙述と奥浄瑠璃享受の場との関連を示したが、大場兄弟の場合も同様の表現志向を想定できるように思われる。逆臣に加えて、郎等の活躍も古浄瑠璃・金平浄瑠璃の魅力の一つだが、▼注[14]主人公ではなく物語の枠組みを支える脇役的な人物形象に、奥浄瑠璃の語り物としての表現志向が顕在化する点には注意を払っておきたい。ただし、そのうえで、あらためて注意したいのは、奥浄瑠璃だけではなく、初期の古浄瑠璃正本や金平浄瑠璃正本にも奥州にまつわる言説が多く認められる点であろう。林久美子や阿部幹男がすでに論じる通り、▼注[15]金平浄瑠璃を含めた古浄瑠璃に奥州を物語の舞台にする例は少なくない。だが、その意義を太夫による作風や趣向とだけ解するわけにはいかない。むしろ、次節であらためて検討するように、古浄瑠璃の諸太夫達が貞享から元禄期にかけて東北の各地を訪れ、興行をおこなった背景の一つとして、物語内容との相関を念頭において検討することが課題になるように思われる。

古浄瑠璃正本を読み進めていくと、東北に限らず、様々な地域が物語の舞台として登場する。たとえば金平浄瑠璃の場合、「奥州」や「出羽」とあわせて、「越後」も繰り返し言及される地域の一つである。むろん、すべてに明確な意味づけができるわけではないだろうが、地域の史資料が相応に活用できるようになった現在、新たな視点から古浄瑠璃正本を読み解く可能性もでてくるのではないか。[注16] 従来から指摘される街道や道行表現の問題を含め、古浄瑠璃・金平浄瑠璃、奥浄瑠璃の連続性と位相差を理解し、それぞれの本質を明らかにするうえで、地域に関する言説は多くの手がかりを与えてくれるように思われる。

4　南奥羽地域の古浄瑠璃享受

本稿のはじめに述べたように、阿部幹男と加納克己らの史料捜索によって、[注17] 古浄瑠璃の担い手達は貞享年間から元禄期にかけて東北各地を訪れていたことがわかってきた。前章で指摘した地域の叙述の問題の背後には、当然ながら太夫の動向も関わってくる。本章では、居駒論を受け、これまでほとんど検討されていない南奥羽地域の古浄瑠璃享受の一端を明らかにしたい。

居駒は、『鬼甲責』『鬼甲山合戦記』享受の端緒として、かつて山形藩主であった松平直矩の『松平大和守日記』を掲げ、『鬼甲責』享受と展開の背景に、当該地域の芸能環境を示唆する。『松平大和守日記』は、近世前期の古浄瑠璃や歌舞伎等の芸能の諸相を伝える一級史料として定評がある。[注18]

ここでは居駒の指摘をふまえ、まずは『松平大和守日記』の関連記事を確認しておこう。[注19] 貞享から元禄期にかけての山形藩は、藩主が数年ごとにかわり、[注20] 安定しているとは言い難い状況にあった。『松平大和守日記』には、元禄二年から元禄五年までの山形藩主としての直矩による芸能体験が記されている。直矩は、元禄八年に没するので、晩年の数年を山形藩主として過ごしたことになる。以下に、江戸藩邸と山形での主な古浄瑠璃享受を掲出する。太夫がわかる場合には括弧内に示した。

元禄三年正月二十八条　松風

元禄三年十月十一日条　こうきでん（虎屋永閑）
元禄四年三月十六日条　一谷坂おとし／頼朝白川合戦
元禄四年六月五日条　頼光武家鏡
元禄四年六月十日条　　鹽屋文正／上洛義経記（土佐少掾）
元禄四年七月二十九日条　猪股小平六（式部太夫）
元禄四年十一月二十二日条　酒天童子／前中書王（式部太夫）
元禄五年五月二十五日条　黒小袖／まつよの姫／天狗揃（半太夫・初太夫）
元禄五年八月二十六日条　平安城

ここで詳細な検討をする余裕はないが、直矩が虎屋永閑や土佐少掾など古浄瑠璃を代表する太夫達の演目にふれていたことが認められる。板垣俊一が論じるように、▼注[21]直矩は村上藩時代から江戸藩邸で薩摩太夫や肥前掾による操りに親しんでいた。山形藩主になってもその嗜好は変わらなかったとみてよいだろう。奥浄瑠璃研究から問題になるのは、東北の各藩とその藩領にどれほど古浄瑠璃の諸太夫が足を運んだかであろう。

この点を具体的に考える上で重要なのが既述の阿部と加納による史料の紹介である。▼注[22]両氏が提示する史料からは、元禄期を中心に丹波少掾・和泉太夫や播磨少掾・大和太夫らが東北の各地で興行していたことがわかる。以下関連する記事に言及しよう。

たとえば、虎屋永閑の場合、『遠野古事記』（宝暦十三年序）に、延宝年間以降に遠野で浄瑠璃を行っていたという記事が確認できる。この記事を信じるならば、東北の各藩主や大名家にとって、江戸藩邸と国元の差はあったにせよ、藩主やその周囲では、江戸の古浄瑠璃文化が重要な関心事であったことは間違いないだろう。

さらに、右の動向をふまえ、ここでは南奥羽地域の古浄瑠璃の太夫の動向について史料を加えておこう。山形藩に隣接する上山藩の史料に、『上山三家見聞日記』[注23]がある。明暦から延享年間の上山藩に起きた出来事を集成した覚書だが、この史料の貞享四年六月二十四日条と、元禄十二年八月の条には次の記述がある。

（貞享四年六月）當月廿四あたご會式ニ付仙臺より大和太夫を呼、操り芝居興行廿一日迄有、此間雨天。（略）

元禄十二年己卯年、當地八幡祭礼ニ付殿様御入部之御祝儀として町中在々共ニおどりを仕組其上御願申上、うら町法円寺南隣屋敷ニ而仙台より和泉太夫と申太夫あやつり狂言仕。新町たたミや半内やしきにてハひわん太夫申太夫来りてかるわざ芝居仕る。

（上山市史編集資料）

前者は愛宕の祭礼で仙台から大和太夫を呼び寄せ、芝居の興行をしたとする。後者も八幡の祭礼で仙台から「和泉太夫と申太夫」を呼び寄せ、操り狂言をおこなったとする。二点とも覚書の断片的な記述ではあるが、それぞれ加納が紹介した史料と照応するように思われる。

弘前藩の『津軽史』には、貞享五年五月五日の条に「太夫大和」なるものが仙台から訪れたという記述が確認できる。[注24]また、和泉太夫については『伊達治家記録』によると、仙台藩四代藩主の治世の元禄十一年以降四年に渡り、記述が頻出し、一定期間の滞在が認められる。[注25]『上山三家見聞日記』の記述は、日付を欠く点で惜しまれるが、『伊達治家記録』元禄十二年八月二十八日条に和泉太夫への操りを命じる記述があることをふまえると史料の信憑性は高い。上山藩に古浄瑠璃の太夫達が仙台を経由して訪れていたと考えて大過ないだろう。

上山藩においては愛宕の祭礼であれ、八幡の祭礼であれ、基本的には例年の行事であったとおぼしい。その点を加味すれば、大和太夫や和泉太夫以外の太夫が上山藩を訪れた可能性も考えてよいのかもしれない。その意味で興味深いのは、『上山三家見聞日記』正徳四年八月の八幡の祭礼についての条には、隣接する山形から浄瑠璃太夫と人形遣いを招いている記述が確認できることである。

正徳四年八月、八幡會二二日町川原にて山形八日町大沼新蔵、あかし町権八、浄留り太夫ニ而あやつり芝居興行、旅籠町新七と云人形師来りて人形をつかひ申候。殊の外當り振ひ申候。

仙台を経由して江戸や上方で活躍した太夫を呼ぶこともあれば、地域に根差した太夫や人形遣いを登用したことがわかる。こうした史料からは、奥浄瑠璃諸本の伝播や享受の背景には、これと照応する芸能者の動向が確認できる。先に南奥羽地域の『鬼甲責』『鬼甲山合戦記』享受に言及したが、この『上山三家見聞日記』の記述によって、当該地域に金平浄瑠璃が伝わる芸能環境を具体的に想定することが可能になったのではないだろうか。加納が提示した史料を通観すると、仙台が古浄瑠璃の諸太夫の拠点になっていたことが察せられる。

この点で確認しておきたいのが、古浄瑠璃享受には、もう一段階別の展開が認められる点である。居駒が詳細に論じたように、[注26]仙台の書肆・伊勢屋半右衛門は往来物として、『鬼甲責』に依拠する『頼義勢揃状』を刊行した。このことは、直接的とは言い難いにせよ、右に検討してきた金平浄瑠璃を担った太夫の動向の延長上で理解することができるのではないか。居駒の調査によれば、『頼義勢揃状』は、五種の版があり、奥羽地域で享受されたという。居駒の報告に加えると、伊勢屋半右衛門は『頼義勢揃状』だけを刊行したのではなく、『佐々木状絵抄』『弁慶状』など古浄瑠璃や舞曲で知られた語り物文芸に題材をとる往来物を刊行している。[注27]具体的な考察は今後の課題になるが、これは太夫の拠点としての仙台、広く東北地域における古浄瑠璃享受を想定することで、より確かにその意義を理解できるように思われる。

奥浄瑠璃研究において先鞭をつけた浅野健二は、奥浄瑠璃を伊達氏の仙台藩統治の「賜物」と評したが、[注28]古浄瑠璃の諸太夫の動向は、東北の諸藩における芸能環境の構築における仙台藩の役割を示唆する。[注29]その意味で奥浄瑠璃の別称でもある仙台浄瑠璃の内実をさらに検討することが多様な奥浄瑠璃を解明するための有力な手立ての一つになると考えられる。[注30]

5　まとめにかえて

以上、奥浄瑠璃と金平浄瑠璃の比較を端緒にして、南奥羽地域の古浄瑠璃享受を取り上げ、東北における浄瑠璃文化の展開の一端を論じてきた。本稿では本文批判の視点から論じられることが多い両者の関係を、享受の場を想定しつつ、物語叙述として読み解くことを試みた。元禄期以降の和泉太夫の作風の変化についてはすでに見通しがたてられている。▼注[31] そこに奥浄瑠璃から古浄瑠璃や金平浄瑠璃を逆照射することで見えてくる特色もあるに違いない。

古浄瑠璃や金平浄瑠璃、奥浄瑠璃には、当然のことながら、間違いなく聴衆や読者がいた。『古浄瑠璃正本集』をはじめとする先学の蓄積は、日本文学史・文芸史において語り物文芸が大きな領域を有していることを示している。膨大な量の物語が語られ、読み継がれていることの意義を探るためには、本稿で試みた物語叙述の分析と史資料への目配り、双方への取り組みが求められる。緻密な本文批判の重要性はいうまでもない。だが、他方で聴衆や読者を捉えた物語の魅力を追究しなければ、いずれは忘却される畏れがある。古浄瑠璃や金平浄瑠璃、奥浄瑠璃は現在ではほとんど顧みられることのない文学である。だが、かつては多くの人びとを惹きつけていたこと――。この〈距離〉を正面から受けとめ、テクストを丁寧に読み解き、言語表現や物語の仕組みを一つずつ明らかにすることが課題になる。既存の文学史を補完するだけではなく、史資料の発掘と読解を重ね、享受の局面や場を広く柔軟に捉え理解をしていくことができれば、語り物文芸の多様性は、地域社会の諸相をも盛り込んだ新たな文学史を構想し、叙述する糸口になることが期待できる。古浄瑠璃や奥浄瑠璃が文学史に問いかける課題は決して小さくない。

誰が語り、読み継いだからこそ現在にまで語り物文芸は伝えられている。ごく当たり前にも思えることだが、この事実をどう豊かに受け止め、そこに実践的に関わっていくかは、研究者の歴史認識や現状認識にかかっている。なぜ人びとは語り物文芸に惹かれ、享受し続けたのか。この大きな問いに立ち戻りながら、試行錯誤を重ねつつ、文学による歴史叙述の可能性を粘り強く探ることが今求められているように思われる。▼注[32]

【注】

［1］市古夏生「正徳期における武家の読書―『北可継日記』を通して」（『近世初期文学と出版文化』若草書房、一九九八年）、阿部幹男「南部・伊達両藩の古浄瑠璃―古浄瑠璃「熊谷先陣問答」定着の軌跡―」（『在地伝承の世界〔東日本〕』三弥井書店、一九九九年）、加納克己「芸能史ノート 盛岡藩・弘前藩・仙台藩・秋田藩（湯沢・院内）の操り人形芝居」（『芸能史研究』一八八号、二〇一〇年一月）。

［2］石井正巳「盲巫女、浄瑠璃系の語り」（岩波講座『日本文学史』一六巻、岩波書店、一九九七年）はこの問題を含め、奥浄瑠璃研究の問題点を整理し、示唆に富む。六段本と奥浄瑠璃の関わりを精緻に考察した論に、井上勝志「奥浄瑠璃本の依拠本としての六段本―佐藤理作（利作）旧蔵書から」（『神女大国文』二七号、二〇一六年三月）がある。

［3］室木弥太郎編『金平浄瑠璃正本集』全三巻（角川書店、一九六六年〜六九年）。

［4］阪口弘之「奥浄瑠璃」（岩波講座 歌舞伎・文楽『浄瑠璃の誕生と古浄瑠璃』岩波書店、一九九八年）。

［5］和田修「江戸古浄瑠璃の衰退と歌舞伎」（『浄瑠璃の誕生と古浄瑠璃』岩波書店、一九九八年）、鈴木〔後藤〕博子「元禄期和泉太夫座について」（『文学史研究』四四号、二〇〇四年三月）。

［6］居駒永幸『東北文芸のフォークロア』（みちのく書房、二〇〇六年）。

［7］奥浄瑠璃研究会編「奥浄瑠璃諸本目録」（『奥浄瑠璃集成』一、三弥井書店、二〇〇〇年）。

［8］若月保治「仙台浄瑠璃研究」（『古浄瑠璃の新研究　補遺篇』新月社、一九四〇年）、小倉博編『御国浄瑠璃集』（斎藤報恩会、一九三九年）、小沢昭一・高橋秀雄編『大衆芸能資料集成』三巻、三一書房、一九八一年）、阪口弘之編『奥浄瑠璃集』（和泉書院、一九九四年）。

［9］居駒前掲書、注［6］参照。

［10］居駒前掲書、注［6］参照。

［11］阪口前掲論文、注［4］参照。

［12］阪口弘之校注『金平甲論』（『古浄瑠璃　説経集』新日本古典文学大系、岩波書店、一九九九年）。

［13］宮家準「羽黒一山の成立と展開」（『羽黒修験―その歴史と峰入』岩田書院、二〇〇〇年）。

［14］秋本鈴史「金平浄瑠璃成立の基盤―明暦・万治頃の連作物の浄瑠璃―」（『語文』四三号、一九八四年六月）では、古浄瑠璃における「脇役的な人物」の重要性を指摘する。奥浄瑠璃の場合も本稿で論じた表現の問題とあわせて追究すべき課題であると考えられる。

［15］林久美子「奥州合戦物江戸浄瑠璃と井上播磨掾」（『近世前期浄瑠璃の基礎的研究』和泉書院、一九九五年）、阿部幹男「奥州合戦物と『袖萩祭文』」（『東日本貞任伝説の生成史』三弥井書店、二〇一二年）。

［16］先駆的な試みとして、時松孝文「みはら物語」（『赤木文庫古浄瑠璃稀本集』八木書店、一九九五年）参照。

［17］阿部、加納前掲論文、注［1］参照。

［18］武井協三「芸能を楽しむ人々―能・狂言と歌舞伎・浄瑠璃―」、同「松平大和守日記―越後写本と若月写本」（『若衆歌舞伎・野郎歌舞伎の研究』八木書店、二〇〇〇年）等を参照。

［19］『松平大和守日記』は、『日本庶民文化史料集成』第十二巻（三一書房、一九七七年）及び若月保治『近世初期国劇の研究』（青磁社、一九四四年）所収本文を参照した。

［20］横山昭男「堀田・松田両氏の再入封」『山形藩』（現代書館、二〇〇七年）。

［21］板垣俊一「松平直矩と村上―『松平大和守日記』を読む」（『新潟の生活文化』八号、二〇〇一年八月）。

［22］阿部、加納前掲論文、注［1］参照。

［23］上山市史編さん委員会編『上山三家見聞日記』（上山市教育委員会、一九七六年）、横山昭男「元禄期社会の明暗」（『羽州山形歴史風土記―近世の道と町と人』東北出版企画、一九九六年）参照。

［24］加納前掲論文、注［1］参照。

［25］加納前掲論文、注［1］参照。

［26］居駒前掲書、注［6］参照。

［27］渡邊慎也「仙台書林・伊勢屋半右衛門の出版実態」（『日本出版史料』七号、二〇〇二年八月）参照。

［28］浅野健二「御国浄瑠璃の伝承について」（『日本歌謡の発生と展開』明治書院、一九七二年）。

［29］仙台藩の芸能については、水野沙織「城下町仙台の祭礼と芸能」（講座東北の歴史『信仰と芸能』清文堂、二〇一四年）を参照。

［30］この点で再び注目しておきたいのが、奥浄瑠璃の担い手である座頭による古浄瑠璃摂取の様相である。市古夏生がいち早く紹介した盛岡藩の藩士・北可継『北可継日記』には、太夫ではなく「瞽者」、すなわち、座頭が古浄瑠璃を語る記事が散見する（市古前掲書注［1］参照）。諸太夫の動向が徐々に明らかになりつつあるなかで、盛岡藩の事例は座頭を主たる担い手とする奥浄瑠璃のあり方を追究するうえで重要になってくる。この問題についてはあらためて論じることにしたい。

［31］和田前掲論文及び鈴木〔後藤〕前掲論文、注［5］参照。

［32］歴史叙述の恣意性を克服する視座として、安丸良夫「はしがき」（『〈方法〉としての思想史』校倉書房、一九九六年）、二宮宏之「歴史の作法」（『二宮宏之著作集』一、岩波書店、二〇一一年）を参照。安丸と二宮の考察からは、歴史叙述たる文学研究・文学史の構築においても様々な示唆が得られるように思われる。日本文学研究からは、樋口大祐『「乱世」のエクリチュール』（森話社、二〇〇九年）の問題提起も示唆に富む。

【付記】本稿は科学研究費助成研究（15H06058）の成果の一部である。

4　平将門朝敵観の伝播と成田山信仰

——将門論の位相・明治篇——

鈴木　彰

1　はじめに

明治十年（一八七七）、西南戦争と西郷隆盛に対する「世論」を、福沢諭吉は次のように記している。

> 世論に云く、西郷は維新の際に勲功第一等にして、古今無類の忠臣たること楠正成の如く、十年を経て謀反を企て古今無類の賊臣と為り、汚名を千歳に遺したること平将門の如し。
> （福沢諭吉「明治十年丁丑公論」▼注[1]）

ここでは楠正成と平将門が対置され、西郷の反乱と平将門の乱が重ね合わされている。現実の世の反乱に刺激され、東京の世論が賊臣としての将門イメージを活性化させていた様子がうかがえる。将門を「古今無類の賊臣」と呼ぶ世論の基盤は、むろんこの時にわかに形成されたものではなく、歴史的に培われてきたものであったはずである。

これに先だって、神田神社では明治七年（一八七四）八月に将門霊神を別祠するようになっていた。神田神社が明治天皇の行幸の休憩所となるに際して、「賊臣将門」を祀っていることが問題視されたのである。▼注[2] この後、明治十一年（一八七八）十一月から、将門霊神は新造の将門神社に遷座することとなり、将門を祭神としてきた神田神社の氏子たちはこれに大きな抗議を寄せた。▼注[3] 福沢の伝える「世論」を勘案すれば、そこには西南戦争の体験と記憶が共振していたのではなかったか。

将門の扱いは、以後も折に触れてさまざまに問題化され続けた。史上の人物の実存としての評価は、絶えず文学・芸能・演劇・口頭伝承などから作用を受け、また実社会で生じる諸事情に引きずられて揺れ動く。将門はそうした存在の典型であり、明治期以降においても、社会の横顔を映し出す鏡のひとつであり続けたと言えよう。

そうした将門のさまざまな論じられかたを掘り起こして時間と空間の軸のなかに跡づけ、十九世紀から二十世紀へと続く将門論の位相と将門観の変遷の様相を把握することをめざしたい。そこには、『将門記』を日本文学史に位置づけていく学問的な営みや、将門を描く近代以降の文学・演劇等が叢生する過程が深く関与している。本稿はそのためのひとつの階梯として、明治期に育まれた将門観に多大な影響力を与えた、成田山新勝寺に関する明治二十年代の動静に着目し、そこでの将門の扱いを検討するものである。

2　成田山信仰の拡大——成田山縁起と叛賊将門——

成田山新勝寺の縁起は、朝敵・逆賊である将門の調伏譚という枠組みをもっている。嘉永七年（一八五四）五月の序をもつ、中路定得・定俊親子の著『成田参詣記』（外題『成田名勝図会』）五巻五冊は、その「例言」にいうごとく、「江戸より参詣の道中にある古跡及神仏の来由、雅俗を論ぜず、路順に随ひ書きしるし」た書で、成田山新勝寺から出版された（当時の住職は照嶽）。歴代佐倉藩主から尊崇されたことに加えて、江戸出開帳や歴代市川団十郎の深い信仰などもあって、成田詣に赴く者が増加していった。かかる状況に応じるように出版された『成田参詣記』は、その巻五の冒頭で、「成田山縁起」を次のように紹介している。

成田山明王院神護新勝寺ハ、埴生ノ郡成田村にあり。新義真言宗京師上嵯峨大覚寺御門跡末なり。開山を寛朝大僧正と云ふ。本尊大聖不動尊ハ弘法大師の開眼にて、高雄神護寺の護摩堂の霊像なりしを、朱雀天皇の御世、天慶中、広沢遍照寺ノ寛朝、詔を奉りて、叛賊平ノ将門を調伏のをり、其霊験の現なるを以て、僧正、下総まで供奉し給ひ、修法せしが、幾程なく貞盛・秀郷が為に将門ハ誅せられけり。是偏に明王の威徳なりとて、猶東国鎮護の為に尊像を長くこの地に留められたり。（以下略）　（『成田参詣記』巻五）

この「成田山縁起」は、末尾に「以上、縁起の要を摘む。大縁起の末に元禄十三歳在庚辰仲夏念八日、武城愛皐円福苾蒭覚眼書とあり」と附記されるように、元禄十三年（一七〇〇）に覚眼大僧正が記した『当寺大縁起〈下総国成田山神護新勝寺本尊来由記〉』（以下、『元禄縁起』と略称）に基づき、大幅にその内容を省略・簡略化し、かつ傍点部のような情報を付加して、嘉永七年現在の実態に見合うように語り直されたものである。▼注[4]

そこには、寛朝が「叛賊平将門を調伏」したとする理解と、叛賊将門が滅んだのは、寛朝が下総まで持ち来たり、今はこの成田山に祀られている「明王の威徳」だとする主張が明確に表明されている。この点は、一連の出来事を、「発叛逆」、「修調伏護摩」、「平賊追伐」のように表現する『元禄縁起』から一貫した系脈にあるとみてよいだろう。

こうした枠組みのもとで不動明王の威を語る場合、将門を叛賊という位置から外すわけにはいかない。また、不動明王の力をいっそう強調するためには、将門の叛逆者ぶりを誇張するという手法がとられるのは必然ともいえよう。実際、明治期に入り、とりわけ二十年代になると、そうした形で改変された縁起が寺の内外で制作され、広く流通し始めるのである。

そうした段階の成田山縁起の一例として、『成田山大縁起』（和装仮綴一冊。全十五丁。明治二十四年〈一八九一〉三月出版御届）を概観してみよう。刊記には、著作兼発行者は新宮沖之助（千葉県下埴生郡成田町三百八十四番地）とあり、裏表紙見返しには「成田山御三薬広告」が掲載されている。価格表示がなく、参拝者に配布されたものかと思われる。

本書は、巻頭の「不動明王大縁起　附タリ将門調伏由来」の段を中心に、不動明王の奇瑞を語る章段や、数ある成田山の霊宝を紹介する章段などで構成されている。将門が謀叛を決意する場面の記事を引用しよう。

……夫より光陰流れて日行月来り、【A】人皇六十一代朱雀天皇の御宇、天慶三年前将軍平の良将の一子相馬小次郎将門と呼者あり。滝口の衛士を勤む。仍て滝口小次郎共呼ぶ。①生付狼戻にして礼法を知らず。関白忠平郷《ママ》に就て検非違使たらんことを求む。公之を許さゞりければ、将門恨を懐き、何卒朝家を亡し、推て帝位に登らんことを企て、【B】去る比、西国の人純友と比叡山に登り、根本中堂の前に酒宴を開き、四明ヶ嶽に平安城を見下し、純友に語て曰く、「我も桓武の曾孫葛原王の末葉なり。高祖は位を践ず果たるは不幸と云べし。吾は其後胤にして、宣旨だに許されざるは実に残念也。遺感《ママ》胸に満て日夜忘るゝ時なし」と思ひ入て申ければ、純友は欲心盛の人なれば是を善ことなりと思ひ、「君の御心中、実に当然の理也。早く東国に行て旗を上玉へ。臣は西国に兵を起さん。然して東国より攻登り都を取んことといと易し」と燃る火に油を注ぐ如く云ければ、将門大に悦び、互に約を結び、純友は不日伊豫に帰り、将門は本国下総に下て自ら平親王と号し大乱を起せしは、前代未聞のこと也けり。

（「不動明王大縁起　附タリ将門調伏由来」）

説明の関係で、【A】【B】に区分けしておいた。まず、【A】の記述は、次のような理解をもとに構成されたと考えられる。

(a)爰に桓武天皇の曾孫、前将軍良将が男、滝口小次郎相馬将門と云ふ者あり。其為人狼戻にして礼法に拘わらず、非望を謀つて朝家を傾け、推して帝位に登らんと思ひ立ちしぞ不敵なる。（『前太平記』巻第一「将門謀叛事付内裏造営事」）

(b)此御時、平ノ将門ト云物アリ。上総介高望ガ孫也。執政ノ家ニツカウマツリケルガ、使宣旨ヲ望申ケリ。不許ナ

ルニヨリテイキドヲリヲナシ、東国ニ下向シテ叛逆ヲオコシケリ。（『神皇正統記』上・朱雀天皇）

傍線部①の記述は『元禄縁起』や『成田参詣記』所収縁起にはみえない要素で、右引用(a)・(b)の波線部を合わせる形で生み出されたものと考えられる。また、【B】の比叡山における将門と純友の契約譚は、諸書にみえるものの、細部の表現の合致度や、【A】で『前太平記』が参照されていることを勘案すると、『前太平記』巻第二「将門純友契約事」を下敷きにしているとみるのが妥当であろう。

このように、新宮沖之助の『成田山大縁起』では、将門の叛逆者像を大きく増幅している。そのねらいは、そのような将門でも調伏してしまった成田不動の威を相乗的に高めることにあったと考えられる。同縁起では、このあと、朱雀天皇に命じられて寛朝が下総に下り、不動明王に祈って将門を調伏するさまが、

天皇大に宸襟を悩し玉ひ、逆賊降伏の為に諸の神社仏閣に詔して、専ら調伏の法を行はしめ、就中当時世に聞の高き広沢遍照寺寛朝大僧正に命じ、窃に東国に遣し、不動明王の護摩を修し鎮圧の祈を為しむ。……道を下総に転じて埴生郡成田の里に近き、公津ヶ原の内に檀を築き、仮に盤石の上に御座を設け尊像を移し、三七日の間護摩を修し専ら朝敵征伐のことを祈念し、調伏の修法を取行れける。

のように語られていく。将門を朝敵とする扱いは傍点部の表現によくあらわれている。

元禄以来の諸種の成田山縁起は、濃淡の差こそあれ、こうした枠組みと言説で構成され、世に発信されてきた。かかる縁起の流布とそれに伴う成田山信仰の拡大が、将門を朝敵・叛賊とする認識の流布・定着と表裏の関係にあったことは明らかである。

3　鉄道の開通――縁起の再編成とさらなる伝播――

成田山縁起が流布する動きは、交通機関の発達に伴って、それまでとは段違いの速度と範囲で進んでいくこととなる。明治二十年代を中心に、その様相を概観しておこう。▼注[5]

明治二年（一八六九）に住職となった照輪は、同五年（一八七二）に成田街道（成田・佐倉間）の道路普請を印旛県令に申請、許可されて実行している。この年は、新本堂供養（八月二十五日〜九月四日）が行われた記念すべき年であった。明治十六年（一八八三）には、東京・成田間の乗合馬車が開通する。一日二本、所要時間は八時間余りだったとされる。同二十二年（一八八七）、総武鉄道に東京・佐倉・佐原間の鉄道建設免許が下り、以後、東京と成田を結ぶ鉄道網の整備が進められていく。

明治二十六年（一八九三）、下総鉄道が佐倉・成田・佐原間の鉄道建設を申請するが、この発起人には新勝寺住職三池輝鳳らが加わっていた。布教という課題と交通網の整備が自覚的に結びついていたことがわかる。

住職が石川照勤に交代した（一月三十一日）明治二十七年（一八九四）には、総武鉄道の市川・佐倉間が開通、この区間が一時間三十分で結ばれることとなった（七月二十日）。その直後、下総鉄道が建設仮免許を得て（七月二十五日）、下総鉄道会社が設立される（八月十一日）。住職石川照鳳は同社最大の株主であった。また、佐倉・成田・佐原間の鉄道建設が出願され、照鳳はその発起人代表となった。この年の末には、総武鉄道の市川・本所（現錦糸町）間が開通した（十二月九日）。

翌明治二十八年（一八九五）、下総鉄道は成田鉄道と名称を改める（八月二十二日）。そして明治三十年には、佐倉・成田間が開通（一月十九日）、本所・成田間は最速二時間十三分で移動可能となった。その後、同鉄道は成田・滑川間が開通し（十二月二十九日）、翌年には路線が佐原まで延長された（二月三日）。

このように、一連の鉄道布線事業に、成田山の住職は積極的に関与していった。そこには教線拡張というねらいがあったはずで、明治二十年代を画期として、成田山と東京の間を、これまでにはない数の人とモノが移動することとなるのである。

こうした動きは、成田山やその門前町で制作されていた出版物（一枚物・小冊子など）の様相にも反映している。その具体例として、「新刻改正　訂正増補成田山全図」という石版の一枚刷をみてみよう。

縦四八・〇センチ、横六三・八センチからなるこの刷り物には、詳細な境内図と門前町情報が描かれている。著作兼発行印刷者「東京市日本橋区浜町三丁目五番地　原山兵治」、印刷所「同所　石版活版印刷所　修進堂石版部」とあり、「特約大販所　成田山御門前紺屋長之助」と記されている。▼注[6]つまり、東京で制作され、成田山門前で販売されているのである（定価は金拾銭）。商品の運搬も含めて、鉄道開通がこうした制作・販売形態を後押ししたことだろう。また、初版は明治二十八年（一八九五）四月二十四日印刷、二十八日発行とあるが、以後、九月四日（再版）、十月十二日（三版）、十月十五日（四版）、明治二十九年一月十四日（五版）、二月二十五日（六版）、四月一日（七版）と版を重ねている。このときにはすでに本所・佐倉間の総武鉄道が通じていた。紙面に、東京本所発と下総佐倉発の情報を記した「総武鉄道会社時刻表」が囲み記事として掲載されているのは、東京からの鉄道を利用した参詣者が重要な販売対象として見込まれていたことをものがたる。そして、紙面には「成田山御由来記」として、「帝都ヲ傾ケ王位ヲ奪ハントスルノ謀計」を企てた「朝敵」将門の調伏を含む縁起説も記されているのである。▼注[7]初版の出版時期が、日清戦争直後（明治二十八年三月三十日に日清休戦条約調印）であることにも、後述する事柄との関係で留意しておきたい。

こうした参詣記念にもなる印刷物が、参詣者とともに大量に移動・流通することになる。参考までに、国会図書館所蔵資料から、明治二十年前後に成田山周辺で発売されたものを例示しておく〔表１〕。ひとつひとつの内容紹介は控えるが、それぞれに成田山の不動明王の威徳と霊験が語られたり、絵に描かれたりしている。この時期に全国の鉄

資料名	著者・編者	出版または御届年月日	発売元・出版人	印刷所・印刷人	備考
成田山霊場実記	金剛照諧	明 18.5.18	長谷川重郎兵衛　下総国千葉郡千葉町本町一丁目四番地国松惣三郎方寄宿		和装。33 丁。(奥付) 新勝寺住職三池照鳳誌
成田山不動明王略縁起（外題：成田山略縁起）	三橋吉兵衛	明 19.1.21 御届	三橋吉兵衛　千葉県下総国下埴生郡成田村百三番地		和装。4 丁。(表紙印)「官許／成田山一粒丸／成田山門前／三橋吉兵衛」
成田山不動明王略縁起（外題：成田山略縁起）	小田垣利八	明 19.4.20	成田山明王散本家　小田垣利八　下総国下埴生郡成田村百十二番地		和装。5 丁。
成田山独案内上・中（外題成田山独案内上（中）一名奉納物明細）	土井貞次	明 21.4.26	土井貞次　千葉郡下下総国下埴生郡成田町三百五十五番地	幸田勝三　日本橋区本石町一丁目一番地	和装。24 丁、23 丁。(大阪売所) 小野久太郎　下総成田町成田山新繁昌記出版元／金松堂辻岡書店　東京横田町第三十二号地主
成田新繁昌記一名・土産の多稔	飯塚宗久(晩翠)	明 21.1.30	飯塚宗久　東京神田区五軒町二十番地寄留（出版元）小野寺久太郎　千葉県下埴生郡成田町百五十三番地		45 頁
成田山略縁起一名由来の知るべ	椿徳治郎	明 21.9.11	椿徳治郎　下総国下埴生郡成田町三百六十八番地		和装。5 丁。
成田山不動明王の由来記　附・参詣の案内	土井貞次	明 22.9.27	土井貞次　下総国下埴生郡成田町三百五十五番地	瀧英明　東京日本橋区久松町十四番地	8 頁
内仏手引草（外題：成田山奥殿内仏手引草）	中島鉄蔵	明 24.4.24	中島鉄蔵　千葉県下埴生郡成田町五百六十三番地	里見札　茨城県信太郡江戸崎町三百七番地	12 頁
成田山不動明王略縁起（外題：成田山略縁起）	矢沢豊蔵	明 24.5.2 御届	矢沢豊蔵　千葉県下埴生郡成田町五百五十番地		和装。5 丁。
不動尊印文大縁記（外題：成田山／不動尊　印文大縁起）	三橋吉兵衛	明 27.4	三橋吉兵衛　千葉県下総国下埴生郡成田町三百六十三番	(印刷者) 日本橋区浜町三丁目四番地　石井義雄（印刷所）日本橋区蔦屋町十番地　一合社	7 頁

〔表 1〕明治二十年前後の成田山関係出版物の例（国立国会図書館所蔵分）

道綱の整備が進められるが、それに乗ってこうした出版物が大量に各地へと移動する動きは、見方をかえれば、将門を朝敵として論じる人々の大波が、東京や日本各地へと押し寄せていくことを意味していたのである。

4　開帳と出張所——東京・成田往還——

『嬉遊笑覧』に「江戸にて開帳あるに、何時にても参詣群衆するは、善光寺の弥陀と清涼寺の釈迦仏、また成田の不動なり」とあるように、この三寺の江戸出開帳はとくに人々の関心を集める対象であったが、回数としては嵯峨清涼寺は十回、信濃善光寺は五回、成田山新勝寺は十二回であった。▼注[8] 成田山では、元禄十四年から安政四年まで計二十四回の開帳を行ったようで、▼注[9] そのうち居開帳は計八回だが、初回元禄十四年の事例以外は十九世紀に行われていることをみても、成田詣と街道整備が密接に連動していたことがうかがえる。

明治期の出開帳は計五回で、出開帳は明治三十一年（一八九八）が最後となった。他方、居開帳は六回行われていて、回数が出開帳を逆転している。これも交通手段の整備と対応し、成田不動が現地に拝みに行くものになったことを意味しよう。

明治二十四年（一八九一）三月二十八日から始まる居開帳に関して、「読売新聞」は次のように報じている。

> ○成田不動の旧地　下総なる成田の不動は来る二十八日より開帳する趣なるが、同山より廿五町ほど手前なる成木新田藤屋と云へる茶店の向《むかふ》へ入《いる》こと数町《すちやう》にして、一の「盤石《ばんじやく》」あり。下部《しも》に蓮華座を刻み、其左右に小き石の台ありて、所の者は是を元成田と云ふ。明治十七年、同所の有志者高木友右衛門氏外数名《ほかすめい》が矢来《やらい》を廻《めぐら》し、石碑を立てたれど、此所偏僻《へんぴ》なるより参詣人絶てなき由なるが、成田に詣でゝ此旧跡を見ざるはいと遺憾なるべし。今同所より出京せし人の語るを聞くに、天慶《てんけい》の昔、平の将門下総相馬郡岩井の郷に内裏を構へ、自ら平親王と号し

て反形《はんけい》顕れしかば、朝廷武将に命じて之を討しめ、且《かつ》広沢遍照寺の寛朝に命じて洛東高雄山真言寺護摩堂の不動（天竺毘首羯摩の作）と矜迦羅《こんがら》・制吒迦《せいたか》（弘法大師の作）の二童子を東《あづま》に下して、将門鎮定を祈らしむ。是れ元成田の地にして、其後寛朝霊夢に感じて今の地へ移せしなれば、成田山に詣づるもの此旧地の寂寥たるを見て、天慶の昔を想像すべしとなり。（明治二十四年三月二十五日（水）第四九四九号・朝刊）

居開帳に出向く予定のある読者に向けて、現時点では「参詣人が絶てな」きありさまだが、由緒に照らすときわめて重要な「成田不動の旧地」である「元成田」への注目が促されている。いわば、隠れた名所の情報が紹介されているのである。「同所より出京せし人の語」ったこととして、将門の乱に由来する成田不動の由緒が、新聞というメディアに乗って広く紹介されていること（傍線部）の影響力にも留意したい。

併せて、明治期に入ると、成田山の出張所が全国に次々と設立されていったことにも目配りしておく必要があろう。東京におけるそうした動向について、「読売新聞」は、「三田四国町へ今度とり建た成田山の出店」（明治八年〈一八七五〉九月二十二日（水）第二〇四号・朝刊）、「深川の成田山出張所の本堂」（明治十四年〈一八八一〉四月二十八日（木）第一八七八号・朝刊）、「下総国成田山新勝寺の出張所なる両国矢の倉町十一番地の不動尊」（明治二十一年〈一八八八〉十二月十二日（水）第四一八一号・朝刊）、「麻布霞町の成田山出張所」（明治二十二年〈一八八九〉一月十五日（火）第四二〇七号・朝刊）などの存在と、それぞれの盛況ぶりなどを報じている。ここでは、そうした記事の中から、成田山の江戸出開帳の拠点であった深川不動堂の落成に関する記事を引用しておこう。

○深川公園内の成田山不動堂は六間四面にて荘厳を極めたる新築落成せしゆゑ（出来上りまでの入費は四万円）、下総本山より中教正《ちうけうしやう》原口照輪師が出京されて、昨日上棟式を行なはれ、諸講中の参詣は夥《おびたゞ》しき事にて、信仰の者よりの寄付品は数へ尽されず。誠に盛んなる法会なりし。猶、明日は入仏供養、引続いて九日まで護摩法楽を執行せられます。（「読売新聞」明治十四年〈一八八一〉六月二日（木）第一九〇八号・朝刊）

成田不動のありがたさが語られる開帳の場や出張所にも、必然的に前節までにみてきたような人とモノの移動が伴う。開帳や出張所もまた、一面では将門朝敵観を社会に浸透させる場・媒体として確実に機能していたのであった。

5　新たな霊験譚の簇生——日清戦争と成田山信仰——

明治二十七年（一八九四）八月から翌年にかけて続いた日清戦争は、成田山の発展の画期となったといわれ、山内は出征兵士たちの武運長久を祈る参詣者でにぎわい、佐倉歩兵連隊には新勝寺僧が派遣され、参詣した出征将兵には法話がなされ、守札が与えられたという。そして、「この戦争を通じて培われた戦勝祈願、武運長久祈願と成田不動信仰との結びつきは、日露戦争以後更に強められ、成田不動信仰の教線拡大の重要な一翼を担うことになった」のだとされている（『成田市史近現代編』）。戦勝祈願・武運長久祈願という要素は、もとよりその縁起説に内在されていたわけで、成田山を信仰する者にとって、日清戦争と向き合うという体験は、いわば将門・秀郷・寛朝のときの霊験譚を、現実の世でわが身の問題として追体験するという意味を一面で帯びていたといえよう。

成田山の守札は「身代り札」と呼ばれた。出征軍人とその家族たちの大きな信仰を集めたとされるが（『成田市史近現代編』）、成田山側からの積極的なはたらきかけがそうした状況づくりに少なからず作用したという側面があったことも看過できまい。たとえば、住職石川照勤は明治二十七年十二月十四日に広島の大本営を訪れ、身代り札六千枚を献納している。その趣旨は、「蓋し身代札とは、身の危難に際して代りて安全を得せしむるゆゑに此名あるもの、征清の軍隊、願くは一人も余計に身代札を所持する者のあらんことを、切に希望に堪へざるなり」という言葉によく表れていよう。▼注[10]

また、佐倉歩兵連隊との関係で、「読売新聞」の次の記事も見ておこう。

●西第二旅団長白馬を不動尊に献ず

西第二旅団長（佐倉）は曩《さき》に出征に際し、下総成田山（不動尊）新勝寺の叮嚀《ていねい》なる送別を為せしのみならず、且つ其送られたる身代り札数千枚は頗る効験ありしとて、此度凱旋と共に出征地より携へ来りたる白馬二頭を成田山に献ぜりと聞く。（明治二十八年〈一八九五〉六月二十一日（金）第六四二八号・朝刊）

佐倉からの出征者を送る際、大量の身代り札が成田山から贈られたことがわかる。なお、こうした報道は、読者をますます成田信仰へと誘う力を発揮したことだろう。

身代り札配布の際には、その効験や由緒が語られたに違いない。各地で行われたであろう、住職照勤をはじめとする成田山関係者たちの話の内容・構成はもはや定かではない。しかし、成田不動の由緒に全く言及しなかったとは考えにくく、その場合にはたとえば、

成田山の御本尊は今から約一千百三十年前、嵯峨天皇の勅によって、弘法大師が御手づから刻まれ開眼遊ばされた不動明王で、もと山城国高雄山に奉安《まつ》られてあったものでございます。その後、朱雀天皇の天慶二年平将門が関東に叛いた時、寛朝僧正（成田山の御開山）が聖詔《みことのり》を奉じ、この尊像に供奉《おとも》して遙々下総に下り、こゝに朝敵降伏の祈祷をされ、恰も護摩結願の日、将門は打ち滅ぼされました。これ偏に明王の御威徳であるとて、猶東国鎮護のために尊像を長くこの地に留められるやうになりました。これがそもそもの成田山の起源《おこり》でございます。

（「成田山開基一千年祭趣意書」）▼注[11]

のような、定型的な由緒語りがなされたことを想定してもよいのではないか。

日清戦争期を経たのちには、門前町で制作される印刷物には、身代り札の由来や霊験譚が盛り込まれるようになっていく。三橋吉兵衛（編輯兼発行者）『成田山大縁起』（明治三十三年八月十日印刷、二十日発行。定価金拾貳銭）は、内題は「成田山不動明王由来並霊験記」とある、本文三十六頁からなる小冊子である。そこには、「不動明王由来及平将門調伏

の次第」、「明王成田に鎮座の次第」や成田山の霊宝の由来話といった、明治二十年代から変わらぬ話題と並んで、「身代り札の始原」「明王の守札一身を保護す」「身代り札の利生」といった身代り札の話題が加わっている。また、同書の終盤は日清戦争での霊験譚が列挙されており、そのなかでも、「山田大尉の一中隊不動尊へ参詣銘々願望不空征清の戦争高名無事に帰陣の咄」「西将軍金州の白馬を不動え奉納の訳」「太平山の攻撃西将軍十五連隊の一等卒身代札にて危急を免るゝ」「薬舗戦地へ出張海城の雪難」「太平山攻撃砲を免るゝ」という、身代り札の霊威を語る話が中核をなしている。ちなみに、このうちの西将軍に関する二話は、先に引いた「読売新聞」の記事と対応する。現実の戦争が新たな霊験譚を生み出し、人々が自発的にそれを求め、語り継ぎ、周囲へと発信していく現場を見定めることができる。こうした著作物は、むろんこれひとつではない。

戦争と向き合う人々に期待されていたのは、身代り札に象徴されるような、現世における効験であった。それゆえに、今の世に起きた霊験譚こそが力を発揮する。かくして新たな霊験譚が簇生し、人々の関心や共感がそちらに向かう（ように仕掛けられる）ことになったわけだが、それに伴って、成田不動の将門調伏という過去の霊験譚は、個々人が生きる現実の世とは距離を持つものとされ、後景化していく。その関係性に注意したい。

この時期の成田山周辺では、霊験譚を現実に引き寄せ、わが身や親しき者たちの身にも成田不動の加護が及ぶことを願うような風潮が社会に形成されることが期待されていたと考えられる。そのなかで、将門調伏譚は成田不動を信仰する者にとって最優先すべき霊験譚ではなくなっていったのである。日清戦争後、新たな霊験譚が簇生していることは、そうした現実と対応しよう。しかし、もちろん成田不動の霊威自体が否定されることはない。

こうした環境に、将門は本当に朝敵・逆賊だったのか、と問い直す余地はほとんどない。つまり将門調伏譚は、高らかに語られなくなることで、むしろ既成事実となっていったのである。こうして、戦争という時局下で育まれた幻想と現実が混じり合う状況のなかで、将門朝敵観は成田山信仰圏でいっそう自明なる事柄と化していったのである。

6　おわりに

本稿では、将門朝敵観が、成田山新勝寺に祀られた不動明王の縁起説とのかかわりから、それと表裏一体の状態となって各地へと伝播していった様相を、明治二十年代の動向に焦点をあわせて概観してきた。ある時代や場における将門への共通理解は、将門を焦点化して語る話だけから作られているわけではない。本稿で取りあげた成田山縁起のように、将門を脇役として語る話題や状況も少なからず存在していたはずである。そして、そうした語られかたであるがゆえに、世間の常識的な将門理解の形成に存外に大きな効果を発揮していたという伝承の力学を、ここでは見通しておきたい。

今後は、将門を語るさまざまな脈絡を掘り起こし、それらが相乗する作用やせめぎ合う様相を把握していく必要がある。明治期以降、地域に根ざしたさまざまな将門伝承が取りざたされるようになり、朝敵論が展開するとともに雪冤運動も折々に生じもする。また、将門の乱や『将門記』を学問として研究する動きも始動していく。多彩な立場の人々が絡み合いながら将門が語り継がれていく様相にこれから順次光を当てていくことを期し、ここでいったん擱筆する。

【注】

［1］明治十年十月二十四日付の緒言がある。西郷らが鎮圧された直後に執筆され、明治三十四年（一九〇一）二月一日から十日まで、八回にわたって「時事新報」に掲載された。萩原延壽・藤田省三編『瘦我慢の精神　福沢諭吉「丁丑公論」「瘦我慢の説」を読む』（朝日文庫、二〇〇八年）参照。

［2］一連の経緯については、安丸良夫『神々の明治維新――神仏分離と廃仏毀釈――』（岩波書店、一九七九年）、岸川雅範「将門信仰と織田完之」（『國學院大學大學院紀要―文学研究科―』三四、二〇〇三年三月）、樋口州男『将門伝説の歴史』（吉川弘文館、二〇一五年）等参照。

［3］注［2］参照。

［4］新勝寺が大覚寺末寺になったのは照範のときであり（『元禄縁起』追加条目）、元禄十三年以降のことであった。なお、『元禄縁起』は真名文だが、『成田参詣記』では仮名交じり文に置き換えられている。

［5］以下の鉄道布線過程に関する記述は、成田市史編さん委員会編『成田市史　近現代編』（成田市、一九八六年）、矢嶋毅之「成田鉄道と成田山信仰」（『史学研究集録』二〇、一九九五年三月）、『図録　成田の鉄道』（成田山霊光館、二〇〇〇年）を参考としている。

［6］画中、新勝寺門前にその場所が指示されており、「成田山全図販売元玩弄品小間物諸土産品安売　越中屋紺谷長之助」と紹介されている。

［7］紙面には他に、成田山新勝寺院主権大僧都石川照勤和尚の肖像、各地里程表、成田山第一之御寺宝天国御宝剣之図、成田山御霊薬の広告が描き込まれている。紙面には新勝寺の現在（院主）と過去（縁起）、参詣手段（鉄道・徒歩）、寺宝、門前町の情報が含まれていることになる。

［8］比留間尚『江戸の開帳』（吉川弘文館、一九八〇年）による。『新修成田山史』（大本堂建立記念開帳奉修事務局、一九六八年）、『成田市史近世編史料集五下門前町Ⅱ』（成田市、一九八〇年）も参照。

［9］『成田山の開帳　成田山開基1070年祭記念特別展図録』（成田山霊光館、二〇〇八年）の「成田山の開帳年表」は近世の計二十三例をあげる。これに、注［8］比留間氏著書で指摘のある『武江年表』にみえる宝永二年（一七〇五）の例を加えて二十四例とした。

［10］「新勝寺住職石川照勤広島大本営訪問報告会記録」（『成田志林』四、一九九五年二月。『成田市史近代編史料集三　宗教・社会・文化』〈成田市、一九八一年〉所収）。

［11］『成田市史近代編史料集三　宗教・社会・文化』（成田市、一九八一年三月）所収。昭和十三年（一九三八）三月成。

【引用本文】「明治十年丁丑公論」……萩原延壽・藤田省三編『瘦我慢の精神　福沢諭吉「丁丑公論」「瘦我慢の説」を読む』（朝日文庫、二〇〇八年）、『成田参詣記』巻五……早稲田大学中央図書館蔵本（請求記号ル 4/3647/5）、『当寺大縁起』……『新修成田山史』（大本堂建立記念開帳奉修事務局、一九六八年）、『成田山大縁起』・「新刻改正　訂正増補成田山全図」……架蔵本、『前太平記』……叢書江戸文庫3『前太平記　上』（国書刊行会）、『神皇正統記』……日本古典文学大系（岩波書店）、『嬉遊笑覧』……岩波文庫。
なお、「読売新聞」の閲覧・引用はヨミダス歴史館を利用した。引用に際して、一部表記を改めたり、ふりがなを略したりしたところがある。

5

近代日本と植民地能楽史の問題

――問題の所在と課題を中心に――

徐　禎完

1　はじめに

「文学史の時空」というテーマはあまりにも大きなものなので多少戸惑いを感じるが、筆者がここ数年来取り組んでいるのが「近代と能」という大きな枠組みの中での「植民地と能」という問題である。学界でもまだ未開拓のテーマに関する提言をこの場を借りてしていきたい。

具体的には、観阿弥・世阿弥父子の時代から今日に至るまで所謂「現役」として存続している能楽に対して「近代日本」と「植民地」という切口から「植民地能楽史」なるものを植民地朝鮮を中心にその必要性と目的について考える。

他国や他民族の領土を植民地化して自国民をその地に送り込み、文字通り植民し、該当地域や国家の他国民及び他民族を支配・統制しようとする行為、これを植民統治と定義するならば、この植民統治は、植民権力が現地の基層・

既存の文化及び社会に支配側の文化や制度を二次的に加える強力を伴うことになる。同化政策を実施する場合、この傾向はさらに顕著になる。したがって、文化や芸能の領域を主要対象とする植民地研究は、文化と植民権力との距離がどのような力学関係にあり、どのような強力が作用しているのか、更には権力が文化をどのように変容させたのか、させるのか、あるいはどのように受容され、どのように抵抗し、またどのように屈服したのかを追跡する研究となる。そして植民統治から解放された時、どのような遺産となり処理されるのかも視野に入れることになろう。このように、植民地における能楽の研究は、「能楽研究」としてだけではなく、「植民地研究」という視野までをも取り込まなければならない。

足利義満の寵愛を受けた世阿弥に象徴される能と執権者とのパトロン関係、さらには織田信長・豊臣秀吉という時の権力者の能愛好を経て、江戸幕府の式楽に編入されることで、士農工商の「士」の嗜む教養であり娯楽としての地位を確保するに至る能の歴史には、いつの場合も能と権力の距離の問題がその中心にあった。特に、式楽化は、世阿弥時代の自由な演出の変更や新たな試みに代表されるダイナミックな創造力という「生命力」を犠牲にすることで手に入れた異なる「生命力」の獲得でもあった。つまり、保存と再生の反復による伝存という新たな「生命力」はダイナミックな創造力の代償であったのである。その意味は大きい。そして、この保存と再生こそが家元の最も重要な責務であったことを考えると、「座」から「家元」への展開は、文芸が口承から記録へと展開するように、「創造」から「伝存」への転換を示す表象として捉えることができるのかも知れない。何れにしても、このような代償を払って江戸時代を堂々と生き長らえてきた能であったが、明治維新によって押し寄せてきた「近代化」の怒涛の前で存続の危機を迎えるに至り、その運命が風前の灯と化したことは周知のとおりである。すなわち、維新によって扶持を提供してくれる後ろ盾を失った能は、近代国家日本に相応しい芸能として認知されることによってその生存を担保したのである。現に、芝公園能楽堂着工、能楽社結社、能楽保護請願など、華族や官僚、そして帝国議会を中心とした所謂支配層によって再興の起点が設けられている点、言い換えれば、能という芸能に対する大衆の強い情熱と要求によって社会の底辺から再興の機運が生じたのではない、という点を看過するわけにはいかない。凋落から再興への転換の中心には、新たに登場した権力と能との距離の再編があったのである。この新たに再編された距離が植民地朝鮮においても同位であったのか、また日本における能と享受者との距離と朝鮮におけるそれとは同じであったのか、などが植民地朝鮮における能を考察するうえでの基本的アプローチとなるであろう。このような問題意識を念頭に置きつつ、周辺国を植民地化することで膨張を繰り返した日本の伝統芸能を代表する能が植民地（朝鮮）においてどのような位相で存在したのか、あるいは当時の朝鮮人にとって能とは、そして日本の芸能とは受け入れられるものであったのかをも考察する研究として「植民地朝鮮における能楽」というテーマを位置づけることができる。そして、この研究テーマは、戦時期の能楽が「日本精神の国粋」とまで称揚されて芸能報国の筆頭として総力戦体制への翼賛を求められていたにも拘らず、そして帝国建設を目指し膨張を続けた帝国日本の植民地及び租借地では帝国の文化が移植されていたにも拘らず、「植民地」と「能楽」という組合せ自体が従来の能楽研究や歴史学研究の上で殆ど取上げられることのなかったことをその出発点とする。

本稿では、このような植民地能楽史の問題の所在を確認し、その課題を提言することにする。

2　近代日本と植民地、文化権力と伝統

前述の如く、明治維新によって一時は崩壊寸前まで追い込まれ、甚大な打撃を受けた能楽界であったが、岩倉具視が華族六十余名を中心に設立した能楽社が能舞台建設に取組むことで能楽再興のための動力を得た。名称も従来の「猿楽」から「能楽」へと一新した能楽は、日露戦争における勝利の余勢で国運も急激に高揚し、明治維新の衝撃か

ら立ち直るべく機運が高まっていた。日露戦争勃発と共に軍資金募金能が行われる中で国家のために尽力する能楽、軍国主義が蔓延する時代の下で能の形は武芸から出たものであるとする尚武と能楽の関係を主張する所謂「大和魂と能楽」▼注[1]説を追い風に、「近代国家日本＝大日本帝国」の国威を示すに相応しい芸能として発展していった。もちろん、その背景には、制度や文物を西洋列強から積極的に取り入れることで近代化を進めて「近代国家＝国民国家」としての体制を整えていく過程で、維新直後には排斥の対象であった「古きもの」に「文化」という力と価値があることを西洋のオペラから悟り、それに匹敵し且つ凌駕する帝国日本の「伝統文化」を持つ必要性への覚醒も大きな動因であった。筆者はこのような認識の下で権力によって選択され育成・保護され、また時には迎合して国家のために動員される芸能を「国家芸能」と呼ぶ。▼注[2]

　ところで、植民地能楽史の歴史的背景となる帝国日本の植民地の獲得と形成問題を考える上で避けて通れないのは日清戦争と日露戦争である。その中で本稿で中心的に扱う植民地朝鮮と直接関わってくるのは日露戦争である。日露戦争は、その名称からも分かるように、日本帝国とロシア帝国の戦争であるが、その内実は大韓帝国を自国の支配下に置くための列強の争奪戦であった。▼注[3]大韓帝国の国土と領海が戦場と化したのもそのような理由からであった。

　周知の如く、この戦争の結末は、日本帝国の新たな領土獲得であった。一九〇五年九月に締結されたポーツマス条約によってサハリンの南半分が日本領となって樺太庁が設置され、関東州の租借地では遼陽に関東総督府が設置され、翌年関東都督府に改組されて旅順に移された。そして同年十一月の第二次日韓協約（乙巳勒約）を経て、十二月、今のソウルである漢城に統監府が設置された。これによって大韓帝国は外交権を日本帝国に掌握され、事実上独立国家としての機能を全うできなくなった。さらにその五年後には併合によって大韓帝国解体へと進み、統監府は、行政・司法・立法の三権に軍事権及び王公族に対する権限まで有する強力な朝鮮総督府となって日本帝国の植民地支配が本格的に始まることになる。以降、「大韓帝国」という国号は奪われ、帝国の新たな「領土＝地域」としての「朝鮮」

という呼称が使われることになる。それから三十五年間、一九四五年八月の敗戦によって日本帝国が解体されるまで日本の植民地支配が韓半島にて展開されることになる。

一方、再興への軌道にのった能楽は、日清・日露戦争を経て、さらには日中戦争から太平洋戦争へと膨張を繰返す過程で、「国家芸能」あるいは「帝国日本の国威を表象する芸能」としての地位まで獲得するに至る。▼注[4] その結果、総力戦体制下では「芸能報国」という名の下で翼賛の筆頭として目されることになる。当時、能楽や謡曲に冠された「日本精神の国粋」という賞賛にこれら全てが凝縮されていると言っても過言ではなかろう。しかし、このような華やかな表舞台の裏では権力によって統制下に追いやられる場面もあった。

一九三五年の〈蝉丸〉上演自粛問題に次いで、一九三九年には〈大原御幸〉に代表される皇室への「不敬問題」が生じて、結局、謡本の改版まで断行するに至った事態などである。謡本の改訂作業は宗家にとって極めて重大な件であり、外因によって強制されるものではない。日中戦争という国体守護に影響を与える事態がこのような統制を可能にしていたことは言うまでもない。翌年一九四〇年の「興行ニ出演シテ技芸ヲ為シ又ハ演劇、演芸ノ教授ヲ為スヲ業トスル者」に該当する技芸者は全て警視庁に許可申請を提出しなければならず、許可が下りた者には「技芸者之証」を下付する、この証がない者は舞台に立つことはできないとする新たな興行場及興行取締規則に対して能楽界が抵抗した所謂「技芸者証問題」も然りであった。権力によって保護育成され帝国日本を代表する芸能としての地位を得ていた能楽であったにも拘らず、国体守護を最優先とする総力戦体制の下では、他の諸芸能と同格に扱われ、共に一丸となって芸能報国に邁進しなければならない、そのためには他の芸能同様、一技芸者として技芸者証を申請することを強要されることへの能楽のプライドをかけての抵抗であったのである。換言すれば、権力によって認められたプレステージ(prestige)であったが、今度は逆に権力によってそのプレステージを奪われたのである。これは、能楽へのプレステージを保証できないくらい、緊迫した戦況の下で国体が揺らいでいたということでもある。

このような権力と能楽の間には「文化権力」と言い得る磁場が形成されており、そこには権力と文化の複雑な図式が見て取れる。凋落する能、隆起する能、動員される能の全てが連続する近代における能の展開であり、在りようなのである。その反対側では、維新によって規制され禁止された「遊芸」こそが少なくとも大衆性という面からは本来の日本の文化といえるべきではなかったのか、少なくとも能楽と遊芸などを総括したものが「日本の文化」あるいは「芸能」として語られるべきではないのか、能が結局は「国民芸能」でなかった故の一九二〇年前後の「大衆化運動」ではなかったのか、などの疑問がうごめいている。

近代化を文明化と言い換えることが出来るならば、文明化のために自らの固有の自生的文化であった遊芸を風俗という名の下で排除し禁止することでいわゆる文明化の程度を高め、一方では西洋列強のオペラに匹敵する帝国日本の国威の表象としての能楽という選択によって、格調高き「伝統文化」を創り上げるという展開は、自国の自生的文化の排除によって文明化を達成するという文化と文明の対立的構図を呈するが、文明化によって再興し隆起した能楽に「伝統文化」という称号を与えることをどう説明し理解すべきか。

江戸時代に式楽として保護された能楽が武家の娯楽であり教養であったことは事実であり、江戸時代の武家を中心とした「伝統文化」「伝統芸能」であったことも相違ない。しかし、そのような能楽を以て、明治の時代に、そして大正・昭和の時代に能楽を「日本の伝統文化」「日本の伝統芸能」と読み替えることになるが、それでは「日本＝武家」という図式が成立してしまう。ここに大政奉還とも版籍奉還とも逆行する構図となる矛盾が生じてしまうことをどのように説明すべきか。あるいは前述の「大和魂と能楽」説を追従すべきか。

「伝統」とは「今」の視点から過去の文化遺産を振り返って特定の価値が認められた時に成立するものである。したがって、「近代」の時点における「伝統」とは、「近代」によって選ばれ認められた価値であり、「近代」によって認知されることによって、はじめて「近代」における「伝統」としての権威が与えられると言える。ならば、その「伝統」とは誰にとっての、そしていつの時代の認識における「伝統」なのか。エリック・ホブズボウムのいう「創られた伝統」のような言説を説いているのではなく、「近代」という歴史的展開の前で実際に能が見せた動態を以て生じる疑問なのである。ある意味では、能楽そのものは時代を超越して等価であった、故に、これは能楽の問題ではなく、「近代」という時代とその認識の問題であると言えるかもしれない。

いずれにせよ、本稿で扱う「植民地能楽史」の問題は、このような歴史的事実をしっかり踏まえることではじめて植民地という空間における能楽の実態とその位相を捉えることができると考える。文学や芸能といった枠組みや従来の能楽研究という単一視点に閉じこもっていては見落とすもの、見えないものが多すぎるのである。文学の領域はもちろんのこと、史学や民俗学あるいは思想史や地方史などの領域までも包括し錯綜する多面性を有する能楽であることを改めて確認する必要があろう。そういう意味では、能楽は、いわば「文化」としての位相を有しているのであり、それも能楽の魅力であろう。とすれば、「能楽史」なるものにも、例えば〈能楽研究=文学研究〉という等式を乗越えた能の多面性が反映されてしかるべきである。多彩な光を発するプリズムにどのような光をどのような角度から照射するのかと譬えることができようか。

現に植民地という空間に形成された社会とは、帝国の本体の「内地」とは言語が異なり、その言語で表わされた文学とその背景としての文化と歴史の異なる国と地域に自国民を入植させ、支配する側とされる側という複層構造の下で成り立ったものである。さらには、例えば植民地朝鮮における植民者（Colonizer）としての日本人社会ですら決して単層ではなかった。民族的階層を基層に様々な層の利害関係や既得権獲得のための複雑なヒエラルキーが錯綜する社会であった。また、当時の政治的・社会的状況下では文化が権力の前で自由であることも決して容易ではなく、「文化権力」なる磁場が形成されていた点も考慮されなければならない。すなわち、植民地における能楽研究は、「新たに獲得した領土=新たに拡張された地方」での調査という謂わば一地方の能楽史を研究するような平板な視点ではなく、繰り返すことになるが、植民地という空間に作用する内外の歴史的・政治的あるいは時代的作用まで見極めることでその実態が明らかになるという点を看過してはならない。もちろん、能や謡を中心に据えた能楽史としての視点や芸術性を排除するものでは決してない。

ところで、「近代日本と能楽」という枠組みと視点で植民地という空間に焦点を当てた場合、先ず浮上する素朴な疑問は、帝国は植民地にどのような文化をどのように植え付けようとしたのかという、所謂「植民権力による文化支配の問題」であろう。植民地では帝国の文化がどのように受け入れられ、どのような役割を担ったのか、能楽もその対象でありえたのか、当時の朝鮮人や中国人にとって能や謡、そして日本の芸能は受け入れられるものであったのか、少なくとも一般的にはこのような問題意識を抱くことは自然なことであり、また、そうあるべきである。

ところが、能楽という分野に限って言えば、「帝国日本：植民地朝鮮＝支配者：被支配者」という二項対立的な方程式ではその動態を正確に捉えることができない。その理由は、能楽は「中流階級以上」「上流階級」の「紳士淑女」階級が嗜む教養であり娯楽であるという認識とそのような実態が当時の能楽界に実際に根付いていたからである。つまり「在朝鮮日本人＝能楽を愛好する」という等式は成立せず、一種の選民思想的なものが実態として存在していた。これは能や謡曲が、一次的に日本人社会の中での階層を保証する文化装置としてまず機能し、その外縁で植民地社会における民族的境界を文化的に区別する境界線として機能していたことを意味する。能・謡曲という文化装置を基準にした場合、在朝日本人社会に能謡を嗜む中流以上・上流階級と能謡とは無縁の下流日本人階級があった。そしてさらにその外縁に朝鮮人社会があったのである。少なくとも、現時点では、筆者はこのように理解している。

例えば、能楽最初の海外公演である一九〇五年五月の京釜鉄道開通式典能を主催した古市公威が、能楽を「紳士の遊び」▼注[5]と述べているが、「近年内地上流中流の紳士淑女間に猛烈の勢を以て流行して来たのは謡曲で大正の今日謡の一番も知らぬ者はお話にならぬ没趣味漢とされて来た」▼注[6]などの如く、日常化している状態であった。そして、この手の認識と実態は、「京城においても能・謡曲は「中流階級以上」の層を中心に嗜まれており」▼注[7]や「京城の市街も日本建の甍に苔が生えて一年毎に内地風の都会に化って行く。古雅な謡いの声が何処の巷でも聞かれる様になるに連れて上流向きの家庭に仕舞のお稽古が盛んになって来た」▼注[8]の如く、京城でも同様であった。付言すれば、京城謡曲界形成の初期と言える一九一〇年代に既にこのような一種の仕分けが行われていたのである。さらには『満洲年鑑』にも「謡曲は邦楽中最も高尚で且つ研究し易い為め、上中流の家庭を通じ古くより広く流行して居る」▼注[9]とある。植民地あるいは租借地の朝鮮人や中国人の存在はここでは言及されることも前提として置かれることもない。

管見の限りで言えば、京城に於ける初出の謡会の活動は、統監府設置の翌年であり、併合より四年先行する一九〇六年九月九日に京城の南山倭城台本願寺別荘（別院であろう）で催された宝生流の五雲会である。百余名が参加する盛況ぶりを呈しており、後の五雲会の幹事の一人となる田中実なる人物の尽力によって、京城の「主要文武官」を中心に組織したという。▼注[10]統監府に派遣された官吏を中心とした主要文武官を対象に謡会が結成されたのである。これは今まで未解明だった植民地や朝鮮における謡会の成立を考える上で注目に値する内容である。拙論「帝国日本の文化権力：1910年代京城の能と謡」▼注[11]にて、李王職事務次官であった金東完なる人物を取り上げ、植民権力の統治に参加する朝鮮人官僚は社会的・身分的に「朝鮮人」という殻を打ち破り「日本人」へと越境し、さらには「日本人化」する「植民地人」の姿を映し出す重要な指標となっているとし、ヒエラルキーと越境の対象としての境界を形成する有力な文化装置として能・謡曲が作動していた、としたのも、そのバックグラウンドとしての磁場が日本人社会であり、且つその中の上流階層であったからである。

このような階層化の背景には、「御能」が江戸幕府の公儀であったことを取り上げずとも、謡曲の本文が先行文学から取材したものである故に日本文学に関する教養と古典文を消化できる能力が必要となり、且つそれ相応の時間的・経済的余裕がなければ謡を嗜むことが容易ではないという現実的特質も背景にあろう。磁場の基層である日本人社会自体、植民地朝鮮では支配層であったわけであるが、能謡においては、その中でさらに上流階層が中心であったということは、二重三重のヒエラルキー構造の上層部がその基層をなしていたということになる。その境界線を越えて朝鮮人官僚が踏み込んだからこそ、金東完をもって「日本人をも凌駕する」謡の実力者と評価する、優越的地位から発する賞賛が生まれたのである。

3　語られない戦時期の能楽史

日本文学史の中で能楽は、観阿弥・世阿弥父子の業績を念頭に置いてのことであろうが、世阿弥時代を中心に一般に「中世文学」の枠組みの中で語られている。このこと自体には異論はないが、能楽が「中世文学」として語られることで、近世以降における能楽の展開について語る空間が制約されたり省略されてしまうことに関しては議論が必要となろう。江戸幕府の式楽となることで『申楽談儀』に綴られているような世阿弥時代の自由で創意的な試みと実践というダイナミックな生命力は後退してしまったが、その反面、「保存」と「再生」という異なる生命力を得ることで江戸時代を貫通し、明治維新という政治的変革をも乗越えて、今日にまで至っている能楽を文学史のどこでどう語るのかという問題が置き去りにされてしまうからである。換言すれば、文学史の中で能楽の展開の歴史を語り尽すことができないまま、周知の「六百年以上続いた能」という言説が文学史と一体化するのではなく、並行する形で独り歩きしているとも言えるのである。

もちろん、「文学史」という大きな総論の語る枠組みの中で、能楽に関して中世から近現代に至るまで詳説するには他のジャンルとの釣合いなどからも様々な制約があろう。このような制約を補うためにも、逆にマクロ的接近としての能楽研究の蓄積を踏まえ、且つ近現代にまで及ぶ能楽の展開をも含めた「能楽史」というものの必要性が切実になるのである。

それでは、能楽史の叙述、つまり能楽研究はいつごろから始まったのか。

管見の限りで言えば、近代的学問・学知の下で世に出た最初のまとまったものとして注目しなければならないのは重野安繹・久米邦武の『風俗歌舞源流考』と小中村清矩の『歌舞音楽略史』ではなかろうか。前者は一八八一年東京学士院にて「風俗歌舞源流考」の題で重野安繹が講演し、その後一八八三年までの間に『東京学士会院雑誌』に掲載された能楽の隼人起源説を説いたものである。後者は一八八八年刊であるが、能楽をはじめ古代の歌舞音楽や平安朝の雅楽など幅広く収めた芸能史である。『風俗歌舞源流考』は重野安繹・久米邦武の編纂で一八九〇年に刊行された『稿本国史眼』にも収録されているが、『歌舞音楽略史』に重野安繹の序文があるなど、相互間の影響関係の詳細は兎も角、同時代の研究成果であった。残念ながら能楽学界ではこの両研究はあまり注目されていないが、詳細は最終章で後述するが、筆者は近代の芸能史・能楽史研究の上で重要な位置を占めると考えている。また、近い時期に刊行された大和田建樹の『謡曲通解』（一八九二）も「歌舞の起原」「猿楽の起原」「能の大成」などの章立てを掲げている首巻の「総論」は、能楽研究の萌芽的試みとして位置付ることができると見る。

このように、十九世紀が終焉を迎えようとする時期に、注目に値する研究が全くなかったわけではないという点、しかしながらまだ能楽研究が本格的に展開されていたとは言い難いという二点をまず指摘することができる。明治維新による危機的状況から復興へと進む能楽の軌跡に沿ってであろうか、能楽研究も全体的には遅々たるものであったと言える。

このような状況に新たな動きが生じた。それは、一九〇四年、池内信嘉・坪内逍遥・高田早苗・宮井安吉が発起人となって発足した能楽文学研究会である。雑誌『能楽』の記事及び『能楽盛衰記』によると、この会に名を連ねたのは、吉田東伍、芳賀矢一、久米邦武、田中正平、佐々政一、東儀季治、赤堀又次郎、長連恒、五十嵐力、永井一孝、紀淑雄、ノエル・ペリー、伊原敏郎などで、主に早稲田大学関係者、国文学研究者・歴史学研究者・演劇関係者などが中心になっていることが分かる面々である。この能楽文学研究会の発足は、維新によって能楽が壊滅直前にまで追い込まれた状況から脱してはじめて公的につくられた能楽研究の空間としてその意味が大きい。そして、その成果は、雑誌『能楽』に掲載されることになる。例えば、雑誌『能楽』第三巻（一九〇五）に「能楽文学研究会演説」として久米邦武、ノエル・ペリー、芳賀矢一、吉田東伍、東儀季治などによる成果が掲載されるなどである。▼注[12]

一方、一八九一年に坪内逍遥によって雑誌『早稲田文学』が創刊されるが、一八九八年を以て途絶える。それを欧州留学から戻った島村抱月が中心になって一九〇六年に復刊させたのだが、抱月は大隈重信を会頭に迎え、文芸協会なる団体を結成するが、復活した『早稲田文学』はこの文芸協会の機関誌となる。そして、一九〇六年に能楽文学研究会がこの文芸協会に編入され、▼注[13]以降、能楽文学研究会の活動は文芸協会の事業の一つとなり、活動が停滞するが、その後、一九〇九年に刊行され能楽研究を画期的に進展させた『能楽古典世阿弥十六部集』（以降、『世阿弥十六部集』）の校注者吉田東伍の旺盛な世阿弥研究によって、能楽文学研究会の活動が活性化するという展開を見せることになる。▼注[14]この『世阿弥十六部集』の刊行は、世阿弥の能楽伝書の研究を飛躍的且つ圧倒的に進展させ、本格的な能楽研究の流れを形成するに至った。▼注[15]その後、世阿弥研究は能楽研究の最重要テーマとなる。

このように活性化した能楽研究の動きは凡そ十年の歳月を経て「能楽史」という形で世に出始める。横井春野の『能楽全史』（一九一七）、池内信嘉の『能楽盛衰記』（一九二六）などである。『能楽全史』は、足利時代、安土桃山時代、徳川時代、維新後の時代区分の下で能楽史を綴り、日露戦争以前と以後の能楽界の状況を以て結んでいる。『能楽盛衰記』は、周知の通り、上巻は「江戸の能」という題の下で徳川幕府と能楽に関して詳細に語り、下巻では「東京の能」という題の下で「明治維新の打撃」をはじめ、能楽社、能楽堂、能楽会などを中心に明治の能楽について語っている。

ところが、『能楽全史』や『能楽盛衰記』以降に刊行された能楽史の類を読み返してみると、近代の能楽、殊に戦時期の能楽を扱った研究が極めて少ないことに気付く。吉田東伍の『世阿弥十六部集』（一九〇九）や野上豊一郎の『能研究と発見』（一九三〇）と『能の幽玄と花』（一九四三）、能勢朝次の『世阿弥十六部集評釈』（一九四四）、そして表章の『能楽史新考』（一九七九）と『能楽史新考2』（一九八六）などの能楽研究を代表する著作も近代、殊に戦時期の能楽はその対象となっていない。

近代、主に戦時期の能楽史に絞って言うと、横井春野の『能楽全史』では、第四編が「維新後の能楽」に割り当てられており、日清戦争と日露戦争という二つの戦争を前後した能楽の状況に触れている点が注目される。「戦争と文化」あるいは「戦争と芸能」という視点を取り入れたことが注目に値するのである。能楽の内部に閉じ籠り現実社会から目を反らすことなく、戦局をも現実として見据えることで当時の時代相を捉え、その中で時代や社会あるいは権力との関係をも含めて「能楽の実態」の一部として綴っているところはまさしく能楽史と言えよう。ただ、一九一七年刊であるからか、朝鮮を植民地と化して本格的に大陸への膨張政策を進める一九一〇年以降に関しては触れていない。

池内信嘉の『能楽盛衰記』（一九二六）の下巻「東京の能」では明治維新によって壊滅状態に追い込まれた能楽の悲惨な状況を語る「明治維新の打撃」から始めて「能楽復興」「宮中と能楽」「能楽社の設立」「能楽会の設立」などの章立てから分かるように、明治の能楽史を詳しく語っている。一九〇八年の帝国議会での能楽奨励請願と邦楽保護に関する建議案可決をはじめ、能楽会が活動する一九一〇年前後までの能楽再興史を中心に扱い、第十八章に「震災の影響」で一九二三年の関東大震災の件が追加されているかっこうになっている。一九二六年刊であるからか、こちらも震災の件以外は一九二〇年代以降に関しては触れていない。

能楽の源流という観点から伎楽や散楽、田楽をも含めた猿楽以前の諸芸能と猿楽の成立と展開という能楽史研究に大きな足跡を残した能勢朝次の『能楽源流考』（一九三八）は、能楽の成立と展開という問題を深く掘り下げている功績は至大であるが、慶長期までしか扱っていない。▼注[16]

戦後から約二四年後の一九六九年に刊行された古川久の『明治能楽史序説』は「明治能楽史」と銘打っているように「明治能楽史概説」「欧米人の能楽研究」「明治能楽史論考」の章立ての下で明治維新による能楽の崩壊から能楽堂建設などによる再興までの問題を主要対象としている。本書は書名通り明治の能楽史研究書である。倉田喜弘の『芸能の文明開化　明治国家と芸能近代化』（一九九九）も表題から分かるように、文明開化前後の芸能・遊芸と官権との関係やその時代的社会的背景が中心になっており、戦時期の芸能や能楽に関しては触れていない。

また、一九八七年に刊行が始まって一九九三年に完結した全八巻に及ぶ大著であり、能狂言研究史のうえで一つの集大成ともいえる岩波講座『能・狂言』シリーズの第一巻である『能・狂言Ⅰ能楽の歴史』（表章・天野文雄）では、従前の研究成果と比べると相対的に近代に対する言及が具体化している。「(七)「能楽」前期―近代の能楽」の下に設けられた「明治期能楽」と「大正・昭和初期の能楽」がそれである。しかしながら、室町と江戸時代を中心とした前近代の記述と比べると大きく萎縮している感は否めない。戦時期・総力戦期に関する記述は「大正・昭和初期の能楽」中の「戦時中の状況」の項で触れている以下の内容が全てである。

緊迫した社会情勢をよそに繁栄していたかに見える能楽も、日中戦争が長引き、太平洋戦争へと突入した時期には、沈滞せざるをえなかった。昭和十五年には早くも皇女が物狂としてさすらう能〈蝉丸〉などの上演を自粛し、〈安宅〉の「聖武皇帝」を「聖武天皇」に改めるなどの詞章改訂を五流が申し合わせ、当局の干渉以前に戦時体制に順応する方途を選んでいた。式楽時代に時と場に応じて文句を歌い変える「かざし言葉」の伝統が確立していただけあって、そうした転身に能界は素早かったのである。観世流が十六年に〈忠霊〉を、十八年に〈皇軍艦〉を新作上演している。そうした苦肉の策も空しく、戦局の悪化につれて催能の機会は減少し、召集・徴用されて舞台を離れる役者が増え、少なからぬ戦死者も出た。十九年には能楽関係の出版社が合併して能楽出版社となり、『観世』『宝生』『喜多』『謡曲界』などの能楽雑誌も新刊の『能楽』に統合された。二十年になって激化した空襲のため、能会はしばしば中止され、多くの能役者が焼け出された。面・装束・文書類の焼失があい次ぎ、全国の都市の能舞台はほとんど焼失した。そんな絶望的状況下に前述のごとく能楽協会が設立され（明治以来続いていた能楽会はそれと同時に解散したらしい）、その十日後に終戦を迎えたのである。

この『能・狂言I能楽の歴史』では、一九四〇年を起点に能楽界に起った前述の文化統制に関わる事件や新作能の問題などを簡略にではあるが触れており、従前の研究成果と比べて戦時期の状況を相対的に詳しく述べている。そして、ここで最も評価すべきは、権力による文化統制や検閲の問題を「干渉」と「順応」という控え目な表現ではあるものの、近代能楽史における能楽と権力の問題を直に触れた点であろう。戦後四十二年という歳月を経てはじめて戦時期の能楽に関する記述が能楽史に付け加えられたのである。

ところが、「戦争と芸能」や「権力と文化」、さらには「植民地における能楽」などの極めて重要な問題を抱えることの「近代能楽史」という観点あるいは「戦時期の能楽史」という問題意識が以降の能楽史研究に積極的に継承され発展したのかというと、残念ながらそうは言えないようである。一九九九年に刊行された『日本芸能史』（阪口弘之ほか）では「大正・昭和期の能楽」という項目の下で戦時期の芸能に関する言及はなされているが、筆者が浄瑠璃研究者であり入門書的な性格もあるのであろうが、その内容は以下に示すように極めて簡略なものである。

明治の能楽復興は、大正・昭和へと順調に継承された。明治期の名人の指導を受けた後継者の実力や、国粋主義的な民族主義の高まりもあって、日本固有の古典演劇として、知識人・財界人などの有力な理解者を獲得してきた。一方で、観世流からの梅若派の独立問題（観梅問題）や、謡本発行をめぐる争いなど、家元制度が再び強化されるなかで種々の問題も生じ、前近代的な能楽界の体質が浮き彫りになった時期でもあった。大正九年に能役者の団体である能楽協会が設立されたが、家元中心の組織であり、各流派の対立や家元の抵抗もあり、能楽界全体の問題を解決する機能はなかった。

この時期の名手として、観世流では、梅若流樹立に加わった、梅若万三郎・二世実の兄弟、観世の分家銕之丞の華雪がいる。一方、宗家の観世左近も流儀をまとめて活発な活動をおこなった。宝生流では、宝生九郎の指導を受けた松本長・野口兼資の二人がおり、喜多流では家元の六平太、金春では宗家の金春八郎と桜間弓川、金剛では宗家の右京と京都金剛の巌などがおり、ワキ方では宝生新がいた。

家元制度の強化という問題は、謡本に対する宗家の著作権認定問題や観梅問題などの諸問題と連鎖する近代能楽史において重要な問題である。明治以降の能楽の在りようと緊密に関わってくる問題を取り上げているという点は評価されるべきである。しかし、その記述は頗る簡略であり、且つ後半部は名手の評判に止まっている。

以上で概観したように、少なくとも、近代能楽史、その中でも戦時期の能楽史の叙述という問題においては、まだ「語られていない」と言っても過言ではない。ここで一点触れておきたいのは、『能・狂言I能楽の歴史』が執筆の基本方針として「明治以後はまた詳しくなる」という前提の下で「大成期と近代の中間を重視する」としている点である。

基本方針の一つは、大成期と近代の中間を重視することである。極端にいえば世阿弥時代のことと近代のことしかわかっていないに近いのが、かつての能楽史理解の一般的傾向であり、古い時期のことについては詳細で時代が下るにつれて簡略になり、明治以後はまた詳しくなるという従来の能楽史記述にその責任があろう。そこを少しでも改善しようと志したのである。

この基本方針は、吉田東伍の『世阿弥十六部集』や能勢朝次の『能楽源流考』などの卓越した研究成果によって世阿弥を中心とした大成期の能楽研究に大きな進展があった結果、「古い時期のことについては詳細」に語ることができ、近代は「近い」時期なので詳しく語れるという認識によるものと解せる。その中間にある江戸時代の能楽に関する研究が大成期と比べて相対的に遅れているという認識なのであるが、そのような問題意識は、その後の表章の『喜多流の成立と展開』（一九九五）や『観世流史参究』（二〇〇八）などの研究成果によって実践されている。▼注[17] 問題は、にも拘らず、戦時期の能楽史が語られていない点にある。『能・狂言I能楽の歴史』の執筆当時、「近代」という認識に戦時期が含まれていなかったのであろうか、あるいは語る準備ができていなかったのか、その詳細は知る術もないが、何れにしても戦時期能楽史及び植民地能楽史を語ることで近代能楽史の欠落を埋める作業は、今後、学界に残された重要な課題の一つであると筆者は認識している。

4 近代学問としての芸能史――むすびにかえて

「能楽史」というものを考えるうえで避けて通ることのできない重要な問題が一つある。それは近代の学問としての芸能史の起点はいつなのかという問題である。この起点の問題は語る目的は何であったのかという問題となるからである。歴史を記録して語るという行為は実録や実記の例を見ても早くから行われていたことが分かるが、それは簡単に言えば権力の正統性を担保するためのものであった。「修史」というものである。

では、能楽史あるいは芸能史を語り始めた当初の目的は何であったのか。「近代」以前から継承されて「今」に伝わった文化や芸能が「近代」という新たな時代において「伝統」と認知されることで更なる継承が可能となり、且つ「伝統」としての権威が与えられるという一般的な展開を想定すると、能楽の歴史展開を研究してそれを語るということは、廃絶寸前まで追い込まれた能が復興した動因と緊密な関係にあるのではないか、という見方が可能になる。そして、その動因の基本は「伝存」であり「継承」であろうが、時代や語り手の意思によって政治的目的をはじめとする様々な外因が加えられるのであろう。

第三章の冒頭で述べたように、調べた限りでは、近代的学問として認められ得る形で世に出た最初のまとまった「芸能史」と言えるものは、重野安繹・久米邦武による『風俗歌舞源流考』である。この『風俗歌舞源流考』は、能楽の隼人起源説を説いたもので、書名に「風俗歌舞」という名称を冠しているが、その実際は、能楽は日本固有の歌舞であるということを主張することが核心になっている。隼人起源説そのものはその後吉田東伍によって完全に論破されて今日では採用されない説である。今日、能楽史の中で『風俗歌舞源流考』が評価されていないのは既に否定され採択されない説を主張した著作であるからであろうか。しかし、筆者はこれには異見がある。筆者にとっては、採択される、されないとは関係なく、隼人起源説そのものよりも、当時、能楽を日本固有の歌舞であると主張したことの意味に注目したい。このことと関連して、『風俗歌舞源流考』の冒頭にある以下の一文に注目したい。

此考ハ、明治十三年ニ、芝公園内紅葉山ニ能楽堂ノ建設アラントスル時、余同僚久米邦武ト其事ニ預リシニ、能楽ノ沿革ヲシラベヨト某氏ノ依嘱ヲ受ケタレバ、二人諸書ヲ参攷シテ此冊子ヲ成セリ。能楽ヨリシテ遂ニ諸俗楽ニモ波及セシニ因リ、風俗歌舞源流考ト名ヅク。

明治十三（一八八〇）に芝公園に能楽堂を建設する際、重野安繹と久米邦武がその重任を任されたのであるが、その時に能楽の沿革を調べよとの「某氏」の依嘱を受けて著したのが『風俗歌舞源流考』だというのである。この「某氏」は、重野・久米両人にこのような指示ができるのは恐らく岩倉具視しかいないのではとの判断からも岩倉具視の可能性が高いが、断定に至る資料的確認はまだである。▼注[18]ただ、『岩倉公実記』（一九〇六）に次のような記述がある。

朝廷ノ祭式礼典ニ用イル所ノ音楽ニ、神楽アリ、催馬楽アリ、又舞楽アリ。神楽ト催馬楽ハ我国固有ノ音楽ナリ。舞楽ハ我ガ国ニ於テ作ル所ノモノ有リ、又支那朝鮮ヨリ伝来ノモノ有リ。此種ノ音楽ハ皆千年以上ノ作ニ係ルヲ以テ、其音調舞容、高尚醇朴ニ過ギ今日ノ人情ニ適セズ。中世以降ノ作ニ係ル一種ノ音楽アリ、之ヲ能楽ト曰ウ。此能楽ナルモノハ、神代、火闌降命ガ俳優トナリタルニ起原シ、薩摩大隅ノ隼人ニ伝ワリ、王朝ノ古ニ在テハ隼人司ノ管掌ニシテ之ヲ教習シ、朝廷ノ大儀式、外国使臣ノ饗応等ニ用イラレシ我ガ国固有ノ風俗歌舞ノ余流ヲ奈良ノ能楽師ニ伝エタルモノナリ。（傍線、引用者による）

ここで注目したいのは、傍線部である。この件《くだり》は重野・久米の①能楽隼人起源説を踏襲しており、②「王朝の古」の時と同様、当時の能楽も外交舞台で日本帝国を代表する芸能として催されるべきであり、「教習シ」からは官制による運営あるいは国による支援という方策が打ち出されていると読め、興味深い。①は『風俗歌舞源流考』の主張と合致し、岩倉と久米の間に共感するものがあったと思われ（実際は久米によるものかも知れないが）、②はこのような古の歴史的事実から近代国家日本を代表する芸能として能楽を選定し、育成するために岩倉が能楽の歴史をまとめるよう重野・久米に指示をしたのではないかという蓋然性が浮上する。もちろん、岩倉公旧蹟保存会が『岩倉公実記』編纂の際、『風俗歌舞源流考』あるいは関連文書を参考にした可能性もある。

いずれにせよ、その主張する説は論破されたものの、国家の芸能としての能楽の位置付けを打ち出したところに、『風俗歌舞源流考』の芸能史・能楽史上の意味があると判断する。

そして、その約五年後の一八八八年に小中村清矩の『歌舞音楽略史』▼注[19]が刊行される。『歌舞音楽略史』は、題名に「略」ではあるが「史」を冠しているように、「上古より歌舞音楽の事業有りし事」「外邦より歌舞音楽を伝えし事」「大宝以来内外の楽を朝廷に用いられし事」「唐土高麗より伝来の楽并我国新製の楽の事」などの章立てを経て、神楽・催馬楽・東遊・風俗歌・朗詠・今様・平家語り・散楽・猿楽・田楽・白拍子・歌舞伎・狂言・浄瑠璃・操人形・三味線・筑紫琴・小唄・長唄に至るまでほぼすべてのジャンルを対象に古代から時間軸に沿って記述している最初の本格的な「芸能史」と言える。この『歌舞音楽略史』には重野安繹の漢文序とチェンバレンの英文序が付されているが、重野は以下のように記している。

本邦音楽歌舞、遠起於神代、後世或伝自唐、或来自韓、或転自天竺梵貝（中略）随唐諸楽宋元無存、而我独伝数千年之旧、（中略）猶昔日之於唐韓楽、他日如彼佚而我存、即是天下声楽之美、独鍾於我日本也、謂之宇内一大楽部、（以下略）

日本の音楽歌舞は神代から始まるが、古くは「唐」や「韓」からも伝わったが（唐楽・高麗楽・百済楽・新羅楽などの雅楽を指す）、今の時代は何れも伝わらぬ。しかし、日本のみがこれを伝えており、今では日本が世界の一大楽部であると言い放っている。以下に示すチェンバレンの序とは雰囲気が相当異なるが、そこが当時の日本の世界観なのであろう。

　高名の学士小中村翁、今其巧手を下して、日本音楽史を彙成せられたるは、大に祝賀すべきことなるを、其書音楽は勿論、之れに縁ある舞踏戯曲の芸術に至るまで、挙て漏さず、洵に是れ吾人が右等の事に関して、知識を採掘すべき鉱抗とこそ謂うべけれ。

能楽学会では、二〇一〇年に「世阿弥発見百年─吉田東伍の人と学問─」という特集を「能と狂言8」で組んでいる。吉田東伍の功績は揺るがないものであり、能勢朝次、野上豊一郎などの功績も今日の能楽研究に絶大な影響を及ぼしている。彼ら先学の学問的業績は揺るがない。では、果たして近代の能楽研究の始点をどこと見るのか。

従来は視野に入っていない重野安繹・久米邦武・小中村清矩といった太政官修史館という背景を共有するグループの役割にも照明が当てられるべきではないか。現に、重野安繹は、前田斉泰と共に世話人として能楽社設立や芝能楽堂建設に参加しており、久米邦武は岩倉に同行して欧米を巡って『米欧回覧実記』の編修過程で「芝居ノ内ニテ最モ上品ナルモノ猶我猿楽ニ似タリ」と述べ、能楽社の前身である皆楽社の規約文の素案も書いている。小中村清矩の『歌舞音楽略史』の猿楽・能楽に関する内容は、今日では否定されている論や当時の歴史認識の下に語られている部分もあるが、能楽史の枠組みという点では以降の能楽史あるいは芸能史の叙述に一つのフレーム（祖型）を提供したという点で画期的であったと評価できる。

「猿楽」から「能楽」への改名という権威付け▼注[20]と共に能楽が復興したことの裏に、修史を担当した歴史学が修史を編纂するのと同じ目的意識によって芸能史を修史し、そのことによって能楽の伝統と正統性が裏付けられ、近代国家日本帝国の国威に相応しい芸能として認定されたのだとすれば、そしてそれが日本帝国の偉観を担保するものになったのであれば、これは単なる芸能史・能楽史の始点という「能楽研究」として完結する狭い問題ではなく、近代史の一場面として捉えるべき問題にはなるまいか。論破され否定された隼人起源説が中心なのではなく、岩倉等が能楽を明治新政府の式楽化ともいうべき国家芸能として育成する時、その歴史的・理論的正統化作業を重野・久米に依頼したのであれば、それはもう一つの「修史」作業でもあったと言えはしないか。

これに関連して、大隅和雄は『久米邦武の研究』（一九九一）の中で次のように述べている。

久米の能楽研究は、吉田、野上、能勢といった優れた後進の研究者によって書き換えられてしまったことはいうまでもない。しかし、久米が、米欧回覧のなかで西洋の音楽に接し、劇場を見た時に自覚した、目を洗われるような体験に基づいて、能楽の価値に目覚め、帰国後、生涯を通じて掲げ続けた、民族的なものに根差した舞台芸術の創出という高い目標は、現在もなお遠く高い目標として、われわれの前にあるのではないだろうか。

この意見に特に異論を唱えることはないが、筆者は久米邦武という人物そのものに焦点を当てて再評価しようとするのではなく、あくまで「近代能楽史」というものを考えた場合、太政官修史館という共通したバックグラウンドを有する重野安繹・久米邦武・小中村清矩の学問的な役割について再検討する必要があるという立場に立つ。国家の修史作業と同様の目的で能楽の正統性を唱えるための作業を行ったところに能学史・芸能史というものの胎動があったと見るのである。隼人起源説はそのために提唱した、失敗した一学説に過ぎなかった、と見る。能楽史を見つめる視野を広げることで能楽史に新たに組み込まれる歴史的・社会的あるいは政治的事項や現象をどのように受け止めるかの問題でもあろう。

語られない戦時期能楽史と植民地能楽史を語るためにも、能楽史の叙述の成立期とその目的の問題はこれからも課題として残る。

今回の報告では植民地能楽史の具体的で細かい話はなるべく避け、数年来取り組んでおり、そしてこれからも暫く携わるであろう近代能楽史の中の戦時期の能楽史と植民地能楽史の問題意識や課題などを中心に報告させていただいた。錯綜する疑問と考えに任せて綴ったまとまりのない原稿であることを十分承知の上で、問題の所在と課題を再確認することができたことを今回の報告の収穫とし、今後とも見え隠れする可能性を引き続き追っていきたい。未完稿ながらここで閉じたい。

【注】

［1］『能楽』第二巻第四号。また同巻第三号の「戦争と能楽」、同巻第五号の「戦争中の能楽社会」も同趣と言える。

［2］これに関しては、徐禎完・増尾伸一郎編『植民地朝鮮と帝国日本　民族・都市・文化』（アジア遊学一三八、二〇一〇年、勉誠出版）所収の拙論「植民地朝鮮における能―京釜鉄道開通式典における「国家芸能」能」を参照されたい。
なお、本稿では触れないが、能楽の再興には、国家や支配層による「国家芸能」の必要性に対する認識が大きな推進力になっていたのは相違ないが、その裏には能楽という芸能に対する愛着や執着といった愛好家としての個人の情熱や賛同といった面も大きかった。京釜鉄道開通式典の催能を実現した古市公威などが代表的な例である。京釜鉄道建設を任された公人・朝鮮総督府鉄道局総裁としての権力と自らの結婚式でも舞ったという私人・能狂いの執着という二つの要素が結合した結果、京釜鉄道開通式典能が実現したと言える。ただ、私人の愛執ではあっても、権力あるいは影響力を有した支配層に身を置く人物であった故に可能であったことも事実である。

［3］できるだけ史実に沿った正確な名称を使うために、一八九七年～一九一〇年八月二十八日までは「大韓帝国」「漢城」「韓人」と表記するように努め、併合後については、「朝鮮」「京城」「朝鮮人」「植民地朝鮮」などと表記するよう努めた。ただ、引用文献中には一九一〇年以降に書かれたものも多いせいか、併合以前であるにも拘らず「京城」「朝鮮」「朝鮮人」とするものも多いので、そのまま使う場合もある。また、「朝鮮半島」ではなく「韓半島」を用いた。「大日本帝国」に関しては、「大日本帝国」「日本帝

国」を基本としながら便宜上「日本」も併用した。何れの場合も、歴史的事実に沿った表記を心がけるという趣旨のものであって、それ以外の意味はないことをお断りしてく。

なお、一九〇五年の京釜鉄道開通式典での催能は、厳密には併合前の出来事なので、大韓帝国であって植民地ではない。ただ、既に日本によって外交権を剥奪され日本の通貨が通用したりするなど、併合へと向かう過程が始まっているという点、独立国家としての機能の一部が既に不全状態であったことを受けて「植民地能楽論」の対象として扱う。

[4] 日清戦争に際して観世清廉や梅若実などが軍資金献金能を催し、一九〇五年には「朝鮮国戦争祝捷之大使義陽殿下 李裁覚殿下ヘ三井ニテ馳走ノ能楽弥来ル十三日夕六時橋弁慶土蜘ト極る」(『梅若実日記』)などを経て、貴族院議員の三十四名、衆議院議員一五八名が渡韓するという国家的規模の力の入れようを見せる京釜鉄道開通式典能などは、能楽の愛好家や観衆の要望による興行ではなく、国家行事に動員されて帝国の偉観を呈する「国家芸能」として機能していると見る。

[5] 一九一二年の梅若実(一九〇九没)の銅像除幕式で発起人代表として古市公威が演説をするが、その中で「紳士の遊びは何処迄も斯くありたいと思う」と発言している。

[6] 「京城日報」一九一八年一月五日付。

[7] 「京城日報」一九一六年一月十日付、なお、傍点は引用者に依る。以下同。

[8] 「京城日報」一九一七年一月十九日付。

[9] 社団法人満洲文化協会、昭和八年満蒙年鑑改題普及版、一九三三年。

[10] 雑誌『能楽』四巻十号(能楽館、一九〇六年十月)。

[11] 『日本研究』三七〈韓国〉中央大学校日本学研究所、二〇一四年)。

[12] 「能楽の起原変遷」(久米邦武)、「能楽に就ての所感」(ノエルペリー)、「鉢木の伝説に就て」(芳賀矢一)、「能楽の源流及変遷一班」(吉田東伍)、「能楽の起原に就て」(東儀季治)などである。その他、「謡曲引歌考」(野村袋川)など。このような能楽研究の論考は第十八巻まで続き、雑誌『能楽』が当時の能楽研究を先導したと評価することができる。

[13] 雑誌『能楽』四巻一号(一九〇六年一月)の「雑報」の欄で次のように記している。つまり、能楽文学研究会が文芸協会に「移りたる」は飽くまで組織の上でのことであって、雑誌『能楽』に能楽文学研究会の論考を掲載する件には影響を及ぼすことはないという確固たる立場を述べているのである。

又能楽文学研究会の文芸協会に移りたるは唯其の組織の変更せる迄にて其の記事の当紙上に掲載せらるゝは毫も以前に異なる所あらざるなり。

［14］横山太郎は「世阿弥発見　近代能楽史における吉田東伍『世阿弥十六部集』の意義について」で次のように述べている。
その後竹本幹夫が現在の吉田家の邸内にあって吉田東伍の旧蔵書を保存する吉田文庫の調査をおこない、松廼舎文庫本『三道』影写本のような驚くべき新資料をはじめとする膨大な芸能関係資料を発見した。それらの中で、特に吉田の能楽研究の実態を伺わせる資料が、二〇〇三年五月十二日の能楽学会例会において報告された。吉田自筆のノート類である。（中略）六〇〇丁にも及び、のちの能楽史研究において注目される多くの史料が、二～三〇年も先取りして筆写されている。吉田の早すぎる死（大正七年、享年五十三歳）によって、結局これらの材料をすべて組み込んだ吉田による古代中世芸能の通史は書かれなかったが（中略）仮に実現していれば、その分野の記念碑的著作であり現在でも参照され続けている能勢朝次の『能楽源流考』（岩波書店、一九三八年）に匹敵するような業績を残したとさえ考えられる。

［15］表章・天野文雄『能・狂言Ⅰ　能楽の歴史』（岩波講座）は、「明治期の能楽」で『世阿弥十六部集』に関して「能楽に関する学問的研究が本格的に始まったのも同書の刊行が契機である」と評価している。また、『世阿弥十六部集』と吉田東伍に関しては、「世阿弥発見　近代能楽史における吉田東伍『世阿弥十六部集』の意義について」（横山太郎、二〇〇四年）に詳しい。また、雑誌『能と狂言』八（二〇一〇年）では「世阿弥発見百年―吉田東伍の人と学問」という特集を設け、「吉田東伍に始まる世阿弥能楽論研究の百年」（表章）、「吉田文庫所蔵『猿楽談儀』関係資料について」（竹本幹夫）、「吉田東伍―人と学問」（千田稔）などを収録している。

［16］『能・狂言Ⅰ　能楽の歴史』でも同様の評価を下している。「はじめに」において「部分的な修正意見はその後に少なからず出されているが、博捜した史料の的確な判断を下した同書の学説の根幹は揺るがず、戦後の能楽史研究はそこを出発点としている。だが、同書は題名どおりに能楽の源流の究明を主眼としており、観阿弥・世阿弥による大成後の能についても源流究明部分以上の紙数を当てて詳述しているものの、江戸時代以降の能楽についてはいっさい言及していない。」と述べている。

［17］『喜多流の成立と展開』は、表章の博士学位論文でもあるが、喜多七大夫（一五八六～一六五三）の生涯を千番を越える出演記録に基づいて追跡することで喜多流の軌跡を実証的に明らかにしたもので、『観世流史参究』は観阿弥・世阿弥から江戸時代の歴代観世左近の追跡作業を中心に観世流の通史を著したものである。また、文部省科学研究費補助金研究成果報告書である『近世

能役者研究の基礎資料 - 翻印と索引二種：近世以前の能役者の総合的研究』（一九九六年）もある。

［18］横山太郎は前掲論文で「岩倉具視が久米に能の沿革について調べるよう求めたことが機縁となってつくられたもので」と「某氏」は岩倉具視であると断言している。なお、横山太郎は、同論文の中で「吉田と久米は、能楽の源流を辿るという系譜学的方法から、諸芸能を単に各時代に割り振るのではなく、つねに後代の別の芸へと引き継がれて超歴史的に接続する一つの流れを捉えようとした」と述べ、久米を吉田と併記することで、久米の功績を認める立場を見せている。なお、三浦裕子は「岩倉具視の能楽政策と坊城俊政―明治10年代を中心に―」（『武蔵野大学能楽資料センター紀要』23、二〇一二年）にて、「従来の定説とは異なり、能楽を復興することに最初から積極的に関与したのではなく、誰かの依頼を受け復興への道筋を粘り強く模索していった可能性も考えられよう。」と述べている。

［19］拙訳によるハングル版が、韓国研究財団学術名著翻訳叢書東洋編一九一『가무음악략사』（소명、二〇一一年）として刊行されている。特に雅楽は、中国大陸―韓半島―日本列島という東アジアの音楽として理解する必要があるとの立場からのハングル版刊行であった。

［20］これに関しては周知の能楽文学研究会での久米の談話がある。

足利時代の古名に依って猿楽にするかとも言ふたが、其の猿といふ字がいかぬといひ、夫れでは散更の古名に因んで散楽が良からうといふ説もあったが、散の字にはちるといふ訓がある、集めて保存せうといふ場合に散楽でもあるまいなど中々容易に決しなかったが、たしか九条公の御発言であったかと思ふが、能楽が良からうといふ説が出た処満場一致で其れがよからうといふことになり、此の事を前田老公に通じた所が、老公殊の外の御満足で、夫れ迄は常に代理を出席させて居られたが、其れからは我が宅で集会して呉れといふことで、自分にも常に臨席せられ能楽堂へ能楽といふ自筆の額を掲げるとか、能楽の記文を書かれて能楽堂の観覧席へ掲げられたとか、元百万石の老公を大ひに動かした丈けの効はあったのだが、是れが能楽と唱へ出した始めなのです。

（雑誌『能楽』三巻二号、一九〇五年）

【参考文献】

［単行本］

小中村清矩『歌舞音楽略史』（一八八八年）
大和田建樹『謡曲通解』（博文館、一八九六年）

『岩倉公実記』（岩倉公旧蹟保存会、一九〇六年）
横井春野『能楽全史』（龍吟社、一九一七年）
池内信嘉『能楽盛衰記』（東京創元社、一九二六年）
社団法人満洲文化協会『満洲年鑑』（昭和八年満蒙年鑑改題普及版、一九三三年）
能勢朝次『能楽源流考』（岩波書店、一九三八年）
倉田喜弘『芸能』（日本近代思想大系一八、岩波書店、一九八八年）
芸能史研究会編『日本芸能史７近代・現代』（法政大学出版局、一九九〇年）
表章・天野文雄『能・狂言Ⅰ能楽の歴史』（岩波講座、岩波書店、一九九〇年）
表章・竹本幹夫『能・狂言Ⅱ能楽の伝書と芸論』（岩波講座、岩波書店、一九八八年）
大久保利謙編『久米邦武の研究』（久米邦武歴史著作集別巻、吉川弘文館、一九九一年）
表章『喜多流の成立と展開』（平凡社、一九九五年）
阪口弘之ほか『日本芸能史』（昭和堂、一九九九年）
倉田喜弘『芸能と文明　開化明治国家と芸能近代化』（平凡社、一九九九年）
表章『観世流史参究』（檜書店、二〇〇八年）
西野春雄・羽田昶『新版　能・狂言事典』（平凡社、二〇一一年）
［論文］
横山太郎「世阿弥発見　近代能楽史における吉田東伍『世阿弥十六部集』の意義について」（『超域文化科学紀要』九号、東京大学大学院総合文化研究科超域文化科学専攻、二〇〇四年）
徐禎完「植民地朝鮮における能―京釜鉄道開通式典における「国家芸能」能」（『アジア遊学』一三八、二〇一〇年）
表　章「吉田東伍に始まる世阿弥能楽論研究の百年」（『能と狂言』八〈特集　世阿弥発見百年―吉田東伍の人と学問〉、二〇一〇年）
徐禎完「総力戦体制下における芸能統制：能楽における技芸者証とその意味を中心に」（『外国学研究』二五、韓国・中央大学校外国学研究所、二〇一三年）
徐禎完「帝国日本の文化権力：１９１０年代京城の能と謡」（『日本研究』三七、韓国・中央大学校日本学研究所、二〇一四年）

【附言】本稿執筆にあたり、一部の内容では、以下の既発表拙論の一部を引用・加筆修正して利用した。

①「植民地朝鮮における能―京釜鉄道開通式典における「国家芸能」能」（徐禎完・増尾伸一郎『植民地朝鮮と帝国日本　民族・都市・文化』アジア遊学一三八、勉誠出版、二〇一〇年）所収

②「総力戦体制下における芸能統制：能楽における技芸者証とその意味を中心に」（『外国学研究』25、韓国・中央大学校外国学研究所、二〇一三年）

③「帝国日本の文化権力：1910年代京城の能と謡」（『日本研究』三七、〈韓国〉中央大学校日本学研究所、二〇一四年）

第4部

文化学としての日本文学

1　反復と臨場
――物語を体験すること――

會田　実

1　はじめに

別に奇を衒うつもりはないが、二〇一六年に話題に上ったものの中で気になったものに「ポケモンＧＯ」と新海誠監督のアニメ映画『君の名は。』の舞台を訪れる「聖地巡礼」がある。

「ポケモン」は、人間がことばによる文化創出の過程で抑圧した野生を取り戻そうとする欲動を仮想自然を舞台とするゲームにし、成長過程においてそれとの適正な距離のとりかたを学ばせる遊びであるという考察があるが[注1]、その考察に従えば、「ポケモンＧＯ」は、その仮想自然を（スマートホンを通して）現実世界の中に展開させ、ファンタジーを実際に体験できるゲームであるといえる。

一方、『君の名は。』の舞台を訪れる「聖地巡礼」だが、そのことば自体は人気コミックやベストセラー小説の舞台をめぐるという意味ですでにあったものの、八月下旬に公開された『君の名は。』が現象という語が映画タイトルの後ろにつくほどヒットし、これまでの映画の興行収入記録のトップをうかがうほどになると、それに伴って舞台となった飛騨高山を「聖地巡礼」する人が激増したことから、二〇一六年度の流行語大賞のトップテンにも入ったのであった。「聖地巡礼」は、臨場感を得たり、追体験すること（場合によってはノスタルジア）と換言できるが、物語世界に入り込み体験することでは、「ポケモンGO」と共通したところがあり、このことが気になった要因である。

物語世界の登場人物の行動を追体験するということは他者の経験を反復しその場へ臨むということである。ただし、単にそれを臨場感や追体験と言ってしまうと遊びの範囲から出ないが、たとえば創世神話の朗誦と言った反復には深い意味があった。宗教学者ミルチャ・エリアーデは、ポリネシア人への調査に基づき、次のように述べている。▼注[2]

かく、宇宙開闢神話はポリネシア人には、生物学的、心理学的ないし精神的の、いかなる面にあらわれようと、すべての「創造」に対する祖型的モデルとして役立っている。世界の誕生の読誦を聞くことは、創造のわざ、特に宇宙開闢と同時代の人となることである。

そして、こうした反復（＝周期性の時間）を捨て、自然に対して自律性を確立しようとするのが近代人の歴史（＝直線性の時間）だという。▼注[3]

近代人が周期性の概念を放棄し、そして従って結局祖型と反復の古代的概念を放棄したところに、まさしく近代人の自然に対するレジスタンス、自らの自律性《オートノミー》を確立しようとする「歴史的人間」の意志を見ることが出来よう。

前近代の人間または前近代的生活を続けている人びとにとって、神話を読誦し、それを聞くことは神話時代に還る意味（臨場）があるという。それは、神話に語られる創造を体験するということだが、この体験は、おそらく一般的な意味での体験ではない。エリアーデが言う如くならば、近代人が自然と現象を言語によって選択・分類・整理し、それを外在化、対象化して人間の「歴史」を創出したことに対し、人間を自然に内在させ、自らの起源を感得することであったはずだ。そしてそれは直線的ではない、まとわりつく時間（周期性）感覚でなければならないのである。これは、未開社会は歴史ではない惰性態であるとしたサルトルの批判に対して「構造」を対置して反論したレヴィ・ストロースの考えとも類比されよう。▼注［4］

冒頭のゲームやアニメとこれを一緒にするのも乱暴な話だが、反復と臨場の裏にあるものとこれらとのつながりを散見的ながら考えてみたい。

2　反復と臨場、事実と伝承

益田勝実に次のような考察がある。▼注［5］

『風土記』の世界は、神々の伝承の記念物の実在する世界であり、伝承を構成する呪術的原始的幻想が、現に眼に見える物として、その一部分を顕現していなければならないとりきめが生きていた。伝承は、そのかみのことがらの、事実としての伝承であったが、伝承の権威は、伝承に関連する数々の証拠が、厳然としていまここにあるがゆえに、ゆるぎないのであった。（中略）時間は眠っている。時は過ぎ去らない。時がいっさいを押し流す、というような思考法と異る、信じて受ける者の心の働きがそこにあった。神がかる者の眼、神語《かむがたり》を信じて受ける者の眼、それは相寄って、幻想を外在する物で保証していく作用をもっていた。そういう外在物の媒介なしでは展開しにくいところが、呪術的原始的幻想の個性でもあった。

宗像大社沖津宮のある沖の島の発掘調査報告をもとにその祭祀について大胆かつ魅力的な考察（推測）を行った益田は、その論文「秘儀の島」で、右の旧稿を引いて、次のように述べた。▼注［6］

幻想を外在する物で保証していく想像の往路は、外在する物づくりで、逆に想像の伝承性を確立させる復路を開いている。沖の島への神話づくりに渡ってきた大和の使者は、島の神の磐境《いわさか》に分け入って、周囲に前世紀の磐座《いわくら》があるI号巨岩と相対するD号巨岩の岩蔭を選んだ。そこで新しい神話が祭式として厳修されると、それは、そのことでゆるぎない事実となる。なぜならば、その岩蔭に、かつてアマテラスの腕にまかれていて、スサノオが噛んで吹き出した玉そのもの、スサノオが佩《お》びていて、アマテラスが噛み砕いて吹き飛ばした剣そのものが現にあることになる。

宗像大社の三柱の女神誕生についての「誓約《うけい》」伝承（『古事記』）―スサノオが高天原を奪いに来たと疑ったアマテラスは、弟にその意志がないことの証明を互いに子を産むことで判断しようとした。そのときスサノオから受け取った剣を噛み砕いて吹き出した息から女神たちは産まれた―がこの場で再現（祭祀）されていたというものだ。

益田は沖の島の遺跡に「事実としての伝承」が外在物で保証される可能性を言った。神話を事実とするための祭祀が行われていたという仮説である。「同時代の人となる」という冒頭のエリアーデの言が思い出されるが、人びとが、自分たちの起源と今あることの意味を確認しようとすることは、その共同体の問題（あるいはトーテム）に連続する。

このような伝承と事実ついての言説は折口信夫にもある。折口は、「国文学の発生」の中で、与えられた、または約束を期した神の言葉を毎年人が唱えること（反復）について左のように述べている。▼注［7］

冬と春との交替する期間は、生魂・死霊すべて解放せられ、游離する時であつた。その際に常世人は、かつて村に生活した人々の魂を引き連れて、群行《グンギヤウ》（斎宮群行はこの形式の一つである）の形で帰つて来る。この訪問《オトヅレ》は年に稀なるがゆえに、まれびとと称えて、饗応《アルジ》を尽して、快く海のあなたへ還らせようとする。邑落生活のために土地や生産、建て物や家長の生命を、祝福する詞を陳《の》べるのが、常例であつた。

もつとも、これは邑落の神人の仮装して出てくる初春の神事である。常世のまれびとたちの威力が、土地・庶物の精霊を圧服した次第を語る。その昔《カミ》の神授のままと信じられている詞章を唱え、精霊の記憶を喚《よ》び起すために、常世神とそれに対抗する精霊とに扮した神人が出て、呪言の通りを副演する。結局、精霊は屈従して、邑落生活を脅かさないことを誓う。

その反復が単なる繰り返しではなく、神と人との密接な関係性の表象であり、「神授のままと信じ」られた詞章を唱え、村落の安寧のために約束されたその詞を事実として目撃（臨場）するための初春の神事が行われたというのだ。つまり擬人化された自然を受け入れ、折り合う行為の時空が、共同体内の共有体験となり、それを核として自然に根ざした生き方をしたのが古代の人びとであったということになろうか。折口は同書で、

音声一途に憑《ヨ》るほかない不文の発想が、どういうわけで、当座に消滅しないで、永く保存せられ、文学意識を分化するに到ったのであろう。

と問い、恋愛や、悲喜の激情は、感動詞を構成することはあっても、文章の定型を形づくることはなく、口頭の詞章が、文学意識を発生するまでもなく保存せられてゆくのは、信仰に関聯していたからである。信仰を外《ほか》にして、長い不文の古代に、存続の力を持ったものは、一つとして考えられないのである。（中略）私は、日本文学の発生点を、神授（と信ぜられた）の呪言《ジュゴン》に据えている。

と述べている。▼注[8]こうした反復と臨場に、素朴な信仰の力を見、そこに文学の発生があったというのである。折口はもちろんのこと、益田の説も、無文字時代の神話の口承を前提とした仮説と理解しているが、であるにしても、起源と今あることの意味を再確認する共時的行為（反復と臨場）があったという指摘は、心情的には蓋然性は高いように思える。

しかし、唱えるそばから消えていく声と違い、記されたものは形を持つ。記述文字は、それ自体が、先ほどの益田の外在物と同様の役割を果たすだろう。だからテキストは聖典となり得、そこに神仏の深遠なことばが記されているとされるだけで尊い。

周知のものなので今更なのであるが、そうしたテキストを置かなければ考えられないのが次の『法華経』「提婆達多品」十二の竜女成仏の場面である。▼注[9]

（『妙法蓮華経』を崇め尊んで完全な正覚（さとり）に達した者がいるかとの智積の問いに、文殊師利は、娑竭羅竜王の八歳の娘が須臾の間に正覚を得たことを話した。しかし、智積がこれを疑うと、竜王の娘が世尊の前に忽然と現れ、自分こそがその証人であるという偈を唱えた。舎利弗がなおも疑うと竜王の娘は、成仏の様を見せた。）

当時の衆会は、皆、竜女の、忽然の間に変じて男子と成り、菩薩の行を具して、すなわち、南方の無垢世界に往き、宝蓮華に坐して、等正覚を成じ、三十二相・八十種好ありて、普く十方の一切衆生のために、妙法を演説するを見たり。その時、娑婆世界の菩薩と声聞と天・竜の八部と人と非人とは、皆、遙かに彼の竜女の、成仏して普く時の会の人・天のために法を説くを見、心、大いに歓喜して悉く遙かに敬礼せり。

『法華経』（妙法蓮華経）の功徳が、竜王の八歳の娘の成仏の様によって示されたのである。そしてそれも『法華経』に記されているのだ。

『法華経』の中にある『法華経』とは、まるで鏡同士を合わせ、その中に置いたものが無際限の入れ子状態で写ると同様の無限像の世界である。竜女が修した『法華経』があり、その竜女成仏を『法華経』の中の衆会が眼前にする。そしてその様子を『法華経』の功徳を信じる人々（我々）も聴くのである。鏡の中の無限像の中には我々もいる。それは、竜女が『法華経』を修して成仏した様が『法華経』内の衆会によって目撃されるように、我々も鏡の中の無限像の『法華経』世界の中で直に竜女の成仏を「体験」することである。この法悦体験は、無限の入れ子の底にある先験的なテキストを前提にして反復される法音の中にある。

3　語り物と反復・臨場

口承そしてテキストとのことを右に見たが、語り物と称される文芸にも、その読解に際し、それらを含み込んで考えねばならないことがある。拙稿の『曽我物語』論を例に反復と臨場を見てみる。

拙稿「共時体験の回路」は、『曽我物語』（真名本）で考察した反復と臨場である。その概要は以下のようである。▼注[10]

曽我兄弟の兄十郎祐成は敵工藤祐経を討った後、弟の五郎時致とともに頼朝陣屋へ向かう途中で新田四郎忠常によって斬殺され、五郎は頼朝に逮捕、尋問の後処刑された。『曽我物語』巻十は、その後、十郎祐成の恋人虎と兄弟の母が、兄弟が敵討ちへ赴いた、箱根山から富士裾野という道をたどり（反復）、いわば敵討ちへの追体験をしながら御霊として現世にとどまる兄弟霊の鎮魂を行い、併せて女たちはそれを自らの成仏への道程とした。そしてこの語りを聴く在地の聴衆も、自分たちをまずは兄弟に重ねて勝手知った道を頭の中で辿り（反復）、彼らの苦悩を体験し、また同じ道を虎たちと共に心の中で尋ね、救済を体験する（再反復）のだと拙稿では述べた。

ここで指摘した反復は、円環というよりは螺旋に近いものであり、反復しつつその行き着く場所を改めている。▼注[11]兄弟の道行き自体は巻七で展開され、そこでは敵討ちの場である富士野の持つ特別な意味が説かれる。虎と兄弟の母の道行きとその救済への道程も、この富士野の持つ特別な意味を背景にしている。場が救済への語りを保証するからこそ、在地の聴衆にとっては臨場の思いを強くできるのだが、その論理を導く語りには経典が引かれ、それによって行く先が示されるのだ。場とテキストが有機的に結びつき、反復される語りの中に救済の時空が創出され、聴衆はその世界に臨場するのである。

語り物の代表である『平家物語』では、兵藤裕己が、俊寛の悲劇を伝える『平家物語』巻三「足摺」の一節を引用して次のように述べている。▼注[12]

成経と康頼を乗せた赦免の舟が鬼界ヶ島をはなれ、島に取り残された俊寛の悲歎を語る箇所である。

舟も漕ぎかくれ、日の暮るれども、あやしのふしどへも帰らず、浪に足うちあらはせて、露にしをれてその夜はそこにぞあかされける。さりとも少将（成経）は情けふかき人なれば、よきやうに申す事もあらんずらんと、憑《たの》みをかけ、その瀬に身をも投げざりける、心の程こそはかなけれ。昔、早離・速離が海岳へはなたれけんかなしみも、今こそ思ひ知られけれ。

あてにならない成経のことばに望みをかけ、「その瀬に身をも投げ」なかった俊寛の「心の程」が「はかなけれ」といわれる。この「はかなけれ」には、俊寛じしんの悔恨の声がひびいている。さらに末尾の文で、絶海の孤島に捨てられた早離・速離兄弟の先例を引きあいに出し（『観世音菩薩往生浄土本縁経』所載の著名な話）、その兄弟の「かなしみ」も「今こそ思ひ知られけれ」とあるのも、「今」は幽界にいる俊寛の声を聞くようだ。しかも『平家物語』の演奏の場で、「今こそ思ひ知られけれ」という痛恨の思いを語るのは、琵琶法師である。中世の琵琶法師が、民間のさまざまな宗教儀礼にたずさわっていたことは、別に述べた（拙著『琵琶法師―〈異界〉を語る人びと―』岩波新書）。琵琶法師が語る「今こそ思い知られけれ」は、こんにちのわたしたちにはわからなくなっている、ある異様なリアリティとともに受容されていたはずだ。（中略）できごとを叙事的・三人称的に語る語り手の声に、いまは幽界にいる登場人物たちの声がひびきあう。過去の死者たちの声が語り手の声に介入するのだが、前近代の物語テクストを考えるうえで注意したいことは、そのような語りの声をとりまく場は、遠近法的に整序される近代の均質な時空間ではないということだ。

物語中の人物（過去の死者たち）の「むかし」と、語り手の「いま」は、薄い皮膜一枚をへだてて反転可能な位置に置かれている。それは、夢とうつつ、死者たちの幽界とこちら側の日常世界とが容易に反転してしまう能舞台の構図でもある。

折口の説く神授の詞を唱える構図を、平家を語る場に移行させたようである。語りの正本（テキスト）はあるが、語り手は盲目の琵琶法師である。シャーマニックな資質を持つとされる盲人が「「さまざまなペルソナに転移して」（右、兵藤『琵琶法師』十二頁）語る。文字テキストは「語りの正統性を主張する拠りどころ」（前掲兵藤著一四三頁）ではあったが、語り手の声に重なる死者たちの声は、「ある異様なリアリティとともに」人びとに受容され、聴衆は過去を反復し、臨場する。

ここまで見てきた反復と臨場は、ある意味深刻なリアリティを希求する中にあった。この希求は、軽重はあれ、物語ることについて回るものであろう。

次のような説話の語りも、その深刻さは薄れるものの、物語ることの希求を引くものだろう。▼注[13]『今昔物語集』巻二十四第二十話「人の妻の悪霊と成りその害を除く陰陽師のこと」に次のような箇所がある。

（長年連れ添った妻を離別した男がいた。離別された女はその男を恨みかつ嘆き悲しんで病いとなり死んでしまった。死んだ女には身寄りもなく、遺骸を葬ることもできず放置されていたが遺骸は髪も抜け落ちず骨がばらばらになることもなく、またその家には真っ青に光るものが出るなどしたので隣人たちも恐れて逃げてしまった。離別した男がそれを聞き、陰陽師に相談して、夕暮れ方、二人でその家へ行くと噂どおりその死体はあった）

見レバ、実ニ死人ノ髪不落シテ、骨次《ほねつづき》カヘリテ臥タリ。背ニ馬ニ乗ル様ニ乗セツ。然テ、其死人ノ髪ヲ強ク引カヘサセ、「努々《ゆめゆめ》放ツ事ナカレ」と教へテ、物ヲ読懸ケ慎ビテ、「自《みづから》ガ此ニ来ムマデハ此《かく》テ有レ。定メテ怖シキ事有ラムトス。其ヲ念ジテ有レ」ト云置テ、陰陽師ハ出テ去ヌ。男為《せ》ム方無ク、生タルニモ非デ、死人ニ乗テ髪ヲ捕テ有リ。

この「見レバ」の主語は、引用書注釈十三にあるように「主格の視線と語り手のそれとが一体となっている」ものである。つまり、この男、陰陽師、語り手の視線が一致しているということは、それを聞く者（聴衆）・読者の視点もそこに重なるはずである。この語りの詐術によって、本話の現場に我々も入り込む。臨場し、登場人物の恐怖を共に体験する。聴衆と語り手、登場人物がそこに共時的に存在する。語りの詐術と言ってしまえばそれまでだが、物語を事実として信じさせるためにその場へ臨ませるのである。

4　反復と臨場の希求

気がついたことをまとまりなく述べてきた。作り物語の音読論の検討や語りの先行研究についての論究などが必要であることは承知しているが、紙幅を口実として今は措く。

思えば、娯楽としての芝居や映画も、様々な物語を眼前に見ようとする欲求の下にある。たとえば歌舞伎の「平家女護島」演出においても、島に取り残された俊寛が、去って行く舟に向かい、手を振り同乗を哀願する場面で、回り舞台が回って、観客席に俊寛が向かい手を振ると、観客は御赦免船上にいることになり、物語の時空に入り込む。また懐かしい思い出で言えば、高倉健主演のやくざ映画の全盛期などは、観客席から「健さん！」というかけ声がスクリーン上の健さんにとんだ。作品によっては観客席に向かって別れの挨拶をする「健さん」がいた。観客個々が健さんと懇意の親分になる演出である。こうした臨場感を高める演出は不断に行われてきたのであるが、物語の時空や仮想空間に入り込むことを目的とする現代の３Ｄ映画やバーチャルリアリティなどの技術革新は、現実と区別がつかない領域へ臨場させようとしている。

享受者にとって物語は、一言で言えば、他者の経験を語るものである。折口や益田が思うような古代社会にとっては、その経験を体験し共有することは、その属する共同体の起源と今あることの意味を確認すること（運命共同体）であったろうから反復は安定につながった。それを個人として行えば（追体験）、他者の生を生きる、言い換えれば、他者になる行為であり、タナトス、死そして再生を感覚することにつながるだろう。

冒頭のゲームやアニメ等にある遊び感覚の反復と臨場でさえ、エリアーデの言ったような重々しさはないにしても、共同体内や、より広い社会の中で、他者と関わるためのあり方をその裏に抱えているのではないか。「聖地」ということばを使う潜在意識や子供（近頃は青年も）がどうしてあれだけ「ごっこ」遊びに夢中になるのかもそこに含めながら、古典から近代文芸までに貫入するこうした事象をもう一度よく見てみたいと思っている。


【注】


［1］中沢新一『ポケモンの神話学（新版）』（角川新書、二〇一六年）。

［2］『永遠回帰の神話―祖型と反復―』（堀一郎訳、未來社、一九六三年）第二章「時間の再生」、一〇八頁。

［3］注［2］同書第四章「歴史の恐怖」一九八、一九九頁。

［4］クロード・レヴィ＝ストロース『野生の思考』（大橋保夫訳、みすず書房、一九七六年）第九章「歴史と弁証法」参照。

［5］「幻視―原始的想像力のゆくえ―」（『益田勝実の仕事２　火山列島の思想』ちくま学芸文庫、二〇〇六年）三一、三二頁。

［6］『益田勝実の仕事４　秘儀の島』（ちくま学芸文庫、二〇〇六年）一一九頁。

［7］「国文学の発生」（第四稿）「二　常世と呪言との関係」（中公クラシックス、J17、折口信夫『古代研究Ⅲ』中央公論社、二〇〇三年）、一三六、一三七頁。

［8］注［7］同書「一　呪言の神」一二九～一三三頁。

［9］『法華経　中』（坂本幸男・岩本裕訳注、岩波文庫、一九六四年）二二四頁。

［10］曾田実『『曽我物語』その表象と再生』（笠間書院、二〇〇四年）。

［11］余談だが右『君の名は。』も彗星衝突によって大量の犠牲者が出たという状況を、タイムパラドックスによる反復によって、状況反転させるというストーリーになっているので螺旋形の物語である。

［12］「戦争とシャーマニズム―死者たちの声を語る―」（『佛教文学』四一号、二〇一六年四月）。なお、「今こそ思ひしられけれ」は

ここばかりではなく、たとえば巻六「入道死去」にもあり、熱病に苦しむ清盛の姿に、法蔵僧都の逸話を重ね、僧都が閻魔王の請に地獄を訪れ、亡母を尋ねた際、閻魔王がそれを哀れみ、獄卒に案内させて焦熱地獄に連れて行く場面に、

くろがねの門の内へさし入ば、流星なんどの如くに、ほのを空へ立ちあがり、多百由旬に及びけんも、今こそ思い知られけれ。

（『平家物語　上』岩波新日本古典文学大系、一九九一年）三四五頁。

とある。法蔵僧都の地獄訪問譚は周知のものだったのだろうが、その地獄の酷烈な責めの様が「ある異様なリアリティ」をもって平曲の聴衆に現前するのである。

また、様々なペルソナに転移する琵琶法師の語りに関して、琵琶の弾き語りのみで生計を立てていた最後の琵琶法師と言われた山鹿良之のもとに十年あまり通い、その実地調査と研究を行った経験から兵藤は、次のように述べている。

物語中の人物に容易に転移してしまう山鹿は、その人物の声を一人称で語り、それと対話した昔の山鹿じしんも一人称の声で登場する。そんな語りの現場では、個々のペルソナを統括するはずの語り手の「我」という主語が不在であるとしか思えなかった。

自己同一的な発話主体をもたないモノ語りというのは、山鹿とのかぞえきれないディスコミニュケーションの経験からみちびかれた私の実感である。昔語りの登場人物につぎつぎに転移する〈転送される〉語りは、段物の語りの延長のように行なわれたが、そのときの体験が、物語（モノ語り）と、その語り手である琵琶法師についての私のイメージの原型になっている。

（『琵琶法師―〈異界〉を語る人びと』岩波新書、二〇〇九年）一六頁。

［13］新編日本古典文学全集『今昔物語集』（小学館、二〇〇二年）。ふりがなを省いた箇所がある。傍線は筆者。

【付記】部分的に関連する論攷はいくつかあるが中でも、分子生物学の複製（反復）という概念を援用して人間の文化事象に論及した、武村政春の『レプリカ』（工作舎、二〇一二年）には興味深い記述が多い。

2　ホメロスから見た中世日本の『平家物語』

――叙事詩の語用論的な機能へ――

クレール＝碧子・ブリッセ

中世日本の『平家物語』を西洋から考えてみると、古代ギリシャの叙事詩、『イリアス』と『オデュッセイア』が直ちに思い浮かんでくる。ヨーロッパの「叙事詩（epic）」というジャンルは、『イリアス』や『オデュッセイア』などを元にして定義されたが、これら作品の根本的な特徴は、語られる出来事が歴史の原初に起こっているという、言わば日付のない文学だという点にある。さらに、ヨーロッパの叙事詩の一番典型的な作品と見なされているホメロスの作品は、口承文学から記載文学へという発展過程の初期、紀元前八世紀頃に現れたものとされているため、文学史上も起源としての位置を与えられている。これと比較した場合の『平家物語』の特徴は、実に明確な日付をもって記述されていて、当時の貴族の日記や後世の史書にも詳細に記されているという点である。また、『平家物語』の成立時代は古代ではなく、西洋の中世に該当する時代、つまり日本文学史上、記載文学の始発から五百年以上を経て、漢語または和語での詩歌、歌物語、物語、随筆、日記、説話集など、様々なジャンルが既に盛んであった時代である。これは西洋の常識（原始主義）から考えると驚くべき事態だと言えよう。

とはいえ、西洋の叙事詩と『平家物語』のあいだに共通点があるということは、いくら強調しても強調しすぎることはないであろう。その共通点は先ず、「ホメロス」という架空の人物が「信濃前司行長」や「生仏」の比ではないほど巨大な権威があるのに、両方は内容やステータスや使用などが時代文脈や政治・社会的環境等によって変化したもので、次第にカノン化、創造された「古典」だという点である。もう一つの共通点は、ポール・ズムトールが述べているように叙事詩というジャンルの根本的な特徴に属するものである。

［口承の］物語詩や劇詩は、ディスクール構造の中に、脱線・余談（略）、呼びかけ、感嘆・強意的表現、描写の図式化、列挙などの交話機能に由来する重複的しるしを組み入れることを役割とする様々な手法を使用する。それにより、人為的に緊張を高めて、時系列に従って生起する事件を支配する線状性をすり抜けようとするのである。▼注［1］

叙事詩の詩学の考察にズムトールはロマーン・ヤーコブソンのコミュニケーション論を元にして対話者間の接触（contact）を維持することを目的としたオーラル表現に表れている交話機能（phatic function）を使っている。▼注［2］『イリアス』の場合、第二歌の有名な船軍の勢揃えは「列挙」という交話機能のしるしとみなされている。『平家物語』も同じように極めて長い名前揃えを含んでいる。私は、叙事詩というジャンルを比較文学的な面から検討することも興味深いと思い、『イリアス』における「名乗り」、あるいは「列挙」を元にして『平家物語』における名前揃え・名乗りについて検討したことがある。▼注［3］その際、現在フランスの文化人類学において一般的傾向となっている「énoncé（エノンセ）」と「énonciation（エノンシアシオン）」を区別する考え方に基づいて分析してみた。簡単に言えば、エノンセ（言表内容）は実際に話された言葉、述べられた内容、または書かれたテキストである。エノンシアシオン（言表行為）は述べることそのものであり、またはその発話行為を取り巻くコンテクストでもある。この区別に基づき、フランスなどの古代ギリシャ・ローマを専門とする文化人類学者は、一般に「文学作品」と見なされている「テキスト」を新たな立場から扱っている。例えば、古代文化専門のフロランス・デュポンは、このような立場から『オデュッセイア』などの叙事詩の分析の仕方について次のように述べている。▼注[4]叙事詩を、エノンセ、つまり「テキスト」・「文学作品」でしかないものと限定して分析すれば、「意味論的（sémantique、セマンティック）な意義」、また文芸作品としての価値のレベルに限られる理解しかできない。しかし、これら叙事詩をエノンシアシオンの痕跡とすれば、「語用論的（pragmatique、プラグマティック）な意義」のレベル、つまり単なる記述・内容だけでなく、むしろ行為としての言語活動という、もっと深いレベルで理解ができるようになる。それ故、ヨーロッパの「典型的な叙事詩」は、テキスト・文学作品としてではなく、儀式行為、つまり語り（パフォーマンス）の痕跡と見なすべきものなのである。デュポンは、『オデュッセイア』は単なる文学としての「物語」ではなく、そのプラグマティックな意義は、トロイア戦争からの凱旋の途中に英雄のオデュッセウスが経験した十年間の彷徨の場面々々を繋げることによって、古代ギリシャの技術文化やギリシャ人にとっての人間世界の定義を表現する「神話的探索」であったというのである。その神話的探索は、非人間の世界を通して、人間の世界を位置付ける方法であるが、その代表的な例としてポリュフェモスというキュクロープス（単目の巨人）が登場する巻九歌の有名なエピソードを挙げられる。キュクロープス達の島に着いたオデュッセウスとその仲間はポリュフェモスの洞穴に閉じ込められてしまったが、polutropos（策略巧みな）オデュッセウスはアテーナー女神の mêtis（叡智）を適用して逃げることができた。そのキュクロープスという非人間は、妻もなく一人で洞穴に住んでいる農耕を知らない人食いの羊飼いであり、農耕文化と無縁である。更に、農耕を知らないので、葡萄酒の文化的な使用も知らない存在である。それに対して、妻と子供があり、社会的な存在で、家を建て、人食い人種ではないオデュッセウスがポリュフェモスに打ち勝つのは農業も葡萄酒の使用も身につけただけでなく、アテーナーに従属している全ての技術（例えば巨人の単眼をつぶせる船大工術）による策略を工夫できる英雄として描かれるからである。キュクロープスは単なる架空の存在と考えるべきではなく、具体的に古代ギリシャ人に代表される人類とは正反対の存在として造られた非人間で、その特徴を起点として人間、すなわち古代ギリシャ人の特徴が一つ一つ逆照射される。すべてのエピソードにおいて、同様に人間の様々な文化的側面が探索されているが、デュポンは、それが『オデュッセイア』の語用論的な機能であると強調する。

ギリシャ叙事詩を念頭に置き、ヨーロッパの叙事詩に現れている歴史・社会的エノンシアシオンという観点から『平家物語』の語用論的な機能が何であったかということをこれから考えていきたい。

フランスではルネ・シフェールの『平家物語』翻訳のお蔭で、[注5]日本の十二世紀の源平の乱は知られているが、この乱には「日本文学」が好きなフランス人にもあまり理解されていない重要な特質がある。それは源平の乱が「普通」の乱ではなく、当時の人々に甚だしいショックを及ぼした乱だったということである。これには多くの理由がある。その理由として、全国的な戦乱の規模、戦死者の数の極端な多さ、平家一門の絶滅、安徳天皇の惨死、三種の神器のうち宝剣が失われたことなどが挙げられる。この前代未聞の規模であった十二世紀の戦乱が、末法思想や御霊信仰という当時の社会宗教的コンテクストの中で出現したので、数え切れない犠牲者の恨みによる復讐が全国的なレベルで起こるのではないかという国家の一大事を人々は恐れたのであった。

専門家達の研究によると、少なくとも語り本に関する限り、『平家物語』は、戦語り、すなわち重要人物を中心とする戦いを語る、直接の目撃者から伝えられた物語という形態から出たものだそうである。例えば木曾義仲の戦死は巴御前によって、平敦盛の最期の場面は熊谷直実によって伝えられたとされている。[注6]また少なくともそうした体裁を取っている。『イリアス』や『オデュッセイア』などと同じように、『平家物語』は「口承文学」の伝統と複雑で密接な関係を持っていると言える。先ず現在のものより短かいバージョンがあったということは当時の資料によって分かるが、松尾葦江がまとめた通り、仁治元年（一二四〇）の六巻からなる『治承物語』と名付けられるバージョンが最初で、次に正元元年（一二五九）以前に現在の題になっている八帖本が出た。そして、永仁五年（一二九七）という序を持つ『普通唱導集』に「勾当、平治・保元・平家ノ物語、何ゾ諳ジテ滞リ無シ」という記録があるので、十三世紀の終わりに琵琶法師（勾当）が平曲を語っていたことは確かな事実であろう。▼注[7] 琵琶法師については、梶原正昭や兵藤裕己などを初めとする中世の記録や日記などについての研究の結果、その活動に関する多くのデータが集められており、▼注[8] 琵琶法師の語りは、京都または鎌倉の辻、貴族の館または城、神社仏閣で行われ、多くの聴衆を集めていたことが分かっている。例えば、『碧山日録』の寛正三年（一四六二）の条によると、「京中平曲を語る盲者多し」とある。短い場合は、一晩かけ、一回にいくつかのエピソードだけを語ったが、叙事詩を全巻通して語るとなるとほぼ一ヶ月かかった。このようにして、嘉吉三（一四四三）年に、土御門妙楽寺の小庵曼陀羅堂で四月三日から五月五日まで当時人気の二人の検校によって勧進『平家』の巻通しが行われたという記録が残っている。

ヨーロッパに戻って、文化人類学の研究結果を紹介してみると、古代ギリシャには、『イリアス』や『オデュッセイア』などを朗詠したアオイドスという語部がいた。ギリシャ語のアオイドスは「歌い手」という意味で、その語幹は「オード」という合唱用の詩に関係を持っている。彼等は琵琶法師のように盲人であったが、宴会の最後になると、リラ（竪琴）を弾き出した。これはムネーモシュネーという記憶の神様の九人の娘達、ムーサイを呼び出す儀式の始まりなのである。ムネーモシュネーは「覚えている」神という意味で、日本語の外来語「メモ」と同じ語源である。ムーサイまたミューズの語幹はムネーモシュネーにも関係を持って、「知性の働き」という意味で、ミュージック（ムーサイの神々の技）、またミュージアム（ムーサイの神々の神殿）と同じ語源である。またムーサイは、アオイドスによって奏でられるリラの音楽に導かれて降りて来て、同じ語部に乗り移り、神の記憶の声、つまりコスモスの真実の声を聴衆に聞かせる。この儀式の間、聴衆にこの世の苦しみを忘れさせ、魂を慰めるのである。つまり、ムーサイは、ロマンチスムにおいて典型的に表れているインスピレーションの象徴という文学的なイメージではなく、神そのものであると同時に、アオイドスは、文学者ではなく、ムーサイの祭司と言うべきであろう。▼注[9] 中世日本の琵琶法師はこのアオイドスに似ており、語部だけでなく、楽師でもあった。しかし、琵琶を使って平曲を語るというのは、アオイドスのように神の記憶の声を聞かせるということではなかった。筑土鈴寛やハーバート・プリュッチョフなどによる国家的鎮魂説が述べていることであるが、琵琶法師は深い恨みを抱いている死者の怨霊の鎮魂または霊鎮めという伝統と深い繋がりを持っており、▼注[10]つまり祭司やシャーマンとみなしてよい。▼注[11]激しすぎる怒りのせいで煩悩の世界にとどまり、宗教的に救われることができなかった死者の魂を鎮めるという鎮魂祭の儀式の機能を帯びている琵琶法師の語りは、怒りの霊を鎮めるために行われる悪霊払いにも通じているようである。古代ギリシャのアオイドスのリラと同じように、琵琶による音楽の役割は根本的なものであり、アオイドスがムーサイを呼び出すとすれば、琵琶法師には死者の霊を招き寄せる力があった。ただ、この語りは、憑依の儀式ではなく、霊を呼び寄せ、追善供養として解脱の道に導く一つの方法であったと言えるし、これによって死霊の恨みによる祟りから国家を守ることになったという語用論的な機能を果たしていたのではないかと思われる。その上、この琵琶法師という語部が朗詠する時の独特のイントネーションは、六道講式と呼ばれる声明の一つで、特に六道の中の阿修羅道の死霊を往生させるために使われたそうである。▼注[12]

この間の事情を、プリュッチョフの研究結果を元にして私は歴史文献（下記【資料】を参照）で調べてみた。▼注[13]その結果、十二世紀後半の内乱がどのようなショックをもたらしたかということが、記録を通じてはっきりと出てきた。元暦二年（一一八五）三月二十四日に行われた壇ノ浦の合戦直後に次々に超自然的な現象とみられるような出来事が起こったと記録されているが、これらの出来事は怨霊の祟りの結果と見られ、鎮魂の儀式が次々に行われた。『吾妻鏡』や九条兼実の『玉葉』などに見られる異変記録としては、大地震（元暦二年六月二十日、七月九日、七月二十八日、八月十二日など）、憂慮すべき夢、人の急死や蘇生などが挙げられる。それら怪異が心配だと九条兼実は『玉葉』（元暦二年七月三日条など）ではっきりと述べている。『吾妻鏡』（文治元年（一一八五）九月四日条）によると源頼朝も憂慮し、七月の京都大地震に関する自分の祈りと国全体の徳政の施行を伝えるため使者を京都へ遣わした。一一八五年に限って調べただ

【資料】

以下の年表は『吾妻鏡』（以下「吾」）や九条兼実の『玉葉』（以下「玉」）を中心に抽出した元暦二年（一一八五）三月二十四日（壇ノ浦の戦い）から同年の終わりまでの異変記録である。

元暦二年

六月二十日　夜中、大地震（吾、玉）。

七月三日　九条兼実、安徳天皇についての書簡を頭弁藤原光雅に送る。「（先帝の）怨霊を謝せんため、尊崇の儀有り」とある。また、長門国に仏堂を建てて、「上（崇徳天皇か）先帝（安徳天皇）を始め奉り、凡そ戦場終命の士卒等のため、永代の作善を置かるべきなり」と言う（玉）。

七月九日　正午、京都大地震（玉）。陰陽師に鑑定（玉）。「占文の推するところ、その慎み軽からずと云々」（吾、十九日条）。この地震は衝撃的だったらしく、『平家』・『方丈記』にも詳細に描写される。

七月二十七日　兼実が見た夢想の事を仏厳聖人に相談する。「天下の政違乱に依り、天神地祇怨みをなしこの（七月九日の）地震ある由なり」と言う（玉）。

七月二十八日　又地震（玉）。

八月一日　仏厳聖人が来て、自分が見た夢想について語る。「赤衣を着たる人、かの聖人の房に来たり、聖人に謁して云はく、今度の（七月九日の）大地震、衆生の罪業深重に依り、天神地祇瞋りをなすなり。源平の乱に依り死亡の人国に満つ。これ即ち各々の業障に依りてその罪を報ゆるなり」と言う（玉）。

八月十二日　又大地震（玉）。

文治元年

八月二十三日　天台座主慈円が諸経を書写し、安徳天皇および「近年合戦の間死亡候ふ輩」の怨霊を鎮めるため東大寺にその諸経を送り、大仏の中に納める（玉）。

八月二十七日　正午、大地震が起こるように御霊社が鳴動する。これまで不審な出来事が次々に起きたので、大庭景能が源頼朝に知らせる。頼朝が当地に赴くと、宝殿の左右の扉が破れている。このため、御願書一通を奉納し、巫女に御神楽を行わせる（吾）。

九月四日　七月の大地震に関する源頼朝の祈りと国全体の徳政の施行を伝えるため朝廷の使者が京都へ戻る。使者は特に崇徳帝の御霊への崇拝の念を表す（吾）。

十二月二十八日　源頼朝に不審な出来事が知らされる。所司二郎という甘縄生まれの男が急死した。若宮の別当坊の僧が夜行の時に急死し、しばらくすると生き返ったが、精神が錯乱している。また、頼朝の北の方、北条政子に仕える女房下野の夢に景政という老人が現れ、頼朝に次のように告げた。崇徳天皇が全国に祟りをかけ、自分はその祟りを制止しようとしたが出来なかったので、若宮の別当にこの事を伝えて欲しいと。そこで夢から覚めて、翌朝、この事を報告。何の指示もなかったが、「天魔の所変」ということになり、若宮の別当は天下の安全を祈るよう命じられる（吾）。

けでも、このように『玉葉』や『吾妻鏡』といった鎌倉時代の資料などには、内戦の結果と思われる祟りによる不安について多くの記述が見られる。『平家物語』（巻十二）の京都大地震の描写は「今度の事は是より後もたぐひあるべしともおぼえず。十善帝王都を出させ給て、御身を海底にしづめ、大臣公卿大路をわたしてその首を獄門にかけらる。昔より今に至るまで、怨霊はおそろしき事なれば、世もいかがあらんずらむとて、心ある人の歎かなしまぬはなかりけり」という結論に終る。『吾妻鏡』（文治二年（一一八六）六月二十日条）や『玉葉』（建久二年（一一九一）閏十二月十四日条など）によれば、「およそ去年以来、しきりに怪異あり」とあり、頼朝自身が怨霊鎮めの必要性を感じていたほどである。『玉葉』（文治元年八月二十三日条）に、九条兼実の弟で平安京を守護する延暦寺の天台座主であった慈円が諸経を書写し、安徳天皇および「近年合戦の間死亡候ふ輩」の怨霊を鎮めるため東大寺にその諸経を送り、大仏の中に納めるという記述が既にある。又、元久二年（一二〇五）には、慈円が内乱の死者の冥福を祈るため、京都で大懺法院の建立に着手したが、これは実際に乱を経験した者として、また権力の中枢にあった摂関家の者として、天下の前代未聞の不安や混乱を鎮めるためのしかるべき儀式の必要性を感じたからであった。▼注[14]

慈円はその史論書『愚管抄』（承久二年（一二二〇）頃成立）の中で、仏教的世界観によって歴史を解釈し、末法思想に基づき日本の変遷を退廃の展開として述べている。そして、「其上ハ平家ノ多ク怨霊モアリ、只冥ニ因果ノコタヘユクニヤトゾ心アル人ハ思フベキ」（『愚管抄』巻六、別帖・順徳）などと、彼の懸念を率直に述べている。よく知られているが、ここで興味深いのは、『平家物語』を書き、生仏に語らせた信濃前司行長は慈円の支援を受けていたという『徒然草』の記述である。つまり、兼好によれば慈円はこの『平家物語』の誕生に密接な関係を持っていたのであり、この「叙事詩」の語用論的な機能は、文学的あるいは芸術的な評価を目的としたものではなく、宗教的、つまり政治的「鎮魂」を目的とした国家規模での企画だったと思われるのである。▼注[15] 平曲は、生きている者達にとって危険であり得る死んだ兵士達の霊の鎮魂のために、集団的儀式として行われた芸能で、「モノ語り」自体の機能に鎮魂の儀式的・宗教的役割が認められ、中世日本の「能」にも見出されるパフォーマティブ（行為遂行的）、つまり発話自体が行為としての効果を果たす、▼注[16] 言語活動を通じて、ある行為（鎮魂）を遂行していたということなのである。

このエッセーの結論として纏めると、壇ノ浦地方は、現在も歴史の深い痕跡を残す場所で、安徳天皇の死と平家の滅亡に関する伝説が今でもあり、解脱の道を見出せず、海峡で嵐を起こし、船を沈める怨霊に関する話が特に多い。そのうち、「耳無し芳一」の話がこの地にまつわる伝説を集約しているとも言えるが、現在赤間神宮の芳一堂に祭られている琵琶法師を中心とする話は、『平家物語』の鎮魂儀式性に繋がるものとして注目される。一九〇四年に出版されたラフカディオ・ハーン（小泉八雲）の『怪談』に所収されたバージョンが一番有名であるが、話自体は、遥かに古く、恐らく中世末期に遡るもので、十七世紀後半の怪異談集にも見られる。

『オデュッセイア』の中に、耳無し芳一の話と共通点を持つ逸話が二つある。その一つは語りの重要性を示す巻十二歌の有名な話である。オデュッセウスは、美しい歌声で船乗りを誘い寄せ、帰ることを忘れさせ、遭難させてしまう海の魔女セイレンに遭う。その魔女は『イリアス』などの叙事詩を語ってあげる、つまりムネーモシュネーの記憶の声を聞かせてあげると約束するのであるが、オデュッセウスは海の魔女の誘惑に勝つ。この話を文化人類学の面から分析すると、その内容（エノンセ）がアオイドスのと同じと言っても、セイレンの「語り」（エノンシアシオン）はアオイドスの「語り」とは全く違うし、またセイレンはムーサイでもない。セイレンの歌は人間世界特有の儀式において歌われるものではないため、こうした秩序外で神の記憶の声を人間が聞けば、その人間は自分が人間であるのを忘れてしまう。言い換えれば、人間は宗教的儀式という枠を通してのみコスモスの真実を無事に聞くことができるのである。さらに、もう一つ興味深い場面は、オデュッセウスがナウシカアー女王に会って、自分の名前を言わずに、ナウシカアー女王の父、アルキノオス王の手厚いもてなしを受けるという巻八歌のエピソードに出て来る。客に敬意を表してアルキノオス王が宴会を開き、その後でデモドコスというアオイドスを呼んで叙事詩を語らせるが、その叙事詩は『イリアス』だったのである。オデュッセウスは自分の手柄を聞いて泣き出す。宴会は、地上の苦しみを忘れさせる集団の楽しみの場という機能を負っているので、オデュッセウスの涙は歓びであるべき場を汚し、儀式をだめにしてしまうのである。▼注[17]

セイレンのエピソードは儀式外に行われた「語り」の危険を示し、アルキノオス王の宴会での話は、語部がそれと知らずに話の中の主人公自身に語りかけるという状況を提示しているが、二つとも耳無し芳一の話と不思議に重なると言えよう。芳一の話は、人間社会以外で行われる「語り」が危険だということと、経文だけが物語をその主人公達に語ってしまった不幸な琵琶法師の命を助けるに足りる力を持っていると語っているのである。▼注[18]

【注】

［1］ポール・ズムトール Introduction à la poésie orale『口承詩入門』Le Seuil 一九八三年。

［2］ロマーン・ヤーコブソン《Linguistique et poétique》「言語学と詩学（その一）」*Essais de linguistique générale (1)*, Minuit 仏訳一九六三年。英語版は、《Linguistics and Poetics》, T. A. Sebeok 編、*Style in Language*, Technology Press of MIT, Wiley & Sons 、一九六〇年。朝妻恵里子「ロマン・ヤコブソンのコミュニケーション論―言語の「転位」―」（『スラヴ研究』五六、二〇〇九年）も参照。

［3］《Le nom dans l'épopée : Aspects du *Heike monogatari*》「叙事詩における名前・名乗りの役割―『平家物語』をめぐって」Cipango,8、一九九九年。

［4］Homère et Dallas : Introduction à une critique anthropologique『ホメロスとダラス―人類学的批判入門』Hachette、一九九一年、L' invention de la littérature. De l' ivresse grecque au livre latin『文学の創造：ギリシャの陶酔からローマの書物へ』La Découverte、一九九四年などを参照。

［5］ルネ・シフェール仏訳 *Le dit des Heike*、Publications orientalistes de France、一九七六年。

［6］ハーバート＝E・プリュッチョフ *Chaos and cosmos : ritual in early and medieval Japanese Literature*『カオスとコスモス：古代と中世日本文学における儀式』E. J. Brill、一九九〇年、兵藤裕己『琵琶法師―〈異界〉を語る人びと』（岩波書店、二〇〇九年）などを参照。

［7］松尾葦江『軍記物語論究』（若草書房、一九九六年）。

［8］梶原正昭『軍記物語の位相』（汲古書院、一九九八年）。

［9］注［4］デュポンの最初の前掲論文を参照。

［10］筑土鈴寛『中世芸文の研究』（有精堂、一九六六年）、注［6］プリュッチョフの前掲論文を参照。

［11］注［6］兵藤の前掲論文を参照。

［12］注［10］筑土の前掲論文を参照。

［13］《Le *Heike monogatari* dans le Japon médiéval : un "chant pour les morts" ?》「日本中世における『平家物語』—死者のための語り」、J. Labarthe, *Formes modernes de la poésie épique. Nouvelles approches*, Peter Lang、二〇〇四年。

［14］注［6］兵藤の前掲論文を参照。

［15］佐伯真一『講座日本の伝承文学　三　散文文学〈物語〉の世界』（三弥井書店、一九九五年）、注［7］松尾の前掲論文や注［6］兵藤の前掲論文も参照。

［16］ジョン・L・オースティン、How to Do Things with Words、Harvard University Press、一九六二年（坂本百大訳『言語と行為』大修館書店、一九七八年）を参照。

［17］注［4］デュポンの最初の前掲論文を参照。

［18］注［6］兵藤の前掲論文、ブリッセ《À propos de la récitation épique : la légende de Miminashi Hôichi》「『平家物語』の語りについて—耳無し芳一の話」、ブリッセ他編、*De l'épopée au Japon : narration épique et théâtralité dans le Dit des Heike*, Riveneuve、二〇一一年。

【付記】この小論は、平成十八年（二〇〇六）に国文学研究資料館において発表したものを元にしており、その際、国文学研究資料館の先生方々よりご意見・質問を頂いた。又、フランス国立東洋言語文化研究所の寺田澄江教授とパスカル・グリオレ元准教授、マルク・ブロック大学のジルー村上栄教授からのアドバイスも頂いた。先生方々に厚くお礼を申し上げたい。

3 浦島太郎とルーマニアの不老不死説話

ニコラエ・ラルカ

1 不老不死説話の広がり

ルーマニアで「不老不死」の説話は小さい子供から大人まで誰でも知っている話である。日本には「浦島太郎」の説話を知らない者はいないだろう。この二つの物語の共通点は時間に関する感覚である。つまり、主人公は旅に出て、不思議な所に着いて、そこで結婚して暫くの間幸せに暮らしているが、そのうち両親のことが懐かしくなって、故郷に戻ると数百年が経ってしまったことに気づき、急に年をとって、その場で死んでしまう。

時間の感覚が狂っているようなモチーフは他の国の説話にもあるそうである。例えば、（フランスの）ブルターニュ地域の伝説ではある召使が天国に聖ペトロに手紙を持ってくるように頼まれた。聖ペトロが神様に手紙を渡しているうちに、召使はいすに座って、テーブルの上にあっためがねをかけた。すると、言葉で言い表せないほど、すばらしいものを見た。戻ってきた聖ペトロは「私のめがねをかけてから、もう五百年経ったよ」と言った。召使は信じられないような顔をして、「それは違うだろう。かけたばかりなんだ」とつぶやいた。▼注[1]

最古の不老不死説話はメソポタミアの『ギルガメシュ叙事詩』である。この物語は紀元前二〇〇〇年頃には出来ていたとされる。ギルガメシュは自分と同等の力を持つエンキドに死なれたことから自分も死ぬべき存在であることを悟り、死の恐怖に怯えるようになる。そこでギルガメシュは永遠の命を求める旅に出た。多くの冒険の最後に、永遠の命を手に入れたウトナピシュティムに会う。ウトナピシュティムから不死の薬草のありかを聞きだし、手に入れるが、蛇に食べられてしまう（これにより蛇は脱皮を繰り返すことによる永遠の命を得た）。ギルガメシュは失意のままウルクに戻った。

2　ルーマニアの不老不死説話

ルーマニアの「不老不死」説話では、不老不死は『ギルガメシュ叙事詩』に出ている薬草ではなく、ある不思議な場所を指している。話の内容は以下のようである。

昔々、若くてハンサムな王様と美女の后がいた。ところが、子供がいなくて困り果てていたのである。ここまでの話に関して特に不審に思うことはない。ある夫婦が幸せな生活を送る。子供が欲しいけれど、なかなかできないということは普通の生活でも有り得るシナリオである。しかし、これは昔話なので、子供が出来ないからこそ、不思議な出産が行われるということが予感される。

王様は様々な医者や知恵のある人や星占い師のところへ相談に行ったけれど、やはりだめだった。お城の近くの村に物知りの翁が住んでいる噂を聞いて、王様と后がその翁の家を訪れた。さすがの物知りの翁は王様には子供がいないことを前から知っていたので、「もし子供が出来るなら、その名をFăt-Frumos（ファト・フルモス）にしてください。しかし、その子はあなたがたのそばに長くいられないから、二人とも寂しくなるだろう」と予言した。ファト・フルモスはルーマニアの昔話ではよくある主人公の名前で、「素敵な少年」や「運命の子」や「美童子」などと訳された。▼注[2]英語でPrince Charming、フランス語ではLe prince Charmant、イタリア語ではPrince azzuro、スペイン語ではPrincipe Azulと訳された。ルーマニアの昔話ではファト・フルモスはハンサムで、頭もよいのが、特徴である。

王様と后は翁に薬をもらい、嬉しそうにお城に戻った。三日すれば、后がもう妊娠したのに気づいた。皆がこのめでたい便りを聞いて、貴族から召使まで大喜びした。

ちょうど出産の前に、お腹の中の子供がいきなり泣き出した。訳が分からなくて、皆が困った。王様も心配になって、子供が泣かないように「大きくなったら、何々国の王様になれる」、とか「何々王女と結婚させる」、とか色々な約束をした。でも、子供は泣き続けた。そういったエピソードは他の国の昔話にあまりない。子供が生まれてから、すぐ喋れたりもするが、お腹の中でぐずって泣いていて、はっきり言えば、生まれたくないというのはなかなかユニークなのである。▼注[3]王様は権力やお金（何々国の王様になる）▼注[4]、そして世俗的な幸せ（美しい王女と結婚させる）のようなものを全部約束する。しかし、この子供は普通の子供ではない。この世界のルール、またはこの世界でアピール性のあるものに興味を持たない。他のルーマニアの昔話では子供が生まれてから、急に泣き出して、王様は慰めるように色々な約束をするモチーフがよくある。特に、妖精と結婚させる約束が一番多い。しかし、ここでは、王子は生まれてからではなく、生まれる前に自分の運命に目覚めたといえよう。

最後に王様は思わず、「不老不死をあげるからもう泣かないでくれ」と約束をしてしまった。そう言われたとたん、王子が黙って、やっと生まれてきた。子供は成長すればするほど、頭が良くて、勇ましい少年になった。彼は有名な先生に習って、一年間分のものをたった一ヶ月ですらすら習得した。それで皆が王子のことを自慢していた訳である。

このころから、王子が感知する時間と皆が体験する時間は少しずつずれはじめた（普通の子供が一年かかって習得することを王子はより早く身につけた）。

ところが、王子が急に元気がなくなり、深く考え込んだりするようになった。十五歳になった日に、王様に向かって「父上よ、生まれる前に約束したことを授けてください」と言い出した。王様が悲しそうな声で「私にできないものだ。あなたを慰めるために、ついその約束をしてしまったんだ」と答えた。王子は「それが無理ならば、自分で探すしかない」と言って、お城を出る準備を始めた。皆が色々な約束で止めさせようとしたが、ファト・フルモスはもう旅に出ると決意していた。生まれる前のエピソードと同じように、平凡な考えしかもたない王様や貴族たちはくだらないものをまた約束した▼注［5］。おそらく皆は、世界で一番美しい王女と結婚して子供が出来れば、不老不死を探す気がなくなると思っていたのだろう。しかし、ファト・フルモスはもうこの世で平凡な人間を喜ばせるようなことに興味がない。

彼はまず、馬小屋にいい馬を探しに行って色々な馬に乗ってみたが、どうも気に入るものがいなかった。片隅に一番醜い、年老いた、出来物のある馬がいた。ファト・フルモスはその馬に近づいた。驚いたことに、馬が人間の声でこう言った。「やっと勇気のあるものがやってきたぞ。あなたの狙っていることを実現にするために王様から刀、槍、えびらと若い時に着ていた服をもらいなさい。そして、六週間ぐらい牛乳に煮込んだ大麦を食べさせて、私の世話をするのだ」。ファト・フルモスは王様の刀、槍、えびらなどをみつけて、きれいに磨いた。六週間後、ピカピカ輝く武器を持ち、馬小屋の方に足を向けた。すると、馬はこぶや出来物を全部振り落して、立派な馬になっていた。朝早く、きれいな服を着た王子が馬に乗って王様と后に別れを告げて、旅に出た。魔法の馬を見つける場面がポイントである。馬もファト・フルモスと同じように普通の存在ではない。人間の言葉も出来るし、王様が若い時に使った武器や服を知っているし、これからやらなければならないことを見通すことも出来る、不思議な馬である。多分、ファト

・フルモスの父親も同じ馬に乗って色々な冒険をしただろう。なお、これからこの馬は王子の腹心の部下になる。

王子は自分の国の国境を越えて、荒野に着いた。そこで王様の命令で見送ってくれた兵士にお金を全部授けて、彼らと別れた。ファト・フルモスは荒野で自分の過去と別れて、自分の将来に出会う準備をしていると言えよう。

東の方にしばらく行くと、人の骸骨でいっぱいになった広い野原に着いて、一休みをした。ここからファト・フルモスの試練が始まる。試練というよりも、むしろ三つの呪いと言ったほうが正しいかもしれない。それは現世《げんせ》を捨ててしまう人間に対する呪いである。▼注[6]

一休みをした所で、馬が「ここはGheonoaia（ゲオノアヤ）の屋敷だ。残酷のゲオノアヤの屋敷に入るものは全て殺されてしまう。彼女は元々、普通の女性だったが、親のいうことを全然聞かなかったから、両親にのろわれて、ゲオノアヤになった。▼注[7]今は、自分の子供のそばにいるが、翌日、向こうの森へあなたを殺しに来るよ。彼女は体が大きいけれど、それを怖がることはないさ。まず弓と矢を用意しよう。槍も刀も手元に置きなさい」と言った。少し前に三つの呪いの話をしたが、おそらくゲオノアヤは近い過去の呪い、あるいはまだ親がいる世界の呪いを意味しているだろう。▼注[8]馬が言うとおりに、ゲオノアヤは随分前は普通の女性だったが、自分の親を困らせたり、怒らせたりした。考えてみると、ファト・フルモス自身も親に迷惑をかけっぱなしだった。お腹の中にいた時に泣いているばかりだったし、十五歳になって、すぐ不老不死をもらうことが出来なかったから、親の居城を出て、自分で探しに行った。親子関係の点では、ゲオノアヤはファト・フルモスと似ているところがあるのではないかと考えられる。

次の朝、馬が予言したようにゲオノアヤは木を倒しながらやってきた。たちどころに、馬が彼女の頭の上へ飛び乗った。そして王子は矢を放って、怪物の足を切った。傷つけられたゲオノアヤは許しを求めたが、ファト・フルモスは彼女を信じなかった。それで、ゲオノアヤは自分の血で王子に傷をつけないと自書して、こう言った。「あなたにはいい馬がいる。その馬がいなければ、あたしに食べられてしまったぞ。だが、今度は私の方がやられてしまった。これまでに人間に負けたことがないさ。なんてくやしい」。この実直な言葉に感動した王子は彼女を許した。ゲオノアヤはお礼として、王子を自宅に誘った。そこでファト・フルモスは色々なご馳走を食べさせてもらった。彼が食べている間に、ゲオノアヤは足が痛くてたまらなかったから何も口にしなかった。王子はかわいそうに思って、自分の袋に入っていた足を出して、ゲオノアヤの切られた足のところにつけると、完全に治った。ファト・フルモスは怪物・鬼退治に行っているという訳ではない。自分を殺そうとしたにも拘わらず、ゲオノアヤに対する扱いが寛大である。

ところで、ゲオノアヤには綺麗な娘が三人いた。あまりの嬉しさで、ファト・フルモスに自分の娘との結婚を勧めるが、王子は不老不死を探していることを明らかにし、丁寧に断った。随分前に王様は息子を慰めるために結婚の約束をした。自分の娘との結婚を勧めるゲオノアヤもファト・フルモスのお父さんと同じような考え方をしているようである。▼注[9]その点から見ると、彼女の屋敷では王様の世界の響きがまだ聞こえてくると言える。

三日後、ファト・フルモスは馬に乗ってまた旅に出た。しばらく行くと野原に着いた。その野原は草が半分綺麗な緑色だったが、半分は焦げてしまっていた。王子が馬に聞くと、「ここはScorpia▼注[10]（スコルピア）の屋敷だ。スコルピアはゲオノアヤのお姉さんだが、仲が悪くて、同じ所にはいられない。親にのろわれたから、二人とも怪物になってしまった。スコルピアは妹と喧嘩をしている時、タールを吐き出して、野原を焦がしてしまう。ゲオノアヤよりずっとたちが悪いぞ。しかも、頭が三つあるから気をつけろ。明日は必ずここにやってくる」と答えた。馬の話によると、スコルピアとゲオノアヤは姉妹だが、仲が悪そうという。そうすると、二つ目の呪いは親子と関係なく、姉妹／兄弟と関わりがある▼注[11]（血縁関係で最も濃いのは親、次に兄弟である）。もっと広い意味で考えれば、スコルピアの屋敷は人類の世界を指しているのだろう。

次の日、強大な叫び声がして、炎を吐き出しながらスコルピアが出現した。ファト・フルモスは矢で怪物の一つの頭を射て、首を飛ばした。スコルピアは王子を傷つけないように約束し、その約束を自分の血でサインした。そして、殺されずに、許してもらったから、王子を自分の家に誘って、宴会を開いた。丁寧にもてなしされたファト・フルモスはスコルピアに首を返した。それをつけると彼女は元の姿になった。この場面では、スコルピアは自分の娘との結婚のことを言わないし、父親の世界などを思い出させるようなこともしない。単に、お礼として宴会を開くだけだ。このことでスコルピアの世界はファト・フルモスが生まれた世界から次第に離れていくように感じられる。

三日後、王子はスコルピアの屋敷を出た。前進するといい香りのする花の咲いた野原にたどり着いた。ここでまた一休みした。馬が「もうすぐだ。先には不老不死のお城がある。しかし、お城は高い木の森に囲まれている。その上、森には残忍な猛獣がいて、昼も夜も寝ないで、お城を巡回する。その獣と闘っても勝てる訳がないし、森の中に入ってもすぐ見つけられてしまう。森の上を飛ぶしかない」と言った。ここで森（植物）と猛獣（動物）が揃っている所は自然の世界を指していると言えよう。今度の試練では、ファト・フルモスは自然の世界と対立する場面になる。

暫くの間、馬は飛んだり跳ねたり訓練を繰り返した。三日後、ファト・フルモスは思い切って、馬に乗って、森の上に飛び上がった。ところが、猛獣たちは侵入者を見かけたので、またたく間に大騒ぎになった。丁度その時は獣がえさを食べる時間だった。そのため、ファト・フルモスはえさを持ってきた、美女の妖精に助けられた。彼女は「さあ、いらっしゃい。ここにどんな御用でしょうか」と尋ねた。王子は「ずいぶん前から不老不死を探しているのですが」と答えた。すると妖精は「それなら、ここにありますわ」と言った。ファト・フルモスは大喜びをした。長い旅をして、やっと不老不死のところにたどり着いた。それに、可愛い妖精に出会った。ところで、この場所に三人の妖精が住んでいて、ファト・フルモスを助けてくれたのは妹だった。これまで妖精たちはさびしい生活をしていたので、王子を城に泊まらせてくれた。そしてご馳走をいっぱい作って、金の皿で王子にふるまったりした。食事が終わってから、ファト・フルモスと魔法の馬を猛獣の前に連れていって、紹介した。その後、二人とも獣を怖がらずに森の中などを自由に歩き回れるようになった。ファト・フルモスがたどり着いた所では時間が止まっているようである。しかしながら、妖精の立場から見ると、この理想的な所には何か欠如していた。つまり、空間も時間も昔からずっとこのままだった。だからこそ、彼女らは寂しかった訳である。

妖精たちは王子と仲よくなった。そしてファト・フルモスは妹のことが好きになって、彼女と結婚した。典型的な昔話ならばこのハッピーエンド（不老不死を見つけることと妖精との婚姻）で終わるに違いない。しかし、このルーマニアの昔話にはまだ続きがある。

ある日に、妖精たちは「周りを好きなだけ歩いてもいい。ただ〈嘆き谷〉という所には絶対に行くな。もしそこへ入ってしまったら、大変なことになるよ」と警告した。この理想的な世界に一つの影があると初めて知ったファト・フルモスはおそらくその谷にさえ行かなければ、何も良からぬことはないと思っていたかもしれない。

ここでは王子は全然歳を取らないで、妻と仲良くして、幸せな生活を送った。空気もきれいだったし、花の香りも素晴らしかったし、毎日毎日楽しかった訳である。時々、狩に行ったりした。ある日のこと、ファト・フルモスは兎を追いかけているところに、うっかりして「嘆き谷」に入ってしまった。兎を捕まえて、お城に戻る途中、いきなり生まれた所や両親のことを懐かしく思うようになった。やはりここでファト・フルモスがタブーを破ってしまった。他の昔話では主人公は好奇心によって禁じられた部屋に入ったり（Blue Beard の話など）、見るなと言われたものを見てしまったりする（「鶴の恩がえし」の話など）が、「不老不死」の王子は自分からは「嘆き谷」に入ろうとはしなかった。「嘆き谷」に入ったことは事故のようである。他方、不老不死の国での原則は普通の世界での原則と逆になる。つまり普通の世界の反転のイメージになるかもしれない。それで右が左、上が下、大きいものが小さいもの、不思議な獲物がつまらない獲物になるだろう。▼注[12] ごく小さい、あまり目立たない兎に引きつられたファト・フルモスは不老不死の世界のバランスを崩してしまう。実際に、この理想的な世界は忘却の世界である一方、人間の世界は思い出の世界である。

ファト・フルモスは「嘆き谷」に入ったとたん、思い出の世界に侵入した。[注13] レーテー（Lethe）は、古代ギリシア語では、「忘却」あるいは「隠匿」を意味する。ギリシア神話でのレーテーは、黄泉の国にいくつかある川の一つである。川の水を飲んだ者は、完璧な忘却を体験することになる。けれども「不老不死」のファト・フルモスはa-letheia（「非忘却」「非隠匿」）を経験して、その場で小さい時と両親のことを一瞬で思い出してしまった。「嘆き谷」は物質的な空間というよりも、懐かしさ、悲しさ、嬉しさなどが存在する、心の中にあるスペースを意味するだろう。[注14]

王子は妖精に何も言わなかったが、彼女らは王子の顔を見て、「嘆き谷」に行ったことがすぐ分かった。ファト・フルモスは「あなた方のそばでずっと生きていきたい。ただ、父上や母上のことが急に懐かしくなったので、ちょっと両親と会いに行ってくる。必ずここに戻るよ。帰還すればもうどこへも行かないさ」と言った。彼は意図せずに物事を中途半端にしようとする。両親にも会いたいし、不老不死の所にもずっと残りたい訳である。しかしながら、「嘆き谷」から戻ったファト・フルモスは人間の世界でも、不老不死の世界でも暮らせなくなった。その真ん中に挟まれてしまったのである。

三人の妖精は「ファト・フルモスよ、行かないでちょうだい。もうご両親は数百年前にお亡くなりになった。もしかすると、ここに戻れなくなるかもしれない」と心配そうに言って、彼を止めるようとしたが、いくら願い出ても、無駄だった。頑固なファト・フルモスは十五歳で両親の居城を出た時と同じように、不老不死の所をちょっと出てみようと決意した。

馬も彼を止めようとした。「私のいうことを聞かなければ、とんだことになるぞ。しかし、あなたは私の主人なので、仕方がない。生まれたお城の近くまで連れていってあげるが、その先は行かないさ。それでいいのか」と言って注意をうながした。ギリシア神話ではケンタウロス族（半分人間、半分馬）のケイローン（Cheiron）は、ヘーラクレースに武術や馬術を教えた。アキレウスの師傅《しふ》でもあった。魔法の馬がケイローンのようにファト・フルモスに様々なことを指南したが、この時ばかりは無視されている。

王子は両親の居城の近くで馬と別れることを約束をした。そして妖精に見送ってもらって、また旅に出た。ファト・フルモスは不老不死を探していた時の道を逆方向に行って、ab origen（原点）に戻ろうとするのである。

しばらく行ってから、スコルピアの屋敷に着いた。スコルピアの屋敷だと言われても、どうもそれらしくなかった。そこに新しい町が発展し、森が完全な野原に変わっていた。周りの人にスコルピアの居所を尋ねると、何人かがお婆さんのお婆さんからスコルピアの話を聞いたと答えた。王子は「そんなばかなこと。おととい、ここを通ったような気がする」と言って、不審に思った。その内に、自分の髪の毛にもひげにも白髪が出来てきた。それはファト・フルモスは時間のない世界から時間のある世界に移動しているからである。時間が経つにつれて、人の家がなくなったり、町が発展して滅びたりした。王子は外の世界での変化を不思議なことのように思っているが、自分の外見も変わってきていることに気づいていないようである。

また先に進むと、ゲオノアヤの屋敷に着いたが、前と同じようにゲオノアヤはいなかった。人に尋ねてみると、昔々、その名のものがいたのだろうと答えられた。様々な人に聞いている間に、真っ白のひげが腰あたりにまで伸びて生えていってしまった。体をふるわせながら、父親の国にたどり着いた。そこにも新しい町が発達していた。城に近づくと、馬が「私はもうこの先に行かないさ。あなたも妖精たちの所に戻ったほうがいい。今のうち、帰ろう」と言った。しかし、ファト・フルモスは生まれた所をどうしても見たかったので、「私もすぐ戻るから、先に行っていいよ」と答えた。魔法の馬は王子の手にキスをしてから、すぐさま立ち去った。手にキスする習慣は会う時、または別れる時に紳士が婦人に対する、あるいは目下が目上に対するマナーである。しかし、馬がこの手まねをすることによって、尊敬を表すのはもちろんだが、ファト・フルモスの運命がここで終わってしまうことが明らかになり、離別の意味が強調されている。▼注[15]

城は荒れ果て、回りに雑草が繁茂していた。それを見た王子は悲しくなってため息をついた。ある意味では、王子は、再び「嘆き谷」に入ってしまったと言えよう。▼注[16]

滅びた部屋に入って、小さいころのことや明るくて立派な城の姿を思い出した。「ここは馬小屋だった。ここで魔法の馬を見つけたんだ」と一人言を言って、地下倉に入った。王子は、一歩一歩、自分の思い出に沈み込み、自分の意識に入ろうとする訳である。深く深く自分の過去の人生が埋めてあったところに降りてきた。▼注[17]

その間、ひげがひざあたりにまで長くなって、まぶたがますます重くなってきた。ファト・フルモスは devouring time（むさぼり時間）に引き込まれる。Devouring time のモチーフはギリシアの神話に登場するクロノス（Cronus）の話に見られる。それによると、時間の神であるクロノスは父同様、子にその権力を奪われるという予言を受けたため、子供が生まれるたびに飲み込んでしまったという。ファト・フルモスも同じように時間にどんどん食われて年をとってしまう。

彼は闇の中で手探りをしながら、古い王座を見つけた。王座には蓋があって、それを開けてみると、中から「いらっしゃい。もう少しで、私も死ぬところだった」という小さい、気味の悪い声がした。その声が死の声だった。そして「死」はファト・フルモスの顔をやせこけた手でぴしゃりと打った。すると彼はその場で死んで、ほこりになってしまった。最後のところに、擬人化された死が登場したが、これは普遍的な死ではなく、むしろファト・フルモスの個体的な死だった。▼注[18]話の冒頭に戻ると、ファト・フルモスと自分の死が同時に生まれたと言えるだろう。しかしながら、王子は不老不死の世界に居る間に自分の死は時間のある世界で暮らしをしたので、人間のように年を取ったと解釈しても良いのではないだろうか。もう一つのポイントは死がそっとファト・フルモスを王座の中に引っ張ろうとするのではなく、彼の顔を打ったということである。それは王子が人間としての存在や時間の流れに反抗した結果、罰されたことを表している。

擬人化された死は「死である名づけ親」という昔話にも出てくる。昔昔、貧乏な青年がいた。結婚して、子供ができてからでも、あまりにも貧しかったので、名づけ親になってくれるものがいなかった。そこで故郷を出て、名づけ親を探しに行った。しばらく行ってから、大きな川に着き、それを渡ると、膝あたりまでひげを生やした翁に出会った。実のところ、その翁は神様だった。青年の話を聞いて、名づけ親になるように同意したが、青年は「不公平な名づけ親はいらん。どうして、いい物だけでなく、心配事、悩み、苦労、困難なども作ったのかい。どうして、金持ちだけでなく、貧乏な人も創造したの。やはり、あなたは不公平だ。そんな名付け親なんか要らんぞ」と断った。先に進むと聖ニコラスに会った。聖ニコラスも不公平だと思われて、名付け親として認められなかった。次の日に、青年は体が大きくて、顔に毛が生えていて、鋭い黒い目をした者に会った。さらに彼は、腰に血が染みた大きい刀をつけていた。実際に彼は死（死神）だった。死が金持ちに対しても、貧乏な人に対しても公平な扱いをしてくれるので、名付け親としてぴったりだった。二人は青年の故郷に戻って、子供に洗礼を受けさせた。そのおかげで、青年は落ち着いた生活を送っていた。年寄りになって、名付け親にしばらく会っていないことを思い出して、彼の所を訪れた。名付け親は大変喜んで、自分の家を案内してくれた。ある部屋に蝋燭がたくさんついていた。名付け親に「この蝋燭が人の命だ。蝋燭が消えると人が死ぬ訳だ」と言われた。心配になって、自分の命の蝋燭を探してみた。すると、心細い炎でたった今燃えつきた短い蝋燭を見つけた。名づけ親がちょっと後ろを振り向いた瞬間に他の蝋燭で自分の命の蝋燭に火をつけると、再び勢いよく燃え立った。名付け親は騙されたことを知りながら、「それなら十年後、必ずお家へあなたの魂をもらいに来るよ」と約束をした。十年はあっというまに経ってしまった。▼注[19]

さらに年寄になった主人公は荷造りをして、早めに家を出た。川を渡ったり、野原を通り抜けたりしてやっと人が住んでいない所にたどり着いて、そこで一休みをした。のどが渇いたので近くの泉から水を飲もうとしたところに、水面に名付け親の姿が写ったのにびっくりした。死は彼の手を捕まえて、前の方に進んだ。「帽子や荷物をあっちで忘れてしまったんだ。ちょっと取りに行ってくるよ」と年寄になった主人公が言った。名付け親は「あなたを怒らせたくないから、それを持ってきてもいいけれど、あそこに何もないと思うよ」と言い返した。主人公は行ってみるとやはり何もなかった。ただ、片隅に数羽のカササギが彼の帽子のそばでがやがやしていた。「どうして、あのカササギが私の帽子のそばで大騒ぎをしているのだろうか」と名付け親に聞くと、「あれはカササギじゃないよ。あれは、あなたの死を悲しんでいる奥さんと娘さんだ」と答えた。

この昔話の一番興味深いところは死に関する感覚で、つまり死は神様より公平であるとしたところである。そして「不老不死」とのもう一つの共通点は、擬人化された死は実に辛抱強いものであるということだ。しかし死が主人公になる昔話は子供に語ったらどうもあまり明るい話ではないと思われる。「不老不死」は有名でありながら、ルーマニアの典型的なハッピーエンドの話ではない。Lazăr Şăineanu（ラザル・シャイネアヌ、1859-1934）という研究者の分類によると「不老不死」は〈約束型〉に含まれているそうである。主人公は特別な場所を探しているようだが、実際にそうではなく、特別な時間を求めているようである。言い換えれば、時間がゼロになる場所を探しているだろう。[注20]ファト・フルモスと出会った妖精は「不老不死を探しているなら、ここにあるよ」と答えた。しかし、不老不死というのはいったい何なんだろう。あるめでたい状態なのか、ある特別な場所なのか、それとも不思議な世界で暮らした妖精たちの名前なのだろうか。それははっきりしていない。

3　浦島太郎との相違

他方、不老不死をテーマとしている日本の最も有名な説話は「浦島太郎」である。その話は日本全国的に分布し、語られた機会の多いものである。『万葉集』から近代には太宰治の『お伽草紙』まで文学者によって様々な解釈があったそうである。[注21] 例えば、『万葉集』では、浦島子という主人公は海神の娘子の誘いによって、海のはてを越え、海の宮に入っていけたのである。『万葉集』の和歌の世界には「竜宮」という名称は出てこず、「亀」も見当たらない。竜宮の代わりに、「常世」という、老いもせず死にもせずの不思議な所がある。[注22]『日本書紀』では、浦嶋子が大亀を釣り、それは忽ちに女となり結婚し、蓬莱山に到るという。浦嶋子と亀の女房が一緒に行ったのは海の世界ではなく、山（蓬莱山）である。[注23] 但し、『日本書紀』では浦嶋子はタブーも破らないし、女房と別れて、人間の世界で死んだとも言われていない。それに、奈良時代の浦嶋子には亀の報恩のテーマは存在しない。おそらく報恩が物語の中に取り入れられたのはお伽草子の中であろう。[注24] お伽草子『浦島太郎』では丹後国の浦島太郎という若者が、ある日、漁に出て、亀を釣るが、元の海に帰す。次の日、浦島は海上に浮かぶ小舟の中の女房に請われるまま本国へ来てしまう。そこは竜宮城で、浦島はその女房と夫婦になり、栄華をきわめ、三年が経つ。浦島が故郷を思い出して、帰ることを望むので、女は、自分は助けられた亀であると告げ、決して開けるなと言って美しい箱を渡す。浦島は帰ると、故郷は荒れ果て、すでに七〇〇年の年月が経っている。箱を開ければ、雲三筋が上がって、浦島は老人となり、鶴に変わって飛び上がる。後、浦島太郎は丹後国に浦島明神と現れ、亀もここに来て、夫婦の明神となるという内容である。[注25]

ところで、中世のお伽草子『浦島太郎』で、浦島太郎を竜宮に案内した乙姫が彼を不思議な座敷に招き入れる場面がある。それは「四方四季の座敷」と言い、次のような特徴がある。まず東の戸を開けると、梅や桜が咲き乱れ、柳の枝が春風になびき、霞の中に鶯のさえずりが聞こえる春の景色が現れる。次に南の戸を開けると夏の景色が広がり、卯の花が咲き、池の蓮の葉に露がかかって涼しげで、水鳥が遊んでいて、空には蝉の声が鳴り渡り、夕立の通り過ぎた雲間から不如帰の鳴き声がもれてくる。西の秋の景色で、木々は紅葉し、垣根には白菊が咲き、霧が立ちこめる野原の露に濡れた萩のなかを、けたましい鳴き声を上げて鹿が走っていく。北は冬で、木々は枯れ、落ちた枯れ葉の上に初霜が降り、真っ白に雪で埋もれた山々の麓では、炭焼き窯から心細げに煙が立ち上がっている。[注26] この「四方四季の座敷」が不老不死の世界であることを表現しているのではないかと思われる。

このように、時代につれて浦島太郎の話が少しずつ変化してきたので、取り敢えず日本人に一番よく知られているバージョンの要素に注目したい。

浦島太郎が、①亀を助け、②亀の報恩で竜宮へ行き、③竜宮で乙姫さまのもてなしを受ける。やがて④故郷に帰りたくなり、玉手箱をもらって帰るが、⑤故郷は全く知らない土地になり、年月経っていることを知って嘆き、⑥決して開けるなと言われていた玉手箱をあけて、そのため白髪の老人になる、という話である。▼注[27]

この一般的な「浦島太郎」とルーマニアの「不老不死」は次のようなモチーフにおいて類似している。

・主人公は旅に出て、異界に着く。
・異界での時間の流れは人間の世界での時間の流れとは違う。
・異界で美しい女性と結婚する。
・異界で幸せな生活を送っているのに、なぜか両親や故郷のことを懐かしく思うようになる。
・主人公は異界から人間の世界に帰還するが、そこで何百年も経ったことが明らかになる。
・主人公は人間の世界（故郷）ですぐに年をとって、その場で死んでしまう。

しかしながら、相違がないという訳ではない。両方の話に登場する主人公のことを少し考えてみよう。まず身分が全然違う。浦島は漁師で凡人として生まれた。ファト・フルモスは王子で不思議な出産によってこの世に現れてきた。それに、生まれる前に自分の運命（要するに不老不死をみつけること）に目覚めた。心の優しい浦島太郎は亀を助けて、海に帰した。そして、亀の報恩によって、異界にたどり着いたわけで、どうしても、ありとあらゆる手段で竜宮へ行こうとしているのではない。

また、「不老不死」に登場する人物たちが「浦島太郎」の登場人物よりずっと数が多い。例えば、星占い師、王様と后、様々な家来から魔法の馬、ゲオノアヤとスコルピア、妖精、死までたくさんの人物が出てくる。

浦島は亀である乙姫に異界に連れていってもらう一方、ファト・フルモスは魔法の馬との冒険の末、不老不死のある所にたどり着いた。さらに、浦島は異界への「ガイドさん」と結婚するが、王子は、まさか不老不死の世界に連れてくれた馬とは結婚しない。それぞれの話で「ガイド」の役割を果たしている人物を見れば、乙姫が異界に属していることは明らかにされている。不思議な馬は人間の世界で主人公の世話をずっと見続けるという役割である。馬が物知りで、予言が出来るような能力も身に付けているので、異界の存在と言ってもおかしくないだろう。ただし、馬は最後に、人間の世界に戻りたがらない。少しの間だけ、ファト・フルモスを故郷に連れ帰るが、早めに不老不死の世界に帰ろうとする。その意味では馬は人間の世界に（かぐや姫のように）流されてきたのではないだろうか。他方、乙姫は主人公の腹心の部下としての役割を果たしていないし、ファト・フルモスの馬とは違って、何度か変身する。例えば、人間の世界に亀の姿で現れたが、竜宮で乙姫になって、また浦島を陸に連れて帰った時に亀に化けた。それに対して、魔法の馬は魔法の馬で、外観も変わらない。

「浦島太郎」でも「不老不死」でも、主人公は異界を訪れるが、ルーマニアの昔話ではその移動が順序をもって行われている（人間の世界→ゲオノアヤの屋敷→スコルピアの屋敷→不老不死の城）。「浦島太郎」で描かれている異界は実際には水界である。竜宮は確かに人間の世界との時間の流れが違う空間であるが、そこで誰もが年を取らないで、永遠に生きられるかどうかははっきりしていない。それに対して、ファト・フルモスがたどりついた不老不死の世界は森や牧草などがある所なので、地上にあるはずである。

二人の主人公が竜宮、または妖精の国で故郷を思い出して、懐かしくなるが、それぞれの思い出させる理由が違う。ファト・フルモスは禁じられた所に入ってしまった結果、過去の世界を思い出した。だが、浦島はふとお母さんのことを恋しく思うようになった。この二つの説話の冒頭に少し戻ると、浦島は竜宮へ行こうと誘われた時、母親と別れるとは思わなかった。ただ、ちょっとした旅に行ってくると考えただけかもしれない。そのため、親子関係がしっかりしていると言えるだろう（親孝行）。それに対して、わがままなファト・フルモスは意識して、親と別れて旅に出た。しかも、二人ともタブーを破る。浦島は玉手箱を開けたとたん、老化してしまった。他方ファト・フルモスは「嘆き谷」に入った結果、親のことを思い出して、懐かしくなった。タブーが破られた場所は「浦島太郎」の場合は人間の世界である。「不老不死」ではタブーが破られた所は不老不死の城ではないが、それに近い所で、異界である。

もう一つの特徴は、上にも述べたように、運命に目覚ます約束と擬人化された死の登場がルーマニアの昔話でしか見られない。

この二つの説話では時間が普遍的規則ではない、一つではないというところが強調されている（アルベルト・アインシュタインの相対性理論）。各主人公によって、時間が様々である。例えば、ファト・フルモスと浦島太郎にとって、時間は懐かしさの時間である。しかも、ファト・フルモスは人間の世界で暮らした時に、不老不死しか考えられなかった。逆に、不老不死のある所に着いて、しばらくしてから両親と人間の世界が懐かしくなってきた。彼の中途半端な気持ちは特に強い。魔法の馬にとって時間は冒険の時間、主人のそばにいて、力を尽くす時間である。ゲオノアヤとスコルピアの時間は喧嘩や争いばかりの時間である。妖精たちにとって、時間は変わらないものである。乙姫の時間は（浦島を）待ち受ける・待ち構える時間である。ファト・フルモスの両親や浦島の母親の時間は悲しさの時間である。そして、人間の私たちの時間は変化、移り変わりの時間になるだろう。

【注】

［1］F. M. Luzel, *Légendes chrétiennes de la Basse-Bretagne*, Paris, Maisonneuve et Cie, Editeurs, 1881, I, p. 225, apud Ruxandra Niculescu, *Prefață*［前書］,『Omul de piatră』［石の人間］, Bucharest, Minerva, 1976, pp. vii-viii

［2］直訳すると、Fărの元のは胎児だが、少年、若者、または息子の意味もある。Frumosはきれい、美しいという意味である。

［3］芥川龍之介の『河童』で少し似ているところがある。「河童もお産をする時には我々人間と同じことです。やはり医者や産婆などの助けを借りてお産をするのです。けれどもお産をするとなると、父親は電話でもかけるように母親の生殖器に口をつけ、「お前はこの世界へ生まれてくるかどうか、よく考えた上で返事をしろ。」と大きな声で尋ねるのです。バッグもやはり膝をつきながら、何度も繰り返してこう言いました。それからテーブルの上にあった消毒用の水薬で嗽いをしました。すると細君の腹の中の子は多少気兼ねでもしているとみえ、こう小声に返事をしました。「僕は生まれたくはありません。第一僕のお父さんの遺伝は精神病だけでも大へんです。その上僕は河童的存在を悪いと信じていますから。」（芥川龍之介『日本文学全集28　芥川龍之介集』集英社、一九六六年）二七二頁。

［4］マタイの4章8～9節ではイエスは、荒野で悪魔に試される。最後に「悪魔は、非常に高い山の頂上にイエスを連れて行きました。そして、世界の国々とその繁栄ぶりを見せ、〈さあさあ、ひざまずいて、このおれ様を拝みさえすりゃあ、これを全部あんたにやるよ〉とそそのかしました」。悪魔はイエスをこの世の権利などで誘惑しようとしたが、遂に退散した。ファト・フルモスも同じように世俗的な幸せに興味がなく、それを断る。

［5］Constantin Noica, *Sentimentul românesc al ființei*［ルーマニアの存在に関する意識］, Bucharest, Humanitas, 1996, p. 111

［6］*Ibidem*, p. 113

［7］ゲオノアヤは山姥のような人物である。

［8］*Ibidem*, p. 113

［9］*Ibidem*, p. 114

［10］ルーマニア語には女性・男性・中世名詞がある。Scorpion（スコルピオン）は男性名詞で意味はさそりだが、Scorpia（スコルピア）は女性名詞に転換される。

［11］*Ibidem.*

［12］*Ibidem*, p. 122

［13］*Ibidem*, p. 123

［14］Ruxandra Niculescu, *Prefață*［前書］,『Omul de piatră』［石の人間］, Bucharest, Minerva, 1976, pp. xiv

［15］Constantin Noica, *Op. cit.*, p. 129

［16］*Ibidem*, p. 130

［17］*Ibidem*

［18］*Ibidem*, p. 131

［19］『Omul de piatră』［石の人間］, Bucharest, Minerva, 1976, pp. 137-145

［20］Ruxandra Niculescu, *Art. cit.*, p. vii

［21］稲田浩二、稲田和子『日本昔話ハンドブック』（三省堂、二〇一〇年）八三頁。

［22］原雅子「浦島子の受容と変容―文学源流と仏教潮流の合流」（『千里金蘭大学紀要』七、二〇一〇年）二頁。

［23］*Ibidem*, p.3

［24］河合隼雄「昔話とユング的解釈―その三」（『幼児の教育』七一―九、一九七二年）一四頁。

［25］稲田浩二、大島建彦、川端豊彦、福田晃、三原幸久編『日本昔話事典』（弘文堂、一九九四年）一一九～一二〇頁。

［26］小松和彦『異界と日本人』（角川選書、二〇〇三年）八七～八八頁。

［27］注［24］論文、九頁。

4

仏教説話と笑話

——『諸仏感応見好書』を中心として——

周　以量

江戸時代に入って、仏教説話集に笑い話が入り込むことはしばしば見られる。これは近世において噺本の出版が盛んになったことと大きくかかわっていると思われるし、逆に、笑い話（噺本）に仏教的要素がたくさん込められていることも確かめられる。いずれにしても、近世においては、笑話と仏教説話は密接なかかわりをもっていることはまぎれもない事実である。

本稿は近世仏教説話集である『諸仏感応見好書』（以下『見好書』と称す）に収められた笑話を中心に論を進めていきたい。

1　『見好書』における笑話の実態

享保十一年（一七二六）の刊記をもつ『見好書』には二百四十三話の説話が収められている。このうちいくつかの話は同じ主題をもっており、ひとつのタイトルでまとめられている。たとえば、「観音利益」という題で観音の利益に関する説話が三十三話並べられている。ほかには、「地蔵利益」や夢に関する話もまとめられている。今回本稿は特に笑話と銘打った一連の話に焦点を当ててみることにする。

『見好書』に「笑事」という題が設けられ、十三話の話が一つのまとまりをなしている。最初の一話は次のような本文である。

①爰寡女娘。此寡、何事忌間敷心。僧来、立跡三払。気不入者来、又三払。烏啼掛水。万事皆同。出大小用考時也。或娘取婿。考吉日招之。入婿来及十八日、独臥思物計也。隣女異見云、「以有夫婦契為吉。娘秘故、入婿徒然。」云、「最。然十八日間考日、皆悪日也。明日吉日故、必婿懐可入初。非有別儀。」於此、入婿独笑、夜入、今也今也待、無何沙汰。立小腹所居、寡立時故、待子刻限。即子時引起入婿、「今吉時也。」、取娘手令双臥。婿娘此間心計雖通、如見書絵餅不満腹。今夜初夫婦間無隔、心中悦、口不語顕色。扨夜明、起押云、「起又考時。今朝巳刻限吉也。」故如其。聞人見人諸共大笑、茶呑咄語之也。男女共此類多。皆是人痾病▼注[1]也。

母親の「何事にも忌々しい心」をもって、吉日や吉刻を選ぶことによって、娘と入婿の新婚生活は邪魔されてしまう話である。「聞く人見る人諸共に大笑いして、茶呑み話にもこれを語る」というからには、まさしく笑い話として語られている。

「笑事」の一連の話の第二話は次のように書かれている。

②此田舎民子。父取娵。子悦無限。父教云、「往姑一礼。」子持酒往。姑云、「親父息災。」此婿不知親父、唯曰阿々。帰家問父云、「親父何事。」父余笑止思、有庭、指夕顔云、「親父此也。」此子思実。又或行。又姑云、「親父息災也。」答云「親父当年三成、損風、三共朽也。」父語思実返答。他門聞大笑。一門聞赤面。世上此類多。又好論、雖知親父、不孝劣自不知。雖不知親父、孝親勝自知親父。此曰知親者也。為知父母重恩委細史筆。

話の最後に明らかに「親父を知っても、不孝であれば、知らない者より劣る。親父を知らないといっても、親孝行であれば、親父を知る者には勝る」という教えが説かれている。この意味では①の話より仏教説話的要素が強い。いうまでもなく、親孝行は仏教だけ唱えるものではなく、儒教倫理としても重んじられてきた。

③去国二軒。一軒養猫、一家飼馬。猫毎度通馬下腹。其家女房、以外立腹、雖追回、又来頻也。此故、不得止。猫主女房立使云、「其元猫此方馬有心、毎度通下腹也。急度猫可被加異見也。」於此猫主女房、又以外立腹、向使云、「此方猫事不被申、其方馬堅可被作褌也。」毎聞人拍手大笑。誠女智浅者也。猫馬屋来、為取鼠。然邪起念、定女性罪業也。必莫起邪念。

最後の「猫は馬屋に来るのは鼠を取るためだ。しかしよこしまに念を起こすのは、定まれる女性の罪業なのだ。必ず邪念を起こすことなかれ」という締めくくりは、まさに仏教説話にふさわしいものであった。

④武州幸手浄春院、曰弥蔵。水汲。無智無才、唯以汲水為業。現住宅道和尚云、「彼者過去費功徳米、法外者生来、今以労滅罪也。」夏、鈎蚊屋高釣上、下手三尺離地。人云、「入蚊。」云、「寝蚊不食者也。」寝尚食不知不覚。又、学寮汲水、瞋目。遣銭則汲。又、僧中買瓜、又来小笑。与喜、不施又瞋。然正直不取人物。一生此風而終焉。其坊達、昼寝水汲成。思此弥蔵、前世坊主可成也。

僧侶の話である。「無智無才」の人が罪滅ぼしに出家して、しばしば滑稽なことをしてしまうが、正直に一生を生きたという。

⑤田舎人二人、或見武将城下、帰田舎云、武城賑敷、絶言語。大名小名行違、一勢一勢驚目。或日、公方参詣菩提寺。制往来之人、屋敷屋敷閉窓、町屋町屋止煙。何人不出頬。公方威勢曰事厳重。一人云、「其方事箇間敷雖語、我程不心得。公方事厳重、曰還御。強力者、不立腰畏首付地也。」初人云、「吾細見其曰還御者不遇也。」人聞大笑。利口思皆無智故、如此。公方御行曰御成。帰城曰還御。皆公方一人往来名也。心得違、思利口語也。

　笑事也。

「心得違って、利口と思って語った」ことはまさしく滑稽この上ないことである。つまり田舎者が利口ぶって、誤解してしまったことを人に誇らしげに言うのだが、人に笑われたという話である。

　⑥去比、自公方為上使、侍両人被遣北国。有田舎一宿云、「出洗足。」然不知洗足。曰阿々、退座、問同役尚不知。夜半論曾不知。無返答。其中三度乞。於此、無為方、向上使云、「洗足去々年火事焼捨也。」上使含笑云、「然洗足出湯也。」於此出用意之湯。上使洗足了、打手大笑也。

北の国へ行って、耳に馴れない「洗足を出せ」という言葉の意味が分からず困ってしまったという話である。⑤にある主人公と違い、利口ぶって言いふらすこともなく、ただ言葉の意味を知ろうとする。

　⑦昔乱世砌、国賊等、渡異朝奪取於物、船印用八幡二字、伝説留耳。自夫、曰賊船於八幡、古来之説也。去者、八幡悪業露顕、入牢。役所及穿鑿、最早此体、不包一一白之。白了、向公云、「某作此悪業故、終一夜心安不寝。夜前初心安臥。」有儘白之。此者聞役人、諸共流涙計也。実怖公不寝断也。夜前一睡、最早極死道安堵為臥、又断也。唯人直心、而勤孝為本。犯公背法、不孝至也。多財、若逢死罪、其財足何用。已弁此理、強作不孝大罪者也。親第一宝、其子也。為子亡身、為過之無不孝矣。

悪業を悔い改めて、改心する話である。「強いて作すは不孝の大罪」だというのは、やはり不孝を戒めるものである。この点においては、仏教的意味合いは強く感じられよう。その一方で笑話的色彩はごく薄い話になっている。

　⑧唐船入津浦、鼠多。成夜唐船游行、銚縄乗船、盗食於物。及夜明、町屋游戻。毎夜如此。若人作鼠真似、又此鼠転生生人、何道大悪本也。又或、町屋大小鼠、三日三夜皆上山。人不審、成大火。過半焼失。鼠智勝人。人不知此火難矣。

この話は二つに分けられ、鼠がこっそり物を盗むことから、「もし人と鼠の真似を作すが、またこの鼠が生を転じて人と生まるるが、いずれの道大悪の本」だというのは前半の話であり、「鼠の智恵は人に勝る」ことをいうのは後半の話である。

⑨人家天井鼠、縦横無礙走廻、其音如雷不寝時、咒。高声云、「鼠掛舛輪縄取殺。」三度呼、即時静返、再無走。此不思議咒也。

鼠の跳梁にまじないを三度唱えたら、鼠はいなくなる。まじないの不思議さをいう話である。

⑩去坊主、入菓子壷秘置也。夜小鼠来見、呼大鼠見之。坊主見、思笑為居。大鼠哺来薄板、入壷内成橋、出声呼友、大小鼠上下於板、悉取尽。量其智、人恥箇敷程也。

やはり鼠の智恵をいう話であるが、⑧の鼠は自然の変化に人より何倍も敏感であることをいうのと違って、鼠の生きていくための智恵が描かれている。その智恵は人が恥じるほどのものである。

⑪鼠食高黍、木高故、難食。大小鼠及相談、大鼠呼友登木。十二疋迄上了、木付地。於此皆集食畢。誠渡世、無智者餓死。劣此鼠。面白事共也。

⑩の話と同じ趣旨の話である。智恵があれば、この世を行き渡れるが、智恵がなければ、死ぬ道を辿る、という。

⑫去坊主、紙袋入菓子、厭鼠、掛置天井縁。大小鼠、食不及。其中有智鼠、入水上長捍、飛掛飛掛、数疋鼠教、皆如此。沁水故、紙袋忽破、菓子尽落地。呼集於友、食尽。坊主自物語也。予亦盗菓子見小僧、大笑。

⑩⑪と同様、智恵のある鼠のことが書かれている。

⑬鶏鳥生卵。夫婦鼠百計取。女鼠廻工夫、仰懐卵。男鼠啐女鼠頭、引行、無程已至住処、吸食於之。毎日取之不止。誠異生悉有智恵分別。渡世人、為何無渡世計哉。見鼠可恥我。又如鼠盗心、無益。唯可用智勝処矣。

⑩⑪⑫⑬四話連続で鼠の智恵を描く話になっている。この話は鼠が卵を盗む智恵を働かせて生きていく話である。

2　仏教説話としての笑話

『見好書』は曹洞宗の僧である猷山の手によって編纂された仏教説話集である。以上見てきたように、「笑事」の題をもつ話の中には仏教的色合いの濃いものもあれば、そうでもないものもある。一方では、笑いの要素がずいぶん含まれている話もあれば、あまり笑話的傾向は帯びていないものも見える。⑧—⑬の六話はすべて鼠が話の主人公となっており、特に鼠の智恵をいうものが多い。にもかかわらず、それぞれの話の着眼点は異なる。仏教的と笑話的という性質からこの一連の話を【表1】にまとめてみると、次のようになろう。

表1

	仏教的	笑話的
①	△	●
②	○	○
③	○	○
④	○	△
⑤	△	●
⑥	×	●
⑦	○	△
⑧	○／×	△／○▼注[2]
⑨	○	△
⑩	△	●
⑪	×	●
⑫	△	●
⑬	△	●

【表1】に使われている記号を説明すると、×はまったくそのような意味合いはなく、△はややそのような意味合いがあり、○はそのような意味合いがあり、●はそのような意味合いが強い、ということになる。

もう少し説明を加えてみる。

まず×をつけた話や、やや仏教的な意味合いをもつ話（△をつけた話）についてだが、①は、最初にある「何事にも忌々しい心をもっているから、僧が来て、すぐに三度払う」ところ、つまり母親の信心深いことは仏教説話的になっているように認められるほかは、話の全体として、笑話の性質が強い。①に比べて、⑤は「菩提寺」という言葉以外は、仏教的要素はまったく見られず、笑い話として書かれている。⑥はさらに仏教的な要素や教えはなく、ただ笑いを求めており、この点においては、⑥に×をつけた。⑧の後半の話はただ動物（ここでは鼠）の自然の変異に対する生理的反応のことをいっているだけで、人間はとても動物のこの反応の鋭さに及ばないことを語っている。⑩はやはり動物（鼠）の賢さを述べているが、坊主の見たことだから、いちおうやや仏教的要素のある話として扱った。⑪は「誠に世を渡るに、無智の者餓死す。此の鼠に劣れり」という締めくくりから見て、世間一般の教えとして「面白いこと」だというので、まったく仏教的説話ではないと判断した。⑫は坊主自身が見たことだし、「菓子を盗む小僧を見て、大笑いした」という点に注目して△をつけておいた。⑬は一連の話の最後を飾るものだが、鼠の渡世の知恵を見て、作者は「鼠を見て我を恥じるべし。また、鼠の如く盗心なるは、益無し。ただ智の勝るところを用ゆべし」という説教めいた感慨をもらす。

その他の○をつけた話は、親孝行や父母の重い恩を知ることや（②）、邪念を起こしてはならないことや（③）、肉体労働で罪を滅ぼすことや（④）、不孝を大きな罪とする事や（⑦）、転生のことや（⑧の前半の話）、不思議なまじないのこと（⑨）などを唱えている。その主張をかんがみるに仏教説話としてもっともふさわしい話となっていることは確かである。

表2

	話型
①	艶ばなし（愚かばなし）▼注［3］
②	愚かばなし
③	愚かばなし
④	身分ばなし▼注［4］
⑤	身分ばなし
⑥	愚かばなし
⑦	身分ばなし
⑧（後半の話）	利口ばなし
⑨	利口ばなし
⑩	利口ばなし
⑪	利口ばなし
⑫	利口ばなし
⑬	利口ばなし

もう一方では、この13話を笑話として考えてみると、④⑦⑧（の前半の話）⑨を除けば、すべて笑いの要素が入っており、笑い話として十分受け入れられる。ここで、いちおう④⑦⑧（の後半の話）⑨を含めて13話を分類してみれば、【表2】のようになるのではないかと思う。

以上見てきたように、『見好書』は仏教説話集として編まれたのだが、中には笑い話の性質をかなり有している話があり、噺本の要素が入っていることがうかがえる（後述）。

3　仏典における笑話的なもの

笑いは人間の生まれつきの感情であるが、人間の特権ではない。しかし、この本能ともいうべき笑いを生かして何かに使うのは人間が特にもっている能力であろう。この一節では仏典にピントを合わせて考えてみる。

そもそも、面白い話題や滑稽な話題を使用して、人々を教導する話は仏典によく見出される。いくつか例をあげてみる。

⑭我昔曾聞。有一比丘常被盗賊。一日之中堅閉門戸。賊復来至扣門而喚。比丘答言。我見汝時極大驚怖。汝可内手於彼向中。当與汝物。賊即内手置於向中。比丘以縄繫之於柱。比丘執杖開門打之。打一下已。語言。帰依仏。賊以畏故。即便隨語。帰依於仏。復打二下。語言。帰依法。賊畏死故復言。帰依法。第三打時。復語之言。帰依僧。賊時畏故言。帰依僧。即自思惟。今此道人有幾帰依。若多有者必更不見此閻浮提。必当命終。爾時比丘即放令去。以被打故。身体疼痛。久而得起。即求出家。有人問言。汝先作賊造諸悪行。以何事故出家修道。答彼人言。我亦観察仏法之利。然後出家。我於今日遇善知識。以杖打我三下。唯有少許命在不絶。如来世尊実一切智者。若教弟子四帰依者我命即絶。仏或遠見斯事。教出比丘打賊三下。使我不死。是故世尊唯説三帰不説四帰。仏愍我。故説三帰依不説四帰。▼注[5]

『大荘厳論経』巻第六に出てくる話である。盗賊は盗みが発覚し、比丘に三回打たれて、「身体疼痛み、久しくして起き得」ても、恨みを覚えるのではなく、かえってありがたく感じ、出家しようとする。滑稽味の濃い話であるが、「若し弟子に四帰依を教えれば、我が命即ちに絶する。仏は或は遠く斯くの事を見て、比丘を出だして、賊を三回打つ。我をして死なさず。是が故に世尊は唯三帰を説き、四帰を説かず。仏は我を愍れむ。故に三帰依を説きて、四帰依をとかず」という結末から、仏の智恵と慈悲の心を讃える話になっている。

教導のため、面白い話題や滑稽な話題を利用するのは仏典の常套的手段のように見える。もうひとつ動物の素材を使って、面白く教えを唱える話を見る。中国で人口に膾炙する「盲人象を摸す」（目の不自由な人が象を探る）という話である。

⑮過去久遠。是閻浮利地有王。名曰鏡面。時勅使者。令行我国界無眼人悉将来至殿下。使者受勅即行。将諸無眼人。到殿下。以白王。王勅大臣。悉将是人去示其象。臣即将到象厩。一一示之。令捉象。有捉足者。尾者。尾本者。腹者。脇者。背者。耳者。頭者。牙者。鼻者。悉示已。便将詣王所。王悉問。汝曹審見象不。対言。我悉見。王言何類。中有得足者言。明王象如柱。得尾者曰。如掃帚。得尾本者言如杖。得腹者言如埵。得脇者言如壁。得背者言如高岸。得耳者言如大箕。得頭者言如臼。得牙者言如角。得鼻者言如索。便復於王前。共諍訟象。

『仏説義足経』「鏡面王経第五」にある話である。それぞれ象の一部分を知った目の不自由な人は鏡面王の前で、いかにも自分が象の本当の姿を知ったかのように言い争う。この話は人に笑いをもたらす一方で、事柄の全体を知らずに、自分の考えに執着して、推測にこだわる喩えにもなっている。ここまでの話はただの笑い話や寓言のように見受けられようが、そのあとに「空諍無益」といって寓意が諭される。笑い話の話題はただ教導のツールに過ぎないように思われる。

さらに一例を『雑譬喩経』巻下二から引いてみる。

⑯昔有長者子。新迎婦甚相愛敬。夫語婦言。卿入厨中取蒲桃酒来共飲之。婦往開瓮。自見身影在此瓮中。謂更有女人。大恚還語夫言。汝自有婦蔵著瓮中。復迎我爲。夫自得入厨視之。開瓮見己身影。逆恚其婦。謂蔵男子。二人更相忿恚各自呼実。……須臾有道人亦往視之。知為是影耳。喟然歎曰。世人愚惑以空為実也。呼婦共入視之。道人曰。吾當為汝出瓮中人。取一大石打壊瓮酒。尽了無所有。二人意解知定身影。各懐慚愧。

人間の妬みや愚かさを語る一話である。ちょっとした「艶ばなし」的な話題とも見受けられようが、実際この話は「影と闘う者を見るは、三界の人は五陰四大苦空身三毒生死不絶を識らざるを譬える（見影闘者。譬三界人不識五陰四大苦空身三毒生死不絶）」のを唱えているだけである。

最後に『雑宝蔵経』巻十におさめられている「婆羅門婦欲害姑縁」という不孝の話を挙げてみる。

⑰昔有婆羅門。其婦少壮。姿容艶美。欲情深重。志存婬蕩。以有姑在。不得遂意。密作姦謀。欲傷害姑。詐為孝養。以惑夫意。朝夕恪懃。供給無乏。其夫歓喜。謂其婦言。爾今供給。得為孝婦。我母投老。得爾之力。婦答夫言。今我世供。資養無幾。若得天供。是為願足。頗有妙法。可生天不。夫答婦言。婆羅門法。投岩赴火。五熱炙身。行如是事。便得生天。婦答夫言。若有是法。姑可作是語已。夫信其言。便於野田。作大火坑。多積薪柴。極令然熾。乃於坑上。而設大会。扶將老母。招集親党。婆羅門衆。尽詣会所。鼓楽絃歌。尽歓竟日。賓客既散。独共母住。夫婦将母詣火坑所。推母投坑。不顧而走。時火坑中。有一小蹬。母堕蹬上。竟不墜火。母尋出坑。日已逼闇。按来時跡。欲還向家。路経叢林。所在陰黒。畏懼虎狼羅刹鬼等。攀上卑樹。以避所畏。会値賊人多偸財宝。群党相随。在樹下息。老母畏懼。怖不敢動。不能自制。於樹上欬。賊聞欬声。謂是悪鬼。捨棄財物。各皆散走。既至天明。老母泰然。無所畏懼。便即下樹。選取財宝。香瓔珠璣。金釧耳璫。真奇雑物。満負向家。夫婦見母。愕然驚懼。謂是起尸鬼。不敢来近。母即語言。我死生天。多獲財宝。而語婦言。香瓔珠璣。金釧耳璫。是汝父母姑姨姊妹用来與汝。由吾老弱。不能多負。語汝使来。恣意當與。婦聞姑語。欣然歓喜。求如姑法投身火坑。而白夫言。老姑今者。縁投火坑。得此財宝。由其力弱。不能多負。若我去者。必定多得。夫如其言。為作火坑。投身燋爛。於即永沒。

「欲情が深重で、志に婬蕩を存する」バラモンの嫁は、姑は常にそばにいるため、思うがままに行動できず、姑に害を与えようとする。ひそかに姦計をめぐらして、「天に生まれさせる」といって姑を火の穴に突き飛ばした。しかし、姑は一命は取り留められたばかりか、盗賊の捨てたたくさんの財宝をもらって、うちに帰った。驚いた嫁は姑の空言を信じ、もっとたくさんの財宝を得ようと、みずから火の穴に飛び込んで、死んでしまった。不孝を働く嫁はかえって不帰の客となってしまった話である。

淫蕩を戒め、不孝を働く人を懲罰するというような趣旨の話になっている。この話には「艶ばなし」「愚かばなし」や不孝などのいくつかの笑い話の要素やテーマが含まれている。特にどんでん返しの結末は笑い話においては頻出するものであり、笑い話が成り立つテクニックの一つである。

このように、仏典に出てくる面白くて滑稽な話は、ある教えを明示し、人をさとす目的をもっている。以上、見たいくつかの話に笑い話的な要素は十分見て取れるし、⑰の話ように、笑い話に常に使われた技巧が凝らされていると思われる。仏典は決して笑話とは無縁のものではない。

いうまでもなく、仏典に笑い話的な要素をふんだんに使われたのは何よりも衆生を導くという目的である。その目的を果たすため、笑いという人間のもっとも本能的で、普遍的な感情を運用する。いってみれば、笑い話のテクニックには効果的で、受け入れやすいという目論見があったはずである。

4　『今昔物語集』における笑話的なもの

視点を日本にうつし、仏教説話集の『今昔物語集』を考えてみる。

仏典と同じように、仏教説話も教訓や教戒を示し、人を悟りの境地に導くために、常に笑いの要素を含めた話を語る。『今昔物語集』本朝部巻二十八は機知や滑稽などの笑い話的な説話を集めている。仏教説話集としてはじめて笑話的なものを集めたものとみられる。

笑話をまとまった一巻として編纂したのはある目的や意図が込められていると思われる。小峯和明は「笑話を集めるには、人々がそれだけ笑いを必要とする共同体エネルギーの高まりが必要だ。その背景にはかならずや社会の変動や価値観の動揺があり、おおくは都市の爛熟に要因がもとめられる。共同体の亀裂や軋轢から新しい笑いが要請される。笑話の集成という文化現象のかなたに、都市に逼塞し鬱屈する人々の姿がみえてくる」▼注［6］という見方を提示する。そこからさらに『今昔物語集』の編纂意識を推し量って、小峯は次のように言う。

院政期の『今昔物語集』もまたこれ（江戸時代に噺本がはやっていたこと―引用者）に似かようものがあるのではないか。変動する都市に堆積する過剰なエネルギーを笑いによって放散しようとする。永長の田楽騒動に典型化される、田楽や猿楽などの雑芸的な芸能の隆盛、祝祭に時空、世紀末的なマスヒステリアの状況とも深くかかわるだろう。ゆれ動く院政期社会の鬱勃たるマグマからつきあげられるようにして、『今昔物語集』は笑いを軸に一巻を編む。結果として、過剰にあふれかえる都市文化の力動をいきいきと伝えるものとなった。▼注［7］

社会的背景や都市文化の変動に笑話を一巻にまとめられた原因を追究しようとした見解である。

笑いは人間の特権ではないにしても、人間を笑わせる話（作品）を作るのは人間にしか出来ないものであるし、話（作品）を作るという作業は人間のコミュニケーションにおいてしか成立しないものであるから、一連の笑い話を集めて見せるのはたしかに意味深いものだといえる。

作品全体から見て、『今昔物語集』巻二十八の編集はどんな目的や意図をもってなされたかはまだ検討の余地はあると思うが、一巻にまとめられ、一つのかたまり（集）として『今昔物語集』巻二十八は出来上がっていることは明白である。その出来映えはいかにしても、語る人または読む人はある力を感じとったはずである。

第三節で仏典における笑い話を例としていくつかあげたが、そこに現れた笑いの力というのはほとんど教導に注いでいると言えよう。仏典だからこそ、受容する側もその笑いの力をほぼ同レベルで理解していると思われる。『今昔物語集』は仏教説話集の色彩は濃厚であり、説教の一面も含まれていることは否めないが、文学作品として享受することは大事である。

右に引用した小峯和明の発言のように、社会的背景や都市文化の変動と関連付けて考えるのは有効であるが、しかし、江戸時代に現れた笑い話を集めた噺本とはやはり性質が違うし、社会的環境も同次元のものではない。

そうすると、笑いの力をどう考えればいいのかが問題になる。前述したように、笑いは人間の生まれつきの感情であり、本能ともいえる。その本能は力の源で、どこで発揮できるかが重要である。仏典では、教導の場で笑いの力を発揮させていたのだが、『今昔物語集』では同じような傾向は見られるものの、さらに「集」としての性質をもっている。つまり集めることに意味をもたせている。その意味をコンテクストにおいて考え直す必要はあると思うが、本論ではそれを追究する余裕はない。▼注[8] 第三節で述べたように、笑話は仏典とは無縁のものではない。仏教説話集においても同じようなこともいえる。つまり滑稽な話を集めることによって、笑い話はナラティブな技巧であることが強調された。享受する側はどのように笑い話を受け止めているかは時代の流れや社会的環境の変動によって異なってくるが、話を構成する手法として考えると、笑いはもっとも人間性に近いものの一つであるから、笑いの精神を仏教説話に持ちこむのはその力を重視したと思われる。

5　『見好書』における笑話の意味

『見好書』は享保十一年（一七二六）に出された仏教説話集である。その中に「笑事」というタイトルをもつ一連の話は「観音利益」（三十三話）と「地蔵利益」（二十六話）に次ぐ三番目に多い話群である。二百四十三話を集めた説話集として、笑話が十三話集められて、それほど数は多いとはいえない。しかし、観音や地蔵の利益の類聚とは同様に一つの話群をなしているというのはやはり何かの意味が込められているのではないかと思われる。

『見好書』が世に出る百年ほど前に、笑話または笑談を集めた書物（噺本）はすでに現れていた。たとえば「策伝某小僧の時より、耳にふれておもしろくをかしかりつる事を、反故の端にとめ書きた」▼注[9]る『醒睡笑』（寛永五年〈一六二八〉）は笑話集の編集の最初の時期に出されたもので、中には必ずしも笑話とはいえないものも混じっているにもかかわらず、笑い話を集める目的で編まれたことは疑いの余地はない。

『醒睡笑』は談義僧の手によるもので、ほかにも説教僧や御伽衆による笑話集は数多く残されている。僧侶が笑話集に手がけたのはおそらく説経講説に際して譬え話として集められたと思われる。『見好書』の「笑事」に出てくる一連の鼠の話（⑧―⑬）はそのような機能をもっているようである。こうした方法は第三節で見てきたように、仏典にもよく使われていた。

また、【表2】で明示したように、『見好書』には頓智頓才譚（利口ばなし）が多いのも笑話集にもっとも多く語られたことによっていると思われる。その反面、愚かな人のことを集めた愚人譚（愚かばなし）も同じような発想によって集められたのであろう。つまり、「利口ばなし」と「愚かばなし」は表裏一体のものだということである。

また、【表2】でわかるように、私は「笑事」の第一話（①）は「艶ばなし」の類型に属していると判断している。一方では、近世の笑話集に好色譚が話型として存しており、性的事柄に興味を示すことは笑話によくあることである。さらには、やはり第三節で仏典にある話をあげたように、「志存婬蕩」のような人物が出てくる。▼注[10]

いずれにしても、『見好書』の「笑事」は近世の噺本の性質を備えている。言い換えれば、「笑事」は笑話集の水脈を引いている。この水脈は『今昔物語集』まで遡らなくても、たとえば中世の『沙石集』や『雑談集』にも笑い話も出てくる。そこには笑話集として編集するという意識は欠けていることは明白であるが、たくさんの笑い話が集められたことは仏典や『今昔物語集』にも通じ合うところはある。

仏教説話集として『見好書』に集められた笑い話も同じようなことも考えられようが、しかし、前述したように、この時すでに『醒睡笑』のような笑話集も現れている。『見好書』は純粋な笑話集ほど話数は多くないし、「集」という形にもならないが、一連の笑話が並べられておくという作業は、やはり笑話集の流れを受け継いでいると考えられる。

それから、『見好書』は変体漢文で書かれていることは特に人の目を引く。

江戸時代の儒学者である岡白駒が漢文笑話集『開口新語』を刊行したのは寛延四年（一七五一）である。外題や内題に「訳準」という言葉はあり、すでに伝えられていた笑話を漢文で記したものと考えられる。恐らくこれは日本で漢文で書かれた最初の笑話集であろうが、『見好書』より十数年おくれている。もちろん両書の編集意図や漢文の文体などは完全に一致しているわけではないし、前述したように、『見好書』は「集」の意識はあったとはいえ、仏教説話集で、笑話集ではない。この点では両書は性質の異なったものだということは自明のことである。しかし、漢文というスタイルで考えてみると、『見好書』はかなり特殊な変体漢文の形を取っているものの、漢文的笑話集という側面をもっていることも否定しがたい。ちなみに、中国明の時代の文人である馮夢竜の『笑府』に送り点や送り仮名や傍訓などが付けられて、刊行されたのは明和五年（一七六八）である。▼注[11] やはり『見好書』の後に現れたものである。

最後に、笑話集に類話はつきものである。『見好書』に出ている一連の笑話も例外ではないと思う。あるいは出典の問題にもつながるかもしれない。この点については、別の課題として追究したい。

仏教説話集である『見好書』に一連の笑話が集められている。十三話だけで、話数としてはそれほど多くないが、しかしそこからさまざまな意味が見出される。一方では『見好書』の「笑事」は仏教説話として仏典のように、笑い話的な要素―好色譚や動物譚や頓智頓才譚など―を利用して、ある教えを説く。もう一方では、『今昔物語集』本朝部巻二十八のように、笑い話的な一つのまとまりをなして、笑話集的な性質をそなえている。しかし、作品全体において『今昔物語集』巻二十八の意義はどう位置づけられるかはまだ明言できないのと異なり、【表1】で示したように、『見好書』は説話集といっても、「笑事」の一連の話はかなり笑話的であり、『見好書』の「笑事」の背景に「笑話集」の意識はあったと私は考える。

仏教説話と笑話とのかかわりを見てきて、もっとも文学的に考えると、先ずそのナラティブな手法が指摘できる。仏教説話（集）は時代の流れにしたがい、新しい要素が入り込んで、変化していくことがあっても、笑話は叙述の技巧として長々と受け継がれている。

【注】

［1］『仏教説話集成［一］』（叢書江戸文庫十六、西田耕三校訂、国書刊行会、一九九〇年）一五二頁。私に訓点や返り点などを省略し、句読点を改変した。番号も私意によって付けた。以下同。

［2］⑧は二話に分けられて書かれている。ここで前後二つの話として扱う。

［3］ここの話型の呼び方は武藤禎夫編『江戸小咄類話事典』（東京堂出版、一九九六年）による。

［4］【表1】で示したように、⑦は笑話という性質はごく薄い。ここでいちおう「身分ばなし」として扱う。

［5］『大正大蔵経』による。以下同。

［6］小峯和明『説話の声―中世世界の語り・うた・笑い』（新曜社、二〇〇〇年）六七〜六八頁。

［7］同、六八頁。

［8］ここでただ笑い話の「意味するもの」と「意味されるもの」の意味構造からアプローチすることが想定できることを指摘しておく。

［9］鈴木棠三訳『醒睡笑』（東洋文庫三一、平凡社、一九六四年）二七六頁。

［10］さらに仏典から好色的な一例を引くと、『旧雑譬喩経』に次のような一話がある。「昔有国王。持婦女急。正夫人謂太子。我為汝母。生不見国中。欲一出汝可白王。如是至三。太子白王。王則聴。太子自為御車。出群臣於道路。奉迎為拝夫人。出其手開帳。令人得見之。

太子見女人而如是。便詐腹痛而還。夫人言。我無相甚矣。太子自念。我母當如此。何況余乎。夜便委国去入山中遊観。時道辺有樹。下有好泉水。太子上樹。逢見梵志獨行。来入水池浴。出飯食。作術吐出一壷。壷中有女人。與於屏処作家室。梵志遂得臥。女人則復作術。吐出一壷。壷中有年少男子。復與共臥已便呑壷。須臾梵志起。復内婦著壷中。呑之已。作杖而去。太子帰国白王。請道人及諸臣下。持作三人食著一辺。梵志既至言。我独自耳。太子曰。道人當出婦共食。道人不得止出婦。太子謂婦。當出男子共食。如是至三。不得止。出男子共食已便去。王問太子。汝何因知之。答曰。我母欲観国中。我為御車。母出手令人見之。我念女人能多欲。便詐腹痛還入山。見是道人蔵婦腹中當有姦。如是女人姦不可絶。願大王赦宮中自在行来。王則勅後宮中。其欲行者從志也。師曰。天下不可信女人也。」という。この話は『千夜一夜物語』にも取り入れられて、世界的に広く伝えられていた話である。

［11］この本の訳者は不明で、抄訳である。

5 南方熊楠論文の英日比較
──「ホイッティントンの猫──東洋の類話」と「猫一疋の力に憑って大富となりし人の話」──

志村真幸

1 ホイッティントンの猫

南方熊楠の代表作のひとつ「ホイッティントンの猫──東洋の類話（Whittington and his Cat: Eastern Variants）」は、イギリスの総合学術誌『ノーツ・アンド・クエリーズ（以下、N&Q）』（一九一一年一二月二三日号と一二月三〇日号に分載。のち補遺が一九一二年四月二〇日号と九月二一日号に掲載）に投稿ののち、柳田国男の要請で邦文化され、「猫一疋の力に憑って大富となりし人の話」として『太陽』（一九一二年一月号）に掲載された。▼注［1］この論文は、イギリスの有名な民話がインド起源であることを示し、さらに日本にも類話が伝わったと述べたもので、イギリスと日本、どちらの読者にとっても刺激的なテーマであった。

『N&Q』には熊楠の英文論文が三二四篇掲載され、生涯を通じてのもっとも重要な投稿先であった。一方の『太陽』

は、のちに代表作「十二支考」が連載されるなど、邦文での主戦場となる。本稿では、両誌、さらにはイギリスと日本の比較を通して、熊楠の仕事について考えてみたい。

「ホイッティントンの猫」は、このような物語である。孤児のディック・ホイッティントンは、フィッツウォレンという商人に拾われるが、つらくなって逃げ出してしまう。しかし、教会の鐘が「引き返せ、ホイッティントン、三度ロンドン市長」と鳴っているように聞こえたので、我慢して戻ることにした。やがてフィッツウォレンの貿易船に品物を預けて運試しをすることになり、ホイッティントンは愛猫を出した。船がバーバリーに着いたところ、そこは猫のいない土地で、鼠の害がひどかった。船長が猫を陸に上げてやると、あっという間に鼠を退治したため、国王が高値で買い取った。その金をもとでにホイッティントンは商人として成功し、フィッツウォレンの娘と結婚し、ロンドン市長にも三度選ばれた。ただし類話も多く、アフリカではなく中国やインドだったり、ホイッティントン自身も船に乗って航海するバージョンもある。

リチャード・ホイッティントン（一三五〇年頃〜一四二三年）は実在の人物で、織物商を手始めに銀行家として成功し、ロンドン市長にも実際に三回（もしくは四回）なっている。もちろん、物語とは異なる部分も多く、猫が彼の立身に貢献したというのも、キャットと呼ばれる小型船を使って成功したからなどと言われる。

なお、熊楠の英文版では以上に述べたような概要は省略されている。イギリス人にとってはお馴染みだからだろう。邦文版では、詳しく語られている。

そのあとの論の流れは、英文版も邦文版も同じである。「この有名なイギリスの民話について」▼注[2]（二八四頁）と切り出した熊楠は、W・A・クラウストンの『民間説話と物語』（一八八七年）を引き、ヨーロッパ各地にさまざまな類話があるが、ロシア版に仏教的要素が見られ、ペルシアからも類話が報告されているため、おそらくインド起源だろうと考えられていることに触れる。そのうえで、「私は近頃、漢訳仏典をあたっているうち、あるインドの物語と出会った」（二八五頁）と原典らしき物語の発見について述べている。それは黄檗版大蔵経のなかの『根本説一切有部毘奈耶』（『ムラ・サルヴァスティ・ヴァダ・ニカヤ・ヴィナヤ』の義浄による漢訳）にある、一匹の鼠の死骸をもとでに成功した鼠金舗主という商人の物語であった。そして「主人公が初めは貧しく不幸であること、一匹の動物を売り、航海に出て並びない巨富を築くこと、その結果、かつて自分に不親切だった人物の娘を娶ること」（二九三頁）といった共通点を指摘する。

熊楠は述べる。「このインドの物語は、クラウストンが見つけることのできなかった仏典だと判断してよいと思うが、ヨーロッパおよびペルシアの諸譚と次の点において異なる。すなわち、この物語では鼠金舗主の莫大な財は一匹の鼠に起因するのに対し、ホイッティントン……の富を築くのは猫である。この重大な違いが生じた理由を解明するため、私はこれら諸譚の発祥の地と思われるアジアで、古代、異なる宗教を信じる諸民族がそれぞれ鼠と猫をどのように見ていたかを調べるつもりである」（二八八頁）。それから、「ヒンドゥー教徒とインドのイスラム教徒では、猫の扱いがまったく異なる」（二八九頁）、「猫とは反対に、鼠は有益な動物としてしばしば仏典にあらわれる」（二九一頁）とする。さらにムハンマドは猫が好きで、あるとき一匹の猫が袖の上で眠ってしまったが、礼拝の時間が近づいてきたので、猫を起こさないように袖を切りおとしてモスクに向かったというエピソードを紹介し、仏教徒とイスラム教徒のあいだで猫の扱いが正反対であり、インドからイスラム地域を経てペルシアへ伝播するなかで、鼠が猫に変わったのだと論じる。

最後は『宇治拾遺物語』から「わらしべ長者」の原話を紹介し、日本へも類話が伝わったことを示して結んでいる。一九一二年四月二〇日号掲載の補遺では、三世紀に康僧会が漢訳した『六度集経』に、より古い類話があることが報告された。

熊楠は一九〇四年頃にクラウストン『民間説話と物語』を熱心に読んでおり、漢訳仏典にヨーロッパのさまざまな説話の原型が見つかるのではないかと予想していた。▼注[3] そして一九一一年に田辺で黄檗版大蔵経を書写し、いわゆる「田辺抜書」をつくるなかで、▼注[4]「ホイッチングトン猫を以て巨富を得るに似たる話、見出す。巻三十二、一—六葉也」（五月七日の日記）と類話を発見したのであった。

ただし、飯倉照平から原話としての妥当性に疑問が示されたほか、▼注[5] 嶋本隆光もイスラーム研究の立場から批判しており、▼注[6] 熊楠の議論の有効性そのものは揺らぎつつある。また、『猫と熊楠』の刊行準備中の二〇一六年に杉山和也によって『太陽』掲載の追補三篇が新発見され、研究史を塗り替えることとなった。

本稿では、イギリスと日本でほぼ同時に発表されたホイッティントンの猫の論文を取り上げることで、両国において熊楠の論文がどのような意味をもったのか分析したい。また、研究者のあいだでは熊楠の論文は『太陽』で「あまりにも異色であり、浮いていたのではないか」とみなされ、載ったこと自体が不思議だとすら言われるが、これについても改めて考えてみたい。同時に熊楠の文体についても検討する。英文論文は簡潔に書かれ、堅い内容に終始する一方で、『太陽』の邦文は読者サービスにあふれ、脱線も多い。そうした違いはどこから生まれたのか。

2 『N&Q』と「ホイッティントンの猫——東洋の類話」

世界中の説話を比較し、より古い類話を見つけ出して紹介することこそが、熊楠の英文論文の特徴で、「ホイッティントンの猫」もまさにその典型例であった。

熊楠が『N&Q』に投稿を始めたのは、ロンドン時代末期の一八九九年の春のことである。以前から投稿していた自然科学寄りの『ネイチャー』に対して、『N&Q』は人文科学系の学術誌であった。一八四九年にW・J・トムズというアマチュアのフォークロア研究者が創刊した、もともとはアンティカリ（好古家、考古家）のための雑誌で、大学などに所属するプロの研究者とアマチュア知識人が入り交じりつつ、英文学、歴史、考古学、フォークロア、地名、語源、人物といったテーマについて活発な議論が行なわれた。[注7]

熊楠は、柳田国男宛書簡（明治四四年六月一二日付）で、日本における民俗学研究への提言として、フォークロア協会の設立とともに、「雑誌御発行ならば英国の〝Notes and Queries〟（『大英類典』に評して、もっとも古くつづく雑誌の随一とせり。……小生はキリスト教の Wandering Jew が仏教の賓頭盧の訛伝ならんとの説を出してより、特別寄書家として百余篇の論文を出せり）ごときものとし、文学、考古学、里俗学の範囲において、各人の随筆と問と答を精選して出すこととしたら、はなはだ面白かるべしと思う。世界に有名の雑誌なれば、東京図書館にも一本はあるべし」（七六頁）[注8]と述べている。

さて、熊楠の英文版には「東洋の類話」と副題が付いているが、実は投稿時にはこの副題はなく、編集部が付けたものであった。[注9]このような扱いからもわかるとおり、熊楠が『N＆Q』で期待された役割は、日本および中国に関する情報提供者というものであった。

ホイッティントンの猫については、熊楠以前にも『N＆Q』誌上で何度か議論されてきていた（なお、猫に関係ないホイッティントン関連の話題はもっと多い）。一八六一年には民話研究者のトマス・カイトリーとライソンズ師という人物が、歴史的事実との呼応関係をめぐって論争となり、ほかの投稿者も参加して、一八六四年まで計一一篇の論文が掲載された（カイトリーは一八三四年の『物語と民話』でも、この説話について論じている）。また一九〇一年一〇月一二日号には、H・P・Lというイニシャルのみの投稿者から「ホイッティントンの猫」が投稿された。石炭船をキャットと呼ぶことに関する質問で、一二月一四日号でR・オリヴァー・ヘスロップとW・C・Bから応答が寄せられている。後者の議論には熊楠も目を通していたものと思われ、彼の論文もこうした文脈にのっとって執筆されたのであった。

このように『N＆Q』では、すでに「ホイッティントンの猫」に関する議論の系譜があり、関心も高かった。そのため熊楠の論文にもすぐさま反応があり、一九一一年一月二七日号にH・I・Bという投稿者からの応答が掲載された。

ヘロドトスの伝える、古代エジプトで鼠の大群が敵の弓弦を食い破って王の軍勢を助けた話や、ギリシアで鼠が神聖視された記録を紹介するものであった。さらに四月六日号で、シドニー・ハーバートがホイッティントンの末裔の墓所について紹介した。六月八日号では、一八世紀フランスにも類話があることがセント・スウィシンによって示された。熊楠は『太陽』四月一日号掲載の追補で、「近日英国人匿名で書を贈り来る者有り」[注10]としてH・I・Bの論文を紹介し、自分でもヘロドトスについて調べてみたと書いている。いわば誌面を通した共同研究が行なわれていたのであった。

このように『N＆Q』には、世界各地のさまざまな情報が提供され、イギリスの説話研究の進展に貢献していた。なかでも熊楠のもたらす東洋の情報は重視され、このとき（一二月二三日号）も目前に迫った「クリスマス特集」につづく通常論文の冒頭に置かれている。熊楠にとって『N＆Q』への投稿は、共同の知的空間における知識の集積や学問の進歩につながっていたのである。

なお、誌上で行なわれたのは、あくまでも学術的なやりとりであり、熊楠への反論や批判は見られない。当時の「一等国」たるイギリスにとって、ホイッティントンの猫というお馴染みの物語の起源が「遅れた」アジアにあることを述べたりしたら、炎上の可能性もありそうだ（実際、熊楠はロンドンで人種差別の被害にくりかえし遭っている）が、一般紙（日英同盟のゆらぎにより、しばしば日本批判の掲載された時期にあたる）ならいざしらず、『N＆Q』は学術誌であり、読者も冷静に議論している。さらに言えば、そうした場であるからこそ、熊楠もきちんとした文章を書いている。

3 『太陽』と「猫一疋の力に憑って大富となりし人の話」

邦文の「猫一疋の力に憑って大富となりし人の話」は、『太陽』の一九一二年一月号に掲載された。[注11]『太陽』は博文館が、一八九五年に日本初の総合雑誌を目指して創刊したもので、「太陽発刊の主意」によれば、イギリスの『エジンバラ・レビュー』や『レビュー・オブ・レビュー』、アメリカの『ハーパーズ・マンスリー』などを参考にしたという。政治、経済、国際情勢、俳句、小説など各種コンテンツが並び、写真やイラストも多用され、一家の誰かがどこかしら読んでくれればいいというスタンスだったとされる。大衆雑誌として広く読まれ、明治末期から大正期にかけての国民文化を形成するに大きな役割を果たしたとの議論もある。▼注[12] そこに熊楠が論文を掲載できたことの意味は大きい。

大衆向けの総合雑誌という特徴は明らかで、実際、「猫一疋の力に憑って大富となりし人の話」掲載号の目次を見ると、浮田和民「百年前の世界と百年後の世界／政党の死活問題」、本田精一「財政方針の一変」、浅田江村「今上天皇陛下」、中村進午「支那革命管見」、長谷川天渓「沙翁劇に就ての疑問」、伊藤篤太郎「戦捷木《ナツメヤシ》の話」、箕作元八「ナポレオンの失敗の原因」、内藤鳴雪選「冬百二十句」、橋本圭三郎・若槻礼次郎・武富時敏・大隈重信「四十五年度予算計画批評」、幸堂得知「旧歌舞伎の初春狂言」、さらに小説として、田山花袋「客」、正宗白鳥「茶の間」、岡本綺堂「脚本　酒呑童子」といったものが並んでいる。熊楠の前の記事は末広重雄「朝鮮総督政治」、後は坪谷水哉「南九州道中記」である。

熊楠は冒頭で、「ホイッチングトン物語は、わが紀文大尽伝と等しく、英国で誰もが知れる成り金譚なり。予このごろ一篇を綴り、ロンドンの『ノーツ・エンド・キーリス』に遺《おく》り、この物語の起原を論じたるを、柳田国男氏の勧めに従い、いささか増補して貴誌に寄す▼注[13]』」と述べており、柳田国男からの勧めで寄稿したことがわかる。これが熊楠の『太陽』デビュー作となった。しかし、もともと熊楠は『太陽』に執筆するつもりはなかった。この間の事情を南方・柳田の往復書簡から追ってみたい。

『太陽』は柳田が熊楠へ紹介したもので、一九一〇年五月頃に実物を何冊か貸している（四一頁）。柳田はこの時期、『太陽』に「峠に関する二三の観察」（明治四三年二月）、「島々の物語」（同年四月）、「伝説の系統及分類」（同年一二月）、「生石伝説」（明治四四年一月）と集中的に論文を発表していた。熊楠もこれらの論文を読んでいる（八八頁）が、どうやら当初は同時期に紹介された『考古学雑誌』へ寄稿したいと考えていたようで、柳田に頼んで「燕石考」を出そうとしている（九八頁）。『考古学雑誌』は考古学会の機関誌として一九一〇年九月に創刊された純然たる学術誌であった（継前誌『考古学会雑誌』／『考古』を引き継ぐもの）。雑誌の性格・位置づけとしては、アンティカリが主体となっていた『N&Q』と近い。『考古学雑誌』にも柳田はさかんに寄稿していた。

やがて八月一二日に「小生は只今かかりおる"Whittington and his Cat"（ロンドン市長ホイッチングトン（十四世紀の人）が一疋の猫の御蔭で大富になりしという、紀文大尽然たる英国の俗話は（『宇治拾遺』の長谷観音に祈りて一日の中に虻一疋から富豪になりし人の伝に似たり）……小生釈迦の律中よりその原話を見出だし候て'Notes and Queries'へ、たぶん今夜までに文成り出す）を和訳して、考古学会へ貴下を経て出し」（一〇九頁）と「燕石考」ではなく、「ホイッティントンの猫」が第一候補となる。柳田も、題材の親しみやすさを勘案したのかもしれない。なお、こうしたやりとりは英文版執筆中のことで、すなわち熊楠はのちの邦文化を見越し、なおかつ『考古学雑誌』という学術誌を前提としていたのである。熊楠にしては珍しく論旨が整い、東西の比較が明確な点も、そう考えると納得がいく。しかし、柳田は「神跡考」の原稿を見た際にも、「『太陽』『新日本』または『日本人』への御寄稿として小生まで御書き送り下されたく」（一〇月一日、一六六頁）と、学術誌ではなく、総合雑誌ないしオピニオン誌への掲載を勧めている。こうした誌名がいくつも挙がるところからは、柳田の多方面への影響力の強さがうかがわれる。柳田の紹介なら載るということであろう。

英文版がほぼ完成した一〇月六日の段階でも、熊楠は『考古学雑誌』へ出したいと述べている（一七二頁）が、柳田は一〇月八日の返信で「考古学会へとの御仰せなれど、『猫の話』は『太陽』の方がよろしくは無之や」（一七五頁）とする。これに対して、熊楠は一〇月一三日に「『猫の話』はすでに原文でき、英国へ発送せり。訳文は貴方へ送るゆえ、貴下宜しくこれを考古学会へ出し下されたく候。小生は凡衆婦児相手の人気ものを書く気は少しも無之……おのれよりも劣ったものを相手にしては学問は進まず……とにかく『猫の話』はすでに本文成ったものゆえ和訳して差し上ぐべく、百人も心ある人読んでくるれば満足なり、考古学会へ出し下されたく候」（二三〇〜二三一頁）と抵抗する。

なぜ熊楠はこれほど『考古学雑誌』にこだわったのか。同じ書簡では、『太陽』編集部の福本日南からも執筆依頼があったことに触れられているのだが、「小生は『太陽』とかなんとか、凡衆相手のものにまじめな学説を見せるをはなはだ好まぬに候」（二三二頁）、「小生は日本文は下手の廉をもって、また自分ごとき微細の論は到底只今の日本一汎人に向かずとてことわりたるに候」（二三八頁）と研究者としての自負心と、みずからの論文の難解さから難色を示すのである。この点、『考古学雑誌』は『N＆Q』と近い性格をもち、安心して投稿できたのだろう。ところが、同じ書簡の後半では、『太陽』から熱心な要請があったので、全文をそのまま掲載すること、柳田が校正を担当することなど、いくつか条件を挙げたうえで、「小生の手並みを見せるため『太陽』でも宜しく候」（二四四頁）と態度を変える。そして完成原稿は一〇月二五日に「今午下『猫の話』書留にして差し上げ候」（三一一頁）と発送され、この段階でもまだ『考古学雑誌』への未練を見せたものの、柳田は二七日に「原稿（書留の）……落手。『太陽』の方へ交渉仕るべし。……種《タネ》はどうしても『太陽』の側に出したき種類に属し候」（三一三頁）と、『太陽』に送られることになる。

柳田が『考古学雑誌』のような学術誌ではなく、頑固なまでに『太陽』を勧めた理由は、一〇月一四日付の書簡に詳しく述べられている。かいつまめば、「日本自身の研究はるかに進み、これに比して西洋人のには甘きもの多し。近年諸地の亜細亜協会において日本に関する論文をかかぐるを見るに、われわれにもその誤解とアテズッポウを指摘し得る箇所多く……やはり東洋のことは日本人にきけ」（二四九頁）、そして「真の愛国者」（二四九頁）として、熊楠に日本人としての立場からアジア研究に携わることを期待している。さらに「最初は面白おかしくさらさらとよませる部分をのみ出して食わせることも方便なるべし」（二五一頁）と広く浅く語りかけることの重要性を説き、柳田自身も「まずもって読書界の趣味を改良し……人の顔さえ見れば人文研究の面白味をとき……もろもろの雑誌にたのまれさえすれば何か面白きことを書きやり、終には柳田の名を見てよみて見たきようになるようにせんとたくみつつありなり」（二五二頁）という。民俗学を日本で確立し、認知させようとしていた柳田の目論見と苦心があらわれている。柳田は熊楠に、学術誌で研究者相手に論じるよりも、自分同様に日本民俗学の広告塔となってくれることを期待していたのであろう。

一方で、『太陽』の側が「猫一疋の力に憑って大富となりし人の話」を受け入れたのには、別の理由があったと考えられる。当時の日本にとってイギリスは仰ぎ見るべき一等国であり、なおかつ追い越すべき目標でもあった。そうした風潮に、イギリスと日本を繋ぎ、なおかつ東洋に淵源を示すような熊楠の論文は合致していた。一九一一年七月に第三次日英同盟が調印された直後の時期でもあった。柳田にしても、『太陽』という雑誌のもつ政治性を意識しなかったはずがない。熊楠の論文は政治とは直接的な関わりのない軽い読みものにも見えるが、国民意識にしっかりと応えるものだったのである。

ホイッティントンの物語そのものも、当時の日本にとって受け入れやすいものであった。フィッツウォレン家でのつらい日々に耐え、ちょっとしたチャンスから資金を得て、成功を収めていくという筋立ては、たとえばスマイルズの『西国立志編』に通じるものがある。貿易によって富と名声をつかむのも、明治期日本の海外雄飛と経済的発展という成功モデルと合致していた。このことは熊楠自身も、一二年後に再文章化した「鼠一疋持って大いに富んだ話」（『大阪毎日新聞』一九二四年一月五～七日）で、イギリス人が「心機一転して海外発展に鋭意し出した時に、もとインド製の本題の話を点化してホイッチングトン出世譚となし、児童の時から海外に足を伸ばすべき志気を鼓舞したのだ」▼注[14]、また紀伊国屋文左衛門を引き合いに出し、「みずから冒険の航海して大利を獲た……今もこの話を聞いて海外渡航を思い立つ人は多くある」▼注[15]と述べている点からも確認できる。『太陽』のときから意識していたかはわからない（紀文への言及はある）が、少なくともこの時点で熊楠は自分の論文のもつ意味に気付いているのである。海外への雄飛と成功は、ある意味、彼自身がなしとげたことでもあった。

実際、「ホイッティントンと猫」の物語は、日本で人気の物語となっていく。実は熊楠より早くから紹介されており、一九一〇年に出た『児童百話　学校家庭　正編』（西川三五郎編、文盛館）に、「猫とデイック」として訳出されている。「浦島太郎」「三人の王子」「一休和尚」など古今の児童向けのエピソード六二話を収めたなかにあり、「彼の猫は飛鳥の勢で一方から鼠を捕へたので、残る鼠は恐れ慄へて逃げました。そこで国王は何より喜ばせ給ひ、船長の出港する前に此大金を猫と引替に贈られましたのです」[注16]というように語られている。その後も、『三の謎　世界伝説物語三』（田嶋八十八、而立社、一九二四年）に「デツクの猫」「デツクの出世」、『イギリス童話集』（永橋卓介編、金蘭社、一九二六年）に「デイックと猫」として出た。『五年生の童話――国定教科書を標準とした』（三宅房子・山本作次・山野虎市、金の星社、一九三〇年）では、「デイック少年の出世」として冒頭に配されている。さらに水野葉舟も『アメリカの読本』（春陽堂、一九三六年）で「ロンドン市長になつたヂック」として紹介するなど、くりかえし取り上げられ、広く知られた物語となっていく。またこれらで「出世」「市長になった」といった要素が強調されている点も見逃せない。苦労を重ねたうえでの成功というパターンは、当時の日本人にとっての理想型だったのである。

柳田がこうした点まで見通していたかはともかく、熊楠の原稿は『太陽』に掲載され、さらに追補として二月一日の一八巻二号に「猫一疋の力に憑って大富となりし人の話の追加記事」、三月一日の一八巻四号に「猫一疋の力に憑って大富となりし人の話再追加」、四月一日の一八巻五号にタイトルなしの追加記事が出る。このように追補を掲載した点からも、『太陽』からの熊楠への一定の評価が読みとれる。

4 『N&Q』と『太陽』——イギリスと日本

そしてこれをきっかけに熊楠は『太陽』へ参入していく。二年後の一九一三年一月号に出た「虎に関する史話と伝説、民俗」を皮切りに「十二支考」が連載開始され、一九二三年の「猪に関する民俗と伝説」までつづいたほか、「支那民族北方より南下せること」（一九一四年）、「戦争に使われた動物」（一九一六～一七年）といった力作が掲載されるのである。「十二支考」は熊楠が弟の常楠を通じて企画をもちこんだものであり、かつてあれほど嫌がった『太陽』に、積極的に参入したのであった（稿料のよさもあっただろう）。

しかし、「十二支考」を連載するようになっても、熊楠はほとんど『太陽』を読んでいない。自身の論文のみは目を通し、熱心に書き入れや補筆をするのだが、それ以外のページは読んだ気配がない。『N&Q』などには目次や本文へのチェックや書きこみが多く残っているのだが、『太陽』にはそうした形跡がほとんどないのである。また、『太陽』掲載の他の執筆者による論文を他所で引用・言及することもない。少なくとも、『ネイチャー』や『N&Q』掲載論文では一回も言及が見られず▼注[17]、『人類学雑誌』や『東洋学芸雑誌』をはじめとする邦文学術誌の掲載論文をしばしば引用するのとは対照的である。やはり熊楠には『太陽』を見下す気持ちがずっと消えなかったのであろう。

また、熊楠の文体が目立って変化するのもこの頃である。柳田のアドバイスをどこまで真に受けたのかわからないが、「猫一疋の力に憑って大富となりし人の話」にはあちこちに砕けた表現が見られる。両替商の仕事について「チョウチョウカイノカイノ十丁十丁」▼注[18]と表現したり、サービスのつもりなのか、中国や古代エジプトで猫を「マウ」と呼ぶのは鳴き声からだとか、時刻によって瞳のかたちが変わるとかいった蘊蓄が挿入される（ただし、少し前から新聞掲載の随筆にこうした傾向がある）。「十二支考」になると、より砕けた文章になり、脱線しまくったり、下ネタに走ったりと、やりたい放題になる。ただ、そのように自由に、学術的なことにあまりこだわらずに筆を走らせた結果として、「十二支考」が代表作とみなされるようになったのは皮肉なことである。

「ホイッティントンと猫――東洋の類話」と「猫一疋の力に憑って大富となりし人の話」はほぼ同内容なものの、『N&Q』と『太陽』での受け入れられ方は異なっていた。熊楠が試みた比較説話研究は、イギリスと日本の両方で発表されたが、それぞれの国でもったインパクトはまったく違ったのである。ひとつには学術誌と総合誌の差があり、またイギリスと日本の政治的時代的状況の差でもあった。

ともかく、「猫一疋の力に憑って大富となりし人の話」が『太陽』に掲載されたことで日本での活躍の舞台が開けたわけで、ホイッティントン同様、熊楠は「猫」をきっかけに成功をつかんだのであった。

【注】

［1］英文版の邦訳は『南方熊楠英文論考［ノーツ アンド クエリーズ］誌篇』（飯倉照平監訳、松居竜五・田村義也・志村真幸・中西須美・南條竹則・前島志保訳、集英社、二〇一四年）に収録。邦文版の現代語訳は『猫と熊楠』（杉山和也・志村真幸・岸本昌也・伊藤慎吾、共和国、二〇一七年）に収録。拙稿「ホイッティントンと猫」（松居竜五・田村義也編『南方熊楠大事典』勉誠出版、二〇一二年）も参照されたい。

［2］引用は『南方熊楠英文論考［ノーツ アンド クエリーズ］誌篇』による。以下、本文中に頁を示した。

［3］増尾伸一郎「南方熊楠の比較説話研究とW・A・クラウストン―"Popular Tales and Fictions"の受容をめぐって」（田村義也・松居竜五編『南方熊楠とアジア』勉誠出版、二〇一一年）。

［4］飯倉照平『南方熊楠の説話学』（勉誠出版、二〇一三年）四三〜四六、五一〜五三頁。

［5］飯倉照平『南方熊楠――梟のごとく黙坐しおる』（ミネルヴァ書房、二〇〇六年）二四七頁。

［6］嶋本隆光「南方熊楠と猫とイスラーム」（『日本語・日本文化』四二号、大阪大学日本語日本文化教育センター、二〇一五年）。

［7］『N&Q』誌と熊楠については、志村真幸「まえがき」（『南方熊楠英文論考［ノーツ アンド クエリーズ］誌篇』）のほか、以下を参照されたい。

・志村真幸「南方熊楠と『ノーツ・アンド・クエリーズ』誌——'Footprints and Gods, &c.' から「ダイダラホウシの足跡」へ」(『ヴィクトリア朝文化研究』七号、二〇〇九年)。
・志村真幸「『ノーツ・アンド・クエリーズ』誌掲載論文の中のアジア」(『南方熊楠とアジア』)。
[8] 以下、柳田とのやりとりは、飯倉照平編『柳田国男・南方熊楠往復書簡集』上(平凡社、一九九四年)から引用し、本文中に頁を示した。
[9] 志村真幸「南方熊楠の『ノーツ・アンド・クエリーズ』誌への投稿(二)——一九一六年~一九三三年」(『熊楠研究』一〇号、二〇一六年)一一九頁。
[10] 『太陽』一八巻五号(一九一二年)一六四頁。
[11] 『太陽』掲載時には、猫の挿絵がある(平凡社版『南方熊楠全集』等には未収録)。ただし、文章とは呼応していない。「不」とサインされており、当時『太陽』の挿絵画家として活動していた中村不折かと思われる。
[12] 鈴木貞美「明治期『太陽』の沿革、および位置」(鈴木編『雑誌『太陽』と国民文化の形成』思文閣出版、二〇〇一年)。
[13] 『南方熊楠全集』三巻(平凡社、一九七一年)九七頁。ただし、平凡社版全集は熊楠の原文にかなり手を入れ、読みやすく書き改めている。
[14] 『全集』六巻(一九七三年)三五五頁。
[15] 同、三五四頁。
[16] 西川三五郎編『児童百話　学校家庭　正編』(文盛館、一九一〇年)一七〇頁。
[17] ただし、『ネイチャー』に投稿したものの不掲載に終わった「石、真珠、骨が増えるとされること」(一九一三年頃執筆)では、柳田「生石伝説」に触れている。
[18] 『全集』三巻、一〇二頁。

6 「ロンドン抜書」の中の日本

――南方熊楠の文化交流史研究――

松居竜五

1　南方熊楠の日本観と「ロンドン抜書」

南方熊楠（みなかたくまぐす、一八六七～一九四一）がロンドン滞在中に、大英博物館などで作成した「ロンドン抜書」は、その後の学問活動の基盤となったものである。熊楠は一八九五年四月から一九〇〇年八月までの間、文字通り寝食を忘れてこの抜書に没頭し、五十二巻、一万頁以上のノートを作り上げた。

この「ロンドン抜書」の内容について、筆者は近著『南方熊楠　複眼の学問構想』（慶應義塾大学出版会、二〇一六年）Ⅶ章において総合的な分析をおこなった。その結果として、「ロンドン抜書」の筆写の多くが旅行書からなっており、それらは世界の民族誌や人類学のための資料集として構想されていたこと。その一方で「ロンドン抜書」における熊楠の書籍の選択は、大航海や旅行による文明の衝突・交流そのものに焦点が置かれている傾向があること。そのため、世界各地の民族誌の平面的な情報だけでなく、異文化を見る主体は誰なのかというダイナミズムが内包されていること、を指摘した。

こうした観点から興味深いことは、「ロンドン抜書」の中に、十六世紀半ばのファースト・コンタクト以降にヨーロッパ人が日本を記録した文献が多数含まれていることである。なぜなら、これらの筆写は、大航海時代からアジア・アフリカ・新大陸・オセアニアに進出し、それらを「見られる」対象として描いていったヨーロッパからの視線を、日本人である熊楠が逆方向から照射しようとしていたことを意味しているからである。異文化を描く際のこのような複眼的な志向が、たとえば中国やイスラム圏に関する書籍の筆写においても窺いうることは、『複眼の学問構想』において指摘したとおりである。

「ロンドン抜書」における日本関係文献筆写は、二十代から三十代にかけての熊楠の日本への態度という点からも注目される。十九歳で渡米し、サンフランシスコからランシング、アナーバー、ジャクソンヴィル、キューバを経て二十五歳でロンドンに着いた。渡米に際しては、「前日われわれの先祖が蝦夷などの人種に向かいてなせる競争は、今日転じて、わが日本人と欧米人との競争となれり」▼注[1]という認識から、海外における日本の「国権」を伸張することを強く意識していた。その一方で、紀州藩出身で佐幕的な傾向のあった熊楠は、薩長に牛耳られた明治政府に対する批判を強く抱いており、アメリカ時代には井上馨の欧化政策を批判しつつ、「予はのち日本の民たるの意なし」と書き付けたこともある。こうした愛国的な心情と同時代の政府への批判という二つの方向を持ちながら、熊楠の「日本」に対する見方は、微妙な陰影を持つことになった。

さらに、西洋文明に対峙する際のアイデンティティの拠り所として、熊楠がしばしば「日本」ではなく「東洋」を持ち出していることも見逃せない。一八九三年に『ネイチャー』に「東洋の星座」が掲載され、大英博物館の東洋美術に関する仕事を依頼されるようになってから、熊楠は東洋文化、特に漢文の文献を英国人に紹介するインフォーマントという立場を確立していった。象徴的なことに、ロンドン時代の熊楠が発表した英文論考には「東洋の…」というタイトルが並んでおり、学会発表用に書かれた未刊行の「日本におけるタブー体系」（一八九八年）を除いては、「日本」を表題に含むものは一つもない。

こうしたロンドン時代の活動にあって、今回紹介する「ロンドン抜書」の中の日本文献は、熊楠が「日本」に対する比較文化史的な関心を強く抱いていたことを証左するものであると言えるだろう。歴史的に西欧人がどのように「日本」を見てきたのか、またその海外からの視線は国内の記録とどのように対応しているのか。このような「日本」をめぐる文化間の交錯に対するロンドン時代の熊楠の関心は、土宜法龍宛の私信などには見られるものの、学問的なレベルとしては、従来の研究では明らかではなかった点である。以下に紹介する資料は、この点に関する明確な回答を与えてくれるものであると考えられる。

２　「ロンドン抜書」における日本関連文献

では、具体的に「ロンドン抜書」において筆写されている日本関係の文献はどのようなものであろうか。熊楠が筆写したと考えられる順に挙げてみたのが次のリストである。なお、末尾に記した記号は抜書中の開始巻頁数を示す同定のためのもので、たとえば［01A001］は第一巻表第一頁から開始された筆写であることを意味している。原著の書誌については注を参照いただきたい。▼注［2］

①　パジェス『日本切支丹宗門史』中の「内藤飛騨守の手紙」、一八六九年、仏語、［01A015］

②　ラムージオ『航海と旅行』中の「日本情報」、一五八八年、イタリア語、［02A204］

③ ラムージオ『航海と旅行』中の「ザヴィエル書簡」、一五八八年、イタリア語、[02A210]
④ コックス『イギリス商館長日記』、一八八三年、英語、[16A149][17A001]
⑤ ランドール『十六・十七世紀日本帝国年代記』、一八九〇年、英語、[17A066]
⑥ ティチング『日本図誌』、一八五〇年、英語、[17A107]
⑦ ロドリゲス「日本旅行記」、『アジア雑誌』一八三〇年七月号、英語、[17A125]
⑧ マリーニ『トンキンと日本の歴史と関係』、一六六五年、イタリア語、[19A001]
⑨ ケンペル『日本誌』、一八二七年、英語、[37B140][41A053a]
⑩ チェンバレン『日本事物誌』第三版、一八九八年、英語、[48B030]
⑪ ピンカートン『新航海旅行記集成』中の「カロンの日本誌」、一八〇八〜一八一四年、英語、[51A196]

全体としては、一八九五年四月から七月にかけて筆写された第一巻・第二巻、一八九六年六月から九月にかけて筆写された第一六巻・第一七巻が主要な部分を占め、第三九巻筆写中の一八九八年十二月に起きた大英博物館追放事件を経て、一九〇〇年九月の熊楠の帰国の二か月前に完成した第五一巻まで続いている。ロンドン時代を通じて、熊楠の日本に関する比較文化史的な興味が持続していたことを示すものだと言えるだろう。

さらに注目すべきは、これらの資料がカバーしている歴史的な時間の広がりである。十六世紀半ばの記録を集めたラムージオから、十九世紀末の熊楠と同時代のチェンバレンの日本論まで、四世紀以上にわたるヨーロッパ人の「日本」に対する視線を、これらの書物からはたどることができる。第一巻・第二巻にザヴィエルなどの南蛮時代の記録、第一六巻・第一七巻に三浦按針やコックスなど徳川幕府初期の英国・オランダ（いわゆる紅毛人）との通商の記録、第三七巻以降に鎖国完成後の江戸中期から明治にかけての記録というように展開していることから、熊楠が意図的に時代ごとに順を追って西欧人の日本観を跡づけようとしたことがよくわかる。

こうした熊楠の意図に沿ったかたちで、ここでは一五四三～一六〇〇年頃の南蛮時代の記録、一六〇〇年代初頭の三浦按針の手紙、同時期の平戸商館などの記録、十七世紀半ば～十九世紀末の鎖国期以降の記録、の四つのテーマに区切って、以下分析していくことにする。原文の筆写の所々に、熊楠による日本語（漢字およびカタカナ）での書き込みが見られるので、特徴的なものに関しては「ロンドン抜書」の巻頁数とともに紹介することとしたい。

3　南蛮時代の記録

一五四三年のポルトガル船の種子島漂着に始まるヨーロッパと日本の最初の接触について、熊楠が「ロンドン抜書」の中でラムージオ（Giovanni Battista Ramusio 一四八五～一五五七）のイタリア語による『航海と旅行』*Navigationi et Viaggi* を用いて調べようとしていることは、すでに『複眼の学問構想』の中で詳述した。特に、罪を犯して日本を脱出した薩摩人アンジロー（またはヤジロウ、一五一一？～一五五〇？）が、一八五六年にマラッカでイエズス会の宣教師ザヴィエル（Francisco de Xavier 一五〇六～一五五二）と出会った後にもたらした情報について、熊楠は大きな関心を払っている。

マラッカからイエズス会の拠点であるゴアに連れられたアンジローは、ここでキリスト教の洗礼を受け、ヨーロッパの言語（ポルトガル語他）を学んだ。そして、一五四八年夏から十二月にかけて、ザヴィエルの同僚であるランチロットが、アンジローの語る日本に関するさまざまな知識を「日本情報」と呼ばれる書簡にまとめ、ローマに送った。これに基づいてザヴィエルは日本への布教を決意し、アンジローを伴って一五四九年八月に鹿児島に上陸する。ザヴィエルの書簡もまた、「日本情報」とともにイタリア語に翻訳されて、ラムージオの旅行集成に収録されることとなった。

熊楠が②③で筆写しているのは、これらの書簡である。そこには、まだ見ぬ国である日本に対する最初期の西欧人の情報解析の記録が残されている。もちろん、単なる誤解や偏見も多く見られるのだが、むしろそれこそが、まったく異なる文化が出会った際に起きる化学反応を今に伝えるものとしてたいへん貴重である。イタリア語原文に付された熊楠の日本語でのコメントもなかなか秀逸で、故国について知るかぎりのことを駆使してイエズス会が得た情報の先にある当時の日本の実態を探ろうとしている。

そうした熊楠の試みは、ヨーロッパ人による他者理解としての日本観を逆照射するものとして、現在の眼から見てもたいへん興味深い。たとえば、ある日、ザヴィエルから「なぜ私たちと同じように左から右へ書かないのか」と問われたアンジローは次のように答えた。「あなたがたはなぜ私たちと同じように書かないのか…人間は頭が上にあり、足が下にあるので、書く時も上から下へ書かねばならない」▼注[3]。これを筆写していた熊楠は、我が意を得たとばかりに「此男中々ノ豪傑ト見エタリ」（二巻表二二七頁）とイタリア語筆写の余白に日本語で書き込んでいる。大英帝国の首都で学問的な孤軍奮闘を続ける熊楠にとって、ヨーロッパ人と最初に本格的に接触したこの薩摩人の気概は、大いに勇気づけられるものだったようである。

こうしたラムージオ『航海と旅行』の他に、熊楠は「ロンドン抜書」第一巻において、日本におけるキリシタン史をまとめたパジェス（Léon Pagès 一八一四～一八八六）のフランス語の著書①から、内藤如安（一五五〇?～一六二六）の書簡を筆写している。戦国武将であった内藤如安はキリシタンに対する弾圧が厳しくなった時代にあっても信仰を貫き、一六一三年のキリシタン禁教に際して、高山右近（一五五三～一六一五）らとともにマニラに逃れた人物である。熊楠が筆写しているのは、内藤如安の一六〇二年のイエズス会副管区長宛の手紙で、殉教の美学を説く内容のものである。

4　三浦按針の見た日本

十七世紀に入ると、ヨーロッパにおける覇権国家はスペイン・ポルトガルからオランダ・イギリスへと交替していき、これに呼応して日本での西欧人の活動も徐々に後者に移っていく。この時代に活躍したのが、内藤如安の手紙が書かれた年の二年前、一六〇〇年に日本にやって来た英国人アダムズ（William Adams 一五六四〜一六二〇）である。アダムズは徳川家康（一五四三〜一六一六）の外交顧問となり、三浦按針という名を賜った。そして一六二〇年に没するまで日本に滞在して、英国王ジェームズ一世（James I 一五六六〜一六二五）と幕府との国書のやりとりを実現したことなどでよく知られている。熊楠が「ロンドン抜書」第一七巻で筆写しているランドールの英語の著作⑤は、アダムズの私信六通を紹介したものである。

これらは一六〇五年から一六一六あるいは一六一七年にかけて書かれており、アダムズの故郷の妻や東インド会社の関係者に宛てられている。内容的には、英国ケント州で生まれたアダムズが、船大工の見習いをした後、一五九八年にオランダ船に乗り組み、マゼラン海峡を抜けて、オランダ人ヤン・ヨーステン（Jan Joosten 一五五六?〜一六二三）らとともに一六〇〇年四月に日本にたどり着いたこと。長崎から大坂に移送されて家康に謁見したこと。その後家康に取り立てられて英国東インド会社のために尽力したこと、などからなっている。

熊楠はまず、アダムズが日本にたどり着いた際のことに関して、「「アダムス」日本ニ漂流シテ入牢ノ事」（第一七巻表七三頁）とする。続けて、アダムズの処遇をめぐっては、「葡人英人ヲ誤（讒）スルコト」（七四頁）としているが、これは当時、英蘭と敵対関係にあったイエズス会士たちが、家康に対してアダムズに不利な証言をしていたことを指している。こうした仕打ちに対して、後にアダムズは「スペイン人とポルトガル人は私の生涯の敵であった（the Spaynnard and the Portingall hath bin my bitter ennemis, to death）」（Rundall, P.43）と言明しており、オランダ人に対する協力とは対照的な態度を、イエズス会士に対して取ってきたとしている。

熊楠もこのようなヨーロッパ人同士の関係に着目しており、「「アダムス」蘭人ノ為ニ謀テ西葡人ヲ助ケザリシコト」「「アダムス」西葡人ニ報仇ノコト」（八四頁）と要約している。また後述するコックスの日記を筆写した部分には「カプチーン、アダム」英人ヨリモ蘭人ト中ヨキコト」（一六巻表一六一頁）という書き込みもおこなっている。たしかにアダムズは、本国である英国人よりも、しばしばオランダ人とともに行動していたようで、平戸にイギリス商館を開いた司令官セーリス（John Saris 一五七九または八〇～一六四三）を怒らせたりしている。このあたりは、「ロンドン抜書」のこの部分を筆写した数か月語、一八九七年一月に熊楠がライデン在住のシュレーゲル（Gustaaf Schlegel 一八四〇～一九〇三）との論争を開始してオランダの学界を罵り、一部の英国人から喝采を受けたことを思い起こすと、アイロニーを感じざるを得ないところである。

その他にも熊楠は、ランドールの書籍中のアダムズの手紙から窺えるその動向に関して、「「アダムス」船ヲ作リ価ヲ得ルコト」（七七頁）、「古郷ヲ慕フコト」（七九頁）、「「アダムス」色地ヲウルコト」（八〇頁）、「家康アダムス問答」（八三頁）と、小見出しをつけるようにして書き込んでいる。また、英国人に対する日本人の姿勢に関して、「日本人英人来ルト称シテ小児ヲオドスコト」（八九頁）、「日本人西洋人ヲ高麗人ト間違ヒ嘲弄スルコト」（九二頁）といった興味深い事例に着目している。

5　平戸商館などの記録

アダムズが家康の外交顧問をしていた頃に来日し、初期の日英交渉における重要な役割を果たしたのがコックス（Richard Cocks 一五六六～一六二四）である。コックスは一六一三～一六二三年に日本に滞在して、平戸のイギリス商館長を務め、この間の日本国内の情勢に関する詳細な日記を残した。④は一八八三年に刊行されたコックスの日記で、「ロンドン抜書」一六巻から一七巻にかけて、十一年分のほぼ全篇が抄写されている。

平戸におけるコックスの日記は、一六一五年五月の大坂夏の陣の頃から始まる。この時、コックスの元に大坂での戦況が風聞を交えて伝わっていた様子について、熊楠が関心を持って筆写していることが、書き込みからは読み取れる。特に、大坂落城後の豊臣秀頼のゆくえについては情報が錯綜していたようである。まず、六月四日には「秀頼死セシコト博多ヨリ平戸ニ通知ノコト」（一六巻表一五二頁）という報が伝わるのだが、六月二十日には死体が発見されていないことから、多くの人が秀頼はまだ生きていると信じていることを、コックスは書き留めている。これについて、熊楠は「秀頼ヲ愛スルヨリ秀頼死ズトイフコト」と書き込み、「西郷隆盛ノ時モカ、ルコトアリシコト」（一五四頁）とコメントしている。

さらには「秀頼方ノモノ江戸ヲ焼シトノ風評」（一五八頁）があったことや、「秀頼薩州又琉球ニ去ルトノ評」（一六〇頁）がささやかれ、その結果として「秀頼琉球エ赴シニ付「アダムス」ヲ召シ尋問ノ事」（一六二頁）という状況になったことなどが語られている。秀頼に関する風評については、アダムズの手紙にも「天主教僧秀頼ヲス、メ兵ヲ挙シメンコト」といったイエズス会士の暗躍や、「秀頼有馬ニ奔シトイフコト」（一七巻表九九頁）という戦後の状況に関する部分に書き込みが見られる。これらは徳川幕府体制下での正史には登場しない情報であり、熊楠もそこに注目していたことがわかる。

アダムズ、コックスと同じ時代の記録で、他に熊楠が筆写しているのが⑦のスペイン人のロドリゲス（Don Rodrigo 一五六四〜一六三六）と⑪のフランス人のカロン（François Caron 一六〇〇〜一六七三）によるものである。

このうち、ロドリゲスはフィリピン臨時総督として赴任していたマニラから、一六〇九年にアカプルコに帰任する航海の途中で難破し、上総沖で地元民に救助された。駿府で家康と会見するなどした後、一六一〇年に日本を発ってアカプルコに到着している。熊楠は、ランドールの著書にアダムズの書簡に続けてロドリゲスの日本滞在に関する記事が掲載されているのを見たが、それが一八三〇年七月号の『アジア雑誌』からの抄録であることを知って、底本の方を筆写した。『アジア雑誌』の記事は、ロドリゲスの体験の正確な描写というよりは、書き手の論評が目立つものであるが、記者の署名はない。

この筆写においては、熊楠が「此人日本ニアリシ頃日本ニアル基督徒ハ三十万人トイフ　此輩秀忠ノトキニ至リ多クハ刑セラル」（一七巻表一三九頁）や「1614ニ基督教300,000ヨリ1,800,000トナレリ」（一四〇頁）といった十七世紀初頭の日本のキリスト教徒の動向を記した部分に注目していることが目を引く。こうした関心は、ランドールの書の注（P.150）に付けられた「Caron 太閤ヲ second Tiberius トヨビシヲ Charlevoix 駁セシコト　曰ク200以上ノ missionaries & 1,800,000converts ノ内太閤タヾ二十六七人ヨリ多クハ殺サヾリシト」（一一一頁）というような書き込みにも窺うことができるものである。

ここで論及されているカロンは、一六一九〜一六四一年に平戸のオランダ商館に勤務し、最初は料理人であったが日本人と結婚して日本語を習得して商館長に出世し、日本出国後はバタヴィア商務総監、フランス東インド会社長官を歴任した人物である。熊楠は五一巻でピンカートンの『新航海旅行記集成』に収録されたカロンの記録を筆写している。冒頭に「日本人柱ノコト」（五一巻表一九六頁）という書き込みが見られ、当時の日本に人柱の習慣があったことを証するための資料として用いたことがわかる。▼注［4］実際に、熊楠が帰国後の一九二五年の『変態心理』に寄稿した「人柱の話」には、「家光将軍の時日本にあった蘭人フランシス・カロンの記に、日本の諸侯が城壁を築く時、多少の臣民が礎として壁下に敷かれんと願い出ることあり▼注［5］」というかたちでこの情報が使われている。

6　鎖国期以降の記録

日欧の交流が華やかであった南蛮時代や平戸商館時代と異なり、一六三七年に起きた島原・天草の乱を経て鎖国体制が完成した一六四〇年代以降には、ヨーロッパにおける日本情報は極端に乏しくなっていく。そうした状況を反映しているのが⑧のマリーニ（Giovanni Filippo de Marini 一六〇八〜一六八二）による『トンキンと日本の歴史と関係』である。マリーニはイエズス会士として東方布教に携わり、一六三八〜一六八二年にインド・トンキン（ベトナム）・マカオに滞在した人物である。しかし、一六六五年に刊行されたこの著書は、題名にもかかわらず鎖国という状況を反映して、日本に関する記述の部分がきわめて少ない。

したがって日本研究においては現在でも言及されることがあまりない著書なのだが、それにもかかわらず熊楠が「天主徒誅サル、トキノコトヲノブルニ」（一九巻表一頁）として、徳川幕府下のキリスト教弾圧についてこの稀覯本からの情報を引き出していることは注目に値するだろう。「老女髻中ニ十字架隠スコト」、「鳩ヲ殺サシメテ天主徒カ否ヲ試ルコト」（二頁）、「日本ノ天主徒後印度ニニグルコト」（三頁）、「千六百四十三年十人ノ天主教師殺サレシコト」（四頁）「頼宣（?）又ハ天主徒明暦ノ大火ヲ起セシトノコト以テ此事ヨリ天主徒多ク捕殺ノコト」（八頁）といった書き込みを熊楠が入れている部分は、鎖国直後の伝聞として興味深いものである。

その後、十八世紀以降の日本に関する大きな情報源となったのが、⑨のケンペル（Engelbert Kämpfer 一六五一〜一七一六）『日本誌』である。周知のように、ドイツ人のケンペルは出島オランダ商館の医師として一六九〇〜一六九二年に日本に滞在し、詳細な記録を残した。ケンペルの草稿類は、後に大英博物館の基礎となるコレクションをなした医師スローン（Hans Sloane 一六六〇〜一七五三）が購入してロンドンに渡り、出版されることになった。熊楠が筆写しているのは一八二七年の英語版で、「蘭人ヲ南蛮夷トイフ」（三七巻表一四一頁）、「蘭人ノ尸ヲ水ニ投ルコト」（一四二頁）といった書き込みが見られる。

鎖国期の日本情報としては、他に「ロンドン抜書」では十八世紀後半のティチング（Isaac Titsingh 一七四五〜一八一二）の記録⑥が筆写されている。ティチングは、一七七九〜一七八四年の間に、三度にわたりオランダ商館長として日本に滞在した人物である。熊楠が用いている著作は、没後の一八二二年に刊行された英語版だが、特に書き込みは見られない。

最後に⑩のチェンバレン(Basil Hall Chamberlain 一八五〇~一九三五)になると、熊楠とまったくの同時代人であり、一八七三~一九一一年に日本に滞在して、東京大学文科大学教師を務めていた人物である。熊楠は一八九八年に刊行された『日本事物誌』第三版を、二年後の一九〇〇年四月に筆写している。『日本事物誌』はAからZまでの項目からなる事典形式の本であるが、筆写されているのはそのうちの「日本人 Japanese」の項目で、熊楠は「日本人神奉セヌ故勇ナルコト」(四八巻裏三〇頁)と見出しを立てている。熊楠は筆写の後に「然ルトキハ回徒ハ如何?熊」(同)、つまり一神教的な信仰を持たない者が勇猛であるという理屈であれば、イスラム教徒の場合はどうなのだ、と反論している。

7 「ロンドン抜書」中の日本関係文献の意義

以上のように、南方熊楠の「ロンドン抜書」の中には、南蛮時代から同時代までの長い年月にわたる西欧人の日本観察が丹念に筆写されている。また、日本語で付された書き込みの多くは見出し的な内容であるが、熊楠の関心がどこにあったかを示してくれるものである。そこから分析する限りでは、基本的には熊楠は、大坂の陣における秀頼の動向や、スペイン・ポルトガルと英蘭の関係、また秀吉や徳川幕府によるキリスト教徒の弾圧など、同時代の日本の正史にはあまり現れないようなヨーロッパからの視線に焦点を当てようとしている。

一八九二年九月にアメリカからロンドンにたどり着いた熊楠は、一八九五年四月に大英博物館での「ロンドン抜書」を開始する前の一八九三年から一八九四年に、知人の中井芳楠(一八五三~一九〇三)から借りた内藤耻叟(一八二七~

一九〇三）の『徳川十五代史』を筆写している。これは一六〇〇年から一八六七年までの徳川十五代将軍の正史をまとめたものであり、本稿で挙げた十一点の文献のうち、②③⑩を除く八点の書かれた時代と重なっている。こうした日本側の文献との照合も、欧文文献の探索の際には意識されていたことであろう。

今回調査した「ロンドン抜書」中の十一件の文献は、それぞれの時期における西欧人の日本体験を後世に伝える一級資料である。特に、英語、フランス語、イタリア語で原典か、それに近い資料を押さえていることは、熊楠の文献探索の的確さを示している。また、各時代の文献がほぼ順を追って登場することから、熊楠が日欧の文化交流・衝突の歴史を通史的にとらえようとしていたこともわかる。比較文化論的な方法による日本研究として、今日の眼から見ても相当に高い水準のものであったと言うことができるだろう。

英国で生活しながら大英博物館で「ロンドン抜書」を作成していた際の熊楠には、西洋と東洋の文化圏の双方から複眼的に歴史をとらえるという意識があった。そのことによって熊楠は、文化相対主義に基づく大局的な人間文化への洞察を獲得していったのである。そうした熊楠独自の学問探究の中でも、故国である日本をヨーロッパ人がどのように見てきたかという問題をしっかりと把握することは、自己と他者との関係を見つめるための重要な道筋となったと考えられるのである。

【注】

［1］『南方熊楠全集』（平凡社、一九七一～一九七五年）一〇巻、三三五頁。

［2］Léon Pagès, *Histoire de la religion Chrétienne au Japon*, "Lettre de Naito Findadono Cami", Paris, 1869

Giovanni Battista Ramusio, *Navigationi et viaggi*, "Informatione breve dell'isola allhora scoperta nella parte di settentrione chiamata Giapan", Venetia, 1588

Giovanni Battista Ramusio, *Navigationi et viaggi*, "Da Cochin, 14 Genaio 1549. del Padre Fra Francesco Xavier", Venetia, 1588

Diary of Richard Cocks, Cape-merchant in the English Factory in Japan, 1615-1622, with correspondence, ed. by Edward Maunde Thompson, Hakluyt Society, 1883 in 2 vols

Thomas Rundall, *Memorials of the Empire of Japon : in the XVI and XVII centuries*, London, 1850

Isaac Titsingh, *Illustrations of Japan*, London, 1822

Don Rodrigo, "Travels in Japan", *Asiatic Journal*, July 1830, London

Giovanni Filippo de Marini, *Historia et relatione del Tunchino e del Giappone*, Venetia, 1665

Engelbert Kämpfer, *History of Japan*, London, 1827

Basil=Hall Chamberlain, *Things Japanese*, Third Edition Revised, London, 1898

John Pikerton, *A general collection of voyages and travels*, "Caron's account of Japan", London, 1808-1814

［3］河野純徳訳『聖フランシスコ・ザビエル全書簡』（平凡社東洋文庫、一九九四年） 2巻二二二頁。

［4］『複眼の学問構想』二九六頁では、この筆写について、「キリシタンの処刑や初期のオランダと幕府の交渉についての部分に多くの書き込みがある」と書いたが、これは本稿で論じた他の筆写との混同による誤りである。お詫びして訂正したい。

［5］『南方熊楠全集』二巻、四二七頁。

【参考文献】

松居竜五『南方熊楠　一切智の夢』（朝日選書、一九九一年）。

松居竜五『南方熊楠　複眼の学問構想』（慶應義塾大学出版会、二〇一六年）。

岸野久『西欧人の日本発見――ザビエル来日前日本情報の研究』（吉川弘文館、一九八九年）。

幸田成友「三浦按針」『史学』vol.15, No.1（三田史学会、一九三六年）。

菊野六夫『William Adams の航海誌と書簡』（南雲堂、一九七七年）。

田中丸栄子『三浦按針 一一通の手紙』（長崎新聞社、二〇一〇年）。

東京大学史料編纂所編『日本関係海外史料　イギリス商館長日記訳文編之上』（東京大学出版会、一九七九年）。

【コラム】南方熊楠の論集構想

――毛利清雅・高島米峰・土宜法龍・石橋臥波――

田村義也

1　はじめに

本稿では、南方熊楠（一八六七～一九四一）の論集単行本構想が、なんどか浮かんでは消えていった経緯の一斑をご紹介したい。

南方熊楠は、生物学者・比較説話学者・民俗学者であり、明治・大正・昭和初期の在野の知識人として知名度が高いが、その事蹟と学界への貢献について、いまでも輪郭が明瞭とは言いがたい。そのことの理由はいくつか考えられる。ひとつには、研究者として手を染めた領域が広く、生物研究と文献研究の双方で、膨大な量の資料収集をしていたのに比して、成果として公刊論文に結実させた業績が多くなかった（とくに生物研究で、かれの「業績」は少ない）。またその一方で、比較的断片的な研究ノートは無数に発表されたが、それらは単行本にまとめられることが少なかった。前後二度編纂された『南方熊楠全集』（昭和二六～二七年乾元社、昭和四六年～五〇年平凡社）が、いずれも事実上は「選集」でありながら十二巻に及んだほどに、南方の（私信書簡を含めた）著作物は多いのだが、しかしそれらが生前に南方熊楠の「著書」のかたちになったのは、大正十五年に集中して刊行された三冊（坂本書店の『南方閑話』、岡書院の『南方随筆』『続南方随筆』）にとどまった（ほかに、明治四四年に柳田國男が私家版として五十部だけ印刷配布した意見書「南方二書」、大日本紡績聯合会の求めに応じた調査報告の書簡を小畔四郎が印刷した、大正十三年の「棉の神について」などの小冊子があったが）。

附言すれば、南方の雑誌公刊論考は、圧倒的に比較説話学の領域に集中しており、東西の文献を渉猟し比較する手法がその中核なのだが、右の三単行本に収められた文章は、比較民俗学的な関心のものが多い。そのことは、残された著作の全体像からするといささか偏って、南方熊楠を「民俗学者」と考える後世の通念を助長したかも知れず、そのことは逆説的に、著作・論集が単行本にまとまることの意味ないし影響力を浮き彫りにしているともいえそうである。

しかし、東西の文献世界を公刊に博捜する南方の著述を評価し、雑誌初出のままに埋没させずに論集単行本のかたちにまとめることを企図した出版人は、大正十五年の坂本篤と岡茂雄以外にも、彼の周囲になんどか出現した。また、南方自身にも、自分の著作を図書のかたちとする思惑は存在した。本稿では、そうした南方熊楠単行本構想の軌跡のうち、最初期のものを、南方熊楠邸文書から窺ってみたい。

2　毛利清雅と高島米峰

ひとつめの事例は、南方邸資料だが南方宛て書簡ではなく、雑誌『芸文』編輯部の高島円から毛利清雅へ宛てられた、一九一二（明治四十五）年書簡である。

毛利清雅（柴庵、一八七一〜一九三八）は、真言僧（のちに南方の墓所となる高山寺の住職）で、一九〇〇年に地域紙『牟婁新報』を創刊した新聞人でもあり、後に還俗して政治家（一九一〇年田辺町議会議員、一九一一年以降県会議員）に転身した人物である。初期社会主義と新仏教運動に関わりがあり、そのつながりから『牟婁新報』紙では荒畑寒村や管野スガが記者をしていたことがあるなど、一地方知識人にとどまらない人脈と活動の幅のある人物だった。

その毛利は同時に、生涯を通じて南方の盟友だった。彼の『牟婁新報』には、一九〇九年から南方がのめり込んでいった、いわゆる神社合祀反対運動に関する論考が多数掲載されており、政治・社会活動において政治家毛利は、南方の重要な同志だった。▼注[1]

また南方は、日英の学術系雑誌に公刊した研究ノートを、一般向けに書き直したかたちで、『牟婁新報』をはじめとする和歌山県内地方紙に掲載してもいる。日英両言語で著作を続ける研究者南方熊楠の学術活動を、いわば一般市民に普及させる役割を、新聞発行人としての毛利は永らく担った。そうした地方紙向けリライト版の南方著作の中には、「拇印の話」（いわゆる「拇印考」）のように、論考の日本語版は『牟婁新報』版しか存在しないものもある（内容や文体が学術的な文章の体裁ではないものも多く、そのために『南方熊楠全集』に収録されなかったものもある）。

その毛利は、かなり早い時期から熊楠の新聞論考を取りまとめて単行本とするもくろみを持っていた。そのことに関連して興味深いのが、旧南方邸資料（現在は南方熊楠顕彰館所蔵）中に残されていた、高島円から毛利清雅宛ての一九一二年一月十七日付書簡（『南方熊楠邸資料目録』［来簡四九三八］、未刊）である。これは、毛利がその思惑を、具体的に第三者に対して打診していたことを示している点が注目にあたいする。

拝復

仰せ越され候趣き拝承、たゞ左の希望にして容れらるれば更に一考仕るべく候。

一冊の本の名としては「西説婦女杜騙経」では妙でない、
もつと俗わかりのする名に改めて欲しいこと
新聞に出る一回分毎に章の名を附して通読の便に供せられたきこと
本にする前に一度新聞の切抜きを訂正（誤植やルビの間違など）を得たきこと
――――――――――――
全体でどの位あるのかをも知らなくては相談が出来難い、四六判で三百頁以上は是非欲しい
そして四六判（「悪戦」と同様）三百頁以上で初版千部の印税六十円内分、再版以後すべて実価の一割といふのではどういふものだらう、
若し杜騙経だけでは三百頁にならぬといふなら附録として他の論文を添へてもよし
但し、風俗壊乱など丶来ては困る
予めお手やわらかに願つて置きます
一月十六日
高島円
毛利台兄　侍史

書簡は、これで全文である。
他人行儀な気遣いのない気軽な文面からは、発信人と名宛て人との親しさが如実である。

この毛利宛て書簡は、『南方熊楠邸資料目録』では「芸文発行所から毛利清雅宛」とされ、高島の名を示していないが、「東京小石川原町六番地　鶏声堂書店内　芸文　発行所」封筒が使われ、高島円と署名が書き添えられている。『芸文』は、京都帝国大学文科大学「京都文学会」の機関誌で、一九一一年十一月（第二年十一・十二号）から一九一七年八月（第八年八号）までの間、高島米峰（大円、一八七五～一九四九）の鶏声堂書店が発行元だった。

高島は明治の新仏教運動の重要人物であり、晩年には母校東洋大学の学長も努めた人物だが、高島と毛利のふたりは、毛利が東京法学院に学んだ明治三五年頃までに知り合ったものと思われる。高島は、明治三二年の「仏教清徒同志会」結成に参加しており、これには、和歌山市出身で南方熊楠の竹馬の友である杉村広太郎（楚人冠）も加わっていた。明治三五年には、それが「新仏教同志会」に改組されている。

そういった経緯であれば、高島は、毛利を杉村とも近しい仏教改革の士にして社会主義に関心の深い新聞人として、知悉していたことになる。実際、▼注[2]同会の『新仏教』誌上で高島は、何度か毛利に言及した文章を掲載している（同誌で高島は、しばしば「高島円」としてその名が見える）。また、大正四年三月の第一二回衆議院議員選挙に毛利が立候補した際には、この新仏教同志会有志が東京・神田にて推薦演説会を開催し、

加藤咄堂や三宅雪嶺とともに高島も応援演説を行った。なお、結果は落選で、毛利は同年九月の和歌山県会議員選挙に当選し、県議会に復帰した。▼注[3]

この書簡に名前の見える「西説婦女杜騙経」は、この年元日から十九日まで九回連載で『牟婁新報』に掲載された南方の随筆である（全集未収録）。書簡の文面からは、東京で出版業を営む高島に対して毛利が、南方の新聞随筆単行本化を打診したこと、原稿の量のことなど具体的な企画は、これからであること（九回の連載だけでは一冊の図書にならないことは明らかである）、そして、南方熊楠という書き手に、出版取り締まり上問題の起こる気配を高島が感じているらしいことが窺われる。これより前の一九一〇年八月、南方は神社合祀反対運動の過程で、不法家宅侵入および暴行のとがで収監されるという事件をすでに起こしており、また翌一九一三年には、宮武外骨の雑誌『不二』に連載した「月下氷人」によって、実際に発禁処分および裁判による罰金刑を受けることになるのだが、毛利はそういった南方のひととなりも、高島へ率直に伝えていたのだろうか。なお、文中にみえる「悪戦」は、高島自身の著作『悪戦』（明治四四年丙午出版社刊）であろう。同書は四四〇頁を越える浩瀚なものであり、高島が、毛利との協議を具体的なものにし、読み応えのある図書を作りたいと考えていたことが推測される。

この書簡が南方邸に残されていたのは、南方に読ませるべく、毛利が南方へ転送ないし手渡したと考えるのが自然であろう。

3　土宜法龍宛て書簡をめぐって

南方へ宛てた毛利の書簡のなかで、高島の名前が見えるものとしては、一九一六（大正五）年九月二十六日付の南方宛て書簡［来簡四九四四］（未刊）がある。

> （六）、土宜師への貴書数通、之は先年小生栂尾へ参詣せし時、ちよつと拝見せしが内容は小生殆ど見ず。実際貴台の書面は皆な細字ゆえ一本読むにも三十分以上を費さゞる可らず［…］。其節土宜師語らるゝには　南方氏は非常な学者で此書面の如きも学術上有益な著書として公刊すべきものであると語られたり。前年柳田氏が『南方二書』を刊行した如く　之等の書面を公刊せばサゾ学界を益する事ならんと小生思考せしが故に、南方氏異議なくば此書簡小生へ貸与せられたしと乞ひ置きて帰りたる事に候。
>
> 其後、貴台御来社の時、『南方文集』出版の話あり、東京高嶋氏へ交渉せよとの事ゆえ、小生早速高嶋氏へ交渉せしに、高嶋氏快諾あり　印税でも又は原稿買入れ

でも何れにても宜しとの事にて再三督促あり、尊台は出版を承諾しながら一向実行せられず、中に立つた小生大に板挿みの困難に陥入り候ゆえ、土宜師の書簡を思ひ出し、尊台さへ異議なくば　先づ之を整理して『南方文集』第一輯としてゞも出さば宜しかるべき事と思付き候事に候。之迚、小生無断にて書面を土宜師に出せしにあらず　貴台も傍らにて大笑しながら見て居たのでありません乎。今更抗議は恐入申候。
要するに、小生は南方文集出版を切望するものなり。
貴下断行の勇なきを怪むのみ。

毛利と南方の親しさがほの見えて興味深い文面を通して、毛利が単行本とりまとめを繰り返し南方に提案し、南方がかならずしも乗り気でなかったという状況がのぞいている。「東京高嶋氏へ交渉せよとの事ゆえ」といった表現はことばのあやとしても、単行本とりまとめの毛利からの提案を南方が承諾したという場面が先行し、それを承けて毛利は高島へ打診をしたのだろう。しかしその後、高島が話を受けたにもかかわらず、毛利は「大に板挿みの困難に陥入り」というのだから、南方は、単行本化のための作業にあまり前向きではなかったのである。ここで言われている「高嶋氏快諾あり」が、先に引用した明治四五年の高島来簡のことであるとすれば、毛利は明治末頃からこの書簡の頃まで、断続的に南方に対して文集・論集の単行本刊行を提案し続けていたことになる。そしてもう一点、この書簡が興味深いのは、土宜法龍（一八五四～一九二三）へ宛てた南方の書簡を一篇の冊子に取りまとめる構想が、『南方文集』の構想とともに記されていることである。

土宜法龍宛て南方熊楠書簡を公刊するという毛利の思惑については、土宜が住職をしていた京都・栂尾山高山寺に保存されていた土宜宛て南方書簡が、二十一世紀に入ってからの二〇〇六年に大量に確認された経緯との関係で、奥山直司が明瞭に叙述している。▼注[4]

奥山の叙述に従えば、明治四三年七月の時点でいったん、毛利は土宜に対して、南方の土宜宛て書簡を借り受けて、自分の『牟婁新報』紙上で公刊したい思惑を打診した。しかしこのときは南方がこれを拒絶し、そのために土宜は毛利へ南方書簡を送らなかった。六年後の大正五年五月になって、毛利は南方に対しふたたび土宜宛て南方書簡の公刊を説き、今度は南方にいったん同意させたらしい。南方自身が、大正五年五月八日付書簡（全集七巻四七二頁）で土宜に対し、将来なんらかのかたちで公刊する可能性を示唆して、書簡の還付を申し入れ、そのため土宜宛て南方書簡の一部が、田辺の南方邸に送り返されることとなった（そのとき取り分けられて土宜の手許に残された書簡と、それ以降に土宜へ宛てて記された書簡が、最終的に高山寺蔵南方熊楠書簡となった）。

ところが、その後の同年九月になって、南方は毛利に対して、改めてこの土宜宛て書簡の公刊計画を非難する書簡を記している。

> 土宜師より返却されし拙状の事、これは小生土宜に永遠保存さるべき約にて書しものなるは御承知の通り。然るに先年（六年前）貴下小生え何の懸合ひなく、小生の承諾なしに牟婁新報へ出す為に、此の状共を土宜より貴方へ回送せよと申しやりし事あり。［…］土宜よりは小生へ問合せあり。［…］小生は不承諾の旨を答へ候。［…］他人の状を新聞で公開せられんとするは、誠に不作法極まるものと思ひたり。
>
> （推定九月二十一、二日頃、中瀬喜陽編『南方熊楠書簡　盟友毛利清雅へ』五九頁）

「土宜師より返却されし拙状」と記されているので、この時点ですでに、土宜が選び出した南方書簡は、田辺へ戻されていたのだろう。この書簡は日付を欠いているが九月二十日頃であることが推測されており、▼注[5] 右の南方宛て毛利書簡（九月二十六日付）は、この南方からの書簡への反駁として記されたものと考えられる。毛利は、高島に対して、明治四五年頃以来六年越しで、地元田辺町の碩学南方熊楠の著作集刊行を打診し、その内容として、自分の『牟婁新報』紙掲載の学術エッセーを提案していた。同時に、私信書簡である土宜法龍宛て南方熊楠書簡を、『牟婁新報』紙上に公刊するという思惑を南方へ打診していた。前者に対して南方はいったん了承したものの、態度は後ろ向きであり、事態が順調に進展しないことに業を煮やした毛利は、後者の土宜宛て書簡を図書にまとめるという構想を南方に申し入れ、六年越しでの了承をいったんは得たのだろう。ところがその後で、南方は態度を左右させたのである。

毛利を面罵する居丈高な文面とは裏腹に、単行本刊行を企図する毛利の思惑に対して、南方の態度が優柔不断に揺れていたらしいことは、いくばくかのおかしみを感じさせるとともに、南方に生涯ついて回った、ある種の性格の弱さを、読むものに印象付けている。

このように弱気に逡巡する南方の「著書」が現実に世に出るには、これから十年後の大正十五年まで待たねばならなかった。

4　南方熊楠と石橋臥波

しかしここで紹介しておきたいのは、南方自身の側にも、出版者に対して自分の著述をアピールする意欲がはっきりと存在したことである。それを示唆する早期の資料としては、本邦最初期の民俗学雑誌『民俗』（大正二～四年）を刊行していた民俗学者・出版者石橋臥波から南方熊楠へ宛てた、大正二年十一月二十五日付書簡［来簡〇三八五］（未刊）が挙げられる。

> 御書面之趣拝承、御同情申上候。貴稿燕石考は、小生之民俗叢書としては出版は如何あらんも、何とか他之方面運動相試み可申候間、原稿一応御送付置被下度。
> ［…］
> 富士［ママ］雑誌御示しに預り、早速二号三号買求め申候。一号は早即品切し、手に入り不申候。御説面白く拝見致候。［…］
> 暦の話一部、漸く出来致候付、御送付申上候間、御笑覧可被下候。目下大雑書編輯中にて、多忙を極め居り申候。
> 民俗も三号編輯に取かゝり申度。

引用のはじめで触れられている、南方の「御書面」は未発見で、石橋が「同情」を寄せている南方の状況は、この書簡から推測するしかない。しかし、具体的な論考名や刊行物の名前から、その輪郭は推測が可能である。ここに見える「貴稿燕石考」は、那智滞在時代（一九〇一～四年）の南方が心血を注ぎ、しかし未刊に終わった英文論文（英文原文は全集十巻、日本語訳は『南方熊楠英文論考［ノーツアンドクエリーズ］誌篇』所収）であり、南方が生涯、自分の最重要著作と考えていたものである。この時点ですでに十年、南方の筐底に眠っていた。そして「小生之民俗叢書」は、石橋の「人文社」が当時刊行を始めていた「民俗叢書」のことであろう。その第二編としてすでに出ていた『新旧対照　暦の話　附録　雑説年中行事』や、翌大正三年に刊行されることになる石橋自身の著書『二十世紀大雑書』（第一巻、民俗叢書第三編）といった書名、くわえて雑誌『民俗』の名前が書面中にみえている。そうした現役出版者の立場から、南方の「燕石考」に対しては、「民俗叢書としては出版は如何」と思うが、「何とか他之方面運動」してみたいので、「原稿一応御送付置被下度」と石橋は記しているのである。

宮武外骨の『不二』と思われる誌名が見える（同じ十一月に、南方の「月下氷人」が理由となり、風紀紊乱のとがで発禁処分を受けたばかりだった）ことと合わせて考えると、南方の側から、自分の公刊論文および未刊の論述について石橋に説明ないし吹聴し、とくに「燕石考」については、ひょっとすると日本語版をあらたに作成し、刊行する可能性を打診していたのかもしれない。石橋があえて「民俗叢書としては出版は如何」と断りを入れていることから憶測を逞しくすると、南方から具体的に、「民俗叢書」の一冊として考慮を求めてきたのではないか、と考えられなくもない。しかし結局、自らの手で日本語にすることすら生涯出来なかったこの英文論考の刊行打診は、現実性のあるものではなかった。

5　おわりに

明治年間の南方の日本語論考は、『東洋学芸雑誌』や『人類学雑誌』『考古学雑誌』といった、読者が学者・研究者である学術誌に発表した学術性志向のものと、『牟婁新報』をはじめとする地域紙に発表された、一般読者向けのものとで性格がはっきりと分かれていた。

大正年間に入り、南方自身が四十代後半になった頃、一般市民を読者とする総合雑誌や、地域の郷土史家が読者であり寄稿者であるような民俗雑誌（これは、この頃新たに誕生した）への寄稿がはじまって、著述家南方はいわば新たな段階に入る。彼自身が創刊に深く関わった、柳田國男と高木敏雄の『郷土研究』や、それとならんで日本民俗学の嚆矢である、石橋臥波の『民俗』、およびこれに続いた大正年間の多くの地域民俗関係雑誌への寄稿と、『太陽』や『日本及日本人』のような総合雑誌とにおいて、市民読者層とでもいうべき新たな読者を獲得した大正年間の南方は、「十二支考」をはじめとする多数の「知の饗宴」論考を執筆して、博識の畸人南方熊楠を日本の読書界に印象付けることになる。

そうした大正年間の南方の日本語著作、とりわけ「十二支」論考を軸として、南方著作の単行本化の企図が大正年間から南方の没後まで続いて、やがて二度の『南方熊楠全集』を生み出すことになっていく。

本稿でご紹介した、明治年間の南方著作に関する最初期の単行本構想は、そうした南方熊楠著作刊行史のなかで、いわば前史に位置づけられるものである。そこには、著作者南方熊楠と、その出版者との関係をめぐって、のちのちまで宿命のようにまとわりついていく、まよいとためらいのしぐさがすでにあらわであることが、興味深い。

【注】

［1］最近再発見された一例だけを挙げると、大正五（一九一六）年に毛利が県議会で引用し、同時に『牟婁新報』に掲載した、景勝地奇絶峡での水力発電所建設に反対する南方の意見書の存在が、ちょうど一〇〇年後の二〇一六年に紹介された。これは、県会議員・新聞発行人としての毛利が、自分が公表する前提で、学識経験者である南方に執筆を求めたものと思われる。岸本昌也「史料紹介　毛利清雅「奇絶峡保勝に関する意見書」および議会演説―「エコロギー」と風景をめぐる南方熊楠書簡（断簡）とともに―」（『くまの』一五一号、二〇一六年一一月）。

［2］「与毛利柴庵兄　官吏侮辱とは何ぞや」『新仏教』六巻九

号（この明治三八年九月、牟婁新報紙と毛利が官吏侮辱罪に問われた、牟婁新報社新聞紙条例違反事件に際して）、「人事物」欄（『新仏教』一三巻一号・明治四五年一月、一三巻四号・同年四月）など。

［3］中瀬喜陽編『南方熊楠書簡　盟友毛利清雅へ』一二一頁解題。

［4］奥山直司・雲藤等・神田英昭編『高山寺蔵南方熊楠書簡　土宜法龍宛 1893―1922』三四二～七頁解題、特に三四六頁の注（26）。

［5］中瀬編『南方熊楠書簡　盟友毛利清雅へ』六〇頁の注で、同書簡末尾の記述と、大正五年九月二〇日および二一日の『牟婁新報』紙報道との関連が指摘されている。

［附記］本稿で言及した未刊南方熊楠邸資料の調査と翻刻に関して、岸本昌也氏から多くの教示を得た。記して感謝したい。

【コラム】

理想の『日本文学史』とは?

ツベタナ・クリステワ

1 問題の確認

最近、日本文学研究の世界では、日本文学史に対しての関心が高まりつつあり、小峯和明編『日本文学史』(吉川弘文館、二〇一四年)などの本が出版されたり、『リポート笠間』の特集「理想の『日本文学史』」(No.61、二〇一六年一一月)に見られるように、活発な議論が行われるようになった。

文学史を書き直す試みは、いつ、どうして行われるのだろうか。一般論からすれば、書き直しの必要性が生じるのは、イデオロギーの変更、すなわち価値観や評価基準が変わる時代においてである。言い換えれば、歴史そのものの考え直しの時である。近年の代表的な例として、中・東欧における社会主義制度やソビエト連邦の崩壊といった、ヨーロッパで起きた歴史的変更を伴った文化史や文学史の大幅な書き直しを挙げることができる。

こうした条件がどれほど日本の事情に当てはまるかは別として、文学史の書き直しの試みは文化的アイデンティティの考え直しと関連しているということには、変わりはないだろう。一方、日本の場合、もう一つの重大な書き直しの必要性が生じる理由があると思われる。それは、明治時代に遡る日本文学史という概念の土台がしっかりしていないことである。つまり、前近代の日本文学の流れは、それ自身の特徴に基づいて纏められたのではなく、異なる文化的モデルに合わせて整理されたのである。その結果の一つは、あらゆるジャンル、作品、表現形式などの連続性は必ずしも明確に把握できるとは言えないことにある。権威あるテクストが特定され光を浴びせられた傍、移り変わりの流れを支えている「脇役」の作品たちは陰に残されたのである。

このように文学史が断片的なイメージを持ってしまった理由が「外」のモデルの導入だけにあったならば、文学史を書き直すという課題は、あまり難しくなかったはずであろう。しかし、問題は前近代の日本文学そのものの特徴にもある。この問題を整理するため、二十世紀後半の記号論学を代表する、M・ロトマン中心のタルトゥ・グループが提唱した文化の分類学《タイポロジー》を参考にしたい。

ロトマンたちは、文化を非遺伝的なメモリーと見なし、あらゆる文化の歴史を詳しく分析した結果、文化の伝達や教育の方法に基づいて、「文法志向型」（grammar-oriented）と「テクスト志向型」（text-oriented）という二つの主要なタイプを区別した。「文法志向型」の文化においては、まず従うべき規準やルールが成立し、人の行動とふるまい、創造と表現など、すべての営みがこうした規準とルールに即して行われるものなので、このタイプの文化は「内容志向」である。一方、「テクスト志向型」の文化は、ルールが前もって出来上がるのではなく、具体的なテクスト、表現、習慣など、文化的実践そのものから自然に成り立つものなので、「表現志向」の文化として特徴づけられる。

よって、前者にとっては「正しいものが存在すべき」なのであり、後者の道理は、「存在するものが正しい」となる。それに対応して、教育や伝統伝達の方法と目的も異なってくる。前者においては、目的は規準やルールを身につけることであり、後者において求められているのは、優れた作品や表現などの前例を覚えることである。そして、「内容志向」の文化の最も代表的な知的活動は学問（science）であるのに対して、「表現志向」の文化においては、それは詩歌（poetry）なのである。

どの文化も多様的なので、二つのタイプの組み合わせとなっているが、そのいずれかが主要な傾向として現れる。たとえば、古代ギリシャの文化に根を持つ西洋文化は、「内容志向」として特徴づけられるのに対して、日本文化においては、「表現志向」の傾向が強いように思われる。こうした傾向は、教育など、現代文化においてもたどられるが、前近代の文化は、驚くほど「表現志向」のモデルに合っていると言える。

文学史を書くことは、これら二つのタイプの特徴と密接に関連しているように思える。「内容志向」の傾向が強い文化においては、アイディアが文化発展の原動力になっているので、文学史を書くことの基準は、「知の歴史」（intellectual history）の流れであるというような明確なガイドラインが存在している。もちろん、「表現志向」のタイプとして特徴づけられる文化においても、文学史は「知の歴史」の一部として意識されていることには変わりはないが、評価の重点がモデルとなった優れたテクストに置かれているので、文学史を書くためにはかなりの努力が必要である。

このような違いをよく示しているのは、文化史の段階の区別である。例えば、ヨーロッパの文化史においては、国によって相違点があるものの、ルネサンスや啓蒙主義などのように、主導的アイディア中心の時代の名前、あるいはゴシック、バロック、ロココなどのように、主導的スタイルを示す時代の名前があるのに対して、日本の場合、上代・中古・中世・近世などのように、時代の歴史的な区別しか行われていない。だから、文学史を書くことは、それぞれの時代の特徴を把握し、それらの関連性を見分け、連続性の流れをまとめるなど、徹底的な研究活動になっている。そして、その活動のなかでは最も重要と思われるのは、焦点や重点、評価基準であろう。簡単にまとめて言えば、日本文学史を書くことは、文学の流れを概念化する過程となる。こうした視点からすれば、二十一世紀の初めの現在、日本文学史の書き直しの問題が焦点化されてきたことは、時代的・社会的などの要求に対しての対応としてだけでなく、日本文学の研究活動の発展を示す結果としても捉えられる。

2　枠組みと用語の問題

そもそも「日本文学」の中身は何なのだろうか。その枠組みをいかにして規定できるのだろうか。それは日本文学に限っての問題ではないとはいえ、深刻であることには間違いはないだろう。

あらゆる研究書において指摘されているように、出発点として、「日本」を定義する必要があるかも知れない。こうした問題を軽視しているわけではないが、ヨーロッパとアジアとの交差点に当たるブルガリア出身の私にとっては、島国である「日本」は、少なくとも地理的・歴史的な意味においては、羨ましく思うほど分かりやすい存在になっている。確かに、この数年、NHKを初め、報道機関が「にほん」を「ニッポン」に変えようとしているので、もし「にほんご」と「にほんぶんがく」もいずれ「ニッポンゴ」と「ニッポンブンガク」になったらば、その中身も変わるのだろうかということに対しての関心がないといえば嘘になるが、今のところ、これら二つが「ニッポン化」の過程に抵抗し続けているので、問題にしない。

しかし、たとえ「日本」の定義のことを置いておいたとしても、「日本文化」と「日本文学」になると、問題は深刻化してくるように思える。なかでも特に特定しにくいのは、現代の「日本文化」の中身であろう。国内も海外も同様に、コンセンサスが得られていないのは、中身そのものが規定できないものになっているからだろう。例えば、なぜかいまだ「サブカルチャー」に分類されているマンガやアニメは、アジアやアメリカなどにおいては「ジャパニーズ・カルチャー」を代表しているのに対して、ヨーロッパでは、国によって違いがあるものの、日本文化の代表となっているのは、やはり文学、映画、美術などである。まとめて言うなら、現代の「日本文化」は、その発信と受容の往復の過程を通して内容づけられるものである。

　人の移動が活発化されてきた現代においては、「ナショナル」な文学の見解も変わってきた。決め手は、国籍ではなく、言語である。確かに、いわゆる「在日」作家のように、「自己アイデンティティの意識」といったデリケートな問題も存在するが、一般論からすれば、どの文学に分類されるかを決めるのは、作品の言語である。ロシア生まれのナブコフの『ロリータ』はアメリカ文学であり、日本生まれのカズオ・イシグロの作品はイギリス文学のものであり、アメリカ生まれのリービ英雄が日本語で書いた作品は日本文学に属しているに違いない。

　だが、漢詩や漢文の長い伝統を誇る前近代の日本文学は、この一般論を逸脱している。有名な書家でもある書史の研究者の石川九楊は、このような日本文化の特徴を「二重言語国家、日本」▼注[1]と呼んでいる。芥川龍之介や永井荷風などの作品が示しているように、近代に入ってからも、しばらくの間、中国古典の詳しい知識は一般教養の一部であり、日本文学の創作活動の重要な要素をなしていたのである。

　ここまで簡単に素描したように、近・現代日本文学のケースとは違って、前近代文学は、時代的に離れているので、枠組みが決まっているはずだが、この場合は別の問題が現れてくる。それは、「文学」といった用語の枠組みである。よく知られているように、社会、文化、経済、工業、科学、哲学、美術など、現代社会の活動を表す基本用語は、明治初期に、主に英語の和訳として定着したものである。「文学」もその一つであるが、もともと『論語』のなかで「学問・学芸」の意味で使われていたその用語は、*literature* と同じ意味を伝えることに成功したのだろうか。確かに、*littera*（文字）から発生したラテン語の *litteratura* という用語には、本来「知識、教養」など、『論語』の「文学」と同様の意味があったが、しかし、フランス語を通して英語などのヨーロッパの言語に普及したとき、すでに「本の知識」「文字の世界」などのような意味で使われていたのである。だが、西洋の文学よりも中国の古典に親しんでいた当時の知識人には、『論語』での意味から離れることは決して容易ではなかったはずである。例えば、明治二十三年に発行された日本初の『日本文学史』（三上参次・高津鍬太郎著、金港堂）を九年後にロンドンで出版したW・G・アストンの日本文学史（*A History of Japanese Literature, London: William Heinemann*）と比較すれば、二つのアプローチの違いが明らかになる。後者は作品を文学的な立場から紹介しているのに対して、前者においては道徳的・教訓的な取り扱い方が強い。それが「文学」という用語の解釈と関連しているかどうかについては、断定はできないが、否定もできないだろう。とにかく、『竹取物語』などに見るように、十世紀の初めの日本人は、他国の文化に見られないほどの文学的意識を持っていたのに、千年後の日本においては、こうした意識がかなり曖昧になったことは、「文学」などの用語の導入とは全く無関係ではないだろう。正しく、ロスト・イン・トランスレーションというような状態である。

用語の問題は文学作品の取り扱い方においても現れてくる。どのジャンルや作品にも「ラベル」が貼り付けられ、日本文学の多様性は抑制されたのである。代表的な例として挙げられるのは、「随筆」という用語であろう。「物語」は、作品が数多くあるので、幸いにもそのまま活かされたのだが、『枕草子』のような独特な作品には、『方丈記』と『徒然草』とともに、フランス語の *essai* の和訳として明治時代にできた「随筆」という、もともと日本文学には存在していないジャンルのラベルが当てはめられたのである。ところで、「エセー」というジャンルを作ったのは、十六世紀ルネサンス期のフランス人哲学者のモンテーニュ（*Les Essais*）なので、およそ六百年も前に書かれた『枕草子』がそれに類似することは、日本古典文学の評価としても捉えられるだろう。しかし、たとえ『枕草子』と『徒然草』を「エッセイ」と訳すことは妥当であるとしても、それらの作品に「随筆」という外国文学のジャンルの和訳のラベルを押しつけて、考察をそのジャンルの特徴に合わせようとすることは、決して妥当であるとは言えないだろう。当時の読者にとっては、『枕草子』は、時代的に近い『袋草紙』という歌論書や『無名草子』という物語論と同様に、「草子（草紙）」だった。なぜだろう。時代を下げて、『徒然草』の後に「御伽草子」や「仮名草子」や「浮世草子」などの作品群が誕生してくる。だいぶ異なるものなのに、なぜ「草子」と呼ばれたのだろう。「存在するものが正しい」という「表現志向型」の文化の道理に従って、この事実を受け止めて、「草子」という日本文学特有の表現形式を徹底的に分析すべきなのではなかろうか。こうすることによって、今まで見落としていたそれぞれの作品の特徴も見えてくるかも知れない。

ごく僅かな例しか取り上げられなかったが、問題を簡単に整理できたのではないかと思う。比喩的に言えば、明治時代においては、日本文学は急に、着こなせていない、しかもカットの良いとは言えない洋服を着せられたので、その本来の美しさの輝きがくすんでしまった。あれから、その洋服をずっと着続けてきたので、私たちにとっては、その姿は当たり前になってきた。すべての用語とそのダメージを取り消すことは不可能ではあるが、少なくとも当たり前になった誤解やステレオタイプから脱出できれば、日本文学の本来の美しさを少しばかり取り戻すことは不可能ではないはずであろう。

3　アプローチの問題

ここまで確認してきたように、日本文学の歴史の書き直しの前提は、それを概念化することであると思われる。そのためには、文学の流れを全体、上代から現代までよく把握し、共通の立場から取り上げなければならない。こうした大業は、一人の学者には不可能であろう。ドナルド・キーンの『日本文学の歴史』（土屋政雄訳、中央公論社）や小西甚一の『日本文学史』と『日本文芸史』（講談社）のようなユニークな前例もあるが、研究が極めて洗練されてきた今、「同じ心なる人」のチームワークでなければ、納得のいく結果は得られないだろう。確かに、「**みな人を同じ心になしはてて思ふ思はぬなからましかば**」（和泉式部集、「世の中にあらまほしき事」、三四〇）と、昔の人がよく分かっていたように、「みな人」が「同じ心」になることはありえないが、しかし、活発な議論を通して輪を広げて、「思ふ」ことと「思はぬ」ことをはっきりすれば、「みな人」が認める結果になりうるだろう。

成功の決め手になるのは、アプローチである。考えてみれば、ドナルド・キーンと小西甚一も単独で日本文学史を書くことに成功したのは、豊富な知識はもちろんのこと、日本文学の流れに関して明確なビジョンを持ち、比較文化・比較文学といったアプローチを貫くことができたからであろう。

比較文化・比較文学的なアプローチは、今後も学者たちを興味深い「発見」に導いてくれるであろう。たとえそのアプローチを徹底的に応用しなくても、他国の文化と文学を視野に入れなければ、日本文学の特徴が見えてこないだろう。それは個別研究にも当てはまるが、文学史の場合はなおさらである。問題は、何を何と、なぜ、どのようにして比較するかということにある。もっと詳しく言えば、考察は、類似点を示すことで終わるのではなく、さらに相違点をも見極めたうえ、日本文学のメカニズム、意味生成パターンなどを追究しなければ、意味はあまりないだろう。ところが、今までの考察においては、日本文学は、主として西洋文学と比較されていたので、相違点が前提であり、類似点は表面的なレベルに止まるケースも少なくない。だから、今後は、類似点の多いと思われる東洋文学、とりわけ朝鮮やベトナムなど、同様の文化的背景を持っている文学との比較を試みるべきであろう。類似点を通して見えてくる相違点は、日本文学の様々な特徴に気づかせてくれるはずであるからだ。

視線の変更の必要性を主張し続けてきた小峯和明は、日本の文化的アイデンティティの再解釈の枠組みを「東アジア」としているのに対して、「書」の研究者の石川九楊は、「漢字文化圏」と呼んでいる。どちらも妥当であろうが、焦点には多少の違いがある。前者は、「ヨーロッパの文化」「南米の文化」などと同様に、地理的な側面のみならず、政治的、社会的、文化的などの交流から織り成されている歴史的な側面を強調している。一方、後者は、漢字の使用だけでなく、漢字文化圏における「書くこと」の重要性に着目している。それは、「声」の力を優先する古代ギリシャの文化に根ざした西洋文化との大きな違いの一つである一方、他のどの言語よりも文字に依存している日本語の本質をも示唆している。どちらの枠組みを選ぶかは、具体的な研究内容と目的によるだろう。いずれの場合においても、考察の枠組みを広げることは、視野を広げて理解を深める結果になることには間違いはないだろう。

視線を変えれば、見えてくるものが変わる。その例の一つとして、中世の擬古物語のケースを取り上げたい。これらの作品群は、個別研究は別として、一般的には『源氏物語』を始め、平安時代の有名な物語の視点から見られてきたので、「模倣」に過ぎない「独創性の乏しい」「文章・内容ともに評価が低い」と、自分の光を持たない作品として片付けられ、二流の凡人として整理されたのである。「古典を模倣した亜流の物語という擬古物語の悪しきイメージをなくすため」(『日本古典文学大事典』明治書院)、それらの作品群は「中世物語」や「中世王朝物語」と呼ばれるようになったが、それで名誉回復できたのだろうか。源氏のブランドネームである「王朝物語」は却って「悪しきイメージ」を強めたのではなかろうか。ところが数年前、「パロディと日本文学」という研究プロジェクトの枠組みで擬古物語をパロディの立場から読んでみたら、それらの作品は「独創性の乏しい」ものではないどころか、創造のエネルギーやオリジナリティに溢れていて、「文章・内容ともに」高い評価に価するものであると確認した。[注2] そして、力不足ではなく、狙われた効果としてのパロディの技巧を示唆する「擬古」は、決して軽蔑的ではなく、その正反対に、ジャンルの特徴をよく掴んだジャンル名であると思うようになった。[注3]

笠間書院から出版された『中世王朝物語全集』はどの作品にも詳しい注釈が備えられ、あらゆる言及と連想が指摘されているのに、「パロディ」として取り扱われていないのは、それが「下品なジャンル」と見なされているからであろう。だが、よく知られているように、パロディは、その対象に対してだけでなく、パロディ作品が属している時代にも向けられているので、擬古物語は、平安時代へのノスタルジアとしてというよりも、「古典」の知識や教養のレベルが下がりつつあった中世の社会に対しての批判としても読める。だから、「パロディ」を文化や文学の発展の強力な手段として見直さなければ、パロディが主流の一つとなっている中世文学の特徴が見失われるだけでなく、平安時代の「仮名文学」(『大和ことばの文学』)はいかにして「古典化」されたのだろうか、性的意味の濃い江戸文化の爆笑はどのようにして発生したのだろうかなどと、文学史の流れも崩れてしまうのではなかろうか。

4　文学の位置づけの問題

文学の役割は、文化や時代によって異なる。当たり前に思えることなので、あまり問題にされていない。確かに、どの日本文学史の本においてもそれぞれの時代の文学についての紹介はあるが、その位置づけについての分析はない。だが、位置づけの問題は、過大視できないほど重大であり、文学史の考察のみならず、あらゆるジャンルや作品などの分析も左右できるものである。なかでも特に重大に思われるのは、日本文化の独自の姿を作り上げてきた平安時代の社会と文化における「主役」としての文学の働きであろう。こうした役割は、だんだん社会活動の周縁に追いやられていく現代文学とは大きく異なるだけでなく、おそらくは他国の文化においても見当たらないケースをなしているので、役割の分析と説明がなければ、現代の読者には平安文学の意味が伝わらないだろう。だから、どんなに努力しても、「美しいが、浅い」という正岡子規による『古今集』の批判から普及してきた悪評を変えることもできないだろう。

詳しい考察は省略するが、▼注[4] 平安時代においては、和歌は、まさしく「表現志向型」の文化の特徴に従って、最も活発な知的活動であり、主要なメディアとして働いていた。勅撰和歌集から窺えるように、和歌は「権威あるディスクール」のステータスを与えられていた一方、知識人の一般コミュニケーションの手段だったので、古代中国思想の受容と再解釈の「場」でもあった。つまり、和歌とそれを基にした平安文学は、主要な「知の形態」として働き、平安文化のメタレベルをなしていたのである。▼注[5] 日本最古の理論書は歌論書であり、最古の生死論は『竹取物語』であるなど、明確な例は数え切れないほど多い。

「知の形態」としての文学の役割の結果の一つは、文学理論の著しい発展である。その理論は、現代の文学理論に勝るとも劣らぬほど、極めてレベルの高いものであるので、古代ギリシャの哲学と同様に、世界の文明への貢献と見なされるべきなのではないか。

例えば、『古今集』の「仮名序」のなかで論じられた「言の葉」という概念は、一千年後にロシアのフォルマリストらが提唱した「詩的言語」に驚くほど似ている。しかも、「**あはれてふことの葉ごとに置く露は昔を恋ふる涙なりけり**」（古今集、よみ人知らず、雑下・九四〇）など、数多くの歌から窺えるように、歌人たちは、「ただの言葉」（日常言語）と「歌ことば」（詩的言語）を明確に区別していたのである。あるいは、平安末期や鎌倉初期の歌論書によって提唱された「本歌取り」論は、世界最古の引用論であり、その具体的な考察もまた、「間テクスト性」（*intertextuality*）など、現代の引用論と肩を並べられるほど、論理性の高いものである。こうした重要な知的遺産を積極的に海外へ発信しなければならないのに、国内でさえ十分に評価されているとは言えないだろう。だから、その認識を広げ一般化させることを、『日本文学史』の課題の一つにすべきに違いないだろう。

一方、和歌が主要なメディアとして働いていたからこそ、時代の流れにつれ、その重要性が薄れていく。平安初期に誕生し、中世の黄昏に消えてしまう。つまり、和歌は物語や日記文学などと同様に、特定のジャンル、表現様式となっているので、時代とともに変わっていく役割を果たし尽くすと、当然ながら、文化史の舞台から去っていくのである。このような歴史的事実を踏まえなければ、平安時代における「知の形態」としての和歌の画期的な役割も見えてこないし、国学者によって極限に権威化された故に、一般の読者にとってほど遠いものに化けてしまった和歌への関心も取り戻すことはできないだろう。

ついでに付け加えると、一般人のみならず、教養の高い知識人でさえ、和歌と短歌の区別が分からないことは、和歌が果たした役割の理解を妨げているに違いないだろう。こうした区別を明確に説明するのも、教材としても使われている『日本文学史』の課題の一つなのではないか。

5　果たして、理想の日本文学史は可能なのだろうか？

「理想の『日本文学史』」と名付けられた『リポート笠間』のエッセイも示しているように、答えは、「ノー」であろう。何しろ、「理想」は移りやすいものなのだ。人によって異なるだけでなく、同じ人間でも、日々の流れにつれ変わっていくものである。

狙うべきなのは、理想の『日本文学史』ではなく、二十一世紀の初めの「今」に相応しい『日本文学史』なのではないだろうか。「今」だから見えてきたこと、「今」だから言えること、言わなければならないことをまとめた『日本文学史』。つまり、考慮すべきなのは、日本文学史の流れをどの視点から取り上げ、いかに概念化するかということだけでなく、文学から離れつつある現代社会に、どのようにして日本文学を紹介し、その重要性について伝達できるかということである。それが実現できるため、常に「理想」を持ち、常にその「理想」を追い求めていくしか方法はないだろう。

【注】

［1］この問題は、石川九楊の研究のメインテーマの一つなので、あらゆる著書においても取り上げられているが、最も詳しい考察として挙げられるのは、『二重言語・日本』（石川九楊著作集Ⅳ、ミネルヴァ書房、二〇一六年）という本である。

［2］擬古物語の作者は不明だが、和歌や源氏物語などの「古典」に極めて詳しい知識人だったと想像される。結果として、そのパロディは、極めて洗練されているので、解読のためにはかなりの努力が必要になる。普段行われている研究は、主として、引用や連想を示すといった注釈的なレベルにとどまり、本文におけるその働きの分析は、ほとんどない。そもそも、現代文学とは違って、古代文学の読みは、復元の作業である。文化的背景や主要なコードを解読し、あらゆる解釈の可能性についての仮説を立てることなのではなかろうか。それゆえ、文学史の研究の重要性が次第に高まっていくのではないかと想像される。

［3］パロディの研究プロジェクトのまとめとしては国際シンポジウムを行い、発表は『パロディと日本文化』という本として笠間書院から出版した（二〇一四年）。オーガナイザーと編集者としてこの本を宣伝できる立場にはなっていないが、それぞれのエッセイも最後に行われた座談会も、パロディのあらゆる側面を取り上げ、その重要な役割についてまとめることができたのではないかと思っている。一方、本の出版後、市古貞次などとともに「擬古物語」というジャンル名を提案した三角洋一先生から、「擬古」という用語には、間違いなく「パロディ」の意味をも担わせようとした、というありがたい説明をもらった。この場を借りて、三角洋一という優れた学者のメモリーに、改めて敬意を表したい。

［4］この問題は、最近、最も気になっている問題なので、あらゆる研究書で取り上げてきた。『心づくしの日本語―和歌でよむ古代人の思想』（ちくま新書、二〇一一年）の他に、「和歌というメディア」（『日本思想史学』第四六号、日本思想史学会、二〇一四年九月三十一日、四～一六頁）、「『知』の形態としての日本古典文学」（国文学研究資料館、第40回　国際日本文学研究集会会議録、二〇一六年、四二～一五頁）などの論文もある。

［5］平安時代の社会と文化における和歌の役割は、つまるところ西洋の文化的実践に基づいているポストモダンの哲学も逸脱し、その限界を明かしていると言える。例えば、旧来の「思想史」の土台を破壊し新しい視座をひらいたと言われているM・フーコーは、「権威ある言説」の理論を提唱し、あらゆる可能性を考慮したのだが、まさか詩歌が「権威あるディスクール」として定着することは、想像できなかったようだ。従来のロゴス中心主義的、西洋文化中心主義的な考え方を崩したJ・デリダもまた、哲学もエクリチュールであると主張し、その絶対的オーソリティーとしての土台を揺るがしたが、そのデリダでさえ「脱哲学中心主義的」な「知の形態」の可能性については検討しなかった。

あとがき

小峯和明

本書は「文学史の時空」を題するが、その背後では「古典と近代の架橋」をもくろみとしている。現在の文学研究の最大の陥穽もしくはアポリアが、古典と近代の断絶にあるからだ。学会組織をはじめ大学の学科編成の教員配置等々、多くは時代別、ジャンル別を基準とし、それが研究者のアイデンティティにもなっている。その結果として、己れの専門分野にのみ止まり、他の領域はあたかも無縁であるかのような研究情勢が長く続いた。多かれ少なかれそういう情勢は今も続いているだろう。その最たるものが古典と近代の研究状況における隔絶である。研究の進展は分野の細分化と多様化を必然的にもたらすから、個々の研究者がその全体をカバーすることはもはや不可能であり、おのずと自己の目の届く範囲に限定せざるをえなくなり、他分野への当事者意識が希薄になる。同じ日本文学であっても他の分野はまるで他人事であり、ひたすらおのれの内なる蛸壺のごとき枠内で坑道を掘り下げることに終始する。深さが広がりを持たず、狭いままであること、これが最大の問題である。

本シリーズ第三巻のあとがきでもふれたように、中世を起点とする学問注釈研究をはじめ、古典〈カノン〉学が進展することで、作者ばかりでなく読者、享受や再生にも焦点がすえられる研究状況になった。作者と作品を一対一対応でのみ考える作者・作家論より、後代の享受と再生に重きをおく研究が際立つようになってきた。そうした動向がおのずと通時的、共時的な文学史の回路をおしひろげたといえる。古典学の進展が文学史への通路を拓いたのである。もはや古典は古典、近代は近代として割り切っていられる時代ではなくなった。古典を古典たらしめるのは、作者ではなく、後代の読者であり、文学者や研究者であり、古典研究は必然的に近現代の課題と直接対峙せざるをえなくなる。

文学史の記述に際して、いかなる文学観によるかは当然の課題であるとして、もうひとつの問題点は、文学史はおのずとひとつの歴史であることだろう。文字通り文学の歴史にほかならず、歴史観や歴史意識と無縁ではありえない。文学観と歴史観とは不即不離である。本書編者のくり返し強調する「歴史叙述としての文学史」は、そのことを意識化するもので、文学史が歴史叙述にほかならないことをよく示してはいる。しかし、無限定、無媒介に「歴史叙述」の語彙を多用するのは問題なしとしない。「歴史叙述」はすでに歴史記録、歴史書から歴史物語や軍記に至るまでを包括する概念、用語として定着しているからである。「歴史叙述としての文学史」の「歴史叙述」はもう少し限定つきの、いわばカッコつきの意味合いで用いられるべきではないだろうか。

本書では、文学史の課題にあわせて、近代への視野が明確にみてとれるし、それにあわせて西洋、欧米への回路もみることができるが（その分、東アジア路線はやや後景に移った印象を受けるが）、そもそも基本の枠組みが、時代や地域を固定化することなく、自在に越えてひろがる面があり、和と漢、都市と地域、文学と文化学という二項対比をふまえつつも、双方を対置するだけでなく、相互の交響や相乗、融合作用を見すえていこうとする立場で一貫している。

このことはさらに、文字と口頭伝承、音声言語、物語と語り物、仏教の教導と笑話といった面からもうかがえよう。本シリーズの全巻を通して問題になる、文学と媒体の相関をめぐる本質的な課題である。

さらには、個々の論の指向性においても、往生伝とか能といえば、古代や中世に限定して論じられがちなのに対して、明治期や植民地時代の近代からとらえかえそうとする。あるいは、個々の古典の注釈史の位相や『源氏物語』を平安時代からではなく中世から読み直そうとしたり、『むさしあぶみ』から見いだせる中世と近世にまたがる表現史的な分析をはじめ、現代のアニメなどから『平家物語』などをとらえかえしたり、朝敵としての将門論からみる近代を浮き彫りにするような試みにもうかがえる。

そうした時間軸のずらしばかりでなく、和歌風俗が地域性の国ぶりだったのが、次第に国家の国に変貌、増強、増幅されてゆく解析をはじめ、奥浄瑠璃と古浄瑠璃の関連性、さらには合戦記の国内から異国への視野の拡大拡張、ホメロスからみる語り物としての『平家物語』、ルーマニアの「不老不死」をめぐる口頭伝承からみる浦島太郎、南方熊楠の抜き書きに見いだせる異文化交流の視角等々、地域の差違からみる空間軸、それも国際性にかかわるものが少なくない。研究状況の学際と国際化がおのずと研究課題の枠をひろげ、視野を外部に押し出しているともいえよう。

あるいは、熊楠の同じテーマの論考の英語と日文とを対比させたり、和歌の英訳を扱ったり、非カノンとカノンの対比をもとにカノンへの反転、上昇をとらえたり、作者における個人と集団の問題などもある。

また、編者の解説では、特に教育と文学史の連関が力説される。本シリーズ第二巻に教材に関する川鶴論があったが、ここでの提言はより根源的であり、研究と教育との架橋が問題視される。このことは教育の現場に立つ者なら誰しも懐き、ゆき悩む問題であり、その深刻さは益々度合いを増しているだろう。文学を研究することと文学を教えることがいかにかかわるか、不断の問いかけを続けるしかないだろう。

問題の基本は、古典が古典であるのは常に現代であり、古典を生かすも殺すも今を生きている我々次第であることだ。古典とは、つまらない、意味のないものとされれば、そのまま跡形もなく消えてしまうような代物である。汲めどもつきない古典のおもしろさや豊かさ、その意義や価値を、いかに未来を生きる若い人達に伝えうるかが問われている。既知の既成の文学をそのまま伝えるのではなく、常にそこに新しい意味や意義を見出し得るかどうかにかかっている。あるいは今では忘れ去られたもの、埋もれてしまったものを再発掘してその意義を見出し、喧伝したりする、知の考古学的な作業がもとめられよう。そうした営為が古典を生かす元手となるだろう。

そういう営みを不断に追究し続けるのが研究者の領分であるはずだ。文学など世の中の役に立たないという自嘲気味に開き直った姿勢ではもはやたちゆかない状況にある。文学こそ、この難しい時代だからこそ、心の糧や充足を得るために必要であり、意味があることを訴え続けるほかないだろう。たとえば、人はなぜ「うた」をうたうのか、あるいは「うた」を聴くのか、「うた」をもとめる情動や社会性を問い直せば、事の当否は明白である。人は「うた」なしでは生きられない存在であり（「ものがたり」も同様だが）、その「うた」こそ文学である。日常の暮らしや営みに深くかかわっている。そのことに気づかないだけである。その意義を知らしめ、重要性を訴え続けるのが研究者や教育者の勤めであろう。

教員として学校教育の現場にいるかどうかではなく、そもそも研究は教育と不即不離である。研究の蓄積や稔りはおのずとその継承や共鳴、批判や相剋を招かずにはおかないものであるから、必然的に伝授を指向するものである。まさに「文学史の時空は、研究者と研究の現在を照らし出し」ているのである。

私が近代の問題に直接つらなる契機を得たのは、南方熊楠との出会いである。和歌山県田辺市の熊楠邸に残された膨大な資料が二〇〇〇年、娘文枝さんの没後、田辺市に寄贈され、屋敷の隣に南方熊楠顕彰館として資料情報センターが開設された。二〇〇五年のことである。私は一九九四年から南方熊楠資料研究会に加わり、毎年欠かさず資料調査に赴き、千本英史、趙ウネさんと和本を担当し、蔵書目録につながった。夏の日、香取線香を焚きながらほの昏い蔵の小さな机で、ひたすら熊楠の読みにくい書き込みの文字を追ったことも、今はいとしい時の一齣である。沖縄の末吉安恭が熊楠に送った『球陽』の写本を見出した時には、いろいろなことをやっていると、いろいろなことにぶつかるものだと、思い新たなものがあった。

かつては『今昔物語集』研究の先達者としての意義しかなかったのが、あらためて説話学や民俗学、環境学など諸学問をとらえる上での巨大な存在として浮上してきたのである。熊楠が日常を暮らした屋敷や書庫の蔵や庭のそこここに今も熊楠の魂がやどっているような思いにしばしばとらわれる。肉筆の生の資料をそこにあるがままつぶさに調査できたのは幸運であった。資料研究会には人文から自然科学に及ぶ様々な分野の人が集まり、行き交った。まさに学際そのもので、おのずと自らの立ち位置を検証し続けなければならない感があった。

熊楠を通して我が研究が二十世紀までに及んだ、という感慨がある。新しい研究をめざす時、いつも熊楠のはるか遠くを見やる鋭い眼光を思い出し、みずからがその眼光に射すくめられる、そんな思いにひたる。国際と学際、人文と自然、あらゆる領域にまたがって一箇の人間として屹立するのがまさに熊楠である。人と名がこれほどみごとに合致した例は稀であろう。研究に向う自らを奮い起こす起爆剤や導入剤がまさに南方熊楠である。

第三巻のあとがきでもふれたキリシタン文学は、国際化の時代において最も重要なテーマであるはずだが、杉山論にみるごとく、研究分野としての認知度がまだまだ低いのが実情である。新しいキリシタン文学研究のほとんど唯一の存在といってよい米井力也が逝ったのが二〇〇八年、はや十年がたとうとしている。キリシタン文学の科研活動をはじめた矢先のことで、その最重要の研究同志を失ったショックは今も癒えない（立教日文五十周年のシンポや立教のキリシタン文学連続合同講義には参加してもらえたが）。生前に出た『キリシタンの文学―殉教をうながす声』（平凡社、一九九八年）に加え、さらに遺著『キリシタンと翻訳―異文化接触の十字路』（平凡社、二〇〇九年）は、かけがえのない道しるべとなっている。彼の蔵書が北京日本学研究センターに寄贈されたことも、奇しき因縁を感ずる。

キリシタン文学は欧米を主とする海外の研究者が少しづつ出始めており、まさに研究の〈十字路〉として今後の展開に期待したいところである。

本書は編者のいう「個々の研究を越えて全体的な見取り図を展望する文学史」となっているであろう。不断の営為がおのずとあらたな文学史の展望を拓いていくことに期待したい。

執筆者プロフィール（執筆順）

鈴木　彰（すずき・あきら）
立教大学教授。日本中世文学。『平家物語の展開と中世社会』（汲古書院、二〇〇六年）、『いくさと物語の中世』（編著、汲古書院、二〇一五年）、『島津重豪と薩摩の学問・文化　近世後期博物大名の視野と実践』アジア遊学一九〇（編著、勉誠出版、二〇一五年）。

宮腰直人（みやこし・なおと）
→奥付参照

小峯和明（こみね・かずあき）
→奥付参照

前田雅之（まえだ・まさゆき）
明星大学教授。日本古典学。『今昔物語集の世界構想』（笠間書院、一九九九年）、『記憶の帝国―【終わった時代】の古典論』（右文書院、二〇〇四年）、『保田與重郎　近代・古典・日本』（勉誠出版、二〇一七年）。

野中哲照（のなか・てっしょう）
國學院大學教授。中世軍記文学。『後三年記の成立』（汲古書院、二〇一四年）、『保元物語の成立』（汲古書院、二〇一六年）、『陸奥話記の成立』（汲古書院、二〇一七年）。

水谷隆之（みずたに・たかゆき）
立教大学准教授。日本近世文学。『西鶴と団水の研究』（和泉書院、二〇一三年）、『江戸吉原叢刊〈第4巻〉遊女評判記4・貞享～正徳』（編著、八木書店、二〇一一年）、『西鶴諸国はなし』（共著、三弥井書店、二〇〇九年）。

杉山和也（すぎやま・かずや）
青山学院大学大学院博士課程。説話学、近代説話学の形成史、南方熊楠。「日本に於ける鰐（ワニ）の認識」（『説話文学研究』四六号、二〇一一年）、「（正・続）日本に於ける鯨鯢の認識」（『青山語文』四三・四四号、二〇一三・一四年三月）、「日本に於けるネコの認識―猫またの出現をめぐって―」（『平成二五年度名古屋大学大学院国際言語文化研究科教育・研究プロジェクト「文化創造の展開および発展」報告書』二〇一四年）。

佐伯真一（さえき・しんいち）
青山学院大学教授。日本中世文学、軍記物語。『戦場の精神史』（日本放送出版協会、二〇〇四年）、『平家物語大事典』（共編、東京書籍、二〇一〇年）、『伝承文学注釈叢書1　予章記』（共著、三弥井書店、二〇一六年）。

王　成（Wang Cheng）
清華大学教授。日本近・現代文学／文化、中日比較文学／文化。「近代日本における修養概念の成立」（『日本研究』二九集、二〇〇四年一一月）、『〝修养时代〟的文学阅读――日本近现代文学作品研究（「修養の時代」で読む文学―日本近現代文学研究）』（北京大学出版社、二〇一三年一月）、『東アジアにおける旅の表象―異文化交流の文学史』アジア遊学一八二（編著、勉誠出版、二〇一五年四月）。

谷山俊英（たにやま・としひで）
都立松原高等学校主任教諭・立正大学文学部非常勤講師。中世文学・仏教文学。『中世往生伝の形成と法然浄土教団』（勉誠出版、二〇一二年）、「『法然上人行状絵図』と中世往生伝―「十方衆生記莂往生伝」としての「勅修御伝」―」（『文学・語学』二〇七号、二〇一三年）、「『明治往生伝』考（一）―廃仏毀釈と明治期往生伝―」（『立正大学 國語國文』五一、二〇一三年）。

李 愛淑（Lee Aesook）
国立韓国放送大学教授。日本古典文学。「手紙を書く女たち―儒教と仏教を媒介に―」（『アジア遊学』勉誠出版、二〇一七年）、『色彩から見た王朝文学―韓国の『ハンジュンロク』と『源氏物語』の色』（笠間書院、二〇一五年）、「恨（ハン）と執の女の物語―比較文学研究の視点から―」（『アナホリッシュ国文学』第四号秋、響文社、二〇一三年）、「王朝の時代と女性の文学」（小嶋菜温子・倉田実・服藤早苗編『王朝びとの生活誌』森話社、二〇一三年）。

加藤 睦（かとう・むつみ）
立教大学教授。中古中世和歌文学。「藤原定家「六百番歌合百首」覚書」（『立教大学日本文学』一一三、二〇一五年一月）、「『更級日記』最終歌の解釈について」（『立教大学日本文学』一〇二、二〇〇九年七月）、「藤原定家「正治二年院百首」覚書―本歌取と掛詞の使用を中心として―」（『国語と国文学』六九―五、一九九二年五月）。

陳 燕（Chen Yan）
福建師範大学准教授。平安日記文学、日中比較文学。「藤原道綱母夢信仰再考」（『日語学習与研究』二〇〇九年第五期）、「『経夫婦』と『男女の中をも和らげ』」（平野由紀子編『平安文学新論――国際化時代の視点から』風間書房、二〇一〇年）。

竹村信治（たけむら・しんじ）
広島大学教授。古代中世古典文学。『言述論 for 説話集論』（笠間書院、二〇〇三年）。

柳川 響（やながわ・ひびき）
日本学術振興会特別研究員（ＰＤ）。中世文学。「藤原頼長の経学と「君子」観―『台記』を中心として―」（『国文学研究』一六九、二〇一三年三月）、「藤原頼長と告文―『台記』所載の告文をめぐって―」（『和漢比較文学』五三、二〇一四年八月）、「藤原成佐の「泰山府君都状」について」（河野貴美子・王勇編『衝突と融合の東アジア文化史』アジア遊学一九九、勉誠出版、二〇一六年八月）。

小川豊生（おがわ・とよお）
摂南大学教授。古代・中世文学、中世宗教文化論。『中世日本の神話・文字・身体』（森話社、二〇一四年）、『日本古典偽書叢刊 第一巻』（編著、現代思潮新社、二〇〇五年）、『「偽書」の生成』（共編著、森話社、二〇〇三年）。

ハルオ・シラネ（Haruo Shirane）
コロンビア大学教授。日本文学・比較文学。ハルオ・シラネ、鈴木登美、デビット・ルーリー編、*The Cambridge History of Japanese Literature*, Cambridge University Press, 2016、『芭蕉の風景 文化の記憶』（角川書店、二〇〇一年）、鈴木登美共編『創造された古典―カノン形成・国民国家・日本文学』（新曜社、一九九九年）。

深沢　徹（ふかざわ・とおる）

神奈川大学教授。平安・院政期の文学。『往きて、還る。―やぶにらみの日本古典文学』（現代思潮新社、二〇一一年）、『『愚管抄』の〈ウソ〉と〈マコト〉―歴史語りの自己言及性を超え出て』（森話社、二〇〇六年）、『自己言及テキストの系譜学―平安文学をめぐる7つの断章』（森話社、二〇〇二年）。

李市埈（Lee Sijun）

崇實大學校教授。日本説話文学。東アジア比較説話『今昔物語集　本朝部の研究』（大河書房、二〇〇五年）、韓国語訳『금석이야기집（今昔物語集）本朝部　①―⑨』（小峯和明解説、セチャン出版社、二〇一六年）、小峯和明『일본설화문학의세계（説話の森）』（韓国語訳、小花、二〇〇九年）。

デイヴィッド・アサートン（David Atherton）

ハーバード大学助教授。近世日本文学。「アメリカにおける矢数俳諧研究の可能性」（篠原進・中嶋隆編『ことばの魔術師西鶴―矢数俳諧再考』ひつじ書房、二〇一六年）、“*Valences of Vengeance: The Moral Imagination of Early Modern Japanese Vendetta Fiction*” (Ph.D. dissertation, Columbia University, 2013)。

徐　禎完（Suh Johngwan）

韓国・翰林大学校教授、日本学研究所所長。能楽、主に能楽史。最近は植民地能楽史が中心。「植民地朝鮮における能―京釜鉄道開通式典における「国家芸能」能」（『植民地朝鮮と帝国日本　民族・都市・文化』アジア遊学一三八、徐禎完・増尾伸一郎編、勉誠出版、二〇一〇年）、「総力戦体制下における芸能統制：能楽における技芸者証とその意味を中心に」（『外国学研究』二五、韓国・中央大学校外国学研究所、二〇一三年）、「植民地朝鮮と能・謡―一九一〇年代の京城を中心に」（能楽研究叢書6『近代日本と能楽』、宮本圭造編、法政大学能楽研究所、二〇一七年）。

會田　実（あいだ・みのる）

四国大学教授。中世散文。『『曽我物語』その表象と再生』（笠間書院、二〇〇四年）、「物語の中の予言―夢合わせと言葉から」（小峯和明編『東アジアの今昔物語集』勉誠出版、二〇一二年）、「曽我物語にみる源頼朝の王権確立をめぐる象徴表現について」（笠谷和比古編『公家と武家Ⅳ』思文閣出版、二〇〇八年）。

クレール＝碧子《あきこ》・ブリッセ（Claire-Akiko BRISSET）

パリ・ディドロ大学准教授。日本文化史。ブリッセ著、*À la croisée du texte et de l'image : paysages cryptiques et poèmes cachés (ashide) dans le Japon classique et médiéval*, Collège de France, 2009、ブリッセ／アルノ・ブロトンス／ダニエル・ストリューヴ編、*De l'épopée au Japon : narration épique et théâtralité dans le Dit des Heike*, Riveneuve, 2011、ブリッセ／伊藤信博／増尾伸一郎編『「酒飯論絵巻」影印と研究―文化庁本・フランス国立図書館本とその周辺』（臨川書店、二〇一五年）。

ニコラエ・ラルカ（Nicolae Raluca）

ブカレスト経済大学講師。専門は民俗学（伝説・民話・神話・説話）。著者に『日本の伝説における昼間と夜』（二〇一〇年）、『宇宙と地球の間』（二〇一〇年）、『常用漢字辞典』（二〇〇三年）。その他、ルーマニア語・英語・日本語の論文が多数ある。

周　以量（Zhou Yi Liang）

首都師範大学准教授。中日比較文学・日本近世文学。『日本古典文学史』（共著、北京語言大学出版社、二〇一三年）、「日本近世文学と翻案」（王志松編『文化の移植と方法　東アジアにおける訓読・翻案・翻訳』広西師範大学出版社、二〇一三年）、「浮世絵における中国人物像」（『日語学習と研究』五号、二〇一六年）。

志村真幸（しむら・まさき）

南方熊楠研究会運営委員、慶應義塾大学非常勤講師。南方熊楠研究。『日本犬の誕生―純血と選別の日本近代史』（勉誠出版、二〇一七年）、『異端者たちのイギリス』（編著、共和国、二〇一六年）、『南方熊楠英文論考［ノーツ アンド クエリーズ］誌篇』（共編訳、集英社、二〇一四年）。

松居竜五（まつい・りゅうご）

龍谷大学教授。比較文学比較文化。『南方熊楠―複眼の学問構想』（慶應義塾大学出版会、二〇一六年）、『南方熊楠の謎　鶴見和子との対話』（編著、藤原書店、二〇一五年）、『南方熊楠大事典』（編著、勉誠出版、二〇一二年）。

田村義也（たむら・よしや）

成城大学非常勤講師。比較文学比較文化。「まぼろしの単行本構想―南方邸資料中山太郎書簡を中心に」（『書物学』第10巻、勉誠出版、二〇一七年三月）、『南方熊楠大事典』（共編、勉誠出版、二〇一二年）、『南方熊楠英文論考［ネイチャー］誌篇』『南方熊楠英文論考［ノーツ アンド クエリーズ］誌篇』（共編訳、集英社、二〇〇五年・二〇一四年）。

ツベタナ・クリステワ（Kristeva, Tzvetana）

国際基督教大学教授。日本古典文学の詩学、日本文化の意味生成過程、文化・文学理論。『涙の詩学―王朝文化の詩的言語』（名古屋大学出版会、二〇〇一年）、『心づくしの日本語　和歌でよむ古代の思想』（ちくま新書、二〇一一年）、『パロディと日本文化』（編著、笠間書院、二〇一四年）。

全巻構成（付キーワード）

第一巻「東アジアの文学圏」（金　英順編）

緒言──本シリーズの趣意──（鈴木　彰）

総論──交流と表像の文学世界──（金　英順）

第1部　東アジアの交流と文化圏

1　東アジア・〈漢字漢文文化圏〉論（小峯和明）
＊東アジア、漢字漢文文化圏、古典学、類聚、瀟湘八景

2　『竹取物語』に読む古代アジアの文化圏（丁　莉）
＊『竹取物語』、古代アジア、遣唐使、入竺僧、シルクロード

3　紫式部の想像力と源氏物語の時空（金　鍾徳）
＊紫式部、記憶、時空間、高麗人、作意

【コラム】漢字・漢文・仏教文化圏の『万葉集』──「方便海」を例に──（何　衛紅）
＊仏教文化圏、漢文文化圏、日本上代文学、万葉集、方便海

【コラム】軍記物語における「文事」（張　龍妹）
＊軍記物語、文芸、和歌、漢詩文、文以載道

4　佐藤春夫の『車塵集』の翻訳方法──中日古典文学の基底にあるもの──（於　国瑛）
＊佐藤春夫、車塵集、翻訳方法、古典文学、和漢的な表現

【コラム】「山陰」と「やまかげ」（趙　力偉）
＊子猷尋戴、蒙求、唐物語、山陰、本説取り

第2部　東アジアの文芸の表現空間

1　「離騒」と卜筮──楚簡から楚辞をよむ──（井上　亘）
＊占い（と文学）、通仮字、楚文化、簡帛学、校読

2　『日本書紀』所引書の文体研究──「百済三書」を中心に──（馬　駿）
＊百済三書、文体的特徴、正格表現、仏格表現、変格表現

3　金剛山普徳窟縁起の伝承とその変容／【資料】保郁「普徳窟事蹟拾遺録」（一八五四年）（龍野沙代）
＊朝鮮文学、仏教説話、金剛山、観音信仰、普徳窟

4　自好子『剪灯叢話』について（蒋　雲斗）
＊剪灯叢話、自好子、十二巻本、十巻本、浅井了意

5　三層の曼荼羅図──朝鮮古典小説『九雲夢』の構造と六観大師──（染谷智幸）
＊九雲夢、金萬重、曼荼羅、法華経、六道輪廻

6　日中近代の図書分類からみる「文学」、「小説」（河野貴美子）
＊図書分類、目録、図書館、文学、小説

【コラム】韓流ドラマ「奇皇后」の原点（金　文京）
＊東アジア比較文学、「釈迦如来十地修行記」、奇皇后

第3部　東アジアの信仰圏

1　東アジアにみる『百喩経』の受容と変容（金　英順）

＊光明真言、浄土思想、極楽往生、霊験譚、蘇生譚

3　百鬼夜行と食物への供養——「百鬼夜行絵巻」の魚介をめぐって——（塩川和広）

＊百鬼夜行、魚介類、食、狂言、お伽草子

4　『福富草紙』の脱糞譚——『今昔物語集』巻二八に見るイメージの回廊——（吉橋さやか）

＊福富草紙、今昔物語集、ヲコ、脱糞譚、お伽草子

【コラム】挿絵から捉える『徒然草』——第三二段、名月を「跡まで見る人」の描写を手がかりにして——（西山美香）

＊徒然草、版本、挿絵、読者、徒然草絵巻

第2部　社会をうつしだす絵画

1　「病草紙」における説話の領分——男巫としての二形——（山本聡美）

＊病草紙、正法念処経、男巫（おとこみこ／おかんなぎ）、二形（ふたなり）、梁塵秘抄

2　空海と「善女龍王」をめぐる伝承とその周辺（阿部龍一）

＊善女（如）龍王、神泉苑、龍女、神泉苑、弘法大師信仰、真言

3　文殊菩薩の化現——聖徳太子伝片岡山飢人譚変容の背景——（吉原浩人）

＊文殊菩薩、化現、聖徳太子伝、片岡山飢人譚、達磨

4　『看聞日記』にみる唐絵の鑑定と評価（髙岸　輝）

＊看聞日記、唐絵、貞成親王、足利義教、鑑定

【コラム】フランス国立図書館写本部における日本の絵巻・絵入り写本の収集にまつわる小話（ヴェロニック・ベランジェ）

＊奈良絵本、絵巻、フランス国立図書館、パリ万国博覧会、収集家

第3部　〈武〉の神話と物語

1　島津家「朝鮮虎狩図」屏風・絵巻の図像に関する覚書（山口眞琴）

＊島津家、朝鮮虎狩図屏風、曾我物語図屏風、富士巻狩図、関ヶ原合戦図屏風

【コラム】武家政権の神話『武家繁昌』（金　英珠）

＊海幸山幸、武家繁昌、武家政権、神話、中世日本紀

2　根津美術館蔵「平家物語画帖」の享受者像——物語絵との〈対話〉を窺いつつ——（鈴木　彰）

＊根津美術館蔵「平家物語画帖」、『平家物語』、『源平盛衰記』、享受者像、物語絵との〈対話〉

【コラム】猫の酒呑童子と『鼠乃大江山絵巻』（ケラー・キンブロー）

＊英一蝶、パロディー、お伽草子、『酒呑童子』、『鼠の草子』

3　絵入り写本から屏風絵へ——小峯和明蔵『平家物語貼交屏風』をめぐって——（出口久徳）

＊平家物語、メディア（媒体）、屏風絵、絵入り写本（奈良絵本）、絵入り版本

第4部　絵画メディアの展開

1　掲鉢図と水陸斎図について（伊藤信博）

*鬼子母神、仏陀、擬人化、宝誌、草木国土悉皆成仏

2　近世初期までの社寺建築空間における二十四孝図の展開——土佐神社本殿蟇股の彫刻を中心に——（宇野瑞木）

*二十四孝図、建築、五山文学、彫物（装飾彫刻）、長宗我部氏

3　赤間神宮の平家一門肖像について——像主・配置とその儀礼的意義——（軍司直子）

*赤間神宮、阿弥陀寺、安徳天皇、平家、肖像

【コラム】詩は絵のごとく——プラハ国立美術館所蔵「扇の草子」の翻訳本刊行の意義——（安原眞琴）

*扇、奈良絵本、歌仙絵、遊び（またはなぞなぞ）、和歌

【コラム】鬼の「角」と人魚の「尾鰭」のイメージ（琴　榮辰）

*鬼、角、人魚、尾鰭、形

【コラム】肥前陶磁器に描かれた文学をモチーフとした絵柄（グエン・ティ・ラン・アィン）

*肥前磁器、陶磁器、文様、モチーフ、絵柄

4　デジタル絵解きを探る——画像、音声、動画からのアプローチ——（楊　暁捷）

*デジタル公開、学術利用、生活百景、朗読動画、まんが訳

【コラム】『北野天神縁起』の教科書単元教材化について（川鶴進一）

*北野天神縁起、教科書、菅原道真（天神）、絵巻（絵画資料）、怨霊・御霊

あとがき（小峯和明）

第三巻「宗教文芸の言説と環境」（原　克昭編）

緒言——本シリーズの趣意——（鈴木　彰）

総論——宗教文芸の沃野を拓くために——（原　克昭）

第1部　宗教文芸の射程

1　〈仏教文芸〉論——『方丈記』の古典と現代——（小峯和明）

*仏教文芸、方丈記、法会文芸、随筆、享受史

2　天竺神話のいくさをめぐって——帝釈天と阿修羅の戦いを中心に——（高　陽）

*『今昔物語集』、阿修羅、帝釈天、戦さ、須弥山

3　民間伝承における「鹿女夫人」説話の展開（趙　恩馤）

*鹿足夫人、光明皇后、大宮姫、浄瑠璃御前、和泉式部

4　中世仏教説話における遁世者像の形成——高僧伝の受容を中心に——（陸晩霞）

*遁世者像、澄心、高僧伝、摩訶止観、受容

5　法会と言葉遊び——小野小町と物名の歌を手がかりとして——（石井公成）

*古今和歌集、掛詞、六歌仙、仏教、大伴黒主

第2部　信仰空間の表現史

1　蘇民将来伝承の成立——『備後国風土記』逸文考——（水口幹記）

*蘇民将来、備後国、風土記、洪水神話、祇園社

2　『八幡愚童訓』甲本にみる異国合戦像——その枠組み・論理・主張——（鈴木　彰）

＊『八幡愚童訓』甲本、異国合戦、歴史叙述、三災へのなぞらえ、殺生と救済

3 『神道集』の「鹿嶋縁起」に関する一考察（有賀夏紀）

＊『神道集』、鹿嶋大明神、天津児屋根尊、日本紀注、古今注

4 日本における『法華経顕応録』の受容をめぐって——碧沖洞叢書八・説話資料集所収『誦経霊験』の紹介を兼ねて——（李 銘敬）

＊『法華経顕応録』、受容、『弥勒如来感応抄』、『諡号雑記』、『誦経霊験』

5 阿育王塔談から見た説話文学の時空（文 明載）

＊説話、今昔物語集、三国遺事、阿育王塔、仏教伝来史

6 ベトナムの海神四位聖娘信仰と流寓華人（大西和彦）

＊神霊数、流寓華人、ベトナム化、技術継承、交通要地

第3部 多元的実践の叡知

1 平安朝の謡言・訛言・妖言・伝言と怪異説話の生成について（司志武）

＊讖緯、怪異、詩妖、うわさ、小説

【コラム】相人雑考（マティアス・ハイエク）

＊人相見、予言文学、占い、観相説話、三世観

2 虎関師錬の十宗観——彼の作品を中心に——（胡 照汀）

＊虎関師錬、十宗観、中世禅僧、『元亨釈書』、『済北集』

3 鎌倉時代における僧徒の参宮と仏教忌避（伊藤 聡）

＊伊勢神宮、中世神道、仏教忌避

4 『倭姫命世記』と仏法——諄辞・清浄偈を中心に——（平沢卓也）

＊伊勢神道、中臣祓訓解、倭姫命世記、清浄観、諄辞、祝詞

5 神龍院梵舜・小伝——もうひとりの『日本書紀』侍読——（原 克昭）

＊梵舜、梵舜本、『梵旧記』、吉田神道家、日本紀の家

第4部 聖地霊場の磁場

1 伊勢にいざなう西行（門屋 温）

＊伊勢神宮、参詣記、西行、聖地、廃墟

【コラム】弥勒信仰の表現史と西行（平田英夫）

＊西行、高野山奥の院、山家心中集、弥勒信仰、空海

2 詩歌、石仏、縁起が語る湯殿山信仰——室町末期から江戸初期まで——（アンドレア・カスティリョーニ）

＊湯殿山、一世行人、板碑、不食供養、縁起

【コラム】物言う石——E・A・ゴルドンと高野山の景教碑レプリカ——（奥山直司）

＊E・A・ゴルドン、景教碑、高野山、キリスト教、仏耶一元論

3 南方熊楠と水原堯栄の交流——附〈新出資料〉親王院蔵 水原堯栄宛南方熊楠書簡——（神田英昭）

＊南方熊楠、水原堯栄、高野山、真言密教、新出資料

あとがき（小峯和明）

第四巻 「文学史の時空」（宮腰直人編）

緒言——本シリーズの趣意——（鈴木 彰）

総論——往還と越境の文学史にむけて——（宮腰直人）

第1部　文学史の領域

1　〈環境文学〉構想論（小峯和明）
*環境文学、文学史、二次的自然、樹木、生命科学

2　古典的公共圏の成立時期（前田雅之）
*古典的公共圏、古典注釈、源氏物語、古今集、後嵯峨院時代

3　中世の胎動と『源氏物語』（野中哲照）
*身分階層流動化、院政、先例崩し、養女、陸奥話記

【コラム】中世・近世の『伊勢物語』――「梓弓」を例に――（水谷隆之）
*『伊勢物語』、絵巻、和歌、古注釈、パロディ

4　キリシタン文学と日本文学史（杉山和也）
*キリシタン文学、日本語文学、言語ナショナリズム、日本漢文学、国民性

【コラム】〈異国合戦〉の文学史（佐伯真一）
*異国合戦、異国襲来、侵略文学、異文化交流文学史、敗将渡航伝承

5　近代日本における「修養」の登場（王　成）
*近代日本、修養、修養雑誌、伝統、儒学

6　『明治往生伝』の伝法意識と護法意識――「序」「述意」を中心に――（谷山俊英）
*中世往生伝、明治期往生伝、大教院体制、中教正吉水玄信、伝法意識・護法意識

第2部　和漢の才知と文学の交響

1　紫式部の内なる文学史――「女の才」を問う――（李　愛淑）
*女の才、諷刺、二つの文字、二つの世界、雨夜の品定め

2　『浜松中納言物語』を読む――思い出すこと、忘れないことをめぐって――（加藤　睦）
*後期物語、日記、私家集、平安時代、回想

3　『蜻蛉日記』の誕生について――「嫉妬」の叙述を糸口として――（陳　燕）
*『蜻蛉日記』の誕生、女性の嫉妬、和歌、日記、叙述機能

【コラム】〝文学〟史の構想――正接関数としての――（竹村信治）
*文学史、正接関数、翻訳、心的体験の深度、文学

4　藤原忠通の文壇と表現（柳川　響）
*藤原忠通、和歌、歌合、漢詩、連句

5　和歌風俗論――和歌史を再考する――（小川豊生）
*和歌史、風俗、国風文化、古今集、歌枕

【コラム】個人と集団――文芸の創作者を考え直す――（ハルオ・シラネ）
*個人、集団、作者性、文芸、芸能

第3部　都市と地域の文化的時空

1　演戯することば、受肉することば――古代都市平安京の「都市表象史」を構想する――（深沢　徹）
*都市、差図、猿楽、漢字・ひらがな・カタカナ、象徴界・想像界・

和明）
＊説話、説話本、速記、印度紀行、北畠道龍

2 鹿児島県歴史資料センター黎明館寄託・個人蔵『〔武家物語絵巻〕』について――お伽草子『土蜘蛛』の一伝本――（鈴木 彰）
＊鹿児島県歴史資料センター黎明館寄託、お伽草子『土蜘蛛』、絵巻、資料紹介、翻刻・挿絵写真

3 国文学研究資料館蔵『大橋の中将』翻刻・略解題（粂 汐里）
＊古浄瑠璃、説経、扇面画、お伽草子、法華経

4 立教大学図書館蔵『〔安珍清姫絵巻〕』について（大貫真実）
＊道成寺縁起、絵解き（絵解き台本）、在地伝承、宮子姫（髪長姫）説話、伝承の流布・享受

5 『如來在金棺囑累清淨荘嚴敬福經』の新出本文（蔡 穂玲）
＊『敬福経』、造像写経の儀軌、仏教の社会史、仏教の経済史、新出本文

第2部 資料生成の〈場〉と〈伝播〉をめぐって

1 名古屋大学蔵本『百因縁集』の成立圏（中根千絵）
＊今昔物語集、類話・出典、談義のネタ本、禅宗・日蓮宗、孝・不孝

2 『諸社口決』と伊勢灌頂・中世日本紀説（高橋悠介）
＊中世神道、中世日本紀、伊勢灌頂、称名寺聖教、釼阿

3 圓通寺蔵『血脈鈔』紹介と翻刻（渡辺匡一）
＊真言宗、醍醐寺、聖教、東国、三宝院流

4 澄憲と『如意輪講式』――その資料的価値への展望――（柴 佳世乃）
＊澄憲、講式、法会、表白、唱導

5 今川氏親の『太平記』観（和田琢磨）
＊『太平記』観、守護大名、今川氏、室町幕府の正史、抜き書き

6 敷衍する歴史物語――異国合戦軍記の展開と生長――（目黒将史）
＊異国合戦、薩琉軍記、近松浄瑠璃、難波戦記、歴史叙述

第3部 資料を受け継ぐ〈担い手〉たち

1 『中山世鑑』の伝本について――内閣文庫本を中心に――（小此木敏明）
＊中山世鑑、琉球史料叢書、横山重、内閣文庫本、松田道之

2 横山重と南方熊楠――お伽草子資料をめぐって――（伊藤慎吾）
＊横山重、南方熊楠、お伽草子、『室町時代物語集』、『いそざき』

3 翻印 南部家旧蔵群書類従本『散木奇歌集』頭書（山田洋嗣）
＊源俊頼、小山田与清、散木奇歌集、群書類従、注釈

4 地域における書物の集成――弘前藩主および藩校「稽古館」の旧蔵本から地域の「知の体系」を考える――（渡辺麻里子）
＊藩校・稽古館・奥文庫・文献通考・御歌書

5 漢字・字喃研究院所蔵文献をめぐって――課題と展望――（グエン・ティ・オワイン）
＊漢字・字喃研究所、漢字・字喃文献、文献学、底本、写本

あとがき（小峯和明）

【よ】

【ら】

【り】

【る】

【れ】

【ろ】

【わ】

【を】

【ほ】

【ま】

【み】

【む】

【め】

【も】

【や】

【ゆ】

【ね】

【の】

【は】

【ひ】

【ふ】

【へ】

【す】

【せ】

【そ】

【く】

【け】

【こ】

【さ】

【し】

【ら】

【り】

【れ】

【ろ】

【わ】

作品・資料名索引

【あ】

【い】

【む】

【め】

【も】

【や】

【ゆ】

【よ】

【な】

【に】

【の】

【は】

【ひ】

【ふ】

【た】

【ち】

【つ】

【て】

【と】

【し】

【す】

【せ】

【そ】

【く】

【け】

【こ】

【さ】

【う】

【え】

【お】

【か】

【き】

索引凡例

・本索引は、本書に登場する固有名詞の索引である。人名、作品・資料名の二類に分かち、各類において見出し語を五十音順に配列し、頁を示した。
・人名は基本として姓名で立項した。例えば、「道長」の場合、「藤原道長」で立項した。
・人名には、固有名詞的機能をもつ、仏、菩薩などの名称も含めた。
・通称・別称・注記等については（　）内に示した。
・異本がある場合は、下位項目で立項した。例えば、『平家物語』が親項目の場合、「延慶本」「覚一本」「流布本」などをその下位項目とした。
・近代の研究者、研究書・資料集・史料集などは、論文の中で考察の対象になっているもののみ採用した。
・本巻の索引は、長谷川奈央が担当した。

人名索引

【あ】

【い】

シリーズ　日本文学の展望を拓く

第四巻

文学史の時空

［監修者］

小峯和明（こみね・かずあき）

1947年生まれ。立教大学名誉教授、中国人民大学高端外国専家、早稲田大学客員上級研究員、放送大学客員教授。早稲田大学大学院修了。日本中世文学、東アジア比較説話専攻。物語、説話、絵巻、琉球文学、法会文学など。著作に『説話の森』（岩波現代文庫）、『説話の声』（新曜社）、『説話の言説』（森話社）、『今昔物語集の世界』（岩波ジュニア新書）、『野馬台詩の謎』（岩波書店）、『中世日本の予言書』（岩波新書）、『今昔物語集の形成と構造』『院政期文学論』『中世法会文芸論』（笠間書院）、『東洋文庫 809　新羅殊異伝』（共編訳）、『東洋文庫 875　海東高僧伝』（共編訳）など、編著に、『東アジアの仏伝文学』（勉誠出版）、『東アジアの女性と仏教と文学　アジア遊学 207』（勉誠出版）、『日本文学史』（吉川弘文館）、『日本文学史―古代・中世編』（ミネルヴァ書房）、『東アジアの今昔物語集―翻訳・変成・予言』（勉誠出版）ほか多数。

［編者］

宮腰直人（みやこし・なおと）

山形大学准教授。語り物文芸、お伽草子、物語絵画専攻。「牛若の地獄極楽遍歴譚試論―『天狗の内裏』の版本系諸本と奥浄瑠璃諸本をめぐって」（『立教大学日本文学』116号、2016年 7月）、「『義経地獄破り』における語りの構造―「修行者」の物語と教化の言説を中心にして」（『説話文学研究』48号、2013年 7月）、「弁慶の地獄破り譚考―島津義久と語り物文芸の関わりから」（『文学』13巻 5号、2012年 9月）など。

［執筆者］

鈴木　彰／宮腰直人／小峯和明／前田雅之／野中哲照／水谷隆之／杉山和也／佐伯真一／王　成／谷山俊英／李　愛淑／加藤　睦／陳　燕／竹村信治／柳川　響／小川豊生／ハルオ・シラネ／深沢　徹／李　市埈／デイヴィッド・アサートン／徐　禎完／會田　実／クレール＝碧子・ブリッセ／ニコラエ・ラルカ／周　以量／志村真幸／松居竜五／田村義也／ツベタナ・クリステワ

2017（平成 29）年 11 月 10 日　初版第一刷発行

発行者
池田圭子
装　丁
笠間書院装丁室
発行所

笠間書院

〒 101-0064　東京都千代田区猿楽町 2-2-3　電話　03-3295-1331 Fax 03-3294-0996　振替　00110-1-56002

ISBN978-4-305-70884-7 C0095

モリモト印刷　印刷・製本

〔監修〕小峯和明

本体価格：各 九、〇〇〇円（税別）

シリーズ　日本文学の展望を拓く

第一巻　東アジアの文学圏　金　英順編
第二巻　絵画・イメージの回廊　出口久徳編
第三巻　宗教文芸の言説と環境　原　克昭編
第四巻　文学史の時空　宮腰直人編
第五巻　資料学の現在　目黒将史編